字里行间的鬼影

（上）

苏小卫——著

中国广播影视出版社

自序

经常有人问起，你是怎么开始写电影剧本的？ 人这一生随时都会开始做某件事，时间越长那个开始就越模糊。仔细想来，20 世纪 70 年代，读初中期间，在父亲的引导下读莎士比亚，第一次接触剧本的书写格式：跳跃、简洁，突如其来、戛然而止，像诗歌一样分行，这就在心里埋下了一种喜欢。1982 年大学毕业前有一段空闲，我写了一个有关大学生活的小剧本《曲线》，至今只有一个读者。毕业后在房山县师范学校当语文老师，一周里五天住在学校，晚上没事开个讲座，喜欢文科的学生就来听。因为有了卡式录音机，写了个反映师范学生生活的广播剧让他们排练，还加了简陋的动效和配乐，在语文课上放给同学们听。1988 年研究生毕业后进机关工作，朝八晚五，按部就班。我也没有别的业余爱好，闲来还是读读写写。1992 年写了一个电视单本剧《女子有才》，内容是女研究生生活，发表在《中国电视》上，虽然没有搬上荧屏，写作的兴趣却慢慢强烈起来。如果从 1995 年算起，25 年写了 20 个电影剧本，如果算上写了没拍成电影的，差不多可以达到这个数字的两倍。因为工作也和电影剧本相关，读过的剧本就数不胜数了。喜欢可能是个最好的起点，也是能坚持的动因。

为了这次出版，我又把所有剧本重读了一遍，挺感慨的。《赢家》本来是真人真事，剧本挣脱了真实事件，虚构了一个爱情故事。残疾运动员的假肢作为悬念埋在了这段爱情当中，他不想说，女孩没察觉，随着感情的推进，悬念像越吹越大的气球。故事演绎了原型的自尊和倔强，对写真实人物的虚构边界做了尝试。《愚公移山》是太钢老劳模李双良的故事，我只见过李双良一次，当时他已经85岁高龄，我觉得他的家庭氛围和我们家很像，他的人生理念和我父母也很接近，我通过主人公说出了一些自己想说的话。《沂蒙六姐妹》写的是沂蒙山人民在解放战争中支前的故事，为了写剧本我去沂蒙山采访，见到了当年的“六姐妹”，如果早生30年，我就是影片中的她们。《先遣》写的是一支在1950年孤军入藏的解放军骑兵连队，1950年8月到1951年5月期间，他们经历了长征以来最艰苦的行军，承受了巨大的牺牲。我受友人之托写这个剧本，创作过程非常艰难，这是唯一我自己今天读了仍会流泪的剧本，遗憾的是，导演基本没有采用。另一部基本没有被导演采用的剧本是《风雨同舟》，也是花费了很大心力的创作，这两次合作让我切实感受到电影剧本创作的特殊性。《秋之白华》《萧红》是人物片，能写关于他们的电影是我的荣幸，相信总会有后人因为这些电影想起他们。

文学是电影的创作宝库，我改编过8部文学作品：《那山那人那狗》改编自彭见明同名短篇小说，《暖》改编自莫言的短篇小说《白狗秋千架》，《蓝色爱情》改编自方方的中篇小说《行为艺术》，《生活秀》改编自池莉的同名中篇小说，《荷香》改编自陶少鸿的中篇小说《新寡》，《台北飘雪》改编自田代亲世的同名小说，《唐山大地震》改编自张翎的中篇小说《余震》。改编是站在作家肩膀上再次表达，尊重原著不仅是一种态度，更是一份责任。

还有一点需要解释，在某些影片中我是和其他编剧同行联合署名的，这是电影创作生产的特点使然，有的项目在我之前有编剧创作，比如《九九艳阳天》与李平合作，《荷香》与李萍萍合作，《蓝色爱情》与东舟合作，《萧红》与乙福海合作，《台北飘雪》与田代亲世合作，《情人结》与张人捷合作。有的项目在我之后有编剧加入，比如《风雨同舟》与徐海滨、冯小宁合作，《先遣连》与肖丹合作。发表在这里的剧本，都是我独立完成的一稿，不一定是电影的最初文本或最终文本，但都是我的文字，文责自负。也感谢所有合作者。

编剧的剧本如果不能投入拍摄，就像没有开始施工的建筑图纸，只是一种想象。画图纸再难，也没有盖房子难，拍电影的过程复杂而艰难，需要很多人一起努力，其中导演承担的责任和压力最大，所以电影是导演的艺术。每次在银幕上看到剧本拍成的电影，都感到惊喜和神奇。《那山那人那狗》，儿子让父亲不要下水，对父亲说："你就享受一次吧。"父亲对身边的黑狗说："我一辈子独往独来，还没有享受过。"《唐山大地震》中，养父在篮球场找到正在打球的"师兄"，问女儿去哪了？对方回答说，好多天没有联系了。养父问："那你还在这里打球？"《愚公移山》中，李双良问栗子多少钱一斤？小贩说别人 4 元，给你 3 元，李双良问为什么给他便宜一块钱？小贩顺口说："因为你长得帅。"《生活秀》中，卓雄洲让来双扬坐下来陪他喝杯啤酒，来双扬说："你把陪字去了，我就坐。"当故事在银幕上立起来，从人物的嘴里听到自己写的台词，与有荣焉。

感谢广播影视出版社，感谢责任编辑黄月蛟。

此书献给我的父母。

苏小卫

2019 年 7 月

剧本目录

赢家

Yingjia

绿色的、接近于透明的足球场。

一个 9 岁的男孩胸部停球、带球奔跑。（高速）

奔跑中，9 岁的孩子变成了一个 15 岁的少年，他继续奔跑、带球、突破、浑身充满活力；奔跑中，少年又变成了一个 20 岁的青年运动员，他继续以娴熟的球技带球、突破，飞起一脚：足球旋转着向球门飞去。

足球飞进球门，在网上轻轻弹起。

定格。片名：赢家

1．日外　大街上

盛夏。正午。

一条热闹与慵懒、嘈杂与凝滞交织的街道。

阳光在街道、房屋和行人的脸上铺上了不规则的阴影。

人行道上的行人大都皱着眉头。

汽车司机们深一脚、浅一脚地踩着刹车。

自行车年久失修，边走边响。

路边的商店门口播放着形形色色的流行歌曲……

2．日外　大街上

常平迎着镜头走来。

他二十五六岁，中等个儿，穿着普通的白色 T 恤和牛仔裤，脚上是一双花哨的、一般只有专业运动员才穿的运动鞋，步伐均匀而有弹性。他走得很急，常常要侧身超过前面的行人。

熙熙攘攘的街道和常平交替在画面上出现。

3．日外　大街上

“哐！”

“嘶——”

碰撞声、丝绸或其他质地优良的织物的撕裂声、女人的惊叫。

常平停住脚步，循声望去：

一个身材姣好、20岁出头的女孩用一只手捂着被撞痛的肩膀，太阳裙一侧的吊带也断了。显然，她是在过马路的时候被一辆向右拐弯的“面的”剐了一下。

“面的”司机从驾驶室的窗口向外看了一眼，不知出于什么考虑，他没有停车，反而踩了一脚油门。

“面的”左右躲闪着前面的车辆向前挪着。

女孩眼睁睁地目送“面的”远去。

4．日外　马路上

常平和“面的”同时启动。伴随着节奏鲜明的音乐。

常平从侧面直逼出租车。

常平均匀而有力的步伐。

常平在汽车中穿行。

司机紧张地注视着后视镜中的常平。

汽车左右躲闪。

路人纷纷驻足。

常平和“面的”的距离渐渐缩短了。

女孩远远地追来。

5．日外　马路上

常平已与出租车基本平行。他用手拍着车身，喊着：“停车，停车。”

路边也有人在喊“停车”。

司机犹豫地放慢了速度，他似乎一时想不出更好的办法对付常平，但又不甘心停车。

常平用左手一把抓住了“面的”的后视镜，就势将身体的右侧拧到了车前，如果司机再不停车，常平的右腿就有被卷进车轮的危险。

路人惊呼：别追了，快松手！

汽车尖叫着停住。音乐也戛然而止。

这一切，都发生在瞬息之间。

司机探出头，看着涨红了脸的常平。

司机：哥，您这是何苦来？

6．日外　路边

女孩气喘吁吁地挤进围观的人群，顾此失彼地揪着破了的连衣裙。

女孩站到常平的身边。

有人递给她一件黄色的雨衣，女孩套上雨衣。

司机还算识时务，他下了车，冲女孩和常平深深地鞠了一躬。

司机：哥，姐，我错了。这是头一回，也是最后一回。从今往后，我再也不允许这样的事情发生了。我错了，认打认罚，就是别叫警察。

围观的人哄笑。

常平扭过头问女孩：你说怎么办？

围观的人：叫警察，不能便宜了他。撞了人连车都不停，太恶劣了。

女孩：你跑什么跑？

围观的人：让他赔你裙子。

司机忙不迭地打开车门，拿出钱包：我赔，我赔。

常平依然是一副主持公道的姿态，问女孩：你这裙子多少钱买的？

女孩：两千三。

常平：多少钱？

围观的几个人幸灾乐祸地异口同声：两千三！

常平“哦”了一声便没了下文。

围观的人议论纷纷。

司机把兜里的和钱包里的钱都掏了出来，数了数：这是六百二，我所有的钱都在这儿了。

周围安静下来，人们的目光集中在女孩身上。

常平的眼睛也从司机那张晒得黝黑的脸上移到了女孩的脸上。

司机把钱递向常平。

常平示意他交给女孩。

司机把钱递向女孩。

女孩伸出手，从司机递过的一把钱上轻轻抽了一张10元的。

气氛一下子轻松起来，人人对女孩刮目相看。

女孩：你可得说话算话。

司机转着圈鞠躬：谢谢大家，谢谢大家。

围观的人：怎么跟歌星似的？

大家的哄笑声把“面的”送出老远。

围观的人渐渐散去。

直到这会儿，常平才发现女孩是个很漂亮的女孩。

常平：你没事吧？要不要去医院看看？

女孩扬了扬手里的10元钱：我快要中暑了，请你去喝杯水吧。

7．日外　路边的冷饮车前

树影婆娑。

常平和女孩一人手里拿着一瓶汽水，女孩躲在树干小小的阴影里，常平在太阳底下站得直直的。

行人回首，看穿雨衣的女孩。

女孩坦然不觉。

常平倒有些不适应，把脸转向路边的商店橱窗，在玻璃窗的反光里打量着自己。他想快点喝完汽水，可瓶子里都是冰，喝不进去。

女孩笑他。

常平转过身与女孩对视。

常平：你还别说，这雨衣穿你身上还挺合适的。

女孩：别你、你的，我叫陆小杨，在银行工作，你呢？

常平：别你、你的。

陆小杨一口汽水差点喝呛了。

常平等她咳嗽够了，才不紧不慢地说：我叫常平，不是北京人。

陆小杨：运动员？

常平马马虎虎地点了点头。

陆小杨在包里翻了一阵，找出名片给常平：这是我的电话，能把你的给我吗？

常平：我没名片，而且老在外面跑。

陆小杨：我要谢你，请你吃饭。你能不能在有空、有情绪的时候和我联系？

常平想了想，点点头。

常平把两人的汽水瓶子放了回去，转回身，陆小杨朝他伸出手。

两人握手，陆小杨抓着常平的手不放：说话算话。

常平心里一热，但还是把手抽了回来：再见。

卖冷饮的老太太：别走，还没给钱呢。

陆小杨赶紧递过 10 块钱：对不起，对不起。

陆小杨：再见。

老太太：别走，还没找钱呢。

8．日内　宽大的、很专业的健身房

常平面向镜头，在地上有节奏地、飞快地、令人惊叹地做着俯卧撑。

胖胖的白教练挺着肚子在他面前来回溜达，弄得常平心烦意乱。

白教练：成天替你提着心，你就跟山羊进了瓷器店似的，除了闯祸不会别的。你在马路上追汽车，让汽车撞了怎么办？怎么办？离比赛没多久了，你要出了事，我怎么跟领导交代？你不替你自己想也得替我想想吧，你总不能让我白忙活吧？

常平一下子趴在了垫子上。

白教练转到常平的身后开始给他放松。随着按摩的位置向下移，白教练的喘息越来越沉重。常平不忍，就站起身来。这时我们发现：常平右腿膝盖以下是金属的假肢。

常平：指导，我自己来吧。

常平把右腿膝盖以上用毛巾擦干，又把小腿的假肢搭扣重新紧了一遍，汗水把脚下的地板弄湿了一大片，他用毛巾把地板和假肢擦了擦。

常平想转移一下话题，见白教练正在点烟，就问：指导，您抽烟抽多少年了？

白教练：多少年？一辆“面的”抽没了。你先说，以后还追不追出租车了？

常平：不追了。

白教练：还出不出和追汽车类似的事情了？

常平：不出了。

白教练：接着练。

节奏鲜明的音乐。

常平在白教练的帮助下进行着各种训练，两人配合得十分默契。

常平的动作协调而有力。

白教练严格而认真。

9．日内　银行

一道银色的栅栏把银行大厅隔成两半：外面是耐着性子的顾客，里面是各就其位的职员。银行里人再多，也是静悄悄的。

陆小杨坐在属于她的位子上，眼睛紧盯着电脑的显示器，手指飞快地敲击着键盘。

带着小铁夹子的单据不时飞到她的眼前，经她处理后又飞往下一个环节。

“啪”，一把漂亮的自行车钥匙扔了过来。

高个儿于维满脸笑容：你又忘锁车了。

陆小杨一副名花有主的样子，手上的活儿没停，对于维轻轻一笑。

电话铃响了。

陆小杨拿起听筒，脸上一下就笑开了花儿，那笑容够高个儿于维寒心半天。

尽管面前已经噼里啪啦扔过来好几个小夹子，陆小杨还是千叮咛、万嘱咐才挂上了电话。像很多被工作锁住了青春的女孩一样，陆小杨一面飞快地处理着积压在她面前的单据，一面抬起眼睛瞥着挂在大厅墙上的钟。

10．日外　美丽而安详的城市

美丽而安详的傍晚。下着小雨。

一家高档餐厅。

客人不多，飘着淡淡的音乐。

陆小杨和常平相对而坐。

隔着桌子上亮闪闪的餐具、鲜花和奇形怪状的餐巾，常平注视着自然得跟到了家似的陆小杨。陆小杨浑身上下考究得无可挑剔，但一点也不招摇。

陆小杨的指尖从菜单上滑过，不时停顿一下，身边的服务生轻轻点着头。

与此同时，常平把桌上的所有小瓶子、小罐子都拿起来闻了一遍，把他面前的餐巾打开了又叠上，他很想知道这儿的菜贵到什么份儿上，伸出手向陆小杨要菜单。

陆小杨冲他笑了笑，把菜单还给了服务生。

常平：我冒昧地问一句，小姐一个月挣多少钱？

陆小杨：相当于一个大学副教授吧。

常平：那咱们今天吃的不是银行的贷款吧？

陆小杨认真地：当然不是。

服务生在两人的杯子里倒上了洋酒。

另一服务生上菜。

陆小杨举杯：谢谢你能来，谢谢你为我讨回了公道。干杯。

两人一饮而尽。

陆小杨向服务生示意自己来，陆小杨替常平倒酒。常平很爱喝洋酒，加上他不知其价的菜都很好，常平吃得认真而领情。

陆小杨举着瓶子的手悬着。

陆小杨：这杯酒有个题目。

常平：说吧。

陆小杨：我还有件事求你。

常平一下子警觉起来，他用手盖住杯子。

常平：你先说是什么事，要还是追汽车一类的，你得找别人了。

陆小杨笑着说：可别再提追车了。我呀，有个女朋友，最近想和她的男朋友分手，可又不愿意伤害他，这种事情又没有什么好办法，我觉得你挺有招儿的，你会不会有什么好办法？

常平很有胃口地吃着，随口说：其实很简单，让她把漂亮女友介绍给她男友认识，不就行了吗？

陆小杨若有所思地看着常平。

常平吃着，突然发现陆小杨的沉默，忐忑地问：怎么，我说错了什么？

陆小杨掩饰地一笑：噢，没什么，我是说——他们已经好了好几年了，那时候男孩刚从美院毕业到北京，那女孩儿一直帮助他，盼着他能成为一名艺术家。后来，这个男孩儿不画画了，办了装饰公司，她反而不喜欢他了。

常平一直专注地听着，问：那为什么呢？

陆小杨找着合适的措辞：可能是自己太平凡，想嫁个成名成家的男人吧。说完又觉不妥，看着常平淡然一笑。

陆小杨接着说：她觉得她的男朋友背叛了艺术。你想啊，他整天走东家串西家，一张嘴就是吊顶啊、抹缝啊、刮泥子，泥子！你听听，多恶心多烦。她本来，满心希望他是刮油彩的！

陆小杨忽然注意到只是自己在诉说，常平只是默默地注视她，于是不好意思地一笑：你是不是觉得我说的话题你不感兴趣？

常平宽慰她：没有，我不是这个意思，我只是有点不太明白。

他拿起桌上的花闻了闻：干吗非得嫁一个名人呢？又不是给火腿肠做广告。哎，你干脆劝你女友把她的男朋友培养成一个建筑师不就成了。

小杨笑着点头：他舍得花 100 块钱给他女友买个苹果吃，却派一个小民工陪她去看病，啊……我是不是扯远了？看了看表，又问常平：哎，你单独陪我吃饭，你女朋友不会生气吧？她是不是特漂亮啊？见常平不回答，小杨自己又低下头笑了。

11．夜外　街道

街上仍下着雨，夜色阑珊。

常平和陆小杨共撑着一把伞走着，常平问小杨：刚才你是不是说自己？

小杨不置可否地笑笑。反问常平：那——你说说你自己。

12．夜外　人行道

两人漫步在人行道上。

常平：我的经历很简单，小时候特淘，喜欢打架和踢足球。高中一毕业，就被选进了一个军区足球队，后来又跟着部队上了前线，“双肩擦过了死亡”，这句话是从书上看来的，我很喜欢。

陆小杨：真看不出你还打过仗。

常平：你看不出的多了。

陆小杨：难怪你这么想得开，愁事和你一说，好像也没什么可愁的了。我不行，在别人那儿顺顺当当的事到我这儿准出乱子，想躲都躲不过去。

常平：没错，那么多人过马路都没事，到你这儿就造成巨大经济损失了。

陆小杨笑了笑：你接着说，后来呢？

常平：后来打完仗了，转业回乡，现在在市体委工作。既没成名，也没成家。

陆小杨：家庭的家？

常平点了点头，一时不知说什么好，陆小杨也无语。

突如其来的沉默一下子就把气氛搞温柔了。两人谁也不会再开玩笑，谁也不敢再看对方的眼睛。

两人身后是一大片自行车，在路灯下闪着光。

陆小杨开始包里包外地找她的车钥匙，好不容易才找到。

陆小杨：现在，你的电话好打了吗？

常平：你找我，不太方便。

话音未落，呼机响了，陆小杨从包里翻出她自己的呼机，没响。

常平一脸尴尬，伸手到腰里关掉呼机。

陆小杨有足够的教养理解常平，但她终于说了再见。夜色难遮她的惆怅，她对常平又说了一遍再见。

13．夜外　马路对面

陆小杨推着自行车过了马路，把包放进车筐，准备上车。

陆小杨的呼机响了。她犹豫了一下，掏出来看。

路灯下，陆小杨猛回头。

马路对面，一个亮着灯的电话亭里，常平正向她挥手。

14．日内　室内跑廊

终点和起点相距遥遥。

白教练一手握着一块秒表，站在终点。

常平和失去一条胳膊的许玉川并肩冲刺，常平明显占有优势。

白教练先后停表。

许玉川不服地：再跑一个。我就不信，我两条腿跑不过你一条腿。

常平：再跑 10 次你也赢不了。

一次又一次冲刺。

白教练大声提示他们技术要领。

汗水飞溅。

许玉川始终超不过常平。

许玉川气得追打常平。

常平躲闪着：和布博卡生活在同一个时代，是全世界撑竿跳运动员的悲剧。

许玉川不服地：再跑一个。

常平：再跑10次也行。

白教练：我看谁还跑？已经超了，下课。

15．日内　星期天　陆小杨家

医生家庭特有的整洁，特有的一尘不染。

母亲边在熨衣板上熟练地熨着洗好的衣服，一边和陆小杨说话。

母亲：开什么玩笑，你想吹，你和谁商量了？

陆小杨：我这不正和您商量吗？

母亲：大鹏哪点对不起你？他花在你身上的钱都够买一架飞机了。

陆小杨把脸贴在桌面上，正往药水里放她的隐形眼镜，“扑哧”一笑，差点儿把眼镜片吹跑了。

陆小杨：妈，您知道一架飞机多少钱？

母亲：我是打个比方。我们医院的小护士想找大款还找不到呢，你好不容易瞎猫碰上个死耗子，还不知足？

陆小杨：我要是嫁了大鹏，结了婚准和您跟我爸似的，多少年同床异梦，然后还得离婚。想起来就害怕，早干什么去了？

母亲：你个没良心的，我们不结婚，能有你吗？和你爸同床异梦15年，我唯一不后悔的就是生了你。

陆小杨：可您其实应该过得更好。

母亲：还和我商量呢，你这是扫清障碍来了。我可告诉你，大鹏把心都掏给你了，不能对不起人家。

陆小杨：要不早和他吹了。

母亲：你说说你，考大学考不上，想当演员又近视，要死要活地谈恋爱，好好的又要吹，不行。

电话铃响了，母亲抢着去接，是大鹏。

母亲赶紧把电话递给陆小杨：说曹操，曹操来电话了。

陆小杨拿起电话：……又让我陪你吃饭？我现在一想起你就馆子味儿……我没说不去呀，我带两个朋友，一男一女，男的就是帮我追车的那个，你该面谢人家。女的是我职高一个同学……就这样，我没别的事，明天见。

母亲：少往大鹏那儿带你的女同学。谁呀？

陆小杨：马娜娜。她一个人，挺闷的。

母亲：是不是管爱迪生叫爱轴生的那个？

16．日外　运动场　下午

常平和许玉川训练完毕，一身泥、一身汗，精疲力尽。

运动场外，一个司机正在用水管子洗车。

司机：又这么晚？吃不上饭了吧？

许玉川：昨天连澡都没洗上，谁和他一块儿练谁倒霉。

常平拉过水管子：这就让你洗。

许玉川边躲闪，边用力洗着身上的泥土。

常平把水管子递给司机，自己也冲进水幕里。

夕阳、水幕和两个跳来跳去的人。

司机一边冲，一边摇头。

17．日内　运动员更衣室

常平和许玉川换好衣服，干干净净，精精神神。

常平把零零碎碎的东西塞进大包，然后为自己换上假肢。

许玉川看着常平：你不安它行不行？还嫌腿不疼啊？

常平：真是的，我怎么这么虚荣？（他整理好假肢，站得直直的。）

许玉川：对了，晚上的会不开了。白教练今天下午去给她女儿开家长会，然后回家。

常平：那今天闲着了，玩电子游戏？

许玉川：我去趟游泳队，我媳妇看不见，我得去帮她剪指甲。

常平：那我睡觉，快累死了。

许玉川：其实你没必要这么拼命。

常平：巴塞罗那的跳远记录就应该是我的，这次非让他们把名字改过来不可。

常平的 BP 机又响了。

许玉川：上帝保佑，别是白指导。

常平：不是，陆小杨约我出去吃饭。

许玉川：要是陆小杨真像你说的那么漂亮，千万别犹豫，定下来。

常平：说什么呢？我不过是碰巧帮了她一下，根本没有别的想法。她有男朋友，咱有自知之明。

许玉川：那你跟人家一趟一趟吃什么饭？

常平：人家请，不去不好。再说了，阴天打孩子，闲着也是闲着。

许玉川：别嘴不对着心了。你小心点吧。

常平：小心什么？

许玉川：白指导。

18．日内　中学的老师办公室

白教练站在二十挂零的女数学老师面前，憋得满脸通红。

小老师：我知道您工作忙，可全班 46 个学生，92 个家长，谁的工作不忙？如果 92 个家长都像您一样把孩子全推给老师，推给学校，我们的工作量就要增加多少倍？我让白杉给您带过两次条子，请您到学校来一趟，白杉说：我爸说了，残运会比我重要。

白教练欲言又止。

小老师：您今天能来，就说明您是可以抽出时间的，那您就应该早来，这样才是对孩子负责。白杉的妈妈在国外，管孩子就是您应尽的义务。

白教练欲言又止。

小老师：我对您的要求很简单：多关心一下您的女儿，让她把看武侠小说的精力多往学习上挪一些。时间不等人，最后的冲刺已迫在眉睫，在激烈的竞争中，不进则退，没有第三条路可走。到时候如果白杉考不上高中，您不要怪学校没有尽到责任。

白教练终于下决心插一句：不会。我怎么能怪学校呢？不可能，要怪也只能怪老师，这就好比运动员成绩不好要怪教练而不能怪田径队一样。

19．日内　西餐厅

餐厅内富丽堂皇，乐声悠扬。常平、陆小杨、大鹏、马娜娜围坐在一张餐桌旁，菜已上齐。

英俊潇洒的大鹏举杯祝酒：常先生，多谢你了，来，咱们喝一杯。

常平认真地看了看大鹏。

陆小杨在一旁观察着他俩。

常平很有风度地举杯：太客气了，干杯！

陆小杨若有所思。

大鹏诚恳地：哎，常先生，听小杨说，那天你跟007似的，神了！

常平也笑笑：没那么神，不值一提。

陆小杨对画外说：娜娜，一会儿你可要多喝几杯啊。

漂亮得近乎艳丽的马娜娜：我可不行，我不能喝。

常平有点诧异地看着她们。

大鹏：听说常先生是运动员？

常平：年轻的时候踢过几年足球。

两个男人像演室内剧似的说着寡淡的台词，马娜娜听见“足球”二字，眼睛“刷”地一亮：你踢球？什么位置？

常平：左边锋。

马娜娜：可以啊，贝贝托的位置。在哪个队？

常平：南京军区。

马娜娜：得过全国第三。

常平：您够专业的啊？

马娜娜：那当然了。世界杯看了吗？

……

陆小杨眼看着插不上嘴了，她有点不明白，马娜娜怎么和变了一个人似的。她看大鹏，大鹏倒与己无关地听起歌来了，还鼓掌。

陆小杨有意无意地在桌子下面踢了常平一下。可她踢的是常平的假脚，常平毫无反应。

常平：我就是睡，也得对着电视睡。

马娜娜：到现在我时差都倒不过来，一到4点就醒。

常平：美国那个后卫叫什么来着？真不含糊。

马娜娜：拉拉斯。

常平：对，拉拉斯。

陆小杨的脸沉了下来，她又踢了常平一下，还是没用，于是她把脸转向歌手。大鹏好像意识到了什么，殷勤地让她吃这吃那，她也一味摇头。

大鹏把脸转向大家，准备参与谈话。

马娜娜：巴乔踢飞了最后一个点球。我当时真的落泪了，太惨了，命运太不公平了。

常平：其实这很正常，输赢而已。真正的悲剧是哥伦比亚运动员的死，是世界足球的悲剧。

大鹏插进来：马拉多纳才让我伤心呢。

陆小杨终于忍不住了：常平，你踢球是管射门的还是管守门的？

常平：当然是管射门的。

大鹏“扑哧”一笑。陆小杨瞪了大鹏一眼。

陆小杨：你进球吗？我怎么看咱们的运动员踢球老踢不进去啊。

常平：谁说的？ 1984 年全国甲级联赛有一场我上半场独进 4 球，汆丸子似的。

大鹏忍俊不禁。陆小杨又瞪了大鹏一眼。

悠扬的舞曲。

大鹏：跳舞，跳舞。

常平急忙说：你们去吧，我就不去了。

大鹏热情地：一块儿去吧！

常平：没事儿，你们去吧。

大鹏将手伸给小杨：走，小杨。

二人起身出画。

马娜娜对常平：咱们也跳舞吧。

常平：噢，不，我不想跳。

马娜娜固执地：我请你！

常平犹豫一下说：好吧，请。

二人起身出画。

20． 夜内　舞池

大鹏搂着小杨，亲密地舞着。

常平与娜娜跳舞，目光掠过小杨他们。

小杨也看着常平。

常平避开小杨的目光。

小杨仍时时望一眼常平。

21．夜内　歌厅的前厅

分手前的气氛比见面时好了一些。

大鹏和常平握手：再见，有事说话。

常平：多谢，再见。

陆小杨：大鹏，你送娜娜回家。

大鹏：你呢?

陆小杨：我骑车。

大鹏：常先生怎么走?

常平：我打车走。

大鹏想了一下，对陆小杨做了个手势：你来一下。

大鹏用一只胳膊搂着陆小杨的腰，她下意识地躲闪了一下，大鹏搂得更紧了。

22．夜外　门口

大鹏和小杨站在门口，别人却听不到他们在说什么。

常平和马娜娜站在一起。

马娜娜：你舞跳得很好。

常平：你跳得也很好。

马娜娜：认识你很高兴。

常平有些心不在焉：我也是。

马娜娜：能给我留一个你的电话吗?

常平：我平时老在外面……

马娜娜：没关系，这是我单位的电话，有事联系。

常平接过，收好：行。

大鹏向门外走去，冲马娜娜招手。

马娜娜和常平说了声再见，消失在门口。

陆小杨站在原处，隔着玻璃看着大鹏的车离去。

23．夜外　门口

常平伸出手，陆小杨的自行车钥匙躺在他的手心里。

常平：你忘在桌上了。

陆小杨没有伸手接钥匙，她抬起头，看着常平。

陆小杨：今天……

常平：今天怎么了？

陆小杨：今天是他的生日，我忘了。

陆小杨：我真可笑，居然安排起他来了，从来都是他安排我，把握我，我心里想什么他都知道。

常平：对不起，我那天不该给你出那个坏主意。

陆小杨：我也没有怪你啊。

24．日内　运动员宿舍

走廊上传来乐器声和歌声。

常平打开门，许玉川还没有回来。

常平的训练假肢躺在门边。

常平有意无意地踢了它一脚。

常平在床上坐了下来，看着自己的一只脚。

常平抓了毛巾去洗澡，出去时，又踢了假肢一脚。

25．资料

报纸和电视台报道友谊运动会倒计时。

北京的大街上到处是宣传的彩旗和为残运会而开放的鲜花。中国五千万残疾人迎来了自己的盛大节日。

26．日外　体育场

常平和接力的队员站成一排，正在听白教练训话。

白教练挥舞着发令枪，神气得像个团级干部。

白教练：时间不等人，最后的冲刺已迫在眉睫。在激烈的竞争中，不进则退，没有第三条道路可走……

红白相间的接力棒在运动员们的手中传递，他们的活力和信心使所有的人都忘记了他们的残疾。

训练，无休止的、艰难的、令人赞叹的训练。

27．日外　运动场边

常平坐在场地边上休息，足球场上有几个运动员在练球。常平看得很入神。

终于，他忍不住了，跑过去和他们一起踢了起来。

常平用假肢奔跑、踢球，不可思议的灵活。

为接一个头球，常平扑倒在地。他欲爬起来，一抬头，看到一双站着不动的脚。

镜头上移，是白教练。

白教练一脸严肃。

常平自知有错。

白教练：你不练了。

常平：就踢了一脚，不踢了还不行？再也不踢了还不行？

白教练：组委会指示，让你参加报告团，马上就去报到。

常平：我哪会做报告啊？要做报告也得您去。

白教练：我去？凭什么我去？

常平：对了，对了，您是健全人。那么训练呢？怎么办？

白教练：重新安排时间，我担心的不是训练，我担心的是离开我，你再出什么乱子。

白教练又点上一支烟。

透过缕缕烟雾，常平看着白指导疲惫不堪的样子，心里一阵难受。

常平：保证完成任务。

28．日内　陆小杨家

陆小杨推开家门，大鹏和母亲正有说有笑地准备晚饭。

大鹏：今天我承包。

他指着一桌子菜：看看工程质量怎么样？

陆小杨有点勉强地一笑，进了自己的房间。

29．日内　陆小杨的房间

大鹏跟了进来。

大鹏：马娜娜今天找我去了。

陆小杨：是吗？

大鹏：你猜她找我干吗？

陆小杨心中有鬼地：我怎么知道，她找你干吗？

大鹏：他对常平印象不错，想继续交往。

陆小杨有点不得要领：是吗？

大鹏：她要不说，我还真没看出来，你是给他们介绍对象。

陆小杨：我介绍，她找你干吗？

大鹏：她以为咱们俩串通好了呢。你给我买的那两件 T 恤呢？

陆小杨：你不是嫌不是名牌吗？

大鹏：没穿的了。

他边玩边戴上耳机听音乐，表情很轻松。

陆小杨找出衣服和一个存折：大鹏。

大鹏用很大的声音：哎。

陆小杨：你的衣服，这些钱也是你的，还是你自己拿着吧。

大鹏一把拉下耳机：你这是什么意思？

陆小杨：我并没有打算把常平介绍给娜娜……

大鹏：那你打算干吗？

陆小杨：我想和你分手。大鹏，长久以来，我工作之余除了你，没有别的。告诉你，我，整天盼着能出点事，我甚至假设，你会爱上别人，然后我千方百计去侦破，再然后你求我原谅你。我原谅了你，咱们破镜重圆。

大鹏：你简直不可理喻。

陆小杨惆怅地叹了口气。

大鹏心情沉重地说：和一起做生意的朋友聊天的时候，都觉得冷落了老婆。可我们这么拼死拼活地干，为了谁呀？我挣的每一块钱，都是为了你！

陆小杨冷静地：我一直在努力地习惯你，可我发现根本不能。

大鹏沉吟片刻，问：这事儿，跟常先生有关吗？

陆小杨：不，这是我们俩之间的事儿，常平他……

大鹏一下火冒三丈地站起来，大嚷 他怎么了？他算什么呀？他有什么呀？他凭什么呀？就算他救了你一回吧，就算他见义勇为吧，那我不是谢过他了吗！他，他还没完没了是吧！我告诉你，这种人，我见过多了！

陆小杨也生气了：你都说了些什么呀？你现在怎么变成这样了！

大鹏压住火：我变成什么样了？那常先生呢，他又是什么样的人呢？

陆小杨：至少，他不是你想象的那种人！

大鹏冷冷地：恐怕，他也不是你想象的那种人！

说完转身出去，只留下小杨愣在原处。

30．日内　陆小杨家饭厅

大鹏喝醉了。

母亲一杯接一杯豪爽地陪着大鹏喝酒。

陆小杨拧了凉毛巾为大鹏擦脸，大鹏把脸伏在小杨的手上。

31．日内　礼堂

台上坐着方方面面的领导，台下是不同职业、不同年龄的听众。

常平站在讲台上，他讲话的声音不大，语调也很平和。

常平：我是一个幸存者，真正的英雄是那些留在战场上没有回家的战友。想到他们，我就没有什么不能割舍，没有什么不能拿出来的。残疾人运动员的金牌是用血换来的。我们为自己也能为国家赢得荣誉而感到自豪和欣慰。

常平赢得了他一生都享用不尽的掌声。

32．日内　陆小杨家

陆小杨的母亲下了班回到家，正在炒米饭，她切葱、打鸡蛋、倒油进锅……收音机开着，里面正在播放常平的报告录音：

常平：标枪出手之后，在巨大的惯性中我无法保持身体的平衡，所以每次都必须用好腿把假肢别住，自己把自己绊倒在地上，才能保证不犯规……

常平的话吸引了陆小杨的母亲，她端着鸡蛋的手停在油锅上空……

33．日内　报告会场

常平在讲话：那次比赛是最艰苦的一次，当时我脑子里一片空白，只有一个念头，就是让欧洲高大傲慢的运动员正眼看看我们，终于我以49.20米的成绩打破了残疾人标枪的世界纪录。

掌声。

34．日内　陆小杨家

收音机里传出热烈的掌声。

陆小杨的母亲醒过神来，赶紧把端着的鸡蛋倒进锅里，但油并没有像她想象得那么热，鸡蛋下去无声无息，她赶紧低头看火。煤气有气无力。无奈，她关了火回到客厅，把收音机声音拧小，拨电话。

35．日内　银行

于维手拿电话听筒：小杨，咱妈的电话。

旁边一正在喝水的同事差点把水喷出来。

陆小杨在听电话。

母亲：你吵架的本事挺大。换煤气还找不找人家？

陆小杨：我去，我下了早班，我自己去换。

母亲：我就得饿两顿了是不是？

陆小杨：您先下楼买点吃的，下午我想办法。不行，下午让我去听残运会的报告。

母亲：去吧，反正我运动会开幕之前能用上煤气就行。报告挺好的，刚才我在家还听来着，一个小伙子，打仗让地雷炸没了一条腿，回来还当了世界冠军。

陆小杨：妈，我挂了，上着班呢。

一女同事：小杨，你们家煤气管道还没通哪？

高个儿于维凑过来：我下午没事，替你们家换煤气去吧。

陆小杨：你也不认识啊。

于维：那我还不会问？跟着驮煤气罐的人走呗。

陆小杨：那人要是换完了呢？你不跟到人家家里去了？

于维：那我替你听报告去得了。

陆小杨：好吧，多谢了。

于维高高兴兴地走了，不在乎别人笑他。

36．日外　银行门口

陆小杨下班，推着车。

马娜娜：陆小杨。

陆小杨停住脚，回头。

37．日外　一条清静、漂亮的小马路

陆小杨和马娜娜慢慢地走着。

马娜娜：我星期天想出去转转，常平要有空，我想约他。

陆小杨有些迟疑：可我还没和他说……

马娜娜：什么说不说的，别那么严肃，合得来就一起玩儿，合不来就再见。

陆小杨：娜娜，你看这样行吗？其实我和常平也不是特别熟，连他的婚姻状况都不了解，本着对你负责的原则，我还是先和他说一下，你看呢？

马娜娜有点失望地：也好。

38．日外　楼群间的小马路

常平骑着自行车，后面驮着煤气罐，前面大梁上坐着陆小杨。

阳光明媚的星期天。

陆小杨兴高采烈。

陆小杨：你第一次来我家就把我妈最大的难题给解决了，她对你印象一定不错。

常平：这算什么，最好是到你家电梯坏了，我拎起煤气罐蹭蹭蹭一口气爬上去，让你更加以我为荣，让你妈一上来就觉得欠我的情。对了，你们家是几层来着？

陆小杨：15 层。

常平立刻住了嘴。

39．日外　宿舍楼外

到了楼门口，陆小杨先跑进去按电梯。常平把煤气罐从自行车上卸下来，没等他拔下车钥匙，陆小杨又折了回来。

陆小杨有点幸灾乐祸地看着常平：常平，你心想事成，电梯真的坏了。

常平目瞪口呆。他有一点犹豫，不知道自己能不能承受这份重负。可他又

很想试试，他是一个最受不了挑战诱惑的人。

看见常平犹豫，陆小杨也犹豫了。

陆小杨：算了，别逞能了，咱们把煤气先存楼下，叫我妈下来，出去吃饭。

常平拎着煤气罐进了楼。

40．日内　楼道

常平在楼梯口停了下来，执意让陆小杨走在前面，并习惯性地看了一眼手表。

41．日内　楼梯上

常平没有想到上楼梯会这么难。开始，他用左手提着煤气罐，右手抓着楼梯扶手，把重心放在右腿上，借着悠劲往上走，可刚到3楼，右腿渐渐吃不上劲，断肢和假肢接触的地方也开始痛。

拐过5楼半，陆小杨在6楼口等他，常平放下煤气罐。

常平：你别等我，先上去。

陆小杨：我和你抬吧，义务的，不抢你功劳。

常平：不用。

陆小杨：不就一罐煤气吗？别硬撑着。

常平：你走不走？你烦不烦？

陆小杨一愣，她没想到常平会这么和她说话，而自己居然就听话地闭了嘴。

常平用力把煤气罐甩上左肩，右手扶着栏杆往上走，但他的动作已经完全失去了从容，两条腿的步子也很不协调。他咬着牙，绷紧了浑身的肌肉。

42．日内　楼梯上

楼梯一层一层地减少，常平的步伐一步比一步沉重。陆小杨总忍不住回头看他，但只要陆小杨回头，常平就停下来固执地等待。直到陆小杨转过身去。

陆小杨嘟嘟囔囔地走在前面：我以为全世界就我虚荣呢，其实你才虚荣得没边呢。我和你抬，你就下不来台了？不就是一个煤气罐吗。

43．日内　过道里

常平把煤气罐重重地放在陆小杨家浅绿色的纱门前，长出了一口气。

陆小杨转过身，赞赏地在常平的肩上重重拍了一下。常平向后退了两步，靠在了墙上。陆小杨在他面前轻轻地说：从那天你追汽车我就看出来了，你永远是个赢家。

常平隔着纱门看见了陆小杨母亲的眼睛。

44．日内　陆小杨家的门厅

陆小杨介绍道：妈，这是常平；常平，这是我妈。

常平：阿姨。

母亲：你好。辛苦你了。

陆小杨：妈，电梯坏了，常平是提着煤气罐走上来的。

母亲：真过意不去。

陆小杨：没事，妈。他正好表现表现，是吧，常平？

常平：我先去洗一下手。

从门口到洗手间只有五六步，常平咬着牙才保持了身体的平衡，因为他感觉到陆小杨的母亲正盯着他的后背。

45．日内　卫生间里

强烈的日光灯把常平的脸映得很白。

常平先把卫生间的门锁好，坐到马桶盖上，挽起左腿的裤腿，解开假肢的搭扣，他一下子就傻眼了：断肢的残端磨出了血，周围一大片青紫，他知道自己犯了一个不可原谅的错误。他拉过一条毛巾，浸上凉水，轻轻地敷在腿上。

常平看着镜子里的自己。他看到了自己眼中的狂热和茫然。

46．日内　厨房里

有了煤气，母女俩开始准备迟开的午饭。女儿兴奋，母亲心事重重。

母亲：小杨，你要是因为他吹了大鹏，就让他把煤气罐拿下去，我不用它。

陆小杨：妈，不冲别的，就冲人家在大街上为你女儿冒着生命危险讨回一个说法，您也不能这样吧。如果那天被撞的是您。撞您的汽车在光天化日下逃之夭夭，您能气死！

母亲：如果被撞的是我，谁知道他还追不追？

陆小杨：您这么说就不对了，如今见义勇为的人这么多，并不是只救年轻女性吧。再说，当时他要是看清我的年龄、模样再追，汽车都到天津了。

母亲停顿了一下，又说：我看他一条腿好像有点毛病。

陆小杨：有没有搞错？他连汽车都追得上。

说话间，陆小杨剥了一大堆蒜。

母亲夺过她手上还在剥的蒜：行啦、行啦，我在对门煮了几个鸡蛋，你们吃吧。

47．日内　陆小杨家门厅

常平确实有点饿了，拿过一个鸡蛋随手在假肢的关节上磕了一下，鸡蛋“啪”的碎了。陆小杨也照常平的样子在膝盖上磕了一下，不仅鸡蛋没碎，还疼得她龇牙咧嘴。

陆小杨：嘿！怎么回事？

常平觉出失手，就又抓过一个鸡蛋，弯起食指一敲，“啪”，鸡蛋又碎了。

常平：你先试试这个。

陆小杨弯着手指在鸡蛋上敲了几次，食指的关节都红了，鸡蛋还是原来的鸡蛋。

陆小杨：在你面前，我怎么一事无成了？

陆小杨的母亲靠在厨房的门口，比画了一下常平的动作：这就叫有成啊？

陆小杨息事宁人：和您比当然不行。常平，我妈说现在满大街女孩没有一个身材好的，好不容易有一个说得过去的，走近了一看，是我。

常平嘴里塞着鸡蛋，刚要张嘴说话，干蛋黄先喷了出来，赶紧又闭了嘴，笑着点了点头。

陆小杨的母亲不以为然地翻了个白眼，转身从厨房拿了一块抹布，扔到地上，用脚擦着常平在一尘不染的地板上留下的白脚印。

母亲：女孩子，顺眼，不傻不坏，就行了。男的不行，男的一辈子要没点出息，让人瞧不起。

说罢，转身进了厨房。

陆小杨拿过一双拖鞋，放到常平脚边，示意他换上。

常平站起身：我该走了，阿姨，我先走了。

母亲在厨房说：吃了饭再走吧。

常平：不了，阿姨，我还有事呢。再见，陆小杨。

陆小杨到自己的房间抓起包，换上鞋。经过厨房时说：妈，您太过分了。

48．日外　公园里水边长椅

泳池中有很多人在游泳、戏水。

陆小杨在想方设法让常平高兴。常平只是置身事外地看着她。

陆小杨：我发现你还挺小心眼，你还没看我妈在医院呢，那叫厉害，有朝一日你要落到她手里，非吓死不可。

常平：接着说。

陆小杨：现在不想说，你高兴了我就说。

常平：我怎么不高兴了，我挺高兴的。

陆小杨：那好，你要是高兴，就陪我游泳。

49．日外　游泳场小商亭

陆小杨买了游泳衣和短裤，还买了两条很鲜艳的、一样的大浴巾。

50．日外　水边

陆小杨抱着东西跑过来。

陆小杨把游泳裤和浴巾扔给常平，自己抱着其余的东西朝更衣室走去。

51．日外　水边

陆小杨换好了游泳衣，从更衣室跑出。

陆小杨：怎么了你？不会游？有缺陷？还是成心气我？

常平不语，仍看着陆小杨。

陆小杨有点不知如何是好，站在水边发愣。

陆小杨：早知道今天让你这么扫兴，还不如让马娜娜约你出去呢，她对你印象特好，让我问你愿不愿和她联系，我是无心插柳柳成荫了。

常平站起身，把游泳裤摔在椅子上：我走了。

陆小杨：你去哪？

常平：我有很多地方可以去，比如说去找马娜娜。

陆小杨一下子失去了冷静，她追上来拉住常平：别走，我不是这个意思。

常平：你这种女孩最让人受不了的就是优越得没边，可以拿任何人的任何事情开玩笑。马娜娜是你朋友,你可以帮她,也可以不帮她,可你不能嘲笑她……

他边说边甩开陆小杨的手。

陆小杨后退了几步，一下退进了水里。

常平一紧张，穿着衣服就跳进水里。

两人站起来，水并不深。两人对视。

52．日外　骄阳暴晒下的运动场

发令枪炸响。

几个运动员冲向终点。

常平意外地落在了许玉川和另外一个运动员的后面。

许玉川踌躇满志地：再跑一个，再跑一个。

常平没有理会许玉川的挑战，他独自朝运动场中央支着的一把红色遮阳伞走去。他躺在那个小小的阴凉里，抓起一瓶矿泉水倒在头上，水流到地上马上就干了。

白教练走到许玉川和其他运动员中间。

许玉川问白教练：他怎么了?

白教练：我正要问你呢。

白教练：运动员成绩突然下降不外乎两个原因：一个是受伤，一个是恋爱。许玉川，他最近有没有情况?

许玉川：您放心，我们那儿连耗子都是公的。

白教练：你去告诉他，调整一下。

许玉川朝常平走去。

白教练正要离去，忽听 BP 机响。

白教练不满地：谁又把呼机带进来了?

运动员们交换了一下眼神，没事人似的散去。

白教练循声在放器材的箱子里找到了一个 BP 机，看了看上面的留言，自语道：小杨……说不定还真是个女的。

他若有所悟，把呼机装进裤兜。

53．日外　红阳伞下

许玉川在常平身边坐下。

许玉川：这么脆弱，刚赢你一次就受不了了？

常平猛地直起身来：白教练说我什么了？

许玉川：他让我问问你有什么思想问题，说吧。

常平又倒了下去：我很喜欢陆小杨，一想起她来心里就特别高兴。真希望她永远也不知道我有条假腿，永远也别和别人结婚。

许玉川：不可能。

常平：我知道，所以我很烦。

许玉川：我看你是怕陆小杨知道你隐瞒了残疾，不要你吧？

常平：要真是这样，事情反而简单了，我至少可以去求她同意。如果我所有努力都尽到了，她还是不同意，我就回来喝一瓶酒，大睡一觉了事。我怕的是她理解你，可在她眼里，我变成了另外一个人；在我眼里，她也变成了另外一个人。

许玉川：哪有你说的那么玄？残疾人和健全人结合的多了，幸福的也多了。

常平：那你为什么不找个健全人？

许玉川：早知今日，何必当初？要是她一开始就知道你的真相，不就没这么多事了吗？

常平：开始我也没想瞒她，因为我根本没打算认识她，我都不知道从什么时候开始的，哪有什么开始啊？再说，她还有个一表人才的男朋友……

许玉川：那你打算怎么办？

常平：好好训练，早睡早起。

许玉川：白指导那儿你怎么交代？去和他谈谈？

常平：说不清道不明的，别不打自招了。

许玉川：可要打了再招，性质就不同了。

54．日内　银行

高个儿于维手拿电话茫然四顾：咱们这儿没有杨小姐吧。

有人数落他：有没有杨小姐你不知道？

于维：可咱们这是 4220187 啊？

又有人数落他：咱们这儿是不是 4220187 你不知道？

陆小杨：会不会是找我的？有人管我就叫杨小姐。

陆小杨接电话：喂，您哪里？

55．日内 田径队办公室

白教练在电话的这一端。

白教练：是杨小姐吗？您好，我是残运会集训队的教练，我姓白，很冒昧给您打这个电话。首先我向您对残疾人的关心和理解表示感谢。

56．日内 银行

陆小杨：别客气，那是我应该做的。

57．日内 田径队办公室

白教练：我希望您能继续支持我们的工作。

58．日内 银行

陆小杨：没问题，有事尽管说。

59．日内 田径队

白教练：杨小姐，残疾人能得到健全人的爱情不容易，我们很高兴您能排除社会的偏见，勇敢地迈出这一步……

60．日内 银行

陆小杨的表情很困惑。

61．日内 田径队

白教练：所以我首先声明，我是支持您的，赞成你们的交往和友谊。但是，现在时间太紧迫了，不得不给您提几条要求。

62．日内 银行

陆小杨想放下电话，又放回耳朵上，她想听听是什么要求。

63．日内 田径队

白教练：第一，千万不要在这个关键时刻和他闹别扭；第二，不要打断他的训练，减少见面；第三，不要让他分担您的烦恼；第四……

64．日内　银行

陆小杨越听越糊涂。

65．日内　田径队

白教练：您应该理解我的心情，等到给他开庆功会的时候，我亲自向您道歉。

66．日内　银行

陆小杨：给谁开庆功会？

67．日内　田径队

白教练的“常”字刚要出口，常平推门进来了，白教练下意识地挂了电话。

68．日内　银行

陆小杨拿着电话发愣。

高个儿于维问她：给谁开庆功会？

陆小杨没好气地：我还想问你呢。

于维：到底是不是你的电话？

陆小杨：好像是，又好像不是。

于维：不是你瞎答应什么？

陆小杨：肯定不是，我是陆小姐，不是杨小姐。

于维：不是你，干吗这么心神不定的？

69．日内　田径队办公室

白教练心神不定地看着常平，他递给常平一支烟，忘了他不抽烟。常平接过烟自己点上，忘了白教练不让他抽烟。

常平：指导，我请求休整，我……伤了。

白教练：怎么伤的？

常平：前天，我帮人往楼上扛了一罐煤气。

白教练：几楼？

常平：15 楼。

白教练站起身，绕过桌子，走到常平坐的椅子旁边，蹲下身，拉开常平运动裤的拉链，卷起常平的裤腿，小心地解开常平的假肢。他好像想说什么，把一直叼在嘴上的烟拿了下来，但拿在手上又不知该往哪放。话也终于没有说出来。他把常平的裤子拉好，捡起躺在地上的假肢，“哐”地放在桌子上。

白教练：从今天起，直到彻底恢复，不许再戴假肢。你就是明天结婚，也给我拄着拐去。

常平用一条腿支撑着站了起来：指导，我对不起您……

白教练：我没有什么，运动会开完，你回你的花果山，我回我的高老庄。

常平：我认识了一个女孩，就是让出租车剐了的那个，本来我没想，可是后来，我……

白教练灭掉了手上的大半支烟：这你不用解释，正因为我理解残疾人在爱情生活中的困难，我才没有像要求普通运动员那样要求你、限制你，但这都是有前提、有条件的。国家投入了这么大的人力物力，全国人民都在看着我们，我们没有权利为个人的事情影响了大局……

常平猛地一挥手：对不起，我打断您了。我这条腿，不是为了个人的事情断的，所以我得反驳您一句。

他突然提高了嗓门：我绝不是为了急着给自己找一个老婆才影响训练的，我还没那么贱，没那么可怜！

白教练也在没有思想准备的情况下有些失去理智：你是打过仗的，你应该明白一个战士在战场上应该怎么做，应该服从谁。如果每个人都和你一样，这仗还打不打了？

常平：您可以处罚我，可以枪毙我，但最好不要假惺惺地理解我，我最讨厌的就是这个。

白教练：你太敏感了。

常平：对，我就是敏感，人人都有敏感的地方，这你才该理解呢。

白教练平静下来：你好好想想，这几个月咱们是怎么过来的，大伙是怎么练的。小董唯一的一条胳膊摔断了两次，许玉川夜里起来加课，别说是残疾人，就是健全人也受不了……白教练叼上刚才灭掉的半支烟，手抖得点不着。常平用一条腿跳着过去替他点上，把他的打火机放在桌上，又跳着回来拿起自己的东西，他没有拐，就从墙角抄了根旧标枪，拄着走了。

70．日外　办公室外

阳光下，常平眯起了眼睛。

大鹏站在离他十几米远的地方看着他。

两个男人面对面，一个西服笔挺，万分吃惊；一个满脸是汗，空着半条裤腿，余怒未消。

大鹏：你好。

常平：是来找我的吗？

大鹏：我想找你，我就能找到你。

常平：有事吗？

大鹏：你怎么会是这样？

常平：我就是这样，我一直是这样，怎么了？

大鹏：不，我不是这个意思，我以为你在这儿当教练或者裁判呢。

常平：我不是教练，更不是裁判，我是个残疾人。

大鹏：我没事，我走了。

常平：干吗不把话说完？

大鹏：我真的没事。再见，祝你取得好成绩。

常平看着大鹏走远。

71．日内　医院

巨大的、神秘的CT机在来回转动，常平平躺在机器下面。

机器停止。话筒里传出医生的声音：起来吧。

72．日内　医院

白教练、常平和组委会的一位领导在医生面前坐得直直的。

年纪不大的专家一脸严肃，看着手里的片子。

医生：骨头没事……

三个人都松了一口气。

医生埋头在单子上写了一阵，推到白教练面前。

73．日内　医院走廊上

领导、白教练和架着双拐的常平头凑在一起看医生的诊断。白教练一个字一个字地念：全休……

三人停住，又不约而同转回身，正和医生的目光相遇。

常平：大夫，不是没事吗？干吗还全休？

医生：我说骨头没事，并没说“没事”。

白教练：大夫，你看，我们训练挺紧张的，能不能减少一点运动量……

医生：我并不反对残疾人参加一点体育运动，增强一下体质。但是，我认为不能这么个练法。（对常平）是运动为你的健康服务，还是以你的健康为代价去运动？

常平直视大夫，欲言又止，独自沿着走廊向前走去……

领导的画外音：大夫，我说你太不了解残疾人了，你以为他们参加比赛是为了玩吗？他们是想对社会、对国家做一点贡献，他们想的是为国争光，所以才不惜以自己的健康、自己的全部做代价。他们希望所有的健全人都承认他们对社会、对他人的价值。就像承认您那样。

从另一条走廊上拐过来的陆小杨的母亲看到了常平的侧面，她似乎意识到了一点什么，又回过头去。这时，常平已经穿过了一扇玻璃门。他转过身，靠在窗口等另外两人。在观众看来，陆小杨的母亲一定看清常平的脸了，但从母亲的角度去看，一张贴在玻璃门上的残运会的招贴画正好挡住了常平的上身，她只看到了一副拐和常平的腿。

74．日内　比萨店

明亮的门面，看得出，里面人不少。

陆小杨坐在一个很好的位子上，对面是一个空位，显然是留给常平的。

陆小杨看表。

一男士来问陆小杨对面的位子是否有人，陆小杨点了点头，又看表。

男人身后胖胖的女人嘀咕了几句，又来问有没有人。

陆小杨：有人，我正在等。

女人很不以为然的表情。

陆小杨叫住了走过的服务小姐，点了好多东西，摆满了桌子。

陆小杨又看表。

桌上的冰激凌已经化了。

陆小杨的呼机响了，她低头一看，是常平呼她。

75．日外　电话亭

陆小杨走到比萨店对面的一个电话亭里，投进硬币，电话通了。

陆小杨：喂，常平吗？

常平在电话中的声音：我收到留言了，可我实在去不了。

陆小杨：为什么？

常平的声音：不为什么，人和人碰到一起很容易，分开也容易。

陆小杨：我不懂你的意思。

常平的声音：其实，你最大的优点就是凡事不求甚解。这样你轻松，别人也轻松，要是一切都说清楚了，恐怕连梦也剩不下了。

陆小杨：可，可我还是不明白你在说什么。

常平的声音：我得挂了——别丢了车钥匙。

陆小杨急着喊：哎，你别挂！常平，常平！

电话断了，小杨无奈地挂上听筒，陷入沉思。

76．日内　陆家

夜空中，月亮在云中出没。

小杨靠在床上，想着心事，不能成眠。

77．日内　运动员宿舍

同样的月光下，常平躺在床上，辗转难眠。

78．日内　健身房

室外是初升的朝阳。

室内。

常平挂在架子上，作引体向上。

常平在练腹肌。

常平练得大汗淋漓。

79．资料

初秋的北京风情万种，各国残疾人运动员云集北京，恭迎盛会。

1994 年 9 月 4 日，残运会在北京工人体育场隆重开幕。42 个国家和地区的近2100人参加了这次运动会。中国代表团由600人组成,田径队共有204人。

开幕式上,8000人参加了大型团体操的演出。

80. 日内　关大鹏装饰豪华的办公室里

办公室里有一台特大的彩电,关大鹏正在看股市行情。

女秘书进来:经理,运动会开幕式开始半天了,看一眼。

大鹏换台。

电视上出现了常平手持火炬健步跑进运动场的身影,大鹏一愣。

常平点燃友谊圣火,他的脸上闪着红光。

秘书:这个小伙子哪残废?聋哑人吧?

大鹏:他有一条腿装着假肢。

秘书:不可能。

马娜娜出现在秘书的身后。

马娜娜:他装着假肢,百米成绩12秒,1992年巴塞罗那残奥会上他以49米02的成绩打破了残疾人标枪的世界纪录……

大鹏:娜娜你好,坐。

秘书出去了。

大鹏一时不知说什么好,有些失落地看着墙上他早年的一幅画。

马娜娜:我想让你转告小杨一句话。

大鹏:可以。

马娜娜:我不知道上次和常平的聚会是不是她有意安排的。说实话,我对常平的印象也不错。我甚至还主动向小杨要过他的电话。可我不能接受的是,你们对我隐瞒了他的真实情况,我的意思并不是说残疾人就不能考虑,但我现在实在没有思想准备。我可能也没说清楚……

大鹏:你说清楚了。

81. 日内　银行

陆小杨从不关心体育,加上这几天心绪恶劣,她显得百无聊赖。

一只手递过来几张存单。

陆小杨伸手去接,一看名字,她猛抬头。

是大鹏。

大鹏：小杨，我把存在你银行里的钱全取走，以后就可以不再来了。

陆小杨的眼圈马上红了。她低着头为大鹏办手续。

大鹏：我见到常先生了，我没想到，你不该瞒着我。

陆小杨：我瞒你什么了？连我都不知道他在哪。

大鹏：小杨，你到底了解常平多少？

陆小杨：怎么了，大鹏？你什么意思？他是不是出事了？你怎么会见到他？他在哪？

大鹏：翻翻你办公桌上的报纸，体育版，仔细看一会儿，你就找到他了。

高个儿于维把大鹏的许多钱送到陆小杨面前。

陆小杨飞快地数钱，交给大鹏。

大鹏：我走了，本来我是想从他那里把你要回来的，为此，我不惜一切代价。

陆小杨茫然。

一张张报纸从于维的手上飞到陆小杨的手上。常平打破世界纪录的消息和照片出现在陆小杨的眼前。陆小杨把脸久久地埋在报纸上。

82．日内　陆小杨家

陆小杨回到家，第一件事就是给母亲看报纸。

母亲把一张糊饼放在她的面前：我不用看报了，我在电视上看见活人了。

母女相视无语。陆小杨泪流满面。

母亲：你可真行，交个男朋友这么长时间，连几条腿都没弄清楚，你也马虎出圈了吧？

陆小杨哭出了声。

母亲本来正在吃东西，吃着吃着也流出了眼泪。

83．日内　运动场入口

陆小杨被工作人员拦住。

白教练从旁边路过。

工作人员对小杨：这是我们的职责，要是普通观众都可以进去找人，会场的秩序还不乱了？

陆小杨：我好久都没有他的消息了。让我进去看他一眼行吗？

工作人员：当然不行，你可以等他比赛之后，到他的驻地去看他。

白教练远远走来。

工作人员：白教练，您来一下，这位小姐来找常平。

白教练恍然：你是……杨小姐？

陆小杨也恍然：您是……

白教练：我是常平的教练，你来得太好了，他在5号休息室，一直走，然后左拐，再左拐第四个门就是。

陆小杨：谢谢您。

工作人员：白教练，你怎么也迁就起你的队员来了？

白教练：你们把我当人质扣在这儿，也得让她进去。你们不知道，常平累成什么样了？刚才他腿肿得假肢都摘不下来了，他让扔铁饼的大黄硬拽下来，皮都没了。我当了40年的教练，没见过这么不要命的运动员。

84．日内 休息室

陆小杨在一间很大的休息室里找到了常平。他正一个人坐在角落里，用胶带缠着他的伤腿。他浑身都让汗水湿透了，人也疲惫到了极点，以至于当他看到出现在他面前的陆小杨时，恍然如梦。

陆小杨在离常平几步远的地方站住。

常平：我是不是以假乱真了？

小杨无法回答他。

常平慢慢地诉说着：你不知道我有假腿，我就是健全人。真想留住做健全人的感觉。如果你今天不来，你就永远不会知道。你不该来！

说到这儿，常平说不下去了，几次欲言又止，终于接下去说：我，不是不想看见你！

停了许久又说：那是我刚出院不久，有一天，拄着双拐，走在大街上，看见两个人打一个民工，我冲上去，我觉得我能赢。我打他们，他们都没还手，其中一个说：你都这样了，还替别人打架，有种！另一个拿着刀过来，说：瘸子，不是我们打不过你，我们是让着你。说完他们就走了，你无法想象我的感受。如果你当过运动员，你就会明白，一个人，可以输，但绝对不能被让！

小杨已经泪流满面，她慢慢地走到常平身边，两人互相凝望着，许久许久，常平抬起手，擦掉小杨脸上的泪水。

小杨趴在常平的膝盖上，两人依偎着。窗口射进的阳光把他们照得如天使一般。

—— 完 ——

歌手

Geshou

1．日内　珊瑚公司

两扇玻璃门。上面有某音像公司的标牌。玻璃门光可鉴人，反光中见一男子（江伦）匆匆走近，没待看清他的面孔，玻璃门就被他伸出一只手猛地推开。

玻璃门几乎碰到墙上。

江伦走进走廊，玻璃门在他身后由于惯性而大开大合，很不安定的样子。

江伦的主观镜头，他稍有犹豫，便选择了要走的路。

从江伦经过的地方，可以看到贴在墙上的花花绿绿的录音带、录像带的招贴。

还是主观镜头，一扇办公室的门被推开了。

一台巨大的电视机里正在播放一盘热火朝天的外国 MTV 作品，几个人围着在看，边看边议论。

镜头摇过，这里显然没有江伦要找的人。门重新关上，镜头继续沿着他的脚步向前。

江伦走过两个站在楼道里抽烟的男子身边，其中一个是留着长头发的艺术家，艺术家对镜头打个招呼，显然认识他。

江伦推开另一扇门，这是一个排练厅，4 个英俊的小伙子在跳一段热火朝天的舞。

江：阿兰呢？

4 个人一齐摇头。

江伦关上门。

2．日外　马路上

笔直的林荫路。

许宁骑着摩托车由远及近。

许宁年轻的脸，挺严肃的表情。

3．日内　珊瑚公司

江伦还在找他要找的人。

在一扇门前，他犹豫了一下，还是推开了。

屋里没人。

这是看过的几个房间中最豪华的一间。江伦带上门，继续向前走。

这时，我们才看清楚江伦怒气冲冲的脸，他是一位独立音乐制作人，目前正与这家“珊瑚音像公司”合作制作一张新的个人专辑。他加盟这张专辑的原因之一，是因为专辑的主唱是他的女友——当红女歌星阿兰。阿兰也是他现在着急要找的人。刚转过身的江伦撞到了公司公关部主任袁红的身上，袁红手里的材料撒了一地。

袁红看到江伦，下意识地看了一眼手表。

江：袁红，阿兰呢？

袁红朝一扇门指了一下，做了一个洗脸的手势。

4．日内　珊瑚公司

江伦走过洗手间，他果然在这儿找到了他要找的阿兰。

5．日内　洗手间

阿兰正伸长脖子在照洗手池上方的镜子，脸上是女人没有人旁观时，独自面对自己的安静。听见门响，阿兰慢慢转过脸来，脸上的表情由询问而奇怪而恍然而无奈。

6．日外　马路上

许宁的摩托车开进闹市。

摩托车沿着弯曲的便道缓缓地行驶。

一辆大型卡车从许宁身边擦过，轰鸣声扑来。

许宁回头。

卡车闪过。

7．日内　珊瑚公司

走廊上，江伦手里拿着阿兰的零碎东西走在前面，阿兰逆来顺受地跟着。手里翻看着江伦刚才拿在手里的一本杂志。

在一间办公室门口，江伦停下来开门。

阿兰几乎撞到他身上，阿兰顺势搂了江伦一下，但江伦的心思一点也不在阿兰身上。

8．日内　江伦的工作室

这是一间不太大而又杂乱无章的房间，有书架、书柜，还有桌子和行军床。

阿兰在江伦扔得到处都是的纸中挑拣着可以用来擤鼻涕的废纸，不时打着喷嚏。

江伦则坐在桌子后面，一言不发，一脸不高兴。

阿兰感冒得挺厉害，一副漫不经心的样子。

江：协议呢？我看看。

阿：先告诉我，你生他气，还是生我气？

江：还用问吗？曹学刚是谁？你当着那么多人的面和他吵，怎么这么没心没肺啊？你以为别人会佩服你敢和老板顶嘴？在外面这么多年了，我真奇怪你是怎么混到今天的？

阿：我没说什么，就说我的几首 MTV 都不理想，这是不是事实？而且我也没说责任都在公司。我说我拍不好 MTV，不想拍了。

江：袁红打电话给我，说全公司的人都听见你在和曹总吵。

阿：你知道他说什么？他说去年的没拍好是因为我对摄影师不热情。

江：那你也用不着认真，他是随便说的。

阿：我就是不习惯别人这样随便地说我。

江：曹学刚不是"别人"，他是老板。

阿：（无可奈何地）我知道！谁都惹不起他，什么都得听他的。可我已经吵了，怎么了？你没事了吧？没事我走了。

阿兰朝门口走去，走到江伦身边。

江伦上前搂了阿兰一下。

江：你不了解曹学刚。我是担心咱们的新专辑，它绝对是颗炸弹，我们必须把它造出来，别人才能看到它的威力。

阿兰在江伦背后，出了一个怪表情。

最终，两个人还是亲热地抱在了一起。

9．日外　街上

许宁迈着大步走在闲适的人群中。

一家书店，大玻璃上，贴着录音带的海报。

许宁走进书店，转眼工夫就出来了。

10．日外　大街上

熙熙攘攘的都市马路。

车与车相接，重叠，交错。

阿兰开着一辆红色的小车，升上立交桥。

歌声随之而起。立交桥的流线与歌声缠绕、回旋。阿兰的脸上有一些失意和茫然。

歌声渐强，汽车音响是声源。

阿兰伸手拉出纸巾擦着鼻涕。

11．日内　音像商店

许宁走向一排排摆满录音带、激光唱片的柜台。

阿兰伏在柜台上，眯着眼睛看玻璃台面下的录音带。

几个认出阿兰的年轻人围了上来，请她签名。

阿兰伏在柜台上，熟练地在CD盘的封面上签上自己的名字，并写上日期。

一只手一下子递过来十几盒录音带。

阿兰下意识地抬起头。

音乐到这里才停住。

是许宁。

许：你好。

阿兰翻着磁带，大部分是她的。

阿：都要签吗？

许：嗯。（手忙脚乱地撕包装纸）

阿：（边签边说）干吗买这么多？

许：全国人民都喜欢嘛。

阿兰又看了许宁一眼，无可奈何地一笑。

阿兰把签好的磁带往许宁面前一推。

阿：再见。

许宁忙着收东西。

许：哎，我还有件事求你。

但阿兰已转身出了店门。

12．日外　马路上

城市车流。

阿兰的汽车挤在车流中停停走走。

车堵得很厉害。

阿兰焦灼的表情。

阿兰的汽车玻璃缓缓落下。

阿兰伸出头去，向前方张望。

巧了，在阿兰的左侧，许宁的摩托车几乎和阿兰的车平行。

许宁从后视镜中看到了阿兰的汽车和阿兰。

许宁回头冲阿兰招招手。

阿兰看到许宁，露出职业性的假笑。

许：够热的。

阿：还好。

汽车玻璃往上升了。

许：哎，再求你件事行吗？

阿：什么？

说话间，两人的车先后交错地向前挪。

许：我还想求你件事。

阿：你是……

许：我叫许宁，在广告公司打工，你下个月初有没有可能到外地去个两三天？

阿：干吗？

许：当然是……唱歌了。

阿兰做了一个打篮球“暂停”的手势。

阿：这事要和公司谈，珊瑚公司你知道吧？再见。

阿兰把玻璃升上去。

红车一闪就不见了。

许宁冲着红车的背影喊：我不找公司，我就找你。

13．日外　十字路口

红灯变成绿灯。

阿兰的车右拐，许宁的摩托车直行，两人分道扬镳。

14．日外　许宁家

屋里的录音机里传出阿兰的歌声。

许宁家门外的空地上，摆放了一些白板子之类。

许宁在鼓捣着喷枪。

许宁在白板上试颜色。

颜色神奇地出现。

15．日内　珊瑚公司

公司里的日常工作紧张而有序，人们很有目的地进进出出。

每扇门上都写着唱片公司的各个部门的名称。但这些名称对局外人来说，又有些摸不到头脑。许宁在走廊里走走停停，没有想好敲哪扇门合适。

他在一扇门前停住，想敲门，看了看门上的牌子，是“形象设计”，又没敲，继续往前走了。

16．日内　珊瑚公司

就在许宁走过的房间里，两三个形象设计师围着阿兰和林美丽忙前忙后。墙上贴着各种形象设计、发型设计的草图。

衣架上一排排的演出服装。

设计师对阿兰的关注程度显然高于林美丽。

林美丽正在试图自己拉上后背长长的拉链，但又有些力不能及。

17．日内　珊瑚公司

走廊上，许宁仍在闲逛，对装饰在四周的广告招贴似乎很感兴趣。

18．日内　珊瑚公司

阿兰在照镜子，从镜子里看到林美丽试装，就走过去帮她拉上裙子拉链。

设计师拿起几副耳环依次在林美丽的耳朵上比画，都不太满意。

已经打扮停当的阿兰凑过来看。

阿：做衣服的时候没配首饰啊？

设：你的衣服才是配首饰的。

林：（硬撑着）没关系，我再去买。

阿兰想了一下，回身拿来一只盒子。

阿：这个行吗？

是一副耳环。

设：很不错。

林：（一把拿过）阿兰，让我怎么谢你？

阿：谢什么？碰巧我有。

林美丽戴上耳环，脸上就有了笑容。

19．日内　珊瑚公司

许宁试探地推开一扇门。这扇门上写着“企划部”。

许：打听一下，阿兰在哪儿？

正和同事说话的江伦转过身来。

江：什么事？

许：我找阿兰。

江：我知道，找她什么事？

许：她在吗？

江：你是谁啊？

许：我是她朋友。

江：（一笑）她有很多朋友。

许：（不傻装傻）是吗？

江：（朝许宁走来）我是阿兰的制作人，我叫江伦。你有什么事，跟我说吧。

许：（和江伦握手）许宁。你别介意，这事我得和她当面谈。

江：她忙着呢，得事先约好。

许：那你给我个她的电话。

江：这也得她同意……

许：（掏出一张自己的名片递给江伦）拜托了，让她给我打个电话。

江：可以，那就这样？（又伸出手）

许：再见。

许宁走了。

同事：不是朋友吗？怎么没电话？

江：你听他的？

江伦顺手把许宁的名片扔进了纸篓。

公司的走廊里许宁沿走廊边走边喊。

许：阿兰，阿兰！

过往的人对他侧目而视。

20．日内　形象设计室

设计师们在为阿兰和林美丽整理头发。吹风机嗡嗡响着。

设：你那对耳环很贵吗？

阿兰点了点头。

设：如果换了我，不会把它借给别人。

阿兰未置可否地笑了笑。

这时，阿兰看到袁红进来，伏在林美丽的耳边说了些什么。林美丽一下就紧张起来，她示意袁红到外面等她，匆忙地收拾东西，和设计师打了招呼，然后就走了。

阿兰有点奇怪。

设：（问另一设计师）怎么说走就走啊？

另一设：曹总有事。（放下手里抓的各种工具）

21．日外　街头

繁华的十字路口车来人往，充满了都市的喧嚣。

街角上巨大的广告牌前搭着脚手架，上面有人在工作。

脚手架上是许宁和他的同事小夏。他们在看不出究竟的草图上涂着大块的颜色。小夏的身上系着安全带。

两个人一边干活，一边大声地聊天。

夏：你想啊，一个公司那么多歌手，一个歌手那么多歌迷，要是来一个公司就安排见一个，就不用干别的了。

许：歌迷？开玩笑，你说我是歌迷？

夏：你以为你是谁？在他们眼里，你和满街的少男少女没区别。你就是我表妹。

许：我怎么是你表妹啊？

夏：我表妹整天阿兰长，阿兰短的，只要听说哪儿有演唱会，就兴奋。我跟她说歌星老假唱，她说动画片儿还是假的呢。

许：哎，你表妹还挺有水平的。

夏：你和她准有共同语言，回头我介绍你们认识。

许：这说明你对我非常信任，有几个表哥愿意把自己的表妹介绍给朋友的？你表妹漂亮吗？

夏：不是吹，人家都说她长得特别像奥黛丽·赫本。

许：收了工，我请你喝啤酒。好运气来了，牌坊都挡不住。

22．夜内　餐厅

一间豪华的餐厅的包间。

两桌丰盛的酒席。

围坐着一些西装革履、珠光宝气的客人。

阿兰和江伦也在其中。

江伦彬彬有礼地和别人握手。

阿兰的脸上带着假笑。

有人来同她合影，她稍显勉强，但还算配合。

有人把相机伸到她的鼻子底下为她拍照。

阿兰伸出一只手，表示谢绝。

有人拍了两下话筒，阿兰视线转向话筒。

主持人：各位女士，各位先生，各位来宾，各位朋友，欢迎大家，感谢大家的光临！我先向大家介绍一下今天的来宾：我们冯董的老朋友赵副局长，孙副局长，林处长。大顺实业有限责任公司董事长兼总经理，徐董，徐顺发先生。

乐乐音像出版公司总经理，白总，白丽女士。

有远道从家乡赶来的王县长，张副局长。

还有演艺界的朋友，黑云先生，木子李先生，阿兰小姐，江伦先生，刘小小小姐。她们将用精彩的节目为大家助兴。

阿兰收住脸上的笑容，看了江伦一眼，低声说了句什么。

主持人：我荣幸地告诉大家，冯董的儿子，也就是今天的小寿星，已经到了，马上就可以和大家见面。

门开了，拥进来好几个人，其中一个满脸幸福的年轻女人，怀里抱着一个婴儿。

人们站起身。

有人掏出沉甸甸的红包递上去。

阿兰坐在位子上没动。

年轻女人满脸幸福。

江伦走到冯董跟前。

江：曹总今天实在脱不开身，他委托我表示一下他的心意。

江伦递过去一个红包。

冯：太客气了，你和阿兰小姐能来，我脸上有光。

江：不过，我们晚上还要录音，得早走一会儿。

冯：随意随意。

江伦回到座位上。

江：我跟他说了。

阿：现在就走。

江：什么都没吃呢。

阿：你至于吗?

江：实在不行，就唱一个呗。

阿：绝对不行。

江：曹总那儿怎么交代?

阿：什么怎么交代？袁红没说唱歌，要不，我连来都不来。孩子才那么大点儿，听歌？不怕吓着他？

两人起身，趁乱离去。

23．夜内　录音棚

阿兰在投入地唱歌。

江伦和录音师守在录音台前。录音师已经昏昏欲睡了。

24．夜外

城市已安然入睡。

25．夜内　许宁的房间

许宁睡在床上。

忽然床开始剧烈地抖动，颠簸伴有钢铁的撞击声。一列火车呼啸着从许宁的睡梦中划过。

许宁猛地醒了，一下子坐了起来。

许宁望着贴在床头的一张确切地说是半张照片：上面是一个年轻英武的武警战士，这是一张合影，但另一半被剪掉了。

许宁看表：凌晨4时。

许宁躺下，睡意全无。

偶有车灯闪进窗来。

26．凌晨　北京街头

马路上少有的清静，偶尔传来清晰的车轮声。

阿兰的汽车滑过。

阿兰开着车，江伦坐在她的身边。

江：林美丽昨天让我帮她介绍“MIDI”，开价惊人，我都想做了。

阿：她连副耳环都舍不得买，你也忍心？

江：她现在大有上升趋势，你要当心。

阿：人人都要上升，我又不能一手遮天。

江：你应该找个机会去和曹学刚缓和一下。

阿：又来了。

江：以我对他的了解，曹学刚吃软不吃硬。

阿：我也是。

江：你？你软硬不吃，准吃眼前亏。

阿：多美的早晨。

一抹红色的彩霞，爬上城市的屋檐。

车至天安门，正逢升旗。

仪仗队从阿兰的车前走进。

两人在车内肃然。

仪仗队经过后，道路放行，阿兰的车远去。

对话还在继续。

阿：演唱会你也去吧，我第一次唱《心曲》。

江：演唱会太闹，我还是在家听母带吧。

阿：不去听听属于我的掌声？

27．黄昏　歌舞厅外

人来人往，出出进进。

追星族聚集。

许宁和小夏的表妹，一个打扮得如花似玉的 9 岁女孩，匆匆走来。

小女孩一脸兴奋，许宁有点无奈。

28．夜内　后台

后台的演员休息室里一片杂乱、热闹的景象。

演员们互相打着招呼，开着玩笑。

舞台监督高声大气地催场，找人。

场内观众的掌声阵阵传来。

29．夜内　演出场地外

化好妆，阿兰独自在一个没人的角落里做着准备。

她来回走着，让自己进入状态。

四周静静的，没有人影响她。

忽然，一扇通向场地的门打开了。

场内的热闹一下子扑进来。

两个小孩互相追逐着从阿兰身边跑来。

阿兰一愣。她听到了场内传来的音乐。

阿兰匆匆向台口跑去。

阿兰冲到场内，歌声已起。

阿兰愣在那儿。

30．夜内　舞台上

林美丽声情并茂，演唱阿兰的《心曲》。

灯光和烟雾缭绕着她。

阿兰转身离去。

31．夜内　走廊上

舞台监督迎面走来。

舞：阿兰，我正找你呢。一会儿不要返场，不加演。

阿：（指指台上）这是怎么回事？

舞：这是你们公司临时变更的，我们有书面通知。

阿兰头也不回地朝休息室走去，舞台监督觉得不对，跟在她的身后边走边说。

舞：因为今天不加演，你们公司就把《心曲》调给林美丽了，要不，这歌就上不了台了。

阿：可这是我的歌。

舞：公司有这个权力，协议上写着呢。

阿：你少跟我协议协议的。

阿兰把手中的节目单塞在舞台监督的手上，转身走了。

舞台监督脸色大变，他赶紧掏出对讲机……

32．夜内　演员休息室

阿兰开始取下身上的饰品，放进包里。

对着镜子擦掉脸上的妆。

舞台监督和组织者急匆匆赶来。

舞：阿兰，你得考虑考虑这样做的后果。

阿：考虑后果的应该是你们。

组：你们公司和我们是有合同的，我们有权追究法律责任。

阿：你说得对，关键是，谁的责任？

一会儿工夫，阿兰已经收拾好，准备走了。

舞台监督看表。

组：阿兰，你可以不替你的公司想，不替我们想，可你该替自己想。罢演影响太大，对你的事业会有损失。

阿：我宁愿大家一起承担损失，不能一个人蒙受耻辱。

阿兰头也不回地走了。

组织者和舞台监督急得满头是汗。看表，看节目单。

组：（对舞台监督）她们公司的人呢？

舞：不知道。我哪知道他们没跟阿兰说好？

33．夜内　走廊上

阿兰目不斜视，朝外走去。

场内观众热情的掌声扑面而来。

这掌声触动了阿兰。

掌声越来越热烈，像是在抚慰阿兰。阿兰的脚步放慢了。

走到台口，她的眼前是无数热情的观众，高扬着手臂。

阿兰的脚步放慢了。

[画外音]

组：阿兰，我也是圈里人，能理解你，咱们谁都不为，就为了这些热情的观众，他们中间有好多人是冲着你来的，就为他们。行吗？

阿兰猛地转过身来，眼里含着眼泪。

歌舞厅闪烁的灯光。

34．夜内　舞台上

灯光笼罩着阿兰。前奏。

阿兰唱《懂你》。

她唱给观众，也唱给自己。

掌声由远及近。

35．夜外　歌舞厅前厅

观众已经走得差不多了。

阿兰从台阶上下来。

林美丽从后面追了上来。

林：阿兰，我以为曹老板和你说好了的。

阿兰看了她一眼，林的耳朵上还戴着阿兰的耳环。

林：（边摘边说）人人都说这耳环漂亮，多少钱？卖给我吧。

阿：别人送的，不能卖。

林把耳环还给阿兰，阿兰攥在手中。

阿：你什么时候练的《心曲》？（转身离去）

36．夜外　歌舞厅外阿兰的汽车旁边

许宁和小夏的表妹也没走，在车旁等阿兰。

阿兰停住脚步。

许：你好。我跟她说我认识你，她说我吹牛。

阿兰的脸上又露出职业的笑容，但有点勉强。

许：我去你们公司了。

阿：（想了一下）是约我出去演出的事，谈了吗？

许：没有。我想先跟你谈谈。

阿：对不起，我很忙。

许：我怎么和你联系？

阿：我们还是公司见吧。再见。

阿兰对小夏的表妹笑了笑。

阿：再见。（用手拍拍表妹的脸）

表妹的大眼睛。

阿兰上车，发动，车滑开去。

许宁看着汽车远去。

表妹：64307574。

许：什么？

表妹：阿兰家的电话号码。

37．夜外　街上

许宁和表妹并肩走着。

许宁：你怎么知道的？

表妹：我还知道她的邮政编码，门牌号码，身份证号码。

她原名王兰红，艺名阿兰，出生地是四川成都，星座是巨蟹座，身高 1.66 米，体重 47 公斤。小表妹走在许宁身边，唠唠叨叨的。

38．夜内　江伦家、江伦的工作室

拥挤的房间里堆满了“MIDI”，江伦坐在中间，戴着耳机听阿兰的母带，不时地在纸上记点什么。

电话响了半天，江伦拿起听筒。

江：……阿兰，到家了吗？演出顺利吗？满足了吧？……你怎么了……你慢慢说……我手上的事没完，现在过不去，你就在电话里……

没等江伦说完，阿兰挂断了电话。

江伦放心不下，拔下了许多插头后，起身出门。

39．夜内　阿兰家

阿兰坐在沙发里，抱着一个大靠垫。

江伦坐在她的对面。大口喝着啤酒。

阿兰向江伦伸出手要杯子。

江伦不给。

江：行了，别生气了。

阿兰沉默。

江：跟你说过多少次，别把演唱会看得太重，公司给你安排演出，说难听点儿，和产品在电视上做广告差不多。演员和观众一样，越激动越真诚，散场之后就越失落。因为一时的兴奋不说明任何问题。所以现在观众越来越冷淡，越来越喜怒无常。

阿：没有观众和掌声，唱歌还有什么意思？我拍不好 MTV 就是因为我不会对着摄影机表演。

江：歌手最终的实力，还是要在专辑的发行上见分晓。歌是听的，不是看的，曹学刚毕竟是为你投入了 70 万，而不是为别人。

阿：怎么是为我？他是为他自己。我和他是平等的合作。凭什么因为他有钱，所有人都得听他的，他可以伤害你，但你不能自卫。只要冒犯他一点，他就有无数的恶招等着治你。

江：那你就，学乖一点儿。

阿：我够乖的了。

40．日外　广告牌前

那张不知所以然的广告比第一次有了一点模样，许宁和小夏还在继续。

夏：打击特沉重吧？发挥特不正常吧？

许：她拉长了脸，好像一肚子不高兴。

夏：人家凭什么看见你就高兴？追星，就得脸皮厚，就得拿自己不当外人。不管你怎么对待我，我一如既往，百折不回。

许：你去得了。

夏：我才不去呢。我没有偶像，没有梦想，没有眼泪，没有悲伤。不像你……

许：我需要一个机会。

夏：要不要假扮歹徒，埋伏在她家门口，你演一出英雄救美人？

许：其实我当时也是突发奇想。

夏：就是，你别太认真！再说，就算阿兰去了，又能怎么样？

许：我这么做，可能主要是为了安慰自己。我一想起他，心里就发沉。

两人站在高高的脚手架上，看着南来北往的车辆和行人。

都市里的人行色匆匆。

夏：你记不记得你去“黄漂组”的时候我还说你要钱不要命，什么活儿都接。你当时说了一句话我印象特深，你说现在没钱的男人不是男人，这就是今天的现实，你不可能改变所有的人，安慰所有的人。

许：这件事越办不成，我倒越放不下了。

41．日内　珊瑚公司

江伦推开曹学刚办公室的门。房间里只有袁红在电脑前飞快地打字。

江：袁红，你今天真漂亮。

袁：（眼睛没有离开电脑）准又有事求我。

江：演唱会到底怎么回事？

袁：曹总要拍《心曲》的MTV，阿兰不要拍，曹总决定让林美丽拍，所以让她出一下场啦。

江：曹总没让你跟阿兰打个招呼？

袁：曹总朋友的公子过生日，你们不也没打招呼就走了吗？

江伦无话可说。

袁：他的脾气你也知道。还是劝劝阿兰不要因小失大，这首MTV单曲制作费60万，要出国参赛的。

江：那么多歌，为什么选这首？

袁：是词作者联系的出国，还拉了赞助进来，所以，阿兰很可惜。

江：那60万才可惜呢。曹总在吗？

袁：去海南了。有事？

江：他不该这么做。

袁：什么？

江：他何必这么意气用事，阿兰也是有口无心，她毕竟是公司里最有实力的歌手。

袁：正因为阿兰是公司的头牌，才不能开这个头吧。

42．日外　街上

许宁骑着摩托车在大街上疾驰。

街道与车流。

43．日内　机房

许宁在走廊内。

闪闪烁烁的监视器。

导演正在台子前编片子。

许宁推门进来。

导：哎，许宁，好久不见。

许：我来广告部送带子，过来看看你，编得怎么样了？

导：差不多了，这片子也算你参加的比较重要的一部了吧。

许：比较苦的一部。

导：你认识什么歌星给我推荐着点儿，咱们的片子还有两首歌没找到歌手。

许：男的女的？

外面有人喊：× 号机房，电话。

导：哎，来啦。（对许宁）当然是女的了。

导演去接电话了。

许宁在编辑台前坐了下来。

他快速地把带子前倒后倒，像在找什么。

终于，他找到了。床头照片上的那个小战士出现在监视器上。

小战士用手挡着脸，躲避着镜头。

小战士憨憨的笑脸。

许宁凝神。

小战士在上哨……

许宁的表情有些伤感。

44．日内　珊瑚公司

一堆白色的饭盒。

一只手拿了一只盒饭，是阿兰。

大家围在一起吃盒饭。

有男孩让位子给阿兰坐。

阿兰坐下，埋头吃饭，吃得很香。

门开了，有人提着一箱小瓶啤酒进来。

大家欢呼，纷纷拿了酒喝。

有人递给阿兰一瓶。

对方：林美丽请客。

阿：（喝酒）她又遇上什么好事了？

对方：公司要给她拍一首 MTV，单曲投入 60 万！

阿：（平静地）是吗，好啊。（喝酒）

有人观察阿兰的脸色。

45．日内　公司走廊

江伦和林美丽站在走廊尽头的一扇窗前说话。

江伦在比比画画地讲着什么。

林美丽一脸专注，注视着江伦。

阿兰从一扇门中出来扔饭盒。

一抬眼看到窗前的江伦和林美丽。

阿兰在准备进屋的一瞬间改变了主意，朝窗子走去。

46．日内　走廊窗前

林：阿兰，你今天真漂亮。

阿：因为刚喝了你请的啤酒。

林：那我以后天天请你喝。（对江伦）我先走了。

林美丽高高兴兴地走了。

江：你都知道了？

阿：什么？

江：林美丽的事。

阿：不就是要拍 MTV 吗？

江：你知道她拍的是哪首歌？

阿：不知道。

江：是《心曲》。

阿兰没有想到。

阿：凭什么啊？

江：这要问你自己啊。吵架，加上过生日，得罪曹学刚了。

阿：杀人不过头点地，随便他吧。

江：曹学刚去海南了，明天回来。

阿：那又怎么样？

江：是福不是祸，是祸躲不过。

47．日外　清晨街心公园

阿兰穿着运动装，迎面跑来。

街心公园里有不少用各种方式健身的人。

阿兰跑过。

健身的人的目光追随着阿兰。

有小伙子有意跑在她的后面。

阿兰跑步。

48．日内　阿兰家

阿兰独住的单元，装修完善，一应俱全。

桌上、地上摆了不少鲜花。

阿兰在房间里转来转去，不知拿这些花怎么办。

门铃声。

阿兰看门镜，然后打开门。

还是送花。

送花人：请您签收。

阿兰无奈地签字。

送花人：您是阿兰吧。跟您的朋友说说，以后每天换一花篮得了，我天天来给你换。

阿：（递给送花人 10 元钱）再见。

阿兰转来转去，花多得让她不知道该拿它们怎么办。

门铃声。

阿兰赶紧照镜子，整理一下头发，舔舔嘴唇。

阿兰开门。

江伦拿着一小束鲜花站在门口。

江：生日快乐。

阿兰冲他假笑。

江伦放下手中的花，环顾左右。

江：嗬，谁呀?

阿：都是曹学刚送的。

江：好啊。这至少说明他对你的态度不像我想象的那么糟。

阿：我还怕你看了会不高兴呢。

江：我为什么不高兴？我现在最大的愿望就是你们俩能握手言和，这样咱们才能顺顺当当地把事做完。

阳光下的红玫瑰。

阿兰坐在梳妆台前对着镜子把江伦拿来的花插了一头。

江伦伏在阿兰的头上，闻花香。

阿兰回头看江伦。

阿：他凭什么让林美丽拍我的歌？

阿兰起身走动。

江：你没完了？第一，你要明白，那不是你的歌，版权在公司；第二，是你自己说不拍，才让林美丽拍的。

阿：林美丽当然可以拍，为什么非拍《心曲》，她自己不是有很多歌吗？

江：这是因为出国参赛是《心曲》的词作者联系的，懂了吗？

阿兰无话可说。

江：算了，这件事就这么过去了，你应该吸取的教训是，不要因为别人捧你就认为他们是喜欢你，就为所欲为。你要记住，歌手的歌是在台子上制作出来的，离开公司的投入，离开了制作人，就没有歌手。不管你是不是承认，这都是事实。

阿：我承认这是事实，但我毕竟不是你们生产出来的商品，我有我的人格，也有我不能放弃的原则，至少，我还有不被你们制作的权利。

江：怎么是“我们”？是“他们”。

阿：就是“你们”！你一直站在他们一边，你从来没有说过理解我、同情我的话，在我受到伤害的时候，你不仅没有保护我，安慰我，反倒说我是自作自受，全是我的错。我在北京没有亲人，我需要你心疼我，就算我错了，就算我连累了你……

阿兰用手捂住脸，说不下去了。

江伦无言，他走到阿兰的身边蹲下身去，试图寻找一种和解的方式。他轻轻朝阿兰的脸上吹了一口气。

阿兰转过脸去，她很伤心。

49．日内　阿兰家洗手间

江伦不知该怎么办，到洗手间去为阿兰拿毛巾。洗手间有阿兰藏的花，江伦无奈地笑笑。

50．日内　同上

阿兰用毛巾擦脸。平静了一些。

阿：今天是我的生日……

阿兰说着说着眼泪又来了，江伦赶紧又把毛巾递给她。

江伦到冰箱里为她拿水。冰箱里也有花。

电话响。江伦接。

江：阿兰，是你妈……

阿：妈。你好。谢谢，也谢谢爸爸、爷爷和弟弟、妹妹。我很好，身体很好，工作也很好，放心吧。上次寄的东西收到了吧？我一猜爷爷肯定得让一条街的人都知道。小妹考试考得怎么样？一定要上“一中”，让她尽力考，钱我来出。你们怎么样？都好吗……

阿兰接电话的声音听上去兴高采烈，可她转过身来的时候，江伦发现她的脸上挂满泪水。

阿：江伦，我想回杭州，我想回家。

江：高兴点儿。

阿：今天是我的生日，我也想和别的女孩一样，穿上漂亮的衣服，跟男朋友逛逛街……

江：这容易，走啊。

51．日外　楼下

阿兰和江伦走出楼门。

许宁的摩托车由远及近，停在江伦和阿兰的身边。许宁的视线越过江伦，落在阿兰身上。

许：生日快乐。

阿：谢谢。

江：你们聊，我上去取点东西。

许：要出门吗？

阿：你找我到底有什么事？我怎么觉得你的事情老也说不清楚？

许：其实我自己都不知道该怎么跟你说，我可能有点小题大做，我的一个朋友，当兵的，在黄河铁桥上执勤，他很喜欢你的歌，尤其是那首《懂你》。

阿：你不是给他买过很多磁带，还让我给他签了名吗？

许：是啊，可是我见到你之后，又有了新的想法，我想让你去看看他，我是诚心诚意的，我不勉强你。

阿：（摇头）我还是不太明白。为什么呀？

许：改天吧，别耽误了你们出门。

许宁一边说，一边启动了摩托车。

他回过头，看着阿兰。

许：这几天，我在亚运村画广告牌子，特别大的一个，你要是从那儿路过，能看见我。再见。

这时，正好江伦也从楼里出来了。许宁挥挥手，走了。

阿兰和江伦目送许宁的背影。

江：他到底要干什么？

阿：我也没有弄明白。

江：瞒着我？

阿：我干吗要瞒着你？

52．日内　录音棚

江伦头戴耳机，专注地坐在录音台前，操作着复杂的机器。

玻璃的另一面，是站在麦克风前的阿兰。

阿兰在一遍一遍地试唱。

江伦总是不太满意。

隔着大玻璃，阿兰在对面向江伦示意，她指了指手表。

江伦"呼"地从录音台前站起来，走出房间，转眼工夫就推开了阿兰这边的房门。

江：你今天不把这段录完，就别想走。

阿：小平他们工厂厂庆，我都答应人家了。

江伦把手中的谱子摔在一边。

江：谁让你答应的？这些事跟你有什么关系？你就是奶奶庙门上那块匾，"有求必应"是不是？这是你自己的专辑，还有什么事能比这件事情更重要？你别忘了，你晚一天，别人就早一天；你退一步，别人就进一步，怎么那么不懂事呢？

说完，江伦摔门而去，阿兰不知如何是好。她终究没有离开。

53．日外　广告牌下

高高的广告牌。

脚手架上，小夏和许宁还在工作，广告已经快要完成了。

有些不着急赶路的人在下面看他们画。

看着许宁心神不定的样子，小夏觉得自己有责任开导他。

夏：许宁，你得再找一个爱人，不是所有的女孩都像小雨一样嫌贫爱富。

许：（消极地）得了吧，还爱人呢，媒人都找不着。

许宁搅动着大桶的颜料。

夏：你是不是爱上阿兰了？

许：开玩笑。

夏：这有什么不好意思的？什么叫追星族？就是把富余的感情寄托在某个偶像身上的人，你说呢？

许：偶像？远离偶像的时候，觉得他们挺神秘的。其实，人跟人还是挺容易交流的，因为大家对生活的感受有很多是共同的。

小夏往下看。下面的人仰面往上看。

夏：咱们站在这儿，是不是底下那些人的偶像？

许宁顺着小夏的目光向下看，他看到了一个熟人。

在广告牌子下面的人群中，阿兰正手搭凉棚往上看。这时，她向许宁挥了挥手。

许宁的脸上一下子就洒满了阳光，他飞快地下到了地面。

许：你好。

阿：你好。画得挺不错的。

许：工作而已。

阿：我可以上去看看吗？

周围的人认出阿兰，议论纷纷。

许：快走。

阿兰和许宁登上了高高的脚手架。

许：这是小夏。

阿：（对小夏）你好。

小夏刚要打招呼，手里的刷子就掉了下去。

阿兰站在脚手架上，向太阳落山的方向望去。罩在夕阳中的城市显出别样的美丽，阿兰的心也随之飞翔。

阿：太美了，我经常开车从这里经过，但从这个角度一看，一切都变了。我好久没有看到这么大的空间了，要是能有这么大一个舞台，那该是什么感觉？

许：这算什么？你要是站在3000米长的黄河大桥上，远处一片苍茫，脚下是令人眩晕的黄河，火车在疯狂驶过，那种惊心动魄，那种刺激，你在这座城市里绝对找不到。

阿：（警觉地）你又来了。

54．日外　城市

城市黄昏。

马路上，许宁骑着摩托车，阿兰坐在车上，由远而近。

许宁的叙述还在继续。

许：我前一阵在一个摄制组帮忙，拍过一段“黄漂”。

阿：是吗？

许：我以前特别佩服敢“漂”的人，他们以生命为代价当英雄，可当摄像机对着他们，等他们创造奇迹的时候，你却很难被他们感动了。

阿：结果，你被武警战士感动了。

许：没错，他们就住在大桥的桥墩上，那才叫上不着天，下不着地。每天有成千上万的人从他们的身边经过，可他们经常闷得难受冲着黄河大叫：

许宁突然就大声喊了一声：啊——

可他的声音马上就被都市的嘈杂淹没了。

55．日外　河边

河边，许宁在借着河水洗他的车，阿兰悠闲地坐在一边，两人的聊天还在继续。

阿：你是不是经常以这种方式和你的女朋友约会？

许：以前是。半年前，她和一个老外出国了。

阿：对不起。

许：3年前，我从工艺美院毕业，没有固定的工作，我就是北京人，住在父母的房子里，什么都干，拍广告，拍照片，往高楼顶上装霓虹灯，整天还挺忙活，可是一直也没有找到名利双收的捷径。后来，女朋友等得都不耐烦了。

阿兰很专心地听着。看到许宁有些沉重，她有意换了个话题。

阿：再说说你那座桥。

许：我也说不清到底是什么打动了我，我觉得他们在那种地方一待就是几年，很不容易，付出的也并不比“黄漂”少。

阿：是啊，一想到他们就觉得挺惭愧的。

许：没错，我在那里待了 3 天，心里只有一个念头。

阿：想为他们做点什么？

许：没错。他们喜欢你的歌，我在那儿看见一盒你的磁带，你都想象不出来，它已经破成什么样子了。

阿：歌一变成磁带就属于公司了，其实只有真的面对观众，才能体会到唱歌的快乐。录音，其实挺枯燥的。

许：那你想不想去为他们唱歌？

阿：这是两回事。

许：我还以为你同意了。

阿：我也没有不同意呀。

许：冲你这句话，我请你吃饭。

56．夜外　阿兰家楼下

天黑了，在阿兰家楼下的灯影里，可以看见江伦坐在楼下的台阶上，手里攥着一听啤酒，身边已经有了几个空的啤酒罐。

许宁的摩托车由远而近，阿兰依然坐在许宁的旁边。

见到江伦，阿兰很吃惊。

阿：你怎么在这里？

江伦已经不顾一边的许宁，对阿兰发作起来。

江：你去哪了？怎么才回来？你的手机呢？

阿兰指了指楼上。

阿：我们上去说？

江：全公司的人都在找你。

阿：出什么事了？

江：曹学刚不满意林美丽的样片，把她换了，摄制组的班子也换了，还特意请了阿李做你的摄影师。

阿兰站在那里一时反应不过来。

许宁一直站在旁边，连句告别的话都插不上。

许：我说……

江：（粗暴地打断）这没有你的事。（对阿兰）你还愣着干什么，赶紧准备，明天进棚。

江伦自己径直朝楼里走去，阿兰冲许宁挥了挥手，跟在江伦的身后。

阿：我一点思想准备也没有，到底是怎么回事？事先也没有人告诉我一声。

江：我这不是来告诉你了吗？我在这里等了你两个小时了，出门连电话都不带，我看你是真的不想干了。

阿：对不起。

两人的身影早就看不见了，可许宁还是没有马上离开。

57. 日内　摄影棚

一片漂亮的布景，一架大大的秋千从上面挂下来。

阿兰坐在秋千上独自寻找感觉。

鼓风机轻轻吹动着白色的纱帘，一切都美丽而安详。

摄制组的人正在紧张有序地各自做着拍摄前的准备。

导演在高声大气地指挥着。

江伦从布景后面走出来，和导演打了个招呼。

江：（问导演）怎么样？

导：我们试一遍给你看看。

江伦走到阿兰的身边和她小声交流了几句。

导：各部门注意，再试一遍。阿兰准备，没事的人撤出现场。

一切紧张有序。

导：注意，预备，放声，开始。

音乐起，阿兰随着音乐开始唱歌。

吊臂在台前来回摆动。

阿兰的脸忽远忽近。

一段很好看的 MTV 画面。

58. 日内　摄影棚

场景后面的一条走道上空无一人，林美丽从楼梯上下来，和依然化着妆、从休息室出来的阿兰不期而遇。

林美丽：阿兰——

阿：小林？

林美丽一时不知道说什么好。

林：我，我丢了一个扣子。

阿：什么样的？

林：国内肯定买不到了，所以，我来找一找。

林美丽的目光有些躲闪。

林：阿兰，你不会恨我吧？

阿：其实，你唱得也挺好的。

林：我太傻了，我不知道这是个圈套，还以为公司真的会让我拍《心曲》。其实我应该明白，他们怎么会为我投60万？曹学刚只不过是用这种办法刺激你罢了。

阿兰听了很吃惊。

林：我那天也在这里走来走去了一个上午，唱了无数遍，其实我不过是在替你走位置，一个摄影助理告诉我，摄影机里根本就没有胶片。

阿：他们怎么能这样？

林：他们就是这样。他们挺聪明的，你说呢？阿兰，我觉得特别没意思，我都想回县剧团了。

有人在叫阿兰了。

林：他们叫你呢，再见。

阿：那，你的扣子。

林：丢就丢了，就当从来没有过。再见。

阿兰看着林美丽的背影。

阿：林美丽。

林美丽转过身，看见阿兰从自己的耳朵上摘下了那副我们见过的耳环，递到她的手中。

阿：送给你吧。

林美丽的眼圈一下子红了。

林：谢谢你。

阿：再见。

59. 日内　摄影棚

场内不知什么时候又来了几个记者，阿兰一出现，他们就开始拍照。

阿兰左右看着，不知道是怎么回事。

江伦走过来。

江：公司同意的，你配合吧。

阿：脸上勉强露出笑容。

闪光灯频频闪烁。

导：实拍了。无关人员退出现场，各部门注意。

现场的大灯一下子亮了起来。

短暂的忙碌。

阿兰坐到秋千上。

导：注意，这次实拍，预备，放声，开始。

音乐起。

阿兰的嘴没有动。

导：停。

导：（对阿兰）没关系，我们再来，集中一点。（对现场）注意，实拍，预备，放声，开始。

音乐起。

阿兰还是没有唱。

导：停。

记者们低声议论着。

大灯灭了。

大家几乎看不清阿兰脸上的表情。

江伦气愤地转身离去。

60. 日内　记者会

公司的会议室里，袁红在召开一个小型的记者会。

桌子上的报纸上有篇特写：阿兰拒绝开口

袁红的画外音：昨天发生的事情大家都知道了，摄制组一切都准备好了，阿兰罢唱，而且不做任何解释，发生这样的事情，公司感到很遗憾。现在，对于歌手的管理问题越来越需要重视，这不是我们一家公司的问题，也不是阿兰一个歌手的问题，这是一个社会问题。

61．日外　街上

小夏、许宁和小夏的表妹从地铁口出来。

路过一个报摊，许宁过去买了一份报纸，然后打开看。

三个人把头凑在一起看报。

夏：又是关于阿兰的报道吧。

表：没劲，真没劲，一点意思都没有。

62．日内　阿兰家

刚从外面回来的阿兰拉开窗帘，然后按下录音电话的键。

[电话的画外音]

一女声：早就听说你和珊瑚的曹总不和，我还不信，他不是一直挺喜欢你的吗？你别在乎，别往心里去，拜拜。

阿兰在洗碗池里洗餐具。

阿兰把一只只玻璃杯擦得很亮。

[电话的画外音]

接下来是个男的：阿兰，我跟你说什么来着，曹学刚不善，你的合同什么时候到期？有空到我们公司来坐坐。我随时恭候。

接着又是一个女声：本来想和你聊聊，可你老不在家。算了，你的脾气我也知道，劝你也没用。有空来吧，我一天到晚闷死了。

阿兰从洗衣机里掏出洗好的衣服。

[录音电话的画外音]

江伦的声音：阿兰，我是江伦，我争取后天晚上赶回去。你记住我一句话，跟记者什么也别说，听话，就这样，再见。

江伦的声音让阿兰流出眼泪。

63．日外　阿兰家阳台

阿兰在阳台上晾自己刚洗好的衣服，下面传来摩托车的声音。

阿兰往下一看，真的是许宁。

64．日内　阿兰家

阿兰打开门，许宁进屋，他有些拘束。

阿：你好，谢谢你来看我。

许：你好——

许宁有点不知道该说什么好的样子。

阿：喝点什么？

许：你别忙，我马上就走。

两人终于面对面地坐了下来，都长出了一口气。

许：到底怎么了？

阿：没什么，我自己的问题。和你的问题有一点相似，心血来潮。

许：你和我可不一样，你是偶像。

阿：（一下不爱听了）谁是偶像？你才是偶像。

许宁不说话。

阿：许宁，你别跟我这么严肃，好像我犯了多大的错误。

许宁还是不说话。

阿：（有点沉不住气）再说，就算我犯了错误，人人都有犯错误的权利，用不着你来指责我。

许宁笑了。

许：我指责你了吗？

阿：（长叹一口气）人人都想知道为什么，都是一副通情达理、关心我的样子，就像你现在的这种样子。可是谁又能告诉我，我为什么会这样？

许：我只是觉得，你不应该让喜欢你的人感到失望，对吧？

阿：我为我的行为付出了很大的代价，我下岗了，也许，还不仅是这些。

65．夜内　一家餐厅

这是一家很有情调的餐厅。有柔和的灯光和飘渺的背景音乐。

江伦和阿兰坐在一张餐桌前。

江伦给自己倒上啤酒，又要给阿兰倒酒。

阿兰捂住了酒杯。

江伦还是拿过阿兰的酒杯，给她倒满了啤酒。

江：来，为咱们的新专辑。

阿兰看着江伦一饮而尽。

江：我毕业后第一年当老师的时候，发表了一首儿童歌曲，我把那份报纸买了 50 份，送这个送那个。现在没有那种感觉了，麻木了。

阿：江伦，你还记得我们刚认识的时候吗？

江：记得，你手里拿了张歌谱，就这样（江伦拿了桌上的账单在手里抖）。

阿兰笑了。

阿：江伦，没有你，就没有我今天的一切。

江：这多像王公写的歌词。

阿兰又笑。

江：我也对自己说，阿兰已经长大了，她不需要指引了。

阿：我需要。

江：你现在就需要一个曹学刚那样的人来帮助你，支持你，你才能超过别人。而我呢，也许更适合于一个新秀。

阿兰惊讶地看着江伦。她没想到两人的感情在江伦的眼里，就是这样。

江：开玩笑，开玩笑。

两人无语，都在想自己的心事。

餐厅的背景音乐因为两个人的沉默而浮起。

阿：是伯劳兹的《幻想交响曲》。

江：阿兰，谁不烦恼呢？别说你了，就是那些大师，几乎所有的艺术家都逃不出烦恼。

阿：江伦，我觉得，你现在的歌，没有以前的好了。

江：我何尝不希望去一个你所说的、只有艺术没有金钱的地方呢？可如果你空怀壮志，没有钱做你想做的事情，你会更烦恼。

阿：伯劳兹告诉人们，你最爱的，是你内心深处的东西。

江：你得到了你想要的东西，别老想着付出了多少代价。

阿：你知道我想要的东西是什么吗？

两人无言相对。

66．夜内　餐厅

一群打扮很新潮的年轻人来到阿兰和江伦坐的餐厅。

一进门就大声地说笑着，旁若无人。

他们在离江伦不远的一张桌子前坐下。其中有人看到了阿兰和江伦：那不是阿兰和江伦吗？

江伦回头。发现原来有熟人。

江伦站起身走过去。

江伦和一群人中的熟人寒暄。

江：（对一个长发盖住眼睛的青年）你怎么变成这样？

长发青年：这发型叫“六亲不认”，最新潮的。

江：（和一年轻女孩碰杯）小金，怎么样？傍上大款了吗？

金：谁傍了？谁傍了？

另一女孩：傍大款是老皇历了，现在的口号是“傍大款，吃大款，消灭大款，使自己成为大款”。

一人问江伦：你们的新专辑怎么样了？

江：刚刚上市，情况还不错。

对方：我开始还不明白，曹学刚那么聪明的人怎么也家丑外扬起来？没想到不利于阿兰的舆论反倒有利于你们的专辑。

另一个女人：没错，想出名，你就打官司。

江伦回头看阿兰，阿兰已经走了。

67．夜外　街上

阿兰走在街上，身边是无尽的车流。

心中的歌声飘浮在城市的夜晚。

68．夜内　许宁家

许宁正在做出门前的准备，把东西一件一件地放进大包。

69．日外　广告牌下

光彩夺目的大广告牌在雨中耸立。

脚手架已经拆除。

行人们不再注意它了。

阿兰在广告牌下停了车。她觉得这块牌子记录了她的一段生活。

雨中的阿兰，有一些惆怅。

70．日外　阿兰家

阿兰开车进入住宅小区，传达室的值班人叫住了她。

值：阿兰，你的报纸，还有一个小伙子给你送了个大信封。

阿：（接过）谢谢。

71．日内　阿兰家

阿兰进屋，放下手中的东西，把许宁留给她的东西打开，里面是一盘录像带和一封信。

阿兰走到窗口光线明亮的地方看信：

[许宁的画外音]

许：阿兰，你看到我的信的时候，我已经出发了，我去那座桥了；因为后天是中秋节。给你带来了一盘录像带，里面有我对你说起过的那个小战士。五次三番想请你一起去，现在想来是有些唐突。

阿兰把录像带装进机器，打开电视机。

电视屏幕上出现了飞驰的火车，桥头的岗哨。

许宁的声音还在继续。

许：他是个普通的守桥战士，兜里日夜揣着他和女朋友的合影。在我们上桥之前，他的女朋友刚从千里之外的老家来看过他。他老拉着我听你那首《懂你》，他说，每次听这首歌，就跟看情书似的。

电视画面上出现了小战士灿烂的笑容。

许宁的声音：没想到，他收到的情书竟是一封绝交信。女朋友说，她太失望了，想不到他当兵两年就守着这么一座大铁桥，过着如此单调、艰苦的生活，她实在没法和村里的人讲。我特别想安慰他几句，我对他说，天底下好女孩有的是，可他是那么平静，平静得令我惊讶。他说，他不是第一个，也不会是最后一个经历失恋的战士，别人能受，他也能受。

电视画面上小战士在一个大汽油桶里洗澡。

阿兰的眼睛湿了。

许宁的声音：我和女朋友分手的时候，用碎酒瓶把手心划开了长长的一道，只是为了向她证明我的血性。可是在这个比我年轻得多的小战士面前，我觉得自己很苍白。你想象不出他是多喜欢那首《懂你》。他再三说，我回到北京，要是见着你，就请你到桥上去玩。我对他说，北京又不是你们村，我可能一辈子都见不到阿兰。没想到我们真的碰面了，从那天起，我就对自己说：为了他，我必须试试。

阿兰热泪盈眶。

72．日外　黄河大桥

火车隧道就像一条线。

飞舞的鸽群。

巨大的黄河躺在视线之内。

令人眩晕的河水。

阿兰来了，她带着她的歌声，走在黄河大桥上。

阿兰和战士们在一起。歌声飞扬，战士的脸上阳光灿烂。

夜幕下，哨所屹立，战士像钉子一样屹立在哨位上。

车轮与钢轨激烈地撞击。

歌声在静夜中飞扬。

73．日外　黄河大桥上

许宁和阿兰在桥上走过。

飞驰的列车在他们的身边驶过。

两人在列车的轰鸣中拥抱。

74．日外　街上

秋色重了。

还是许宁的摩托车。

车轮碾过满地的落叶。

阿兰坐在许宁的身边。

两人的背影与金黄色的秋天。

—完—

那山 那人 那狗

Nashan naren nagou

1. 日外　清晨的田野间

镜头随意地在晨曦之间穿过，轻轻地触摸到一些藏在雾中的清晰的线条，有树的枝叶，有大大的屋檐，还有镜子一样的田畴。就在这浓淡之间，虚实之间，渐渐有了一片村庄和屋宇的轮廓。

2. 日外　村头

因为早，还很静。

偶尔有孩子的哭声和断断续续的鸡鸣。

镜头穿过曲折的村间小路，捕捉到一扇亮着灯的窗。

[画外音]

儿子：我的乡邮员生活是从一个非常普通的早晨开始的。

3. 日内　屋内

南方有特色的水乡民居，既保留了传统的风格样式，又带有改革开放以后，农民生活富裕起来的一些痕迹。

屋子的中央是一张桌子，桌子上方是一盏电灯，把桌子周围照得很亮。

桌子的中央摆着一个大邮包，父亲正在非常熟练地把邮件、报纸、杂志很有序、很科学地往邮包里放，这工作虽然没有什么难度，但他的得心应手和有条不紊能让人看得入神。

高高大大的儿子站在一边，嘴里的早饭还没有嚼完，眼却一直没有离开父亲的手。

[画外音]

儿子：我一睁眼，就发现我爸把我装好的邮件又都掏了出来，别说他对我不放心，第一次走这么远的山路，我自己心里也没有底，不过我也没想太多，一回生，两回熟。

4. 日外　屋门外

狗在屋门外的空地上来回走着，这是一条浑身发亮，让人望而生畏的黑狗，它精干的身体和缎子一样的皮毛充分显示着它的高贵和不羁。

充满了智慧和警觉的狗的眼睛。

5. 日内　屋内

父亲在系邮包的搭扣了。

从厨房传来母亲清脆的洗碗的声音。

儿子伏在桌上，看父亲为他画的一张草图。

父亲：来回一趟，二百二十三里。要占三天。中间歇两个晚上。

儿子：我知道，你来了回了的，我还不知道?

父亲：（没理会儿子，继续说自己的）第一天，就是今天，你要走八十里上山路，翻过天车岭，到望风坑，九半垅，住下。明天一早起身，要赶到寒婆坳，再过摇掌山，葛藤坪，然后到大月岭，住下，这又是八十里，第三天起早一口气下山，还是八十里。

儿子：我第一天要是能多走点儿，没准两天就能赶回来。

父亲：干上了，就不是一天两天，三趟五趟……

儿子：（打断）我知道。

儿子折好图装在身上。

父亲敏感地意识到儿子不爱听，便立刻停了下来。

6. 日外　门外

狗仍在来回走动，它有些烦。

7. 日内　屋内

父亲理着绳子。

父亲：我嘛，早晚是要退休的，班也是你自己愿意接的，可这是个苦差事，说不定你干不了多久就要后悔。

儿子在照镜子，没太把父亲的话当回事。

镜子里出现了母亲的身影，手里在收拾东西。

母亲：现在吃穿不愁了，当农民也没有什么不好，你爸回来了，你要想当工人，就进城去当嘛。

儿子：妈，你不懂，乡邮员是国家干部，我接班和进城打工可不一样，过几年我也是国家干部，咱们家一定得有国家干部，妈你说是不是？

父亲：我算什么干部，我们支局长才是个股级。

儿子：当个支局长也不错，他原来不就是个乡邮员？

母亲：山路难走，妈比你知道。

母亲也照了一下镜子，脸上有一点忧郁，又有许多向往。

父亲拿了绳子去捆邮包。

父亲使足了劲要把邮包捆得紧些。

儿子弯下腰，从父亲手中接过绳子，轻轻松松地把绳子勒得很紧。

8. 日外　院内

东边越来越亮，曙光穿透了晨雾，把院墙、屋檐涂抹得明晃晃的。

狗的身姿也愈发地清晰了。

听见响动，狗一回身。他看到儿子从屋里出来，肩上背着大邮包。狗愣了一下，它走到跟在儿子后面的父亲身边，目光里充满了疑问。

父亲拍了拍它的头。

狗还是看着他，又看了看儿子。

儿子已拉开了院门。太阳光一下子就射了进来。在狗看来，这是一个又高大，又陌生的背影。

9. 日外　院外

门外便是路。

狗一直守在父亲身边。

父亲：（蹲下身，看着狗）老二，从今天起，我不进山了，支局长不让我干了，虽然我还不算太老，可我的腿疼老治不好，他们让我退休，我退，你不能退。你得带路，得招呼人，得跟他做伴儿，听见了没有。

父亲说这些话的时候，声音很低，有些伤感。

狗的屁股上轻轻地挨了一脚，它往前趔趄了两步。回头看了一眼踢它的儿子。

儿子：老二，咱们走。

老二又转回父亲的身边，没有跟儿子走的意思。

父亲：老二，该进山了，听话。

狗抬起头看了父亲一眼，眼里是不满和疑惑。

父亲：没你不行，他路不熟。

已经走出几步的儿子回过头来。

儿子：老二，过来，别等我用链子拴你。

父亲想起了什么似的返身往回去了。

狗也跟他回去。

儿子：老二，你回来，小心我揍你。

老二回头看了儿子一眼，儿子对老二做了一个手势。

狗一扭身，进门去了。

儿子无可奈何地摇摇头。

儿子：没你我还省心呢，（对院里）我走了。

儿子往上纵了纵邮包，大步走了。

儿子背着邮包过了桥，他朝自家门口看了一眼。

父亲再次出现在门口，他已穿上了出门的衣服，狗依然跟在父亲的身边。

母亲站在门口。

母亲：等等你爸，他要跟你走一趟。

儿子：妈，你有事就找许万昌，我托付过他了。

母亲：路上当心，别喝脏水。

这时父亲已上了桥，老二跟在他的身后。

父亲：（对老二）妈、妈的，叫得亲。

父亲朝儿子走去。

狗跟在一边。

母亲目送着一老一小的背影。

10. 日外　进山的路

一条路通向远方，两边是水田。

太阳已经出来了，红红的一片追在他们的身后。

狗走在父亲和儿子的前面，父亲和儿子两个长长大大的影子罩在它的四周，它下意识地躲开更高更大的那一个，靠近更熟悉的那一个。

身后那个年轻的身影加快了脚步，罩住了狗。

老二的屁股上又轻轻地挨了一脚。它往前跑了两步。

儿子：老二，怎么慢吞吞的？

父亲：它晓得路长，暴食无好味，暴走无久力。

儿子：我看是陪您走得久了。

11. 日外　进山的路

迎面就是山，山如同一个屏障，挡在父子两人的面前。小路朝山里伸展开去，山的上半部，依然罩在雾里，进山的路却很清晰。

这时，可以听见山里传来的鸟叫声，儿子用双手比画成望远镜，朝山里搜寻着。大山对于他来说，虽不陌生，但依然好奇。

山势崎岖，一望无边。

12. 日外　山里

晨雾在散，在飘，在没声响地奔跑着，朝一个方向劈头盖脸地倒下去，最后留下一条丝带，一帕纱巾，一缕青烟。

眼前的景色突然清晰起来，山、山坳里的梯田。

13. 日外　山路上

父子两人沿着山间的石径向上攀，和苍茫的大山比起来，两个人的身影显得很小，狗的影子就更小了。

14. 日外　山路上

山路越来越窄了。狗的身手很矫健，它沿着石径轻巧地向上走，走过一段，便回过身来看看后面的父子两人，它有些轻视地瞥着有点手忙脚乱不时把邮包往上纵的儿子，儿子这时也顾不上再搭理它了。

父亲走在最后，大邮包在他的眼前晃晃悠悠的。

父亲：老二，别跑快了，他还没有走惯。

儿子：我没事。

偶尔有山民下山，肩上背着背篓之类的东西。

儿子有些笨拙地和对方互相让路，父亲告诉他，这种时候，两个人都要向右侧身，儿子一边走，一边练习向右侧身让路的动作，在狗看来十分可笑。

15. 日外　山坡上

阳光耀眼，山中的景物也清晰起来。

父子两个登上了一道山坡，路平缓了一些。

[画外音]

儿子：越往上走，邮包越重，背着它走三天，真够我受的，好几次想放下喘口气，可总不能一上来就让我爸觉得我干不了，再说，我爸这岁数都背得动，我也不能就这么服软，他不说歇，我就不歇。

父亲：老二，歇一下。

老二停下脚步。

儿子"咚"地放下邮包。

父亲：慢放。

父亲在一块大石头上坐了下来。

儿子咧着嘴揉着肩膀，又使劲活动着双臂。

父亲则敲了敲腿。

两人不约而同地：

父子：累吗？

两人又都停顿了一下，不知下面该说什么，儿子兀自笑了，又扭过头去看山。

儿子四下眺望，对视线之内的景色感到很新奇，对视线之外的景色也十分向往。他又把手比画成望远镜。

父亲在看儿子，也挺新鲜的。

父亲掏出烟袋，独自点上。深深地吸了一口。

父亲：（一边捶腿）一片茅草阻河水，我老了吗？

狗听到父亲的话，马上回过头来，跑到父亲的身边，它已经习惯于做父亲的听众。

儿子：（头也不回地）支局长不是说了，这是组织上决定的。

狗知道父亲今天有了说话的对象，不是在和它讲话，失望地扭头走开了。

父亲：蜈蚣也吃了，叫鸡公也吃了，还花了局里那么多药费，怎么就不见效呢?

儿子：支局长不是说了，你退了休，一样可以治病。

父亲：（不快地）我不是在说治病。

儿子：你就是在说治病嘛。

父亲叹了口气，不说话了。

父亲：老二，过来。

狗扭过头，高兴地跑到主人身边，它对两人话不投机多少有点幸灾乐祸。

父亲指了指自己的腿。

老二懂事地抬起前腿，把身体伏在父亲的腿上。

父亲把水倒在手心里让老二喝。

儿子回过头来，接过父亲的水壶喝了几口。

儿子：你回吧，我一个人能行。

父亲：一出太阳，这山里就热。

儿子：你放心，我晓得走的，俗话说，路在嘴巴上。

父亲看了儿子一眼，站直了身子。

父亲：老二，赶路了。

狗熟门熟路地走在前面，父亲不理儿子，继续向上爬，儿子背了邮包，自己跟自己笑了一下。

16. 日外　山间

阳光在一笔一笔地勾勒山的轮廓，把山尖染成金色，这时刚才走过的山脚又被雾遮住了，没着没落的山好像浮在水中。

［闪回］

17. 日外　家门口

少年时的儿子，靠在自家的门口。

父亲大步进来，目光四下寻找。

父亲看到儿子，脸上露出笑容。

儿子的脸上没有表情。

父亲掏出给儿子带回的礼物。

儿子接过，还是有点不好意思。

[闪回完]

[画外音]

儿子：两个人走路，总该聊点什么，可我又不知道说什么好，因为爸不常回家，我小时候从不挨揍，别的孩子都羡慕我，其实他们不知道，我心里怕我爸，跟他生，那时他好像一个月才回家一次，到他回来的那天，我就在外面玩到很晚才回家，那种感觉挺奇怪的，也不是不想他，也不知道自己怕什么，长这么大，爸都很少叫一声。

18. 日外　山里

父亲落在了儿子的后面，两个人就这么默默地走着。

儿子走下一段台阶，他回头看了一眼，没有父亲和狗的影子。

儿子继续向前走。

拐过一个弯，儿子又回头看，没有父亲和狗。

儿子有些不安，他放慢了脚步，最终停下脚步，邮包靠在山石上，等着他们。

等了一会，还是没有过来，儿子有点紧张了，他把邮包放在一棵树下，回头张望，他开始往回走，一边走，一边四处张望。

等他拐回两个弯，已经有些着急的时候，看见老二独自站在路中间。

儿子：老二，人呢?

老二看着儿子，不说话。

儿子：他去哪了?

老二还是看着儿子，不说话。

儿子着急地向四面张望，不知道该怎么办了。

这时，父亲从路边的树林中走出来，一边走一边系着裤带。

儿子长出了一口气。

父亲：邮包呢?

儿子撒腿就往回跑。

19. 日外　村路

终于进村了。

太阳挂在树梢上，碎碎的树影铺得东一片、西一片。房屋错落有致地依山排列着，四下里静悄悄的。

狗的主观镜头：一级一级高高的台阶。

狗熟门熟路地进村。

儿子不时东张西望，一是因为第一次来，同时他也期待着他们的到来在小山村里引起震动。

在村里没有见到几个人，偶尔有人经过，和父亲打着简短的招呼，父亲的回答也一样的简单，也就是“来了”“刚到”之类，如果人家用询问的目光看儿子，父亲就补充一句：“我儿子”，人家就冲儿子笑笑，没等儿子展开笑容，人家就已经匆匆走远了。

儿子有些失望，他所期待的轰动并没有出现。那表情就像一个初次登台但没有得到掌声的演员。

父亲一边走，一边指指点点，告诉儿子一些他应该知道并且应该记住的事情。

老二走过一家院外，院外层层叠叠，有一些摞在一起的兔笼。在狗的眼里，这些兔笼很大，里面的兔子也怪里怪气的，它有些怕，往前几步，往后几步，又大叫了起来。

父亲：老二，别叫了，别吓唬兔子。村里还靠它们致富呢。

老二住了嘴，没精打采地走了。

父亲（对儿子）下次你也要提醒它，它老是不习惯这些笼子。

[画外音]

儿子：我爸说，山里人几天不见县长没关系，几天不见他可不行，我以为我们的到来会在村里引起不小的轰动，就像电影里那样，大家围上来，接过盼望已久的来信，脸上露出满意的笑容，一进村我就发现我想错了，老大一个村委会，连个人影也没有，好像我们来也行，不来也行。

20. 日外　村委会院子里

父亲伸手推开虚掩的院门，院子里静静的。

这是一座颇有地方特色的山区民居，旧旧的，但很有情调。院子里也没有人。

狗熟门熟路地到一边的一个水槽中喝水。

父亲又推开照样虚掩着的屋门，屋里也没有人。

21. 日内　村委会屋内

儿子背着邮包，高高大大的在狭小的屋子里转不过身来。

父亲：把邮包放下，坐下边歇边等。

儿子：（放下邮包四下望着）怎么没有人?

父亲：大白天的，谁能专门在这里等你来?我们又不是来视察，要人家夹道欢迎。

儿子：那我们要等多久?

父亲：老二一叫，他们就知道了。

儿子不再说什么，打开那包邮件，分好了类。

父亲拿出了竹烟斗，点上，深深地吸了一口。

22. 日外　村委会院里

院门一响，狗叫了两声。

从外面匆匆跑进来一个中年汉子，他一边快步朝屋里走，一边把卷得高高的裤腿放下来。

23. 日内　村委会屋内

汉子跨进门来。热情地。

汉子：来了?

父亲：秘书，又上山了?

汉子：想盖房呢，备料去了。老二叫的时候，我在那儿，一路冲了下来。

汉子用手指了一个高不可攀的位置。

儿子的表情有些惊讶。

父亲：这是我儿子。

汉子一边手忙脚乱地给他们倒水，自己先喝了几口，又递给父亲，扭过头来冲儿子笑，再递给儿子一碗，那笑容够纯朴。

儿子却故作严肃地要他在需要签字的地方签字。

汉子在衣服上擦了擦手，一边签，一边用疑问的目光看着父亲。

父亲：以后我这条邮路，就由他来跑了。

汉子：那你呢？要当局长了吧？

父亲：我嘛，以后愿意来，自然还可以来。

汉子：外面来我们这里的老师、医生、储蓄员、公安个个都能当劳模，当干部，就你，光是走呵走呵，这么多年。

父亲看了儿子一眼。

儿子表情不太自然。

父亲：我还没有嫌久，你倒嫌久了。

汉子：儿子都这么大了，你是不该受这份辛苦了。

父亲：好了好了，把要寄出的邮件拿来，我们赶路了。

汉子：学校王老师那里有个什么报名表要交出去，昨天没有送来，我去取一下，这就回来。

汉子像匆匆来一样，又匆匆地走了。

24. 日内　屋里

屋里的气氛有些尴尬。

父亲低下头去抽烟。

儿子伸过手去。

儿子：我来试试。

父亲：我还不知道，你也抽烟。

儿子：你回来，我就不抽。

父亲笑了一下，咳起来。

父亲：老二呢？老二。

老二从外面跑进来。

父亲指了指腿。

老二趴在父亲的腿上。

父亲：（对儿子）你以后可别跟我学，为了抄近路老是蹚冷水，落了病不好治。

儿子：你趟冷水谁知道？

父亲似乎有些不好意思，不知该怎样回答，他深深吸了一口烟。

父亲：这条路，就我一个人跑，我又不能整天跑到领导面前去叫苦。一个月前支局长陪我跑了一趟，他掉了眼泪，说他该死，怎么当了两年支局长就没想到这条路这么苦，他说他要给我记功，没有想到他一面拉你去培训，一面要我写退休报告。

儿子：那乡里村里的，也不给你写封表扬信？

父亲：写倒是写过，我没让他们寄，哪有自己给自己投递表扬信的，再说乡亲们整年累月在山里，谁又表扬他们了？你也记住了，不兴自己喊苦，不像个汉子。

父亲：走，我们出去迎迎他。

父亲站起来时有些吃力，儿子想扶一下，手伸出去了，但没有碰到父亲。

儿子背起邮包，跟在父亲的身后。

25. 日外　院内

老二冲到院门前，但它没有钻出虚掩的院门，而是转回身来看父亲。

父亲一把拉开院门，一愣。

26. 日外　院外

院门外面的石阶上，围了一群人，大家的脸上都露着憨厚的笑容。

儿子背着邮包站在门口，也愣住了。

27. 日外　山坡上

山坡上，中年汉子取了信朝这边跑来，他的身后跟了一串儿高高矮矮的小学生。

28. 日外　村委会院外

儿子和父亲站在门口。

站在斜坡和平地上的乡亲们看着他们。

父亲：（对儿子）来看你的。

儿子：看我干吗？

父亲：没见过你嘛。

儿子：那我该怎么办？

父亲：你不是等着人家欢迎你吗？

儿子：我没有……真没有想到……这可一点儿思想准备也没有。

儿子窘迫得脸都红了。不知该怎么办。

父亲：（对大伙）这是我儿子，以后他跑这条邮路了，你们有什么事，就找他，找他就跟找我一样。

儿子使劲点了点头。

乡亲们还是看着儿子笑。

小学生们挤进人群，脸上的笑更动人一些。

父亲从汉子手中接过信，小心地放进儿子背上的邮包。

父亲：忙吧，我们也该走了。

汉子：行了行了，以后有的看。（对身边的孩子）快回去上课，撒尿撒到村委会来了。

孩子们又踢踢拖拖往回跑了。

大家让出一条路，笑眯眯地看着父子两个上路。

老二已经等在前面了。

儿子不断地回过头去，向乡亲们挥手告别。

父亲却一直不敢回头。

走出好远，乡亲们还在。

［画外音］

儿子：乡亲们把我们送到村口，还守在那里，他们是来送我爸的，想想刚才自己说的那些话，挺伤他的，其实我想要的，我爸何尝不想要，只是想要的东西，并不一定能够得到，不过也不能说我爸什么也没有得到，至少这些乡亲，肯定会想他的。

29. 日外　山中

父亲、儿子和狗继续向山上走，狗仍旧在最前面。

儿子一边走，一边拧着一个小半导体，不多的几个台换来换去，没有什么可听的，还有杂音，就又关了。

儿子：这山里走几里路见不到一个人，就是神仙也要闷死了。（回头）神仙为什么要住在山里？到哪都不方便。

父亲：神仙会腾云驾雾。

儿子：山里人为什么住在山里？

父亲：因为他们是神仙的后代。

[画外音]

儿子：我妈是山里人，她说她和我爸就是在一条偏远的邮路上认识的，那天下着大暴雨，我妈在山上给生产队放牛，把脚扭了，困在山上下不来，正好我爸从那路过，我爸让我妈骑牛，我妈坚决不骑，我爸就一口气把她背下了山，乡亲们看着队上唯一的耕牛平安归来，都高兴地围了上去，我爸不看牛，只看我妈，后来，我爸就领着我妈走出了大山。

[闪回]

父亲和母亲年轻的时候。

大雨中，父亲背着年轻的母亲下山。父亲很兴奋的表情，母亲一直在哭。

雨中的大山，似乎包含着两个年轻人的未来。

村头，正要出去找牛的乡亲们远远跑来，围住牛，脸上笑着。

母亲还在哭。

父亲看着母亲，他在笑。

[闪回完]

30. 日外　山中

儿子又打开半导体，找到一个唱流行歌曲的台。

儿子跟着小声唱起来，渐渐的，他的声音压过了半导体。

老二回头看他。

儿子回头看父亲。

儿子：你一个人走路唱不唱?

父亲：不唱。

儿子：闷不闷?

父亲：看着脚底下。赶路嘛，有啥闷的?

狗突然叫了起来。

儿子：老二见我唱，它也唱。

父亲：它不是唱，是报信呢。

果然就到了山顶，可以看到山腰里零零星星的村落了。

31. 日外　山顶

父亲：那就是寒婆坳了。这包邮件全是他们的，每次送到村委会，要发走的邮件也在村委会。不过你要记住，倘若有葛荣的信，你要单独拿出来，弯两里路送到她家去，她家和村秘书家打过架，秘书不给她转信，她丈夫在外面当木匠，她盼信盼得心焦。还有，王五行是一个瘫痪，他大儿子在部队，要是有了汇票，你要亲手交给他，他那在家的细仔不正路，以前瞒着他取过汇款。

父亲抬头看了儿子一眼。

父亲：都记住了？

儿子：记住了。

父亲：你可要上心做，这山里的人，指望着咱们呢。

儿子：知道。

父亲：老二，我们下山。

32. 日外 山中

正午的阳光透过树梢，把四下里分割得明暗分明。

一个岔路口，老二习惯地走了大路。

父亲：老二，走这边。

一边走一边看图的儿子有些不解。

儿子：进村怎么不走大路？

父亲：我有封信要送。

儿子：哪封？

父亲：在我身上。早上忘了交给你。

父亲说着走到了前面。

儿子和狗跟在后面。

33. 日外 小屋前

阳光和阴影勾勒出小屋的明暗。

独处的小屋显得有些凄凉。

屋前的阳光里坐着一位老人，她的脸上刻满了沧桑，一双大大的操劳的手放在膝上。

她的眼睛注视着一个并不存在的地方。

她好像听到了什么。

老人：是老二来了？

她的两只手在身边摸着什么。

老二却远远地站住了。

父亲走上前去。

父亲：五婆，还好吧？

老人：好，好，你快坐，稀饭在罐子里，老二，给。

老人把摸到的什么吃的东西朝老二扔去，却扔到了儿子的脚下，儿子发现老人看不见，十分惊讶。他把吃的东西踢给老二，朝前走了两步。

父亲从上衣口袋里掏出一封信，递给老人。

父亲：五婆，您的信。

老人一把接过，用大手小心地抚摸着信封。

儿子发现，信封上有邮票，却没有地址，是一片耀眼的空白。

儿子朝前跨了一步。

父亲用手挡了他一下。

老人：谁呀？是会计吗？

父亲：五婆，是我儿子，以后您的信就由他来送了。

儿子：五婆。

老人：（有些迟疑）他送，行吗？

父亲：五婆，他年轻着呢，我们都老了。

老人：我老了，你不老，你不是才四十七吗？

父亲：您记性好，我来的那年四十七。

老人小心地撕开信封，抽出信纸，当然那也是一张白纸。

老人把信纸抖开，抚平，里面有10元钱。老人脸上露出一丝笑意，她仔细地把钱收好。

老人把白纸朝父亲递了过来。

老人：念吧。

父亲看了儿子一眼。

父亲：（念信）奶奶，您好，您的身体还好吧，眼病没有犯吧，腰痛也好些了吧。

老人：问了多少遍了。

父亲：我这里一切都好，我的工作也十分繁忙，一时还抽不出时间来回去看您，您在生活上如果有什么困难，就告诉送信的乡邮员，他会尽力帮您解决。

父亲说到这里，抬头看了儿子一眼。

老人：他老让我有事找你，下次你写信告诉他，乡邮员换人了。

父亲：五婆，我不是跟您说了吗？乡邮员换了我儿子，他做和我做是一样的，您有什么事一定要告诉他（父亲把信纸递给儿子）让他给您接着念信。

儿子接过信纸，心情有些复杂。

儿子：（念信）您一个人在山里住，真是不容易，城里的生活条件要好得多，真应该接您出来看看，让您安度晚年……

父亲捅了儿子一下。

儿子抬起头，老人在使劲揉着眼睛。

儿子：（迟疑了一下）祝您身体健康，万事如意。

老人：完了？

儿子：完了。

儿子把信递给老人。

老人把信装进信封，仔细收好。

父亲：五婆，有什么要帮忙的吗？

老人：没有，会计刚刚来过。

父亲：那我们走了，回信我会替您写好。

老人：让你儿子写吧，听他念信，就好像听见我孙子说话一样。

儿子有些感动，他在老人面前蹲下身来，轻轻拍了拍老人的手。

儿子：五婆，我会再来看您。

老人：我的信多，你得常来。

父亲：老二，走了，五婆，我们走了。

老人挥了挥手，雕塑一样地坐着，听着脚步声渐渐远了。

34. 日外　山中

父子两个还是一前一后

儿子：她的孙子为什么不给她写信？

父亲：每年新年寄一张贺卡，春节寄一张汇款单。五婆的儿媳妇难产死了，这个孙子是老太太熬蛇羹喂大的，结果成了这方圆几百里第一个考上重点大学的孩子，我还记得我给他送来录取通知书那天，他哭着跪在了地上，他说，这回我可真的要走了，这一走，就再也没有回来，连他爹去世，他也没有回来，老太太哭儿子，想孙子，就什么也看不见了。整天就是等信，等孙子回来。

儿子：你这么做等于包庇他，你为什么不告诉她的孙子该怎么做？

父亲：他是大学生，又当了国家干部，该怎么做他自己不知道？

儿子：大学生怎么了？大学生就不能说了？

父亲：你就记着过十天半个月去看看五婆，随便给她念叨几句。

儿子：你交代的我当然可以去做，可要不是我跑这条路怎么办？换了别人，谁会像你这样？这事该她孙子做，你不要以为自己什么都可以。

父亲：你怎么教训起我来了？我行不行，该做的能做的我就去做，天花乱坠的想法，做不成又有什么用？

儿子：做成做不成，你等着瞧好了。

父亲：那孙子比五婆的眼珠子都金贵，你小子不许胡来。

两人谁也没有说服谁，于是谁也不再理谁，各自走路。

35. 日外　山中

[画外音]

儿子：拉着五婆的手，我忽然想到了我妈，出门在外的人总是有很多原因顾不上想家，倒是家里的人更牵挂他们，我妈老说我爸在外面怎么怎么苦，其实她在家里，也挺难的。

[闪回]

一家三口难得的团聚，父亲和儿子在绿色的田野间奔跑，母亲的脸上带着灿烂的笑容。

[闪回完]

36. 日外　山中

山色随时间的变化而变幻，浅灰到深蓝，分成了不同的层次，在橘色的夕阳之中，说不出的美丽与动人。

37. 日外　村头

村子坐落在山间难得的一片缓坡上，黑色的屋顶与木质的楼阁带有浓郁的少数民族特色。一条小溪缠缠绵绵地绕村而过。

老二终于找到可以飞奔的平地，它跑了起来，跑得很舒展，很漂亮。

老二在田埂上舒展地跑过。

老二跑向一个在溪边的菜地里挥着锄头的身影。

儿子也打起了精神，加大了步子。

38. 日外　地头

老二跑到低头干活的人身边，使劲地摇着尾巴，在她的身边绕着圈子。

干活的人直起腰来，这是一个二十出头的年轻姑娘，身上穿着有些民族特色的日常服装，漂亮的大眼睛闪着光。她朝老二跑来的路上寻找着乡邮员。

39. 日外　路上

暮色里，是儿子高大的身躯，由于是在田埂间小路上走，父亲的身体完全被儿子遮住了。

40. 日外　地头

姑娘看得有些发愣，她不知道朝她走来的这个年轻的小伙子是谁，可他又确实是朝自己走来的。

老二在姑娘身边绕着圈表示好感，姑娘竟然浑然不觉。

儿子越走越有精神，因为他也看清了姑娘漂亮的大眼睛。

儿子走近，面孔越来越清晰了，这张年轻英俊的面孔也是很容易让女孩动心。

忽然，父亲一步没踩稳，一只脚踏进了田里，这样，他才从儿子身后闪了出来。

41. 日外　田间

这一闪，也让姑娘脸上绽出了美丽的笑容。

42. 日外　田间

父亲站在姑娘和儿子中间。

父亲：这是我儿子，刚上任的乡邮员，今年 24 岁。

儿子看了父亲一眼，好像在说：说这干吗？

姑娘：是不是他管老师叫爸、挨了他妈的打?

儿子不好意思了，他又看了父亲一眼。

父亲: 那还有错?（对儿子）我第一次到她们家住的时候，她才这么高（用手比画），她姐姐这么高（用手比画）。

这回轮到姑娘不好意思了。

姑娘：老二，走，咱们回家。

姑娘扭着腰肢走在前面。

43. 日外　进村的路上

村中有人燃起了篝火，映红了一片天空。

父亲：今晚村里有事?

姑娘：最好你们中午没有吃得太饱。

44. 夜外　村里

热闹的婚礼。

全村的男女老少聚在一起，四周点起了火把和篝火。

有人在唱着很古老，很纯朴又有些忧伤的喜歌。

父亲和村里的重要人物坐在一起，不管谁递给他酒，抬手就喝。

儿子则和年轻人凑在一起，身边是田里遇见的姑娘。

大家热热闹闹地挤在一起。

新郎和新娘穿着民族盛装，脸上是羞怯的喜悦。

他们两个被大家围在中间。挤在一起。

45. 夜外　村里

年轻人围着篝火跳起了舞，热情的音乐和着欢呼声此起彼伏。

父亲和上了年纪的人坐在一起，看着自己的儿子。

儿子的脸上放着光。

父亲也终于有了一个可以好好看看儿子的机会。

儿子和田里遇见的女孩在一起跳舞。

父亲看着他们俩……

46. [父亲的闪回]

父亲像儿子这么大的时候。

母亲在桥头等着父亲。

父亲在涨了水的溪中奔跑，跑向他想念的人。

婚礼。一队穿着绿色制服，骑着自行车的乡邮员组成的迎亲队伍，在田间小路上欢快地驶来。

穿着红衣服的母亲坐在父亲的后座上，害羞地笑着。

小伙子们把车蹬得飞快，父亲的脸上一片喜悦。

[闪回完]

47. 夜外　村里

热闹的舞还在跳着。

姑娘和小伙子对视的时间越来越长。

小伙子想起什么似的朝坐着的人们望去。

父亲已经在热闹的人群里守着火堆酣然入睡。

48. 日外　村中

又是一个清晨，山中的黎明。曙光冲破群峰与密林的遮挡，照射到村子中高大的景物上。

木楼前，老二舒展着身体。

父亲循着叽叽嘎嘎的说笑声，发现儿子和女孩正在灶间的炉火边上一边说笑，一边煮饭。

儿子在拔着小半导体，选中了一个音乐台，然后把小半导体放在灶台上，半导体以又大又难听的声音在播着音乐。

女孩顺手拿了一个小罐子扣在半导体上，声音一下子好听多了，儿子很惊奇，他把小罐拿开，又放回，放回又拿开，半导体的声音果然不同。

女孩一副“这有什么”的表情。

父亲笑着摇了摇头，独自走开了。

笑声还跟在他的身后。

49. 日外　山路上

父亲、儿子和狗还没有走出平地，所以都比较轻松。儿子又掏出图来看。

父亲：侗族姑娘性子烈，你说话可要当心。

儿子：我没说什么。

父亲：说出来，就得算数。

儿子：看您想到哪儿去了，我向她了解一些情况。

儿子有些不好意思，一边走一边折着手里的纸。

父亲：（独自走在前面）我每次进山，只要看见她，就会想到你，我在心里面说，要是哪天，我儿子看到你，一定迈不动腿。

父亲爽爽地大笑起来。被窥破了心事，同时也被父亲的真诚打动的儿子也笑了。

50. 日外 村头

河边的大树上，钉着一个邮箱，父子两个停下来打开邮箱。

父亲仔细地把信件整理好，儿子在一边认真地看。

父亲：（挑出一封信封上贴着五角钱的信）这样的信，你回去要替他贴上邮票。

儿子：知道了。

两人走上小桥，桥下的水里游着白色的鸭子。

51. 日外 山路

父子在赶路，儿子不知道从哪捡了根树枝插在邮包上，把小半导体挑着，在父亲眼前晃来晃去。半导体里在播放着热闹的广告。

在他们的脚下，有曲曲弯弯的公路，公路上偶尔有汽车经过。

儿子：其实这样的路段，可以搭便车的嘛。

父亲：邮路就是邮路，该怎么走就怎么走。

儿子：可像这样没有人家的地方，我们根本没有必要这么走。

父亲：这么走踏实，有准头，你以为公路上的汽车都是给你预备的？

儿子：你没有试过怎么知道不行？

父亲：我才不会去站在路边给人家赔笑脸。

儿子：那也可以搭班车呀，花钱买票没有问题吧。

父亲：就那么几个站，几趟车，还没有我准时。

老二走在前面。

儿子：摸摸规律嘛。

父亲：（生气了）邮路就是邮路，像你这么整天想着投机取巧，还跑什么邮路？

儿子：我投机取巧？以后直升机落到山顶了，咱们还这么走啊走的，谁还要你送信？

父亲不说话了，儿子也不说话了，广告又浮了上来，父亲一把扯下半导体，关上开关。

52. 日外　溪边

一道溪水奔流而下，水湍急曲折，有丈余宽，溪中一些深深浅浅的石块露出水面。

父亲、儿子和狗站在溪边。

父亲：（指点着）从这里过可以少走 8 里路，可山里水凉，村里的人都要往上绕一段。水大的时候这里就不能过了，要再往上走一段，老二知道。

儿子听得不太认真的样子。他已经开始卷裤腿了。

父亲：邮包要顶在头上，这样才安全，还能保持平衡，让老二在前面走，它能替你挡着水。

儿子：放心，我是在江边上长大的。

父亲：能游江，可不一定能过好溪，不一定能在长满青苔的石头上站稳脚跟。你肩上的东西可不是自家的米袋。

儿子：你怎么好像老是不放心我？你这么多年不在家，我不是好好的？

父亲：这可不一样。

父亲也把腿放在一块石头上，开始卷裤腿。

儿子：你不要下水，有我在，你不要再下水了。

父亲：我走惯了，也不在乎多走这一回。

儿子把父亲按在石头上坐下。

儿子：好啦，享受一次嘛。

儿子顶起邮包，下了水。

儿子试探着朝水里走去。

在他的身后，父亲听话地坐在大石头上，老二蹲在他的身边。

父亲：老二，我一辈子独往独来，没有享受过。

53. 日外　溪中

儿子在过溪，他走得很稳，急流也奈何他不得。

儿子的腿变成了鲜红色。肌肉清晰可见。

溪水奔涌。

父亲盯住儿子的背影。

儿子登上了对岸，在干地上放好了邮包。

儿子朝父亲挥了挥手。

54. 日外　溪边

儿子背朝父亲，双手朝后抄了过来。

父亲伏在儿子身上。

老二非常主动地朝前蹿去，先跳下水。

55. 日外　溪中

老二拼命迎着水流，抵御着急流的冲击，为了给儿子减轻一些冲力。

儿子一步一步试探着迈步。

父亲伏在儿子的背上，手指轻轻摸了一下儿子脖子后面的一道伤疤。

儿子痒得缩了一下脖子。

父亲奇怪地仰起头，眼睛眨个不停，他怕眼泪会落到儿子的脖子上。

[画外音]

儿子：村里的老人说，背得动爸，儿子就长成了，小时候觉得我爸特别高大，还担心自己什么时候才能背得动他，结果小学没毕业，个子就比他高了。

56. 日外　溪边

老二率先冲上岸去，它黑缎子一般的皮毛在阳光下闪着耀眼的光泽。

儿子轻轻放下父亲。

父亲转过身去，抹了一把眼睛。

儿子佯做不觉。

儿子：你还没有一只邮包重呢。

父亲：老二跑得多欢，它一跑就暖和了。

57. 日外　林边

顺着父亲的视线望去，老二正飞快地朝溪边不远处的树林中跑去。

阳光在它黑亮的脊背上跳跃。

它舒展的肢体显示出强大的力量。

58. 日外　溪边

父亲掏出烟袋先递给儿子，又拿了火柴给儿子点烟，火柴划了又划，也没有划着，还是儿子接了过去，先替父亲点上。

59. 日外　林边

老二拖了很大一根树杈子跑了回来。

父亲：老二，放在这儿。

儿子：它这是干什么？

父亲：它弄了柴来，让你烤火的，我每次过了溪都在这里烤一烤。

儿子：我用不着，还是赶路吧。

父亲：烤烤吧，老二的一点心意。

60. 日外　溪边

火着起来了。火光中，一切都有些变形，父亲、儿子、狗，隔着火堆，谁看谁都有些模糊。

狗很舒服地趴在地上。

父亲：我刚才见你脖子上有个疤？

儿子：早的事了。

父亲：我怎么不知道？怎么弄的？

儿子：好像是十五那年，扛了锄从地里回家，铁头滑下来，扎了一下。万昌用自行车驮着我到公社卫生院缝了几针。

父亲：（有些生气）我回来，你妈也没说起。

儿子：我不让妈说的，没什么好说。

父亲：生你的时候，我跑外线，三个月才回家一次。生你的当天，你妈写了封信给我，别看我整天给别人送信，写给我的信，只有那么一封。这么多年，你妈就给我写过那么一封信。我高兴得不得了，把吃饭的钱都给大家买酒喝了。

儿子隔着篝火望着父亲，父亲的形象有些模糊。

[闪回]

61．日外 街上

节日。

到处张灯结彩，鞭炮齐鸣。

红红的对联、福字，贴在家家户户的门口。

儿子骑在父亲的脖子上看戏。

儿子骑在父亲的脖子上逛街。

儿子骑在父亲的脖子上放鞭炮。

儿子骑在父亲的脖子上睡着了。

[闪回完]

62．日外　篝火边

柴已经快要燃尽了。

儿子两只大脚也烤暖了。

儿子：爸，该走了。

父亲：你说什么？

儿子：我说，爸，该走了。

儿子到溪边打水扑火。

父亲：老二，听见了？他喊爸了。

63．日外　山中

崎岖的山路越来越窄，一点点向上盘旋、延伸。

起风了，山风发出很大的声响。

树枝在大幅度地摇摆着。

太阳也变得惨白。

64．日外　山路上

由于刮风，上山显得困难多了。

父亲、儿子、狗都弓起了身子，低着头走路，彼此不再交谈。

儿子走几步就停下来回头看父亲，父亲朝他摆手意思是让他先往上走。

老二在最前面带路，一直尽职尽责。

路越来越陡了。

土石开始有些松动，一脚踏上去，有碎石滑落。

儿子有些紧张，他使劲往上耸了耸邮包。

儿子：爸，你行吗？

父亲：往上走吧，我在后面，你放心。

儿子：这路怎么这么陡？

父亲：原来有条好路，后来下雨冲垮了，只好从这里过去，就快修好了。

儿子：你小心一些。

65. 日外 山路

山路突然窄了一段，一面是山，一面是陡坡，儿子背着邮包，很难走了。

儿子双手攀着石阶，弯着腰向上爬。

父亲：把邮包给我。

儿子：这次给你，下次怎么办？

老二过去了，返身看着他们。

儿子试探着向前走。

这时，老二突然叫了几声。

儿子猛地抬头。

只见一条又粗又长的大绳子从空中飞降下来，绳子翻滚着，扭曲着，轻盈地落了下来，落到了儿子面前，并继续向下延伸。

从上面他们看不到的地方，传来一声呼哨。呼哨声在群山之间有长长的回声。

儿子一把抓住粗粗的绳子。

向上望去，那绳子牢牢地牵着他们的手。

66. 日外 山顶

儿子终于攀上了山顶，绳的另一端绕在一块大石头上，一个十五六岁的男孩，使劲揪着绳索的另一端。

老二围着他转。

小男孩看到儿子，有些愣。

儿子返身弯下腰，把父亲拉了上来。

小男孩亲热地叫了一声“爷”。

父亲一边往上拉绳子，一边说。

父亲：转娃，谁让你来的？这么大风？谁让你来这山上等我？

转娃：有风更要来嘛，我爷爷说了，这就是我的工作，我爷爷说，你为我们滚下山一次了，不能让你为我们再滚下山一次。

儿子望着来时的路，心中很不平静。听了转娃的话，他更加体会到父亲这一辈子走过的是一条什么样的路。

父亲：你爷爷老糊涂，让你这么小的娃在山上受罪。告诉他，以后是我儿子登山了，不用你来等了。

转娃：这是我的工作，你为我们滚下山一次了，不能让你的儿子为我们再滚下山一次。

儿子看着憨憨的转娃，笑了。

67. 日外　山路

儿子一边把邮件往转娃的书包里装，一边和他聊天。

儿子：转娃，上学了吗？

转娃：初中只上了两年。路太远，来回要翻三个山头，爹妈不让上了。我爷也说我的知识已经很丰富了，不用再读书了。

儿子：那你自己呢？

转娃：我知道他们心疼我。不上就不上，我读函授大学。我知识很丰富，高中不用读，直接读大学了。

儿子：你读什么系？

转娃：我非常希望有记者到山里来采访我，可是没有记者来过，我就学新闻系，以后就可以自己采访我自己。大哥，我觉得你也可以读新闻系，你刚才和我说话就跟采访一样，再说，你读函授又很方便。不用像我这样等呵等的。

父亲在一边绕着绳子，笑得双肩乱颤。

儿子回头看了父亲一眼。

父亲把大绳子套在转娃的肩上。

转娃：爷，我走了。

父亲：问你爷爷好，让他少喝点酒。

转娃一转眼就不见了。

68. 日外　山上

儿子和父亲和狗继续向上走。

儿子：你滚下山是怎么回事？

父亲：半年前的事了，我那天在下脚岭帮他们写个合同，出来晚了，又刮大风，滚下去后在坡下睡到天黑，搞得全村老小都打着火把出来找我，真不好意思。

这回是儿子眼圈发红，看别处了。

儿子：这路真不是人走的。

父亲：那边就要修好了。

儿子：好也好不到哪里去。

父亲：你后悔干这行了？

儿子：反正支局长没有说这么难走，你也没有说过。

父亲：你又没有问过我……

69. 日外　山上

远处传来一声长长的呼哨。

是转娃。

转娃爬上一道山坡。

转娃在山坡上飞跑。

转娃爬到一个视野开阔的地方。

可以看到沟对面的父亲、儿子和狗。

转娃：（大声）大哥！爷爷！是我，我在这儿。

70. 日外　沟对岸

父亲、儿子、狗停下脚步，他们看到了转娃。

转娃：我收到了成绩单，三门功课我两门得了优、一门良，我的作文被老师推荐给报社了，老师还要退回我的学费，老师说，老师供我到毕业。老师还让我多多地采访，下回你们再来，我采访你们……

儿子使劲朝转娃挥着手。

儿子：转娃，一言为定，快回去吧。

转娃一转眼便又消失了。

儿子很激动。

儿子：爸，你听见了吗？他下次还采访咱们呢。

父亲：他管你叫哥，管我叫爷爷，连基本情况都没搞明白，再说，我也没下次了。

父亲独自走了，背影有些凄凉。

71. 日外　山路

[画外音]

儿子：很长一段路。我和爸都没有再说话，各自想着自己的心事，我在想那个侗族姑娘现在不知道在干什么，也许真有书上说的心灵感应，我爸忽然就和我提起她来，他问我是不是喜欢侗寨的阿妹。

儿子：她和咱们那里的女孩不一样……

儿子的话停顿了一下，父亲回头看他一眼。

儿子：不过，也许我不会娶一个山里的姑娘。

父亲：为什么？你嫌她们见识少？

儿子：她见识一点都不少，刚才她把小罐往半导体上一扣，立体声了。

父亲：那是嫌她们穷？

儿子：不是。我怕她们也像我妈，离开了这里，一辈子都想家。

苍茫的大山里，响起了好听的山歌。

几个姑娘背着背篓从山路上走过。

儿子：小时候，妈老是给我讲山里的事情，我就问她，山里人为什么要住在山里？

父亲：你妈怎么说？

儿子：她说，山里人住在山里，就像脚放在鞋里，舒服。

山歌浮上来，飘过去，伴随父子对同一个女人的想念。

两人站着，望着山民们走远。

父亲：你妈跟了我，等了一辈子。

儿子把手里的纸飞镖扔下山谷。

父亲无言，眼中有些湿，山歌飘浮在山中。

飞镖飘啊飘。

72. 日外　风雨桥

风依然在刮着。

父亲在桥头坐下，捶了捶腿。

儿子在研究一个水罐。

儿子：这水能喝吗？

父亲：就是给过路人准备的。

儿子：谁放在这儿的？

父亲：我喝了这么多年也不知道。反正每天有人来送水。给赶路的人喝的。

儿子把水倒在手心里给老二喝。

儿子：你在这好好歇着，微波站路好走，我一个人上去。

父亲：老啦。

儿子一边说，一边打开邮包，取出要带给微波站的邮件，他用一个邮件袋把它们缠起来，一下子从邮包里带出了几封信，被风卷走了。

几封信被风刮走了。

父亲一下子弹了起来，就朝信扑了上去。

他奋不顾身地扑向一封信，抓在手里。

另外两封信，在风中打着滚向桥上跑了。

父亲又冲向前面。

儿子抱着邮包和邮件不敢松手。他大声叫着“爸！爸！”

父亲摔倒了，他又爬起来，追着信。

信还在向前跑。

父亲又追了上去，扑到了另一封。

另一封信朝桥边飞去。

父亲仍然在追，他一点儿也没有犹豫。

儿子大声喊着：爸，爸，让我来。

父亲朝桥边扑去。
桥边就在眼前了。
这时，一道黑色的闪电滑过。
老二又伸展开它的身体，箭一样冲了出去。
老二超过了父亲向信冲去。
父亲的手向前伸着，五指张开。
儿子的眼睛。
老二矫健的身影。
父亲的手。
桥边
儿子的眼睛。
信在轻轻地、无声地飘。
老二跃向前去。
老二腾空而起。
老二叼住了飞起来的信。
父亲仆倒。
老二稳稳地落地。
父亲从老二嘴上轻轻地接过信。拿在手上。
儿子的眼睛，儿子紧紧搂住胸前的邮件。
父亲的脸上露出一丝欣慰的笑容。

73. 日外　山里

儿子独自沿着一条修得很好的石阶路向上走。
陡陡的石阶。
[画外音]
父亲：你后悔干这行了?

儿子的脚步。
儿子的眼睛。
儿子抬头望去。
高高的山顶上一架高大的天线。

74. 夜外　村中

半山上，一片有民族风情的民居。

屋前有一块平地，月光下有依稀的人影，鸡吠之声相闻，灯火与炉火闪烁，孩子在读书，书声琅琅。

75. 夜外　屋前

一座屋前。老二与主人家的一只母狗亲昵地凑在一起。透出一种安详的情绪。

女主人在敞开门的灶间烧火，红红的炉火映着她的脸。

孩子趴在台子上读书，读的是山外面的事情。

76. 夜外　屋前

屋檐下摆着一些横横竖竖的竹凳。

父亲和儿子坐在竹椅上烫脚。每个人面前的大木盆里都冒出大团大团的热气。

两人十分舒服的样子。

群山环绕着山里人平静的生活。

孩子关于山外情况的课文清晰可闻。

望着黑漆漆的无边无际的群山，儿子的眼里闪过一缕惆怅。

儿子：（自语般的）他们为什么要住在山里，除了山，没有别的。

父亲：谁说没有？

父亲用手指点了点自己的头。

父亲：想头，越苦，越有想头，人有想头，就什么都有了，人要是没有了想头，再好的日子也没有滋味。

儿子侧过脸来，看着父亲饱经风霜又平静如山的侧面，心中有无限的感慨。

父亲：就像咱们跑的这条邮路，说苦，是够苦的，可干得久了，记挂的人多了，遇上的事多了，就觉得有干头了。

儿子：我都看见了。

父亲：你既然干上了，就要干出个样子来，能不能当上支局长，就由不得你我了。不冲别的，就冲这些乡亲。就冲他们住在这大山里……

父亲转过脸，儿子不知什么时候已经离开了。

小学生的课文再次飘来。

77. 夜内　屋里

一盏汽灯照亮了桌前。

父亲又在收拾邮包，他非常仔细地把要带出山的邮包一件一件整理好，再装进去。

儿子在一边整理单据。

父亲：明天这时候，已经到家了。

儿子：回家后，你头一件事要多到老更叔公那里坐坐，他最顾咱家，缺东少西，都是从他那里拿，拿了也从来不要还。

父亲：这人不错，是得去感谢一下。

儿子：感谢倒不必，他是一个爱面子的角色，平素说你架子大，回来也不去看他。

父亲：哪能呢，抽不出时间嘛。

儿子：我是这样反反复复向他解释。还有，村长带大家致富是个厉害角色，就是爱占公家个小便宜，你看不得的闭只眼，听不得的当耳边风，莫要惹翻了父母官。

父亲：这人我看就不走正路，还老虎屁股摸不得了？

儿子：摸得摸不得，反正你不要去摸。

父亲：那怎么行？我是国家干部。

儿子：农药、化肥、种子都要从他手里过，耽误你几天就受不了。

父亲：公事公办，人不求人一般大。

儿子：反正我跟你讲了，遇到麻烦你不要找我。

父亲：这乡下，还有这么复杂？

儿子：这么多年，我们还不是一路复杂过来的？早点睡吧，明天还要赶路。

父亲：你先睡，我抽支烟。

儿子：（脱衣上床）水田里的活我交代给许万昌了，你就不要再下水了。

父亲嗯了一声。

儿子：你得答应我一声。

父亲：我答应，不下水。

儿子：妈一到冬天就喘得厉害，她不肯治，你县里熟，回去一定带她到县里检查检查。

父亲：知道了。

儿子打呼噜了。

78. 夜内　屋内

父亲坐在桌前，望着跟了自己许多年的邮包，心里很不平静。

他又看看睡得很香的儿子。

烟从他的脸上飘过。

儿子的脸既熟悉又陌生，他总算可以好好看看他了。

父亲走到儿子的身边，他伸出手，想摸摸儿子，但又放了下去。

父亲看见儿子的脖子上多了一个红色丝线坠着的小挂件。

79. 夜内　屋内

父亲在儿子的身边躺下。

月光从外面照了进来。

父亲一动不动，怕惊醒儿子。

儿子一翻身，一只胳膊搭到父亲的身上。

父亲被儿子压着，还是一动也不动，他甚至有些满足，带着笑容闭上了眼睛。

狗和它的女伴挤在一起，也睡着了。

儿子睡得很香。

80. 日外　家

父亲、儿子、狗迎面走来，夕阳跟在他们的身后，红红的大大的。

他们看见了家门口的小桥，看见了母亲。

81. 日内　家中

儿子睡得很香。他睡在自己的床上。

晨曦透过窗子。

父母的对话从外间传来。

儿子睁开了眼睛。

82. 日内　外间

父亲：该叫他了。

母亲：再等一小会儿，看把孩子累成什么样了？昨天我见到支局长，就忍不住落泪，支局长说，要不是你一个劲地要求，他也不会让儿子跑这条邮路，你呀……

父亲：不交给他，我又能交给谁呢？交给别人，我也不放心。

83. 日内　里屋

儿子一下子坐了起来。

84. 日内　外屋

大桌子上放着邮包。

老二依然在门口来回走着。

儿子朝邮包走去。

父亲把邮包帮儿子背到背上。

母亲又在擦眼睛。

儿子朝门外走去。

门外亮了。

儿子没有回头，一直朝前走了。

父亲和母亲在他的身后。

老二跟着儿子走了几步，回头看见父亲站在原地，它犹豫了一下，返身跑到父亲的身边，父亲搂着老二，眼睛一下就红了。

老二的背上被一只手拍了一下，它终于懂了，猛地冲出去，去追儿子的脚步。

——完——

说出你的秘密

Shuochu nide mimi

1. 夜内　餐厅

外面下着雨。

餐厅柜台前，酒具在灯下闪着光，镜中的大堂热闹非凡，眼下十分常见的火暴餐厅。

一排泡了千奇百怪爬虫的大酒瓶。

一只手在酒瓶上敲着。

何利英（四十多岁，某事业单位的部门主任，修饰整齐。）正在等着对方听电话。

她的身后不远处的一张餐桌边坐着范“司令”（男，四十多岁，李国强和何利英一起插队的同学，现在是一副老板模样。）、沙平（女，四十多岁，两人插队的同学，晚报记者，离异独身，事事热心。）、老关（沉默寡言，老成持重的机关干部。）。

电话有人接了。

何：是我。

2. 夜内　李国强家

窗外有雨声。

典型的中年知识分子三口之家。两室两厅的单元房，不成体系又稍有追求的家居装饰，女人的能干，男人的懒散，有小孩的混乱融合在一起，谁看见都觉得似曾相识。

李国强（男，46 岁，某市建筑设计院的工程师。）在听电话。

强：（看了一眼墙上的表）在哪呢?

身后的李家（李国强的儿子，8 岁，二年级的小学生。）伏在茶几上以一种很不正确的姿势写着作业。

3. 夜内　餐馆

何：还在聊，聚会组委会就算正式成立了。

强：（电话里）都谁在呀?

何：沙平、范“司令”、老关，还有我。（何利英回头看他们几个）

强：谁主持会?

何：大家都是副主任。（又回头对大家一笑）

范：（挥了挥手）向李国强同志学习，向李国强同志致敬。

何：他们问你好。你和范“司令”讲话吗?

4. 夜内　李家

强：见面再说吧，下雨了，你开车路上小心。

何：知道，我要送沙平，１０点左右到家吧，你先给李家洗，检查一下他的作业。让他把明天的书本带好，别忘了削铅笔。

强：我们的 5428 方案通过了，发了项目奖，我和夏光，每人 5000 元。

何：真的? 好消息，我替你吹吹牛。

李国强放下电话，心情似乎受到了一些感染，比刚才好了一些。

趁李国强接电话的工夫，李家扭着头在看无声的电视，看得津津有味。

李国强举着遥控器，远远地关上了电视。

强：抓紧写。

家：我写，我写，你看你的。

强：都 7 岁了，写作业还要人陪。

家：8 岁。

5. 夜外　街上

雨似乎下得大了一些。

6. **夜内　李家**

沙发上，李国强手里抓着一摞晚报不得要领地来回翻着。脸在报纸的翻动中忽隐忽现。

家：（边写边说）爸，你别哗啦哗啦翻个没完好不好？我听了发冷。

7. **夜外　街上**

雨还在下着，路上的车辆和行人比较少了。

何利英开着一辆深红色的桑塔纳。雨刷在她的眼前来回摇摆。

从她开车的姿势看，学会的时间不长。

沙平坐在何利英的身边。

收音机里播着热闹的音乐。

偶尔有迎面而来的车辆亮着刺眼的大灯从她们的身边掠过。

何：李国强他们室里下半年有一个外派的名额，美国。

沙：别让他去。

何：为什么？

沙：出国等于离婚。

何：（不以为然地一笑）那也不能因噎废食。咱们同学里除了冯建和阿秀，再没出国的吧？

沙：你当时要是和冯建好了，8 年前就在美国了，没远见吧。

何利英又不以为然地一笑。

沙：靠边吧，我就这下了。

何：拐进去吧，跟我你还客气什么？

8. **夜内　李家**

李家的房间。

李家已经在他的小床上安然入睡。

客厅里，李国强站在窗前。

窗外的雨还在下，马路上，汽车的车灯映着密密麻麻的雨丝，偶尔有骑自行车的人穿着雨衣被车灯照亮一下，又隐入黑暗之中。

李国强的表情多少有一点焦虑。他看了一眼手表，眼睛又转向窗外。

这时，他看到有一辆小轿车减慢了速度，打着转向灯准备向楼区的小马路上拐。

为了看得更清楚，他又往窗前凑了凑。手拢在玻璃上挡住屋里的光线。

小轿车，准确地说，是一辆桑塔纳，正准备往里拐。这时，一辆车速较快的面包车从小区里冲出来，面包车的大灯照亮了对面的小车，小车猛地向右一闪，咔的一声，似乎挂到了什么，一个骑自行车的人一下子倒了下去，她在倒下的瞬间叫了一声，同时，小车发出了刺耳的刹车声。

面包车唰地开走了。

桑塔纳停下了，李国强紧张地注视着汽车，这时，司机一侧的车门开了，李国强等着，但几秒钟过去了，司机没有下来，突然，车门又重重地关上，汽车拐上大路，飞快地开走了。

李国强身后的石英钟突然敲响。他猛一回头，１０点。

李国强冲到门厅，抓起一把雨伞，又到儿子的屋里看了一眼，他的动作有些慌乱，出门的前一刻，他忽然有些迟疑，又回到客厅的窗前，朝外看。

窗外，出事的地方停了一辆出租汽车，灯影里，司机和乘客正把倒在雨中的受伤者往车上抬。

李国强手里的雨伞啪地掉在了地上。

等他弯腰捡起雨伞再看，出租车已经开走了，窗外恢复了刚才的平静，只有一辆自行车躺在雨中。

李国强拿着雨伞呆呆地站在窗前。

9. 夜外　街上

何利英紧握方向盘，脸上的表情十分紧张，收音机里全是杂音。车里只有她一个人。

桑塔纳从画面前划过。

车速慢了下来。

终于停住。

何利英伏在方向盘上。

何利英抬起头，面前的高楼每扇窗都闪烁着温暖的灯光。

汽车再次发动，飞快驶去。

10. 夜内　李家

李国强呆立窗前。

片名：《说出你的秘密》

11. 夜内　李家

走廊上，何利英掏出钥匙准备开门，她身上湿漉漉的。样子有点狼狈。

门从里面打开了，李国强正在等她。

何利英在门厅换鞋，她的鞋袜都湿透了。身边的地上放着她打包提回来的快餐盒。

强：怎么这么晚？

何：（头也不抬）明天小张要用车，送回单位了。

强：雨停了吧？

何利英不置可否地应了一声。

何利英进了洗手间。李国强看了看她脱下的湿透的鞋袜。

12. 日内　洗手间内

何利英脱了衣服，站在镜子面前发抖，水龙头开着。她从头上往下取卡子，卡子和头发纠缠在一起，几次都拉不下来。

13. 夜内　李家

李国强把一杯水放在何利英面前的茶几上。何利英正在给李家检查作业。

何利英端起杯子，水有些满，她的手有点抖，水竟然洒了出来，何利英赶紧把杯子放回桌上。杯子里的水在桌上轻轻地抖。

强：你没事吧？

何：（突然笑了两声，说话的声音也高了许多）没事呵，我能有什么事？你先睡吧。

强：（仍不放心）喝酒了？我不是告诉你开车千万不能喝酒。

何：没有，我一滴都没喝，不信你打电话问沙平。

李国强装作无意地朝窗外看了一眼，自行车还躺在那里。

强：你也早点睡吧。

何：（平静了下来）你，你外派的事有消息了吗？

强：没有，老夏也申请了，我们两个条件差不多。

何：他在国内都整天紧张兮兮的，出去干吗？

14. 夜内　李家客厅

何利英站在窗前，脸上是掩饰不住的恐慌。两只手绞在一起。

顺着她的视线可以看到那辆自行车躺在雨里。

15. 夜内　李家卧室

卧室里，李国强睁着眼躺在床上，听着外面的动静。外面安静得令他不安，他下床，走到外面，拎起何利英带回来却一直放在地上没有收的饭盒。

强：（对客厅）还不睡？看什么呢？

何：（面对窗外）雨停了。

就在李国强朝窗口走来的同时，何利英哗地拉上了窗帘，隔绝了和外面的联系。

16. 日外　李国强家楼下

和往常一样的，匆忙而热闹的早上，上学和上班的人们脚步匆匆。学生们背着沉重的书包，家长不放心地追随其后。

李国强一家三口走出楼门。

李家坐在李国强的自行车的后座上，胳膊却搭在何利英的肩膀上。两人脸挨脸亲热地说着话。

家：妈，电视降价了你知道吗？

何：不好好念书，总是对与你无关的事情感兴趣。

家：我们李老师说的。

何：是吗？怎么跟你们说这个？

家：李老师家要买一台新电视，请你帮忙拉一趟。

何：李老师怎么知道妈妈开车？

家：我告诉她的。

何：说过多少次了？家里的事情不要在外面讲。

家：你答应了？

李国强和认识的邻居打着招呼。

走过昨晚的出事地点，李国强下意识地看了一眼，自行车不在那里了，一点痕迹也没有了。

一家三口从出事地点前走过。

何利英松了一口气。

17. 日外　路口

该分手了，李家搂着何利英告别。

何：上课好好听讲，下课赶紧喝水、上厕所，别打架，听见了？

家：一个字，乖！

何：（在李国强的后背上拍了一下）路上小心。

强：我们走了。

李国强正要上车，李家大叫。

家：妈，妈。

何利英发现孩子的书包一直背在自己的肩上。

何利英苦笑了一下，把书包放进李国强的自行车车筐。

18. 日外　马路上

李国强骑上车了，李家扭着头看何利英。

家：妈再见，妈再见。

强：行了，别喊了。

家：她老不走，我有什么办法？

19. 日内　建筑院

李国强工作的设计室。

光线充足的大房间，电脑、绘图板、打印机、晒图机摆得满满的。人们各自埋头于自己手头的工作，神情都很专注。机器、键盘不断发出声音。偶尔有人走动。偶尔有电话铃声。

李国强坐在一台电脑前，很快地敲击着键盘。眼睛一动不动地盯着屏幕。但我们看不到他在做什么。

郑常（女，二十四五岁，刚参加工作的大学生，表情活泼有趣。）出现在李国强的身后，看着他操作，李国强由于太专注了并没有意识到她的存在，突然，郑常遗憾地叫了一声，李国强猛地一回头，这时我们才看到李国强是在玩游戏。

强：（掩饰地一笑）今天一来就头疼。

郑常灿然表示理解。她用一根指头指了指脚下。

郑：有人找你。正好换换空气。

李国强有点紧张地一回头。

强：（声音挺大）谁找我？

郑：一个女的……和一个男的。

李国强略有些迟疑地站起身，忽然又走得很匆忙。

一直伏在绘图板上专心工作的夏光（一个和李国强年龄、资历都差不多的人）抬起头。看着正走过自己身边的郑常。

夏：谁找李工？

韩雨（同办公室的小伙子）：（有意拿夏工取笑）哎，夏工，会不会是外事办的？

夏：所长说了，人选还要开会讨论。

韩雨和郑常异口同声：那你现在紧张什么？

夏光就像没听见一样低下头干活。

20. 日内　设计院

电梯前，李国强一个劲按，电梯不来。

21. 日内　设计院

李国强飞快地下楼梯。

22. 日内　建筑院大厅

李国强冲到大厅。

两个人站在一边，听见脚步声就转过身，女的是李国强最小的妹妹李国翠（女工，有三十出头的样子了）。

翠：哥。（对身边的男士）这是我大哥。（对李国强）他就是张凯（四十来岁，一口挺显油滑的北京话）。

张：大哥好，忙呢您？

强：（气喘吁吁地和张握手）你好。（对翠）你怎么来了？出什么事了？

翠：没事，妈让我告诉你，这个星期天爸提前一天过生日，都回去，各家各户自愿送礼。这句是我加的。

强：打个电话不就行了。

翠：我们正好路过，再说，张凯也有件事想求你帮忙。

张：大哥，（递烟，李谢绝）听小翠说，您正在给市政府设计个大门楼，少不了和市里领导一起开会研究，跟他们都说得上话吧？

强：商量也是和我们领导商量。什么事啊？

张：没什么大事？我们公司想在全市范围内开展一次提高小学生补钙意识的宣传活动，想和市里有关部门联合主办。

翠：张凯是亚西营养保健品公司的业务经理。

张：不好意思，比大哥您差远了，不过您要是有什么用得着我的地方，一句话。多难的事，也是一句话。

强：好，好。

张：您别为难，您千万别为这事发愁上火。

李国强不知道该说什么好，看着自己的妹妹在一边傻笑，他也无可奈何。

23. 日外　何利英公司的门口

红色的桑塔纳停在门前。

司机小张骑车过来，他看了一眼溅了些泥点的车。

何利英从楼里出来，叫住了他。

何：小张。

张：（很听话地）我今天倒休，接到传呼我就赶过来了，有事吗？

何：给你钥匙，今天早上有一辆出租挤我，碰了一下，你看看，抓紧修一下。

张：记他车号了吗？

何：没有，他开得快，我追不上。

张：（遗憾地）让他溜啦。你别管了，我和保险公司联系一下。您现在去哪？

何：我出去一下。

张：我送您吧。

何：不用，我自己走。

小张把车钥匙放进兜里。

24. 日外　街上

何利英在大街上走，她从橱窗里看自己。

25. 日内　美发厅

一张白色的单子抖开，围在何利英的脖子上。

很前卫的理发师，墙上很前卫的短发图片。

理发师：大姐选哪个发型?

何：烫了，全部烫。

理发师：今年短发很流行。一剪短你年轻好多。

何：我要烫一下。快点，我还有事。

理发师兴致不高。

26. 日外　街上

红色桑塔纳驰过。

汽车停在一个汽车修理部的门前，司机小张鸣笛，里面出来一个小伙子。

小伙子看了看桑塔纳的后视镜，后视镜碎了。别处没有问题。

张：（下车把钥匙交给对方）惨吧? 太惨了吧。

小伙子：我有数，只要你不怕单位扣你奖金?

张：（得意地）不是我撞的。

小伙子：那肯定是头儿了。

张：一顿好饭挣得出吧。

小伙子：说少了。

27. 日内　建筑院设计院

窗外已是黄昏。

一只手在按电话键。

强：喂，何利英在吗? 她去哪了? 没事，你转告她一声，我接孩子。我是李工。

李国强挂断电话。

夏工正在读刚到的晚报。

夏：太不像话了，这些人抓住全部枪毙。

郑：枪毙谁呀?

夏：（念）昨夜，在四化街口发生一起交通肇事逃逸案，这是我市本季度发生的第 9 起交通肇事逃逸事件，值得引起重视，伤者昏迷，生命垂危。

夏工手里的报纸突然被抽出去了，李国强抓着报纸找刚才的消息。

夏：我还没看完呢。

郑：（凑过去对李工）就你们家那边吧。

夏：（不满地）我还没看完呢。

28. 日外　马路上

傍晚的马路上十分拥挤，汽车还没有自行车走起来方便。

李国强骑得很快，李家一脸倦意，昏昏欲睡地坐在后面。

29. 日外　楼外的马路上

因为是傍晚，宿舍区出出进进的人挺多，但今天与往日似乎还是有些不同，一些人聚集在楼外的小马路上，议论着什么。

李国强放慢了车速。

自行车停在了人群边上。李家跳了下去，钻进人群。

人群中有一个小女孩，她的大小和李家差不多，女孩低着头，手里拿着一个用硬纸板做成的牌子，上面有几个黑色的大字："寻找目击者！"下面还有一行小字："谁看见昨天晚上撞我妈妈的人了，谁记得他的车号，请您告诉我吧，我家的电话：65489772。"

李国强从人群的缝隙间看到了牌子。

周围人的议论也断断续续地传进李国强的耳朵。

"晚报上登了。看了吗？"

"是个女的。到现在昏迷不醒。"

"撞了人还跑，真够可恨的。"

"不跑麻烦就大了，反正没人看见。"

"说不定就有人看见……要真抓回来，罪加一等。上午一下就来了三辆警车。"

李国强的身后响起尖厉的刹车声，他赶紧躲开。

开车的司机在经过李国强身边的时候骂了他一句。李国强没有说话，身边有人替他打抱不平："开辆破车就有理啦？你撞一个试试，撞了他你就下大狱……"

李国强推着车往回走了，吵嚷声跟在他的身后。

走了几步，李国强想起李家，回头叫了一声："李家"，他没想到自己的声音十分嘶哑。他又咳了两声。

强：李家。

李家这时站在离小女孩很近的地方，很同情地望着她，很想为她做点什么的样子。

李国强见叫不应李家，只得自己先走了。

30. 日内　李国强家

李国强在门厅里换鞋，随手把外衣搭在椅子背上。厨房里传出何利英做饭的声音。

李国强朝厨房看了一眼，他回过头觉得不对，又退回去看了一眼。

厨房里的何利英新烫了头发。

强：你怎么，把头发烫了？

何：好看吗？

强：还行吧……

何：儿子呢？不是告诉你别让他在下面玩吗？

强：我叫他了，他不回来，下面好多人，围在那看……

31. 日内　李家

厨房里，两人一边做饭，一边聊。

强：听说是昨天晚上撞的。

不知为什么，他嗓子又有些哑，他就又咳了两声。

强：不知道是谁撞的。

何利英把正在切的东西放了一块在李国强的嘴里，老夫老妻的。

何：晚报上不是登了吗？现在这种事太多了，太不像话了。

李国强没有想到何利英会这么说，他眼睛一亮，似乎有些宽慰。

强：没错，别管是谁的责任，得先把人送医院。你说是不是？

何：李家怎么还不上来？

32. 夜内　李家

门厅里，一家三口在吃晚饭。

家：那女孩是我们学校的，是四年级的。她妈是新新超市的售货员。她妈昨天下晚班回家，让车撞了，撞她妈的人跑了。

强：她妈现在在哪？

家：在第二医院。妈，什么叫“目击者”？

何：问你爸。（起身进了厨房）

强：击就是看的意思。

家：那为什么不叫“目看者”，非叫“目击者”？

李国强一时不知该如何回答，从厨房里传出何利英的呵斥。

何：李家，你什么时候能把碗里的饭吃完？你作业又想写到几点？

强：（小声）作业多吗？

家：改卷子，一道错题改五遍。

强：你错了几道？

家：三道。

强：不像话。怎么错这么多？

33. 夜内　李家

电话响了。正在收拾屋子的何利英拿起电话。

何：喂，找谁？

对方没有回音。何利英回头看李国强，李国强也正在看她。

李国强过来接过电话。

强：喂，喂。（对方挂了）

家：谁呀？

强：打错了，写你作业。

家：妈你干吗烫头？

李国强刚要坐下，电话又响了，这次他大步走过去，一把拿起电话。

这时何利英正打扫卫生间，也抬起头来。

强：（大声地）喂。喂……沙平啊，何利英在……（李国强一边接电话，一边用手指着电话，示意何利英来接，何利英却摇了摇头，把卫生间的门关上了）在……厕所，让何利英给你回电话。对了，你是不是拨了两遍？没有？没事。

李国强挂了电话回过头来，何利英仍站在洗手间的镜子前摆弄她新烫的头发。

强：怎么不接电话？

何：等会儿再说，她一聊起来就没完，李家更得旁听了。

34. 夜内　李家

两个人并排坐在沙发上看电视，节目似乎有些乏味。

李国强觉得自己也许是有些多虑了，他放松了一些，话就多了。

强：自从你开车，我听见车祸就紧张。

何：我那叫摸车，不算开车。

强：那也得多加小心。

李国强拍了拍何立英的头。

何：放心，我知道。

强：有你这句话，我就放心了。

这时，有人敲门。

何利英一下停住话头，脸上的表情忽然有点紧张，她下意识地拉住正起身的李国强。

何：这么晚了，谁呀？

李国强看出了何利英的紧张。

李国强：我看看。

李国强朝门口走去。

何：问问是谁。

强：（在门厅）何利英，沙平来了。

何利英转过脸来，换上了满脸笑容，和刚才判若两人。

何：正要给你回电话呢。

沙：我刚才在假日渔港，回家正好从这过，灵机一动，就上来了，你们楼下昨天晚上出车祸了，听说了吗？

何：你们报上不是登了。

沙：李家呢？

何：早睡着了。

沙：才几点？就睡。

何：明天早上6点半起床。

沙：人家说“甘蔗没有两头甜。”（对李国强）每当我孤独的时候，就回忆一下何利英跟我谈起学校教育中存在的种种问题时的痛苦表情，我心情就会好一些。

何利英和沙平进了客厅。

李国强站在黑影里，从开着的门可看到何利英和沙平谈笑风生的表情以及沙平夸张的动作和神态。

这时，电话铃又响了，何利英起身拿起电话，喂了两声，没有人应。何利英挂上电话，回过头来看了李国强一眼，李国强从她的眼睛里看到了恐惧。

沙：谁呀？

何：可能是打错了。没说话就挂了。

沙：我们报社前一段搞过一个骚扰电话的调查，挺多的。

何：你别吓唬我，我眼皮直跳了。

沙：贴块白纸，白跳。

何利英真的从晚报上撕了一小块。

两人又有说有笑了，看着何利英有点怪的样子李国强站在阴影里发愣。

35. 日内　何利英所在的公司

何利英单独的办公室，整齐有序的办公环境。

何利英从外面走进来，关上门，拿起电话拨号。一边在小镜子里看着自己的脸色。

何：电话局吗？我是一个用户，我想问问，骚扰电话可不可以通过你们查到对方的电话号码？好几次，拿起来不讲话，然后挂断……报案以后可以查，必须到公安局报案……好的，谢谢你，再见。

何利英放下电话，出了一口气。低下头用手掐着眉心。

这时有人在她的门上敲了两下。外面的人喊：何主任，开会了。

何：来了。

她一起身，把手边的小镜子碰到了地上，镜子碎了，何利英把镜子踢到桌子下面，准备离去，走到门口，她又返回来，从桌子下面捡起镜子的碎片，放进桌子的抽屉里，关好。

何利英打起精神，出门去了。

36. 日外　街上

李国强一个人骑着车在街上。他的前后左右都是自行车，汽车拐弯时便冲入自行车阵，毫无章法的交通。

李国强在汽车自行车混杂的马路上穿行。

37. 日外　何利英公司的楼外

公司的楼口挂着牌子，门脸也很整齐，规模不算大，但经营有序的公司。

那辆红色的桑塔纳依然停在门口。

李国强把自行车靠在马路边的栏杆上，不经意地走到桑塔纳的跟前，看了看车里没有人，就转到桑塔纳的右侧，他在车的尾部寻找擦痕，车尾部没有留下任何痕迹。他又到前轮的附近查看，也没有什么。他松了一口气。

38. 日外　街上

李家在人行道上掏裆骑着李国强的自行车。李国强背着李家的书包跟在他的后面，他显然轻松了一些。

李家很高兴，他越骑越快。

这时从路口拐出一辆汽车。

李家没有减速。

李国强大喊：李家小心。

李家还是没有减速。

李国强跑过去。

汽车尖利的刹车声。

李家的车倒在了汽车前。

李国强愣在那。

司机：（对李家）小伙子，白本吧。

李家不好意思地笑了。

李国强还愣在那。

司机：你没事了，把你爸吓出病了。

39. 日外　李家楼下

李国强骑自行车过来，李家在后面坐着。门口又围着一些人。在女孩的身边，还站着一个穿警服的警察。李国强本想加快速度骑过去，却听见李家叫他。

家：爸，爸。停车。

李国强猛一捏闸，李家差点掉下来。

李家一下车就又钻进了人群。李国强站在人群的外面，走不好，不走也不好。

警察显然是在了解情况，大家也议论纷纷，这时，人群中有人在冲他招手。李国强只得走过去。

招手的人说：这是李工，住603号。李工，民警同志了解一下你有没有驾照？

强：没有。（嗓子哑的，咳了一声）没有。

家：（插嘴道）我妈有。

强：我爱人倒是考了个本，不常开。

邻居：人家有专车司机。

警察：专车，什么车？

家：桑塔纳。

强：不是她的专车，公司里的……

李家突然喊：妈，爸，我妈回来了。

李国强猛回头，马路边，何利英从一辆出租汽车里出来，正在付钱。李家已经朝他妈妈那里跑去。

警察：她4号那天开车了吗？

强（有点发愣）：4号，打车回来的，到家快12点了。

警察：谢谢了。

警察在本子上做着记录，李国强的眼睛盯在警察的手上。

警察：请你签个名。

强：看了警察一眼，在本子上签了自己的名字。

周围的人提醒他：你儿子叫你呢。

李国强猛抬头，见李家在使劲向他招手。

家：爸，快点，出去吃饭。

强：没别的事，我先走了。

警察：没事了，谢谢支持。（和李国强握了一下手）

李国强背对人群向儿子和爱人走去，李家在向他挥手。

40. 夜外　排档

一家三口坐在一起，周围都是出来度周末的人们，全家一起的或青年男女结伴而来，灯光闪烁，气氛热烈。饭桌上，李家正眉飞色舞地讲着他的见闻。

家：八楼的一个奶奶说她听见一声尖叫（学尖叫），因为拉好了窗帘，就没有开窗去看。还有一个叔叔说他也听见了（又尖叫），因为正在哄孩子睡觉，就没起来。他看了一眼手表，差 5 分 10 点，我说我好像也听见刹车的声音了，因为房间在后面，就没有看见。

强：李家，这可不能乱说，要负法律责任的，当时你早就睡着了，根本就不可能听见。

家：对了爸爸，我睡了，你没有睡，你在等妈妈，如果有人尖叫，你一定听见了，再说你又不用哄孩子睡觉，你为什么不看一下?

何：你爸爸当时可能在看电视，可能在厕所。

家：真是的，你早不上晚不上，偏偏出事的时候上厕所，要是我们做了目击者，那多好啊。

强：你记住，不许再瞎说你看到了什么，听到了什么，你这叫骗人你知不知道?

家：（认错地）知道了。

何：（给李家夹菜）快吃。

家：我饱了，我玩会儿。（李家站起来）

何：你今天去公司找我了?

强：我想上街转转，给老爸买点什么。

何：那你怎么没上去?

强：我怕你忙。

何：不对吧。

强：什么不对?

何：你不对。

强：我有什么不对?

何：这要问你自己。

强：你怎么知道我去了？

何：有人看见你了？

强：看见就看见，我又没有做什么坏事。（长叹一口气）来，干一杯，我今天觉得很轻松，很愉快。

两只酒杯碰在一起。

李国强喝酒，何利英又把酒杯放下了。

41. 夜外　街上

在大排档的另一侧，也有两只酒杯碰在一起，是司机小张和修车的小伙子。

小伙子把几百元钱递给小张。

张：发票给保险公司了？

小伙子：当然，要不他们能给钱？

张：幸好你不是大夫，要不然把感冒都当伤寒治了，谁受得了？

小伙子笑，两人干杯。

42. 夜内　李家

打开门，灯还没开，就听见电话在响。

李家要跑去接。

何利英一把把李家拉住。

何：让你爸接。

强：谁接不一样？

何：你接。

李国强走到电话前，电话不响了。

李国强回头看了何利英一眼。

43. 夜内　李国强家

深夜里，何利英猛地坐了起来，眼睛睁得大大的。

44. 夜内　李国强家

卧室里，李国强也睁着眼睛，他在看衣柜的镜子里反射进卧室的电视里的画面。

何利英一个人坐在客厅的沙发上看电视，她没有开灯，关了电视的声音，只看图像。

何利英终于有点睡意了，她轻手轻脚地关上电视，走进卧室。

李国强一动不动地躺在床上，似乎睡得很香。

何利英轻轻地上床。

李国强一动不动。

45. 日内　李家

屋里的光线很亮，时间已经不早了。

李国强和何利英各朝一个方向睡在床上。

突然，李家像一颗重磅炸弹一样扑到了两人的中间。

李家一个劲往何利英的被窝里钻，李国强就势起了床，何利英则一把把李家紧紧搂住。

李家开始还满足于和妈妈的亲热，一脸很陶醉的表情，时间一久，他试图挣脱出来，却被搂得更紧了，何利英紧紧搂住李家不放。

李家开始大叫。

家：勒死我了，疼死我了。我要起来。

正在刷牙的李国强出现在卧室门口。

李家奋力挣脱了何利英，跑了出去。

何利英把头埋在枕头上，一动也不动。

李国强一边刷牙，一边看着她，听见刷牙声，何利英抬起头。

何：谁打的电话？一接就挂了。

李国强因为嘴里有牙刷，摇了摇头。

何：（无端发作地）你还管不管家里的事？

46. 日内　门厅

李国强和何利英坐在桌边，李家已经在看电视了。

强：李家，（李国强的嗓子又哑了，他咳了两声）赶紧过来吃饭，今天要早点去奶奶家。

家：我正在吃呢。

何：（起身）我给你拿了点药，这两天你嗓子怎么回事？

强：（对何）没给老爸买生日礼物吧？

何：我正要问你呢。

强：我也不知道该买什么，给钱吧，从我奖金里，拿 1000 块钱？

何：随便你。我今天有点不舒服，你和李家去吧。

强：平时无所谓，今天是老爸生日，讲究个满员。

何：你就说我头疼，你家儿媳妇有的是，又不缺我一个。

强：何利英，我没得罪你吧？

何：（开始收拾碗筷）我真的不舒服。你总不能不许别人不舒服吧。

家：妈，你什么时候给李老师拉彩电？

何：妈妈车坏了。

家：（着急）我都答应李老师了。

何：让老师打车，我给她报销。

家：那不行。

何：你别管了，我打电话给李老师。

家：好吧。

强：（随口问）真坏了？

何：什么？

强：车。

何利英看他一眼，没说话。

47. 日内　李国强家客厅

李家的鼻子挤扁在玻璃窗上，他扒着客厅的窗户朝外看。

家：爸、妈，那个小女孩又来了。

李国强走到李家的身后，朝楼下望去，在同一个地点，小女孩又举着纸板站在那里，照例又有人围在边上。

48. 日内　李家

客厅的窗前。李国强和李家在看下面。

家：我真想告诉她一声，咱们这没有“目击者”。

强：不许胡说。

家：有目击者？

强：不许胡说。

家：说有说没有怎么都是胡说？我特别同情她。

李国强拍了拍李家的头。

强：乖。

家：爸，爸，小姑来了，来接我了，我先走了，你和妈快点。

从窗户可以看见李国翠。

49. 日外　楼下

人群中，女孩的父亲，一个愣小伙子，正满脸通红地和一个围观的路人推让着 100 元钱。

女孩父亲：不行，这钱我不能拿，不该您拿钱，心意我领了。

对方：也帮不了你和孩子别的，那天下雨，没出来。

女孩父亲：我知道这么等没用，可孩子不信，她说这楼上有这么多的窗户，肯定有人正好在窗户前面，哪怕只看见一个影子，警察叔叔也能找到凶手。我怎么劝都劝不回去。要是有一天我真的找到撞我老婆的家伙，先抽他一顿再和他讲理，我把这话放在这了。他害得我家破人亡，他还一走了之，我们两个在这站着，他不定在哪吃喝玩乐呢。我真不知道她妈醒过来怎么和她交代，我连谁撞的都不知道。要是我老婆真有个三长两短，我都不能给她报仇申冤。她是超市的合同工，我跟人家张不开嘴，自己厂子就更别提了……

说到钱，小伙子眼睛红红的。

李国强站在圈外，心里也不是滋味。

他回身欲走，忽然看见何利英匆匆走过，李国强没有想到何也会出门，他想了一下，跟了上去。

50. 日外　街上

公共汽车，何利英从前门上，李国强从后门上。

51. 日外　街上

何利英在前面走，不远处李国强偷偷地跟在后面。

何利英走进了寺院。

李国强跟了进去。

52. 日内　庙里

何利英走进大雄宝殿。仰头看着神像。

外面的树下，躲着李国强。

何利英烧香，嘴里在念叨着什么。

她的表情很虔诚。

53. 日外　寺内

何利英准备离去。忽然，有人呼机响了，在殿内声音显得很大，何利英无意一回头，正好看见李国强站在另一侧。

李国强无处躲闪。只好迎了上去。

何：你跟着我干什么？

李：我来给我爸买个佛像，我不知道你在这。

何想说什么，又咽了回去。

李：你和我一起去吗？李家等你呢。

何：你快去吧，别忘了给我请假。（笑了一下，替李国强拉了一下衣服。）

李：你到底怎么了？有什么话不能跟我说？

何：单位里的事情，没事了，你快去吧，早去早回。

54. 日内　李家

电话又响了，一声一声响得很执着。

家里没有人。

55. 日内　夏工家

夏工迟疑地放下了没有人接的电话。坐在电话边上发愣。

夏工的妻子，一个很泼辣的女人走了过来。脸上抹着面膜。

夏妻：打了没有？

夏：没人接。

夏妻：我看是你又没敢说吧。

夏：真没人接。

夏妻：全中国找不出一个你这么窝囊的，让我给赶上了。你说这么几句话你折腾多少天了？

夏：我说不出口，李工，你把外派的机会让给我吧，要是你你会同意吗？

夏妻：我不是跟你说了吗？把咱们的实际困难对他说。

夏：你有儿子，人家也有儿子，你替儿子想，人家就不想？

夏妻：他儿子才上小学，咱们儿子要是不想办法出去，下学期一分流，你哭都来不及。再说了，商量一下，他不同意就算了，由领导去定。

夏：你说得轻松，他要不同意，我还怎么见他。

夏妻：（生气）你就想你自己。从来也不把我们放在心上。

从另一间屋里传来上高中的儿子的喊声。

夏子：你们两个有完没完？烦不烦？

两人一下就安静下来了。

56. 日内　李国强父母家

大家围坐在一起，为老人祝酒。

李国强端着一杯饮料。

翠：大哥，今天怎么了？不喝酒了？

强：我不太舒服，今天你陪，下次我陪。

母亲：没事吧？

强：没事。没事。

父亲：身体最重要，都没大毛病，都没下岗，我知足了。

老头自己喝干。

57. 日内　街头小馆

李国强一个人自斟自饮，喝了又喝，似乎心中有说不出的痛苦。

58. 日内　李国强家

何利英正在收拾屋子，她非常精心地整理着自己的家。

这时，电话又响了。

何利英看着电话，没有动。

电话还是让人恐惧地一声接着一声响个不停。

何利英看着电话，一动不动。

她看看窗外，又下小雨了。

59. 日外　楼下

下小雨了，李国强快步朝家里走。他有些醉意了。

小女孩依旧站在原地。小雨淋在她的身上。因为下雨，围观的人也都散去了，只有路人走过的时候会回头看她两眼。

李国强走到她的身边。

强：下雨了。

女孩：你快回家吧，要不你家里人该担心了。

强：你妈妈现在怎么样了？

女孩：（小姑娘令人吃惊的镇静）我妈妈快醒过来了。

强：你家在哪？

女孩：不远，就在前面一拐，再一拐，再一拐。我爸爸说，再骑 7 分钟我妈妈就平平安安回家了。

强：让你妈妈快点好吧。

女孩：（很厉害地）我妈妈好了，就可以认出是谁撞的她了。

李国强无话可说。

60. 日内　李国强家

何利英仍在搞卫生，把地板擦得很亮。

李国强进了门，在湿地板上留下了几个带泥的脚印。

何利英没有说话，自己又擦了几下。

李国强习惯性地把外衣搭在椅子背上。他醉醺醺地在屋子里转了两圈。

何：李家呢？

强：在奶奶家，他不回来。

何：那你回来干什么？

何利英擦着地经过李国强的身边，李国强一把拉住何利英。

强：你还没有告诉我你到底怎么了。

何利英一把甩开他，继续干活。

何：没少喝吧。

何利英走过来拿东西，李国强再一次拉住她。

强：你别干了，难得李家不在，我们好好谈谈。

何：我没事，你想说什么你就说，回家去借酒浇愁，好像我欺负你了似的。

李国强把何利英拉到身边的沙发上。

何利英躲闪着李国强的亲吻，脸上还是没有表情。李国强坚持不懈地努力。

何利英无声地抗拒着。

何：你用不着这样，别在家里撒酒疯。

李国强把何利英扑倒在沙发上，手伸进何利英的上衣。渐渐地瓦解了何利英的意志。

何：（轻声）晚上吧。

61. 夜内　李家

两人躺在床上。

李国强动手动脚，何利英半推半就。

强：跟我说说。

何利英挣脱了李国强的手。

何：说什么？

强：怎么跑去烧香？

何：你先说，你为什么跟着我？

强：我没跟着你。

何：撒谎。

强：我？

何利英转过身去，不再理他。

62. 日外　楼下

小姑娘靠在墙边，把牌子举在胸前。

李家坐在马路边上，双手托着腮，心事重重的样子。

女孩：你作业写完了吗？

家：没有，还有一篇周记，还有数学。昨天我爷爷过生日。回我爷爷家了。

女孩：我前天过生日，我没过。

家：你们作业多吗？

女孩：挺多的。

家：那你老在这，作业怎么办？

女孩：我在家也写不下去作业，我妈好了肯定得生气。你妈管你严吗？

家：平时挺严的，这两天不太严。（忽然叹了口气）学校又要开家长会了，你们老师通知了吗？

女孩不说话，也不看他。

家：我妈从来不去给我开家长会，她怕老师批评我丢她的人。她每次都派我爸去。

小女孩还是不说话。李家转到她面前一看，小女孩使劲咬着嘴唇，不让自己哭出来。

家：你怎么了？

女孩：（哭了）以前每次开家长会都是我妈妈去，我真害怕她以后再也不能给我开家长会了。

家：你别哭了，别哭了，就让你爸爸去开吧。

女孩：（哭得更凶了）我爸爸在医院里照顾妈妈，他连班都不能上了，怎么去呀。

家：那你们家还有别的亲戚吗？

女孩：老师不让，老师说必须是爸爸妈妈去。

家：我们老师也是这么说的。

女孩又哭。

家：你别哭了求求你了，我都想哭了。

63. 日内　李家

卧室里，大床上摊了很多旧相册和旧照片。

强：你翻这些干什么？

何：聚会要用。沙平找了个专业的摄像师，要给咱们编一盘带子，我们要找点老照片编进去，怎么样，想法不错吧？

何利英伏在床上翻看着。

李国强在一边看书，脸色有点阴沉。

何：阿秀家的莱斯相机真是发挥了历史作用，要不然咱们怎么会有这么多照片？我上中学印象深刻的几件事之一，就是第一次去阿秀家，你到了那才知道什么叫"阔"。我到现在都记得那张大理石面的桌子，我们四个人躺在上面。

李国强没有说话。

何：阿秀也不知道结婚了没有，一直没有她的消息，也不知道这次聚会能不能来?

一张又一张照片。

何：当时做梦都想离开坝村。可现在想想，那真是一段最省心，最热闹，最幸福的时光。

李国强抬起头看了何利英一眼。

何：大家都一样，不像现在，竞争和差别越来越大，活着压力越来越大。

李国强的书是看不下去了，他放下书，但好像不太想理何利英。

何：李国强。

强：我听着呢。

何：壶开了。

李国强这才听到厨房里壶在响。他赶紧起身去关火，灌开水。

何利英继续在看照片。

她对着一张两人谈恋爱时候的小照片看了良久。

这时有人敲门。

强：（正在灌壶）何利英，开一下门。

何利英从卧室出来开门。

李国强正在灌开水。

突然，何利英失态地大声问："你找谁呀？找谁呀？"接着砰地关上了门。

厨房里，李国强的开水溅出壶口一大片。

64. 日内　李家

李国强飞身冲到门厅，见何利英脸色苍白地靠在门上，没等他问话，何利英扑到李国强的怀里，紧紧抓住他。

这时门开了，"寻找目击者"的牌子赫然出现在门口。李国强也愣住了。一时不知道该说什么。这时，儿子李家的脸从牌子下面露了出来。

家：爸你看妈，又吓唬我。

何利英听见李家的声音，转过脸来。

强：你怎么把这个拿咱们家来了?

家：她爸接她到医院去了，她说一会儿回来，我说那先放我们家吧。

说着，李家就进了屋。

何利英用手指着门外，气得说不出话来。

强：你妈让你把它放门外边。

家：不行，万一丢了呢？

强：丢不了，这又不是什么好东西。

家：那也不行。你们不是让我帮助人吗，好多人给她买吃的，买水，我也想帮助她，我就在那陪着她，她妈妈病重了，正在医院抢救呢。

说着。李家把牌子拿了进来，靠在墙上。

何利英气得转身抓起一件衣服，出门去了，砰地带上了门。

房间里静了下来。李国强把牌子掉了一个个，脸朝里靠在门口。两个人不知道该怎么办。

家：我妈怎么了？

李国强看着李家，说不出话来。

65. 日外　大街上

何利英走得很快，她好像急着要到哪去。又不知道往哪去。

66. 日内　李国强家

厨房里，李国强打开冰箱，不得要领地拿起这个，放下那个。他完全乱了方寸，无法掩饰他心中的烦乱。

强：（拉开冰箱）想吃什么？

家：有什么？

强：（关上）好像没什么。

家：有鸡蛋吗？

强：（打开）有鸡蛋吗？

家：爸你怎么了？

强：（关上）吃鸡蛋？

李家烦了，转身走了。

67. 日外　街上

何利英坐在街心花园的长椅上，她不知道自己该怎么办。

很多汽车从她的面前经过。它们挤来挤去，看上去险象环生，但又都平安无事。

她一抬头，看见一个路标指示牌，在一排地址中，有一条写着“第二人民医院”。

68. 日内　李国强家

煤气上煮鸡蛋的锅在翻腾，李国强站在炉子前面，看着水在锅里翻腾。

李家把牌子拿进自己的房间。

家：爸，你说到底有没有目击者？会不会有人看见了但是又不说？我妈要是早点回来，没准正好赶上，我妈肯定开车送她妈去医院。

强：我得去找找你妈。

家：去吧。

强：如果出门，一定要把门锁好，在家不要动电器，不许玩火，能做到吗？

家：一个字，乖。

强：有事呼我，渴了自己喝水。要是你妈回来了，你马上呼我一下。要是我回来晚点，你也不要着急。

家：我看你比我还紧张，比我还需要锻炼。

李国强急着要出门。突然又想起来，进厨房关上煤气。

强：李家，鸡蛋熟了，你自己吃吧，别烫了。

家：知道了。

69. 日外　街头

李国强急匆匆的，但不知道要往哪里去。

70. 街心　公园

何利英刚才坐过的长椅，李国强也在上面坐下来，他也可以看见前面的路标牌。

71. 日内　医院

李国强穿过急诊室，朝里面走去。他四处张望。

李国强向守在住院楼口的保安打听着什么。

李国强在无目的地走。

72. 日内　医院

不远处，是“第三手术室”。

李国强看见小女孩和父亲站在门口的背影。两个人的脸对着手术室的门，手拉在一起。李国强突然就站住了。

这时，手术室的门开了，一个护士把父女二人叫了进去。然后匆匆地朝这边走来。

李国强迎上去，拦住了护士。

73. 日内　医院

走廊上，李国强急匆匆向外走。

74. 日外　医院门口

李国强推开医院大门，险些和正准备往里走的何利英撞个满怀。

两个人都愣住了，半天不知道该说什么。

周围的一切好像也停止了。

何利英反应过来之后转身就走，李国强紧紧跟在她的身后。

75. 日外　大街上

何利英走得很快，李国强追上去，跟她说着什么，何利英甩开李国强的手，越走越快。

他们穿过一个自由市场，街上人来人往，热热闹闹。在外人看来，这是很正常的夫妻间的摩擦，但又有谁知道两人各自内心的痛苦。

76. 日外　街心公园

一个比较僻静的角落。

李国强拉着有些慌乱的何利英走到一张长椅上坐下。他一直紧紧地抓着何利英的手，好让她停止颤抖。

但是何利英还是在抖，李国强就搂住她，何利英扑在李国强的怀里哭了起来。

强：你为什么要瞒着我？这么多天了，连李家都说你不正常，我等着你自己告诉我，你应该早点跟我说，这么大的事，你一个人怎么能扛得住？

何：我就是不想让你知道，我就是不想让你知道。

强：怎么会是你？怎么可能呢？

何：（稳定了一下情绪，但并不直视李国强）李家呢？

强：在家。

何：我当时想到的第一个人就是李家，他在家等着我，我得替他检查作业，削铅笔……我没想到她摔得那么重……我吓死了，在街上迷了路，我跟自己说，一定得回家，回到家一切都会好起来。我都不知道是怎么回来的。

李国强拍了拍何利英的头。

何：都怪那辆面包车，如果它停下来，我也不会走。我不是故意的。

强：你当然不是故意的。可是……

何：可是什么？

强：可是咱们现在没有办法跟别人解释。

何：那你说怎么办？

强：是呵，咱们该怎么办？（对了）我刚才问护士了，她醒了，谢天谢地，她还活着。

何：她醒了？（一下显得紧张起来）那她会认出我吗？她会记得吗？你说，她会记得吗？她那天看清我了吗？

强：如果她什么都记得，就说明没伤太重。

何：我会不会坐牢？

何利英愣愣地看着李国强。

李国强的手依然紧紧地拉着何利英的手。

77. 日外　路上

林荫路上，两个人往回走的背影。

强：我们得先送些钱给他们。我们不能装看不见。

何：好吧。可是万一……

强：你放心，我来办。

何利英把头在李国强的肩上靠了一下。

78. 日外　楼下街口

李国强和何利英挽着手迎面走来，两人都不自觉地去看小姑娘站的地方，小姑娘不在那里，两个人都松了一口气。

沙平不知道从哪里冒了出来。

沙：你们倒悠闲，我可像个邮筒似的在这站了 20 分钟了。

何利英又露出了她强做的笑容。

何：对不起，本来……李家不是在家吗？

沙：李家不让我进，他说我爸说了，不管认识不认识，一律不得入内。

李国强笑了。

何：他还说什么了？

沙：（看着李国强，严肃地）他说你们两个吵架了。

79. 日内　李家

厨房里，何利英和沙平在准备晚饭。

沙：我上次就看出你不对劲。怎么回事？

何：两口子，还能是怎么回事，就那么回事。

沙：说得出，就不是大事，不肯说，就是大事，我是过来人。

何：没事了。真的没事了。

沙：匿名电话还有吗？

何：什么匿名电话？根本就没有匿名电话。

沙：你永远改不了，太爱面子，憋在心里会生病，我这可不是吓唬你。

客厅里传来李国强的喊声：

强：何利英，简单一点，明天李家还要早起上学呢。

沙：李国强怎么了？

80. 夜内　李家

客厅里，李国强烦躁不安，他想让自己平静，可他发现自己根本做不到。沙平在这，他又无可奈何，电视里传出汽车尖利的刹车声和碰撞声，原来李家在玩游戏机，是一个赛车的游戏。

强：李家，小声点。

李家像没听见一样。

强：李家，小声点。

家：为什么？

强：声音太大影响别人。

家：没有别人。就我们两个。

强：我要你小声点。

家：（很烦了）你去别处坐。

强：你别逼我给你关了。

家：（很大声地）你别说话了行不行？

李国强起身“啪”地关掉了电视机。回头瞪了非常气愤、非常委屈的李家一眼。

强：你喊什么？洗手吃饭。

李家的眼泪就在眼圈里转。他对着关掉的电视不肯离开，手里还在按着游戏机的按钮。

厨房里，两个女人看着失态的李国强，各有所感。

81．夜内　李家

四个人围在桌边吃饭。

气氛有些冷清，谁也不知道该说些什么。

李国强依然在看墙上的表。

李家的情绪还没有转过来。

何：（没话找话）李家，沙平阿姨是妈妈的同学，插队的时候是妈妈最好的朋友，以后可以给她开门。

李家没有什么表情。

沙：李家，你还小，玩游戏机的机会有的是。

李家还是不说话。

大人也无话可说了。

李国强又看表。

强：何利英，你照片给沙平了吗？

何：给了。沙平，千万别弄丢了，都没有底片。

大家又不说话了。

何：李家，明天要上学了，作业都写完了吗？

李家看着何利英轻轻地摇了摇头。

何利英一下子就急了。

何：你怎么回事？怎么到现在还没有写完作业？现在几点了你知道吗？明天要交了你知道吗？玩了整整两天，我要是不问你你就忘了是不是？对不起，沙平你千万别介意，我得去管管他了。

在何利英的训斥声中，李家放下饭碗赶紧回到自己的桌前去打开书包，何利英也跟过去看李家的作业，沙平则是一脸不爱听的表情。李国强的脸上没有表情，他只希望沙平赶紧吃完赶紧走人。

82. 日内　李家

李家的房间，何利英站在李家的身边看他赶作业，这时，她发现“寻找目击者”的牌子立在李家的床头。

何利英走过去，把牌子平着塞到了床底下。

家：妈你别动，人家还有用呢。

何：你先把你自己的事情管好再说。

家：我也忘了告诉她咱们家住几号，万一她要用怎么办。

何：她妈妈醒了，她不会再来了。

家：（兴奋地）真的？你怎么知道的？

何：（掩饰地）我听别人说的。我告诉你李家，已经8点多了，你再不抓紧，明天就别交作业了。

83. 日内　李家

饭桌上。

沙：我看何利英比你累多了。

强：女人嘛，总是爱操心，其实作业没有写完，老师会批评他的。

沙：你的意思是何利英管得多余？

强：何利英不希望老师批评李家，老师批评李家就像批评她似的，所以她比李家还着急。你再来点饭还是喝汤？

沙：李家也够可怜的，爸爸骂了妈妈骂，人家还说大龄父母对孩子亲呢。

强：不管也不行。

沙：管和撒气可不一样。

强：你没孩子，你没体会。

沙：我没生过，我还没见过？有多少孩子因为父母之间的矛盾无辜受气，你们闹你们的，别冲孩子去。

强：我们也没什么，就是今天有点累了。

沙：我今天不该来。

强：（突然发作起来）你说对了，你来得不是时候，我已经够给你面子了，人人都有自己的生活，你不能要求别人在任何时候都接受你，欢迎你。告诉你，我今天就是不高兴。告诉你，每个孩子的父母差不多都是这么对待他们的，这没有什么了不起，也不说明我们家已经过不下去了。

沙：李国强，你现在怎么变成这样了？

强：我就是变成猴子，也用不着你在这惋惜。

沙：行了，你别喊了，我走。

在李家房间的门口，何利英看着李国强，一脸无奈。

84. 夜内　李家

两人坐在沙发上，谁也不理谁。

何：你怎么能这样？

强：已经这样了。

何：她会怎么想？

强：无所谓。我最受不了她这样。想来推门就来了，跟电视剧里插广告似的，讨厌极了。

何：如果没有下午的事，你会这样吗？

李国强看了何利英一眼，没有说话。

何利英开始流泪。

强：哭有什么用？

何：她要是醒过来，会不会认出我？

强：如果真像你说的这样，我们除了承认，没有别的办法。

何：那李家怎么办？我不想进监狱，我不想离开你们两个，你家里的人，我们单位，我的客户，他们会怎么说？李家怎么见人？你说我真的要是进了监狱，李家怎么见人？……还有你，你知道咱们家存折放在哪？你知道李家的班主任姓什么？你外派的事情刚有点希望。我不想连累你……

强：你别说了……

李国强用手抱住头。

85. 日外　楼下

又是早晨，和每天没有什么区别的早晨。

李国强一家三口人又一起出门，何利英的眼睛有一些肿。

走到门口，三人不约而同地往小姑娘站的地方看。

没有人。

强：李家，上车。

家：妈，我跟你说件事。

李家把何利英拉到一边。

家：要是你不同意，别生气。

何：快说，一会迟到了。

家：那个女生的妈妈不能去学校开家长会了，她哭了，我当时为了安慰她，就说，让我妈替你开。你肯定不同意吧。

何：（愣了一下）就是妈妈同意，学校也不会同意。

家：可我都跟她说了。

何：你解释一下，她不会怪你。

家：可我都跟她说了。

何：你老是对学习之外的事情感兴趣。说你多少次了。

家：（失望地）妈妈再见。

何利英有些不忍。

86. 日外　医院大门口

李国强急匆匆地从里面出来。

迎头遇见张凯。

张：大哥。是我，张凯。

强：（很不希望遇见他）是你，来看病？

张：我还是跑我的业务，您忘了，我搞药的，您怎么了？

强：（有些失常地）没什么，小毛病。我急着上班，先走了。

张：（对着李国强的背影）大哥，哪天我请你吃饭。

张凯望着李国强匆匆离去的背影。

87. 日内　设计室

一只手把一张软盘放在李国强的面前。

夏工：李工，这盘你拿错了吧。

李国强拿起软盘放进电脑，打开看了看，拍了一下自己的脑袋。

强：怪我。

夏工：（很谨慎地）我也是很偶然地看了一眼。

强：多谢，要不然出大事了。

周围的人以一种看热闹的心理交换着表情。

电话响了。

郑常拿起电话。

郑：（喂了一声之后态度马上好起来）范书记，我是小郑，李工在，好的，好的。

郑放下电话。

郑：李工，范书记让你去一下。

站在李国强身边的夏工也抬起头来。

强：什么事，我正赶图呢。

郑：他没说。就说让你马上去。

强：我知道了。

李国强站起身就走，走了几步，又回过身来。

强：夏工，谢了。

夏工的脸上表情有点复杂。

郑：不是好消息，就是坏消息。

另一同事：是福不是祸，是祸躲不过。

其他同事：我怎么觉得你们两个说了跟没说似的。

夏工又回去工作了，对周围的议论充耳不闻。

88. 日外　大街上

张凯在一家工厂的大门口等人，不一会儿，李国翠从里面跑了出来，身上穿着工作服。

翠：出什么事了？

张：我很忙，不过我想了半天，还是觉得应该来告诉你一声。

翠：到底怎么了？

张：我知道你大哥瞧不起我，我该仗义还仗义。

翠：我大哥？他出事了？

张：我今天一大早到二院找个熟人，一进门，看见你大哥出来。神色极其不对。我问他什么病，他就是不说。转身就走。

翠：（一下子愣住了）你是说我大哥他……

张：我没说，你说呢？

翠：怪不得他这星期回家不喝酒，人家说喝酒的人一不喝酒就准是病了。我就知道一定有什么事。

张：反正我把我看见的告诉你了，别的我就不多说了，我还有事先走一步，保持联系。

翠：（要哭了）你走了我怎么办，出了这么大的事，你不陪着我？

张：我怎么陪你？我陪你上班？

翠：我去请假，你等我一会儿，我跟你走。

张：（无可奈何）那不成了你陪我了？

89. 日内　范书记的办公室

李国强推开门，表情有点紧张。

强：范书记。

范书记：李工，坐。

李国强坐下。

范书记：我刚接到医院打来的电话。

李国强不自觉地又站了起来。

范书记：坐，请坐。

李国强赶紧又坐下。

范书记：人家到底还是把你找到了。

李国强又想站起来，但还是克制住了。

范书记：人家说你到收费处，放下钱就走，不留姓名，可碰巧医院里的一个清洁工是你原来插队的同学，她一眼就认出了你，向医院提供了你的线索。世界真小，是不是李工？

李国强多少松了一口气。

范书记：我正在发愁我们院讲文明、树新风没有典型事迹，你就涌现出来了，我找你是想让你谈谈情况，我们得整理个材料。

正说着，一个年轻的女孩推门进来，冲李国强笑笑，坐在他对面的椅子上。打开了一个小本子。

强：我没什么可说的，范书记，室里还等着我赶图呢，要没别的事，（又站起来）我先走了。

范书记：坐，你先坐。

李国强无奈又坐下，但显然有些坐不住。

范书记：（不紧不慢地）我知道你这么做不是为了受表扬，上报纸，你李工有技术，不指望这个，那就更值得表扬，埋头搞业务的技术骨干能有这样的觉悟和行动，说明我们的政治思想工作做出了成效。

强：（打断）范书记，我求您了，千万别这么说，我可什么都没想，就是有个小女孩天天在我们院的门口“寻找目击者”，我特受不了，我这么做是为了我自己……

李国强一回头，女青年正在飞笔记录。

强：这有什么可记的，范书记，您看是不是别……

范书记：接着讲，讲得很好嘛。

李国强简直无所适从了，他有话说不出，又不知道该怎么下台。

范书记笑眯眯地看着他，很有耐心的样子，女青年非常认真地记录着。

强：范书记，我真的不能当这个典型，我要是知道会当典型我就不这么做了。希望您能理解，能谅解我，我可以走了吗？

范书记：那你先忙，我们回头找个时间好好聊聊。

李国强的表情很复杂。

90. 日外　大街上

张凯和李国翠下了一辆出租汽车。正好是在何利英公司的大门口。

张：你进去吧，我在这等你。

翠：你也一起进去吧，认识认识我嫂子，他比我哥能干。

张：现在不是时候，当着外人有些话不好说。

李国翠对张凯有些刮目相看。

翠：那我进去了。

张：别着急。

91. 日内　何利英的办公室外

几个人正在外面敲门。

一女同事：何主任，别生气了，为工作的事气坏了自己，犯不上。

另一女同事：我们都说他了，他也不是成心，你就别往心里去了。开门吧。

李国翠走到门边。

女同事：你找谁呀？

翠：我找何利英，她是我嫂子。

女同事：何主任，你们家有人找你，开门吧，生会气就过去了没事了。

翠：大嫂，是我，我是小翠。

门开了，何利英站在门口，刚刚哭过。

何：（对同事）你们忙去吧，我没事。

同事们刚要上前表示慰问，何利英在李国翠进门后关上了门。

翠：怎么了，大嫂？

何：没怎么，工作上闹了点意见。（何利英的眼泪又流了出来）

翠：谁呀？把你气成这样。

何：没事，一会就过去了。你有事吗？

翠：（故作轻松地）我路过，来看看你，你们挺好的吧？

何：是不是又要找你大哥办什么事啊？

李国翠看着何利英，不知道该说什么。

翠：嫂子你要还想跟谁吵，我陪你去？

何：你凭什么呀？把你自己的事情管好就行了。

翠：（没心思再谈了）我来是想问问我哥最近身体怎么样？

何：你哥身体怎么样你问他去，你问我干什么？是不是你哥的身体出了问题也要由我来负责？（说着说着又哭起来）

何：行了，行了，你也别哭了，我没事找事，我走，我走。

李国翠从外面关上了门。

92. 日外　街上

李国翠从公司出来。

张凯很耐心地等在路边。

翠：我嫂子不说，肯定有事。

张：也许他连你嫂子都瞒着。

翠：不可能。

张：怎么不可能，男人有麻烦一般都不告诉女人。不像你们，什么都藏不住。

翠：你烦我了？

张凯很有成就感的样子。

张：我请你吃午饭，我们再想想办法。

93. 夜外　街头

李国强一个人在街头徘徊。

94. 夜内　小餐馆里

李国强刚在一张桌前坐下，就见郑常对他招手，随后，郑便端着自己的杯子和盘子过来了，李国强想走也不好走了。

郑：李工，真少见，今天没接孩子？

李：在奶奶家附近上外语班，今天姑姑接。

郑：您爱人呢？

强：我也不能老把她带在身边呀。

郑：今天好几个新来的同事问我谁是李国强，我都跟着你出名。

强：（苦笑）我成热门话题了。

郑：大多数同志还是觉得你很让人敬佩，包括我在内，也有人认为你受左的束缚太大，老觉得自己拿了奖金不踏实，好像你有别人没有就不该拿，很多中老年知识分子有你这种心态。

强：我也无从解释。

郑：还有一种说法，说你这样做是为了讨好领导，可以在党委会上拿分，是为了竞争出国的名额。

强：这准是夏工说的。

郑：我个人比较感兴趣的是，您爱人对您这么做持什么态度。

李国强看着郑常，不知该如何回答。

强：你今天怎么一个人来这？

郑：我和我朋友出来逛街，我说吃了饭看场电影，他嫌贵，我转身就走。

李国强苦笑了一下。

郑：更可气的是，他居然没有来追我，我想好了，跟他吹。

李国强又笑了。

郑：你笑什么？

强：打个比方吧，小孩刚生下来经常哭闹，但并不是有什么伤心的事，只是一种运动的方式，就像你们现在似的，结婚以后才会遇到真正的烦恼。

郑：（认真了一些）你觉得，结婚以后最大的烦恼是什么呢？

强：隐瞒。

郑：包括所有的事情，还是只针对感情问题？

强：所有的事情。

郑：那我买瓶醋也要向他汇报？

郑常忽然不说了，她发现李国强眼圈红了，李国强用力忍着，但还是没有忍住，眼泪不听话地流了出来。

郑有些惊慌失措，她不知道李工怎么了，也不知道该如何安慰他，她把餐巾纸递给李国强。

正巧，在外面的街上，沙平一个人从餐馆外面经过，看到了里面不寻常的一幕，李国强在哭，而一个年轻漂亮的女孩在给他递纸巾，沙平终于找到了答案。

95. 日内　商场

豪华商场里，亮丽的色彩和光线。

沙平和何利英边逛边聊。

何：我替李国强给你赔不是。他是冲我，误伤了你，别生气了。

沙：我是替你担心。你很少像现在这样。

何：李国强没有外遇。

沙：女人多可怜，只要丈夫没有外遇，就心满意足了，满足于每天晚上两人面无表情地对着电视，满足于一个人上街采购，满足于孩子过生日三口人一起吃顿麦当劳。至于丈夫背着你怎么说你，不知道，也不想知道。

何：我现在的要求比你说的还低，只要晚上和他们两个睡在一扇门里，我就满足了。

沙：我自己婚姻出问题的时候，特别羡慕你，可是现在，我觉得你比我陷得深，一旦感情危机，你爬出来会更难。

何：你没孩子，你不明白，两个人只有生了孩子才会意识到家的重要。很多时候互相关心、迁就、支持都是为了家的利益和形象，不仅仅是两个人的感情问题。三口人就像三只车轮，谁也不能偷懒，谁也不能出问题，不管哪个轮子出问题，家都会垮掉，以前所有的努力就都白费了，而你的存在也没用了。

沙：照你的说法，没孩子就只有两只轮子。

何：是啊，好比自行车，走得比我们轻松，但没有我们稳定。

沙：那我现在成独轮车了？

何：如果你愿意，随时都可以重新组合。

沙：咱们到底谁劝谁呀？何利英我想来想去，还是得告诉你，我昨天晚上看见李国强和一个女孩在餐馆里。

何：我昨天有事，李家又不回来……

沙：（一字一顿地）李国强在哭。

何利英愣住了。她似乎受到了很大的震动。

96. 日内　医院

收费处前。

女大夫：挂号室、病历室、收费处，该查的都查了，这一段李国强、何利英、李家肯定都没有来我们这看过病。

张凯的表情有些失望。

翠：太谢谢你了，以后我们有机会聚一聚。

张：那你忙吧，小王，有什么需要我办的，一句话。

王：我先走了。

张：（有些想不通地）怎么没有啊？

翠：你盼着有啊？

张：没想到你对别人的事情这么上心。

翠：他不是别人，是我大哥，要是他出点事，我妈我爸就别活了。

张：（挺感动地）没想到你对你妈你爸这么孝顺。

翠：不管怎么说，张凯，（多情地）谢谢你，你在我需要帮助的时候帮了我。

张：小翠，你心眼挺好的，以后我要是有什么事，你也会这么着急吗？

翠：我会更着急。

97. 日外　医院的院子里

两人一起往外走。

翠：张凯，你刚才说以后……

张：我的意思就是我想和你结婚。

李国翠停下脚步。

张凯回头看他，两人在医院外的大街上旁若无人地深情注视。

98. 日内　桥上

何利英在很快地走着,沙平的话像咒语一样跟在她的身后“李国强在哭”“李国强在哭” 。何利英绝望的表情。

99. 日外　街上

李国强骑着自行车在大街上，李家坐在后面，兴高采烈的，无忧无虑地唱着歌，和心事重重的李国强完全是两种表情。

100. 日外　楼下

一辆警车从他们的住宅区马路上拐出来，李国强的神情多少有一点紧张。

李国强骑着自行车，后面带着李家，来到楼下，门口恢复了以往的平静，人来人往，什么事情也没有发生过一样。

李家：爸，她不会来了，也许已经找到“目击者”了？那个牌子怎么还给她？爸，我跟你说话呢。

101. 日外　楼下

李家的话加深了李国强的紧张情绪，他飞快地把车放到楼下，根本不理会李家在叫他，快步冲上楼梯，打开家门，叫着何利英的名字，在各个房间里寻找何利英是否回来过。然后又抓起电话，给何利英的单位打。又打何利英的呼机。

李家莫名其妙地看着他。

102. 日内　李家

做好的晚饭摆在桌子上，李家趴在桌前写着作业，墙上的挂钟打了 7 点。

李国强拿着电话在播号，他正在四处寻找何利英，他一会儿让呼台急呼三遍，一会儿又打电话到何利英的单位去问，到她的朋友家问。李国强的脸上全是汗，神情十分的紧张。

他在房间里走来走去，一刻也安静不下来。

他不时走到窗前，朝下望去，路上人来人往，就是没有何利英的影子。

李家一边写作业，一边用眼睛追随李国强。

家：爸，我饿了。

强：那你先吃饭吧，吃完饭接着写。

家：你还得帮我听写呢。

强：等会儿再说。

103. 夜内　李家

挂钟响了 8 点。

李国强在给李家听写字词，他不时看看电话，看看表，心不在焉的样子，李家不断提醒他写完了，他又不得要领地往下念，李家又提醒他这个念过了，有的念了一遍，李家又让他再念一遍，李国强实在忍无可忍，把书摔在桌子上。

强：你自己写行不行？

家：老师让家长听写的。

强：你们老师就会这套，她是老师还是家长是老师？

家：我怎么知道。

李家自己玩起铅笔。

李国强无奈，只好继续拿起书，念起来。

这时，门响了，何利英回来了。

李家大声喊：妈，你回来了？

强：（十分严厉地）抓紧写。

家：我不用你念了，我让我妈念。

强：我让你抓紧写你听见没有，我这是最后一遍警告你。

家：你不是不愿意给我念吗？

何：（神色很疲惫，但打起精神，换了鞋进来）李家，听话，你看表几点了，赶快抓紧。

家：你来给我念吧。

何：听写第7课吧，《我们也要当红军》，写到哪个词了？

家：草帽。

何：下面该“等一等”了吧，赶快写。

何利英坐到李家身边，她似乎没有注意到李国强阴沉的脸色。

家：妈我爸呼你来着。

何：我往家打了两次电话，老占线。

家：你去哪了？

何：（掩饰地）去联系聚会的餐厅，定菜单，定酒，冯建正好从美国回来了，非要请大家喝茅台，我怕沙平买了假的……

李国强：沙平说她5点就和你分手了。

何：你打电话给沙平了？有那么严重吗。现在还不到9点。

强：你意思是回来得太早了是不是？你现在还出去逛啊。

何：李国强，我们不当着孩子吵行不行？

何利英的身后响起了李国强重重的关门声。何利英回头看了一眼。

何：李家，动作快点。接着写“等一等”。

家：早写完了，我等你念呢。你们两个怎么了？染病毒了吧？

何：写“奔来”。

她一边念，一边随手翻看李家的联系本，一个大大的3分，何利英把本翻开，摔在李家的面前。声音十分严厉地：

何：李家，这是怎么回事？

李家看了一眼。

家：我红花攒4朵了，差一点就插红旗了，这下全完了。

何：你犯什么错误了？

家：没有。

何：没有老师会给你3分？

家：谁让你不给老师拉电视？她一定是认为我不诚实。

何利英无话可说，她气得手直抖。

家：没事，不插红旗也没事，没劲。

何利英站在那里，很沮丧。

104. 夜内　卧室

李国强躺在床上看报纸，何利英安顿好李家走进来。

何：我回了两次电话，老占线。

李国强把手里的报纸一摔。

强：你倒在外面玩得痛快，我都快急死了，我还以为你……

何：以为我让公安局抓走了是不是？

李国强顿时无话。

何：对不起，我让你担心了，我连累你了。

强：（喊）你老说这些有什么用？

何：那你让我说什么？我说什么你才觉得有用？我去自首，行吗？我现在就去。

这时电话又响了，两人对视了一下，李国强起身到外面接电话。

李国强拿起听筒，喂了一声，没有人说话。

强：喂，喂，（突然大骂起来）混蛋，你说话呀混蛋，有胆量你站出来，有什么话你大胆说，别躲在阴暗的角落里干这种鬼鬼祟祟的勾当。你以为我不知道你是谁？

（对方挂断了电话）你以为……

李国强挂断了电话，他气得浑身发抖，脸色发青。

何利英走过来轻轻从后面搂住他，让他在沙发上坐下来，李国强一直攥着电话听筒。何利英从他的手里拿走了电话。

何：你怎么能这样？

105. 夜内　夏工家

夏工一只手按在电话上，另一只手拿着听筒。还没有从刚才的痛骂中回过神来。

老婆走过来。

夏妻：说了没有？怎么没有听见你讲话？

夏：（擦了一下脑门上的汗水）他说……

夏妻：他说什么了？

夏：他骂我。

夏妻：他又不知道是你，怎么会骂你。

夏：他好像知道。

106. 夜内　李家

床上，两人各自躺着。

李国强的头上搭着一条毛巾。

何利英把毛巾拿下来在身边的一个水盆里洗了一下，又给他搭上。

李国强把毛巾拉下来，扔到一边。

何利英用手替他拢了拢头发。她的手放在李国强的脸上没有拿开。

李国强把脸扭开了。

何利英非常痛苦地看着李国强，看着自己的手。

何利英哭了。

107. 日内　保险公司

一个公安人员在查保险修车记录。

警察：红色的桑塔纳和捷达，X 月 X 日后修的。

一些表格拿出来，上面有照片。

何利英桑塔纳的照片，前面保险杠掉了，后视镜也掉了。比实际上的情况严重了许多。

108. 日外　建筑工地

正在施工的高楼，李国强、夏工陪着甲方代表来看施工质量。

他们顺着施工电梯登上了楼顶，下面的人和汽车变得很小。

两人内行地看看这里，看看那里。

李国强走到楼边，看着下面慢慢移动的小小的汽车，他真希望生活中的汽车就是这么个速度，那就不会出事了。

不知道站了多久，后面有个人轻轻叫了他一声，他猛回头，是夏工，他站在离李国强很近的地方。

夏：我一直想打个电话给你，可又不知道如何开口……

强：是不是外派的事？

夏：是的。

强：我撤回申请了。

夏：为什么？

强：家里不好安排。

夏：那你为什么还要捐奖金？

强：这是两回事。

夏：我还以为……我儿子学习不好，我老婆逼我出去想办法把儿子弄出去读书，可我又实在说不出口……

强：你给我打过电话？

夏：我一直想打，可是……后面夏工说了些什么李国强已经听不见了，他耳边响起刺耳的电话铃声，他再低头看下面的汽车，都变得飞快，混乱地滑过。

109. 夜内　李家

又是一个和以往一样的晚上。

何利英做了一顿很丰盛的晚餐，她希望李国强能正常起来，并在为之而努力。

但是大家似乎都无法找回原来的轻松和愉快。

李国强一边吃一边看晚报。

何：报上有新消息吗？

强：没有。

何利英长出了一口气。

何：但愿一切都过去了。我给我的黑裙子配了一件上衣，我还买了双鞋，沙平说知道的是聚会，不知道的以为要结婚呢。我还给你买了一件衬衣。

强：总不能两个人全穿新衣服吧，那可真成结婚了。

何：反正我买了，穿不穿由你。

强：我知道那个拨通电话不说话的人是谁了。

何：（停下手里的事情）谁？

家：（也问）谁？

强：（对何利英）可能是夏工。

何：他？不会吧。

强：他想让我把外派名额让给他，又说不出口。这人平时也这样，黏黏糊糊的。

何：他自己说的？

强：他没直说，不过八九不离十。

何：让给他？凭什么呀？

强：我跟他说，我撤回外派申请了。

何：（吃惊地）你撤回外派申请了？

家：你不出国了？太好了。

强：我不想去了。我觉得在家挺好的。

何利英的脸一下子阴了下来。

家：妈，爸不走了，你不高兴？

何：你总要和我商量一下。

这时，有人敲门。

李家起身去开门，门打开了，门口站着小女孩和她的父亲。

家：（高兴地）你来了，你是来拿牌子的吧？

何利英一下就愣在了客厅门口。

小女孩的父亲：李国强同志是在这住吗？

李家：妈，找我爸的。爸。

李家的神色也有一点紧张。

何利英转身回到客厅，指了指门外，她手又在抖了。

李国强看着她，朝外走。

小女孩的父亲：您是李国强同志？

强：是我。（声音又哑了，他咳了两声）

小女孩的父亲走过来，紧紧握住李国强的手，半天没有说出话来。

女孩和李家对视。两人靠近。

小女孩的父亲：大哥，我冒昧登门，是到你单位找了地址，我来给你送张借条，有一天要是真的破了案，解决了问题，我还钱，破不了案，我什么时候凑够了，什么时候还。

强：（坚决不接借条）你别这样，你这样我受不了。

小女孩的父亲：我今天来，叫你一声哥，你们比我们吃的苦多，比我们心善。换了我，做不到你这个份上，所以我说什么也要来见你一面。

李国强一个劲地摇头，不知道该说什么了。

李家在一边和女孩说话。

家：你妈好了吗？

女孩：我妈的眼睛看不见，她说撞她的不是捷达就是桑塔纳。

家：桑塔纳？我妈单位也有桑塔纳。

女孩：你多好啊，和爸爸妈妈一起吃饭，你妈真好看。

小女孩的父亲：我得给每个帮我的人送张借条。我们走了。

李国强和李家在家门口看着两人下楼。女孩回头招手。

李家关上门，一下扑到李国强的身上。

家：你真伟大，我真崇拜你。

李国强蹲下身，看着一脸兴奋的儿子，他摸了摸儿子的头。

强：（轻声地）快写作业去吧，不早了。

客厅里，何利英面对窗子站着。

110. 夜内　李国强家

李家已经安然入睡。李国强走进客厅，何利英还是面对窗户站着。

强：我没说，可是他们找到单位……我那天把钱直接送到收费处，说有个清洁工是我的同学，认出了我，我现在做什么事都会有人看见。医院就把电话打到单位去了。

何：是不是你早就承认了，人人都知道了，只把我一个人蒙在鼓里？（猛地转过身，发作地）你这和检举我有什么区别？

强：我不会去检举你。我费了很多口舌他们才答应不留下我的名字。

何：你这和检举我有什么区别？

强：你只想你自己，你也想想别人，她眼睛什么都看不见。

何：（暴发）好，李国强，忍了这么长时间，你总算把心里话说出来了，我光想自己，我自私，我卑鄙，我是个罪犯，你想让我去自首，去坐牢，和我划清界限，是不是？可我这么做，是为了你和孩子。

强：（也急了）人家也有孩子，你想过吗？

何：（歇斯底里地）少在这人家人家的，我成了外人了，你这些天都背着我干了些什么？你到别人面前去哭，你去做好人，做善人，回到家就发神经病，刺激我，你到底想干什么？

强：我刺激你？还是你刺激我？我也很矛盾，我也不知道该怎么办，我一直在想办法，我们总得想点办法是不是？你以为能混过去，可混不过去怎么办？

何：李国强，我不会连累你，我一个人做一个人当，我也受不了在你眼里做一个卑鄙小人。

何利英冲进卧室，打开衣柜，收拾衣服，李国强跟过来看着她，不知道该说什么好。何利英摔摔打打地拿东拿西，有拉不出来的，就一下子把别的东西也拉到地上。

强：何利英，你今天要是走出去，你就再也别回来。

这时，门开了，李家出现在卧室的门口。

家：爸，妈你们怎么了？你们怎么老是吵架？

李家一边说，一边哭起来。

何利英蹲下身，搂住李家，痛哭失声。

李国强和李家对视，他从儿子的眼神里看到了责备。

家：爸，我讨厌你。

李国强无言以对。

111. 李家的卧室

何利英把李家送到床上，挨着他躺下，李家紧紧地搂着何利英的脖子，安然入睡，看着儿子的小脸，何利英泪如雨下。

卧室里，李国强看着从柜子里面掉出来的衣物发呆。

何利英走进来，收拾了一下地上的东西，然后提起她的包，李国强听见了关门的声音。

112. 夜外 大街上

何利英提着箱子，走在马路的中间。

偶尔有大型的汽车在夜里的马路上刷地驰过，汽车躲着走在马路中间的何利英。司机伸出头来骂骂咧咧的。

大型汽车一辆又一辆从何立英的身边开过，何利英似乎想做什么，但她终于没有做，她流着泪，在马路中央走着。手上提着从家里带出来的大包。

113. 夜内 家里

大车亮着大灯迎面驰来，无路可逃。

李国强猛地坐起来，逃出噩梦

114. 日外 街上

早点摊，大锅里冒出大团的热气。

在露天的餐桌前，李国强和李家正在吃早饭。

李家不看李国强，独自埋着头。

强：李家，上课注意听讲，作业自己要记清楚了。

家：我妈去哪了？

强：她说她最近比较忙，在单位。

家：你要和她离婚了？

强：没有。

家：如果你们两个离婚，我就永远不见你们了。

李国强又递给李家一段油条。

李家把油条摔在没有喝完的稀饭碗里，站起来走了。

李国强推起自行车，跟在儿子的身后，儿子小小的背影让他揪心。让他想哭。

115. 日外　报社门口

李国强在树下等沙平，沙平脸拉着。

沙：我以为我们的友谊就此结束了。

强：我不好。我来道歉。

沙：有事求我吧。

强：何利英在你那？

沙：她哭了一夜，什么也不说。

强：谢天谢地。对了，谢谢你。

沙：我可不敢当，再说我对两口子之间的这点破事也不感兴趣。

强：她上班了？

沙：上了。

强：回头我再向你解释。

沙：用不着，那天你和某小姐泪眼相向的时候，我看见了，在这座城市里，除了拉上窗帘在屋里做的事情，都会有人看见。

沙平转身走了，李国强愣在那里，沙平回头，对自己言论所产生的效果十分满意。

116. 日内　何利英单位

李国强推开办公室的门。

一同事：何主任去学校了，说是开家长会。

117. 日外　街上

学校门口。因为有家长会，学校里外都布置了一番，红旗和标语颜色新鲜。校门口停了很多汽车和自行车。家长出出进进的。

李家和小女孩在大门口等着。

女孩：我爸也不知道能不能来？

家：要是我妈能来也行啊。

有人喊：李家，该集合了。

家：一会儿就来。

李国强骑着自行车来了。

家：爸你快点，要晚了。

强：你在这干什么呢？

家：我等我妈。

强：你妈不会来的。

家：我跟她说了，我再等会，万一她来呢？

118. 日外　街对面

街对面的一辆出租车里，何利英可以看到站在外面的两个小人，也可以看见小女孩因为没有大人照顾而比较凌乱的头发和衣服，偏偏李家今天也穿了一件不太整齐的衣服。看着两个孩子可怜巴巴的样子，何利英的心里很不好受。她犹豫再三，没有出去。

何：（对司机）咱们走吧。

司机：不去了？

何：他爸来了。

司机：离了吧，后悔了吧？是舍不得，多好看的小姑娘，要是跟着你，怎么也不能这模样，孩子离了谁都行，就是不能没有妈。

何利英听了司机的话一愣，她再看门口可怜巴巴的小姑娘，一下子泪如泉涌。

司机一看她的样子，觉得自己说多了。

司机：不说了，咬咬牙，走吧。

119. 日外　校门口

集合的铃声响了，一个老师过来把两个孩子叫了回去。小女孩又回了一次头，她的眼神让何利英心头一震。

120. 日内　校园里

老师领着李家和小姑娘往回走，迎面有六七个家长站在一起。其中也有李国强。

老师：（对小姑娘）你看，这些叔叔阿姨都是来替你开家长会的。

小姑娘终于笑了。

李家也笑了。

鼓号队敲响了队鼓，充满活力的鼓声。

同学们整齐的队列从家长们面前走过。

鲜红的队旗迎风飘扬。

李国强在人群中寻找着何利英。

121. 日外

何利英走出单位，迎面看到桑塔纳开过来，停住。何利英正要离去，车门开了，小张出来。

张：我正好送你。

何：不用，我还有点事。

张：要不你把车开走，我骑车回去。

何：算了，我打车。你走吧。

张：那怎么行?

何：（想了一下）也好。

小张下了车。把钥匙交给何利英。

张：交通队来了个电话，问车的事。

何：是吗？怎么说的?

张：说了解一起交通肇事逃逸事件。

何：（紧张）你怎么说的?

张：我说是我撞的。

何：你撞的?

张：您还在实习期内，最好别惹事。

何：那，谢谢你了。

张：应该的，您平时也挺照顾我的。再说，您又没撞人，我心里有数……

何：回头，我得好好谢谢你。

小张走了。

何利英看着手里的钥匙，她坐进车里，把大包放进去。

何利英坐在方向盘的后面，反光镜已经修好了，她发动汽车。

那天晚上的情景又回到了她的眼前。

[闪回]

122. 夜外　街上

街上，雨和刺眼的车灯。

拐弯时突然出现的面包车。刺眼的车灯。

自行车倒下的声音。女人的叫声。女人的头重重地磕在马路沿上，咚的一声。

她打开车门，女人躺在地上，双眼紧闭。

她关上车门。车门重重地关上了，一切便无可挽回了。

[闪回完]

123. 日外　街上

何利英的背影，桑塔纳停在原地。

124. 医院

病房里，小女孩的母亲安静地躺在病床上。

何利英走到她的身边。

小女孩的母亲听见有人走近，伸出手来。

何利英想握，又不敢。

小女孩的母亲：你是……

何：我，我也是个病人。

小女孩的母亲：坐吧。

何：你好点了吗？

小女孩的母亲：大家都这么关心我，谢谢了。我真想赶紧好了。

何：也别着急。

小女孩的母亲：我就老觉着对不住他们爷俩，因为自己不小心，把一个家给毁了，我每天下了班工作服都不脱就往家赶，其实晚几分钟也没关系，哪怕晚5分钟也就没事了。

何：怎么能怪你呢？

小女孩的母亲：咱们这些当妈的，就惦记家。一个家三口人，谁也不能出事，一个人出事，家就完了。我就是不放心女儿。你孩子几岁了？

何：8岁。

小女孩的母亲：男孩？

何：男孩。

小女孩的母亲：比我女儿小一岁。

何：她挺有主意的。

小女孩的母亲：也惯坏了，特别拧。不过她真挺有主意的，说要干什么，准干成。以后准比我有出息，嗨什么出息不出息的，能平平安安的就好，别像我似的。

何：你休息吧，我走了。

125. 日内　医院走廊上

女孩父亲看见何利英的背影。

126. 日内　病房里

小女孩的父亲：刚才那个女的是谁？

小女孩的母亲：一个病友。

父亲一愣。

小女孩的父亲：不对，她不是病人。

小女孩的母亲：（紧张）那她是……

小女孩的父亲：她和你说了些什么？

小女孩的母亲：孩子。

127. 日外　医院外

父亲冲出大门，四下寻找何利英的影子。

128. 日内　公司

何利英在办公室里收拾自己的东西，她拿出那个破了的镜子，看着里面破碎的自己，流下了眼泪。

她拿起电话，又放下。

129. 夜内　沙平家

何利英在看电视，洗衣粉的广告，一家三口，很幸福的样子。她换台，另一个台，食用油的广告，也是一家三口，很幸福的样子。她又换台，电脑广告，还是一家三口，很幸福的样子。她又换台，是动物世界，她看下去，可是没两分钟，动物世界也变成了一家三口动物，很幸福的样子。

沙平打扮停当走了过来。

沙：你怎么回事？

何：我真的不去了。

沙：你和李国强赌气，大家又没有得罪你。

何：你就说我病了，别告诉他们。

沙：我独自一人太久了，不懂你们是怎么回事。也不知道该说什么了。（看表）真的要晚了，我要去等摄像师，你最好快点收拾了过去，你不去，我白忙了。

沙平关门走了。

何利英坐在沙发上。

何利英拨电话，电话里李国强"喂，喂"，何利英没有说话，把电话挂了。

130. 夜内　家里

李国强放下没有人说话的电话，心事重重。

家：是不是我妈？

强：也许是。

家：下次我接。

强：爸爸走了，姑姑马上就来接你去奶奶家。

家：我哪也不去，我在家里等妈。

强：你要听话。

家：我听话，可我哪也不去。

李国强穿上何利英给他买的新衬衣。

131. 日内　餐厅

一间宽敞的包间，一切都安排停当了，桌子上摆着鲜花，门口的茶几上有签到簿，李国强走了进来。

一台摄像机对着他们。

摄像机画面里的李国强在四下寻找着什么人。

132. 夜内　李家

李国翠在打电话。

翠：他不去我妈家，我就得在这陪着他，没办法。咱们就用电话聊吧。

李家从自己的床底下把“寻找目击者”的牌子拉了出来。

翠：你拿它干什么？全是灰，快放下。（对电话）不是跟你说话。

李家把牌子拿进客厅。

133. 夜内　沙平家

何利英坐在床上，电话响个不停。她不接。

134. 夜内　餐馆

沙平挂上电话对站在身边的李国强摇了摇头。

沙：你怎么把何利英得罪成这样？

强：一言难尽。

沙：到底怎么了？

没等李国强开口，范“司令”走了过来。

范：李国强，我到处找你呢，有单生意我得和你好好谈谈。

沙：“生意”两个字今天就不要再提了，你说每次聚会你们谈多少单生意，直升机都卖过好几架了吧？

范：你懂什么，谈谈就行了，瘾过了，真要都做成得着多大急，费多大劲。（对李）不过这回可是真的，我姐夫承包了一个大花坛，他让我给他找一个著名设计师，咱们坐下谈。

范“司令”拉着李国强走了。李国强的脸上笑得很勉强。

135. 夜内　李家

牌子放在地上，李家拿了彩笔，开始在上面画画。

李国翠还在通过电话聊天。

136. 夜内　沙平家

何利英一边哭，一边穿衣服。

137. 日内　餐厅

大家围着圆桌坐好了。男生坐一边，女生坐一边。

李国强心神不定的样子。

范“司令”：老规矩，点一下名吧。男生只少一个，于水去世已经三年了。

摄像机的镜头摇过每个人的脸。

沙：阿秀出国探亲去了，田芬给我打了电话，她不来了。

范：说不来就不来，怎么这么无组织无纪律？

方蓝：田芬下岗了。

老巴：下岗了和来聚会有什么关系？

方蓝：你是外星人啊？就好像你不懂下岗是怎么回事似的。你要下岗了你来吗？

范：还有一个更无组织无纪律的，何利英，组委会副秘书长，括号，没有秘书长，括号完，也没来呢。

冯：李国强，何利英呢？我这么远回来看她，她怎么回事？

大家笑了。

强：问沙平吧，她们两个一块过呢。

沙：她有事晚点过来，准来。

范：接下来，还是老规矩，宣布今天聚会的题目，也就是“借口”。老关，请你站起来。

摄像机对准了老关。

范：老关当处长了。

大家起哄，鼓掌。

老关面带微笑向大家点头致意。

摄像机对准沙平。

沙：我们中间终于在有了一个范总经理和一个何主任之后，又有了一个关处长，这的确是一件值得庆贺的事情，更加值得庆贺的是，关处长为我们这次聚会提供了很大的方便。

大家又鼓掌。

关：说庆贺不敢当，我今年 46 岁了，我们副局长才 38，你们说我有什么可得意的？不过是找个理由，和大家见见面，坐一会，就是挺想你们的。特别是冯建，我们两个头顶头睡了 6 年，又十几年音信全无，今天能见面，真是非常高兴。

老关把杯里的酒一饮而尽。

摄像机里，冯建也站了起来，把酒喝干。

沙：冯建海外归来，今天也算给大家报个到。

冯：我再干一杯，请大家今后多多关照。

小白：你不是去美国了吗，怎么说日语？

大家都笑了。

李国强心不在焉。看表。

沙平注意到了。

138. 夜内　沙平家

何利英站在洗手间的镜子前面，看着镜子里的自己。镜子里的何利英和她以往的样子判若两人。她试图笑一下，却又流出了眼泪。

何利英把头伏下去洗脸。

139. 日内　李家

李家仍然在画画。李国翠端了方便面进来。

家：（看了一眼）我不吃虾的。

翠：你早说呀，总不能让我再跑一趟了吧。

家：你爱吃你吃吧，我等我妈回来给我做饭。

翠：你妈要是不回来，你就饿着？

家：（生气）你胡说，我妈回来。

翠：好好，我管不了你，你随便。

自己吃面。

李家继续画。

140. 夜内　餐馆

范：老黄那天上电视了你们谁看了？

大家问：什么时候？

黄："解放前"的事了。

范：拾金不昧，出租车上捡一包，里面有什么你们知道吗？

方蓝：6 万美金。

范：你看了。

方蓝：我看了倒是看了，没认出来是老黄呀，电视里你怎么显得那么老？

范：我一听说话就是他，（学）虽然我们厂不景气，我下岗了，虽然我也需要钱，但是我不能拿别人的钱，我们这拨人，耽误了，没什么大出息，但我们这拨人，觉悟都比较高。老黄，干。

范司令和老黄干杯。两人都把自己的杯子往下放。

大家都笑了，李国强没有笑。

范："路遥知马力，日久见人心"，咱们这群人，没享过什么福，混到今天也不容易，难得的是大家仍然好品质。

冯：这辈子改不了了，我在美国打鸡蛋手指头也得伸鸡蛋壳里抹一圈，别人怎么笑话我也改不了。

李国强实在坐不住了，他站起身。

强：我出去看看。

李国强出去。

范：看人家李国强。想当初，有多少花前月下，海誓山盟，到今天我们全公社知识青年中真正结婚并且生活幸福的能有几对？

沙：据我所知，不超过三对。（也站起来出去）

141. 夜外　门口

李国强和沙平站在外面。

强：我去你家看看。

沙平把钥匙递给李国强。

沙：早知今日，何必当初。

李国强没有说话。

142. 夜外　街上

何利英一个人走在大街上。

她来到李家学校的围墙外面，看着操场和教学楼。

143. 夜内　沙平家

李国强打开门，打开灯。

强：何利英，何利英！

他到各个房间看，没有。他忽然很紧张。转身冲了出去。

144. 夜内　餐馆

冯：我记得有一次，在公社一中操场那大土台上演出，李国强跳《大刀进行曲》，何利英在边上吹口琴伴奏，两只眼睛跟追光灯似的看着李国强，一点误差都没有。

方蓝：你观察够仔细的。

冯：因为我当时用目光追随何利英很久了。

大家笑。

小孙：那次，何利英大冬天下地的路上吹口琴，嘴唇粘口琴上了，李国强自告奋勇哈热气儿，给哈开了，就好像人家何利英自己没热气似的。

范：你说当时怎么那么傻？哈什么热气？吻一下就行了嘛。

145. 夜外　大街上

李国强焦急地边走边看。

146. 夜内　餐厅

范：怎么回事？何利英没找来，李国强也不见了？

冯：我真的挺想见何利英的，有件事，你们谁都不知道，连李国强也不知道。在国外这些年，我最困难的时候，常常想起来。沙平，你是何利英最好的朋友，我敢说连你也不知道。

何利英正好来到餐厅的门口，她停住脚步，正犹豫进不进去。

冯：你们记得我在队里代理过 9 个月的会计吧，我贪污了 30 元钱。账是怎么平的，我忘了，当时只是觉得他们的财务漏洞太大，不拿白不拿。我去省里送货的时候自己花了一部分，剩下的给何利英买了一个旅行表，跟阿秀的一样，我知道何利英特别喜欢那个表，18 块钱。何利英问我哪来的钱？我说是外国亲戚给的，她说你不能这么管账，乡亲们挣几块钱多难。她问我拿了多少钱，我说了，然后她就走了，她走了一夜到县里，又赶到省城，退了表，到医院卖了血，两天后，她把 30 块钱交到我的手上，你们知道我当时的心情吗？我高兴极了，我终于可以把钱轻松地放回去了，终于不用再紧张害怕了。我没有想到拿了这 30 元钱之后我寝食不安，后悔莫及。我好久不敢看何利英苍白的脸，特别是你们议论她到省城看妇女病的时候。也许正是由于我的自惭形秽，才使得李国强顺利得逞。

何利英跑出餐馆。

147. 夜外　街上

何立英和回到餐馆的李国强在门口不期而遇。

两人看着对方。

148. 夜内　李家

李家还在画画，已经可以看出，他画的是一家三口，羊爸爸、羊妈妈和小羊。李家画得非常认真。

姑姑在一边摸摸他的头。

149. 夜外　街上

两人并肩走着。

何：他们都好吗？

强：冯建还问起你。

何：他变样了吗？

强：变不到哪去。

何利英停顿了一下。

何：李家的学习不够扎实，巩固不住，你得多帮他，回到家你要先把洗手间的灯打开，要不然他不敢进去小便。

李国强不说话，两人对视良久。

何：你好久没有这么着看我了。好像结婚的时间一长，谁也不看谁了。

两人对视。

何利英开始流泪。

两人紧紧拥抱在一起。

何：我是想保住这个家，我不想让李家的生活发生变化。

强：我懂。

何：连累你了。看你那么紧张，那么沉重，我真受不了。家已经不像个家了。

镜头拉开，是公安局的门口。

何：你陪我进去吗？

强：那当然。

李国强搂着何利英走进大门。

何：不知道我今天晚上还能不能回家。

强：如果不能，我明天带李家来看你，我们还要一起接你出去。

150. 夜内　餐厅

气氛很热闹，大家在聊着学开车的经历。

“我揉库练了三个半天，愣是一次都没揉进去。我们教练说我‘再给你一个库你也揉不进去’。”

“我也不行，教练说：压住离合，压住离合。我心里说，我的问题不是压不压得住离合的问题，是压不压得住我的脾气的问题。”

“我第一次带我老婆开车上街，她老让我‘捏闸’‘捏闸’。”

“我儿子给我车后头贴了 8 个字：实习司机，欢迎超车。”

只有沙平不说话。她忽然好像想起了什么。

沙平的脸色不好。

有人问，沙平，你没事吧？

沙：（自语般地）出大事了。

151. 夜内　家里

李家把画放在窗台上，自己也扒在玻璃上往外看，下面是车水马龙的街道。

李国翠又在打着电话。

李家的脸贴在窗户上。从外面看，他旁边牌子上写的是“寻找目击者”几个大字。

—完—

九九艳阳天

Jiujiu yanyangtian

1. 日内　医院

一间病房里。

一只脚打了石膏，被高高吊起固定住的闵嘉桡躺在病床上。

深度近视的女护士正在准备注射器。手举在眼前。

肖建闯入，气喘吁吁。

肖：老闵，老闵，你怎么样？

闵：老肖，我在这儿。

闵嘉桡嘴里应着，眼睛仍有些紧张地看着护士手中的注射器。

精神抖擞的肖建俯身看着闵嘉桡。

肖：你怎么把自己搞成这样？还嫌四化建设不够忙吗？

闵：（满面愁容）你怎么现在才来？

两人握手。

闵嘉桡又看注射器。近视护士依然专注地准备。

肖：怎么回事？

闵：不知道，我拿着渔竿下楼，不知怎么的，被渔竿绊倒了。你说我被什么绊倒也不应该被渔竿绊倒啊。

闵嘉桡稍稍一动，疼得咧嘴。

肖：别着急，一切有我。

把手放在闵嘉桡的肩头，以示安慰。

护士举着棉签过来，把碘酒涂到肖建的胳膊上，肖建一下子跳起来。

肖：你看清楚，这是谁的胳膊？

满面愁容的闵嘉桡终于露出了笑容。

闵：有你在，我安全多了。

护士做了一个让肖建躲远点的严厉的动作。

2. 日外 敬老院

“热烈欢迎检查组光临指导”的横幅正被摇摇晃晃地挂起。横幅上的毛笔字还是湿的。横幅的两头各架一摞椅子，上面一头是养老院院长尤金，另一头是个年轻服务员，外号“小菜”。

每摞椅子有一个人扶着。一个是服务员周素琴，一个是住在养老院的老刘头。

小菜一手拿锤子，一手拿着挂横幅的钉子，上下挪动着。

下面的几个老人在看高矮，有的说左边高，有的说右边高，莫衷一是。

周素琴不耐烦了，皱着眉头走到中间来看了一眼。

周：差不多得了，就这样吧。

刘：（对小菜）钉结实了。

菜：放心吧，小菜。

小菜一使劲，钉子一下就敲歪了，横幅的一头飘了起来，正使劲拉着另一头的尤金一下就失去了平衡，横幅兜在他的头上，他连人带横幅倒了下去。

老人们一片惊呼。

3. 日内 医院

走廊上

肖建在给闵嘉桡的儿子打电话。

肖：（在对很远的地方大声喊话）你爸下楼把腿摔断了……已经住院五天了，没危险，我是谁？我是肖建，肖伯伯，我当然会照顾他，你回不来……好，我转告他，你爸不让告诉单位，他的脾气你还不知道，（小声）刚退休就出事，他觉得没有面子。放心，我身体很好，我能照顾他，不用拜托（挂断）反正我也没事。

这时，小菜和老刘头架着尤金走来，身后跟着几个老人。周素琴的眉头皱得更紧了。急匆匆走在最前面。

周：（问肖）急诊室在哪？

肖建指了一下。

后面的老人老齐：（对肖）对不起，对不起。

边上的老人老赵：应该说谢谢。

一群人拥着尤金走过。

老刘头：得先挂号。

大家又拥着尤金过来。

赵秀琴：我去挂号，你们先去急诊等我。

大家又拥着尤金过去。

楼道里就他们热闹。

周素琴不满地：你们小点声。

老人互相交换眼色。

尤金表情痛苦，看着身边的老人。

尤：（对周）求求你，带他们先回去吧，不能再出事了。

4. 日内　医院

病房里两张床，中间一个屏风，一边是尤金，一边是老闵。

尤金的脖子上加了一个固定的套，他仰面朝天，一动不动地躺在病床上。嘴里不停地叨叨。

尤：完了，一切都完了。完了，一切都完了。

老闵在另一边也叹了口气。

坐在他身边的肖建一边削苹果，一边劝他。

肖：别叹气了，你看我身体这么好，（闵嘉桡不爱听，但也无奈）什么负担也没有，照顾你就当一乐。（老闵连头都扭过去了）每天早晨我绕着景山走两圈呢，这点路算什么？

闵：我可不想拖累你，小路在美国一定骂我了。

肖：我其实不想去，不会开车不会说话，孩子也不能整天陪着你，在美国我成少帅了。

闵：小路不错，有这份心，不像我那两个，骨头断了他们都不回来。

闵：问题不大。打上石膏就等着拆了，总比隔壁这个高位截瘫的小伙子要轻多了。

屏风另一边的尤金大惊失色。

尤：（惊呼）高位截瘫？

5．日外　敬老院

大门口，挂了一半的横幅卷在一边。

厨房里正在紧张地工作，热气腾腾的。

餐厅里，老人们在吃饭，交头接耳。

周素琴的脸色更不好看了。她提着病号饭，和小姑娘芳芳往老齐屋里送。

6．日内　敬老院

周素琴走进齐老太的房间。拉着脸给她盛饭。放在她的面前。

周：让你们别去别去，非去，这下好了，尤金没回来，您又发烧了。（拉起老齐的手数她的脉搏）

齐：（很不以为然地挣脱）你怎么老跟我儿媳妇似的，要这样，我还来养老院干吗？

周：（又拉起来）你能像数落我这么数落你儿媳妇吗？（闻了一下）又抽烟了吧？

齐：要论这条，你还不如我儿媳妇呢，她从来不管我抽烟的事。

周素琴伸着手等着。

老齐不情愿地把一盒烟交给周素琴。

周素琴转身就走。

齐：拉张脸给谁看呀？

同屋的王老太：尤金一住院，她就没主心骨了，你别往心里去。

王老太的床上堆着很多书，她人不爱说话，和齐老太性格大不同。

7．日内　敬老院

办公室里，年轻的女会计小吴正在接电话。

吴：您是冯主任？……尤院长不在。

对方：我知道，他就在你旁边，这套把戏我都和他玩腻了，让他接电话。

吴：我真的没有骗你，尤院长摔了，住院了。

对方：在哪个医院？

吴：在……

一只手把电话按掉，是周素琴。

周：总不能让他们追到医院去要账吧。

吴：周老师，想想办法，我宁可去下厨房，也不想在这看这个电话了。

周：但愿尤金能快点好起来。这种消防队的事情，我可干不来。

周素琴拿起暖瓶摇了摇。

周：怎么没水？

话音未落，一股水从开着的窗外射了进来，周素琴满脸是水。

周：怎么回事？怎么回事？

她想伸头往外看，可水还在喷。

小吴冲过来把窗户关上。两人对视，转身朝外跑去。

8. 日外　敬老院

院子里，老刘头和小菜正在对付一个往外喷水的水龙头。两人一边拧还一边争论。

刘：我说往里拧，你不信，要往里拧就没事了。

菜：哪边是里？您先搞明白哪边是里。

刘：什么都不懂，我跟你接不上关系。

周素琴、小吴赶到。

菜：就算您对，水该越来越小，怎么倒越来越大了？

刘：要不怎么说它坏了呢？

周：小菜，又是你。先别吵了，赶紧想办法修吧，电费还没交呢，水费又要涨了。

老刘头没劲了，终于松了手，水柱喷涌。

老刘头、小菜浑身是水，站在那里束手无策。

周：怎么办？

吴：打电话。

两人又往回跑。

9. 日内　敬老院

办公室，周素琴和小吴你看我我看你。

周：（拿起电话）给谁打？尤金？

吴：还是给自来水公司吧。

周：号码多少？

小吴在找。

周素琴一抬头。

周：不好，放下电话就往外跑。

10. 日外　敬老院

老人们排着队，端着脸盆提着壶走过来，最前面是老葛。

葛：不能让水这么流，太浪费了，大家赶快找家伙吧。

老葛踩着水冲向龙头，用盆接水。马上人就都湿了。

周：（气急）都给我回来。

葛：我心疼，水这么流，我心疼。

周：我叫你回来你听见没有？

老葛把接了的水递给别人，自己又去接，端着水的老人脚下一滑，眼看要倒，被小菜扑上去抱住，水盆滚出去老远。

周：老葛，你回来不回来，你们谁也不许过去，都给我把盆放下。

老人们有的放下了盆，有的还在犹豫。

齐老太出现在周的身后，一副看热闹的表情。

齐：（看了周一眼）水漫金山了。

周：老葛，你先过来，我们正在想办法修。

葛：（指着浑身是水的老刘头）就他？把鸡眼都治成艾滋病了。

齐：（表现地）我来吧。（对老葛喊）老葛，你锁门了吗？

水边的老葛一下子愣住了，他好像想不起来了，于是放下手里的水盆，快步离去。

齐：（得意地看了看周素琴）怎么样？

周：小菜，赶紧让他们都走，这你负责，出了问题你负责。

菜：放心吧，小菜。

11. 日内　医院

病房里

尤金躺在病床上一点一点地在抬腿，小心翼翼地活动手指和胳膊。样子很古怪。正在这时，尤妻出现在床前。

尤妻：尤金，你干什么呢？

尤：（沉重地）你走吧，你还年轻，还有很长的路要走，替我把儿子抚养成人，走吧。

尤妻：脑震荡了？大夫没说呀？

尤：真的，我不怪你。我会替你向亲戚朋友解释。

尤妻：行了，我也没说什么，你别气我了。

尤：看来你还不知道，但我必须告诉你，我高位截瘫了。

尤妻愣了一下。

另一端，两个老头也不出声地听着。

静了一阵，突然，传来尤妻的笑声。

尤妻：别自己吓唬自己了，我问大夫了，他说戴这个脖套是为了减轻你肌肉的压力，颈部肌肉拉伤而已。

尤金一下子坐了起来。动作麻利地下了床，什么事也没有了。

尤：那咱们还在这干什么，家里的事情还一团乱麻呢。

两人说着就走到了这边，两个老头看着他们。

尤妻挡住了尤金的去路。

尤妻：大夫说了，你低血糖，低血色素，低血压，要在医院里打几天吊针。

尤：等检查团走了我一定来，行吗？

尤妻：不行。

尤金尴尬地对两位老人笑笑。

肖：不好意思，我刚才听见你说“完了，一切都完了”，以为你……

尤：没关系，我现在觉得生活重新开始了，感觉特别好。

尤金前去和两位老人热烈握手。

尤妻：（对老闵）您是……闵嘉桡先生吧？

肖：没错，是他，老闵，看来你的知名度还很高啊，打扮成这样都有人认出你。

老闵却有些无奈。

尤：（问尤妻）他是……

尤妻：钢琴大师闵嘉桡啊？三岁孩子都知道。

尤：没错，是挺像的。（又过去握手）真荣幸能和您并肩躺在一起。我知道您是人大代表，文联全委，十几岁就参加了革命文艺队伍，至今活跃在舞台上。您这是怎么了？工伤吧？

老闵无奈地摇了摇头。

肖：别提了，在楼梯上一脚踩空，（老闵很不希望老肖说，但老肖没意识到）摔了一跤。孩子是搞地质的，经常不在家，他又刚退下来，不愿意给单位添麻烦，这么大岁数了还怕人家议论，我们老哥俩经常一起下棋。我没事来看看他。

尤：没大事吧？

这时医生正好进来，接上话。

医生：没大事，闵先生，您的化验结果出来了，都不错。您要是愿意，可以回家养着，按时来检查就行了，您也看见了，病房挺紧张的，要不怎么也得让您住个单间……

闵：我不出院，在这还有顿现成饭吃。

尤：（打断）我出，我出，我现在就走。我把床让给更需要的同志。

医生：没你的事，我们这就把你转内科。（对闵）我们听您的，谁让您是闵先生呢，对了，给我儿子签个名吧。

闵嘉桡在医生递过来的本子上很无奈地签了个字。

肖建也想签，但老闵没有介绍他。本子还给了医生。

医生走了。

在一边的近视护士一边给老闵试表，一边说。

护士：您还住起没完了，我们这是医院，又不是敬老院。

闵：我还没烦你呢，你倒烦我了？

尤：（不爱听）敬老院怎么了？（忽然来了灵感）

护士一走，他回身找出一张纸。

尤：闵先生，您也给我签个字。

老闵看也没看就签了。

尤：这位老先生，您也给签一个。

老肖很高兴地签了。

闵：（介绍）这位是肖建，我们团的合唱队员。

肖：（客气地）一级演员。

尤：妥了，收拾东西吧。

两个老人看着他，不知道他要干什么。

尤：快点，闵先生，肖先生，咱们走。

肖：去哪？

闵：我哪也不去，我就在医院里。我总不能整天什么都指着他吧？

尤：您二位跟我走，我是松涛敬老院的院长，正科级，不信您问她，她是院长夫人。你们刚才就算在申请书上签了字了。

闵：什么？我签了字？

肖：我也签了？对，我也签了。

闵：可我为什么要去敬老院？

尤：您到我们那里去养病，我们那的条件……这么说吧，服务态度比这好多了，您看我这个院长，比小护士态度都好。

闵：你为什么要我去？

尤：这个，如今不是都兴名人效应吗？您要是在我们那儿，我们都跟着光荣，说不定我们办事都要好办些。

闵：你利用我？

尤：我们互相利用……不是，我们互相帮助。

老闵气得关掉了助听器。

肖：（对尤金）我看这个建议可以考虑。他就是放不下名人的臭架子……

尤金紧张。

肖：没事，他助听器关了。我劝劝他。

肖：（对闵大声）敬老院肯定比医院自由，又有大夫，吃饭的问题也解决了。

尤：（大声）对呀，对呀，你们两位可以去感受一下，住得惯就多住，住不惯，等检查团走了（失口），不是，等腿上石膏拿掉就回家，怎么样？

闵：（对肖建）你也跟我一起去？这要让外人知道，闵嘉桡进了敬老院……

肖：外人要问，咱们就说是去体验生活。人家还有到监狱里体验生活的呢。

尤：（大声）就是，反正肖老师也没有别的事，也到我们那解解闷。我们那的老头老太太，整天唱。

闵：大概还正缺个懂专业的“光临指导”吧？你用不着这么大喊大叫的，（举助听器）我听得见。

尤金不好意思地笑了。

老闵和老肖对视。

尤妻：尤金，我告诉你，你别又自作聪明，闵先生这个样子，出了问题谁负责？

尤：（生气）你不是听见大夫说了，没问题，可以出院了，敬老院里比家里安全多了。

尤妻：那你呢？

尤：非常时期，你原谅我这一次，我以后原谅你 100 次。你再帮我个忙，找辆轮椅，再叫辆出租车。

尤妻：真出院也得办手续呀。

尤：明天让小吴来办。

高度近视的护士又来了，推着好几瓶点滴。

护士：（对尤金）一床，点滴。

尤金傻在那儿。

老肖和老闵也不知该怎么办。

尤妻笑了。

尤金躺到床上。

尤：完了，一切都完了。

护士：（眼睛都要贴到尤金的胳膊上了）你们那是不是没人去呀？跑我们这招生来了。

尤：恰恰相反，等你想去了，得走我的后门。

护士大粗针扎进去，尤金咧嘴。

12. 日外　敬老院

早上，老人们都在院子里活动，有的打太极拳，有的在扔飞盘，有的在自由式地锻炼着身体。音乐很悠然。

临时封堵了一下的水管子还在漏，地上已经汪了一大片水，像个小池塘了。

在周素琴和母亲住的房间外的阳光里，周素琴正在给母亲梳头，她非常细心地轻轻地梳着，满头白发的福寿老太脸上一片宁静，她的两只如今已经少见的小脚整齐地盘在腿前。

周：（附在老人的耳边）妈，这两天太忙，没推您散步，别怪我。

老人轻轻点头。

周：尤金在医院里，他们什么事都来问我，我又不懂钱的事。检查团就要来了，还要扫除一次，听说检查团要是发现三只苍蝇，卫生就不合格。

周素琴越说越没有心思，烦烦的。

周：尤金也不知什么时候才能回来。

老人平静地听着。

13. 日内　敬老院

齐老太戴着花镜，手拿苍蝇拍在打苍蝇。透过她的花镜，苍蝇显得挺大，但她还是打不着，王老太在一边看一本很厚的书，看得很认真，书名是《中国海军史》。

齐：真是墙倒众人推，人老了，连苍蝇都欺负你。

她一边说着，一边东一下，西一下地打着。

齐：你看人家福寿老太的福气，93了，身边还守着个闺女，你说周素琴，别看她对别人没笑脸，对她妈那么好，我儿媳妇要有她一半，我也去海南找他们了。我怎么这么没福气，摊上个儿媳妇跟红色娘子军似的。

王：（淡然一笑）都一样，哪个儿媳妇也不是自己亲生的。

14. 日内　敬老院

葛老头站在门外找钥匙，到处找找不到。老刘头手里拿着工具站在一边。

刘：干脆给你撬了吧。

葛：不行，一把锁好几块呢，说撬就撬？

刘：你也不嫌麻烦，开了锁锁了开，你屋里有什么宝贝？

葛：我明明放这兜里了，怎么没了？

刘：你哪回不是这样，你说在哪，准没在哪。

年轻女服务员芳芳急匆匆跑过。

葛：芳啊，给我拿趟钥匙去，我钥匙丢了。

芳芳：都找了吗？（一边在葛的衣服兜里这掏那掏）

葛：我都找了。

芳芳看了他一会，拉了一下他脖子上的一根细绳，果然钥匙挂在脖子上，只是甩到后面去了。

葛：瞧我这记性。

老刘头在一边笑起来。

刘：骑着驴找驴。

葛：你别笑我了，先把您那喷泉修修吧。

老刘头马上没精神了。

15. 日内　敬老院

办公室里

小吴正在接电话。

吴：知道了，知道了，知道了。

小吴挂上电话就往外跑，和正要进门的周素琴撞了一个满怀。

吴：周老师，不好了。

周：怎么了？

吴：检查团今天就来。

周：别那么沉不住气，检查团来了，又不是得鬼子来了。

周一边说，一边往茶杯里倒水，自己手抖得水洒到外面。

芳芳在外面大叫。

芳芳：周老师，周老师。

周：来了。

周素琴迎了出去，小吴发现暖瓶塞漂在周的杯子里，杯子盖盖在暖瓶上。

16. 日外　敬老院

周素琴走到大门口，迎面一群老人拥簇着尤金、老肖、老闵过来了。尤金推着轮椅上的老闵，老闵低着头，谁也不看，倒是老肖热情地和大家打着招呼，大首长似的。

尤金戴着脖套，样子有点怪。

气氛热烈。

周素琴长出了一口气。

尤金来不及进屋，就开始布置工作。

尤：小菜，你先把这两位老同志安排在客房住下，看看缺什么，直接来找我。闵老，肖老，小菜带您两位先去。（对小菜）然后让王大夫过去看看。

老人们议论，不以为然。跟着尤金朝办公室走去。

尤：卫生还要再搞一下，周老师，苍蝇问题解决了吗？

周：（眉头又锁紧了）正在努力。

路过水塘，大家有些紧张，但尤金因为仰着头，没有看见，大家松了一口气。

尤：合唱队怎么样了？

芳芳：光忙着打苍蝇了，没活动。

尤：不行，捐赠仪式得造点气氛。

芳芳：我这就去通知。

17. 日内　敬老院

办公室

周：什么捐赠仪式？

尤：（把刚才周素琴倒的水全喝了）看见我带回来的两个老头了吗？

周：我正要问呢，你也不是不知道，没床位了。

尤：你没看出来坐轮椅的是谁？

周：他一直低着头。

尤：闵嘉棁！

周：（有点意外）是吗？

尤：昨天晚上他打了 2 个电话，就给咱们敬老院联系了一批捐赠物资，名人就是名人！检查团一进门，第一项就是为捐赠仪式剪彩。再让闵老和他们照张相，给他们签个名。这主意怎么样？

周：冯主任又来电话催款了。

尤：要是谁直接捐咱们点现金就好了。

周：你的脖子怎么样了？

尤：没什么事了，我就是老想蹲着，要不然什么都看不见。（对着窗户一蹲，看见那片水了。）

尤金看了半天，不知道什么时候那里有了片水。

尤：周老师，那怎么了？

周：流了一天一夜了，自来水公司说昨天来，等了一天也没来。

尤：检查团来之前，必须修好。

18. 日内　敬老院

老闵和老肖的房门前。

房号是135，老肖唱了一句："叨米嫂"

小菜打开房门。

屋内整齐干净，床、沙发、衣柜、书桌、一应俱全。

老闵显然有些意外。

小菜和另一个护工把老闵的轮椅抬进屋。

菜：大伙都叫我小菜，两位老师，你们有什么事就喊一声"小菜"。我就来了。

老肖在观察老闵的神色。

老闵的手在打了石膏的腿上打着拍子。

闵：没有电视，也没有电话。

不远处传来一阵歌声。

19. 日内

合唱队正在排练一首儿童歌曲《歌声与微笑》，音调有高有低，参差不齐，但都唱得很卖力气。

芳芳：齐大妈，您能不能将就点，等等别人？

齐：高了？那是一定的，年轻时候我在团里是有名的画眉。

芳芳：再来一遍。

老齐还是高，旁边的王老太把离她近的一只耳朵用手指堵上。

芳芳：（像对小孩说话一样）大家注意听我的琴声，注意节奏，还要注意脸上的表情。

芳芳做了一个非常天真的表情。

老赵很认真地在模仿，老刘头正在喝水，一看老赵的表情，水一下子喷了出来。

大家责怪老刘头。

芳芳拍手。

芳芳：大家注意，集中，我们再来一遍，听前奏。

刘：（插话）要不干脆唱戏得了，省得乱。

芳芳：（生气地）我不会教唱戏。

一老人：在幼师没学？

一老太：快来看，快来看。

大家拥到门口。

看见周素琴正领着人往老闵和老肖的房间里搬电视机和花盆。

大家都有些失落。

齐：看来人家和咱们就是不一样。

刘：有什么呀，不就是把老字放后面吗？我以后不叫你老齐了，叫你齐老。

齐：别，我冷。

葛：我得问问他们交多少房钱，要是和咱们一样，咱们也要摆花。

刘：你那屋子，人都没有下脚的地方了，还摆花呢？

芳芳：（又拍手）大家注意，不要走神，不要搞小动作，我们再来一遍。

歌声又起。

20. 日外 敬老院

歌声一直延续，但唱得好多了，老肖在指挥，老人们整齐地站在阳光里，一辆没有卸车的130上拉着大横幅："向所有老同志致以亲切的问候。"

检查团在严组长的领导下站成一排，边上是敬老院的几个主要人物、捐赠单位的代表，老闵也被安排在重要的位置上。

小菜在转着圈照相。

他镜头里的严团长奇怪地看着正在指挥的老肖的背影。

芳芳领着老孙走进来，老孙和大家握手，谁也不知道他代表谁，只见他大模大样地站在了检查团的旁边。

歌声结束了，大家一起鼓掌。

尤：下面我们请市卫生局原副局长、现检查团的严君茹组长，市文化局所属单位的代表高主任和人大代表、著名钢琴演奏家闵嘉桡先生，一起为捐赠仪式剪彩。

背着身的老肖听见严君茹的名字忽然很紧张，一转身就不见了。

小吴和芳芳浓妆艳抹，每人扯着红绸子的一头。

大家一起鼓掌。

老人们的掌声很热烈。

刘：（对老齐）咱跟人家还是不能比，我还是叫你老齐吧。

葛：新绸子就剪了？我有旧被面儿。

老人们齐撇嘴。不以为然。

三个人把红绸子剪开，大家鼓掌。

捐赠单位的代表喊了一声："卸车！"

130 的车帮打开，两个小伙子在上面开始卸车。

一时间尘土飞扬。老人们伸长头去看。

一些旧书报，旧乐器被卸了下来，行将淘汰的电脑被卸了下来，比较笨重的健身器被卸了下来。

老闵的脸上有些窘。

老人们却都很兴奋。议论着，指点着。

尤金笑得有点假，他注意着严君茹的表情，严很严肃。

站在检查团旁边的老孙有些不以为然。

孙：远看是县医院，近看是废品站，仔细一看是敬老院。

尤金气愤地回头，一看是和检查团站在一起的陌生老头，马上又换上了假笑。

车卸完了，老人们热烈鼓掌。

尤：让我们再一次以热烈的掌声向捐赠单位表示感谢。

老人们热烈鼓掌。

尤：捐赠仪式到此结束。

音乐起。

捐赠代表走到老闵身边。

代表：闵先生，我先走了，以后您有什么事要办，千万不要客气。

闵：（多少有些勉强）谢谢你，再见。

热闹的场面结束了，一堆东西留在了那里，没有人知道怎么办。

老刘头从里面拎出了一个很破的小箱子，爱不释手的样子。

刘：（自语）以后我不玩水管子了，我玩它了。

21. 日外　敬老院

老闵摇着轮椅，有点失落地走了。

肖建从他躲藏的角落里闪出来，走到老闵身后，推起他的轮椅。

两人的背影。

闵：你藏到哪去了？

肖：你没跟她说我在这吧？

闵：说了。

肖：你没解释一下我为什么在这儿？我和她 11 年没见面了，结果在这偶遇，我太被动了吧。

闵：谁也不能老是春风得意。

22. 日外　敬老院

尤金陪着严组长和检查团一行对养老院开始检查。老孙头也在其中，老人们恢复正常的生活。

医务室里

尤：（介绍）这位是王大夫。芳芳是护士。

王大夫想和严握手，严走过。

孙：能做 B 超吗？

尤：现在还不能。

孙：大夫哪毕业的？

王：我原来在第一人民医院工作。

严：问你的学历。

王：在北京医科大学进修班学习过两年。

尤：王大夫对老年病很有研究……

严：护士呢？

尤：（指芳芳）她是幼师毕业的，正在护校进修。

严：（指了指穿上崭新护士服的芳芳）她可以穿白大褂，但不可以戴护士帽，在没有正式的毕业证书之前。

严君茹转身出去，芳芳生气地扯下护士帽。

23. 日外　养老院

检查团一行路过跑水的地方。

沿着水边放了一些花盆，水管子也被装饰了一下。

几个老头老太太拿着渔竿坐在小板凳上，围在水边，假装钓鱼。

严君茹在看他们。

尤金很紧张。

老头老太太也很紧张。手直哆嗦。

孙：洗脚盆似的，也能钓着鱼？蒙谁呢！

尤金更紧张了。

严：不要让他们坐那么矮的凳子。

尤：好的好的。

走过，尤金擦汗。

尤：这天真热。

24. 日内　敬老院

在检查团前面，小吴在提前巡视。

在老刘头的房间里，他把刚拿回来的小箱子打开了，里面的机器又旧又破摊了一桌子。

他自己也搞得满脸黑。

吴：刘大爷你怎么回事？他们马上就要来了，怎么又弄这么乱？

刘：你把门从外面给我锁上。别让他们看我的屋子。

吴：那老赵呢？

刘：给人家上书法课去了，挣外快去了，晚上才回来呢。

吴：那您在里边别出大声。

刘：放心吧。

吴：（指着机器）这干什么用的？

刘：暂时保密。

25. 日内　敬老院

齐老太屋里。

周素琴推门进来，敏感地闻到烟味。

周：老齐，你怎么回事？

老齐把烟背在身后。

齐：敬老院没有不许抽烟这一条，检查组也不知道我有肺结核。

周素琴敲了敲门上的禁烟标志。

齐：谁让你每个屋都贴，一点都不真实。

王老太在一边看《建筑学》，和她们没有关系似的。

周：你是不是成心要拆尤金的台?

齐：别给我扣帽子。（把烟从开着的窗户扔了出去）

正好检查团一行路过。烟打到尤金脑门上，他哎哟一声。

严君茹回头。

尤金装作没事。伸手请她先行，烟头夹在严看不见的手背一侧。

严君茹走过，尤金把烟头掐灭。

26. 日内　敬老院

检查团一行走进阅览室。

一些老人装模作样地在看书。

严君茹抬头看了一下灯管。

灯管有一两个不亮了。

小菜跳到桌子上熟练地拧，就亮了。

孙：（老孙拿起从中间裁开了的报纸）这报纸怎么都是半张的?也是人家捐的吧?

尤：不不，我们自己订了100多种报刊。都是适合老年人的。

孙：条件一般。

尤：刚刚又有一批捐赠。

严：那些书要消一下毒。

尤：是。（又擦汗）我们这里图书的种类很丰富，老人们兴趣也很广泛。

严：（把手上的书扔在桌子上《怀孕须知》）看得出来。

27. 日外　敬老院

自来水公司的两个人在修水管子。

老人们仍在假装钓鱼。

甲：（看钓鱼的老人）他们这是玩什么呢?

乙：嗨，老小孩嘛，我奶奶活着的时候天天生炉子玩，我们每个月得专门给她买几块蜂窝煤，还准备了一个灭火器。

甲：水跑了不少，你说我昨天怎么就没找着？这地方太偏僻了，冷清了点。

乙：这有一个下水，堵了，掏不掏？

甲：我看还是掏吧，说话雨就多了。要不还得来一趟。

乙把下水盖拿开，水一下子就都漏下去了，一条鱼都没有。

老人们的把戏被戳穿了。大家坐在假想的水池边你看我，我看你，不知道该怎么办。

检查团一行正好走来，大家面面相觑。尤金捂住眼睛。

孙：我说什么来着，蒙人。

28. 日内　敬老院

办公室里。

检查团落座，周素琴和小吴忙着倒茶，老孙也接过茶杯。他喝了一口之后站起身。

孙：我能不能用一下电话？

大家直到现在也不十分清楚他的身份，都客气地请他用。

孙：（播号）喂老张吗？我是老孙头，我在哪？让你猜到明天早晨你也猜不出来。我在敬老院呢。

尤金瞪着老孙。

所有的人都在听他打电话。

孙：我那几个兔崽子不孝顺我，我认栽，当孤老了，我也在街坊四邻面前寒碜寒碜他们，敬老院一般般，我刚才跟着检查团视察了一圈，这地段办拘留所合适，设备相当于公社卫生院吧。

尤金忍无可忍跳起来抢电话。

孙：打个电话都限制时间，我得挂了，告诉老哥几个，回见了……

尤金气得不知道该说什么，当着严君茹等人他又不好发作。脖子也转不过来。

孙：这回我看他们怎么收场？

尤：大爷，我看您倒是该收场了。

孙：给我开个房间。

尤金气得直转圈。

周：这位老同志，我们这现在实在没有空房间了，您到别的敬老院再看看吧。

尤：您跟儿子赌气，上我们这捣乱来？

孙：赌气？这只是制裁的第一步，厉害的在后头呢，叫他们把不倒翁不当神仙。你刚才说我什么？捣乱？我这一辈子什么都干过，就是没捣过乱，也算填补一项空白。

老孙掏出酒瓶和花生米。

孙：您这有酒盅吗？

尤：你……（看了严一眼）

周：大爷，真的没床位了，总不能让您住院子里吧。再说，您也看见了，我们这正谈工作呢。

孙：我是开个玩笑，我是蹬三轮的出身，北京叫板爷，就好开个玩笑，儿子阔了，把我倒饬成这样，可我还是爱开个玩笑，我懂，你们忙，我到外边等。

老孙收拾东西出去了。

尤：严团长，请您指示。

严：初步看了一下，我们着重从饮食、保健、医疗、住行、娱乐等几个方面看，发现了一些问题……

尤金听着听着忽然走神了，严君茹回过头，看见老孙正在院子里嘭地支起一个简易小帐篷。

尤：对不起，我去一分钟。

29. 日外　院子里

尤：大爷，你别这么毁我行吗？检查关系到定等级，定等级关系到拨款，拨款关系到我们敬老院的前途……

孙：我在屋里不行，我出来了，还不行，你还让我活不让？

小菜凑上来附在尤金的耳朵上说了几句。

尤：（想了想）这件事就由你摆平了。

菜：放心吧，小菜。（对老孙）您跟我走吧。

尤：只要您不后悔。

孙：（也有点含糊）你什么意思？让我上哪？

尤金仰着头回屋去了。

30. 日内　办公室

尤金又坐下。

尤：对不起，严团长，您接着说。

严：叫我老严吧。

尤：还是叫您严老师吧，要不叫您严大夫。

严：可以。

尤：要不干脆，叫您严大姐吧，老革命都这么称呼。

严：那我可担当不起，还是叫我老严吧，我说到哪了……

31. 日外　敬老院

小菜在敲葛老头的门。

里面响声不断，不见开门。

小菜又敲。

老葛开了一道门缝。

菜：让我们进屋说吧。

葛：等会。

又把门关上了。

屋里传出纸箱在地上推拉的声音。

32. 日内　敬老院

葛老头屋内，东西很多，全是破烂。

窗户上挂着旧窗帘，墙上也乱七八糟地挂了些东西。

孙：怎么跟旧社会似的?

老孙动这动那，老葛不让动。

老孙四处探察，老葛很不高兴。

葛：想住，可以，我有几个条件。

33. 日内　敬老院

办公室。谈话还在继续。

严：房间里的暖瓶对于老人来说太大了一些，他们拿着会很吃力，还有坡道，我没有看到，我不知道那位坐在轮椅上的著名音乐家怎么自己活动。我还发现，你们在所有的房门上都贴了禁烟标志，那抽烟的老人怎么办？是一律不让抽还是必须到院子里抽？

检查组另一成员补充：电路也有些老化。老人的床头都没有电灯开关。

尤金的头上又开始冒汗了。

尤：你们的意见提得都很对，我们虚心接受，一定改正。

严：这些都还是些表面看到的，我们还要对你们的内部管理系统做进一步的考察，有一些具体的考察标准，希望你们能很好地配合。今天就先到这里，你们忙，我去看看闵先生。

尤：（眼睛一亮）您和他认识？

严：我是骨科医生。

尤：（失望地）好吧，让小吴陪您去。周老师您陪其他同志去餐厅吧。

都走了，精疲力尽的尤金低下了头。

尤：完了，一切都完了。

34. 日内　敬老院

葛老头屋里。

老孙和小菜从屋里出来。

菜：要不然您还是回家等吧，这房间差，他的条件又那么苛刻……

孙：我全答应他。

葛：（老葛头追出来）我还忘了一条，肥皂洗衣粉也用你的。

孙：没问题。

菜：孙大爷，您没必要全答应。

孙：我干吗不答应，反正我儿子出钱。再说，全养老院也就这间屋子能刺激刺激他们，你们要是能让电视台来给我拍个片就好了。

小菜无可奈何。

35. 日内　敬老院

在老闵和老肖的房间里，严君茹在按老闵的腿，老闵大叫了一声。

这时，老肖从外面冲进来。

肖：怎么了你？你叫唤什么？

严君茹回过头来，淡淡地看了肖一眼。

肖：你好。

严：你好。

老肖：听说你来了。我是陪老闵来这住的，这比医院方便一些。

老肖伸出手，想和严君茹握一下。

严君茹示意了一下，自己在工作。

她又搓了搓手，继续检查闵的腿。

老肖有些窘，又有些不快，就走过去打开电视，把声音开得挺大。

严君茹回头看他一眼，没说什么。

闵：你们两个真是，多年不见，就算是老朋友、老熟人也该高兴，何况还有小路。

严：我没有不高兴，我在工作。

肖：我也没有不高兴，我在看电视。

老闵觉得没趣，就关了助听器。

肖：她去年到美国去，连告诉都不告诉我一声，我想带点东西都没带成。（发现闵没表情）又关了。

严：你今年不是本来也要去吗，你不是也没有告诉我吗？

两人还在争什么，但老闵听不见了。

在一边的小吴听出一点门道。她倒有点高兴。

36. 日内　敬老院

尤金的儿子小群跑了过来，一路和老人们打着招呼，爷爷奶奶的叫着。

王：小群来了，又礼拜五了。

葛：小群，过来，给爷爷挠挠。

小群给老葛挠后背，老葛舒服的表情，一会让往上，一会让往下。

小群给老葛挠，别人也痒。

群：看见我爸了吗？

齐：今天可别惹你爸生气，走麦城了。

群：什么意思？

孙：考砸锅了。

群：（幸灾乐祸）真的？

齐：今天吃晚饭怎么没看见老刘头？

一老人：没准跟老赵一块写大字去了。

齐：他？也就会写个“大”字。

37. 日内　敬老院

办公室里，尤金正在训人，周素琴、小菜、小吴、芳芳、王大夫等都低着头在听。

尤金：如果不是检查团来，我还发现不了这么多问题，就我一个人着急？你们全看热闹，小菜，水管子就是你弄的吧，弄坏了不说，还不修，不修也罢，非等检查团来了又修。还有，资料室里的报纸，让人撕了都不知道，还摆在桌子上。（小菜想分辩，又咽了回去）我看你是不想干了。周老师，让你贴禁烟标志，也没让你每屋都贴吧？还有芳芳，你是从哪把那个老孙头给我请进来的，幸亏你不在国务院工作，要不还不把他请中南海去？（芳芳笑）你别笑，灯绳都是你拉到床头的吧？我让你先都拆开你为什么不拆？东拉西扯，乱七八糟的。你看小吴，交代给她的事我就比较放心。

小吴突然想起了什么似的张大了嘴。

吴：我，我，我。

尤：你怎么了？表扬一句就受不了了？

吴：我一会回来。

周：正开会呢。

吴：我把老刘头锁在屋里了。

尤：什么时候？

吴：（要哭了）上午。

尤：那还不快去？

大家一拥而出。

38. 日外　敬老院

大家朝老刘头的房间跑去。

跑到门外，小吴拿出钥匙哆哆嗦嗦开了门。

尤金冲了进去。

尤：老刘头。老刘头。

老刘头直直地躺在床上，一只手里拿着一个只有一点水的杯子，另一只手里拿着一个开着盖的药瓶。

小吴吓得捂住了脸。

尤金使劲地摇着老刘头。一边叫着。

老刘头慢慢睁开眼睛。看看周围的人们。

刘：乡亲们都安全转移了吗？（大家没有反应）阵地还在我们手里吗？（大家还没有反应）敌人退下去了吗？（大家还是没有反应）检查团走了吗？（大家一起点头）

老刘头坐了起来。

刘：我没有给咱们院丢脸吧？

大家一起摇头。

刘：快给我点吃的，我饿得实在受不了了，就吃了 10 片安眠药，睡着了，就不饿了，说着，又倒下去睡了。

尤金回头看小吴，小吴直往周的身后躲。

39. 日内　办公室

窗户上出现了小群和尤妻的脸。

尤金和大家退出了房间。

尤：小吴，你负责让老刘头醒过来，恢复正常。出了问题我就找你。（对大家）严团长走的时候留下话了，综合评判之前，希望咱们能搞出改进方案来，我希望大家都着点急，出点主意。就这样吧。

大家走了。

群：爸，你怎么这样了？

尤金拍了拍小群的头。

尤妻：儿子跟你说话呢。

群：妈说你这星期肯定不回家，我们来看看你。

尤：看吧，看笑话吧。

尤妻：我觉得挺好的，比以前干净多了，不就是门口堆那些破烂没来得及收拾吗？

尤：（发火）什么破烂？那是人家刚捐赠给我们的，你成心气我？

尤妻：好了好了，不说了，小群，说点高兴的。

群：爸，我选上校队了。

尤：校队？舞蹈？

群：什么呀，足球！

尤：好，挺好，你有出息就行。

尤妻：有出息就好了，上星期老师请家长了，数落我半天，我告诉你尤金，以后请家长你去，平时都是我管，去学校以后归你。

尤：你平时要是管好了就不用去学校了，咱们今天不谈学校的事行吗？

尤妻：（生气）尤金，你别得了便宜卖乖，告诉你，当妈的管不好儿子，有出息的男孩都是爸管出来的，你整天不着家，把儿子都耽误了，我还没找你算账呢。

尤：（也生气了）你以为我愿意干这个破院长？当初还不是你，好像我拣了多好的差使，好好干，我支持你，你说的吧？我着多大急，受多大气，你支持得了吗？

尤妻：我们今天不该来，成你的出气筒了，我这件衣服好看吗？

尤：不好看。

尤妻：（不高兴）怎么不好看。

尤：你就不适合穿这种样式的衣服，秋菊似的。

群：我觉得我妈穿这件挺好看的。

尤：拍马屁。

尤妻：行了，你也别拿我们两个撒气了，小群，走。

尤妻拉起小群就走。

群：你不是说还要让爸请咱们吃涮羊肉呢吗？

尤妻：他把我都当羊肉涮了。

尤金有些后悔，想追还没追。

尤：你们这就走了？

小吴还在一边站着。

尤：行了，走吧，你也是为了工作。不过咱们得安全第一。都是老人，不是别的。

吴：我。

尤：走吧走吧，今天王大夫值班，我跟他说一声。

吴：我想汇报一个情况。

尤：说吧。

吴：严团长好像认识闵老和肖老……

尤：名人谁都认识，我老婆还认识呢。

吴：严团长和肖老吵架了，好像不是一般关系。

尤：你就直说吧，烦不烦？

吴：我觉得他们两个原来是夫妻。

尤金愣在那里。

尤：真的？

40. 夜内　餐厅

火锅里的水在翻腾。

雅座里。老闵、老肖和尤金三个人在吃火锅，小服务员出来进去。

尤：肖老，我敬您一杯，我现在有一种绝境逢生的感觉。

肖：你大概觉得占了个大便宜，本来是为老闵把我搭配进来的，没想到现在派上用场了。

尤：我对您怎么样？我不说，我干了。

又倒满。

老闵现在变配角了，自己吃自己的。

肖：我是真不愿意和她打交道，她年轻的时候就有个外号，“原则将军”，六亲不认。

尤：让您为难了，我干。

又倒满。

肖：她一直是很看不起我的，说我从来没有在30人以下的合唱队里出现过，所以我就是去说，她也不会听。

尤：谢谢您答应去说了，我干了。

又倒满。

闵：尤金，你可真是用人朝前，不用人朝后，你是不是也得适当和我碰一下。

尤：对不起，闵老，我敬您，祝您早日康复。

闵：你还可以请我做一做老肖的工作。

尤：谢谢您，我干，（又倒）我再干。

两位老人看着尤金不胜酒力的样子，有些不忍。互相对视。

41. 夜内　餐厅

尤金醉了，伏在桌子上。

只有他一个人在。

42. 夜内　敬老院

老孙推开门，在黑暗中摸索着进门。在墙上摸了半天，摸到了灯绳，打开灯。坐在黑暗中离他很近的老葛把他吓了一跳。老葛正戴着耳机听戏。

孙：有大点度数的灯泡没有？这黑了吧唧的。

葛：有，等我给你找。

老葛神神秘秘地翻东西，老孙凑过去看，老葛有意避开他。

老葛找出灯泡。

葛：电费你交？

孙：我说话算话。

老葛换灯泡。

屋里一下子亮了很多，一个度数很大的灯泡。

老孙不悦，但也没说什么。

葛：怎么不看电视了？

孙：不看了，我看他们头疼。

葛：谁？

孙：两个台都是经理，我在家看我儿子就够够的了，油头粉面，假模假式的。把老齐霸道的，不让换，都那么大岁数了，还说“类地佛思特”。

葛：见老刘头了吗？

孙：没有。

葛：这回他能消停几天了。

孙：怎么了？

葛：上午检查团来，小吴把他锁屋里忘了，差点饿死。

孙：（气愤地）太不像话了，我一来就发现这里很多问题，弄虚作假，欺骗领导，还把人关起来。太过分了。

43. 日外　敬老院

又一天的早上。

门外，一辆面包车停下来，严团长从车上下来。

严走进院子。

老肖迎了上来，好像是偶遇，其实是在等她。

肖：你好，这么早？

严：你好。

肖：我……

严：有事吗？我还要去工作。

肖：我们是不是找个时间好好聊聊？

两人一起往院子里走。

严：聊什么呢？

肖：你的腰还疼吗？

严：时好时坏。

肖：你要注意身体，不要把自己搞得太累，检查这种事，大家都明白，总要双方都过得去。

严：我和谁过不去了？

肖：我不是那个意思，我是看尤金梗着个脖子，挺不容易的。

严：那你让我怎么办？

肖：差不多就行了，咱们现在还是初级阶段，情况就是这么个情况，他们也尽了最大的努力，出现一些小问题也是难免的，你的尺度稍微宽一点，他们能得到上面多一点关照，情况就会改善。你说呢？

严君茹停下脚步，看着老肖。

老肖一脸真诚。

严：你一点也没有变。

肖：（谦虚地）白头发还是多了一些。

严：你还和过去一样没有主见。

严君茹说完，甩下老肖朝前走了，老肖一个人懊恼地站在原地。

44. 日外　敬老院

院子里

老人们凑在一起聊天。

孙：听说，尤金昨天请老肖和老闵吃火锅了，搞特殊化。

齐：（手里拿着苍蝇拍）有这事。

老人们议论。

齐：不过事出有因，我听小吴说，严团长曾经是老肖的相好，尤金想利用这层关系让严团长高抬贵手，放咱们过关。

老人们感慨。

王：让他们吃吧。

齐：人家就是比咱们有用。

赵：哪浇油哪滑溜。

突然，齐老太让老刘头“别动”，一苍蝇拍朝老刘头的秃脑门上拍下去。

别人问：打着了吗？

齐在苍蝇拍上找。

刘：（捂着脑袋）别找了，（松开手）我这是个痦子。

齐：我怎么不记得你那有个痦子？

刘：就你那眼神，我这要钉个扣子你可能看得清。

老人们大笑。

在不远处，老闵一个人在晒太阳，他听见老人们的笑声，也看看他们，但他又放不下架子去和他们聊天。就关掉了助听器，独自孤独着。

这时候，周素琴走过来，她把老闵的轮椅往太阳下面挪了挪，老闵回头，见是她，打开了助听器。

周：闵先生，您不过去和他们说说话？

闵：（掩饰地）我耳朵不好，不喜欢聊天，一个人也习惯了。

周：搞音乐的老人耳朵不好的很多。

闵：可能是神经太紧张了。

周：我 77 年听过您的一场独奏音乐会，在北展。

闵：（眼睛闪出火花）那是我一生中最成功的音乐会。48 岁，正当壮年，手指上有使不完的力气，对音乐的理解也成熟了。

周：后来我还到书店里买了您编的钢琴教程。

闵：你也弹琴？

周：（不好意思）我弹琴只能自己听。

闵：你一个人？

周：和我妈一起生活。（不想谈）闵先生，我还有事，先走了。

老人们的笑声传来，闵又关掉助听器，周围安静下来，远处飘来一支熟悉的钢琴曲。和经久不息的掌声。

45. 日内　敬老院

办公室里，尤金和严君茹在单独交谈。

严：好的地方、成绩我都看到了，你们做了不少的努力，有的工作做得很细，比如争取社会上的关心和帮助，还有，阅览室的报纸裁成两半，老年人翻看起来就不那么费力了。饭菜的营养搭配也不错。

尤金很激动地听着。

严：但是，这不等于对存在的问题可以忽略不计。需要改进的一定要改进，我再给你一段时间，希望我再来验收的时候我们双方都满意。

尤：谢谢您给我这个机会，我一定不辜负您的期望。

46. 日内　敬老院

老肖和老闵的屋内。

老肖正在发脾气，他把一个绣着美女头的枕头立在床上，对着她发火。

肖：你少在我面前盛气凌人，自以为是，我没有主见，告诉你，要不是看尤金可怜，打死我也不会去求你，我知道你看不起我，你总是找出最尖刻的字眼来挖苦我，笑话我，我自认倒霉，可这么多年了，我现在和你已经不是夫妻了，你就不能这么对待我了，你不能这么对待一个革命同志。一个老同志。

“嗵”的一声，枕头被摔到门口。在外面听的老闵，阻止了想进去劝老肖的老人们。

47. 夜外　敬老院

尤金在院子里徘徊。

小菜走来。

尤：小菜，你过来。

菜：院长。

尤：我错怪你了，你把报纸裁开是为了方便老人，我没有你做得好，还批评了你。

菜：没事，我都忘了。

尤：你通知一下小吴，准备还老冯的钱先不要拨。我要去做一个计划，我就不信。

菜：就是，小菜。

48. 日外 敬老院

敬老院开始了轰轰烈烈的改革，在欢快的音乐声中，大家一起动手。

老刘头带着他的徒子徒孙来了，开始修坡道，改建门廊。

49. 日内 敬老院

工人在换电线，每个老人的床头都安了开关，灯绳不见了。

50. 日内 敬老院

老孙在和老葛做坚决的斗争，老孙把东西扔出来，老葛搬进去。两人都搞得灰头土脸。

欢快的音乐伴随始终。

51. 日外 敬老院

尤金在视察工作的成果，他的脸上带着得意的神色。

老刘头走过，手里拎着小箱子。

尤金：您后背上粘的什么?

刘：没事，一点油漆。

老孙气哼哼地过来。

孙：尤金，你到底管不管姓葛的?

尤：您消消气儿，您后背上粘的什么?

孙：油漆。你到底管还是不管?你是真卫生还是假卫生?你准备拿我们那个卫生死角怎么办?

尤：这个小菜，我当时就说了不行，让您回去等通知，可他非让您去住，我批评他，要不然，您先回家歇两天?也省得跟他生气。

孙：我给你提意见，你就要轰我走?告诉你，我不会让你绕进去。

尤：您先告诉我，在哪蹭的油漆?怎么人人身上都有?

孙：我要知道哪有我就蹭不上了。你不管，有人管，到时候别怪我没跟你打招呼。

老孙生着气走了。

尤：能管老葛的人还没生出来呢，到底是哪的油漆没干？（喊）小菜！

52. 日内 敬老院

餐厅里在会餐，吃得很好，大家都很高兴。

老赵面对眼前的一盘素菜很不满意，扒拉来扒拉去，他看别人的肉菜很眼馋。

孙：（不满）这叫宫爆？食堂整天就知道大扫除，不好好炒菜。

赵：知足吧，你比我吃得好多了。

孙：这叫好？哪天我出去请你吃鸿宾楼，要不咱就烤肉季？

齐：你就别馋他了。（把自己不吃的肥肉给了老赵一块）

老赵赶快就吃了，但还是被路过的周素琴看见了。

周：老齐，我告诉你，你给他吃肥肉，就等于给他吃毒药。

齐：医生说我抽烟就等于自杀，这么多年我不是也没死吗？

老闵注意周素琴的神色。

周：只要你们在这里住一天，我们就要对你们的健康负责，你们就要遵守我们这的规定。

更不允许故意破坏。

赵：（赶快吃素菜）是我不好，你们都很好。

齐：这改革那改革，我看咱们这首先是你对大家的态度应该改革。

周：我态度怎么了？

齐：除了你妈，你跟谁有个笑脸？

周：我为什么要笑？有什么可笑的？

闵：我说两句，老齐，今天的事你不对，老周比咱们年轻不了几岁。她比咱们累，比咱们操心，再说她也是为咱们好。

周素琴感激地看着老闵。钢琴熟悉的曲调。

老齐低头吃饭，不说话了。

这时，尤金拿着一瓶啤酒进来。

尤金：我说两句，为了咱们院的改革，我们尽了最大的努力，做出了很大的成绩，这些天给大家带来诸多不便，还要请各位多多原谅。我在此要特别感谢一个人，就是肖老，是他为我们赢得了宝贵的时间，获得了改革的机会，让我们以热烈的掌声向他表示感谢。

大家热烈鼓掌。

尤金给肖倒酒，老肖一口喝干了一杯啤酒。

尤：肖老今天高兴，我陪您再干一杯。这杯酒代表我自己。

老肖没等他说完，就又干了一杯。

尤：谢谢。你们慢慢吃，我还有点事，先走一步。

老肖又去拿酒瓶，被闵拦住。

闵：你心脏不好。

肖：谁说我心脏不好？告诉你们，我身体好得很，底气足得很，现在让我上台唱《黄河大合唱》，照样从头到尾纹丝不动。

大家听着。

齐：没错，我们都说您是咱们这儿的男一号。

肖：男一号？（笑）我什么都不是，我在合唱队里的位置，比前排观众离指挥还远。

孙：指挥有什么了不起，指挥也有退休的时候，进了敬老院和咱们一样。

肖：敬老院不是我自己要来的，是尤金请我来的，我不进敬老院照样生活得很好，我可以钓鱼，可以到美国去看女儿。你们以为我非留在这里不可？

大家不知该说什么。

肖：（对闵）该喝的我也喝了，该咽的我也咽了。我告退了。

老肖起身走了。

大家你看我，我看你。

53. 日内　敬老院

老肖躺在床上，望着天花板发愣。

老闵：你心血康吃了没有？

肖：忘了。

闵：你怎么跟老葛似的？

肖：你才跟老葛似的。

闵：你别误会，我是说你的记性。

肖：我记性怎么了？好得很，我什么都记得。

闵：你记得那时候你老穿件白衬衣，胖胖的，我们管你叫“和平鸽”，你不许我们当着严君茹叫。她当时梳两条大辫子，我们叫她“二路无轨”。

[闪回]

54. 日内

四只手，两只手撑着毛线，两只手在飞快地缠线团。

毛线好看的弧度，在阳光下闪着温暖的光泽。

留声机在放一首老歌。

[闪回完]

55. 日内　敬老院

老肖有些失落的表情。

闵：也许我们都还没有老得不需要爱。

熟悉的钢琴声。

56. 日外　敬老院

一处新刷了油漆的地方挂了个“油漆未干”的牌子。

57. 日内　敬老院

办公室里尤金和小吴在算账。

小吴在熟练地打着算盘，突然她慢了下来，越发迟疑，不时看一眼尤金。

吴：院长，我看别再算了。

尤：不对，不会这么多，一定是算错了。

吴：（叹气）这账咱们还不起了。

尤：虱子多了不咬，账多了不愁。

58. 夜内　敬老院

老葛屋内。

老孙鼾声如雷。

老葛在墙上原来装灯绳的地方摸来摸去。怎么也摸不到原来的灯绳。

葛：（自语）灯绳呢?

他找出火柴划着，在墙上照，没有，又点着火柴，举着上了厕所。

59. 夜内　敬老院

老刘头的房间里。老刘头在灯下专注地修理他的小机器。

老赵躺在床上用手比画着书法。

赵：听说检查团要来验收了。

刘：我徒弟说，要给咱们满院子铺上瓷砖，尤金没让，要不然哪家敬老院也比不上咱们这。

赵：对，再一人发一双旱冰鞋。

刘：还别说。

赵：我说你还修得好修不好？开着灯我睡不着。

刘：我给你想辙。你们知识分子就是这样，遇到事想不出辙来。

刘在他装了许多东西的工具箱里找了半天，找出一副墨镜，递给老赵。

赵戴上。

赵：我戴着眼镜也睡不着觉。

刘：事真多。（抬头）对面房间有烟冒出来。

刘：（低头）齐老太又偷着抽烟呢。（又抬头）不对，是老葛的房间。不好，着了吧？

60. 夜外　敬老院

吴：我去打 119？

尤：先别打，我看一下。

尤金、周素琴、小菜、王大夫、老刘头等人冲进屋去，把老葛的冒烟的破烂都扔出来了。

大家往床上泼水。

老孙还在睡，被叫起来。拉到屋外。

孙：我跟尤金说了多少次了，他就是不管，这回好了，强制执行了。

老葛心疼地捡地上的东西。样子挺可怜的，老孙忽然不喊了，他也觉得老葛有点可怜。

他也帮老葛捡。

火不大，有惊无险。

老人们都出来看。

尤：大家都回去睡吧，我们帮老葛大扫除呢。

周素琴等也都出来了，人人都很脏。

尤：都去休息吧，有什么事明天再说。

尤金一屁股坐在台阶上。精疲力尽的样子。

老闵走过来。

尤：您也早点睡吧。

闵：救火车怎么还没来？

尤：没报警，一报警明天准得上《北京晚报》。

闵：尤金，你胆子也太大了，要是你们救不灭，着大了怎么办？

尤：幸亏没着起来。

闵：万一着起来，你想过后果吗？

尤金看着老闵，张着嘴，有点后怕。

闵：你满脑子只有三个字：检查团。

尤：我？

闵：其实，敬老院里有几个苍蝇对老人来说并不是最重要的，最重要的是他们的心情。

老肖和严君茹谈话后一直就不开心，王老太太一到别人家属来就躲到图书室掉眼泪，我来了这么久一次大门也没有出过，不知道他们多长时间没有出去过了，还有周素琴，她又要照顾母亲，又要工作，心情老是不好……

又只剩下他一个人了，尤金若有所悟。

61．日外　敬老院

检查团又来了，大家夹道欢迎。

严团长在人群中找人，没有找到老肖。

新的坡道、新的开关、新的暖瓶。

严组长的脸上露出了满意的笑容。

大家鼓掌。

站在她身边的尤金和周素琴等人头发胡子一大把，十分疲惫。

尤金的脸上带着胜利的微笑。

严团长又在四下找人。她还是没有看到老肖。

严：老闵。你的腿好些了吗?

老闵已经离开了轮椅，拄着单拐。石膏已经拆掉了。

闵：好多了，王大夫天天按你交代的方法治疗，效果很不错。

严：你看见……（不好意思开口）

闵：（故意）你找尤金吧，他刚才还在，我还有事，先走一步。

严：（问王大夫）最近院里病号的情况怎么样?

王：比较稳定，除了老闵和一位心脏病患者外，其他老病号情况都不错。

严：心脏病? 严重吗?

王：我们正在密切关注，（看表）该去给他量血压了。

王大夫匆匆走了，老严开始心神不定。

齐：严大夫，我们练了个新歌，您要有空，给提提意见。

严君茹有些心不在焉。

62. 日内　敬老院

办公室里，尤金正在接电话。

尤金：告我? 你现在就是枪毙了我，我也没钱。而且我还又借了一屁股账，没办法，不改，就过不了关，过不了关，结果比欠你钱还惨，所以我就两下一比较，选了一个稍微好承受一点的。你要犯心脏病了？好啊。那你就可以住两个月的医院，再到青岛去疗养半年，你一回来，我就还账……

严君茹一下按断了尤金的电话。

严：犯心脏病的，是不是老肖？你为什么不告诉我?

尤：是老肖不许我们告诉你。

严：为什么?

尤：我正想问您，您比我了解他。

严：我们现在去看他。

63. 日外　敬老院

严在前，尤金在后，穿过院子。大家关注地看着他们。

64. 日内　敬老院

老肖躺在床上，身边放着血压计、氧气包、听诊器等，王大夫守在他的身边。

严君茹进来，老肖不睁眼。

尤：肖老，严大夫看你来了。

老肖不睁眼。

严君茹拿起他的手数脉搏。

严：心动过速。（问王大夫）血压怎么样？

王：偏高。

严：我再量一次。

严君茹给老肖量血压，大家都在尤金的带领下悄悄地离去。

房间里只剩下他们两个。

严：你还是老毛病，心脏不好血压就不正常。

老肖不说话，看着天花板。

严：你还在生气？怎么变得这么狭隘了？以前我说话不比现在要尖刻多了？

肖：我老了，脆弱了。

严：好好好，算我不对。

肖：如果我没有记错的话，这是你第一次承认你错了。

严：你把这理解为医生对病人的安慰吧。吃什么药了？

肖：我是老病号了，自己能照顾自己。

严：要好好休息，需要的话，到我们医院戴个 HAOTER。

肖：谢谢你，你的腰现在怎么样？

严：这岁数了还指望能怎么样？忙完这一段，我也要退了。

肖：你有什么打算？去小路那儿？

严：以前没能给孩子美满的家庭生活，现在更不想成为孩子的负担。

肖：我也是这么想的，这个敬老院还不错，也许我会在这长住。

严：现在到哪去找尤金这么一个热爱工作，理解老人，充满仁爱之心的院长啊。

肖：谢谢你。

严君茹有些激动，她掩饰了一下，站起身。

严：我还有事，先走了。

肖：谢谢你。

严：怎么搞得这么客气？

严君茹离去，老肖坐起来，下床，他给自己数脉搏。

肖：奇怪，真的跳得很快。

65. 日外　敬老院

严大夫表情沉重地走来。

正在练歌的老人们交换眼色。

齐老太带领大家唱歌，进步多了，唱《黄河大合唱》。

严大夫听着听着发现了什么。

她走过去听。

严：大家唱得不错，进步很大。

齐：（得意地）老肖天天给我们上课，他比芳芳强多了（说走嘴了）。

看着严大夫怒气冲冲的背影，老人们莫名其妙。

66. 日内　敬老院

老肖的房间

老肖正在吹着口哨打领带，心情很好。

严君茹一下推开门，看着老肖。

没等老肖想出词儿来。

严：你是不是认为你很聪明?

肖：我，我只是想……

严：你想错了。（转身离去）

67. 日内　敬老院

办公室里。

一张传票拍在尤金的桌子上。

尤妻的脸色很不好看。

尤金拿起传票看了看。

尤：这小子真的把我告了?

尤妻：尤金，我这辈子跟着你就没打算享什么福，可你也不能这么让我丢人现眼吧。

尤：你先别紧张，这是民事纠纷，没事。

尤妻：没事？你知道法院送传票是什么车？警车。就停在咱们家楼下，知道的你是为敬老院借了钱，不知道的以为你偷了人家的钱呢，你叫我们两个以后怎么见人？（尤妻哭了起来）

尤：我们应该相信群众，我们应该相信党，大家对我还是了解的。

尤妻：你脸皮厚，你不在乎，我可丢不起这个人。

尤：你别着急，我再想想办法。咱们家还有多少钱？

尤妻：加上国库券一共两万七千。能保你不进去吗？

尤金摇了摇头。

尤：你有这份心我就知足了。

68. 日内　敬老院

小群又在给老刘头挠痒。

几个老人凑在一起。在议论老肖和老严的事。

孙：（对齐）就你话多。

齐：老肖装病也没告诉我，我不知道。

刘：老肖这回是真受刺激了。

群：受什么刺激了？

齐：小孩子，别瞎打听。

群：有什么呀，不就是失恋吗？我爸比他惨。

孙：现在怎么办？

刘：我看严团长对老肖还是有好感的，他们两个就是没有接上关系。

齐：那你说，他们怎么才能接上关系？

刘：我倒有个好主意。

几个老人凑在一起，低声商量起来。

小群也使劲往里凑。

69. 日内　敬老院

老闵在给严君茹打电话。

闵：我的腿还可以，可现在腰不太好，王大夫不知道该怎么办了，麻烦你来一趟。谢谢。

70. 日内　敬老院

老齐的房间

老肖在唱歌：你问我爱你有多深，我爱你有几分……

旁边一台录音机在转。

肖：（不以为然地）你这么大岁数了，学这歌干什么？

齐：我，我有用，你就别问了。你好好唱。

肖又唱一遍。

71. 日内　敬老院

老刘头的房间里，他又在鼓捣小放映机，擦擦弄弄的，大家把一块白被单钉在墙上，老葛头心疼地摇着头。

葛：好好的被里。

齐：你哪来的电影片？

刘：我在山里放过 9 年电影，一头毛驴，这边是这个机器，那边是柴油机，一走就是一天。我放过的电影，肯定比你唱过的戏多。

那你就把片子自己贪污了？

刘：你不懂，这片子放的次数一多，就卷不了那么紧了，盒子就装不进去了，就得剪下来一截，我舍不得扔，就留着，天长日久不老少了。

葛：我说看电影一换片就接不上，敢情都让你给撕了。

齐：那也不是一个整电影啊？

刘：那是啊，我现在上哪去找整电影？咱们不就是为了接关系吗？

老闵把老严拉了进来。

刘：严大夫，欢迎您来检查工作，您看我们的业余文化生活还行吧？

葛：准备开始。

窗户糊上了，门关上了。

16 毫米放映机开始发出沙沙的声音，银幕上出现了一些电影的片段，断断续续，但是都是参演《九九艳阳天》的老演员年轻的时候的感情戏，都很动人，老肖被领进来，他什么也看不见，大家让他坐在严君茹的身边，大家都看得很投入，很感动。

这时老肖的歌声响起："你问我爱你有多深，我爱你有几分……"

严君茹和老肖都愣住了。

灯亮了，大家都没有说话，没有动。

都等着他们两个说话，他们不说。

肖：那时候……（他看了严君茹一眼，又停住了）

大家都等着。

闵：那时候大伙都说严大夫长得像谢芳。

严君茹也露出了一丝笑容。

正在这时，周素琴不合时宜地闯了进来。

周：严大夫，你可来了，出大事了。

严：怎么了？

周：尤金因为还不上钱接到了传票，要是我们官司打输了，敬老院就办不成了，严大夫，你帮我们想想办法。

老人们愣住了。

72. 日外　敬老院

王老太坐在院子里，书放在腿上也看不进去了，数树叶。

王：来，不来，来，不来。

73. 日内　敬老院

老孙、老葛的房间，老孙从外面进来，老葛又藏东西。

葛：打了？

孙：打了，他问带多少钱，我说你看你爸爸值多少你就带多少，最少 5 万。

葛：你看，我和你商量一下，我能不能让尤金给我签个借据？

孙：（急了）尤金为咱们身家性命都不顾了，小群都快看不见他爸了，你还在这放高利贷？

葛：你怎么知道我放高利贷？我可以低于银行贷款利率，可我不能就这么白给他吧。他也不能收吧？还有个财务制度问题。

孙：你呀，算了，你那堆破烂，也值不了几个钱，大家也都了解你，你不出谁也不会觉得意外，你也别在这肉疼得再害点什么病。

葛：好心和你商量。

74. 日内　办公室

老闵在打电话。

闵：我找你帮个忙，跟你借 5 万块钱。

对方：借钱？您是闵先生吗？

闵：没错，闵嘉桡。我用我作品的 CD 版权做抵押。

对方：您什么时候要？

闵：明天。

对方：没问题。

闵放下电话，一回头，是老肖。

肖：我唱了一辈子合唱，没有自己的版权。

闵：我分给你一万。

肖：你有 4 万，我只有 1 万。

闵：我当然要多一些，我是名人，捐少了不合适。

75. 夜内　敬老院

周素琴在为母亲洗脸，她很细心，很轻柔。

但她的眼泪有一滴滴在了母亲的手上。

母亲拉住周素琴的手，看着她。

周：我们旧账没还，改造设施又欠了新账，敬老院资不抵债，搞不好要关门了。

母亲用手轻轻拍了拍周素琴的手。她指着自己的一个老式箱子。

箱子打开，里面有个包了很多层的包，是一件金饰。

母亲：这是你的。

周素琴搂着母亲哭了。

76. 日外　早晨

一辆豪华的汽车开了进来，下来的是老孙的儿子小孙。

孙：钱带来了吗？

儿子拿出 500 元。

孙：我怎么跟你说的？

小孙：不是 5……万吗？

孙：你给我带多少钱？

小孙：该交的钱咱一分也没少交，现在不让乱收费。

孙：我当初光忙着给你们挣饭吃了，没把你教育好，现在让你这么气我，你给我滚，以后再也别来了。

老孙气哼哼地转身就走。

小孙：要不我再给你加 50？

77. 日外　敬老院

老孙头垂头丧气地走过王老太坐的地方。

王老太还在那自语：来，不来……

孙：不来也罢，他心里有你，你不念叨他也会来，他心里没你，来了还不如不来。

王老太轻轻摇头。

她抬起头，看着前面。

她看见三个人朝她走来：高大英俊的儿子，漂亮的儿媳妇和可爱的孙子。三个人大步朝她走来，这不是幻想，是现实，儿子真的来了。王老太的脸上露出了笑容，但她还是很平静。

老孙看着王老太很有出息的儿子，很羡慕。

78. 日内　敬老院

办公室里。2 张面额 100 元的美金放在桌上。

尤金正伏在桌上写什么，头也没抬，他没有看见站在芳芳身后的王老太的儿子。

芳芳：院长，这是王先生，王老太太的儿子捐给咱们的。

尤：回来了？

芳芳：刚从国外回来。

尤：为了挣这两张美金，把他妈一个人扔在咱们这儿这么长时间，（看了一眼两张美金）看来也没发大财。

芳芳：院长……

王老太的儿子：院长说得对，我是没发大财，也发不了大财。

尤金马上抬起头，尴尬地对儿子笑笑，又瞪了芳芳一眼。

尤：你怎么回事？来客人也不告诉我？

芳芳：我不是……

王老太的儿子：没关系，院长可能误会了，我们夫妻都在外交部工作，出国是为国家做事，在外面工作太忙，我三年没有回国了。

尤：（很内疚地）我，我，（自下台阶）你妈也是，什么都不说，我怎么一点都不知道。

王老太的儿子：我妈以前也搞外交，嘴严。她说在这里生活得很愉快，我非常感谢你，听说敬老院有困难，我今天身上没有现金，明天一定送来。

尤：别，别，（递上钱）我不要你的钱，你们为国家大事抛家舍业，我们也替不了你们，不能要你的钱。

王老太的儿子：我把这就当是我妈的家，你的事，就是我的事。

尤：你要是把这当你妈的家，我就是你大哥，你得听我的，你在前方，我就是你的后方，坚决不能收。

两人正相持不下，老葛进来了。

葛：不收外汇？我是人民币，我先来吧。

大家一笑，对他的话没有重视。

外面跟过来几个老人，大家互相议论着，老葛要捐钱了，大家来看热闹。

老葛在怀里掏了半天，掏出一个信封。

大家不以为然的表情。

老葛从信封里又掏，掏出一份借据。

葛：尤金，俗话说，亲兄弟，明算账，我把钱拿给你用，你得给我签个字，以后省得你忘了。

外面老人议论："不这么着也不是他了。""签，他能拿出来的钱谁都还得起。"

尤：（边看合同边说）老葛，您的心意我心领了，这钱您就……（尤金的眼睛突然挣大了。）十，个十百千万，十万？

老葛表情平静。

外面的老人全愣了，一起说：十万？

葛：攒东西，攒钱，对我就是一乐，我攒过好东西，现在老了，没的攒了才攒破烂。以前亲戚都对我好，他们知道我有钱，等着继承我的遗产。结果我老也不死，他们倒都死在我的前头了。所以，我的钱也没处去了，送给敬老院。我舍不得，除非我死了。所以借据还是得签一个，不过有一条，我肯定不会送尤金上法院。

大家鼓掌。

尤：葛大爷，我签，我一定在您活着的时候把钱还给您，要是我也死您前头……

外面的老太太："呸！呸！"

尤：下任院长也会还您。我代表大家谢谢您了。

尤金签字。

老葛小心地收好。

孙：钱呢？

大家：就是，钱呢？

葛：别看你在我的屋里住，让你翻三天你也找不着。

孙：明明我付房租，怎么成你的屋了？

79. 日内 敬老院

老葛屋内，老葛从一些让人联想到战争年代的地方找出他藏的钱。

80. 日外 敬老院

大家都在踊跃拿钱出来，保护自己的家园。

老闵捐 4 万元，很得意。老肖有点灰心，拿了一万元，走过来。

尤：肖老，有人替你来过了。

肖：谁？

尤：给肖老看登记表，上面写着：肖建。3 万元。

肖：是她？

尤：是她，就是她。

肖：她这是什么意思？

尤：也许是希望您在我们这里住下去，也许是想把您收买出去。

老肖好像不相信这是事实，又看了一遍。他转身走了。

周素琴推着妈来了。

老太太拿出一个金饰。

老太太：我老糊涂了，给儿媳妇的，忘了。

尤：谁是你儿媳妇？她在哪？

老太太：指周素琴。

尤：这是你女儿。

老太太摇头。

大家议论，糊涂了。

周：没有，她一点也不糊涂，我就是她的儿媳妇，这是我婆婆。

大家意外，尤其是老齐更意外。

周：我丈夫在部队，72 年牺牲了。

齐：你这么多年就守着婆婆?

周：她就那么一个儿子。

齐：你对你婆婆这么好。

周：我拿她当我妈一样。

老太太拉着周素琴的手。

大家很感动。

老闵也很感动，周素琴的脸在他的眼里很圣洁，那首好听的乐曲又响起来。

81. 日内　餐馆

钢琴继续。

在一个干净的餐馆，老肖和老严对坐。

老肖想给老严夹菜，但夹了几次都没有夹起来。

肖：我真是老了。

老肖用勺子把菜盛到严君茹的碗里。

严：知道我为什么会相信你吗?

肖：因为我的心跳很快。

严：因为我没有想到你还会用这么幼稚的伎俩。

肖：我想得到你的同情。你只有对你的病人是亲切而耐心的，我偏偏身体太好。所以总是得不到你的重视。

严：我老了，不那么厉害了吧?

肖：退了休，也来敬老院吧。

严：敬老院适合你，不适合我。我这人不好相处。

肖：其实我也不是很习惯，还是在家里更自由一些，在这要照顾别人的心情……

严：我倒觉得你在这里热热闹闹的挺好的。

肖：我也不能光想自己。

严：我脾气没有改。

肖：我成熟了很多。

严：如果再闹怎么办?

肖：婚姻法没有规定多大岁以上不许离婚吧?

严：这么多老头，我还是看你最顺眼。

肖：那当然，他们叫我男一号。

严：（吃醋）谁?是不是唱戏的老齐?

82. 日外　街上

一辆大轿车在餐馆门口停下，车上是全体老人，汽车鸣笛，等待两人上车。老人们笑着，牙都没了。

83. 日外　街头

尤金租了大轿车带老人们出去看北京，老人们兴奋无比，看到天安门广场上的风筝，老人们很高兴。老人们在天安门广场上放风筝。

84. 日外　公园里

老人们从观览车上看北京。指指点点。

85. 日外　街上

高楼林立的街头。

神气的立交桥。

老人们兴奋，不认识了。争论着哪是哪。

86. 日内　敬老院

一张奖状和一面王老太儿子送的锦旗并排挂着，尤金得意地看着。

小吴闯了进来。

吴：（要哭）院长，肖老要走了。接他的车都来了。

尤：这么快?

87. 日外 院子里

严君茹和老肖在和大家告别，老闵、老孙、老葛、老齐、老王等，小菜、王大夫、小吴、芳芳等。

大家有一些伤感，觉得还是有家好。

尤金举着相机。

大家开始唱一首歌：我想要有个家，一个不需要太大的地方……

尤金眼圈红了。

88. 夜内 尤金家

灯下，三口人围坐在一起，有说有笑地玩牌，儿子很高兴，洗牌的工夫，尤金趴在桌子上睡着了。儿子还是发给他一份牌，妻子和儿子出牌，尤金在睡。儿子替他出牌。

墙上，挂着敬老院的合影，老人们高兴地笑着。

——完——

蓝色爱情

Lanse aiqing

1. 日内　理发馆

一张印有“男宾部”字样的理发店的白色单子啪地一抖。

熟练地运动着的手和剪刀。

郃林的脸，年轻瘦削，头发长长的。

剪刀在郃林的头上闪烁。

2. 日内　理发馆

郃林的头发在理发师灵巧的手中改变着。

郃林皱着眉头，眼睛盯着镜子。

[**画外音**]

郃：初一的时候我有一张画在省里得了奖，从那时我就梦想着自己历尽曲折，痴心不改，最终成为一个艺术家。这个梦想直到没有考上大学的我穿上了我父亲穿了 40 年的警服时也没有完全醒来。只是我几乎迷失了通往艺术的路，太多的，必须面对的丑恶与不幸使我日渐冷漠和麻木。

3. 日外　黄昏的街头

从镜子里面，郃林可以看到一个街口。

各式行人从镜子里走过：有打扮入时的女郎；有用耳机打电话，如同自言自语的老板；有追逐塑料袋的老太太；有满目茫然的小民工。

郃林的画外音一直延续。

邰林的眼睛一直没有离开街口。

理发师：刮脸吗？

邰林还没有来得及回答，椅子就向后倒去。

邰林躺下去，头向后仰下去。

邰林的眼睛依然盯着街口，但静物变成倒置了。

4. 日外　黄昏

建筑物的轮廓在黄昏的光线中有的恍惚，有的清晰。

天边有颜色变幻不定的云朵。

风摇动着长长的树枝。

邰林在街上走，腋下夹着几本花花绿绿的杂志。身边偶有行人往来。

邰林有点不自信地在街头的橱窗里看着自己的“形象”。

邰林的手不时伸到脖子后面抓痒。

5. 日外　黄昏　桥头

桥舒展着起伏的身体。

车流和人流在缓缓地移动。

高大的建筑在桥上铺下巨大的阴影，邰林从阴影中走出来，走上了桥头。

风卷地而来。

6. 日外　黄昏　桥上

邰林走着走着，脚步忽然慢了下来。

桥栏的边上有一个人。

是一个女孩伏在桥栏上，大半个身子探出桥栏，她穿着一条裙子，头发长长的，向下垂着。风随意舞动着她的头发和裙摆，这是邰林非常喜欢的情调。

邰林停住脚步，他用两只手比画成“取景器”，寻找着让自己满意的构图。

“取景器”在慢慢地左右移动。

因为是机动车道，不时有汽车从女孩身边轰鸣而过。

突然，透过“取景器”，邰林看到女孩松开了手中的一张报纸，报纸“哗”地被风卷走了。随后，女孩把一条腿迈上了桥栏，人几乎伏在了桥栏上。

不祥之兆从邰林心中闪过，他扔掉杂志，冲上前去。

郜林飞快地冲过来，一下抱住女孩的腰。

女孩，也就是刘云，使劲挣扎，她甩开郜林抓她的手，身体也在扭动着。

云：把手放开。

郜：你站好了。

云：你想干什么？

郜：我正要问你呢。

有汽车从他们的身后轰然驶过。司机的目光。

刘云再一次甩开郜林的手。

郜林不得已把刘云细细的胳膊拧向了她的身后。

刘云大叫一声。

散落在地上的几本杂志哗哗作响。

7. 日外　桥上

刘云不再挣扎。

刘云用手理着散乱的头发，她的样子很疲惫。

郜林返身去捡地上的杂志，不放心地频频回头。

捡回杂志的郜林又在挠痒。

郜：你住哪？

云：走开，把你神圣的表情收起来，我知道你心里在想什么。

郜林看着她，有点不知所措。

郜：天不早了，你就别演戏了。

云：（仰着头，一笑）你怎么知道我在演戏？

8. 舞台

云：（独白）聪明人总是在进行艺术创作，而凡人则总是生活在别人的艺术创作之中，这是一个连环套。

9. 夜外　桥头

天差不多黑了。

郜：站这儿太危险，你赶快走吧。

刘云沿着桥向前走，郜林跟在她的身后。

云：我的男朋友欺骗了我的感情，我刚把他（刘云转过身，用手很优雅地在自己的脖子上划了一道）这样了。

郃林一愣。

云：（站住）害怕了吧，小男孩，我是杀人犯，你没看出来?

郃林没有说话。

郃林停住脚步。

郃：要真是像你说的那样，对不起，我正好是个警察，刑警。

云：（似乎不太相信）你是警察?

郃林掏出工作证在刘云的面前晃了一下。

这回轮到刘云吃惊了，她张着嘴半天没有合上，又眯起眼睛打量着郃林，慢慢摇了摇头。

云：你不像警察。

郃：你跟我走吧。

10. 日内　公安局

一间接待室，空荡荡的，只有简单的桌椅。

郃：（一本正经地找出个本子）您的姓名。

云：（自语般地）这就是刑警队?

郃林等待着。他拿出一支烟，想了一下，放在了桌子上。

云：我刚才跟你说的话，是一个玩笑。我真的是在演戏，我想试试，会不会有人救我。

郃：先告诉我您的姓名。

刘云站起身，在房间里走了几步，四下里看了看，又走到窗前，向外面看了看，然后转过身来，看着郃林。

云：如果我不回答你的问题，我是不是就不能走?

郃林迟疑，一时没有想好怎么说。

这时，电话铃响了。

郃林抓起来听了几秒钟，放下。

郃林重新打量刘云。

郃：你真的不能走了。

云：怎么了?

郃：有人被杀了，我要出现场，我得从外面把门锁上。

云：（一下紧张起来，小声地）我跟你说了，只是个玩笑……

郃：你不要大声喧哗，否则会有人对你不客气。

云：（大声）你拘留我？

郃：收容你。

郃林边说着就往外走，还把枪掏出来看了一眼。

刘云不知所措地站在屋里。又冲到门口，隔着门缝看郃林，她的眼睛里充满恐惧。

云：上厕所怎么办？

11. 夜内　走廊上

郃林从外面撞上了门。里面一点声音也没有，郃林在门口站了一下，飞快离去。

12. 夜内　现场

照相机快门的声音，闪光灯频频闪烁。

一具女人的尸体躺在屋里，血一直流到屋外。

郃林、灰马、杨高等在现场勘查。郃林的脖子上挂着相机。

新装修的房间，墙上的保险柜被撬开了。

死者的丈夫哭喊着向屋里扑来，郃林站起来死死地抱住他。郃林上衣的纽扣绷了出去，郃林依然死死抱住对方。

13. 夜外　公安局

刘云站在亮着灯的窗口。

她的身后电话在不停地响，她没有接，但每响一声她就在玻璃窗上画一道正字。

云：（表演般的独白）每扇窗户都是一幅风景，每个人的视线所及都是一堂布景。守候一生，唯独不见你来谢幕。

14. 日内　现场

郃林和杨高准备抬起死者的尸体，郃强忍恶心，但还是忍不住冲进了洗手间。

尸体的脚重重地落在了地上。

杨高生气的表情。

15. 日内　现场

郜林脸色苍白地出现在洗手间的门口。

灰马和杨高正把尸体装进口袋。

灰马拉上拉锁。

郜林一只手捏着鼻子，另一只手指着死者，又指了指自己的左脸。

灰马拉开拉锁。

灰马发现，死者的左脸稍高于右脸。

灰马扒开死者的嘴。

郜林转过脸去不能再看。

灰马从死者嘴里取出一块黄色的雨衣碎片。

郜林又受不了了，转身返回洗手间。

灰马给杨高看塑料袋里的碎片。

灰：郜林发现的。

杨高回头看了一眼满脸是凉水的郜林。

杨：（口气稍微缓和了一些）以后不吐了行不行?

郜：又，又没影响工作。

杨：影响形象。

16. 日外　街上

警车闪着警灯从空无一人的街道上驶过。

17. 日内　办公室

天已经快亮了。

疲惫的郜林打开关刘云的房门。

刘云卷曲在用几张椅子搭成的床上睡得很香，郜林松了一口气。同时，他又不由自主地看了刘云一眼，郜林的目光停留在刘云的脸上。刘云的脸在柔和的光线里安详可爱。这是一个很好看的女孩，如果不是她睡着，郜林一定不好意思这样看她。

忽然，刘云一下子睁开了眼睛，目光清醒得似乎她根本就没有睡过。

郃林的目光无处躲藏。

对视中，刘云笑了一下，郃有点不自然地咳了一声。

郃：你笑什么？

云："我知道你心里在想什么。"我真喜欢这句台词。它非常简单，但很说明问题。记得吗？我念给你听过。

郃：你什么意思？

刘云坐起来，伸展了一下她的身体。

郃林在挠自己的脖子，他显得很累。

刘云站起来，迈着方步走到他的身后。

云：有头发茬儿吧？我看看。

刘云翻开郃林的领子，仔细地检查了一番，拔出了扎了他很久的头发。

云：（凑在郃林耳边）这是一个小小的误会，谢谢你留我住了一个晚上。

郃：你是想说，你既没有杀人，也没有打算自杀。

云：我不知道该怎么和你解释，说了你可能也不明白，我是个话剧演员，正在排练一部有关"行为艺术"的话剧，有时候，我们需要到真实的情境中寻找体验，比如，我想知道，我如果这样，别人会怎么样？而你恰恰配合了我，无意地走进了我的艺术过程之中。你知道什么叫"行为艺术"吗？

郃林摇了摇头。

云：这也不能怪你，这是艺术问题，你不是搞艺术的，当警察只要会抓坏人就行了。

郃：警察有时候也抓搞艺术的。

云：你连什么是艺术都不懂，又怎么知道谁是搞艺术的呢？

郃：把你的姓名、电话、工作单位留下来，你就可以走了。

刘云伏在桌子上认真地写。

郃林又在挠着自己的脖子。

刘云写完了，她把纸递给郃林。

郃：放桌上就行了。

刘云用她特有的眼光瞪着郃林。

云：你生我气了？

郜：你可以走了。

云：我还是觉得你不太像警察，真有人被杀了吗?

就在刘云轻松地经过郜林身边的时候，郜林一把拉住刘云的胳膊，把她拉得很近，两人面对面。

郜：我以刑警的名义提醒你，并不是人人都可以让艺术家寻开心的。为了你自己的安全，以后不要再开这样的玩笑。

刘云有点意外，她这次没有挣扎，停顿了几秒钟后，她眼睛看着郜林说：有人来了。

郜林松开刘云的胳膊，转过身，杨高正站在门口看着他们。

刘云从郜林的身边轻轻地离去。

18. 日内　办公室

郜林站在窗前，往下看。

灰马凑过来，也顺着郜林的视线往下看。

杨高拿起桌上的那张纸。也顺着他们的视线往下看。

杨：怎么回事?

郜：没什么，她一个人趴在桥栏杆上，还说自己杀了人，我收容了一夜。

杨：（放下纸条）你们谁收容谁呀。

郜林走过来，拿起纸条，看了一眼，几下撕了。

郜：我不喜欢这种类型的女孩。

杨：（严肃地）那也不能把案底撕了。

灰：他是撕给你看的。

19. 日外　大街上

刘云走在人行道上，她一边走，一边对着小镜子涂口红。

一辆警车从她的身边呼啸而过，她停下脚步注视着警车远去，没有注意，口红抹坏了一点。

20. 日内　刘云家

刘云疲惫地一下仰在大床上，眼睛望着天花板。

刘云的口红还是刚才抹坏了的。

这个家摆设和装饰都比较陈旧，不像刘云这样一个现代女孩的生活环境。

天花板上叠化出往日的情景。

[闪回]

21. 日内　刘云家

深夜，只有两岁的刘云坐在床上，眼睛里全是恐惧。

一个高大的身影在她的家里和母亲说话。

母亲惊恐的表情。

高大的身影在门口消失。

一双颤抖的手在给小刘云穿衣服，穿了一件又穿一件，穿了一件又穿一件。穿得已经没有办法再穿了。

[闪回完]

22. 日内　刘云家

刘云仰面躺在床上，睁着眼睛。

23. 日内　部家

很早的早晨，四合院里还很安静。

部林仰面躺在自己的小而凌乱的房间里，睁着眼睛想心事。

父母在外间吃早饭，很响地喝着粥。还有早间电视的声音传来。

[画外音]

父：昨天我到局里领工资，看见杨高了，他说部林干得不错，三只眼。

母：他知道你想听什么，你儿子什么样你自己不知道？连大学也考不上，靠你的面子上个警校，文不成，武不就。

父：呦，该叫他了。

部林的房门开了一条缝，一束光照进来，光影里是父亲的剪影。

父：部林，该起了。

部林坐了起来。

部：今天我休息。

部林又倒了下去。

24. 日外　大街上

郜林走在大街上，东张西望，挺闲散的样子。

25. 日外　大街上

打扮得漂漂亮亮的刘云也在街上走着。她今天精心化过妆。

26. 日内　书店

郜林走进书店。

郜林走马观花地看书，不得要领地翻着。

柜台前。

郜：有没有关于“行为艺术”的书？

售货员：什么艺术？

郜：行为艺术。

售货员：什么是行为艺术？

郜林一时不知道该怎么说，有些窘……

郜：比如说。

正好，郜林的呼机响了，他拿出来看了看。

郜：比如说，再见。

售货员看着他，满头雾水。

27. 日外　大街上

郜林伸手拦出租车。

郜林看表。

郜林又伸手拦车。

28. 日外　桥头

两人第一次见面的桥头。

出租车停了下来，郜林下车。

四下空无一人。

郜林看表。

神情有些沮丧。

邰林伏在桥栏上往下看。回过身来，刘云已经在他的身后了。嘴里嚼着口香糖。

云：你好，你迟到了。

邰林又看了一眼手表。

云：我到你单位去找你，一个叫灰马的说你今天休息，给了我你的呼机号。

邰：有事吗？

云：没事，我实在太想知道，你会不会来……

邰：我六个礼拜没休息了，好不容易休息一天，早上六点就被我爸吵醒，九点你又呼我，在路上赶了四十分钟，出了一身大汗……你想干什么呀你？

云：这要怪你自己，谁让你这么多天不给我打电话。

邰：我为什么要给你打电话？

云：是你让我给你留下电话号码，住址。

邰：那是为了工作，那叫案底，要是当天晚上真有男性公民被杀，我就得拿你是问。

刘云看着邰林，半天不知道该说什么好。

邰林一副得理不让人的表情。

云：真对不起，真不好意思，那你忙吧，我走了。

刘云转身就走。

邰林犹豫了一下，赶紧跟了上去。

邰：你别走，别走，我不是那个意思，看见你我挺高兴的，今天我休息，咱们好不容易认识了，我 26 岁，身体健康，未婚……

刘云停下脚步，转过身来。脸上露出了胜利者的微笑。

邰林无可奈何地上了圈套。

云：口香糖？

邰林伸手去取，原来是个恶作剧，纸包里弹出一只假蟑螂，邰林没有防备，吓了一跳，刘云哈哈大笑，笑个没完。

29. 日外　海滨

滨海的沙滩上。游人不多。

两个人在沙滩上散步。

风不时掀动着刘云的裙子，刘云不得不用手揪着。

海浪拍打着海岸，哗哗地响。

郃林停下了脚步，扬起头，两只手拢在耳边。

郃林又把手比画成取景器，对着刘云移动。

云：我发现你还挺有情调的。

郃：我发现你也挺有情调的。

云：你真的不像警察。

郃：（认真地）哪不像？

云：（脸上掠过阴影）我很怕警察。

郃：人人都怕警察，除非家里有当警察的，我爸就是警察，所以我从小就不怕。

云：可我又一直很想认识一个警察。

郃：那我真是太荣幸了。

云：（自说自话地）我想请你帮我找个人。

郃：找人得找户籍警，我只管抓坏人。

30. 日外　海滨的露天茶座

云：他叫马白驹，男的，现在大概有 50 出头。

郃：你为什么要找他？

云：他救过我。

郃：什么时候？

云：我三岁的时候。有一天我哭，一边哭一边吃豆子，一颗豆子卡在气管里，我妈抱我往医院跑，在去医院的路上遇见了他，他用自行车送我们去医院，救了我的命。

郃：当时没有找到他？

云：当时我还小。

郃：那你的父母呢？

云：我妈吓坏了。

郃：你现在为什么要找他？

云：因为我现在懂事了。

郃：关于他，你还知道什么？

刘云摇了摇头。

郃：我试试吧。

刘云伸过手来。

云：谢谢。

郃林握住了刘云的手，刘云想抽回时，却没能抽回。

刘云的身体一动，另一只手碰落了桌子上的杯子。

杯子滚下桌子。

刘云用手捂住了嘴。

郃林手疾眼快，伸手接住了杯子。

郃林轻轻放下了杯子，始终没有松开刘云的手。

郃：我们今天就算认识了。

刘云对郃林笑了。

31. 舞台

云：（独白）我现在很怕思考，因为我一想问题，就忐忑不安，我渴望寻找，又害怕找到。

32. 日外　刘云家的阳台上

刘云在为许多盆文竹浇水，她有心事，水溢出来。

[闪回]

33. 日内　刘云家

搬空了的家，小小的刘云被一只大人的手领着，退出房间。

[闪回完]

34. 日内　办公室

一个不大的会议，杨高、郃林、灰马还有队里的人。

大家都以较快的语速在说话。

杨：防盗门从里面打开，应该是熟人。这一点没有疑义。

郃：保险柜装在一个很不好找的地方，肯定不是凶手自己找到的。

杨：也许事先就知道。

郃：根据死者丈夫提供的信息，我们对装修队和保险柜安装公司进行了调查。参与被害人家装修工程的一共有 14 个人。我们把其中 5 人圈为重点。

杨：要快。灰马，415 还蹲着呢吗?

灰：那当然。

杨：你主要盯那边，小韩留下，别人没事忙去吧。

35. 日内　办公楼的楼道里

灰马和郜林往外走。

郜：你市局信息处有朋友吗？帮我找个人。

灰：找杨高签个字。

郜：私事。

灰：第二职业?

郜：那倒不是，替一个朋友帮忙。

灰：女朋友，话剧团儿的女演员，戏剧学院刚毕业，名字叫刘云。

郜：这是我当刑警 9 个月以来遇到的第一件富有诗意的工作。

灰：搞文艺的女孩子个个后面跟着一个“敢死队”，什么事都有人争先恐后地帮忙，连你郜林也不能例外。她要找什么人?

郜：我现在不关心她要找什么人，我关心的是我在敢死队里排在什么位置。

灰：认真了?

郜：非常认真。

灰：送你 8 个字：“前途光明，道路曲折。”

36. 日内　剧场

一个旧剧场，不太大，木质的椅子一排一排挤得很满。

舞台上正在排戏，有一些演职员零散地坐在台下。

导演的面前有一盏台灯。

刘云也坐在台下。

37. 日内　剧场

舞台上

一些人从台上走过，大人、小孩、男人、女人……

人人都在忙着赶路，没有人注意躺在地上的一根毛线。

一个小孩走了过来，捡起线头，他很有兴趣地拉着，回头叫他妈妈。

有个人边走边打电话，在线上绊了一下，但由于着急赶路，他头也没回。

小孩的妈妈来了，让他把脏东西扔掉，拿出手绢擦他的手。

小孩留恋地回头。

又有一个老太太捡起了线，她用手指弹了弹线上的土。

老太太拉了拉线，线越拉越长，老太太很有耐心地拉着，一会儿，拉不动了，老太太就把线揪断了，把已经拉出来的线绕了绕，装进衣兜，满意地走了。

导演：停。

导演上去给演员说戏。

郃：你怎么不上台？

刘云猛一回头，郃林坐在她斜后方。

云：没有我。

郃：后来呢？

云：后来，我来了，我特别执着地找到了线的另一头，找到了住在楼上的一个画家，他对我说，这是他设计的一次“行为艺术”，题目叫“寻找”，如果有人拿着线头找到他的门上来，他就问“你要找什么？你找到了吗？你找到了什么？”他认为这是人生最为重要的课题。然后我就迷上了“行为艺术”，还有画家。

郃：“你要找什么？你找到了什么？”哎，这几个问题我们在工作中倒是经常用到，比如找马白驹。

刘云的眼睛一亮。

云：你找到他了？

郃：还没有。

38. 夜外　街头

温馨浪漫的傍晚。

一对对恋人在街头徜徉。

刘云和郃林并肩走着。刘云挽着郃林的胳膊。

郃：我查了所有我可以查到的名录。查到了 201 个李平，389 个王玉兰，150 个王军，九个刘文学，128 个刘云，可没有一个叫马白驹的。

云：有 128 个刘云？

邰：还有个人叫郑治处，有个叫傅献长，还有叫蓝宝石的，叫郭钙的……

刘云哈哈大笑。

云：有叫邰林的吗？

邰：我从小到大没有碰见过一个同姓的人，觉得自己有点“另类”，这回查到了九个姓邰的，包括我和我爸。

云：我发现你老把你爸挂在嘴边上。

邰：是吗？没有吧。

云：从我认识你以来，你这是第三次提到你爸了。

39. 夜外　街头

一个路口，几个小食摊在冒着热气，晚归的人在街头站着吃东西。

邰：我以前很少有机会看话剧，话剧真的很好看。当话剧演员一定很好玩。

云：当然比干刑警好玩。

前面，有人在热气和灯影间激烈地争吵，并且拉拉扯扯，继而大打出手，乱作一团。

邰：我过去一下。

云：你行吗？

邰：你不要过来。

邰林朝马路对面走去。

在他身后的刘云突然尖起嗓子喊道：

云：警察来了！警察来了！

街对面的人群开始骚动，打人的人突然撒腿就跑，转眼就不见了。

邰林停在马路中间，进也不是，退也不是。

刘云朝他跑过来，拉起他就跑。

云：（边跑边说）看见了吧，“行为艺术”的伟大胜利。

看着刘云兴奋的样子，邰林停住脚步。

邰：你简直就是个“女骗子”。

两个人的脸离得很近，邰林低下头吻刘云，刘云平静地迎接他。

40. 夜外　刘云家楼外

吻仍在继续。

邰林看着刘云。

邰：从现在起，我来照顾你。

云：为什么？

邰：因为你没有父亲了。

刘云一下子从邰林的怀抱中挣脱出来。

云：你调查我？

邰：我在帮你找马白驹……

云：我不喜欢你这样。

邰：那你就自己告诉我。

云：你现在像警察了。

邰林再次搂住刘云。

邰：警察怎么了？

刘云挣脱了邰林的胳膊，跑进楼里。

41. 夜内　刘云家

喷头洒下均匀的水流。

刘云站在喷头的水流下。

［闪回］

42. 日内　刘云家

小小的刘云，龟缩在洗手间的角落里，睁着恐惧的大眼睛。

洗手间的门外，有高大的穿警服的警察走来走去。低声地和她的母亲讲话。

一有响动，小刘云就闭上眼睛。

［闪回完］

43. 日外　射击场

刑警们日常训练的射击场，每个位置上都有一个正在射击的警察，枪声此起彼伏。

子弹穿过靶心。

邰林的眼睛专注地盯着靶心。

邰林射击，但成绩并不理想。

郜林沮丧地放下枪。

有人从他的身后经过，停下来，是灰马。

灰：（摇了摇头）太臭了，臭不可闻。

郜：我这鞋有点硌脚。

郜林又把枪端平了瞄准。

灰：415 案子穿头了。

郜：好消息，跟杨高说，我过去吧。

灰：本来是想让你过来，可我又拿不定主意了。

郜：怎么了？

灰：你精力不集中，思想也不集中，射击的时候缺乏杀气，这样你在和罪犯较量的时候就难下狠心，就会在千钧一发之际被对方干掉。

郜：灰马，你是研究生，你有没有学过怎么让人集中精力？

灰：（停顿）如果有一天，罪犯把你最亲近、最喜欢的人杀掉……

郜林猛一回头，好像不认识了一样看着灰马。

灰：这是杨高说的。我下午去市局，你要找的人叫什么？

灰马一边说，一边低头看呼机。

郜：叫马白驹，男的。

灰马猛一抬头。

灰：马白驹？

郜：（仍在瞄准，没有回头）一个很少见的名字。

灰马欲言又止，转身离去。

44. 日外　公路上

大客车在高速公路上平稳地行驶。

车内，郜林和刘云并排坐着。

云：真没想到你能来。

郜：巧了，我正要到这边取个材料。

云：什么材料？

郜：（避而不答）你长得像谁？

云：我妈是个售货员，她除了漂亮，没有别的。

郜：这么多年，你妈一直一个人？

云：我们两个人。

郜：你要找的马白驹，和你母亲有关吗？

刘云忽然转过脸来看郜林，表情挺怪的。

云：看你想到哪去了？你不必对马白驹那么认真，我并不是非找到他不可，也许，这只是我和你见面的一个借口。

郜：我一直担心会是这样。那个故事，一听就是编的。

刘云笑了，把脸转向窗外。

风吹乱了刘云的长发，吹得她满脸都是。

刘云的头发像丝一样在她的脸上飞舞，不断变换着形态，使她的脸也变得生动而神秘。

郜林看得入神。

45. 日外　街道

一条拥挤杂乱的街道，行人和车辆各不相让。

路边，有一座临街而建的小宾馆，一点也不起眼的外表已经比较陈旧了。

杨高急步走进小旅馆。

46. 日内　宾馆里

顶层的走廊。

杨高走来。

走廊的一端，是一间男厕所，门上贴了一张“维修，停止使用”的告示。

杨高推门进来。

47. 日内　男厕所内

灰马站在窗前，手里拿着一架望远镜，在监视对面的一家饭馆里出出进进的人，窗台上摆着几张照片。

杨高站在他的身边。

灰：这并不是一个便于隐蔽的地方。

杨：这是一个便于撤退的地方，我们在这种地方吃过亏。

灰：我正想告诉你，郜林在找一个叫马白驹的人。

正在解开上衣纽扣的杨高下意识地又把扣子系上了。

杨：你说谁？马、白、驹？

灰：郃林的女朋友在托他找一个叫马白驹的人。

杨：郃林的女朋友？

灰：就是那个女演员。

杨：郃林清楚这个案子吗？

灰：他当然不清楚，我也没有跟他说，他和这个女孩发展得挺顺利，我想先和你商量一下。

杨：这有什么好商量的？你马上把郃林找来，让他把这个线索抓住了。我就知道，只要我们不放弃，总有一天，线索会自己冒出来，太好了。

灰：我明天找他。

杨：今天。

灰：我下了哨找他。

杨：他去取那个包工头在当地派出所的案底，顺便陪女朋友去医院看她的妈妈。

杨：（想了一下，冷冷一笑）如果运气好的话，郃林女友的妈妈应该是，李文竹。

48. 日内　医院

病床床头的标签，上面写着：李文竹。脑外伤后遗症。失语。

白色的房间里，窗台上有一盆文竹。

刘云的母亲安静地坐在阳光里，看得出来，这是一个曾经很漂亮的女人。

刘云坐在母亲的身边，握着母亲的手。

49. 日内　走廊上

走廊上，隔着大玻璃窗，郃林注视着这个神色超然的女人。

刘云为母亲梳头。

刘云给母亲按摩。

刘云替母亲整理东西。

刘云喂母亲吃药。

母亲很听话地把药吃了，马上又都吐了出来，地上各种颜色的药片。

刘云捂着脸跑出病房。

郜林搂住刘云，他们看着护士在安慰母亲，给她吃药。

刘云泪流满面。

云：我到北京上大学，家里只剩下我妈妈一个人，有一天，她骑车上班，摔倒了，（刘云摸了一下后脑）就成了这个样子，一个字也说不出来了，什么都不懂了。我妈妈今年才 49 岁。

郜：医生怎么说?

云：外伤，积水，也许加上抑郁。我不应该离开她去外地读书，我太自私了。我大学只读了三年，没有毕业。都是我不好。

郜林搂着刘云，刘云把头伏在郜林的肩上。

50. 夜内　刘云家

郜林和刘云热烈地拥吻，刘云终于把自己交给了郜林。

郜林觉得自己有责任好好珍惜这个孤独而脆弱的女人。

刘云伸手关上灯。

突然，郜林的呼机响了。

郜林打开灯，看呼机。

郜：对不起，我得走。

刘云从后面搂着他。不说话。

郜：我得马上走。

云：让我看看你的呼机。谁呼你?

郜：（一笑）一个女朋友我都忙不过来。

两人吻别。

51. 舞台

云：（独白）从今以后你就会常常对自己发问，我是不是又生活在别人的行为艺术之中，有谁会在今天进入我的行为艺术里。

52. 夜外　街上

阴天了，还有隐隐的雷声。

郜林急匆匆赶到和灰马约好的接头地点。

郜林和灰马坐在一起。

邰：到底什么事？这么着急？你知道你犯了多大的错误吗？
灰：搅了你的好事。
邰：你说我一会再返回去是不是不太合适？
灰：（打断）我对杨高说，你在找一个叫马白驹的人。
邰：怎么了？
一道闪电划过。接着就是雷声。

53. 夜外　街上

大雨倾盆。
邰林一个人走在雨里，浑身湿透。
海浪拍打着岸边的礁石。

54. 夜内　邰林家

邰林一身泥水，满脸的疲惫。
母亲见他这个样子，不禁皱起了眉头。
母：（自语般地）总是这么汤汤水水地回家，这副样子我真是看够了。
邰：（冷冷地）我爸呢？
母：你把鞋脱在外面。
邰：（大声了一些）我爸呢？
母亲发现他有些不对劲。不再说什么，让开了门。

55. 日内　邰林家

邰林为父亲倒满了酒。
母亲端着饭碗，眼睛盯着电视。
邰：爸，有个人叫马白驹……
父亲正喝着一口酒，一下子就呛了出来，接着不停地大声咳嗽。
母亲非常不满地看了儿子一眼。
母：什么话等不到吃完饭再说？
父：我没事，我没事，你接着说，快说。
母亲不说话了眼睛又回到了电视上。
邰：这个人和你办过的一个案子有关？

父：20 多年了，杨高还记着他。是他让你来问我的对不对？

部：（大声地）爸，到底怎么回事？

父亲的脸上漫过回忆的潮水。

[闪回]

56. 日外

七十年代中期。

一家浴池门外，人来人往，出出进进。

在浴池的周围，有一些便衣刑警在游动。

在浴池对面的另一座小楼的二楼，隐蔽着一些刑警。部林的父亲正在部署行动。旁边有一台无线步话机，不时传出浴池里的嘈杂，年轻的杨高守在旁边，认真地听着。

[画外音]

父：那是一次计划了很久的行动，我们终于把一个杀人犯罪团伙堵在了里面。但由于周围有很多群众，行动难度很大。为确保万无一失，我们一直在等待内线的信号。

所有的人的眼睛都注视着无线步话机。

浴池外，游动的便衣也开始向浴池集中。

部林的父亲在看手表。

杨高满脸是汗。

气氛十分紧张。

突然，杨高抓起步话机，小楼里一片大乱，发生了意外的情况，部林的父亲大声地指挥刑警出击。

[画外音]

父：步话机里突然有人在喊警察，警察，只听见内线说了一声，“马白驹，你不要乱来。”联系就断了。

57. 日内　浴池

浴池内，所有的刑警都在往里冲，里面乱作一团，很多衣冠不整，惊慌失措的人挤来挤去。刑警的行动受阻。

大团的蒸汽也挡住了他们的视线。

邰林的父亲带人冲进了浴池，罪犯已经逃得无影无踪了。

水迹斑斑的地上，流出了一道血迹。

刑警们找到了受了刀伤的“内线”。

他们轻轻地把他抬起来，他的血不断线地流到地上。

杨高下意识地直往后躲。

“内线”被放到雪白的床上，身子下面的白床单一下子就被染红了。

邰父把杨高从后面揪到牺牲的“内线”身边，杨高紧张得脸上全是汗水和泪水。

[**画外音**]

父：我揪着杨高的耳朵，让他永远也别忘了，死的是个刑警，杨高那年21 岁，刚从部队复员。

[**闪回完**]

58. 日内　邰林家

父：“内线”的最后一句话是“马白驹，你不要乱来。”我开始到处找这个叫马白驹的人，最后在方华小学找到一个叫马白驹的老师，而且出事后没有两天他就逃得无影无踪。我了解到他和李文竹谈过恋爱……

邰：（突然）李文竹?

父：对，烈士的遗孀，他们刚结婚不到两年，孩子也只有一岁多。

邰：是个女孩?

父：（点了点头）凭我的直觉李文竹和马白驹有某种关系。但她不配合。因为她是烈士的妻子，别人总在指责我不该对她进行调查，不能搜查，我跟了她很久，一无所获，直到我退休，也没有结案。案卷号码我还记得：74093151，明天你到局里就可以查到。20 多年了，杨高还记着他，他永远也别想逃出刑警的视线，一定是有了新的线索。

母亲终于把碗往桌子上重重一放，起身走了。

父：别怪你妈，她这一辈子，没有过过一天安心的日子，好不容易盼到我退休了，你又干了刑警。

59. 日内　剧场里

刘云在用拖把擦着舞台，擦过的地方闪闪发光，没有擦过的地方灰蒙蒙的。刘云的心情很好，一边擦地一边唱着歌。

管剧场的女工回来了。

女工：快放下吧，我来，我来。

云：为什么湿的时候这么干净，一干了就那么脏呢。

女工：刘云，这么长时间，我第一次见你这么高兴。

云：是吗？

60. 日内　办公室

部林合上了厚厚的 74093151 号案卷，长长地出了一口气。

他愣愣地坐在桌前出神。

门砰地开了，杨高揪着一个小伙子进来。

杨：（很严厉地）蹲下，后脚跟不许离地。

小伙子蹲到墙角哭得非常伤心，鼻涕一把，眼泪一把。

杨高打电话，叫人来送拘留所。

小伙子哭得更厉害了。

部林有些受不了，起身给他倒了一杯水。

部林：行了行了，别哭了。

小伙子：（一下子拉住部）原谅我这一次吧，求求你们了，我今后一定改正。

部：他怎么了？

杨：让他自己说。

民：我错了，我学习得不够，我没有和大家搞好团结，我今后一定加强学习，提高认识，积极工作，原谅我这一次吧。

部：打架来着？

小伙子点了点头。

部林回头看杨高，有点通融的意思。

杨：你把钢筋捅进对方肚子里 7 里米，这是没有搞好团结吗？

小伙子又大哭。

部：闭嘴，门外头蹲着去。

小伙子出去了，在门外边高一声低一声地哭着。

杨：卷看了，有什么想法？

邰：我正要找你，我申请回避。

杨：为什么？

邰：怎么说呢？我对刘云印象不错，我们两个现在关系比较近。

杨：这恰恰有利于你开展工作。你和她现在算不算恋爱关系还不一定，真成了，再回避也不迟。

邰：（不冷静地）我不愿意马白驹的案子牵扯到她，我更不愿意利用她去挖这条线索，那我成什么人了？

杨：你是刑警。而且，你一定已经发现了什么。从今天起，把你手上的事情都放下，就盯住这一件事，一定要盯住，我们一定要把这个人抓到手。我们迟早要把他们一网打尽。

邰：我再说一遍，我申请回避。

杨：我不同意。

邰：你什么时候也能替别人想想？

杨：没办法邰林，我们没有权力放弃，刑警和罪犯之间，进行的是一场永无休止的较量，这不是我们哪个人的事，有很多刑警付出了生命。罪犯是孤独的，而我们刑警，血肉相连。

屋子里静了下来，小伙子的哭声又传了进来。

邰林冲出门外，揪住小伙子把他拎了起来。

邰：你还有完没完？

小伙子的哭声戛然而止。

61. 日外 街上

街上车水马龙，人来人往。

有轨电车缓缓地在车流中保持着自己独特的姿态。

电车上，邰林和刘云站在一扇车窗前，望着外面的街景。

电车从一座过街桥下穿过。

云：我妈妈就是在这儿出的事。

邰林的目光投向过街桥，桥上行人往来。

云：邰林，我必须治好我妈的病。（邰林没有回答）邰林？

因为邰林没有和她对话，刘云转头看邰林，她感觉到邰林有点走神。

62. 日内　餐馆

刘云在看菜单。

云：我以为你永远半夜以后才有空。

郜林去换唱片，老板和郜林显然认识，十分热情。

云：你喝什么？

郜：喝茶。

云：我们第一次出来吃饭，总要喝点什么。

郜：你喝你的，我看你喝。我不会。

云：不会？连酒都不会喝，你怎么打入敌人内部？

郜：我工作时间从不喝酒。

云：郜林，你有心事？

郜林跟着唱片唱了一句“你的柔情我永远不懂……”（或别的）

云：（举杯）祝你健康。

刘云一饮而尽。

云：我还不知道你今年几岁？

郜：26 岁。汉族。大专。中共党员。

刘云端起第二杯酒一饮而尽。

郜：你喝起酒来像个搞供销的。

云：这样才有感受。

郜：什么样的感受？

云：（笑够了）跳过蹦极吗？

郜：没有。

云：（用手顺着自己的咽喉往下指）人在往下降，风在往上升，你也弄不清楚是往下降还是往上升，你也来一杯？

郜：我想试试蹦极。

云：我可以做你教练。

一只充满了感情的歌在两个人中间回荡。

郜林注视着刘云。

刘云把酒杯举在眼前，透过酒杯看郜林。

郜林突然用手把脸捂了起来。

云：（这才认真起来）郜林，你有心事。如果，不保密的话……

邰：干我们这一行，老是和罪恶、悲剧在一起。有的人被杀了，有的人杀了人，案子没破的时候像疯了一样想破案，可一旦案子破了，并不感到轻松。

云：也许你，真的不适合你现在的工作?

邰：我们第一次见面那天的杀人案破了，那对夫妇结婚刚三个月，新装修的房子，什么都是新的，新娘一看是干装修的包工头，就开了门，还给他倒了茶。他拿到了钱，又杀了人。

云不知道用什么话安慰他。

邰：我们想抓住罪犯，更想消灭犯罪。

云：艺术，邰林，艺术可以陶冶人的灵魂，可以，减少犯罪。

好听的歌在两个人中间飘荡。

邰林笑了一下。

63. 夜内　楼道里

邰林举着一个打火机走在前面。

邰林停在一扇门前。

邰林把打火机递给跟在他身后的刘云。自己掏出钥匙。

打火机很烫，刘云叫了一声把它扔掉了。

邰林摸黑打开门，把刘云拉进房间。两人在街上映进房间的光亮中拥抱在一起。热烈地拥抱和吻。屋子里的东西随着他们的移动发出一些不规则的响动。

邰林的手在墙上摸索，他打开灯。

刘云回手又把灯关上。

邰林又一次把灯打开。

64. 舞台

云：（独白）不要轻易相信任何一件你觉得可以相信的事情。

65. 日外　桥头

邰林独自徘徊。

66. 夜外　大排档

邰林和灰马相对而坐。

郃林在喝酒，喝得很凶，已经高了。

郃林抓起酒瓶，又往自己的杯里倒。

灰马伸手捂住郃林的酒杯。

郃林把酒倒在灰马的手背上。

两个男人对视。

灰：你这么做，痛苦的是你的感情，如果你不这么做，你仍然痛苦，更痛苦，因为痛苦的是你的人格，一个刑警的人格。

郃：灰马，今天当着你，我说一句重要的话：我这辈子不恋爱，下辈子不当刑警。

郃林的眼睛红了。

灰：现在没有人能阻止你把这个案子办下去了。

67. 日外　街心公园

郃林坐在一个理发摊前，一个穿着白大褂的老太太在东一下、西一下地剪着他并不太长的头发。

[画外音]

郃：我总是喜欢在理发的时候思考一些复杂的问题，父亲留下的案底让我很不平静，好像是昨天的他在和我交谈。刘云把我心中对艺术的梦想变成了现实，同时又把一个与我们两代人有关的案子送回到我的手中，也许对我来说，注定了的矛盾，注定了的徘徊……

68. 日外　医院楼外花园里

便衣的郃林和一位医生在交谈。

医生：脑外伤是最直接的原因，有少量的积水，但她现在的表现和精神疾病有关。通俗地说，这有点像慢性病的急性爆发，很可能是受了突然的刺激，量变的积累，导致了质变。她一直就在悬崖的边上，迈出一小步，就再也回不来了。

郃：平时她有没有提起过“马白驹”这个名字？

医生：她失语。

郃：你能不能问她？提示她？

医生：（想了一下）可以试试。没有把握。

郜：马白驹，这是一个男人的名字，她的问题，应该和这个男人有关。

医生：我考虑一下。

郜：会刺激她吗？

医生：也许她现在需要某种刺激。

郜：不要告诉她的女儿我来过。

医生：知道。

郜：还有别的人来看她吗？

医生：没有。

69. 日内　刘云家

工人在给刘云装空调，打孔的钻机声音刺耳，郜林帮刘云把碍事的家具搬开，一边收拾着散乱的东西。

样式陈旧的柜子上摆着母亲和刘云的合影。

搬柜子的时候，郜林有意识地看了一下柜子的后面。

郜：你妈妈年轻的时候比你漂亮。

云：你说什么？

郜：没说什么。

郜林蹲在地上翻看一些陈旧的杂志。边翻边收拾。

刘云也来帮他收拾。

郜林翻开一本杂志，其中有两页明显被撕掉了，他刚要看封面，刘云从他的手中拿走了那本杂志，他注意地看刘云把杂志放在什么地方。

云：（大声）你这些天怎么突然有空了？是不是下岗了？还无事生非地来装空调。

郜：我一直想为你做点什么，同时也对我自己有利。

云：什么意思？

电钻突然停了，一下子静得出奇。

郜：我来了也凉快。

70. 日内　刘云家

窗前的光线很柔和，刘云在窗前擦拭母亲的照片。

云：我妈妈心气很高，如果不是“文革”，她会很有作为，所以她把希望都寄托在我的身上，我考上中戏那天，她喝醉了，哭得全楼的人都无法入睡。

郜：你找马白驹和你妈妈有关？

刘云点点头。

云：我要把我妈的病治好，我妈妈生活的秘密也许和马白驹有关，如果我的运气好，他也许能救我妈妈。至少我要问问他，到底出了什么事……

在屋子的一角，放着一辆旧的女车。

云：这是我妈妈的自行车，它一定知道发生了什么事。

车轮神秘地转动着。

工人打好眼准备走了。

工人：大哥，这两天活太多，可能得明天或者后天来挂机器。

郜：你事先呼我。

工人：回见。

郜林一回身，刘云扔过来一串钥匙。

云：这事就交给你了。

郜林一笑。

71. 日外　汽车里

这是一个早晨。

李文竹出事的过街桥边。

正是上学的时间，过街桥几乎被学生挤满了，高高矮矮的学生们打打闹闹地走过天桥。郜林的目光追逐着下了桥的学生们，他们拥进一个大门。上有四个大字：同心中学。

桥边停着一辆切诺基。

灰马在后座上睡得正香。

杨高和郜林并排坐在前面。

两个人在压低声音谈话。

郜：我拿到了刘云家的钥匙，去了两次，在刘云家的书架上翻到一本两年前的《美好家庭》杂志，里面有两页被撕掉了，我到图书馆查了一下，那是一篇写文竹的散文，作者叫石川，我又到编辑部查到了他的单位，就是这所同心中学。李文竹恰恰就是在这儿摔的。

杨：我们假设石川就是马白驹。

邰：也许在很多年后的一天，他突然出现在李文竹的面前，女方认出了他，突然的刺激使得她摔倒在地……

（伴随邰林的叙述，可以出现想象中的当时的情景）

杨：那么我们现在只需确定，石川是不是马白驹。最好先侧面了解一下，以免不是的话，给石川带来不好的影响，他是老师嘛。

邰：我也是这么想的。

杨：你运气不错。

邰：我并不觉得这件事情会多么有意义，就算石川是马白驹，他也不一定与犯罪团伙有直接的关系，就算他在里面，20 年过去了，你也不要指望他对你能有多大的用处。

杨：找个灰马老婆那样的女朋友吧，女演员对你不合适。

邰：（一下就火了）除了破案，你还懂什么？

邰林拉开车门，跳下车，重重地回手摔上车门。

灰马从后座上直起身子。

灰：这么批评领导，警告处分。要不然，我接过来？

杨：你的事情到节骨眼了，小心点，否则受处分的就是你了。

72. 日外　传达室

邰林骑着自行车进单位的院子。

有人叫住他。

邰林一回头，是父亲。父亲从传达室里出来。

父亲的手里拿着一个保温桶。朝他递过来。

邰：什么呀？

父：鸡汤，你几天不着家了，我给你炖的。

邰：爸你这是干什么？我又不是没饭吃，这多让大家伙笑话。

父：放心，这个院里没人笑话我。工作忙，多加小心。我走了。

邰林接过鸡汤。父亲转过身去。

邰：爸。

父亲回头。

邰：爸，我可能找到他了。

父亲在邰林的肩上拍了一下，转身走了。

73. 日内　医院

输液架子在倾斜，摇晃，倒下来。

窗台上的文竹啪地摔碎在地上。

伴随着刘云的哭喊声，一直很平静的母亲在疯狂地摔打着东西，刘云紧紧地抱着她，头发凌乱，满脸都是泪水。

护士很困难地为母亲注射。

云：妈妈你怎么了？你怎么了？你说话呀？

李文竹：我的眼镜呢？给我，眼镜呢？给我，找不着了。

被注射了镇定药的母亲渐渐安静下来。闭上了眼睛。

74. 日内　医院走廊

刘云抓住正在赶来的医生。

云：大夫，我妈怎么了？她怎么了？出了什么事？

医生：你别着急。

云：我怎么能不着急？她是我妈妈。

医生：你听我说，我们有很有效的药让她安静下来，但这么长时间，我们却没有办法让她对外界有所反应，也许，她现在的情况可以为我们找到更有针对性的治疗方法提供线索。

云：我不要她这样，我受不了她这样。

医生：刘云，你要镇静，为了你妈，你也要坚强。郃林和你一起来了吗？

刘云一愣。

云：你怎么知道他叫郃林？

医生：（迟疑）他，他很关心你。

云：郃林来找过你？

75. 舞台

云：（独白）一瞬间，我觉得自己很可笑，我在找别人，同时也在被别人找，大家在黑暗中互相辨认，那根手指就要触到你的鼻尖，你还一无所知。

76. 日内　办公室

郃林在接电话。

邰：（自语般地）眼镜？谢谢你，张大夫。我们保持联系。

77. 日内　暗房

红灯下，邰林在洗照片。

水槽里，是马白驹（石川）年轻时候的照片，照片在水中抖动着。

显影液中，渐渐显出了李文竹的模样。邰林轻轻抖动着照片，注视着李文竹那张神秘的脸。

突然，大灯亮了，强光让邰林一时看不清来人，他下意识地把水槽盖上，湿照片仍然在手中。

是刘云。

邰：你怎么知道我在这？

云：只要想找你，我就能找到你。

邰：（把放照片的水槽盖上）这里不是说话的地方。

云：我知道，全是秘密。

刘云走过来，伸手掀了一下邰林手中的照片，照片已经跑光了，变成了一张黑纸。

云：对不起。

刘云踮起脚亲了邰林一下。

邰：谁告诉你我在这？

云：又问！

邰林开始收拾他不想让刘云看到的东西，邰林有点手忙脚乱。

云：你用不着那么紧张，我不看就是了。

邰：你找我有事吗？

刘云看着邰林，不说话。

邰：对不起，我不该这么问，太生分了。

云：我们为什么会变成这样？你为什么骗我？

邰：我没有骗你，我只是不能把什么事情都告诉你。

云：你可以不告诉我，但你不能利用我。

邰林看了刘云一眼。

云：我一直想不明白，你怎么突然要给我装空调。

邰林再一次拉住刘云的胳膊，把她拉到自己的面前。

郜：（激动地）我再说一遍，我不能把什么都告诉你，但是你一定要相信我，我不会伤害你。

云：（发作地）你已经伤害我了，你不敢看我的眼睛，你害怕我，你处处掩盖着你自己，你真让我恶心。

郜：（更大声地）那你还来这儿干吗？

云：我为什么来这儿，你心里明白，我要知道马白驹怎么回事，我有权利知道。

郜：（平静了下来）可我不能告诉你。现在不能……

云：（流泪）你知道我妈妈现在的情况吗？谁让你去打扰她的？谁给你权利了？

郜：对不起。

云：我不管马白驹做了什么，我只要给我妈妈一个交代，我不能让她就这么下去，郜林，你必须告诉我……

这时，电话响了，郜林走过去接电话。

郜：（挂上电话）我得马上走。

云：去哪？

郜：刘云，我不能把什么事情都告诉你。

云：你去找马白驹？

郜：我以后告诉你。

郜林拉起刘云往外走，刘云的另一只手紧紧攥着什么。

78. 日内　走廊上

郜林飞快地下楼，刘云紧紧地跟在后面。

79. 日外　大街上

郜林拦出租车。刘云依然在追问他什么。

郜林转过身来对刘云比画着。

刘云情绪激动。

他们的声音被街上的喧嚣压住了。

郜林伸手拦车。

一辆出租车停下，郜林上车。

刘云从另一边上车。

邰林下车，到另一边打开车门，要刘云下车。

刘云不下。

邰林没有办法，只好又伸手拦了一辆出租车，上了车。

汽车开动。

刘云示意她的车跟着前面的车。司机显然对这场追逐很有兴趣，他示意刘云放心，肯定不会让男的溜走。

80. 日外 大街上

两辆出租车一前一后，在拥挤的大街上展开了有限的追逐。

前车里的邰林回头看后面的车里的刘云，司机也从后视镜里看后面的车。

司机：你跑什么呀？姑娘挺漂亮的。

邰：快开，（掏出证件）我是警察。

81. 日外 大街上

遇到红灯，邰林以证件示意交警，司机有些得意地闯过红灯。

82. 日外 大街上

刘云的后车只好刹住。

云：你也走啊。

司机：我不敢。

83. 日外 街头

灰马和杨高监视过的那条街道，和上次一样拥挤和杂乱，出租车开进街道，走走停停，终于在灰马监视的饭馆前停了下来。

邰林正要下车，从饭馆里冲出了几个人，最前面的就是杨高。

杨高扑到车前，举着证件的手上染着鲜血。

杨：警察，用你的车。

邰林下车。

邰：怎么了？

正在这时，几个人抬出了灰马，他在流血，脸色苍白。

郃林扑了上去。

人们把灰马抬进车里，杨高也坐了进去，郃林也要去，被杨高推了一把，车门关上了，司机掉过车头，开走了。

正好刘云的司机赶到，刘云从车里下来，和杨高的车迎面相遇。

杨高从车窗探出头。

杨：（很凶地）靠边，往边上靠。

司机手忙脚乱地倒车，让路。

刘云愣愣地站在那里。

郃林一转身朝楼里去了。

另一刑警一边走一边告诉他情况。

刑警：灰马怕他有枪，一步就冲到他身边，被扎了一刀。

郃：人呢？

刑警：在里面。

84. 日内　饭馆

郃林一脚踢开一个包间门。

里面有三个蹲在地上的男人，边上站着刑警。

郃林上去就打，被同事紧紧抱住。

郃林抓起桌上的餐具朝他们扔去。

同事把他朝外面推。

郃林正好和刘云撞个对面。

刘云不知道该怎么办。

郃：（吼道）你来这干什么？还不快走！

刘云愣了一下，转身走了。

85. 夜内　医院

灰马的病床前。

刚刚做了手术的灰马脸色苍白地躺在床上。灰马的妻子坐在他的身边。

杨高站在床前，他细心地把手纸撕成小段，放在灰马的身边，灰马的妻子不断用手纸接住灰马吐出的血水。

隔着玻璃可以看见站在走廊上的郃林。

［画外音］

部：灰马伤得很重，他差一点就送了命。医生说他一生都会被这刀伤所累。其实当时他手里就攥着一把上满了子弹的手枪。别看灰马平时老把杀气两个字挂在嘴边上，他还是不会率先开枪。刑警总是后发制人，因为我们比罪犯善良。

86. 舞台

云：（独白）我们为自己的不合情理找到了一个很好的理由，行为就是艺术。

87. 日外　大街上

部林走进同心中学，在传达室问路。

部林走进学校。

不远处，刘云戴着墨镜在马路对面看着部林。

88. 日外　同心中学

同心中学老式的教学楼。

部林跟在一个女老师的后面从走廊上过来。

他跟在女老师后面上楼梯。

一直上到没有教室的顶楼。

楼道两边堆满了没有用的陈旧的教学用具、旧桌椅、旧鼓之类。

女老师：（一边走一边说）石老师是从外地来的，我们虽然聘用了他，却不能按正式编制给他解决住房，只好让他先挤在这里，我们学校老师住房条件还是蛮不错的。

两人在楼道尽头的一扇门前停了下来。

女老师敲了两下门。

门开了，一个年近五十的男子出现在门口。

马：是田主任，请进。

89. 日内　马白驹的房间里

这是一间旧教室，墙上还有黑板的痕迹，但收拾得非常整齐干净，有两只很大的鱼缸，里面是各种各样颜色鲜艳的热带鱼，窗台上摆了几个大花盆，养的全是文竹。

女老师：石老师，这就是那个《美好家庭》的记者，王刚，我跟你说过的。

马：请进，请坐。

郃：石老师，鱼真不赖。

郃林走到鱼缸前，他透过鱼缸在看窗台上的文竹。

女老师：你说这屋里屋外，简直就是两个世界，学校条件差，您也要多原谅。

马：田主任说哪的话，我感谢还来不及，要是在外面租房子，我连饭也别吃了，还养鱼？

女老师：您理解就好。理解就好。不过养鱼真够麻烦的，我们家养了一对大鹦鹉，又好看，又好听，还省事。

马：鱼比较安静。

女老师：我先走了，你们谈。

郃：石老师，您在我们《美好家庭》上发过一篇《文竹》给我印象挺深的，这次约稿，希望您能从丰富生活趣味的角度谈谈您养鱼的故事。

马：我养的这点鱼不算什么，让人见笑。再说现在，我也不写什么东西了。

郃：您就别推辞了，现在组篇好稿子难着呢，帮个忙。我们刊物是全市发行量最大的文化娱乐杂志，读者群也很稳定。

马：你什么时候要？

郃：当然越快越好。

马：我想想吧，你专门跑来……

郃：还想和您聊聊那篇《文竹》，我觉得里面应该有一段往事。

马：《文竹》写得有些伤感。连我自己都不愿意再提起了。

90. 日外　街上

郃林从同心中学出来。

马路对面，刘云仍在等着他。

郃林在前面走，刘云跟在后面。

91. 日外　街上

郃林走进一家花店

刘云躲在一边。

郃林捧了一束花出来。

刘云的眼泪一下就流了出来。

92. 日内　医院

刘云坐在母亲的身边。拉着她的手。

母亲低声自言自语：我的眼镜呢？找不着了，永远也找不着了。我的眼镜呢？我不告诉你，我要我的眼镜。

刘云忽然有所醒悟。

93. 日内　刘云家

刘云找到了母亲的眼镜，她把眼镜拿在手里，反复看着。

刘云放下眼镜，拿起眼镜盒，反复看着，她用力把眼镜盒撕开。

夹层里，有一张小小的照片：马白驹。

刘云放声大哭。

94. 日外　同心中学

郃林从校长办公室出来。

95. 日内　郃林的家

郃林疲惫地推门进来，发现家里有很多人，杨高和队里的几个老人儿都来了。

他们带来了鲜花和生日蛋糕，正热热闹闹地说着话。

母亲在里里外外地忙着晚饭。

一同事：郃林，如果你是把老爷子的生日忘了才这么晚回来，一会儿可要小心。

郃林没有说话。

杨：郃林有任务。

母亲端了一盘菜到桌上。

母：杨高你不要替郃林圆了，任务再重要，打个电话来说一声可以吧？我们也不是没有见过任务。（母亲返身去忙了）

96. 日外　同心中学传达室外

刘云拿出照片给传达室老师傅看，脸上笑容可掬。

老师傅给她指路。

97. 日内　学校楼里

黑黑的楼道，刘云摸索着往前走，楼道的尽头，有一线光亮。

刘云走到门口，敲了敲门。

门打开了，从里面射出的强光让她看不清站在门口的人。

云：（站在门口）我终于找到你了。

屋里有什么东西倒了，发出很大的响声。

98. 日内　厨房里

母亲在炒菜，郜林拿着空盘子站在一边。

母亲：递给我酱油。

郜林把手中的空盘子递给母亲。

母亲一下把他的手挡开，自己伸手取了酱油瓶，往锅里放了一些酱油。

等郜林反应过来，想接过瓶子，母亲冷着脸，看也不看郜林，把酱油瓶重重地放下。

郜林朝门外走去，走过母亲身边的时候，他从后面抱住了母亲，把头埋在母亲的肩上。

母亲的手没有停，还在扒拉着锅里的菜，可菜已经要干锅了。

郜林伸手替母亲关上煤气。

母亲撩起围裙擦了擦眼睛。

99. 日内　马白驹家

刘云站在文竹面前，轻轻摸着文竹的叶子，叶子轻轻地抖动着。

她转过脸来，泪流满面，看着没有镇定下来的马白驹。

100. 日内　郜林家

大家一起举杯，向郜林的父亲祝寿。

郜林热情地招呼着客人。

大家吃得很高兴，互相开着玩笑。

郃林坐下之后却毫无食欲，心神不定。在别人注意他的时候，他就咧嘴笑一笑。不管谁伸酒杯过来，他都碰一下，然后一饮而尽。

母亲不时关切地看他一眼。

父亲高兴，只顾说话。

郃林站起身离开了。

101. 日内　郃林家

洗手间，郃林用冷水洗脸，一抬头，从镜子里看到杨高站在他的身后。

郃：石川就是马白驹。我对学校保卫人员作了交代，等你的命令。

杨：告诉老爷子了吗，让他也高兴高兴……

郃林猛地一回身，和杨高面对面。

郃：（冲动地）这有什么可高兴的？！我们破案，抓罪犯，和他们拼个你死我活，我们不这样做不行，可这有什么可高兴的？

郃林的眼睛红红的。

杨：郃林，你喝多了。

郃林低下了头。

郃林的呼机响了，他像没有听见一样。

杨高伸手拉下郃林的呼机看了一眼，杨高一愣。

杨：马白驹？

郃林拿过呼机看了一眼，抬头和杨高对视。

郃：他让我马上去他那，他知道我的身份了。

说着郃林就要往外走。

杨高拦住了他。

杨：你喝酒了。我去。

郃：我熟悉情况，还是我去。

杨：不行。

郃：你不相信我？你认为我故意暴露了身份？

杨：不能再出灰马那样的事了。

郃：你还是不相信我。有枪吗？

杨高拿出枪，郃林一边看一边往外走，母亲站在门口看着他。

郜林看着母亲，笑了一下。

郜：妈，对不起……

母亲一转身进了厨房。

杨高跟在他的后面出了门。

102. 夜内　石川，也就是马白驹家

门开了，郜林和杨高走了进去。

房间刚刚被收拾过了，文竹一盆也没有了，鱼缸里连鱼带水全都无影无踪了。

103. 夜内　马白驹家

马：我就是马白驹。

杨：马白驹，你知道我们为什么找你吗？

马：在这之前，我用了 20 多年的时间躲避你们。刚才我只用了十分钟，就决定和你们联系。因为我担心刘云……

郜：刘云？她来过了？

马：是的。她来告诉我，你是个刑警，这我没有想到，你不像警察。她说你们在找我，她说她不知道是因为什么，不管因为什么，由我自己决定，是离开，还是自首。她留下了你的呼机号码。可我不能为了自己让她也成为你们追逐的对象，所以我必须自首，现在就自首。

郜：刘云去哪了？

马：她说晚上有演出。让我不要再找她。可我突然有些害怕，她会不会也像我当年一样，找不到归宿？

杨：马白驹，我正式通知你，由于你与一件刑事犯罪有直接的牵连，我们从现在起对你实行拘留，对于你主动投案的行为，我们表示欢迎，这对你也有好处。

马：我希望你们现在带我走，我不想让学生们看见。

104. 夜外　楼下

汽车前，马白驹上了汽车后面，郜林正要坐到他的身边，杨高一把拦住了他。

杨：你去找她。保持联系。

郜：我有话和你说。

杨：郜林，这案子破了！

郜林坚持上了汽车。

105. 夜内　公安局

杨高和郜林坐在办公桌的后面。

马白驹坐在他们的对面，脸上浮过往事的烟云。

106. 六十年代末

［闪回］

一对年轻男女在海边散步，两个人保持着60年代末的恋爱距离。

［画外音］

马：我在你们这个年龄，爱上了一个姑娘，那时候，年轻人没有今天这么实际，也没有今天这么多休闲方式，恋爱是人生中最美好的事情。你们一定已经猜到了，她就是李文竹。

她在乡下插队，我因为是高中毕业，留在城里的小学当老师。我们几乎每天写信。终于有一天，她告诉我，有个警察可以帮她回城，团聚的日子不会太远了。

［闪回完］

文竹在风中颤抖。

马：我等来了一个坏消息。她的父母是以把她嫁给警察作为交换条件的。我去求那个警察，我告诉他，我们已经好了好几年了，我们写了那么多信。他说，"我也是因为爱她才帮她的，而你这么多年除了写信又为她做了什么呢？"我去找她的父母，可他们从一开始就看不起我这个小学教师，一切都是他们精心策划的。我绝望了，如果你们真的爱过，你们就能体会到我当时的心情。

文竹一盆一盆在地上摔得粉碎。

107. 日内　公安局

马白驹两只手握在一起，他的手在抖。

郜林和杨高在等着他继续说。

马：最后文竹还是和那个警察结婚了。因为她的父母年纪大了，身体不好等着她回来照顾，我当时伤心得就像她死了一样。很长时间都缓不过来，大概是一年以后的一天，不知道为什么那么巧，我在一家公共浴池里遇见了那个警察……

[闪回]

108. 日内　浴室

浴室里烟雾弥漫，外面一排一排的床上或躺或坐有不少人。

马白驹拎着洗澡的东西走进来，他在人群中寻找着空床。

忽然，他发现了正斜靠在床上的警察，两人对视了一下，对方转过脸去。

马白驹走过去，扒拉了警察一下，警察转过身来，看了他一眼。

马：你转过脸不敢看我？你愧对我，你算什么警察？你有什么资格当警察？

马白驹摇晃着对方的肩膀。

周围的人一下子紧张起来。

对方：马白驹，你不要乱来。

周围的几个人站了起来。

[闪回完]

109. 日内　公安局

马：我闯了大祸。

[闪回]

110. 日外　街上

混乱的场面，人在到处乱跑，在喊叫。

飞奔中的马白驹，他不知道为什么要跑，他不知道往哪里跑，但他失魂落魄地跑着。

街道和行人在他的身边闪过。

他跑得精疲力尽，但还在跑。

[画外音]

马：这在我最后一次见到文竹时得到了证实。她刚刚参加完丈夫的葬礼就有警察来问她认识不认识一个叫马白驹的人。我傻了，把发生的事情告诉了文竹，她哭了，让我马上离开这个城市，永远不要再回来找她，我烧了所有的信，烧了整整一夜。

火。

［闪回完］

111. 日内　公安局

杨高从烟盒中抽了一支烟给郜林。

马：我去了南方，吃了很多苦。终于活了下来，也挣了一点钱。我回来找过她，她早就不在原来的地方了，没有人知道她的下落。我不知道我那天为什么会跟着那些人往外跑，我不知道能不能得到你们的宽恕，我很害怕，又回了南方。一直到前年，我终于下了决心，搬回了这里，一个是人老了，在外面不安定，我想万一文竹也和我一样，还在互相等待互相寻找，那我们不就太可怜了吗？还有一个原因是我的女儿，她该有22岁了，我这辈子怎么也得看她一眼。

郜：女儿？

马：文竹和那个警察结婚之前，我们在一起了，她说，“我不能让你白爱我一场”。结婚的时候文竹已经怀孕了，这件事她告诉了对方，对方已经同意和她离婚，可就在这个时候，出事了……我真没有想到，这辈子我还能见到我的女儿。

郜林一下站了起来。

112. 舞台

这是一场彩排，台下的观众不多。

一扇打开的门，里面透出强光，和马白驹的家门口的情形大概一样。

云：（手里拿着毛线团）我终于找到你了。

屋里发出很大的声响。像是什么东西掉在地上或者是碰翻了什么。

屋内灯光亮了，一个人收拾掉在地上的东西。看不清他的脸。这个人直起身，愣愣地看着刘云。

男人：我知道你会来的。我等了很久了。

云：与你不寻常的相识令我怦然心动，在你充满情调的目光里，我看到了自己如歌的美丽，我们中间有一种默契，我几乎相信了你。

男人：可是你找到的并不是你想要的。

云：寻找有时候是一个陷阱，进得去，出不来。

男人：你到底要找什么？

云：也许是……

郜林赶来，走进剧场。他坐下来。

男人：行为，这个世界就是人类的一件艺术品，每个人都是艺术家，每个日子都可以写进艺术史。我们永远互相配合，彼此都生活在对方的艺术过程之中，我们要说的只是：谢谢合作。

云：行为是过程，不是结果，我们无法逃避最后的结果。

刘云回头，与男人对视。

云：这不是我想要的。

男人：这就是结果。

云：（冲动地）不！

台上黑了。

郜林一下子站起来，他朝后台跑去，一路上碰得椅子哗哗响。

113. 夜内　后台

郜林到后台找刘云。

他在人群中穿行，打听着刘云的消息。

郜：看见刘云了吗？

对方：她完了。

郜：什么？

对方：我的意思是，她的段落演完了，不用再上场了。

郜：她在哪？

对方一指。

114. 夜内　剧场

郜林推开一扇一扇剧场的大门寻找刘云。

郜林没有找到刘云。

115. 夜外　街上

郜林在用公用电话打电话。

116. 夜内　刘云家

电话在响，没有人接。

117. 夜外　大街上

起风了。郃林再一次独自走在街上，但此时的他处在一种极度的焦虑之中，他茫然地四下看着，过往行人在他的眼前无序地晃动。路灯拖着长长的尾巴在他的左右闪烁。

118. 日外　桥头

天亮了，郃林来到他们初次相遇的桥头。似乎有很多人在朝那边跑，他忽然意识到了什么，朝大桥跑去。

119. 日外　大桥上

两辆警车把围观的人隔开来，桥的中间有一段空地，刘云面朝外站在桥栏的外面，两手反过来抓着桥栏，只要一松手她就会掉下去。他最担心的事情终于发生了。

郃林挤进人群，在他穿过警察设置的围绳时，被一个警察拦住。

郃：你让我过去。刘云，我是郃林。

警察：你不能过去。

郃：你让我过去。刘云。（对警察）你让开，我有证件。

郃林掏出证件给对方看。

警察：已经好几个小时了，现在她就是不跳，也可能自己掉下去。

郃：我知道，我知道该怎么办。

郃林从一个警察手中拿过电扩音器，他慢慢朝刘云走去。

郃：（通过扩音器）刘云，我是郃林，马白驹，我们都知道了，我到这里来找你，就是要告诉你到底发生了什么事。刘云，想想你母亲这辈子是怎么过来的，还有马白驹，你别这样。

站在桥栏外的刘云一动也不动。

这时，杨高也赶到了现场。

郃林又朝前走了几步。

郃：刘云，我知道，现在不是谈论感情的时候，可我真的有一肚子话要对你说……我爱你，我不想失去你。

这时，刘云回头看了郃林一眼，她的头发在风中飞舞。脸上挂着眼泪，就在郃林要朝她走去的同时，她松开手，跳了下去。

郃林朝桥栏冲了过去，他没有别的选择，飞身跳下桥去……

就在刘云要落进水里的时候，好像有一种什么力量又把她拉了起来。

刘云高高弹起，又轻轻落下。她的脚上有一根长长的橡皮绳索。

水里的郃林仰起头看到了朝自已落下来的刘云，恍然如梦。

杨：（对身边的人）扰乱社会治安，拘留三天。

杨高转身走了。走了两步，又回头看了一眼，忽然就露出了笑容。

杨：这种女孩，够郃林受的。

水里，刘云终于落进了水里，已经被郃林紧紧抱住，人们这时也已经可以看到刘云身后大橡皮绳子了。

郃林和刘云在水里亲吻。

[画外音]

郃：刘云说，那最后的一跳，是她一生中最精彩的一次行为艺术，她一直在等我来，因为我就是那个关键的合作者，其实对于我的职业来说，刘云也未尝不是。正像话剧里说的那样：每个人都是艺术家，每一天都可以写进艺术史。马白驹到医院看了李文竹，李文竹已经认不出现在的他了。案子终究没有结，杨高有些失望，由于找到了马白驹，我爸请我吃了一顿火锅。我和刘云打算结婚，可她非让我先告诉她怎么找到马白驹的，我还没有拿定主意说，还是不说。

—— 完 ——

生活秀

Shenghuoxiu

1. 日外　房管所院内

中国城市随处可见的自行车存车棚，里面整整齐齐摆满了一行一行各种各样的自行车。

房管所的张所长手上提着过时的公文包，在自行车队列前面来回走，他在找自己的车。

张所长的身边跟着一个三十出头的漂亮女人，她就是来双扬，她化了妆，衣着也很在意，手上提着一个装在塑料袋里的一次性餐盒。

来双扬很近地跟在张所长的身边，脸上堆着笑。张所长走，她也走，张所长停，她也停。

办公楼前停着一辆小面包车。从车窗的视角，可以看见不远的自行车棚，面包车车上的人还在等人， 于是便有闲话。

男：你们所长又找不着车了。

女：经常找不着，现在肯定更找不着。

男：还是管房子好，那女的是谁呀？

女：去过吉庆街吗？

男：去过呀。

女：吉庆街上有个卖鸭颈的漂亮女人。

男：吉庆街上的女人多了。

女：吉庆街上只有一个卖鸭颈的女人。

男：好像有点印象……

女：别装了。

两人说话的同时，张所长已经找到了自行车，他把公文包挂在车把上，推着车往外走，一点也没有和来双扬谈下去的意思，来双扬始终赔着笑脸，跟在他的身边，说着什么。

面包车启动了，视角开始移动，在门口，班车与面包车的距离缩短了，我们可以更加清晰地看清楚来双扬了，她在张所长跨上自行车的一瞬间，把手里提的餐盒放进张所长自行车的前筐。张所长一蹬腿，自行车远去，留给双扬一个背影。

双扬：（对着背影）有空到吉庆街来坐……

2. 夜外　吉庆街夜市

虽然有了一丝初秋的凉意，但夏天的惯性还在，人们依然喜欢在外面消磨晚间的时光，因此吉庆街的夜晚依然十分热闹，从远处看，灯光摇曳，人声嘈杂，烟雾迷蒙。

在街的两边，桌子、椅子很拥挤地摆着，吃饭的人就各自为政地挤坐在一起，在桌椅的后面，就是大大小小的摊档，有的在炒菜，有的在平锅上烙着饼，有的在明火上烤着肉串，有的在大冰块上摆着一碗一碗粥……

卖花的女孩年纪都很小，在人群中穿梭。

擦皮鞋的大嫂蹲在地上为吃东西的客人服务。

拉胡琴的、吹萨克斯的乐手情绪高涨。

吃客们也是形形色色，手里大都举着大大的、规格相同的扎啤杯，透明的浅黄色的液体在灯光的照射下分外诱人。有头凑得很近的年轻恋人，有三五好友高声大气地边吃边聊的，有大人抱着小孩子，有老人在家人的簇拥下……

这也许是一组动荡的、热闹的、无序的画面，然后突然就安静了下来。

3. 夜外　吉庆街夜市

一只精心保养的手，抓着一个精致的打火机。

打火机点燃来双扬嘴上的香烟。

来双扬坐在自己的摊位上，姿势优雅地夹着一支烟。看得出，她着意地化了妆，衣着看似随便，其实也很有讲究，既不像白领，也不像主妇，有点妖冶，又不失档次，略加注意，就会发现她软软的上衣里面没有穿胸罩。

柜台，是一辆改造过的，带玻璃罩的三轮车，上面摆着一盘一盘酱鸭颈，柜台上贴着“透味鸭颈，每盘 6 元。啤酒，每瓶 8 元。”的标签。

她的身后是一个装满啤酒的冰箱。

摊子前面有三四张桌子，供客人坐下来喝啤酒。

在她的身后，是闪着霓虹灯的“久久酒家”。

有客人来买鸭颈，她就放下烟，起身招呼客人。

客人：老板手抬高一点，我坐公共汽车来的。

双扬：（手里麻利地为客人打包，递过去）回去可以打车了。

做完生意，她就又坐回自己的椅子上，把快要灭了的香烟再拿起来。

从她摊前经过的男人总会多看她几眼。

她并不躲闪对方的目光。

有的男人已经走过去，再回过头来看她。

她的脸上带着似有似无的笑意。

边上摊上的老板（老七）拎着两个大纸箱子从来双扬的摊子前经过。放下休息。

双扬：提不动了？

老七：怎么？你帮我提吗？

双扬：提不动就提两趟呀？（笑）

老七翻她一眼。提起来走了。

有人到她这里来换零钱，她把装钱的盒子往前一推，让对方自己换。

有客人在来双扬的摊前的桌子前坐下。

双扬：（大声地）阿妹。

阿妹一边答应着，一边从“久久酒家”里跑出来，上前招呼客人。阿妹不到 20 岁的样子，染着棕色的头发，努力向城市化迈进的乡下女孩。

4. 夜外　夜市

卓雄洲，一个四十岁出头的男人，从他讲究的衣着和发型上判断，是个做生意的，他坐在一个比较远的角落里，面前摆了一扎啤酒和一盘鸭颈。他的目光一直追随着来双扬，来双扬就像一个被他锁定的演员，忽远忽近，忽而清晰，忽而模糊，所有的举止言谈，都带有一点表演的色彩。

来双扬知道谁在看着她，因此，她闲下来，目光就会滑过来，和卓雄洲的目光对接，很短暂，很轻巧地。

5. 日内　双扬家

充满画面的电视机屏幕，上面正上演着一部爱情故事，男女主人公激情相拥的特写镜头几乎占满了屏幕。几秒钟后，观众发现这是前一两年在电视上热播的连续剧《来来往往》的片段。

只有画面，没有声音。

电视机放在房间里最显要的位置上，正对着占据房间大部分面积的双人床。

窗户上拉着厚厚的窗帘，屋外强烈的光线从缝隙里挤进来，照亮局部。

因为是老房子，屋内的陈设显得凌乱，旧的没有走，新的放得也比较随意，来双扬睡在大床上，她睡得很沉。

电视机的画面无声地闪烁。

画外传来敲门声，轻轻地，犹犹豫豫地。

来双扬没有反应，任何声音都没有。

敲门声再次响起。

来双扬动了一下，从蓬乱的头发下露出刚刚睁开，几乎睁不开的眼睛，她不得不使劲眯着。

来双扬的目光滑过窗户、电视，停留在房门上。

敲门声，刚响了一声，双扬就从床头柜上抓起一只塑料茶杯朝门扔了过去，茶杯打在门上，留下一滩水迹，敲门声戛然而止。

来双扬再次把头埋进枕头里，准备入睡，过了一会，她动了一下，事实上，她已经醒了。

她从枕头下面摸出手表，眯着眼看了一眼。烦躁地翻了个身，把自己上半身安置在靠垫上，开始看无声的电视。电视上的男女主人公开始激烈地争吵，双扬在自己身边摸了几下，找到遥控器，把遥控器对准了电视，这时，有人在门外叫她。

[画外音]

多尔：大姑——

来双扬仿佛是听见了，她的手停在半空中。她等着。

[画外音]

多尔：大姑—— 是我。

来双扬放下手来，翻身下床，两脚准确地伸进拖鞋，她用手指拢着头发，长长的套头衫正好遮住臀部。开门前，她把头伸到镜子前面看了一眼自己的脸，习惯性地咬了咬颜色不好看的嘴唇。

6. 日内　门外

门从里面打开了，11 岁的多尔站在门外，脚下放着他的大书包和一个装着随身衣物的大塑料袋。

多尔：大姑。

双扬：多尔？

多尔：大姑，我应该 4 点钟以后再来，可是我妈……

双扬：（打断）你妈怎么了？

双扬一边说，一边拉多尔进屋，正要关门，多尔伸出脚挡在门口，她这才想起来，打开门，把多尔的书包和大塑料袋拎进来，回手关上门。

双扬：你妈怎么了？

多尔：我妈走了。

双扬：走了？

多尔：我妈……（多尔的叙述突然流利起来，背书似的）我妈和我爸吵架了，我妈要到长沙去听股票讲座，我爸不让她去，因为我爸要值夜班，没时间给我做饭，我妈非要去，他们吵架了，后来我妈走了，我爸实在没有别的办法，就让我来找大姑了，不知道大姑能不能让我在你这里住几天，我可以自己坐公共汽车上学，如果大姑没有时间，我可以自己到“久久酒家”吃饭。

多尔的话说完了，他长出了一口气，像是完成了一件很艰难的任务，眼睛却不看来双扬。

来双扬看着多尔，脸上毫无表情。

她返身抓起电话，拨了一个很熟悉的号码。

双扬：来双元，把你那个破足球关了。

双元：（画外）多尔到了吧。

双扬：（眉头紧锁，声音有些懒洋洋的）来双元，亏你想得出啊。我是这个家里的爹还是这个家里的妈？什么破事情都来找我，你怎么不想想我是不是受得了？我晚上做生意，白天要睡觉，我怎么管多尔？再说让他一个人坐车上学，出事怎么办？谁负责？

多尔站在原地，眼睛看着电视，可耳朵听着双扬的话。

双元：（画外音）双扬，我要是有一点办法，也不会等着挨你这顿骂，那你说我该怎么办？

双扬：你该好好管管你老婆，是股票重要还是多尔重要？四则运算都不会，还炒什么股票？我就是想不通，你怎么什么都听她的。

双元：（画外）我住人家的房子，讲话自然不那么硬气。

双扬：（敏感地）你这话是……

正说着，多尔突然从地上捡起书包和塑料袋，朝门外冲去。

多尔：大姑，我还是走吧。

来双扬扔下电话，冲过去一把拉住多尔。

多尔在来双扬的手中倔强地扭动着，挣扎着，眼睛依然不看来双扬。

来双扬使劲揪着多尔，和他争夺着他手里的书包。

两人无声地搏斗，渐渐地，多尔的力气似乎用尽了，同时，他也感到了大姑的坚决，所以就开始妥协了，来双扬也从拉扯变成了安抚，最后，把多尔紧紧地搂在了怀里。

多尔眼睛红红的，忍着不让眼泪掉下来。

双扬：（搂着多尔）多尔，大姑不是针对你，你知道大姑永远都不会针对你，大姑就怕你不来呢。你就在大姑这住，愿意住多久就住多久。你想要什么告诉大姑，大姑给你买。

7．夜外　吉庆街夜市

来双扬把一盘鸭颈放在她的哥哥来双元的面前，来双元已经吃完了一盘，桌子上堆了一小堆骨头，他又伸手拿起一根，很在行地，津津有味地吃起来。

来双扬在他旁边坐下。

双扬：（压低声音）我下午三四点起来，要做账、盘存、进货、洗衣服、洗澡、化妆，我吃饭都是阿妹送一个盒饭上去，我怎么照顾多尔？

双元：奇怪，同是兄弟，你对久久百依百顺，掏心掏肝，怎么对我就这么冷酷无情。

双扬：多尔可以到店里来吃饭，住在我那里不方便。

双元：你是不是又找到新的男朋友啦？吉庆街夜市上的新闻传得快着呢。

双扬：无聊。

双元：那我就只有把多尔送到范沪芳家里去了，爸爸上次倒是说过，有事情可以找他帮忙。

双扬：你敢。她把爸爸从我们身边抢走，现在老了，还想儿孙满堂呀？

正说着，有客人来了。

双扬：（大声）阿妹。

阿妹没有应声。

双扬：（大声）阿妹！

一个女服务员慌里慌张地从店里跑了出来。

女服务员：来了，来了。

来双扬眉头皱了起来。

双元：（边吃边说）所以，我没有去范沪芳那里，就是怕你生气，吉庆街也是我的家，多尔回来住几天，也不算很过分吧，我们原来不是大家都住在一起的嘛。

双扬：不过分？难道你还想把家搬到我的房间里去？

双元：怎么是你的房间？吉庆街的房子是我们大家的，你现在住着就是了。

双扬：（站起身，压低声音）来双元，你的心思我总算明白了，可你们拿多尔当枪使，真没个做父母的样子。

双元：（不看双扬，独自说着）现在房改搞得这么凶，有些事情大家总要想一想清楚，小金又下岗，就是单位卖给我们房子，也买不起……

没等双元说完，来双扬已经朝店里走去。

8. 夜内　久久酒家

来双扬走进店里，很职业化地四下看看，对看到她的客人笑一笑。

来双扬一直走到吧台前，里面没有人。

来双扬问端菜出来的女服务员。

双扬：阿妹呢？

女服务员：（有些紧张地）在，在呢。

服务员把菜给客人上好，转过身来，来双扬看着她。

双扬：（低声，但严肃地）在哪里？

女服务员更紧张了，回头看了一眼通往阁楼的楼梯。

9．夜内　久久酒家

楼梯口

双扬有些狐疑地朝楼梯走去，她注意到楼梯上有一些红色的痕迹，一滴一滴的，像是血迹。

来双扬循着楼梯向上走，楼梯上的血迹越来越密集，来双扬的脚步也加快了。她几步跑上楼。

10．夜内　久久酒家

阁楼上。

来双扬猛地推开阁楼的门。

阿妹跪在床前，好像在祈祷，把两只胳膊压在自己的身体下面。

双扬：阿妹，你怎么了？

阿妹使劲摇了摇头，没有说话。

双扬：起来。

阿妹没有动。

双扬：我说话你听见吗？

阿妹慢慢地站起来，她的身体好像晃了一下。

来双扬很不耐烦地走上前去在阿妹的肩头拉了一把，想把她拉转身。

阿妹的身体仿佛失去了支撑，眼看着就在来双扬的手中软了下去，坐到了地上。

阿妹用一只手握着另外一只手腕上胡乱缠了很多纱布的手，纱布已经又被血染红了一部分，阿妹的脸和嘴唇都很苍白。脸上全是眼泪。

来双扬愣住了，她蹲下身，以便看到阿妹的脸。

双扬：你想干什么？

阿妹：没事了，老板，我自己切菜不小心。

双扬：你到底想干什么？

阿妹：我没事，我真的没事。

来双扬站起来，她的目光落在阿妹放在枕头上的一把干干净净的吉他上。久久的歌声从远处飘来。

阿妹：快两个月了，久久一点消息也没有，我一看到瘦高的男孩就心慌，我实在受不了。前一天晚上，他还说要带我去看动感电影，第二天，他就不见了，他一定是出事了。

双扬：他不会出事。

阿妹：（抱住双扬的腿）双扬姐，我求你了，别瞒着我。可怜可怜我。

来双扬掀起阿妹的枕头，下面全是照片，照片上一个很漂亮的二十出头的男孩，久久，在很灿烂，很自负，很放肆地笑着。

来双扬注视着照片。

照片上的久久在笑。

双扬：（自语般地）阿妹，你怎么这么傻。

11．夜外　夜市

来双扬从店里走出来，她在门口停了一下，她看见了那个熟悉的身影。

来双扬的目光从卓雄洲的脸上滑过，没有停留。

来双扬走到摊前。

双扬：（对照顾生意的女服务员）你陪阿妹到医院看一下急诊。

女服务员慌慌地走了。

在卓雄洲的注视下，来双扬回到自己的椅子上坐下来，点燃一支烟，她力图使自己镇静下来，不让别人看出她内心的不安，她朝刚才哥哥来双元坐过的桌子看了一眼，现在那里坐着一对年轻的恋人。低声说着悄悄话。她的目光滑过卓雄洲，两个人有短暂的对视，又赶快离开，她在想心事。

[**画外音**]老板，一盘鸭颈，一瓶啤酒。

来双扬没有反应。

[**画外音**]老板，一盘鸭颈，一瓶啤酒。

来双扬没有反应。

她突然意识到什么，抬起头，客人已经走了。

双扬：（站起身，对着客人的背影）请坐啊。

来双扬一回身，卓雄洲已经站在了她的身后。把一只空酒瓶放在柜台上。

来双扬对他浅浅地一笑。故意让自己放松下来，以此掩饰自己的失态。

双扬：还想吃点什么？我让厨房去做。

卓：把鸭颈全给我打包。

双扬：（做了一个有些惊喜的表情）好啊。

来双扬把盘子里的和放在塑料盒子里的鸭颈全部装进一个大塑料袋。

双扬：四十元。

卓雄洲放了一张五十元的钱在双扬的钱盒子里。

卓：不用找了。

双扬：那就，多谢你了。

卓：早点回去休息吧。

望着卓雄洲的背影，听见别的摊上的人在和他开着玩笑，（诸如：卓老板，你怎么鸭颈吃不腻呀？什么时候到我们的摊上光临一下等等）来双扬的心里有一种很复杂的感受。

12. 夜外　夜市

久久酒家送走了最后一位客人，关上了店门。灯光一下子就暗了许多。只剩下霓虹灯在闪。

来双扬的货都卖完了，她在收拾，擦桌子。

临摊的女人马姐走过来。

马姐：双扬，借两张凳子用。

双扬：拿去吧。

马姐：这么早关店，没出什么事吧？

双扬：没事，煤气刚好用完了。

13. 夜内　双扬家

门被来双扬从外面打开，她拉开电灯，习惯性地打开电视，电视的声音在寂静的夜晚显得很大。她赶紧把声音放到最小，然后回过头向自己的床上看去。

多尔睡在来双扬的大床上，以孩子睡着了以后不管不顾的姿势，占据了床上整个空间。

来双扬看着多尔，孩子睡着之后的安详让她有些感动，她甚至有抚摩他的愿望。随后，她又感到为难。

她在房间里转了两圈，坐到沙发上，身后被多尔的书包硌了一下，她把书包放到地上。书包很重。她有点新奇地打开多尔的书包，里面全是大小不一的课本和练习册。她掏出多尔的铅笔盒，打开，用手指拨动里面的东西。她发现多尔铅笔盒的最下面，放着一块小镜子，来双扬笑了。

14. 日外　戒毒所门外

来双扬提着一兜吃的东西从出租车上下来。

15. 日外　戒毒所院子里

阳光明媚，微风阵阵。

探视时间，戒毒人员和亲属在阳光下三三两两随意地交谈。

有的在哭。

一张长椅上，坐着来双扬和她的弟弟久久。

久久闭着眼睛，把头靠在来双扬的肩上，怀里抱着来双扬带给他的东西，很舒服地晒着太阳。

来双扬就这么让弟弟靠着，眼睛看着前面，很满足似的。

不知道的以为这是一对恋人。

久久睁开眼，打了一个很不雅观的呵欠。这是一个被女孩子宠坏了的漂亮男孩。因为吸毒的原因，人很憔悴，精神委顿，脸色难看，和照片上已经有了非常大的差别。

久久：（很淡漠地）你回去吧，晚上还要做生意，早点回去睡吧。我也想进去了。

来双扬一下有些失望，有些不满。

双扬：久久，你不问一声阿妹？

久久：阿妹？阿妹头发现在换了什么颜色？

双扬：（借题发挥地）对你好的人是天下最傻的人。

久久又闭上了眼睛，头向后仰着。

双扬：（自说自话地）小金去长沙听什么鬼讲座，和双元商量好了把多尔放在我那里，一个星期了，他们这么做是为了和我争房子，我到房管所跑了多少次，想把刘老师“文革”期间借走的那间房子从他侄子那里要回来，你回去就不必挤在阁楼上了。那边的事情还没有办成，又冒出双元，小金光说他们住的是娘家的房子，她怎么不说双元单位分给双元的房子她自己的娘家弟弟住着呢……

久久：（打断）行了姐，我懒得听你们这些事情，跟你说过多少次了，除了音乐，我对别的事情不感兴趣。（站起来，有些烦躁地）我想进去了。

双扬：（也站起来，小声地）滚吧。

16. 日外　阁楼的阳台上

空椅子摆在中间。

手腕上还缠着纱布的阿妹望着空椅子出神。

久久的琴声和歌声。

阿妹痴痴的眼神。

17. 日内　房管所

走廊上，打扮得漂漂亮亮的来双扬迎面走来。

她和一个挺胖、挺粗鲁的男人在走廊上迎面相遇，两人显然谁都认识谁，谁都知道对方是来干什么的，彼此对视了一下，来双扬想说什么，又没有想好怎么说，对方便若无其事地走了过去。

来双扬回过头，看着对方在楼梯的拐弯处消失，才转身继续往前走，无形中加快了脚步。

18. 日内　房管所

张所长的办公室外

来双扬敲了两下门，没等张所长答应，就推开门。

19. 日内　房管所

张所长的办公室

张所长正在往柜子里面收什么东西，看到双扬进来，笑得有点夸张。

双扬：所长，忙着呢？

张所长：你又来了？还是房子的事情？

双扬：来找您，当然是房子的事情，刚才我还看见刘老师的侄子。

张所长：现在的房本上确实是他的名字……

双扬：我不是跟您说了吗？那是刘老师死后，他趁你们不了解情况，做的手脚，刘老师当年的借条还在，怎么能不算数了？

来双扬拿出借条的复印件。

张所长大概看了看。

张所长：实在不行，你们两家的事情得去找法院了。

双扬：打官司我也不是没有想过，我一个个体户，有的是时间，什么都赔得起,只是我上来就得说是房管所的工作有疏忽吧？那不是给您的脸上抹黑吗。再说，我在吉庆街做了快20年了，天天在大家的眼皮底下，舌头尖上，还是让别人少说两句吧。这件事情，我不找别人，就认准您了。

来双扬说话期间，张所长拿着借条在看。

张所长：来崇德是你父亲?

双扬：是呀。

张所长：你父亲还在吗?

双扬：在呀。

张所长：你家的房子是他的名字，借条也是他的名字，他的户口和你也不在一起了，他自己怎么不来?

来双扬有点没有思想准备的样子。

20. 夜内　久久酒家

厨房里。

阿妹在切洋葱。

白色的、均匀的、薄薄的洋葱片一片一片倒下来。

阿妹辣得直流眼泪。

她的手腕上还贴着创可贴。

21. 夜外　夜市

来双扬坐在自己的位置上，和每天没有什么两样。但她的视线始终注视着不远处的一个摊位。

那里围了一圈人，里面吵吵嚷嚷的，好像发生了什么事情。

来双扬要做自己的生意，所以没打算去看热闹。

中年男客人：为什么别人啤酒卖5元，你卖8元?

双扬：（回过头来）我生意小，不然没得赚。

中年男客人：一晚上了，你总算正眼看我一眼。

双扬：夜市上每天这么多人，我看不看都一样。

来双扬的目光又朝人多的地方看去。

中年男客人：我到别的摊位上买啤酒，他们还不卖给我，说坐你的桌子就得喝你的啤酒。

双扬：是啊，这是我们吉庆街的规矩，坐谁的桌子就喝谁的啤酒，你把人家的啤酒都喝了，人家的菜怎么办？

中年男客人还不甘心。

中年男客人：那还有不喝酒光吃菜的呢，菜吃完了，酒剩下怎么办？

双扬：酒剩下了还是酒，不是废话。（对餐厅里面喊）阿妹。

阿妹在里面答应了一声。

来双扬看着中年男客人，在她的目光下，对方有些无趣，有点下不来台。

中年男客人：你不怕我到消费者协会去告你？

双扬：换了我是你，就少喝一瓶，你老婆还得谢我。

男客人：（有点急了，带出脏字）操——

双扬：（毫不示弱地）回家操去。

阿妹来了，两只眼睛红红的。

双扬：（不满地）你怎么又这样？

阿妹：我没事，我在切洋葱。

双扬：我不是说了，厨房里的事情你先不要做的吗？

阿妹：没事的。

双扬：你坐一会，我过去看看。

22. 夜外　夜市

来双扬走到人群的外面。拍了拍站在前面的一个小伙子。

双扬：什么了不起的事要闹这么久？生意还做不做了？

小伙子：双扬，（对里面）老七，双扬来了。

知道的也好，不知道的也好，听见小伙子这么说，就回头看来双扬，并且自觉地给她让出了一条通往事件中心的路。

双扬也就很自然地走了进去，同时成为中心人物。

叫老七的小伙子情绪非常激动，红头涨脸。

一个梳着披肩发的女孩，坐在一张桌子前面，面前摆着一些吃的东西。书包放在身体的前面，用一只胳膊护着，另一只手里抓着手机。

双扬：（对老七）怎么了？

老七：她在我摊上坐了一晚上，问这问那，嘴还挺甜，要不是她把录音机拿出来检查录上没录上，我还真没看出来她原来是个女特务，她要写吉庆街扰民的文章，让政府把咱们取缔了，我还奇怪呢，我怎么听见我自己说话了？她偷偷摸摸给我录了音了。（对女孩）我告诉你，今天晚上不交出录音带，你就别走。

女记者：我也是为了工作，我有采访的权利，我录的是吉庆街的现场声音，没什么不可以的。

老七：我不管你可以不可以，你出卖吉庆街不能让我和你一起出卖吉庆街，我把我的话收回，别的我不管。

女记者：吉庆街扰民是不是事实？多少年了为什么解决不了？就是你们只顾自己挣钱，不管别人的利益。

双扬：你说错了，吉庆街的问题不是没有解决过，吉庆街被取缔过好几次了。

老七：（对女记者）这位是来双扬，吉庆街上的第一个个体户，上过电视，她在吉庆街做生意的时候还没有你呢。

双扬：我们也不是生来就喜欢干这个，辛苦一个晚上，挣个百十块钱，当然没有做记者好了，我们是没有办法，政府都能理解我们，怎么你就理解不了？你不是也吃了人家的豆皮吗？

女记者：我说过了，我是为了工作，否则我才不会到这种地方来。

老七：什么叫“这种地方”？你说吉庆街是哪种地方？

双扬：一会儿你路过吉庆街的停车场，往里面看两眼，恐怕那里停的好车有的你不要说坐，见也没有见过，要是你写篇文章能让所有的客人都不吃吉庆街了，用不着取缔，我们自己就关张了，否则，你写了也是白写。

边上有人笑了。

双扬：老七，别为难她了，录就录了，让人家走吧，（对女记者）我妹妹来双悦在深圳，也是记者。

来双扬说完，转身离开，大家又像来时一样，给她让出一条路来。

23. 夜外　夜市

来双扬往回走时，可以看到卓雄洲坐在桌边，看着她。

卓雄洲有些欲言又止的样子。

来双扬走到阿妹身边。

阿妹：（讨好地）双扬姐，卓老板来了。

双扬：阿妹，我今天累了，想早点回去，你辛苦一下。

阿妹想说什么，又没敢说，她点了点头，看了卓一眼。

来双扬已经转身走了。

等阿妹回过目光再看卓雄洲，卓雄洲也起身走了，桌子上的鸭颈和啤酒动也没有动过。

24. 日内　双扬家

闹钟的声音突然响起。

睡在长沙发上的来双扬赶快爬起来。

双扬：多尔，多尔，起床了。

来双扬冲进厨房，为多尔准备早点。

双扬：多尔，没有面包了，吃泡饭行不行？

来双扬手上的剩米饭不太新鲜了。她闻了闻，又放下。

双扬：要不煮点面条？你要不要吃？

来双扬忙着把锅放上水，点燃煤气。

多尔：（画外）大姑，你不用忙了，我自己在路上买早点吃，我有钱。

来双扬回到屋里，到包里去找零钱。

双扬：那好，那好，大姑给你钱。

来双扬把钱塞在多尔的手里。

双扬：路上小心点，太挤就再等一辆，一定把书包背好，钱也要放好。

多尔：知道了，大姑你快回去睡觉吧。

多尔从外面把门拉上。

来双扬走到床前，把多尔的被子掀到一边，在自己的一侧躺下来，她试图接着睡，但眼睛却一直睁着。

她在盘算自己应该怎么办。

忽然，她像想起了什么似的，从床上跳了起来，她冲进厨房，煤气灶上煮水的锅已经干了，烧出了黑色。

来双扬伸手关上煤气。惊魂未定。

来双扬在厨房里站了一会儿，做出了决定，她返回房间里，坐到梳妆台的前面。

从镜子里可以看到一个神情决断的来双扬。

25. 日外　街心花园

阴云密布，已经可以听到隐隐的雷声。

街心花园里有很多人在晨练，

老年人锻炼身体的热情很高，以不同的方式，同样认真的态度。

一群上了年纪的妇女把自己打扮得五颜六色，化着浓妆，起劲地跳着健身舞，领头的是一位 50 开外，风韵犹存的女人，从她的动作和身段看，年轻的时候一定是搞“专业”的，现在老了，这里就是属于她的舞台，跟她后面的人相比，她很显眼，很出色。所有的人都按照她的节奏行动。

队伍的前面，地上放着一台录音机，里面没完没了地播放一首接一首流行歌曲，妇女们根据歌曲变换着舞步。

来双扬由于缺觉，显得有些疲倦，她打了一个很大的呵欠。

来双扬的目光，一直注视着领头的女人，脸上没有表情。

舞者依旧兴致盎然。

来双扬抬头看天。

范沪芳（就是带头的女人）脸上洋溢着快乐和满足。

来双扬看手表，她不知道这舞要跳到什么时候。

可以感觉到，她已经很不耐烦了，但不得不保持着自己的耐心。

范沪芳不知道有人在等着她。

来双扬脸色越发不好看。

26. 日外　街心花园

雨来了。

雨来得很猛，人群一下子就乱了。大家四处寻找可以避雨的地方。

小小的亭子里一下就挤满了人。

范沪芳把录音机抱在怀里，另一只手拎着宽大的裤脚，显得有些狼狈。

“嘭”的一声，一把漂亮的雨伞在她的头顶上方张开。

范沪芳一回头，一下子愣住了。

来双扬自己几乎是淋在雨里，把雨伞遮在范沪芳的头上，脸上露出最自然的微笑。

范沪芳依然没有反应过来，头上的扇子依然举着。

双扬：范阿姨，所有人都算上，没有谁比得过你。

范：（总算说出一句话）扬扬，你……

双扬：范阿姨，我送你回家。

来双扬搀着范沪芳，在众人羡慕的目光里，打着一把雨伞，走进雨中。

27. 日内　双扬父亲家楼道里

范沪芳刚刚把钥匙插进去，门就从里面打开了，双扬父亲同样是十分吃惊的面孔。

双扬：爸，是我。

父亲连答应都忘记了。

范沪芳不理会一脸惊愕的老伴，拉着来双扬的手直接进了屋。

28. 日内　父亲家

父亲把门关好。

这是一套简朴但收拾得很干净的两居室。

范沪芳拉着双扬的手，让她坐到沙发上，两个人都因为对方的热情而变得很不自然，但又希望给对方以更高的热情，两个人的手始终是拉着的。

父亲看着她们。

范：快去给扬扬拿条干毛巾来，还有拖鞋。

父亲赶紧就去了。

房间里的两个女人依然拉着手坐着，但谁也不知道该说什么。

父亲递过来毛巾，双扬的手才从范沪芳的手里拿了出来。

双扬：快中秋节了，双悦在外地，久久也回不来，我一到过节店里又要忙，就想着早点过来看看，也不知道你们想吃什么，就带了点钱，喜欢吃什么，不要省。

双扬掏出一个信封放在茶几上。

范沪芳抓起来又放回双扬手里。

范：扬扬，你能来看我，千金难买。这么多年了，你爸嘴上不说，可过年见不着你们四个，他吃什么也不香。（流出眼泪）这也是我的心病，今天你给我送一把伞，够我热上好几年，我和你爸爸都有退休金，钱够花，你有这份心，我就知足了。

双扬：范阿姨，我们年轻的时候，不懂事，伤了您的心，现在自己也老了，才懂得老人的心情，我妈妈去世以后，这些年，您把我爸爸照顾得这么好，我们应该感谢您才是。（把信封放在茶几上）

范：（非常感动，非常真诚地）人到我们这个年纪，吃什么都不香，穿什么都不好看，你说我还图什么？不就图个一家人热闹，团圆，我自己没有孩子，看着人家一大家子人出来进去，可羡慕呢。

父亲看着两个女人热情地相互表白，有点插不上嘴，他转身出去。

29. 日内　父亲家厨房

父亲在厨房里，东找西找，找出个大西瓜，搬上案板，一刀切开，瓜是生的，正尴尬间，双扬走进厨房。

双扬：爸，我来。

父亲：这瓜，不太好。

双扬：解渴就是了，现在的西瓜快不行了，这就不错了。

30. 日内　父亲家客厅

三个人吃着生瓜，但都兴致很高。有真实的成分，也有演的成分。

31. 日外　公共汽车站

父亲陪着来双扬在车站等车。

父亲：扬扬，你能对范阿姨讲出今天这番话，爸爸死也闭上眼睛了。

双扬：爸，有时间我帮你把厨房和卫生间装修一下，有些旧了。

父亲：你真是去了我一块心病，那年你堵在楼口骂，好几年她走路都不敢抬头。

汽车进站，出站，来双扬和父亲依然在等车。

父亲：多尔怎么样？

双扬：多尔在班上从来都是前三名，看过的书多得不得了，来家也算有指望。

父亲：双悦也不错嘛，读了大学，当了记者。这都是你的功劳。

双扬： 多尔我也要管的，只要他想读，我肯定要让他读的。出国留学也可以。

父亲：有什么需要我做的，你说就是，不要把我当外人。

双扬：爸，我想把刘家占咱们家的房子要回来。不能就这么算了。

父亲：这事就要靠你了。刘老师的侄子太不像话了，明目张胆，把别人的房子改成自己的名字。

双扬：他能改过去，我们就能改过来。只是，房管所总说我不是房主，不肯接待我。

父亲：（好像早有准备似的）那就把房本的名字改成你的，你是个体，不像双元他们可以分房子，双悦肯定要在外地安家了，久久又要靠你，你不说，爸爸早就想好了，吉庆街的房子交给你处理。

双扬：谢谢爸，不过有件事我还是不明白，咱们家当时孩子那么多，你为什么要把房子借给 刘老师？

父亲：你爸这一辈子，做了不少错事，其实最初的动机都是想做一个好人。

32. 日内　吉庆街

走廊上。

和来双扬住的房子格式结构一样的另一间。

来双扬在敲门。

没有人。

来双扬通过玻璃的缝隙朝里面看。

门把的螺丝松了，她还用手指拧了拧。

虽然是别人家住了，但是她还像看自己的房子一样看着这扇门。还伸手轻轻摸了摸。

来双扬一回身，一个三四年级的小女孩背着书包站在她的身后，看着她。

小女孩的眼睛里充满疑问。

来双扬冲她笑了一下，离开了。

33. 日内　久久酒家

厨房里，来双扬正在和厨师、阿妹一起做鸭颈。

阿妹在洗。

大锅，里面的汤在沸腾。

厨师在案板上熟练地切着。

相同长短的鸭颈。

来双扬在尝汤。

几个人干得津津有味。

34. 日内　双扬家

又是一个和影片开始时一样的下午。

房间里光线很暗。

电视开着，没有声音。

来双扬依然埋在枕头里睡觉，不同的是，多尔坐在沙发上，眼睛盯着没有声音的电视，因为是下午，多是一些没有趣味的节目。多尔想换个台，他左右看，没有遥控器。

多尔无趣地看着电视，不敢发出一点声音，他轻轻地拿起茶几上的茶杯，喝了一口里面的剩茶。放下茶杯时，他顺手捡起茶几上的一个瓜子，放进嘴里。

“咔”的一声，来双扬醒了。

多尔：大姑……

双扬：（伸了个懒腰）多尔，你怎么也不出去玩玩？你把窗帘打开吧，我要起床了。

多尔：大姑，你这有什么好看的书吗？

来双扬想了想，摇了摇头。

双扬：你看电视吧。（从被子中翻出遥控器扔给多尔）把声音打开。

来双扬进了洗手间，洗脸，她细心地，不厌其烦地完成女人护肤的各种程序。

双扬：多尔，大姑不知道你喜欢看什么书，等一下我给你 100 元，你去买你喜欢看的书回来。

[画外音]

多尔：谢谢大姑。

来双扬从洗手间出来，还在往脸上抹着什么。

多尔：大姑，我们两个下棋吧。

双扬：下棋？大姑可不会。

多尔：我教你，特别简单。

双扬：你以为大姑有你这么聪明，大姑老了，学不会了。

来双扬又返身进了洗手间。

多尔无趣地看着电视。用遥控器反复换台。电视总算有了声音。

35. 日内　双扬家

双扬：多尔。

多尔抬起头。

双扬：我跟你下棋吧。

多尔笑了。

36. 日外　双扬家

平台或阳台上。

来双扬和多尔两个人头凑得很近,双扬看多尔把一副"黑白翻"的棋盘摆好。

多尔把两个黑子和两个白子摆在棋盘的中间。

多尔：大姑，黑的是你的，白的是我的，每人放一个子翻一次，夹吃对方。

双扬：什么叫夹吃?

多尔：就是两边是黑，就把中间的白子翻过来，变成黑的，两边是白的，就把中间的黑子翻过来，变成白的，直着，斜着，都可以翻。

多尔一边说，一边为双扬演示。

多尔：很简单。

来双扬也试探着放了一个黑子，翻过来两个白子，多尔又放了一个白子，把双扬的黑子变成了白子。

来双扬开始对这个棋感兴趣了。

一手黑棋，一片变黑，一手白棋，一片变白……

棋局变幻无常。

多尔：大姑，好玩吗?

双扬：好玩……我给你爸打电话了，你妈妈回来好几天了。

多尔看着来双扬。不说话。

37. 夜外　夜市

双扬又坐到了原来的位置上，面不改色地做生意，外人看不见她的心事。

几个男人在她的摊前喝啤酒，划着拳。大声说笑。

多尔坐在一边吃别的摊上买来的小吃。

男人划拳的声音很大，多尔看他们划拳，看得津津有味。

来双扬忙着招呼生意，对买鸭颈的客人笑着。

客人盯着看双扬没有穿胸罩的前胸。

双扬：看什么？家里没有？

客人：（窘迫地）有，有。

来双扬在笑。

她想起多尔，转头去看多尔。

多尔看男人们和卖花的女孩开玩笑，让卖花的女孩给他捶背，多尔也在笑。

来双扬的笑容消失了。

38. 夜外　夜市

双扬：多尔，你东西还吃不吃？

多尔摇摇头。

双扬：该回去了。

多尔：大姑，再待一会儿。回家没意思，就是看电视。

双扬：作业要不要写？

多尔：明天写。

双扬：明天要到外语班上课。

多尔：我知道，大姑你真啰唆，比我妈还啰唆。

双扬：多尔，我再问你一遍，回去不回去？

多尔看来双扬生气了，站起身，踢开旁边的椅子，独自走了。

来双扬看着多尔的背影，有些后悔，她端起多尔剩在桌子上的炒面吃了一口。

双扬：（冲面摊喊）这是谁炒的面，这么咸？（她转身看离去的多尔）多尔…

多尔小小的身影消失在人群中。

来双扬气愤地端着炒面四下张望要去和卖炒面的人家理论。

卓雄洲迎面走来。

来双扬顺手把端在手里的炒面扔进垃圾桶。

39. 夜外　夜市

夜已经深了，吃饭的人不是很多了，有些摊子早早地收了。夜市显示出一种清净的安宁的有些懒洋洋的情调，大家说话的声音也放低了，互相之间也都以一种半睡半醒的状态进行交流。

来双扬的摊子上没有客人了。

只有卓雄洲还没有走。

来双扬在擦着已经没有客人坐的桌子，她擦得很慢，很仔细，一边在想如何对待卓雄洲。

她终于走到了卓的桌雄洲子边上。她停了下来。

卓：坐下来陪我喝杯啤酒。

双扬：把“陪”字去掉，我就坐。

卓：坐下来喝杯啤酒。

40. 夜外　夜市

两人相对而坐。

来双扬把一杯啤酒一饮而尽。

她抬起头来的时候，看见一轮满月。

卓雄洲看着来双扬，不说话。给她倒酒。

双扬：你平时也这么不爱说话?

卓：差不多。

双扬：那你怎么做生意? 他们说你开一辆沃尔沃，是你自己挣的吗?

卓：是。

双扬：大概挣大钱就要像你这样，我们这样的不行。

卓： 你在这里做很久了?

双扬：我做的时候还没有吉庆街，我妈妈生我小弟弟的时候难产去世了，我高中毕业，大学根本就没有去考。后来，爸爸认识了一个唱京剧的，就搬走了，每个月给我们几个送一次钱，放在报箱里，因为我们都不理他。再后来，我就炸豆腐干，炸鱼，炸青椒，炸韭菜什么能炸我就炸什么，不能炸的我也敢

炸。（喝酒）

来双扬突然停下来，等着对方讲话。

卓：我父母都是部队的，我 15 岁就当兵去了，在部队上混了十几年。到地方以后，比别人单纯很多。（边说边给来双扬倒酒）

双扬：我 24 岁结的婚，找了一个大学生，那时候就看着大学生好，我比现在漂亮，后来不知道为什么，他老不高兴，不说话，再后来就离婚了，没孩子，幸亏没有孩子。

卓：我也离婚了。

来双扬愣住了，酒杯举在手里。

卓：她去美国了，要强的人好像都得去美国，女儿学习不太好，小学毕业就找她妈去了。

双扬：真没有想到。

卓雄洲朝来双扬举着的酒杯上碰了一下。

卓：为孤男寡女干杯。

来双扬不好意思地放下酒杯。

卓雄洲指着她的酒杯。

来双扬不喝。

卓：把剩下的鸭颈给我包上，早点回去休息。

41．夜外　街上

卓雄洲骑着双扬摊子上的三轮车，他有些醉意，三轮有点扭。来双扬坐在边上，抬头看着天上的月亮。

街上没有人，也没有车，和白天简直像两个世界。

卓：你的餐厅名字不错。

双扬：我弟弟叫来双久，我叫他久久。

久久的歌声响起来。

42．夜外　双扬家门外

卓：我想跟你上去。

双扬：不行。

卓：为什么？

双扬：我哥哥的孩子，住在我家里。

卓：那你跟我走。

双扬：不行。

卓：为什么？

双扬：不为什么。

43. 夜内　双扬家

来双扬站在窗口，看月亮。

身后睡着多尔。

44. 日外　自由市场

蔬菜早市。鲜红翠绿，热热闹闹。

阿妹骑着一辆三轮车，后面拉着给店里采购的蔬菜和生的鸭颈等。

来双扬轻轻松松跟在后面，边走边看。

双扬：张所长，您也买菜？

张所长一只手提着一些青菜，另一只手拉着一个年纪大得实在不应该拉着的男青年的手。

小伙子长得文文静静，有些害羞。

张所长：（有些不好意思地）随便走走。随便走走。

双扬：我过户手续办好了，我爸爸让我谢谢您。

张所长：请客吧。

双扬：好，一言为定。

阿妹的眼睛和小伙子相遇，两人都躲开了。

双扬：（对阿妹）阿妹，这就是我常跟你说的张所长。

阿妹冲张所长笑。

双扬：张所长，这是我们久久餐厅的副经理，阿妹，哪天让她做几个拿手菜给你吃。

张所长：（被儿子拉着要走）行啊，行啊。

双扬看着张所长的背影。

双扬：您可答应了。

45. 日外　街上

一辆出租车在马路上行驶。

双扬坐在司机的旁边。

司机：上班？晚了吧？没赶上单位的班车？

来双扬看他一眼，未置可否。

司机：在市政府上班，小姐工作挺不错。

双扬：市政府里的工作也有好有差呀。也有烧水扫地的。

司机：你肯定差不了。

双扬：为什么？

司机：我在大街上跑这么多年白跑了？你有文化，工作差不了。

来双扬又没有说话。

司机：现在有什么也不如有份旱涝保收的工作。

双扬：那你当年为什么辞了工作干出租。

司机：当年是当年，现在是现在。

46. 日外　街上

汽车拐过一个弯，停在市政府宏大建筑的大门外。

来双扬付了钱后下车，她竟很正式地和司机握手告别。

来双扬走到传达室的窗口。

双扬：麻烦给车队的来双元打个电话，我不进去了，就在这里等他。

来双扬站在大门外面等着。不时往院子里面看一眼。

47. 日外　政府大院

来双元从大院深处跑了出来。

48. 日外　大门外

双元：上着班呢，你怎么找到这里来了。

双扬：你跟小金说了没有？

双元：说倒是说了，你不是不知道，她下岗了，脾气不好。

双扬：她下岗，我也下岗，她脾气不好，我脾气也不好。

双元：所以只有我最倒霉，夹在你们两个人中间，左右为难。

双扬：你想住来家的房子也可以，找刘老师的侄子把房子要回来，你要回来就你住。

双元：你明明知道那间房子要不回来。

双扬：你不是整天说你认识这个认识那个，去找一找熟人，试一试。

双元：我得先动用关系帮小金解决个工作，总不能什么事情都找别人帮忙。对了，久久进戒毒所我不是帮了忙的吗？

双扬：你还记得有个久久？

双元：我有时间一定去看他，小金不在，我单位里又忙。

双扬：一句话，多尔你还要不要？

双元：要，要啊。

49. 日内　桑拿浴室

一间不大的木屋里，挤着八九个围着浴巾的女人，或坐或站，挤在一起。有的很胖，形态臃肿，有的戴着很多金饰和高级的手表。有的文过的眉毛黑得很醒目。所有的女人都被蒸得大汗淋漓。

仔细看，来双扬和阿妹也在其中。

女人们一边出汗一边闲聊，不时有人冲外喊："小姐，冷毛巾"，就有服务小姐过来递给每个人冷毛巾，换掉手中已经不凉的。

来双扬和阿妹没有说话，听周围的人在聊天。断断续续，有一句，没一句的。

女甲：（很瘦，对女乙）我看你又胖了，两千块钱白花了。

女乙：（很胖，披金戴银，炫耀地）两千？我为减肥花了两万也不止。辣椒、吸脂、针灸、气功，没有我没试过的。

女丙：我有个减肥偏方，你想听吗？

女乙：只要不是让我去死。

女丙：山里红干，加绿茶，煮水喝。

女乙：行，如果有效，送你一件"婷美"。

女丙：说定了。

女甲：（对女丙）老跟你一起来那个小人精呢？

女丙：搬家了，嫁了个副局长，比她大 19 岁。幸福死了。

女甲：这就对了，要么不嫁，要嫁就嫁个功成名就的，至少也是个丰衣足食的，现在的女孩没人愿意"兄妹开荒"，跟小伙子白手起家的。

女乙：没错，过去征婚启事第一条是“品貌端正，热爱文学”，现在是“车房齐备，收入可观”。小姐，冷毛巾。

阿妹不想听了，她拉门走出去。

来双扬跟在她的后面，也走了出去。

50. 日内　桑拿浴室休息室

来双扬和阿妹坐在休息室里喝酸奶。

两个人都不说话。只有吱吱的吸管声。

阿妹：双扬姐，你和卓老板的事情，也要早一点定下来。

双扬：我和他有什么事？

阿妹：他来咱们摊子上吃鸭颈也有一年多了吧？你总要给人家一点希望。自己也不要错过机会。他看你的样子，我都受不了。

双扬：可我也不能别人看两眼就跟人家走啊。

阿妹站起身，朝门口走去，在一块擦脚的垫子旁边，她弯下腰，捡起一件东西，她回身走到来双扬的身边，张开手，不知是哪个女人丢的金手链，样子很别致。

双扬替阿妹把手链放进阿妹的塑料袋里。

来双扬提起装了洗头水、浴液等大瓶小瓶的口袋，准备去淋浴了。

双扬：（突然）阿妹，久久其实没有走，他就在城里。

阿妹头上裹得好好的毛巾一下子散开了，阿妹接住滑落的毛巾，眼睛看着来双扬。

双扬：我想了很久，我还是应该带你去看看他。

阿妹：（呆住）真的？

51. 日外　路上

出租汽车上。

阿妹给双扬看她手上戴着捡来的手链。

阿妹：双扬姐，我想好了，不管久久现在是什么样子，瞎了，残废了，毁容了，我都不会再离开他，我要把他带回阁楼上住，我照顾他，我骑三轮车送他上医院。

双扬：人家说，现在的女孩子都在想怎么变成大款，没有人想跟梁山伯一起变成蝴蝶。

阿妹：（坚定地）我不要汽车、洋房，我就要久久。

阿妹拿出小镜子，认真地抹着口红。

52. 日外　戒毒所门口

阿妹非常吃惊的表情。

来双扬拉住阿妹的手，带她往里走。

阿妹几乎想退缩了。她开始哭。

来双扬有点不快。

双扬：人还没死呢。

53. 日外　戒毒所院子里

和上次一样的氛围。

久久朝着她们走来。

久久的面目从模糊变得清晰。他越发显得清瘦和颓废，像一个衣服架子，轻飘飘的。

阿妹已经泪流满面了。

久久的脸上没有什么表情。

54. 日外　戒毒所

三个人在室外的一张桌子前坐下。

双扬：久久，阿妹看你来了。

久久好像根本就没有看见阿妹。他一拳锤在桌子上。

久久：（对双扬）我恨你，我在这个鬼地方一天也待不下去了，你去跟他们说，让我走。

久久“砰”地把额头重重地撞在桌面上。

阿妹一惊，差点跳起来。

双扬：久久，阿妹看你来了……

来双扬也流泪了。

久久：那你们就让我走，你去想办法，你给他们钱，让他们放我出去，我在这里生不如死。

阿妹：久久……你怎么能……

久久：（没有抬头，打断）你闭嘴，少教训我，你以为你是谁？

双扬：久久，我们必须要坚持下去，要不然你前面的罪都白受了，姐姐为了让你戒毒已经花了很多钱。

久久：钱钱钱，你就知道钱。阿妹，你不是跟我说你有钱吗？你不是说要给我出唱片吗？你倒可以帮我姐，省得她不舍得花钱救我出去。

阿妹：久久，我会的，只要你好好的，让我干什么都可以。

双扬：久久，你要这样姐就不喜欢你了。

久久：你早就不喜欢我了，我没有在你的培养下成为一个音乐家，辜负了你对我的希望，我连猪狗都不如，你就把我当只狗养着吧。你总不能看着你的狗受苦吧。

双扬很绝望地看着久久。

55. 日内　双扬家

阿妹伏在梳妆台上放声大哭。

双扬：哭吧，大哭一场，就什么事情都想通了，我妈生久久难产死的，久久是我一个十几岁的姐姐稀里糊涂像养猫养狗一样养大的，我就是他妈妈。我把他惯坏了。我丢不下他，我逃不出自己的命，你呢，从今天起，死了这条心，走自己的路吧。

阿妹的哭声戛然而止。

双扬：阿妹，我告诉你一句实话，就算久久没有进戒毒所，同样不会和你有什么结果，这种事情不能一厢情愿，你终归是一个乡下人，久久的心有多高，我比你清楚。

阿妹哭声又起。

56. 夜外　夜市

来双扬又坐在自己的座位上，手里的烟冒着优雅的雾。

双扬：你们来了，坐吧。

小金：多尔今天没有去上学，老师电话打到你哥单位里。

双元从冰柜里取了一瓶啤酒，又从柜台上端了一盘鸭颈，坐到桌子前面去了。

来双扬一下站起来。

双扬：没去上学？那他背着书包去哪了？

小金：我这不是正要来问你吗？

双扬：早上按时间走的，下午我出来的时候还没有回来，平时有的时候也会晚一些。

他现在回去了没有？

双元：我们出来之前打过电话，现在在家里，他说他到图书大楼买书去了。

来双扬松了一口气，重新在椅子上面坐下来。

双扬：那你们来这里干什么？

双元：我们来接多尔回去。

来双扬眼睛一亮，心情也跟着好起来。

双扬：好啊。

小金也坐到丈夫身边，吃鸭颈。

小金：（对双元）去那边给我买点臭干什么的，光吃鸭颈有什么意思。

来双元很听话地去了。

来双扬点上一支烟。走到小金坐的地方坐下。

小金：双元说，你爸爸在电话里说，吉庆街的老房子已经改成你的名字了，归你了，我们也就不好再留在那里。

双扬：那是为了和刘家要房子，多尔是你儿子，你也要替他想一想。他一定是愿意和你们在一起的，（突然打住）我要做生意，你慢慢吃。

卓雄洲来了，今天不仅来了卓雄洲，他还带来了几个朋友。都是生意人的打扮。

来双扬情绪很好，迎了上去。

卓雄洲向朋友介绍来双扬。

小金看着来双扬热情的样子，很不以为然。

来双扬热情地招呼他们坐下，把桌子又擦了一遍，端上啤酒和鸭颈，给每个人倒上酒，经过了上一个晚上，她和卓雄洲的关系显然发生了一些微妙的变化。

阿妹出来要帮忙，来双扬示意阿妹不用她帮忙。

57. 夜外　夜市

来双扬走到旁边的摊子上。

双扬：马姐，给烤几盘串烧。

马姐：怎么这么高兴，是不是你请客？

双扬：（掩饰一下）我才不请，我跑腿。

马姐：那就多跑几趟，也让我沾沾光。

来双扬笑笑，很由衷。

58. 夜外　夜市

来双扬热情地招呼卓雄洲几个。

这边的小金和来双元冷眼旁观。

小金：你妹妹就是比你有本事。

双元：这叫有本事？把来家的脸都丢尽了。

小金：为了钱，脸面算什么？我看她这次是要钓条大鱼了，难怪多尔说，大姑要送他出国留学呢。

双元：我们去接多尔吧。

小金：你去吧，我很久没有来吉庆街了，在这里坐一会儿。

小金说话的时候眼睛一直盯着来双扬。

59. 夜外　夜市

卓雄洲和他的朋友开始喝酒，气氛比较热烈了。

卓：别小看吉庆街，别小看吉庆街的鸭颈。这鸭颈是活肉，自然是养人的，而且吃起来有趣，一个晚上也不会让你吃饱。

另一人：这摊子是不是有你的股份在里面？

另外一个客人：你晚上不开手机的时候是不是就在这里吃鸭颈啊？

大家笑。

卖唱的人拉着胡琴过来。请卓雄洲点曲子。

卓：《打靶归来》。

胡琴奏打靶归来，热热闹闹的。

来双扬端了啤酒和烧烤过来，客人请她跟着喝啤酒。

来双扬和每个人整杯整杯地干着啤酒，她心情很好，卓雄洲带了朋友过来使她感到很高兴，她把这看作是他们关系的一种进展，所以她表现出和卓雄洲关系很近的感觉，有一些小动作之类。

《打靶归来》拉起没个完，胡琴之外，又加进了唢呐。

60. 夜外　夜市

小金远远地看着。

卓雄洲和来双扬干杯，来双扬的脸色绯红。

也许是来双扬有点得意忘形，她的眼睛开始直视卓雄洲的眼睛，这使得她有些激动，卓雄洲也逢场作戏地表现很好。

一切都像来双扬所希望的那样。

来双扬偶尔抬头，她看见了小金。

小金朝她走了过来。

来双扬放下酒杯，朝小金来的方向迎了上去。

双扬：（带着几分酒意）嫂子，不坐了？（开玩笑地）要买单吗？

小金一下子发作起来。

小金：来双扬，你不要欺人太甚！说话不要太难听了，我没有你阔，但几根鸭脖子钱还是拿得起。

来双扬一下愣了，她有点反应不过来。

双扬：不是，我是说……

小金：（不吐不快地）你什么也别说了，好事全让你一个人占了，兄弟姐妹哪个也没有你有本事，哪个也不被你放在眼里，吃屎你都要吃尖儿。你也太霸道了你。

所有附近的人们都看着她们，脸上的表情很兴奋。

双扬：（不想再吵，压低了声音）我就霸道了，怎么样？撒酒疯不要找错了地方，你儿子长这么大，我花在他身上的钱比你要多，我怎么对不起你了？

小金：（大声地）你少提我儿子，别以为我不知道，你在他的面前说我什么，你花多少钱也没有用，我是他亲妈，有本事自己生一个，别整天打别人儿子的主意。

双扬：（一笑）生儿子有什么了不起吗？告诉你，我要想生儿子，分分钟的事情，想找男人，也是分分钟的事情……

小金：别臭美了，你老公为什么不要你了？还不是因为你不会生孩子？

“啪”

一记清脆的耳光。来双扬和小金就抓在了一起。

观众自觉地后退，让出一个场地。

小金和来双扬毫无章法地揪在一起，来双扬显然占些上风，小金的头发被抓乱了。

两个人互不认输。

卓雄洲实在看不下去了。

他站到两个人中间。

卓：行了行了，太激烈了。

小金和来双扬松开手，卓雄洲把来双扬挡在身后。

小金：要你多事？让她打，有本事让她打死我。

卓：别说气话，什么事不能慢慢商量？

小金还要和卓雄洲理论。

来双扬气还没有喘匀。

来双扬回身，看见多尔和来双元提着来时的大包，站在她的身后。

多尔的眼神很复杂。

来双扬看着多尔，不知道说什么好。

双元：你们两个，也不嫌丢人。

来双扬一句话也说不出来，眼睛里一下子全是泪。

看见多尔，小金也不喊了。

来双元拉了多尔走。

小金跟在后面走了。

围观的人的笑声。

多尔回头看了来双扬一眼，连再见也没有说。

来双扬的眼泪流了下来。

61. 夜外　夜市

来双扬坐回自己的座位上，凉鞋的带子断了一根，使她也显得有些狼狈。她拿起一根烟，手抖得拿不住打火机。

卓雄洲替她把烟点上。

来双扬抬起头，她期待看到卓雄洲的眼睛，她需要卓雄洲的安慰和理解。

但是，卓雄洲并没有在她的身边停下来，而是在清理现场，把桌椅重新摆好，然后走回座位上，和他的朋友在一起，胡琴再次奏响《打靶归来》，大家在笑。

来双扬一边抽烟，一边独自落泪。

62. 夜外　夜市

放在柜台上两百元钱。

卓：把剩下的鸭颈给我包上，早一点回去吧。

来双扬还在哭。

卓：我们走了，还有别的事情。

来双扬给卓包鸭颈。

卓：干吗不去找个朋友聊聊天。

双扬：我一个卖鸭颈的个体户，没有朋友。

卓：那你跟我们一起走，去散散心。

双扬：（摇头）我让你在朋友面前丢了面子。

卓：在吉庆街，这也算不了什么。你说是不是?

说完，卓雄洲走了，两百元在柜台上轻轻翻动，双扬拿起钱，随手扔进钱盒。

来双扬又低下头摆弄她坏了的鞋带。

63. 夜内　　双扬家

电视开着，午夜间不咸不淡的肥皂剧，没有声音。

多尔已经走了。大床上没有人睡。

来双扬一个人坐在沙发上玩多尔忘了拿走的黑白棋。

她走一个白棋，翻过很多黑棋，走一个黑棋，又翻过很多白棋。

棋盘上，一会黑的多，一会白的多。

她彻夜未眠，窗外已经有了曙光。

64. 日外　街上

又是新的一天，一切似乎都没有改变。

久久餐厅。

65. 日内　久久餐厅内

阿妹样子很憔悴，像生了一场大病。

来双扬坐在柜台里看账本，一脸不高兴。

66. 日内　阿妹的阁楼上

双扬：阿妹，这样做下去，我们关门好了。

阿妹：双扬姐，我对不起你。

双扬：阿妹，你从剥葱的小工干到今天，自己要珍惜。

阿妹：我知道，没有你就没有我的今天。

双扬：你妈想让我帮你在城里安个家，可你偏偏缠上了久久，久久对你不是真的，要不然他吸毒两年，会不告诉你？

阿妹又开始哭。

双扬：不许哭，再哭你就回家。

阿妹咬住嘴唇。

双扬：我帮你找个对象吧。

阿妹一愣。

67. 日内　久久餐厅

店里没有客人，空荡荡的。

来双扬的手里拿着一个苍蝇拍。

阿妹：我知道，张所长的儿子是个“花痴”。

双扬：不是“花痴”，那么体面的小伙子，又是大学生，会“面向农村”吗？我问过了，就是上大学的时候，感情问题上受了刺激，不犯病的时候，好好的一个小伙子，你见过的。人家说这种病一般结了婚就有不治自愈的。

阿妹：要是好不了呢？

双扬：是有点风险，不过，还可以试一试。这个儿子，是张所长最大的心病，你到他家，全家人都得小心哄着你高兴，而且，你的住房、户口什么的也就全解决了。

阿妹：要是以后比现在病得还要厉害怎么办？

双扬：送医院啊，实在不行还可以离婚，到时候我会出面帮你的。

阿妹：大姐，你让我想一想。

68. 日外　快餐店临街的玻璃窗

两人临街坐着，望着外面。

外面是繁华的商业街。

不断有摩登的女性从她们的面前走过。

阿妹：双扬姐，到时候你可不要不管我。

双扬：怎么会呢？这些年，我拿你当亲妹妹，吉庆街的人都知道，你是久久的副经理，在久久是有股份的，在城里，也是有靠山的，有娘家的，有嫁妆的，不管你嫁给谁，我都要出面的。

阿妹：除了他，我还能嫁给谁？

双扬：回去和你妈妈商量一下，我也是受人之托，不能替你拿主意。

阿妹：这些天，我也想明白了，不管久久怎么对我，我一样要把他放在心上，我要好好挣钱，和你一起负担久久的生活，只要他还活着，他就在我的心里。

双扬：久久活不长的。吸毒的人怎么能活得长呢？我没有自己的孩子，久久餐厅以后是你的，吉庆街的房子要回来，是久久的。

阿妹：（眼里含着眼泪，但很清晰地）大姐，你可一定要把房子要回来，一定要回来。

来双扬不敢看阿妹的眼睛。

69. 日内　大饭店

脏脏的皮鞋，踩在软软厚厚的地毯上。张所长迈着有些窘迫的步伐，走在双扬的身边。

张所长：不就是吃个饭吗？在“久久”坐一坐就行了，还兴师动众地跑到这里来。

双扬：好不容易请动了所长，我可要认真对待。

张所长边走边在裤腿上擦他的皮鞋。

70. 日内　餐厅

小单间里。

来双扬把菜单递向张所长。

张所长：我随便，我随便。

双扬：听说有家餐馆里有一道菜就叫“随便”。那我点了？（对站在一边的服务生，这是一个男服务生，但头发比较长，挺现代派的。）日本北海道鳕鱼，七成熟。北极贝，虫草红枣炖甲鱼。

张所长：不要点甲鱼了，换个冬瓜皮蛋汤吧。

双扬：再加一个冬瓜皮蛋汤。

张所长：小姐，不要写了，够了，够了。

小伙子斜了他一眼。

双扬：（一边倒茶，一边说）张所长，我除了找您的麻烦，在下面和您接触不多，坐下来刚讲两句话，我就知道您的为人了，看您替我急得，怕把我吃穷了？

张所长不好意思地笑笑。

71．日内　单间

酒菜齐备。

两人干杯。

张所长：（感慨万千）多好的地方，要是全中国的老百姓都能过上这样的日子，我们这些当干部的也就不用整天为房子烦恼了。

双扬：张所长，我今天算是看到您的内心世界了，您心里有老百姓，冲这句话，我干了。

张所长：双扬，听说夜市上有个大款追你一年多了？

双扬：吉庆街上的话您也会信？我一个卖鸭颈的女人，谁会看上我？

张所长：可你不能卖一辈子鸭颈吧？要换了我，早就跟他走了，到世界各地看一看，然后找个好地方买个房子，何必整天惦记着吉庆街这两间破房子。

双扬：（推心置腹地）我当然想走，和别人的大生意比起来，吉庆街这点钱早就不值得挣了，再说，吉庆街也让我伤透心了，可我丢不下这个家，我弟弟久久，他不争气，身体也不好，听说您儿子身体也不好，您能丢下他不管吗？

张所长长叹一声。

来双扬理解地，无言地看着他。

双扬：可惜了一个那么精神的小伙子。

张所长：我现在倒可以管他，可我们老两口死了之后，谁管他？

双扬：得给他成个家，找个心眼好，又能干活的。

张所长：到哪去给他找？又不能骗人家。

双扬：阿妹怎么样？

张所长：（简直不敢相信）你说阿妹？

双扬：阿妹的妈妈托我在城里给她找个婆家，说有点残疾都没有关系，照这么说，您儿子的条件还绰绰有余呢。

张所长：双扬，你要是能帮我把这块心病去了，我们老两口为你做牛做马都行。

双扬：我为了房子的事情给您添了这么多的麻烦，能帮上您一点忙，是我的幸运。

张所长：我干了。

双扬：我也干了。

72. 日外　街上

一家餐厅门口

一场热闹排场的婚礼。

鞭炮炸响，彩带飞舞，气球飘扬。

新郎新娘站在台阶上。

高个子的新郎穿着崭新的西装，拉着阿妹的手，阿妹穿着婚纱，非常漂亮，她的脸上带着幸福的笑容。

新郎的手紧紧抓着或者说掐着阿妹的手，阿妹忍着，脸上带着笑。

别人在替他们两个人拍照片，大家又凑上来一起合影，合影的人数越来越多，其中可以看到张所长夫妇，两人在流泪，还可以看到来双扬，她脸上没有多少笑容。还有来双元。阿妹的妈妈，也在流泪。

73. 日内　阿妹的新房

新装修的两居室，崭新的家具和全套的电器。

大红的喜字贴得到处都是。

白色的婚纱挂在衣架上，来双扬把婚纱拿在手上。

来双扬站在镜子的前面，把婚纱放在身上比画着。

阿妹在洗手间里。兴奋的画外音。

阿妹：双扬姐，我做梦也没有想到住这么好的房子。

双扬：的确不错，老两口把自己的房子让出来，这是心意了。

阿妹：他这么长时间什么病也没有，还给我背唐诗，没完没了，他会好多唐诗。

双扬：是吗?

阿妹：他还说要带我出去旅游，看日出。

双扬轻轻地把婚纱挂回去。

双扬：……还是先不要出去吧。

阿妹从洗手间出来，换了一身红色的中式服装，很漂亮。

她走到来双扬身边，举起自己的手，让来双扬看到手上的青紫。

来双扬的眼泪一下子就下来了。

阿妹看见来双扬哭，自己也要哭了。

双扬：阿妹，我不会忘了你的好处。

74. 日内　房管所

张所长的办公室

张所长把一个新的房本放到来双扬的面前。

房主一栏里，写着“来双扬”。

双扬：张所长，我真的不知道该怎么感谢您，我一个小个体户，无权无势，真没有想到还能把房子要回来。

张所长：你说哪里话，我们只是纠正了工作中的一个错误，我也没有帮你什么忙，只是要求他们找出了重新登记前的原始记录，把偷换的名字又改正了过来，对于直接责任人我们还要认真调查，严肃处理，是我们的工作没有做好。以后你还要多提意见。

对张所长的官腔，双扬表示理解。

双扬：那好，我就不打扰您了。

张所长：刘家搬家的事情，我会找人去协调，你也不要催得太紧，总要给别人一个接受的过程。

双扬：我听您的，拿到房本，我就踏实了。

张所长看着来双扬笑了，他现在真的体会到，这个女人不寻常。

75. 夜外　夜市

暮色将至，吉庆街的摊子刚刚开始摆，来双扬在独自做自己的事情。

来双扬今天很高兴，一直嘴里哼着一支什么歌。

卓：今天怎么这么高兴？

来双扬猛地回过头来。

双扬：（不好意思地）今天怎么这么早？

卓：我听说“久久”的老板结婚了，以为是你，吓了一跳。

双扬看着卓雄洲有些发愣，随后，笑了笑。

76. 夜外　夜市

客人还不多，卓雄洲和来双扬面对面坐着聊天。

卓：如果不做夜市，你打算干点什么？

双扬：谁说我不做夜市了。

这时，卓雄洲的电话响了，卓雄洲对来双扬做了一个手势，开始接电话。

来双扬借这个机会看着眼前这个她又熟悉又陌生的男人。

卓：房间我安排了，五洲酒店，我助理负责，招标会定在8号，我们早一点集中，准备充分一点。

听到招标两个字，来双扬很注意。

卓雄洲接完电话，两人准备接着聊。

双扬：谁说我不做夜市了？

卓：我是说，如果。

来双扬正要说什么。

一个小女孩的声音。

女孩：阿姨，买鸭颈，半斤鸭颈。

来双扬只好起身。

来双扬称鸭颈，打包，收钱，找钱。但她的眼睛仍然看着卓雄洲。

来双扬把鸭颈递给小女孩。

她看到了小女孩的眼睛，这是一双很熟悉的眼睛。她好像在哪里见过。

小女孩拿着鸭颈走了。

来双扬放了一瓶啤酒在卓雄洲的面前，坐了下来。

卓：喝杯酒？

双扬：不喝。

卓：对不起，我随便问问。我是说，如果有更轻松，更挣钱的事情可以做，不一定要守在这里，“外面的世界很精彩”。

双扬：没有。我没有你说的那种事情可做。我又不知道你们怎么一下就可以挣那么多钱？

来双扬等着，卓雄洲却不再开口。

两人默默地坐着，无话可说。

双扬：你觉得我应该干点什么？我是不是该当个女记者？或者女干部？

卓雄洲看着她，就是不说话。

来双扬有些气愤，又有些无奈，她看着卓雄洲。

卓雄洲也看着她。

卓：对不起。

有客人来了，来双扬又起身去做生意。

来双扬卖东西给别人。

来双扬抬头望去，卓雄洲已经走了。

来双扬的眼睛里一下子就涌出了眼泪。

77. 日外　戒毒所

来双扬和久久从门里面出来。久久背着一个大包。

久久回头看了一眼。

双扬：久久，我们千万不要再来这个地方了。

僻静的小马路，来双扬和久久两个人并肩走着，来双扬挽着久久的胳膊。

双扬：久久，阿妹结婚了。

久久：是吗？她怎么连个招呼也不和我打。

双扬：你总不能耽误了人家。

久久：她走了吗？

双扬：她还是久久酒家的副经理，我把她的股份提到3%，不过她不在阁楼上住了，以后你一个人住。

久久眯起眼睛看看天上的太阳。

双扬：还有个好消息，我们把刘老师侄子占的那间房子要回来了，等他们家搬走了，你就到老房子去住。

久久：我住哪里都无所谓。

双扬：你不知道，我是费了多大的力气才把房子要回来。

久久：你愿意。

78. 日内　双扬家

来双扬躺在长沙发上，在打电话。

双扬：多尔，我是大姑。你爸在家吗？让他接一下电话，（等了一会）噢，那就算了，多尔，你怎么不给大姑打电话了，你的黑白棋也忘在我这儿了。告诉你一个好消息，小叔叔回来了，你有空来看看他吧。多尔，你要好好读书，大姑一定送你出国留学。

电话挂了，来双扬迟疑了一下，又拨了一个电话。

双扬：双悦，我是双扬。你在班上，深圳天气怎么样？这边在下雨。没什么大事，我就是想告诉你，刘老师的侄子占咱们家的那间房子我终于要回来了，你什么都看不上，老房子也是房子呀。当然还在做，我不卖鸭颈还能做什么？我不懂什么生活价值，我做惯了，没觉得有什么不好。哪有你说得那么容易，我也不想找了，我和你不一样，咱们不是一代人。好了，你忙吧，有空想着给爸打打电话，他挺想你的。

来双扬挂上电话，拿起就放在身边的房本，仔细地看，看个没完。

79. 夜外　夜市

来双扬骑着三轮车路过别人的摊位，和别人打着招呼。

马姐：双扬，你听说了吗？

双扬：什么？

马姐：吉庆街要关了。

双扬：说过多少次了？又怎么样？没有吉庆街大家不够开心。

马姐：这回和以前的市政整顿不一样，这回是拆迁。这里要搞房地产了？

双扬：（停住手）真的？

马姐： 那个王奶奶昨天去给她的孙子改名字，才知道我们这一片户口全部冻结了。

双扬：那我们怎么办？

马姐：你还好嘛，跟那个卓总走就是了，你多看他一眼，他为你死都可以。我们就惨了，补的钱，要买房子得买到山脚下去，可住在那里干什么？没人发工资给你，人家替你种花种草，你还要交物业费，比这里房租都贵。

80. 夜外　夜市

来双扬没有再说话，坐在自己的椅子上，她面前的桌子上坐了不少客人，正是夜市上最热闹的时候。

来双扬手上拿着一支烟，没有点燃。

来双扬在想着自己的心事。

有人喊："老板"

来双扬从遐想中惊醒。

在来双扬的一张桌子前，坐着三个人，一男两女，女的打扮得都很华丽，穿金戴银的，一个中年妇女指着桌子上的鸭颈。

中年妇女：老板，鸭颈坏了。

她的话使得所有正在吃鸭颈的人都停了下来。

来双扬站起身，走到他们跟前，端起盘子闻了一下。

另一个女的：是不是坏了？

别的桌子上的人也都端起盘子在闻自己的鸭颈。

双扬：我给你们换一盘。

中年女人：那不行，我们已经吃了。再说，谁知道你那些鸭颈里面还有没有坏的。

双扬：我所有的东西都是当天现买现做的。

另一个女人：你什么意思？我们冤枉你了，我们没事找事了？看来吉庆街是没有讲理的地方了，我们换个地方说话。

这时周围开始有一些人围上来。

老七：谁说吉庆街不讲理了？谁呀？

马姐端起那盘鸭颈闻了闻。

中年女人：这鸭颈坏了，她还不承认。

老七：那你也不能说吉庆街不讲理呀，你这打击面也太大了吧，由此给我们造成的经济损失，你负责。

中年女人：我是受害者，你还倒打一耙，说你们不讲理说错了吗？

来双扬站在一边，她盯着那盘鸭颈。

一张熟悉的脸从她的脑子里闪过，是前两天来买鸭颈的小女孩的脸，她一下子想起来，那张脸就是她在刘老师借走的那间房子外面遇到的那个小女孩的脸。

来双扬一下子明白了。

双扬：好了，别吵了，你要怎么样？

中年女人：我们已经吃了你的鸭颈，如果出了事，自然要由你负责。所以，你先垫付一万元住院费。小钱我们也不会要，如果你不同意，现在我们就一起走，找个讲理的地方。

老七：我在吉庆街这么多年，我什么没有见过？我真的就没有见过你这样的。

周围的人议论纷纷。

双扬：老七，我求你件事，找大伙帮我凑 7 千元。

老七：双扬，你开什么玩笑？不能开这个头，这还了得了？

双扬：马姐——

马姐：（小声）双扬，明摆着是敲竹杠，你得罪他们了？

双扬：帮我凑 7 千元。（喊）阿妹——

阿妹就站在她的身后。

双扬：去店里把要交房租的 3 千元拿来。

来双扬回过头看着老七。

双扬：（对老七）我们吉庆街的人挣不到大钱，也不能让人小看了。

老七摇摇头，走了，他还是觉得不可理喻。

阿妹把钱交到来双扬的手上。

双扬：阿妹，今天不卖了，把别人的钱也退了，摊子收了，“久久”也不要再坐客人了，你早点回家。

阿妹：到底怎么回事？

双扬：我替别人出个搬家的钱。阿妹，你看见了，以后你要做餐饮，最好不要和别人结仇。

说完，来双扬朝店里走去。

81. 夜外　夜市

吉庆街仍然热闹。

“久久”的灯关了，来双扬的摊子也暗了下来，这里变成了一个很不和谐的角落。

来双扬一个人坐在暗影里，手里拿着没有点燃的香烟。

卓雄洲来了，看见一个没有生意的摊子。

来双扬看见卓雄洲，眼前一亮。

打火机。

点燃香烟。

双扬：这根烟我拿在手里一个晚上，就是等着你来点。

卓：出什么事了？

双扬：没事。

卓：我们换个地方去喝一杯？

双扬：我请你吧。

卓：好啊。

双扬：这个星期六，你有空吗？

卓：有。

双扬：我请你。

卓：在哪？

双扬：雨湖度假村。

卓雄洲显然没有思想准备，他看着来双扬。

来双扬等着。

卓雄洲认真地点了点头。

82. 夜内　双扬家

电视机开着，又是一部爱情故事。

来扬独自坐在沙发上看电视，其实电视上在说什么，她根本就没有听进去。

83. 日外　久久餐厅的阳台上

久久坐在阳台上那把一直空着的椅子上，抱着吉他唱他的歌。

84. 日外　去度假村的路上

果然飘起了小雨。久久的歌声在延续。

卓雄洲开着车，来双扬坐在他的身边。

来双扬把头靠在卓雄洲的肩上。

电话响了。

卓雄洲又在打手机，不过这回是用耳机，不知道的以为他是在自言自语。

来双扬直起身子，从侧面看着他讲话。

卓：（对电话）远方的胜算可能稍微大一点，其余几家相差不多……我们还有时间，我当然有根据，你就不要问了。我要关机了，有事发信息给我。再见。

双扬：你做起生意来倒是挺能说的。

卓：没你能说。

85. 日外　度假村

湖水茫茫，烟雾蒙蒙。湖边坐着钓鱼的人，长长的钓竿探进水中。

86. 日内　度假村的房间

一套条件很好的度假套房。

来双扬和卓雄洲两人坐在落地窗前，中间隔着一张茶几，茶几上，茶杯里的水冒着似有似无的热气，茶几上还摆着来双扬带来的各种好吃的，像一次室内野餐。

卓：真是人间好风景！就这样坐下去，再一睁开眼睛，人已经老了。

来双扬笑了笑。

卓：（递过一支烟）抽烟吗？

来双扬摇摇头。

卓：为什么？

双扬：（拿在手里玩）其实我不喜欢抽烟。

卓：我一直记得第一次在吉庆街见到你，你差不多就是现在这个姿势。我当时心里在想，哪个男人这么可恨，把漂亮老婆摆在这里。

来双扬一笑。

卓：好像你坐在那儿不是为了卖鸭颈，就是为了让我看。所以我隔几天不来，就不踏实，觉得有人在等我。

来双扬玩着手上的香烟。

卓：有时候觉得你不该待在吉庆街，有时候又觉得你就是吉庆街的情调。

双扬：（打断）吉庆街什么都有，就是没有情调。

卓雄洲看着她。

双扬：你为什么离婚?

卓：她在外面有人了。女人就是这样，谁对她好就非得把自己嫁给谁。

来双扬的表情在微妙地变化。

双扬：男人呢？男人和女人有什么不同吗？

卓：别跟采访似的。说点别的。

双扬：你想听什么？

卓：（有点暧昧）说说你对我的感受。

双扬：你挺好的。

卓：哪好?

双扬：头挺好，肩膀挺好，胳膊挺好，肚子挺好，腿挺好。

卓雄洲笑了。

卓：还有哪好?

双扬：（自语般地）算了算了，我们下棋吧。

87. 日内　房间里

棋盘摆好了。

卓：这是什么？我不会。

双扬：很简单，下三个子你就会了。

两人开始下棋。

棋盘上的黑子白子变幻无常，一会儿黑的很多，一会儿白的很多。

卓雄洲走了一步白棋，一下子翻了来双扬六七个黑子，棋盘上已经没有多少黑子了，来双扬看着棋盘开始流泪。

卓雄洲专心地盯着棋盘。

卓：该你了，走啊。

卓雄洲一抬头，来双扬在哭。

卓：怎么了？嫌我赢多啦？你也可以翻我呀，你走这儿，（替双扬下了一手）你看，这不就快赢回来了？

双扬：把棋盘上的棋子全抹到了地上，游戏结束了。

卓：怎么了？

双扬：（哭着）我就是女人，我就是谁对我好就要把自己嫁给谁的那种女人。

卓雄洲站起身，走到来双扬的身边，想搂住她，来双扬挣开了。

双扬：（看着卓雄洲）如果你没有这个打算，为什么老往吉庆街跑？如果你有这个打算，你为什么不对我开口？

卓雄洲蹲下身捡起掉在地上的棋子，身手很不灵活，样子也有些狼狈。

卓雄洲站起来。

卓：我现在开口，是不是太晚了？

卓雄洲走到来双扬的跟前，搂住她，来双扬搂住卓雄洲的脖子。

两人接吻。

88. 日内　房间里

卧室里。

来双扬轻轻地倒在了床上。

卓雄洲俯身下来，挡住了来双扬的脸。

接吻。

来双扬搂住卓雄洲的脖子，很温柔地搂住。

接吻。

来双扬很舒服地感受着男人的爱意。

来双扬慢慢睁开眼睛。

在她的眼前，是卓雄洲几绺耷拉下来的头发。

卓雄洲紧闭着眼睛，投入地亲吻双扬的脸和脖子。

卓雄洲的手在来双扬的身上热情地抚摸。但不从容。

由于两张脸离得太近，以至于来双扬觉得那张脸非常陌生。

这是一张紧闭着眼睛的很陌生的男人的脸。

来双扬眼睛中的热情在消散。

来双扬的头向后仰去，但她的眼睛始终是睁着的，她的目光落在房间之外的某个地方。

卓雄洲的手，紧紧抓着白被单。

来双扬平静的目光。

雨下大了，好听的雨声，越来越大的雨声。

89. 夜内　度假村

房间里。

两人睡在一起，卓雄洲的头扎在来双扬的身上。

90. 夜内　度假村

房间里。

两人分开了，各自找回了独处时最舒服的姿势。

91. 日内　度假村

第二天早晨。

餐厅里没有别人，只有他们两个面对面坐着。

来双扬面前的卓雄洲穿戴整齐，精神饱满，头发梳得一丝不乱。

来双扬看着他，心里很感慨。

卓雄洲打开手机。马上就有人打进来。

卓：（站起身）对不起。

卓雄洲走到玻璃落地窗前，用耳机和对方讲话，手机拿在手里。

不知道的以为他在对着玻璃自言自语。

来双扬在不远处看着他，觉得很好玩，不禁自己和自己笑了起来。

卓雄洲挂断电话之后，转身朝来双扬走去，在早晨的光线里，他又是一个成功的男人的样子了。

来双扬有恍如隔世之感。

92. 日内　度假村

两人相对无言。

卓：我来结账，你不反对吧。

来双扬笑了一下，她点燃一支烟，优雅地拿在手上。

卓：（迟疑了一下）我，我们。

来双扬做了一个手势，打断了卓雄洲的话。

双扬：不，你别说了。我昨天有点……

卓：（打断）要不然，我们再住一天？

双扬：不，不，够了。

卓雄洲自己笑了一下。

来双扬也自己笑了一下，她转头去看外面，眼睛里有不想让卓雄洲看到的眼泪。

93. 日外　路上

回市区的路上。

来双扬还是坐在卓雄洲的旁边。

录音机里播放着外国歌。

卓：（没话找话地）喜欢这个歌吗？

双扬：我喜欢久久的歌。

两人沉默，只有歌声。

94. 夜外　夜市

来双扬依旧坐在她的座位上，脸上没有别的表情，心里的感受只有她一个人知道。

阿妹在一边帮她张罗，阿妹开始恶心了。

双扬：阿妹，你想好了没有，做掉还是不做？

阿妹：我实在舍不得，双扬姐，你就……

双扬：不行，绝对不可以，会遗传的。

阿妹：别人说，也不一定。

双扬：一定。

阿妹不说话。她的目光被边上一个很小的婴儿吸引。

双扬：（一边干活一边说）阿妹，女人不生孩子也是母亲，你这次一定要听我的。

阿妹：双扬姐，人活着怎么这么累，这么难。

双扬：阿妹，我们受的，都是自己找的。

95. 夜外　夜市

来双扬的手里，拿着一支没有点燃的烟，不知是忘了，还是怎么的，烟在她的手里转动，始终没有点燃。

打火机打着了。

一个挺年轻的，留着长头发的艺术家模样的小伙子伸过打火机给来双扬点着了她手里的烟。他拎着一个很大的画箱，显然是个画画的。

画家：小姐，我可以画你吗？

双扬：（看了他一眼，一个挺漂亮，挺现代的小伙子）画吧。

小伙子拉了一张椅子，在双扬的对面坐下，很熟练地打开他的画箱，准备工具，把折叠的画架子支起来，上面还自带着一盏小灯。

来双扬以她独特的姿势坐好。

小伙子认真地画起来。

小伙子的眼睛亮亮的，他很欣赏地看着来双扬。

小伙子一边画，一边用一些撕开的报纸擦油画笔，备用的报纸就散放在地上。

来双扬因为要保持一个固定的姿势，眼睛就落在那些报纸上，其中一张吸引了她的目光，她弯腰把那张报纸捡了起来。

报纸：我市加大城市改造力度，日前吉庆街改造工程招标会在春光饭店举行，卓越房地产开发公司竞标成功。总经理卓雄洲接受了记者的采访。

画家：小姐，你明天还在这吗？

双扬：怎么了？

画家：明天我们接着画。

双扬：随便你，我天天都在。

来双扬一笑，很迷人。

——完——

荷香

Hexiang

1．日外 风雨桥

荷香迎面走来，背上背着刚满周岁的毛崽。

二十几岁，年轻漂亮的少妇，虽然是一副南方农村的居家打扮，但还是可以看出她的风韵和活力。

荷香轻松地迈着步子，走得很快。她一边走，一边和背在背上的孩子说话。

在大大的风雨桥中，荷香的身影显得很小。

荷香：乖毛崽，回家找爸爸，找爷爷，不知道爸爸今天要不要加班，如果爸爸不加班呢，现在就该到家了，如果爸爸加班呢？天黑以后才能回来。妈妈当然希望爸爸不加班，让他早点回来抱毛崽，爸爸怎么那么喜欢抱毛崽呢？因为毛崽乖，毛崽是妈妈见过的最乖的娃娃了。

背在荷香背上的毛崽已经睡着了，嘴上还叼着奶瓶。

突然，不远的地方传来一声闷响，整个风雨桥都随之颤抖，有陈年的灰尘从荷香的头顶飘落。

毛崽嘴里的奶瓶震掉了，他突然哭起来。

荷香没有理会毛崽，她被更大的恐惧震撼了。

荷香站住了，她感受到了什么。

荷香冲到风雨桥边向远方望去：采石场方向腾起一股黑色的烟尘。

爆炸的冲击波，使得所有的树木都在“哗啦哗啦”颤抖。

荷香忽然很害怕。

她身后有人跑着超过她，朝采石厂跑去。

远处的路上，有女人在疯狂地朝采石厂的方向飞跑。

荷香也下意识地朝前跑了两步。

荷香的脸上充满了恐惧和担心。

空空的风雨桥上，遗落了毛崽的奶瓶。

片名：《荷香》

2. 日外　墓地

荷香抱着毛崽，站在丈夫茂生的墓前。

茂生的照片嵌在墓上，看着他们两个人。

荷香：茂生，你是为了我和毛崽才去采石厂干活的，我不怪你，毛崽也不会怪你，你好好的。等毛崽会叫爸爸了，我再带他来看你。

荷香抱着毛崽转身走了几步，她停住脚步，又转回身来，回到墓前，站着，她舍不得走。

荷香：（轻轻地）茂生。

3. 日外　荷香家院子

一只手在炒茶。

茶叶在器具里翻滚，手显得有些苍老，有些迟疑。

手离开茶叶，去擦脸上的泪水。

是黄三保的脸，他年近六十，略显苍老，儿子的死在他的心中布满了伤痛。

黄三保有些机械地做着手里的活，从里到外的凄凉。

整个院子显得很冷清。偶有飞鸟从他的头上掠过。

他不时转头朝开着门的房间里看一眼。

从打开的屋门里，他可以看见自己儿子的照片。他好像还是不明白，自己的儿子怎么就会变成了一张照片？

4. 日外　江上

荷香抱着毛崽坐在竹排上，顺水而下。

荷香的脸上多了几分沧桑。

5. 日外　荷香家院内

宽大的二楼上，黄三保一个人坐在那里发呆。

他透过二楼的阳台，看着外面的村路，村路上没有他亲人的身影。

远处风雨桥默默无语。

6. 日外　荷香家院内

院子已经收拾好了，恢复到从前的样子。

黄三保在炒茶的角落里生火。

[画外音]

村主任：荷香在家吗？

走进院子的是村主任。

村主任：三保哥，你在家，荷香回娘家还没有回来？

黄：是主任啊，坐嘛，她把毛崽也抱走了。

村主任：毛崽当然要跟着她，那么小的孩子。

黄：她知道我离不开毛崽，从一生下来，我天天抱着。

村主任：荷香这么年轻就守了寡，你是长辈，要多体谅她，让她在娘家多住几天。

黄：你找她做什么？

村主任：我们正在和采石厂商量事故处理方案，要三家的家属都没有意见才行，我拿来给你们看看。还要你们签了字才能算数。

黄：放在这里，我看一下，我签就是了。

村主任：最好让荷香也看看，让她回来一下。

黄：我怎么好让她回来。

7. 日外　中巴上

荷香抱着孩子坐在汽车上。

开车的司机叫陈社民，他不时从反光镜里看荷香。

荷香的眼睛看着窗外，她的脸上没有笑容。

毛崽东张西望，什么都不懂，有人逗他，他就笑。

毛崽笑，荷香不笑。

她望着车窗外的风雨桥，恍如隔世。

8．日外　荷香家院内

荷香抱着毛崽背着大大的包走进院子。

黄三保正在做事，看到荷香进来，就停住了手。

荷香：爹，我们回来了。

黄：毛崽，毛崽没事吧。

荷香把毛崽轻轻放在地上。

荷香：毛崽，找爷爷。

毛崽迈着蹒跚的步子，伸着手，朝爷爷走去。

黄三保张开手迎着毛崽。

毛崽扑进黄三保怀里，黄三保被毛崽一扑，坐到了地上，他抱住毛崽，泪流满面。

荷香的手正在往房门的锁孔里面插钥匙，她的手一直在抖，插不进去，插进去了，好像不对，怎么拧也打不开锁。钥匙在荷香的手中哗哗地抖着。

荷香再也忍不住自己的眼泪，她扑在门上，大声哭了。

有邻居听见哭声走进来，抱起毛崽，拉起黄三保。

9．夜内　荷香家

荷香在锁门，她仿佛是要把自己锁在屋里。

她穿过摆着电视机的外间，走进里屋。

荷香拉上窗帘之前，她隔着玻璃朝公公住的房间看了一眼，公公房间的灯还亮着。

孩子已经在摇篮里睡熟了。

荷香的房间还很新，甚至我们还可以看到新婚的痕迹。

但是墙上挂结婚照的地方已经空着了，只剩下一枚钉子。

荷香看着那枚钉子。

她觉得钉子留在那里似乎很难看，就脱了鞋，上了床，想把那枚钉子拔下来，她用力拔着，但是根本就拔不动。手已经很疼了，可她还是不能把钉子拔下来。

她放弃了努力，坐下来，看着这间曾经有两个人住，现在只剩下她一个人的房间，到处都有丈夫的痕迹，烟灰缸上抽了一半的烟，床头上看了半截翻着放的杂志。

衣柜的门开了一条缝，荷香走过去，关上柜门，但关上了，门自己又开了，荷香又关了一下，比上次多用了一些力气，门关好了。

荷香反过身来，看到丈夫的鞋还摆在床下，她走到床前，走到丈夫的鞋前，似乎是两个人面对面地站着，她的对面是一双鞋。这房间好像也大了，空荡荡的。

10. 夜内　黄三保的房间

黄三保的房间里陈设比较简单，墙上挂着一张死去的妻子的照片，妻子照片的旁边，现在又摆了一张儿子的照片在镜框的外面。

黄三保在翻箱倒柜地找东西，找到一样，就摆在桌子上，桌子上放着他的存折、现金和户口本、房契地契等一些重要的东西。

黄三保在灯下把找到的存折和钱一样一样翻看整理。

11. 日内　荷香家厨房

荷香站在厨房里匆匆吃着早饭，公公的早饭留在锅里，从厨房里可以看见，公公在院子里抱着毛崽。用一个大大的橘子逗着毛崽。

12. 日外　荷香家院内

荷香抹着嘴从厨房里出来。

荷香：阿爸，早饭放在那里，我看毛崽，您先进去吃吧，我们还和以前一样，您看毛崽我上茶山，已经耽误这么多天了。

黄：屋里做好的茶叶也该送出去了，不能老这么放着。

荷香：我去问问，看看谁去卖茶，顺便帮我们带去。

黄：价钱可要事先说好。

荷香：我知道。

黄：我们还要商量一下，我们两个的钱怎么算法。

荷香愣了一下，她好像没有想到公公会提到这个问题，她有些愣，不知道该如何回答。

荷香：茂生在时怎样，我们就还怎样嘛，我都听您的。

荷香习惯性地准备撩起自己的衣服给毛崽喂奶，她忽然意识到了什么，抱着孩子进了自己的房间，用脚带上了房门。

13. 日外　荷香家院内

院外传来汽车刹车的声音。

正在厨房门口吃饭的黄三保抬起头来。

院门开着，王志高走进来。他在门口还绊了一下，略有些紧张而故作镇定的表情。

王志高站在荷香家的院子里，他穿着西装，头发很整齐，和乡下打扮有些不同。在他的身后，站着两个类似跟班或者保镖的年轻人。

荷香抱着孩子从屋里出来。

王志高没有想到新寡的荷香这么漂亮。

荷香多少猜到了这个陌生人的来历，她抱着孩子，看着对方。

黄三保手里端着饭碗，站在厨房的门口。

大家一时都没有说话，就这么站着。

王：（对荷香）你是荷香，茂生提起过的。

荷香看着他，不说话。

后面的人：这是我们公司的——

王志高挥手打断后面人的介绍。

王：我叫王志高，采石厂的，我来家里看看。

黄：（自语般地）看吧，这个家三年里走了两口人，我就茂生一个儿子，今年才 26 岁，孙子毛崽，刚一岁多，一听见你们采石厂放炮我就心惊肉跳，让他不要去，他就是不听。

王志高没敢插话，只有听着。

黄：坐吧，你既然这么远来了，茶总是还要喝一杯的。

小桌子上，精致的茶具，黄三保在给客人泡茶，他对程序很讲究，但是动作显然有些迟缓，手也在微微地发抖。

几个人很尊重地看着他泡茶。

黄三保把茶摆在王的面前。

王喝茶。

王：好茶。（看着荷香）县里来人鉴定过了，安全措施没有问题，是意外塌方，和乡里领导多次研究了事故处理方案，又报到县里批准，所以时间耽误了一些，那两家已经到厂里把钱领走了，一直没有见你去，所以特地把两万元抚恤金给你送来。

王志高打开皮包。

荷香没有抬眼，但是她感觉到王志高在看着自己。她把孩子放进摇篮。

王志高张开手，是一串钥匙。上面还有一个有机玻璃的饰物。

荷香一下就把这串钥匙抓在手里，她认识。

王：这是工人后来找到的，我想，一定要亲手交给你。

荷香忍着不让自己的眼泪流出来，她接过王志高递过来的鉴定书，草草看着。

荷香：既然县里都盖了公章，就这样吧。

王：那你在这里签个字。

王拿出笔，替荷香打开，反转过来递给她。

荷香在小凳子上坐下，准备签字了。

黄：慢。

荷香很惊讶地抬起头，她没有想到会有什么问题。

黄三保走过来，从荷香的手里拿过鉴定文件，一页一页看着。

荷香抬起头，正遇上王志高的目光，那目光里似乎含着一些冷笑。荷香很不舒服。

几个人僵持着，谁都没有说话。

黄：上次的手印，村主任是找我按的，这次的收条，也应该由我来签。

王：事故处理办公室要我们把钱交给直系亲属。

黄：（火了）你阿爸是不是你的直系亲属？我养儿子二十多年，我是不是他的直系亲属？

荷香：阿爸，你这是干什么？

黄：你不要喊我阿爸了，你的眼里根本就没有我这个阿爸。

荷香想说什么，当着外人又不好说，她索性拿了干活的东西，转身出门去了。

毛崽哭了，黄三保赶紧把孩子抱起来，哄着。

王志高把鉴定书重新收了起来。

王：上级指示，赔偿工作不能留后遗症，我看，还是等你们商量好了，我们再签，您看呢？

黄：钱呢？

王：收条签了就付钱，这点您放心，我不会做让自己睡不着觉的事情，只要你们之间商量好，我随时过来，我亲自过来。

黄无话可说，怀里的孩子的哭声把他搞得心烦意乱。

王志高放了一张名片在小桌上。

王：您告诉荷香，随时可以打电话给我。

黄：（对着王的背影）你要赖账，我把茂生挖出来抬到你屋里去。

三个人走了，留下黄三保呆呆地站在院子当中。

14. 日外　茶山

一些采茶的姐妹又零星地在山上干活。

非常熟练的女人的手，在茶树上上下翻飞。

手腕上的银手镯在阳光下明亮耀眼。

荷香在采茶。

远处传来放炮的闷响，采石厂又开工了。

听到炮声荷香头也不抬一下。

几个一起采茶的姐妹来到她的身边。

她们看到荷香的脸上淌满了眼泪。

荷香看见她们过来，抹了一把脸上的眼泪，表情还是很倔强。

姐妹甲：荷香，我们来帮帮你，你家的茶要再不赶，连你公公那样的高手也没有办法了。

几个人一起干活。

荷香：少在我面前提他。

15. 日内　镇上的茶馆里

所有的家具和器具都带有年代的痕迹。闪着温和的光。

一些老人坐在茶馆里面喝茶。

他们认真而熟练地履行着工夫茶的程序。

精制而陈旧的茶具。

老人们对喝茶有一种仪式化的讲究。

每个老人拿出自己从家里带来的茶叶，一小包，一小包。

黄三保一边泡茶，一边叹气。

一老人：闲茶闷酒糊涂烟，你这么唉声叹气，不是喝茶的心境。

黄：我把茂生从小养大，茂生走了谁管我，抚恤金怎么就和我一点关系也没有了呢？你们说这合理吗？

另一老人：不合理，就是不合理。

黄：天地良心，这抚恤金横竖应该有我一份，到哪里都要说这个理。

一老人：你也许可以要到钱，那你也就伤了儿媳妇的心，不值。

黄：可她根本就不把我放在眼里，对人家提也不提我一句。

老人喝茶。

老人：今天的茶也不对味。

16. 日外　风雨桥

几个姐妹背着茶篓回家。

荷香的心情很不好。独自落在后面。

17. 日外　路上

下了桥，走上大路。

荷香背着装茶叶的背篓，和几个采茶的姐妹一起往回走。

这时，陈社民的中巴从后面开过来。在她们的身后鸣笛不止。

陈：上车上车，把你们运回去。

有人问他：陈社民，你今天怎么没有进城去呀？

陈：车坏掉了，我捅了一上午，总算给捅好了，正想赶下午的时间进城，怎么样？

车门打开，姐妹们都挤着上车。

荷香没有上，她依旧走着。

姐妹甲：荷香，上来嘛，没走够呀。

别人：荷香快点。

陈社民从后视镜里看着荷香，他把车速放慢等着荷香。

荷香不抬头，依旧走着。

陈社民把车停在她的身边，她超过汽车，自己走。

陈社民开车追上她，她索性站住。

陈社民又把车停在她的前面。

荷香索性拐下了大路，走上田间小路。

她身后的中巴终于开走了。

姐妹们在窗口看着她。

18. 日外　荷香家院子里

黄三保抱着毛崽，见荷香进来，毛崽就要妈妈。

荷香放下背篓接过孩子，抱着进了屋里。

荷香在屋里给毛崽喂奶，用毛巾擦着脸上的汗水。

她的脸色还是很不好看。

19. 日外 同上

黄三保在收拾荷香采回来的茶叶，他看看茶叶的成色，摇了摇头。

黄：饭在厨房里，你吃就是了。

荷香没有回音。

黄：你别跟我拉长脸，我没有拿黄茂生的一分钱。

荷香还是没有说话。

黄：那个姓王的，要我们商量好了再找他。

荷香打开门，出现在屋门口。

荷香：阿爸，我们没钱不丢人，我们争这点钱太丢人了。

黄三保有点发愣。

黄：（嘟囔道）我为谁？我还不是为了毛崽。你总是要再嫁人的，我拼死也要养毛崽的。

荷香：幸亏毛崽还不懂事，你实在没有个爷爷的样子。

荷香到厨房去吃饭，一脚踢飞了一只拦路的公鸡。

黄：茂生不在了，你怎么对我他也看不见。

20. 日内　荷香家

厨房里

荷香正在盛饭，听黄三保这样说，她生气地把饭铲扔回锅里，坐在凳子上生气。

她看见锅台上王志高的名片压在一只碗的下面。

21. 夜内　荷香家

荷香关好房门，她回头看了一眼放在自己房间外屋的电视机，有些为难。

荷香进了里屋，关窗帘时，她习惯性地看了一眼公公的房间，灯还亮着。

22. 夜内　荷香家

卧室里。

荷香看着白天王志高送来的茂生的一串钥匙。一把把钥匙已经磨得很光滑了，它们的主人无数次经意或者不经意地使用过它们，主人不在了，钥匙也失去了存在的意义。

荷香把钥匙抓在手里，她把所有可以打开的抽屉和柜门都打开，用茂生的钥匙。她开始翻看茂生用过的东西，证件、票据、存折，很多东西她都不明白是怎么回事。还有账本，小东西，电影票的存根，孩子的独生子女证。看着看着，荷香的眼泪又流下来。在一个本子里，她发现了一张借条，上面写着：借陈社民人民币 5000 元。她仔细地翻找着茂生的东西。

23. 日外　风雨桥上

黄三保骑着自行车匆匆赶路。

24. 日内　荷香家

荷香一个人吃力地在挪动电视机。

她先把电视机挪到院子里的小桌上，又从小桌上搬起来，挪进厨房。

她在厨房的灯头上插上电视机的插头。

她打开电视机，电视机里很多台都不清楚了，她没有挪天线。

荷香走到院子里，看着竖在自己屋顶上的天线，有些为难。

毛崽在院子里学步，追着鸡鸭。

看着毛崽的样子，荷香的脸上总算有了笑容。

荷香：（伸出手）毛崽，找妈妈。

毛崽蹒跚着朝她走来。

荷香等着他走过来。

毛崽扑进荷香的怀里，胖胖的小脸贴在荷香的脸上，荷香笑了。

荷香：毛崽乖吗？毛崽乖不乖呀？毛崽长大了以后要做什么呀？是不是去造电视机呀，妈妈也搞不好这个电视机，怎么办呀？爸爸在的时候都是爸爸在搞，现在怎么办呢?

荷香把脸埋在毛崽的胸前。久久不肯抬起头来。

25. 日内　村委会

黄三保坐在村主任的身后，村主任在忙着手里的事情。

村主任：您当然是茂生的直系亲属，你和荷香都是，但是这抚恤金怎么分配，应该你们自己协商，要是实在商量不下来，就得到法院打官司，法院会替你们分，老丢人的。要我说还是回去和荷香商量吧。

黄：荷香才不会听我的，她可凶了。

村主任：要我看，你们还是先把钱领回来，做生意的人花花点子多，还是先领回来保险。

黄三保一下就站起来。

黄：到底是村主任，你的话有道理。

26. 日内　荷香家

厨房里，荷香在胡乱调试着一点也不清楚的电视机。

黄三保走进来，看到电视机，他有点感动，又不知该说什么。

黄：别搞了，这事只有茂生懂得。

荷香看着黄三保，两人无语。

黄：你明天不要上山了，到采石厂把钱要回来，你签字就是了。

荷香看着公公。

黄三保关掉电视。

27. 日内　采石场王志高的办公室里

荷香坐在办公室里等王志高，她在这个陌生的环境里很不习惯，大气都不敢喘。

有人在门外来回走，大声说话。

荷香干坐着。她打开自己的书包，把一包茶叶拿出来看看，又放进包里。

王志高推门进来，把公文包往桌子上一扔。

荷香站起来。

王：你是，来了，坐。

荷香拿出公公写的条子。

荷香：我公公让我来取钱。

王志高伸头看了一眼那张纸。

王：他想通了，不跟你争啦？

荷香不说话。

王：坐，坐会儿。

王志高看着荷香。

荷香等着他说话。

王：有人来找我闹，我不怕，你不说话，我倒有点怕，你有什么要求，说吧。

荷香：我来取你应该付的两万元。

王：那钱没有问题，我肯定是要付的，我是说除此之外的。

荷香：没有。

王：如果你愿意，可以到采石厂来上班，工作随便你挑，行不行？

王志高盯着荷香。

荷香低头一看，自己的胸前被奶水浸湿了两块。她用手里的书包挡住前胸，站起身来。

荷香：我求你件事。

王：说。

荷香：你带我到我家茂生出事的地方去看看。

王志高一愣。

28. 日外　采石厂

工地尘土飞扬。

高大的直上直下的刀切一样的石壁。

汽车把采下的石头拉出现场。

工人在叮叮当当地敲打着石头。

石壁上有工人在用钢钎打炮眼。

一个规模较大的采石工地。

荷香看着眼前的情形，感慨万千。

王志高站在她的身后。

荷香摸着坚硬的石头，她无法想象丈夫是怎样被这些沉重冰冷的东西夺取了生命，她又在流泪。

荷香转过身看着王志高。

荷香：我不会来这上班，我不想再看见你的采石厂，我来找你就是要拿回我家茂生的钱，我不想再来这里找你了。

王志高被荷香的气势所震动，他收起了玩世的面孔。

王：我不知道你今天会来，身边没有准备那么多现金，这样吧，我这两天亲自给你送去，我当着茂生说的，你要相信我。

荷香无语。

29. 日外　路上

荷香坐在陈社民的中巴上，眼睛看着窗外，心情很不好。

陈社民把后视镜调整到可以看见荷香的角度。

荷香从包里拿出一个纸包，赌气地把纸包扔出了窗外。

陈社民一脚刹车。把车停在路中间。

他拉开车门，往回跑了几步，下去把荷香扔的纸包捡了回来，继续开车。

荷香看也没有看他一眼。

30. 日外　路上

在一个路口，荷香下了车。

陈社民探出头来。

陈：荷香，你的东西。

荷香：你捡了，就归你。

陈：（放在鼻子下面闻了闻）是黄三伯炒的新茶吧？

荷香已经独自走了。

31. 日外　荷香家院内

黄三保正在生气地数落着荷香。

荷香抱着毛崽，背对着黄三保给孩子喂奶。

黄：他不给你钱，你就不该回来，就坐在那里等，让他去想办法，那么大的一份产业，两万块会拿不出？分明就是赖账，你也是，二十几岁的人了，什么事情都办不成。

荷香：要不是你那天闹，也不会有今天的麻烦。

黄：我闹？是我一个人的事情吗？你不是也在和我争吗？我去问了村主任，他说就是应该有我的一份，我没文化，我不懂，你有文化，你也不懂吗？你就是不想给我。现在我让你了，什么也不说了，你倒全都来怪我，我儿子如果就在家里倒腾点茶叶，他也不会送了命，他从采石厂挣的钱我没有花过一块对不对，现在都是我的错了？

黄三保气得发抖，他摔门而去。

荷香一个人抱着已经安然入睡的毛崽，站在院子里，她咬着自己的嘴唇，忍着。

32. 日内　村里的茶馆

黄三保坐在小茶馆里。

他独自饮茶，心里很乱。

茶水洒在了外面。

伙计走过来给他续水。

33. 日外　荷香家院内

荷香正在二楼晾晒着什么，见有人走了进来，是陈社民。

荷香：有事吗？

陈：荷香，我和茂生是朋友，我想了又想，觉得还是应该来家里看看，有什么地方用得着我，你尽管说话。

荷香：你叫什么？

陈：陈社民。

荷香：名字倒是看到过。

34. 日外　同上

荷香从楼上下来。来到院子里。也不知道该和陈社民说什么。

荷香：开车好挣钱吧？

陈：我开中巴只有半年。

荷香又没有话说了，停顿了一下。

荷香：我公公喝茶去了，还没有回来。

陈：要是没有什么事情，我就走了，以后家里有什么重活，就招呼我一声。

荷香：先谢谢你了。

陈社民这就要走了。

荷香在他的身后忽然问了一句：

荷香：你会修电视机的天线吗？

35. 夜内　荷香家

荷香的房间里。

荷香在给毛崽洗澡，毛崽肉乎乎的十分招人喜爱。

荷香轻轻地把毛崽放进水里，轻轻地给他洗澡。

毛崽很舒服的样子，嘴里咿咿呀呀地叫着。

荷香：毛崽，毛崽要说话了，叫妈妈，毛崽乖，洗澡舒服不舒服啊？真舒服，真好，妈妈把毛崽洗得漂漂亮亮的，干干净净的。

荷香自己也刚刚洗过，头发湿湿地挽着。

她把洗干净的毛崽放在床上，用毛巾把他擦干，毛崽舒服地自己玩着，牙牙学语。

荷香把水倒掉，关好门，回到房间里。

衣柜的门又开了，荷香使劲把它关上。

36. 夜外　乡村

宁静的夜晚。

透明的星空。

37. 日外　荷香家院内

早晨，荷香还在厨房里忙着。

门外有人叫她。

打开门一看，是和她一样在同一场事故中失去丈夫的一个姐妹，背着行装，一副要出远门的样子。

姐妹：我要走了。

荷香愣愣地看着她。

38. 日外　风雨桥上

荷香和女伴一起走着，她抱着毛崽。

两个人都不说话。

39. 日外　汽车站

女伴：要是外面可以，你也来吧，我们没有靠山了，在家里真的很难。没有人说话，别人总觉得你这里不对，那里不对，你陪着一个老公公，肯定更不好过。

荷香：毛崽这么小，带又带不走，留又留不下。

女伴：外面再苦，和家里的苦不一样。

荷香：有空写信给我。

女伴：我知道。

陈社民的车来了。

荷香拉着女伴的手舍不得松开。

陈：荷香，上车吧，进城散散心，也送送你的姐妹，我再捎你回来。

荷香对这个突然的计划很动心。

她真的随女伴一起上了中巴。

40. 日外　路上

两个女人头挨头坐在一起。并没有什么话。

陈社民很高兴，在吹着口哨。

41. 日外　县城

长途汽车站。

很多外出打工的农民背着行李拥在车站。

荷香的神情非常茫然，她不明白为什么有这么多人要离开家乡到外面去打工，她也不知道外面等待他们的将是什么。

她看着女伴挤上车，努力地安顿着自己的行李，脸上是非常坚定的神情。

不知为什么，她的心里非常难过。

她看着车上的那些人，好像他们都是自己的亲人，他们要走了，脸上有坚定也有茫然。

长途车开走了，女伴在冲她挥手。

荷香的眼泪流了下来。

42. 日外　县城的街上

荷香背着毛崽无目的地走在街上，两边的店铺热闹非常，有挑着担子卖茶叶的妇女，她们吸引了荷香的目光。

43. 日外　县城

路边的小吃店。

荷香坐在摊前吃东西，毛崽躺在她的怀里吃奶，两不耽误。

44. 日内 县城

百货商场里，荷香随意逛着。

她给毛崽买了一个玩具。

又到食品柜台给公公买了一瓶酒，边上就是卖茶叶的柜台，她注意地看了一下茶叶的价钱和品种质量。

荷香走过花花绿绿的柜台，她想为自己买一个花卡子，但是又有一点犹豫，因为她是一个在戴孝的女人，她把卡子又放了回去。

45. 日外　路上

陈社民的中巴上。

毛崽已经累得睡着了，荷香把他抱在怀里。用手为他遮着窗外的风。

陈社民又从后视镜里看荷香。

陈社民的后视镜里，出现了一辆桑塔纳，汽车不断地鸣笛，想超车，陈社民因为路窄，没有让开。

小车司机更加凶地按着喇叭。

陈社民便有些恼，偏不让超。

两个车在不宽的路上斗起气来，车上的乘客也议论着小车的霸道。

两辆车你挤我，我挤你，互不相让。

最终，小车还是由于灵活超过了中巴，小车一下横在中巴前面，司机下车指着中巴破口大骂。

司机：你活腻了吗？会开车吗？

陈：你有本事，你把两辆车都开走。

司机：我看你是骨头痒了，找打是不是？

陈：大路朝天，你有本事你先走，我车上很多人，你不要犯了众怒。

司机：你小子下次再找茬就不要在这条路上干了。

陈：你是谁呀？这么厉害？

王志高从车的后座上下来。点着一支烟。

车上的荷香看见王志高一下站了起来。

荷香：（头探出车厢，非常生气地）王志高，你说话算不算话？你非要我和你打官司吗？我告诉你，别以为没有人能管得了你。

王志高看到荷香在车上，有些意外。

王：荷香，我正要去你家找你，下来吧，上我的车。

荷香：干什么上你的车？

王：我就是来给你送钱的。

荷香看了看陈社民。

陈：荷香，和这种人打交道，你要小心。

荷香有些犹豫。

陈：需要去哪里，我收了车送你去。

荷香看着陈社民，还是不知应该怎么办。

乘客：你们怎么回事，走不走了？大家要在这里等你们多久？

陈：（生气地）没看见有车挡在前面，要吵你下去和他们吵。

荷香觉得不应该再耽误大家的时间。

荷香：（对陈）你开一下门。

陈：你真的要去？

荷香没有说话，抱着毛崽站在门口。

陈社民打开车门，有些担心地看着荷香。

荷香抱着孩子下了陈社民的车，上了王志高的汽车。

陈社民看着他们离去。

46. 日外　路上

王志高的车里。

荷香抱着孩子坐在后面。

王志高坐在司机旁边。

荷香：你再不来，我们就要到县里去找上级领导了。

王：这事拖到今天不能怪我吧，你们给我添了多少麻烦？也就是因为是你，谁的事我也不会跑这么多趟。我真的放不下你。

荷香很不习惯王志高当着司机说这种话，司机像什么都没有听见一样。

荷香：看你的年纪也有孩子了吧，说话不要这么轻飘。

王：家里的是老婆，家外的是知己。

荷香：你真是什么都有，我只有一个茂生，还死在你的厂里。

王：我能帮你，我愿意帮你。

荷香：我不愿意。

王：我是真心喜欢你。你刚二十多岁，迟早是要嫁的，我怎么也不是最差的吧？只要你一句话，我离好婚来找你。

荷香：我家在前面转弯。

王：你跟我去吃个饭。

荷香：（生气地）没见我带着孩子，你怎么这么霸道？

王：到了那里才能拿到钱。

荷香无语。

47. 日外　荷香家院内

天快黑了。

黄三保着急地踱来踱去，一会儿又站到门口去张望。

黄三保焦虑不安。

这时，王志高的汽车停在了门口，荷香抱着已经睡着的毛崽从汽车里出来。

汽车开走了。

荷香显然喝了酒，她的脸有些红，神态也有点兴奋。

她把毛崽放在摇篮里，自己到厨房去喝水，打开厨房的灯，黄三保摸黑坐在角落里，吓了荷香一跳，她一下叫起来。

黄：你还回来干什么？出去整整一天，连个招呼也不打，你眼里根本就没有我这个阿爸。

荷香：（有些醉态）你以为我愿意出去？你以为我愿意跟他们喝酒，我还不知道他打的什么算盘？拿我当借口，帮他跟别人要账，别的我才不管，我只要拿回茂生的钱，他们让我喝酒，我才不怕他们，最后都被我喝倒了。

黄三保看着荷香，心里有些不忍。

黄：你早点睡吧，今晚我带毛崽。

他站起身，走出来，抱起毛崽。

黄三保抱着毛崽在院子里来回走。

他听到荷香屋里传出的哭声。

48. 日外　早晨　荷香家院内

黄三保在院子里扶着毛崽学走路。

荷香拿了一个纸包出来。

荷香：阿爸，这是一万元，茂生的钱要回来了，给你这些，不知道合适不合适。

黄：其实，我没有别的意思。

荷香：你多心了，不要说我还没有走，就是走到哪里，也不会不管你的，再怎么说，你是茂生的亲阿爸，是毛崽的亲爷爷。

毛崽在学语了，他跟着叫了一声：爷爷。

黄三保的眼泪一下就流了出来，他把毛崽抱起来，紧紧贴着孙子的脸。

黄：你听见了吗？毛崽叫爷爷了。

荷香转身去做事。

黄：荷香，把钱收起来吧。

荷香转过身，公公抱着毛崽出门玩去了。

祖孙两个走进了清晨美丽的田野。

荷香的脸上也开朗了一些。

49. 日外　茶山

荷香又在采茶了。一起的姐妹又有了歌声。

中巴从茶山脚下的公路上开过。

荷香手搭凉棚看着中巴远去。

50. 日外　荷香家院内

黄三保又在炒茶了。

毛崽在院子里自己玩，咿呀学语。

荷香在一边帮黄三保的忙。

黄：陈社民这人还不错，他答应帮我把茶叶拿到城里找买主，有机会要请他吃餐饭。

荷香：他说家里有事可以找他，茂生在时栽的树，我们乘到凉了。

这时，一只猪进了院子，毛崽非常兴奋地朝猪走去。

荷香抬头，正奇怪。

荷香：谁家的猪走迷了路？

娘家哥哥走了进来。

黄：是毛崽大舅来了，快请坐。

哥哥：大伯在忙着呢，我来看看。

毛崽走到猪的身边，他对这个怪样子的家伙很感兴趣，猪也很乖，闻闻毛崽，毛崽摸摸猪的头，双方彼此很亲近的样子。

荷香：（指着猪）是给我们的吗？

哥哥：那我大老远赶它来干什么？

荷香：太好了。多少钱？

哥哥：十万块。

荷香笑了，很调皮地。

荷香：毛崽好喜欢它。

哥哥：它也喜欢毛崽。

黄：荷香，做饭吧，我陪大舅哥喝两杯。

51. 日外　风雨桥上

荷香抱着毛崽，送哥哥走。

哥哥：有事要跟家里说，不要一个人撑着。

荷香：哥，你说借条应该怎么写？

哥哥：什么借条？

荷香：比如借别人钱。

哥哥：就写：今借到某某某多少元。

荷香：那要是借给别人呢？

哥哥：就写：借给某某某多少元。你问这个干吗？

荷香：茂生本子上写着：借陈社民5000元，也没有写借给，也没有写借到。他自己知道是借给还是借到，他没有想到自己会死。

哥哥：那个陈社民自己也没有来找你？

荷香：到家里来过一次，没有提钱的事情，只是说有事情可以找他帮忙。

哥哥：如果是茂生借给他的，他应该对你说，如果是他借给茂生的，他也许不好意思向你要。你可以问他一下。或者我替你去问他。

荷香：不必了，他被你问到钱的事情，会难为情的。我自己找机会吧。

哥哥：荷香，爹妈在帮你找人家呢。

荷香：我倒不着急。

哥哥：趁毛崽不懂事，找个心眼好的，毛崽就有爹了。

荷香：我知道，我也想过。

哥哥回头看妹妹一眼，充满疼爱。

52. 日外　江水

江上，竹排滑过江面。

姐妹们采茶归来，沿江而来，山歌悠扬。

荷香没有唱。但她在听。

远处，是风雨桥夕阳中的剪影。

53. 日外　荷香家院内

荷香从外面干活回来，发现自己家里的院子里放了一张石头桌子和两个石头墩子。

几个邻居围在一边看着评论着。

荷香：阿爸，这是怎么回事？

黄：这是王志高派人送来的。

荷香：你干什么要要他的东西？

黄：他欠我们的，为什么不要？

邻居：荷香，看来这个老板对你有意思。

另一个邻居：荷香，有好人家别错过。

荷香：（生气地）我不想要他的东西，我讨厌这个人。

黄三保的脸上有些挂不住。

黄：你以为我愿意要？他是冲你来的，我是开通才收下来，你倒不领情。

荷香：你收的你坐，我反正不稀罕。

荷香抱起孩子进了屋，邻居们也就散了，黄三保也很生气。

黄：你不要好心当成驴肝肺，我还不是为了你好？整天拉着个脸给谁看？愿过就过，不愿过就走。

邻居：黄三伯，不要说气话，荷香真走了，毛崽你也看不见了，你后悔就晚了。

黄：散了馅的汤圆，拢不到一起了。

邻居：不看僧面看佛面，毛崽小呢。

黄三保还想说什么，又咽了回去。

54. 日内　荷香家

屋里。

荷香坐在床头生闷气。

毛崽一个人在地下玩，嘴里念念有词。玩得有滋有味，荷香看着毛崽玩，看得津津有味。她的脸上充满母性的慈爱。

55. 日外　村里

村子里比较热闹的街口，荷香在买鱼。毛崽背在背上，正在和小贩讲价。

荷香：便宜一点，我就买你的。

小贩：（称完重）一斤七两，算你一斤半。

荷香：行。（伸手接过鱼）

小贩：我对你这么好，怎么谢一下。

说着手就朝荷香的脸上伸过来。

荷香把鱼摔在小贩面前的水桶里，溅了小贩一脸水。

小贩：开个玩笑嘛，这么当真。

荷香：要是茂生在你敢吗？

荷香转身离去，小贩在大家的责备声中十分尴尬。

56. 日外　村里

陈社民的中巴到了，乘客下完，陈社民也下了车，看到荷香，他叫住她。

陈：怎么了？不开心？

荷香：没有。我买东西。

陈社民掏出一盒识字卡片，递给荷香。

荷香一下就接过来，打开看，非常喜欢。

荷香：真好，谢谢你了，多少钱？

陈：我送给毛崽的。

荷香看了陈社民一眼，没有说话。

陈：没花几块钱，你不用放在心上。

荷香：你和茂生熟，我怎么不知道？

陈：茂生进城卖茶，总是坐我的车。

荷香：你以前好像没有到我家去过。

陈：是没有，可茂生总是把你挂在嘴边上。说得我们心里又羡慕又嫉妒。

荷香的脸色一下就黯淡下来，陈社民觉得自己说错了话，也不知道该如何是好。

陈：我，我不会说话。

荷香：（冷冷地）反正茂生不在了，什么话都可以随便说了。

荷香转身走了。

57. 日外　水边

荷香一个人独坐，她心里不开心，没有人可以讲。

看着毛崽可爱的样子，荷香有些难过。

荷香：毛崽，爸爸不在了，别人欺负妈妈你也不知道，陈社民这人，看上去倒还老实，可是他一直不提那5000元的事情，妈妈也不明白这是怎么回事，又不好直接问人家，搞不好你爷爷又要插手。毛崽，妈妈好烦心，妈妈只有和毛崽在一起的时候不太烦心，毛崽长大了帮妈妈主事，可是毛崽什么时候才可以长大呢？妈妈现在怎么办呢？

毛崽一副懂事的样子，看着妈妈，认真听着。

58. 夜外　荷香家院内

荷香背着毛崽回来。

她看到公公和陈社民正在喝茶。

黄：荷香，你买菜怎么去这么久？要不是陈社民说看到过你，我又要急死。

荷香：没有去哪里，随便走。

陈社民的眼睛一直关切地看着荷香。

黄：我留陈社民在家里吃饭，他上次帮了我的忙，手艺也蛮不错的。

荷香：我这就去烧饭。

陈：我也可以帮忙。

黄：我们接着聊，荷香一个人可以。

陈社民只得坐下。

59. 日内　荷香家

荷香在厨房里烧饭。

公公和陈社民在外面谈些茶经，断断续续的，荷香偶尔抬头看外面一眼，便会与陈社民的眼神相遇。

荷香便躲开。

60. 夜内　荷香家

公公的房间里。

饭已经摆好了。

黄：荷香，坐下一起吃吧。

荷香：不了，我要哄毛崽，我在厨房里留了。

61. 夜内　荷香家

荷香的房间里。衣柜的门又自己开了。

她打开衣柜的门。

抚摩着她红色的结婚礼服，礼服的旁边挂着茂生的西装。她把茂生的西装袖子搭在她红色礼服的肩上，好像茂生在轻轻搂着自己。

她关上衣柜的门，可那门总是关不严，她几次用力关，才关上。

她听见公公的房间里传出和陈社民说话的声音。

62. 夜内　荷香家

荷香的房间里。

荷香躺在床上，睁着眼睛想心事。

63. 日外　路上

陈社民的汽车在路上行驶。

陈社民突然刹车。

路边站着荷香。

荷香上车。

荷香：我有件事，要问问你。

64. 日外　风雨桥上

荷香和陈社民并肩走着。

荷香：茂生是不是跟你借过钱?

陈社民抬起头，看着荷香。

荷香耐心地等着他的回答。

荷香：是 5000 块。

陈：不是茂生借了我的钱，是我借了茂生的钱。我买车的时候，借了不少人的钱。

荷香：他没有跟我说起过，我见他本子上写了，上面只写了借，没有写借给还是借到，所以我只好来问你。

陈：我一直没有跟你提起这事，这里面有个原因，我也不想把钱还给你。

荷香：为什么?

陈：我想把它变成股份，可是我现在还没有还清欠款，没有挣到钱，不好意思对你提，我想等我挣钱了，就让你在这辆车上也能挣点钱，不管多少，对你和毛崽也是有用处的。我担心你不接受，想说又不敢说，你不会认为我想赖账吧。

荷香没有说话，她有点感动，觉得自己没有看错人。

陈：你不愿意也没关系，我尽快想办法把钱还给你，我说的都是实在话，我没有别的意思。

荷香：（抬头看着陈社民）我愿意。

陈社民很高兴，不知道该说什么。

陈：我就怕挣不到钱，让你笑话。

荷香没有说话，她的心里有些感动。

荷香：你家在哪村？媳妇是哪的？

陈：不怕你笑话，我打光棍呢。

荷香：（有点意外）不会吧？

陈：我这人有个毛病，要强。结婚以后，我老想让我媳妇过上好日子，至少在村里数得着吧，就出去打工，吃苦，挣钱，舍不得花。媳妇在家里闷，就去看录像，看多了，就变了，我回来当天，就提出和我离婚，孩子也做掉了。我也没心气再出去，买了这辆车，在路上跑，疯跑，心里还痛快点。

荷香看着陈社民，她终于发现了他们两个人所共有的忧郁。

荷香：别怪她，也别怪自己。

陈：所以我是真的羡慕茂生，我说的是心里话，我没有这个福气。

荷香没有说话。也没有看陈社民，但她笑了一下。

65. 日外　村路

陈社民的中巴停在路边。

荷香在陈社民的中巴前看着。

陈：现在看这车，不一样了吧。

荷香：我真想拎桶水擦擦它。

两人对视，笑。

荷香的视线忽然就有些躲闪，她心中还是有些障碍。

66. 日外　荷香家

院子里，树荫下，荷香在用识字卡片教毛崽认字。

荷香说一个词，让毛崽学一个词，苹果、太阳、鸟、蓝天。

毛崽有一搭无一搭地学着，有的念，有的不念。

荷香：妈妈。

毛崽：（笑）妈。

荷香：爸爸。

毛崽：（很清晰地）爸爸。

荷香一下子愣住了，她没有想到毛崽这么清晰地叫出爸爸，叫得她心里很疼。

荷香看着毛崽。

毛崽：爸爸，爸爸。

67. 日外　墓地

荷香在茂生的墓前摆了吃的和烟酒。她抱着毛崽站在墓前。

荷香：毛崽叫爸爸。

毛崽：爸爸，爸爸。

荷香泪流满面。

荷香：茂生，毛崽会叫爸爸了，他这第一声就要叫给你听。你放心，我们过得挺好，我，我想，（好像下了很大的决心）我想给毛崽找个爸爸，让他和别的孩子一样，什么都不缺。我知道，你不会怪我。

68. 日外　村里

荷香站在车站上等陈社民的车回来。

她望着路的一端，没有汽车的影子。

她有些焦急。

开来一辆中巴，但是不是陈社民的。

天快黑了。

荷香很着急。

远远的，黄三保抱着毛崽走来。

黄：荷香，你怎么还在这里，听人家说，陈社民在县城撞了人，给公安局抓起来了。

荷香愣住了。

黄：赶紧回家吧，我饭也烧好了。

荷香：阿爸，你帮忙抱一下毛崽，我得去看看。

黄：这时候了，车也没有，你怎么去，你去干什么？听说镇上已经派人去了。

荷香：阿爸，我得去一下。

黄：你以为你可以管多大的事？再说，你不怕别人说闲话？你算他什么人？

荷香：阿爸，你要是不替我抱毛崽，我就抱着他去，我不是他什么人，可是他帮过我们，现在如果我不帮他，以后就再也不能让他帮我们了。

黄：（从荷香怀里接过毛崽）我看在你心里，已经没有我和毛崽了。

荷香：有事我会打电话给主任家，您回去吧，我到大路上搭车。

黄：你要小心。

黄三保看着荷香走远的背影，无奈地摇头。

69. 夜内　县公安局

精疲力尽的荷香终于找到了陈社民。

镇上的领导和村主任都在，正在商量如何处理事故。

陈社民非常沮丧地低着头。

村主任：荷香，你怎么来了？

陈社民抬起头看到荷香，他很吃惊，也很感动，又很自责，他有些躲闪荷香的目光。

荷香：我是陈社民中巴的股东，我当然应该来。

村主任：什么？你什么时候成了股东？

荷香：茂生在的时候，入了他的股，我也刚知道。

陈：荷香，你别，这件事和你没有关系。

荷香看着陈社民。

荷香：你反悔了？

陈社民看着荷香，他没有再躲闪荷香的目光。

他感受到荷香此时此刻给予他的巨大的安慰和支持。

70. 日外　荷香家

黄三保抱着毛崽在院子里来回走，毛崽在哭。

黄三保焦急地走来走去。

荷香从外面进来了，她非常累，神情很沮丧。她走进院子，坐到她说过不坐的石头墩上。

从黄三保的手中接过毛崽，背转身去，撩起衣服给哭着的毛崽喂奶。

黄三保倒了一杯凉茶给她，她一口气喝干了，黄三保又倒了一杯给她。

荷香：（喝罢水）阿爸，我还得去县里。

黄：你是回来取钱的吧。

荷香看着公公，开不了口，眼泪快出来了。

荷香：被撞伤的人要做手术，先要交3000元的押金，医院要得急，他一时不知道上哪里去凑，我就说，我回去和我公公商量一下。我们的抚恤金还没有去存。

黄：（停顿）借他钱，也不是不可以，看在比你长一辈的份上，你听我一句话，不管你过去看上他什么，现在不一样了，他撞了人，后面的麻烦有的是，弄不好还会坐牢，要是把人家撞残废了，得管人家一辈子。你不要说风就是雨，以后再后悔就晚了。在我看，要想你和毛崽今后有靠，王志高比陈社民要强许多。

荷香：我知道阿爸是为我好，我记着阿爸的话，陈社民是个好人，他也是茂生的朋友，我们现在帮他应该是没有错，阿爸，我替他谢谢你了。

黄：毛崽一直哭，不知道他是不是不舒服，你还是要把毛崽当回事的。

荷香用脸去试毛崽的额头的温度。她非常紧张。

荷香：好像有些热，这怎么办，我现在就抱他到卫生院去看一下。

黄：你也太累了，今天就不要到县里去了，钱是现成的，也不差这一半天。明天再送。

荷香：不行啊，阿爸，今天就手术，医院好不容易答应在我回来取钱的同时给做手术，我们得说话算数。

黄：再不，我替你跑一趟，就算还了他帮我卖茶叶的情。

荷香：谢谢阿爸。

荷香把安静下来的毛崽交给黄三保，就进自己的房间去了。

外面的黄三保，也赶紧用脸去贴毛崽的额头。

71. 日内　县医院

手术室外。

黄三保把缠得紧紧的一摞钱交给等在那里的陈社民。

陈：让您跑这么远的路来送钱，我真该死。

黄：谁也不该死。那人怎么样了。

陈：正在手术，我负60%的责任，但罪都让他受了，我没有话说。

黄：会不会残废？

陈：我也说不出。

黄：毛崽不舒服，荷香也太累了，所以她让我跑一趟，你经常帮助我们，这也是应该的，以后有什么事情，也还是不要客气，有空的时候，到我那里喝酒。

陈社民听出了黄三保的弦外之音。神情有些黯淡。

陈：你们在我最困难的时候帮了我，我一辈子也不会忘记，不知道我还有没有能力报答你们。

黄：你还年轻，总是不能让这点难处拦住的。

陈：您回去替我谢谢荷香吧，让她不用再担心我的事情。

黄：你有什么用得着我的地方，尽管开口。

陈社民点了点头。

陈：您早点回吧。

黄：我到茶叶市场上转转，看看生意经。

72. 日内　荷香家院内

荷香在二楼翻动着晾晒的谷物，但是她心神不定。

她一会看一眼在楼下院子里面玩的毛崽，一会又朝远处的路边张望。

毛崽在院子里玩。

荷香手里忙着。

外面忽然传出汽车马达的声音，荷香把手里的工具往地上一扔，就朝楼下跑，跑到楼梯口，她发现来人不是陈社民，是王志高。

荷香站住了。

王志高走到派人送来的石桌石凳前，用手摸了摸桌面，又试了试摆放得是不是平稳，觉得有点晃，就在院子里找了块小木条塞在石桌下面，再摇，就不晃了。他吹了一下石凳上面的尘土，把一只黑皮包放在石桌上。抬头看着楼梯上的荷香。

荷香停下来，抬头看了王志高一眼。

荷香：你有什么事?

王：你连个谢字也不肯说?

荷香：东西送来的时候我不在，是我公公做主收下的，这么重，我也没办法给你送回去。

王：你公公出门了?

荷香没有说话。

王：不知道为什么，就是想对你好，就是想帮你。

荷香：我们都是做了父母的人了，得替孩子着想。

王：你不愿做我媳妇没关系，我们做朋友，有什么事你尽管说。

荷香：就一件事，别再让我看见你，一看见你，我就想起那天下午的事情，天一下子就塌了，你没有经历过，跟你说你也不懂。

王：荷香，我欠你的，我愿意还你，我不能让你过这种一个人的日子，只要你愿意，我可以让你过得更好，我在县城里有房子，可以让你的孩子到县城里上学。

荷香：你走吧，别再来了。

王：至少，我不希望你恨我。

荷香：我没有恨你，你也不愿意出事，该做的你也做了，我就是不想看见你。

荷香返身往上走了，去继续干她的活。

王志高跟了上来。

王：你总得向前看吧，日子总还得过吧，你都不知道你自己有多水灵，不能就这么糟蹋了吧。

荷香埋头干活，不理他。

王志高一下搂住荷香。

荷香无声地挣扎。

工具掉在地上。

谷物在他们的脚下翻滚。

王志高抱住荷香不放。

荷香：我要喊人了。

王：你不会。

荷香：你放手。

王：我喜欢你，干什么你要拒绝，我不是什么女人都会喜欢。

荷香依旧挣扎。

突然，王志高的头上被什么东西重重打了一下。他一下就松了手，用手捂住头蹲下身。

黄三保手里拿着工具站在他的身后。

荷香整理了一下自己的衣服，下楼去了。黄三保看着蹲在地上的王志高，不说话。

王站起身，看了黄三保一眼。
王：换了哪个，这一下也不会让你白打。
黄：算是替你阿爸管教你，几十年的人饭你都白吃了？
王：（大声）我对她是真心真意。
黄：（也大声）那也得两相情愿，这都不懂？

73. 日内　荷香家
荷香的屋里。
荷香抱着毛崽坐在床上梳头发，听着公公和王志高在楼上争吵。
[画外音]
王：她不是不愿意，她是不敢。
黄：她不是不敢，就是不愿意。

荷香心里很难受，她看着镜子里面的自己。梳着好像怎么也梳不通的头发。
院子里安静下来了，荷香知道王志高走了，她抱着毛崽走出自己的屋门。
黄三保坐在石桌边上生气，荷香和黄三保谁都不看谁。
荷香：阿爸，陈社民怎么样了？
黄：毛崽，让爷爷看看。
荷香放下毛崽让他去找爷爷。
荷香等着黄三保说话。
黄：手术应该没有问题，他说他要在医院里面照顾病人，让你不要担心。
荷香：不知道公安局会怎么处理他？
黄：反正事情已经出了，只有听天由命了。
荷香：阿爸，难为你跑一趟。
黄：倒没有什么，你没事吧。
荷香：没事。
黄：总这样下去也不是办法，要早点想着再成个家。
荷香：阿爸我们先不说这个。
黄：我脑子不封建，只有一个心思，不管你跟了谁，毛崽都要姓黄。
荷香：我知道，您放心。

74. 日外　田里

荷香在做事，但是她惦记着在外面的陈社民，心不在焉。

她痴痴地望着空荡荡的大路的尽头。

75. 日外　荷香家

黄三保在修理自家的大门。

76. 日外　村里

汽车站附近的繁华地区，有不少人在做生意。

荷香在挑着买青菜，但是可以看出，她的心思根本就不在青菜上，她扒拉过来扒拉过去，眼睛盯着从中巴上下来的客人。

没有陈社民。

她很失望。

77. 日外　荷香家院内

荷香提着菜篮子，神情失望地走进家门，看见陈社民低着头坐在她家的石头墩子上。

黄三保在给他沏茶。

荷香一下子高兴起来。

荷香：你回来了，你什么时候回来的？

陈社民看见荷香回来，勉强笑了笑。

荷香：你的车呢？你没有开回来？

陈：车卖了，治病要用钱，还要把借别人的钱还掉，我自己也不想开了。

荷香：那你……

陈：我是来还你们钱的，这是你们借给我的3000元医疗费，我向茂生借的5000元，还要缓一下还。

陈社民掏出报纸包着的钱，放在桌子上。

荷香看着陈社民，刚刚的兴奋渐渐从她的脸上消失了。

荷香：（失望地）我们又没有催你，干什么这么着急？

陈：我自己的负担，自己受着，不能拖累你们，也帮不上你们什么忙了，我就不打搅了。

荷香看着陈社民，就像看着一个陌生人，她非常失望，也非常难过，她做好了和他一起承担打击的准备，没有想到陈社民会这么说。

陈：那 5000 元。

荷香：（打断他）你已经说过了，不用再重复了。

陈社民站起身。

陈：那好，我走了。

她没有拿钱，也没有搭理陈社民，从黄三保的手中接过毛崽，回自己的屋里去了。

一进屋，荷香的眼泪就流出来了。

78. 日外　荷香家院内

陈社民呆呆地站在院子里，他知道荷香误解了他，但是他又不知道应该如何解释。

黄三保的心情也有些复杂。

陈社民把钱交给黄三保，自己走出了荷香的家。

79. 夜内　荷香家

荷香的屋里。

荷香又在使劲关那个柜子。门关不上。

毛崽在床上玩着陈社民送的识字卡片。

荷香拿起一张，上面是“爸爸”的那张，她把卡片折了几折，塞到柜子的前腿下面，这是她那天跟王志高学的。柜门果然自己就关上了。

80. 日外　荷香家院内

院子里，黄三保在忙活茶叶的事情。

荷香一个人坐在院子里，想心事，毛崽要和她玩，她也没有心思，黄三保看在眼里。

黄：荷香，上次陈社民来提到 5000 块钱，是怎么回事？

荷香：茂生活着的时候，他向茂生借的。

黄：你没有跟我提起过。

荷香：我也是刚刚知道。

黄：我还没有老糊涂，家里的事情，总该让我也知道。

荷香：现在知道也不晚嘛，等陈社民哪天把钱还了回来，您全收着就是了。

黄：我不是贪那 5000 块钱，我是在讲这个道理。

荷香：（无端地发作）什么道理不道理的，还不就是为了钱吗？以后你们谁也不要在我的面前张嘴闭嘴总是提钱的事情？还有没有别的事情好讲？我再也不要听。

黄很生气，他很奇怪荷香为什么对他发这么大的脾气。

黄：好，我不提，我什么也不管，家里的事情，你随便好了，我老了，没有几年了，我可不想被你气死。

听到这个死字，荷香被深深触痛了，她觉得自己太失态了，她站在那里，看着公公有些凄凉的背影，不知该说什么。

81. 日外　县城

茶叶市场。

很多茶叶商云集的地方，热闹非常。

荷香背着大包来到这里，她开始学着做生意。

一组荷香做茶叶生意的镜头。

82. 日外　荷香家院内

黄三保在家炒茶。

毛崽大了一些，在院子里面追鸡。

83. 日外　县城

茶叶市场。

荷香在街边小店吃东西。她低着头大口吃着。

有人放了一碗热汤在她的面前。

荷香抬头，是陈社民。

荷香站起身就走。

84. 日外　县城

古旧的小街巷里。

荷香在前面走得很快，陈社民在后面追。

85. 日外　县城

陈社民追上了荷香。

荷香不理他。

陈社民递给荷香水瓶。

荷香不要，从自己的包里掏出水壶，喝自己的水。

陈：我们不是朋友，总还是熟人吧，不是熟人，也还是老乡吧。

荷香看着陈社民。

荷香：我不会为了一个熟人扔下孩子连夜往县城里赶，我也不会为了一个老乡担心得几天睡不着觉。你走吧，我不想再见到你。

陈：荷香，你真的不明白我为什么离开你吗？我是不想拖累你，我现在这个样子，要卖力气养自己，不能让你和毛崽过好日子，我有什么脸在你面前晃，你给我点时间，等我缓过来，等我自己觉得有了本钱。

荷香：（打断）你以为我是为了过好日子才和你来往的吗？我就那么想过好日子？我要想过好日子找不到你的头上。

陈：我知道你不在乎，我知道你对我好，可是荷香，我是个男人，我不能不在乎，我得对你负责任。

荷香：什么叫好？你说什么叫好？你有钱就好，没钱就不好？你走吧，别耽误你挣钱。

荷香转身走了。

陈社民站在原地，他没有再追上去。

86. 日外　风雨桥上

回家的路上，荷香神情有些落寞。

87. 日外　乡间

荷香背着毛崽，在干活。

荷香：毛崽，妈妈心情不好，老是生毛崽的气，毛崽别怪妈妈，妈妈下了好大的决心，想给你找个爸爸，妈妈希望毛崽长大以后，和别的小毛头一样，有妈妈，也有爸爸，毛崽什么也不缺，可是他不懂妈妈的心，他就知道钱钱钱，他们这些男人，老是想着钱，钱有什么用？不能还给毛崽一个好爸爸。

88. 日外 酒馆里

黄三保在镇上茶馆里和一些老头喝茶聊天。

茶友：黄三伯，听说你让荷香自己进城卖茶叶了。

黄：我让不让都不算数，人家会听我的？

茶友：荷香不简单，撑着这么多事情不容易，你别老封建，要替她想。

黄：只要我孙子不改姓，别的我也不管。

茶友：怕你也是管不了。

黄：不是自己的孩子，不会听自己的话。

茶友：我自己的孩子，照样不听我的话，我们只管喝茶，不管闲事。

黄：对，不管了。

89. 日外 风雨桥

荷香背着毛崽走着，和开始的时候有些相像。

荷香：毛崽别睡，和妈妈说话，睡着了要着凉的，毛崽，告诉妈妈，你叫什么名字？

毛崽：叫毛崽嘛。

荷香：对了，毛崽真聪明，毛崽几岁？

毛崽：毛崽 1 岁半。

荷香：毛崽真聪明，妈妈叫什么？

毛崽：妈妈叫妈妈。

荷香：毛崽真聪明，妈妈叫荷香。

毛崽：妈妈叫荷香。

荷香：毛崽爷爷在哪里？

毛崽：毛崽爷爷在家里。

荷香：毛崽真聪明。毛崽爸爸在哪里？

毛崽：爸爸在外面。

荷香：毛崽真聪明。

荷香一抬头，猛然看见在风雨桥的中间站着一个人，面对着她。

荷香一时有些愣，她停下脚步，眯起眼睛看着对方。

是陈社民。

陈社民朝荷香走过来。

荷香看着他。

陈社民走到荷香的面前。

陈：荷香，我错了，别怪我。

荷香看着陈社民。

陈社民从荷香的手中接过毛崽。

陈社民把毛崽举到自己的肩上，朝前走去。

荷香跟在后面。

她所希望的三口之家的剪影。

——完——

暖

Nuan

1. 日外　乡间　阴

南方，平原，也许不远处有山的影子。夏末秋初的季节，原野的色彩日渐丰富和厚重了，特别是芦苇，黄绿相间，白色的轻柔的飘絮充满了诗意。

不宽但平坦的田间小路，不知始于何处，也不知通向哪里，蜿蜒有致，路边是田畴，再远一点是水面，远远近近是一片一片的芦苇，高高的，在风中慢慢地摇摆。远处的浓密，近处却略显稀疏。

2. 日外　乡间

林井河，剧中的男主人公，三十来岁，城里文化人的打扮，戴着眼镜，他骑在一辆自行车上，与其说是在赶路，不如说是游逛，他骑得很慢，有意无意地画着八字，他的眼睛盯着路面，漫无目标地蹬着车。

不远处可以看到村庄错落有致、黑白分明的屋宇的轮廓。

还有高音喇叭，正在放着最流行的歌曲。

[画外音]

从 1980 年考上大学，我已经有 10 年没有回来了。家乡没有太大的变化，我却已经成了外人。

3. 日内　村委会

南方高大陈旧的用作公用的房子，从墙上张贴的一些表格、守则可以看出是村委会。

堂屋的中间摆了一张桌子，桌子上摆了很多盘菜，一个摞一个，满满当当。

桌子周围坐满了人，大家坐得挺挤，相互之间几乎没有距离。主人的位置上坐着井河，他的两边坐着几个村镇干部模样的男人，下手坐着头发花白，神情有些忐忑的曹老师。

井河的身后是一扇窗户，这使得处在逆光中的他脸上很暗，他站起来，手里端着一杯因为倒得很满而正在滴滴答答的白酒。

井河：镇领导能给我这个面子，帮曹老师解决了困难，非常感谢，在外面混了十多年，我没有多大出息，没能给家乡父老帮上什么忙，今天我的话都在酒里，我先干为敬。

井河一饮而尽，很痛快。

所有的酒杯在井河的眼前碰撞，酒滴到桌子上和人们的手上，人们喝酒，干杯，每个人的嘴唇都开始发亮，每个人都亮出干了的酒杯。

曹老师也干了，但是他因为不习惯这样的酒局而咳嗽不止。

4. 日外　阴　村路

阴天，还是乡间的小路，近处的景物因为阴天反而显得很清晰，远处则是一片茫然。

自行车迎面而来，因为是下坡，车速不慢。

井河骑着车，曹老师坐在车后架上。

曹老师显然喝了不少酒，脸上红红的，笑容放松了许多，真实了许多，他搂着井河的腰。

井河的嘴里哼着歌。

路上偶有拖拉机带着巨响开来，又开过去，曹老师在后面大声要井河小心。

曹老师：井河，把你叫来，你媳妇准生我气了，孩子太小，正使唤你。

井河：没事，客气话您别跟我说。

5. 日外　路上

村路有些崎岖。

但井河在这样的路上骑车的技术显然很有底子，他躲闪着可能造成颠簸的地方，很好地把握着平衡，自行车在颠簸的路上发出很大的声响。

井河：曹老师，您说神不神，我儿子，脚丫子和我这根手指头一样长（井河伸出食指对老师比画着）。

曹老师：你准备啥时候走?

井河：没想到事情这么顺利，要是您没有别的事，我今晚就回县里住，明天就能赶上早班的火车。

曹老师：你早点回吧。让你大老远跑一趟，花工夫花钱，不合适。

井河：您又来了。

6. 日外　路上

前面是一个十字路口，因为有桥，路高出一个坡。

桥头站着一只白狗，它显然是在赶路的过程中突然停下来的，它看着自行车来的方向，似乎感受到某个熟悉的人或某种熟悉的气息所以才停下脚步。

井河看到白狗也愣了一下，他下意识地捏了车闸，车子猛地晃了一下。曹老师差点掉下来，他赶紧抓住井河的腰。

这时，白狗真的朝井河跑了过来，它很亲热地在井河的车前停下来，看着他，似乎在等着他认出自己。

井河一只脚点在地上，车子一歪，曹老师也站到地上了。

井河抬起头，他一下子看到了白狗的主人。

7. 日外　同上

这时，白狗的主人，已经从井河和曹老师的面前走过了路口，她背着一大捆长长的芦苇，人整个被芦苇埋在下面，根本就看不到她的脸，如果你不仔细看，连她的头都看不见。整捆芦苇就像长了腿。

但这显然不是一双好腿，由于有残疾，她走路的姿势很不协调，但是她自己似乎已经习惯了这种姿势，依旧可以做她要做的事情。

井河像被施了定身术一样站在那里。他看看狗，又看看那个背芦苇的人。

白狗看看他，转身看看主人，还是决定转身找主人去。

井河：暖?

曹老师：（他站在井河的身后）是暖。

井河猛地回头看了曹老师一眼，他似乎感到有些突然，但又并不意外。

曹老师没有说话，他也看着井河，等待他做出决定。

暖已从桥上走过。拐上一条更窄的岔路。

井河把自行车支在路中间，大步朝暖跑去。

井河：（喊着）暖，暖。

曹老师摸出一支烟，蹲在路边埋头点烟。他再抬头，不远处井河已经追上了暖。

8. 日外　小路上

听见有人叫她，暖停下了脚步，回过头来。

暖侧过身子，从背的东西下面斜着向上看，这使她的神情显得有点古怪。

暖的头发散落着，因为出汗而湿湿地贴在脸上，她习惯性地捋了一下，露出脸来，这是一个曾经漂亮现在已经有些憔悴的女人，模样显得比实际年龄要老一些，由于正在干活，人也有些狼狈。

井河站在暖的前面。

井河：暖，是我，我是井河。

暖一歪肩，很熟练地把大捆掀到地上，揪扯了一下因为背东西而歪斜的衣服。

暖：我还不知道你是井河？

井河：没想到在这碰见你。

暖满身都是干活留下的灰尘和一片一片汗湿的痕迹，背东西的绳子在她身上勒出的痕迹清晰可见。

白狗悠闲地在水边喝水。

暖走到河边去洗脸。又洗到胳膊、肩膀。她很热。当着井河也没有什么避讳。

井河站在桥上看着她。

井河：我今天早上才到。曹老师家承包鸭棚的事情，让我来帮着说说。

暖：我听说了，曹老师两年多的委屈，你几句话就摆平了，镇长和你在一起喝酒，村里人都在夸你有良心呢。这鬼天气，不把人蒸熟了不罢休，立秋几天了，白他娘立。

井河：是，是。

暖一边走过来一边整理着自己的衣服，因为洗脸，前襟上湿了一大块，隐约可以看见里面的花背心。因为腿有毛病，她脚上的鞋也显得很不合适，磨损也很厉害。

井河：我以为你早就不在村里住了，你好吗？

暖：（略显冷淡地）好？啥叫好？有吃有穿，有孩子有丈夫，除了腿瘸，什么都不缺，浑身上下都不疼，算好吗？不知道你们城里人啥叫好。

井河：暖，你还恨我。

暖：（打断）恨你？老天爷才可恨，憋着雨不他娘下，把人活闷死，来，搭把手。

井河：我用车给你推上。

暖：算了吧，屁股大个地方，怎么推，帮把手。

井河：你等着。

井河返身跑回去推自行车。

自行车还站在原来的地方，曹老师不知什么时候已经自己走了。

等井河推上车转过身来，暖已经自己把芦苇背到背上。

白狗跟在她的身边。

井河犹豫了，他站在原地没有动。

暖从草下面斜着往后看井河。

暖：不走就到家里坐。骑上吧。

井河没有说话，也没有再追上去。

暖：（固执地）骑上走吧。

井河似乎明白了暖的用心。

井河：我会去你家坐。

井河把自行车掉转车头，就在自行车掉转车头的瞬间，时空发生了变化。

［画外音］

井河：看到暖，我才明白自己为什么这么多年因为各种原因没有回乡，我不敢。

［闪回］

9．日外　场院

秋千上的主观镜头：

阳光灿烂的正午。

集体经济时期的场院，社员们聚在一起干活，高音喇叭里放着那个时代的流行歌曲。鼓风机把稻谷高高地扬上天，打稻机周围尘土飞杨。

场院边上有一个个高高大大的稻草堆，充满怀旧意味的景致。

镜头奇怪地上上下下，不断变换着视线。

十七八岁的井河在秋千上荡着，一脸非常兴奋的表情。

秋千高高升起，又轻轻落下，井河眼里的景物不断地变换着。

10. 日外 场院边上

在场院边上，几棵大树铺下一片阴凉，在树下，架着一个高大的秋千架，两条很粗的绳子下面悬着一块一尺宽、两尺多长的厚木板。

一群人在排着队荡秋千，高的高，矮的矮，人挨人挤在一起，其中有孩子也有大人，大家都很急切地看着正在玩的井河，等着快一点轮到自己，孩子们嘴里大声地整齐地替他数着数，一个来回数一个数，几个更小一点的孩子，则蹲在一边甘当观众。

井河站在秋千上荡来荡去。

小孩子们的眼睛随着秋千的摆动而转动。

11. 日外 秋千架下

暖排在队伍的最前面，她有十六七岁的样子，天生的漂亮和开朗写在脸上。身上的衣服又小又不合身，手腕和脚腕都露在外面。但是她还是出众，她脸上的表情比别人更急切一些。嘴里数着数。回头看一眼排在她身后的比她矮一些的孩子，得意的表情也写在脸上。

大家一起数到了“50”。

秋千上的井河便不再用力，秋千慢了下来，还没有完全停稳，暖就跑上前去拉住还在荡着的绳子，让井河下来。

井河依依不舍，但是也只好下来。

暖把绳子往后拉了一段，然后迈上去，往前一荡，就上了秋千，意犹未尽的井河灵机一动。

井河：暖，我推你吧。

暖：推，快推。

井河从后面使劲一推，秋千开始荡起来了。

暖：大点劲。

当秋千再次荡回来的时候，井河又推她。

当秋千再次荡回来的时候，井河一下子蹿了上去，和暖面对面一起站在秋千的踏板上。

孩子们一起起哄。

井河使劲荡起秋千，秋千越来越高。

暖的脸上是兴奋的表情。

孩子们开始为他们数数。

秋千上，两个人面对面，身体紧挨着身体，表情是一样的兴奋和快乐，秋千越荡越高，风越来越大，两人的衣服和头发在风中变换着姿态。

田野和村庄在一起一落，所有的景物都在飞翔。

井河和暖荡秋千，下面的孩子们仍然坚决地在数着数。

井河看着暖的脸，两张脸挨得很近。

暖：（兴奋地）林井河，你看见什么了?

井河：我看见稻谷堆的尖了，哑巴在稻谷堆上干活呢。你呢?

暖：我看见北京了，看见天安门了，看见毛主席了。

秋千高高升起，轻轻下降。

下面孩子们的数数声。

12. 日外 秋千架

场院边，秋千在不停地来回摆动，秋千上的人在不断地变化，有青年，有孩子，有老人。

[画外音]

井河：每到收获的季节，场院上的秋千就成为所有人的快乐，对故乡的回忆永远是和秋天连在一起，和秋千连在一起。

[闪回完]

13. 日外　黄昏　曹老师家的院子

曹老师老两口在忙里忙外地为井河准备带走的土特产，唯恐东西不够多，恨不得把家里有的东西都让井河带走。

井河从外面回来，把自行车支好，站在院子里发愣，像丢了魂似的。

曹老师：井河，不早了，到汽车站还得 20 分钟，我骑车子送你。

曹老师的妻子：你什么时候到你哥那里看你妈，一定给我们带个好去。

井河：曹老师，我今天不走了，住下。

曹老师看着井河。

井河有些疲倦的神色。

曹老师：好，好，不走也好，他娘，点火做饭，我和井河喝两杯，中午的酒没喝舒坦。

14. 夜外　曹老师家院子里

井河和曹老师在院子里喝茶。

井河的表情有些沉重。

曹老师手里拧个半导体。里面是地方戏。

曹老师：暖跟哑巴结婚了。

井河：您信上没有告诉过我。

曹老师：结婚有六七年了吧，哑巴爹还在的时候。

井河：那年我哥回来接我妈，说暖到县城相亲去了，我以为她一定是嫁出去了。

曹老师：井河，把你带给我的糖给暖拿上，她娃差不多有五六岁了。

曹老师的收音机停在一个台上，里面是一段传统戏曲的前奏，曲调婉转轻巧。

[**闪回**]

15. 夜外　学校的操场

前奏从上一场连贯下来，但已不是半导体中的演奏，而变成了学校乐队七拼八凑的，略有些混乱的吹奏。

在简陋的舞台一侧。

井河在人数不多的乐队里吹着一支笛子，他的腮鼓着，眼睛盯着台上，非常认真而艰难地完成着前奏复杂曲折的旋律。

其他的乐队成员也非常投入地操着乐器，手上的动作熟练、夸张，表情各不相同，彼此配合非常默契。过门拉完，一个响亮的女声响起。

舞台中央站着暖，她在唱一段传统戏剧的唱段，她身上还是穿着不太合身的自家的衣裳，脸上化了妆，虽然妆容不太精致，但挺鲜艳，身段和动作有模有样。她在小小的舞台上充分表演，旁若无人。脸上充满自信和骄傲。

舞台侧面的井河在卖力地吹着笛子，眼睛盯着暖。

台下是村子里老老少少的观众，大家都听得津津有味，被家乡戏熟悉的曲调所陶醉。有的在跟着暖一起唱。

一曲终了，有人叫好，有人鼓掌，有人喊着再唱一段。

暖给观众鞠躬，脸上笑着，然后用眼睛看着舞台边上的乐队，似乎不知道自己应该下去还是留在台上，等了几秒钟，她认为可能不唱了，就要下台，可乐队此时又开始演奏，她又赶紧回到舞台的中间，准备再唱，她的样子把台下的观众逗笑了。

16. 日外　村路上

田野间，小路从远方延伸过来，又曲曲弯弯地伸向远方。

两边的田野和不远处的群山风景如画。

夕阳西下，染红了田野和村庄。

暖和井河放学一起回家。井河走在路的这边，暖走在路的另一边，又像是同行，又像没有关系，很怪的方式，但这是两个人都喜欢、都接受的一种方式。暖轻松地、自寻欢乐地走着。井河不时看暖一眼，暖快他快，暖慢他慢。

暖看到前面一个挑着很重的担子的人。她从背影就认出了对方。

暖跑跑颠颠地追了上去。

井河落在了后面。

暖：（倒着走在爹的前面）爹，曹老师说我的嗓子全公社没人能比得上，我们的节目要参加公社的比赛，如果获了奖，还要到县里参加比赛，他让你给我买双皮鞋。

爹埋着头，不搭理她。

暖：爹，你听见没有？曹老师说，让你给我买双皮鞋。

暖的爹把头抬起来看了她一眼，抬手一巴掌打在她肩上。

暖爹：放了学不回家，干活没有你，要这要那有你了。

暖爹朝前走了。

暖站在那里。

她回头，看见井河站在她的身后。

暖：我以后一定走得远远的，他想我我也不回来看他。

井河不知道用什么话安慰暖。

井河：我妈也打我。不就是一双皮鞋吗？回头我有了钱，我给你买。

暖转身走了，井河依然走在她的对面的斜后方，不远不近地。

[闪回完]

17. 日外　村里

早晨。雨不大不小地下着。

井河打着一把颜色鲜艳的折叠伞，手里提着一些吃的东西，走过第一天遇见暖的乡路。四周的景物在雨中显得十分干净透明。远处罩着薄雾。

18. 日外　哑巴和暖的家

井河走到门前，门开着一条缝，他推开了面前这扇有点沉重的大门。

井河走进暖家的院子。

井河：暖在吗？

白狗从院子的某个角落里跑了过来。它依旧认出了井河，在他的身边友好地转来转去。

房门大开着，没有声音。

井河：有人在吗？暖在家吗？

19. 日内　暖家

屋内，暖穿了干净的衣服正在照镜子，六岁的女儿站在边上看着她，暖多少有一点紧张，她赶紧收拾着扔在床上的衣服。

暖：（对女儿）告诉你爹，来了。

女孩跑出房间。

暖：（在屋里应道）是井河吗？都在呢。

她一边说着，一边脱下了穿在脚上的一双新皮鞋，把鞋抓起来匆忙地放回鞋盒里，又把鞋盒放到被子垛的上面，光着脚去找自己的旧鞋。

20. 日外　门口

井河还站在门口。

哑巴出现在门口，他的年纪比井河要大一些，也更显老一些，他光着上身，穿着一条旧裤子，裤脚卷着，一高一低，哑巴的眼神很不友好，在他看来，井河出现得有些突然。他似乎在努力辨认着这个人和他从前认识的井河有什么联系，在他的身后可以隐约看见他们的女儿，样子乖巧，脸上有点脏，眼睛十分明亮。她躲在哑巴的身后看着陌生的井河。

井河虽然有思想准备，但是一时间，也不知道该怎么办，他对哑巴笑了笑。

哑巴并不笑。

井河的笑容便有些僵。

哑巴并没有从门口让开，也没有请井河进屋的意思。倒是女孩终于试探着从父亲的身边挤出来，站在屋檐下看着井河。

屋檐下的雨滴断断续续地滴落。

井河赶紧把带来的糖拿出来，走到女孩的面前，女孩看到漂亮的糖一下就掩饰不住地兴奋起来，但是她并没有马上就接，而是回头看自己的父亲，并对哑巴打了几个简单的手势，显然是在问哑巴她可不可以拿这些糖。

哑巴看了看井河又看看女孩，对女孩做了个手势，意思是尝尝看好不好吃。

女孩伸手从张开的塑料袋中拿出了一块糖，小心地剥开漂亮的糖纸，放进自己的嘴里，又伸手拿了一块，依旧是很小心地剥开，回身放进哑巴的嘴里。哑巴很认真地品味了一下，脸上终于露出了一丝笑容。

就在这时，暖从屋里出来了，她显然很匆忙地收拾了一下自己，穿了一件干净的衣服，折叠的褶皱还很清楚，头发也匆匆梳过，一只手里抓了一件背心，顺手扔在哑巴的肩上。

暖：家里不像样，让你笑话了，进屋吧。（说着把正套背心的哑巴往边上拉）

井河：我猜下雨你们可能不出门了，来看看。

哑巴这时穿上了背心，他很自然地用手把嘴里的糖拿了出来，递到暖的嘴前。

也许是因为井河在的缘故，暖下意识地躲了一下，用手势示意哑巴她不吃，让他自己吃。

哑巴似乎没有遭到拒绝的心理准备，他顺手抓住暖的头发，暖的头向后仰去，哑巴顺利地把糖塞进了暖的嘴里。他看也没有看井河一眼，就进屋去了。

暖看着井河有些诧异的神态，没有什么表情，她示意井河进屋。

井河看着暖，暖有点回避他的目光，先进屋去了。

21. 日内　暖家里

井河走进暖的家，在堂屋的椅子上坐了下来。

他环顾四周，家里收拾得还算利落，陈设比较简单，看得出日子并不宽余。

白狗也想跟着进屋看看客人，出现在门口，被哑巴踢了一脚，就离开了。

井河脸上的神情有些黯淡，他忽然觉得暖的生活令他感到沉重和担心。

暖对哑巴比画着什么，井河愣愣地看着他们。因为暖是背对着井河，他只能看到哑巴的表情。

经过暖的解释，哑巴终于有了一点友好的表情。

他在井河的对面坐了下来。有些郑重地。

暖转过身来。

暖：我对他说，你是专门回来帮曹老师解决纠纷的，我告诉他你在北京当了干部，以后有什么事情可以找你帮忙。我还告诉他你已经结婚了，找了北京女人做媳妇。

井河对哑巴点点头。

房间里光线有些暗，也略有些拥挤，哑巴正在捆蚕茧，井河看到觉得很熟悉，拿起来弄了两下，很不熟练了，哑巴笑他，做了个嘲笑他的手势。自己又开始干活，井河便很自然地帮他干活。

22. 日内　暖家

暖把桌子擦了又擦。

孩子在一个角落里把井河带来的糖果当玩具，倒腾不休。她会不时看一眼井河，这个陌生人让她很感兴趣。

暖：你媳妇是做什么的？

井河：教师。是大学同学，她留校了。

暖：真好，孩子多大了？男孩？

井河：刚满月。男孩。

暖：真的？你们城里人生孩子都晚。

暖对哑巴比画，告诉他井河的孩子只有1个月大，哑巴有点不以为然地撇了下嘴，可是暖又告诉他，井河是男孩，他便装没看见一样低下头干活。

井河：我知道你肯定会出嫁，但是没有想到你们两个会成家，你小时候最怕他了。

暖：你没听说过，弯刀对着瓢切菜，合适着呢。

井河不知道该说什么，便低头干活，金黄的稻草的秸秆在他的手中翻飞。动作中时空转换。

[闪回]

23. 日外　场院上

场院上一片金黄。

高大的稻草垛错落有致。

暖双手撑地，在稻草垛边上拿起大顶。她的上衣系在裤子里面。

几个女孩一个接一个地在稻草垛边上倒立。

她们倒着排成了一排。

暖：我们的节目要是可以得奖，我们就能到县城去演出。

第二个女孩：我们坐汽车去县里，我真想坐汽车啊。

第三个女孩：暖，曹老师说，要是能参加县里的会演，说不定你就会让县剧团选中呢。

暖：要真能选上，美上天了。

第二个女孩：说不定暖就成为邓丽君了。

第四个女孩：到时候可别忘了我们。

从第二个女孩倒着的视线里，看见一群鸭子向她们这边运动过来。

第二个女孩：暖，哑巴来了。

所有女孩都紧张地翻倒在稻草堆边。

鸭子们在漫不经心地走着，大家却没有看见赶鸭子的哑巴，大家反倒十分紧张，东张西望，担心哑巴会捣什么乱。

暖也和大家一样，一边打扫着身上的草，一边到处看。

哑巴突然出现在暖的身后，把手里的一把蒺藜放到暖的头上，回身就跑。

哑巴迈着有些可笑的大步子去追赶他的鸭子。

暖在后边气得直跺脚。

暖：臭哑巴，你不得好死。让你鸭子明天全跑光，让你一个鸭蛋也找不着。

哑巴没有回头，因为他听不见。

几个女孩围着暖替她摘掉头上的蒺藜。

[画外音]

井河：哑巴没有上过学，村子里的孩子都有点怕他，大人们却总向着他。

24. 日外 村里

窄窄的村路，两边是房子。

井河无聊地朝家里走去。

一条长长的小巷。

哑巴赶着鸭子迎面走来，鸭子拥挤着，几乎占满了路面。

哑巴走在中间，身前身后都有鸭子，哑巴偶尔回一下头。

井河迎着哑巴走来。

两人目光对视。

井河用无所谓的表情掩盖他对哑巴的敌意和惧怕。

两人相错而过。

哑巴继续向前走。

井河在哑巴的身后大声地吓唬走在哑巴身后的鸭子，把这些鸭子向相反的方向轰着。

哑巴听不见，继续向前走。

井河解气地轰着鸭子，鸭子们惊慌地朝着相反的方向逃窜。

井河躲在路边的墙角朝哑巴看去，看他能不能发现少了鸭子。

哑巴最终没有回头，他拐弯了。

井河偷着笑了，可他不知道拿这些鸭子怎么办，正发愁，井河的后脑勺被重重地敲了一下，他一抬头，是村里的一位老人。

25. 日外 村路

井河垂头丧气地走在鸭子的后面。

老头像押俘虏一样走在井河的后面。

26. 日外 河边

一群孩子在玩水，井河也在其中。

突然，哑巴不知道从什么地方冒了出来，一下就把井河按在水里。

两个人在水中搏斗，井河显然不是哑巴的对手。被哑巴越来越久地按在水里。

27. 日外　秋千上

井河像条死鱼似的趴在秋千的木板上，往外控着肚子里的水。

几个孩子围在他的旁边看。

暖在慢慢推着秋千。

井河肚子里的水滴滴答答流了一条线。

暖忽然就笑了起来，越笑越厉害。

[**闪回完**]

28. 日内　暖家

里屋两个男人在平静地做事，井河配合哑巴做一些事。

外屋，暖在做饭，她的腿脚虽然不够灵活，但是依然像过去那么灵巧和麻利。

她在一个碗里打了好几个很大的鸭蛋，又加上一些新鲜的蔬菜的碎末、一些盐、一点红色的辣椒，用筷子把鸭蛋打得很响，碗里面红的、绿的、黄的很好看。

井河在里屋，他的眼睛不看暖。

井河：那年我哥回来接我妈，他说没看见你，说你到县里相亲去了，我当时真的盼望你能找到一个你满意的人。

外屋，油锅热了，冒着淡淡的烟，暖把打好的鸭蛋倒进锅里，鸭蛋马上就改变着形态，向四周膨胀起来。

暖：是个售货员，看了我的照片非要我去县里玩。我住在他姐家帮他姐带孩子，和他也还算谈得来，他就是从来不和我一起出门，我想来想去，咱不能窝囊了人家，就回来了，他哭得可伤心了。

暖轻轻地把锅里的鸭蛋翻转过来，鸭蛋仍然是完整的。锅里的油再一次热闹起来。

井河：后来，就没再遇上合适的？

暖：啥叫合适？啥叫不合适？

暖把手中的锅铲重重地放在案板上。

井河一惊。手中的动作一下就失去了从容。

哑巴没有丝毫感觉，但他感到井河配合上的混乱，恼怒地看着井河。

井河如梦初醒，努力跟上哑巴的节奏。

井河：你现在，还唱吗？

暖：唱？话都快不会说了，他不说话，狗也不会说话，闺女会说话，跟他在一块待久了，也不爱说话，整天忙了家里忙家外，也没心思。

井河：家里也没买个电视，我看村子里不少人家都有电视了。

暖：我倒不是攒不起来这几百块钱，我怕他听不见着急，哪天再给我砸了，闺女也闹着要呢，再说吧。

井河看了哑巴一眼，哑巴也抬头看他，两个人又都各自低下头去。

井河：有电视了，村里也不唱大戏了。

暖：可不是，电影也不演了，不像咱们那会儿。

暖的话好像没有说完就打住了，井河马上转过头去看暖。

暖依旧在做事。

哑巴抬头看着井河。

两人对视。

[画外音]

井河：在我的记忆里，所有的事情都是那年省剧团来了之后发生的。我是在那个时候才懂得什么叫爱上一个人。

[闪回]

29. 夜外　场院

月光铺了一地。

有个人独自在秋千上荡来荡去，高高得飞起来，刷地悠过去。

荡秋千的人是哑巴。

每当他升到最高处时，远处的灯火就可以照亮他的脸和上半身。

然后他又落入黑影之中。

哑巴知道远处的灯火通明的地方正在唱戏。

30. 夜外 村里

村里临时搭建的舞台，灯火通明。

舞台四周人山人海，围满了看戏的观众。

舞台上，正在上演一出传统戏，热闹的锣鼓和响亮的唱腔使得平静的村庄一下充满了活力。

31. **夜外　舞台上**

演员漂亮的彩妆和行头令人眼花缭乱。一个非常精彩的段落正在上演。

32. **夜外　舞台下**

所有人的眼睛都盯着台上，舞台上的灯光在所有人的眼睛里跳跃。大家在一种极度满足的心情之下欣赏他们喜爱的地方艺术。不断有人大声叫好，鼓掌。

33. **夜外　舞台后**

后台是用苇席围起来的，里面的光线丝丝缕缕透出来，暖站在苇席的外面，通过缝隙朝后台里面张望。

从暖的视线，可以看到演员们匆忙的身影，有的在化妆，有的在换衣服，有的在独自练习，自言自语。

暖的视线更多地落在一个漂亮的小武生的身上，他的身材、扮相都很出众。

他在暖的视线里闪过又闪回。

暖尽可能地在很多人中间寻找他的身影。

34. **夜外　村路上**

井河逆向站在散场的人流中。

大家在月色下吆五喝六，有人大声唱着戏文，大人在喊着走散的孩子。远处的狗也跟着起哄般地叫。

人影晃动中，井河寻找着暖的影子。

井河：暖——暖——

暖不见了。

井河随着人流走，东张西望。

35. **日外　村子里**

井河飞快地在村子里的小街上奔跑，一路鸡飞狗跳。

井河的脸上表情非常兴奋。

他上衣的领子都张开了。书包拍打着他的后背。

36. **日外　暖家**

井河在暖家外面喊暖，暖家的院墙不高，他跳起来就可以高过院墙，于是他就在一跳一跳地叫：暖，暖。

暖从屋里跑出来。

井河：他们住在大队部了。去看看。

暖：走。

37. 日外　村里

井河和暖一前一后地跑着，同样的鸡飞狗跳。

井河在前，暖在后。白狗跟在后面跑。

38. 日外　大队部（村委会）

两人跑进院子，暖在前，井河在后。

院子挺大的，因为演员们的进驻而一下子热闹起来。

几个男演员在出出进进，嘴里唱着戏，把东西放得到处都是。

暖一眼就看到了那个漂亮的男演员，她一下就安静下来。

男演员无意中看到暖，对她笑了笑。

暖没有笑，她像傻了一样。

39. 日外　场院

场院上，稻草堆成了演员们最好的练习场所。清晨的阳光把场院照得很亮，一种很独特的明亮的感觉。

男演员们在厚厚的稻草上翻着一串一串的跟头。

女演员们在走着好看的身段。嘴里咿咿呀呀地唱着。

有的男演员在舞弄着道具兵器。

还有的演员在练乐器，把胡琴拉得山响。

有的在做基本功的训练。

场院的边上，不少村民站着观看。

稻草堆的顶端，趴满了看热闹的孩子。

他们身后的秋千很少有地空在那里没有人玩，独自在轻轻地摇摆。

井河、暖都在其中，剧团的吸引力空前大。

暖的眼睛追光灯一样追着她喜欢的那个英俊的男演员。

男演员几步助跑，双脚轻轻踏在踏板上，高高跳起，然后是一串跟头，落在稻草上。他的脸上是得意的神情。

他很随意地活动着自己的腰身，健壮而有活力。他走到一个女演员的旁边，帮对方拉紧松开的服装，嘴里还开着什么玩笑。女演员笑着捶他的后背。

暖简直就看呆了。

井河：暖，走吧，要迟到了。

暖看着演员们，不理井河。

有大人爬上梯子来驱赶孩子们上学去。

井河：该走了，要迟到了。

暖：你先走吧。告诉曹老师我病了。

暖的眼睛离不开这些演员。

哑巴的鸭子在场院上四散，没人管了，哑巴也看得入了神。

40. 日内　暖家

又是一个早晨。

暖在厨房里东翻西找。

母亲在屋内剧烈地咳嗽。

妹妹站在厨房的门口，看她找东西。

暖找到一个小口袋，里面是豆子。

她示意妹妹过来。

妹妹过来替她撑着她的上衣的兜，暖把口袋里面的豆子往自己的上衣兜里面倒。

不一会儿，她的兜就满了，口袋里的豆子少了许多。

暖把小口袋放回原处。

小妹妹看着她。

暖摸摸妹妹的头，背上书包，就朝外面跑去，她一只手紧紧捂着衣兜，连跑带走。

41. 日外　村里路上

暖正急匆匆赶路，突然，哑巴从哪拐出来，手里抱着一顶旧草帽，挡住了暖的去路。

暖见了哑巴就像耗子见了猫，转身就跑。

哑巴在后面追。

暖紧紧捂着兜里的豆子，还是有豆子一路蹦出来。

暖回头，哑巴迈着怪异的大步子，抱着手里的东西，跟在她的身后。

大队部门口，暖一回头，哑巴还跟着他。

暖跑进大队部。

暖：哑巴来了。哑巴追我。

暖一边喊着，一边跑进了大队部的院子，哑巴也跟了进来。

听见喊声，小武生从屋里跑出来，暖躲到小武生的身后。

哑巴站住了，他看着小武生，眼睛里是很佩服的神情，他的张狂也有所收敛，他把手中抱着的草帽打开，里面是十几个又大又白的鸭蛋。大家看到鸭蛋，都愣住了。

哑巴把草帽放到地上，转身走了。

小武生：谢谢了。

哑巴没有回头。

[闪回完]

42. 日内　暖家

暖把炒好的鸭蛋放到擦干净了的桌子上。桌子上还摆了别的临时准备的菜。

暖走进里屋，碰了碰专心干活的哑巴，对他做了个吃饭的手势，转身要走，忽然想起还有个要用语言交流的井河。

暖：吃饭吧，凑凑合合的，你别见怪。

哑巴站起来，两只手搓了搓，就去外间桌前坐下。

暖体贴地把一条湿毛巾递到井河的手上。

井河擦着手，眼睛看着暖。

女孩坐到父亲的身边，头靠在哑巴的胳膊上，眼睛盯着桌子上的好吃的。

哑巴拍拍女孩的头，用手势告诉她可以吃了。

女孩也用手势问爸爸，你今天不喝酒了吗？

哑巴好像想起了什么，他站起身，到里屋的柜子里找酒瓶子。

暖和井河看着这对父女。

暖：这孩子不会说话的时候就会比画了，和她爸挺好的。

井河：你小时候，老跟你爸吵。

哑巴拿了一瓶白酒出来，用牙咬开瓶盖，倒在暖为他们准备的两只碗里。

井河双手捧了碗，和哑巴碰了一下，哑巴一饮而尽，井河喝了一口，觉得劲大，但当他看见哑巴正看着他，就再次端起，也干了。

哑巴又给井河倒上酒。

井河又干了，哑巴又要倒，井河示意他也该把他的酒喝了。

哑巴端起来就喝，又给自己倒上，又喝。然后等着井河。

井河也喝了。

暖在边上看着他们。

哑巴还要和井河较劲。

井河端起酒。

暖：你不要这么拼命。你不是他的对手，让他占上风就是了。

井河还是不甘落后，又干了。

看着这两个和自己青春岁月有关的男人，暖的心情也不平静。她给井河夹菜，又给哑巴夹菜，哑巴把暖夹给自己的菜，又夹给了女儿。

女儿也学着大人的样子，她给井河夹菜。

哑巴看着女儿。

[闪回]

43. 日外　秋千架

一个年纪很大的老太太在荡秋千，周围很多人在看热闹，起哄。

老太太身手矫健，笑容灿烂。

看热闹的人群中有暖，她的身边是小武生。两个人在笑。

井河站在他们的对面，老太太从井河眼前晃过去，晃过来，井河的目光集中在暖和小武生的身上，他看着他们笑。

[画外音]

暖一个星期没有上课，剧团在哪，她就在哪，剧团的人干什么，她就干什么，只要看见那个小武生，就准能看见暖。

44. 日外　大队部

院子里，没有别人。

只有暖和小武生。

小武生正在用演戏的油彩给暖画一个彩妆。

他很细心地画着。

暖很安静地坐在那里，手里拿着一个很小的镜子。

暖从镜子里只能看到自己的局部。

有时候，他从小镜子里看小武生。

暖的脸越来越漂亮，越来越神采飞扬。

暖的眼睛水汪汪的。

小武生站远了几步，欣赏着自己的作品。

暖被他看得有些害羞，但只有一瞬，她大胆地看着小武生，两个人就这么互相看着。

小武生：你的条件非常好，一定要找机会出来学习，你可以成为一个真正的演员。

暖：我真的行吗？

小武生：我去对我们团长说，让他听你唱。

暖特别高兴，特别幸福。

暖：我真的行吗？

暖看着小武生的眼睛。

小武生不说话，他看着暖。

小武生：（轻声说）你天生就该演戏。

锣鼓声渐起。

45. 夜外　舞台前

暖在很前面的人群中，她的眼睛盯着舞台上的小武生，在她看来，整个舞台上只有他一个人，其他的人都已经不存在了。

暖的眼睛放着光。

46. 夜外　场院

小武生轻轻地搂住暖。

暖在发抖，她从来没有经历过这样的激动。

小武生终于把暖紧紧地抱住，开始吻她。

远处的人声和灯光都带有了梦幻色彩。

一切都美好得令人难以相信。

47. 日外　村头

清晨，绯红的朝日涂抹着村庄的每个角落。

省里的剧团要走了。

全村的人都来送行。

大家看着他们装车，收拾东西。

48. 日外　同上

暖的爹拉着暖站在团长的面前。

暖的视线依然跟着正在准备出发的小武生。她的手里还提着一个包。

暖爹：团长，孩子昨晚磨了一夜，非让我来求求你，你们都说这孩子有灵气，你们就带上她走吧，不挣工资，管饭就行。让她学点本事，长长出息。

团长：你女儿确实很有天赋，应该有更好的学习条件，可是我们是国家院团，招学员是要经过上级部门批准的，我这么领走不行，等我们下次招学员的时候，我们一定想办法通知你们。现在恢复高考了，你也可以鼓励她报考艺术院校。（对暖）你要努力学习，全面提高自己的素质，一旦有机会就可以找到出路。

暖把目光收回来，茫然地看着团长，她似乎根本就没有听见团长在说什么。随后，她的目光就又被小武生拉走了。

暖爹捅了她一下。

暖爹：还不谢谢团长。

暖：谢谢团长。

49. 日外　村口

演员们要上车了，大家在彼此告别。

暖的眼睛里含着眼泪，目不转睛地盯着小武生。

小武生有一点犹豫，但他还是在上车之前朝暖走来。

暖迎了上去。

井河站在离暖不远的地方，心中忽然感到从来没有过的惆怅。

暖站在小武生面前，不知该说什么。

小武生递给暖一样东西。

暖伸出手接过，但眼睛没有离开小武生的脸，她像要把这张脸刻在自己的心上。

小武生看着暖的脸，他笑了笑。

小武生：你一定可以成功，有消息我一定通知你，再见。

暖的眼泪就在眼圈里转。她把手里的包藏到身后。什么话也说不出来。

井河站在她身后不远的地方。

小武生倒退着朝汽车方向走了，边走边和暖挥手告别。直到他的身体被汽车挡住。

暖像傻了一样站在那里。

汽车动了一下，暖仿佛也抖了一下。

大家跟着汽车说再见。

暖也朝前跑了两步，又停下了。

井河站在暖的身边。

暖泪流满面，她手里，是小武生送给她的小镜子。

汽车朝远处开去。

井河为暖的忧伤而忧伤。

50. 日外　秋千架

哑巴在荡秋千，他荡得很高，因为他想看得够远。

[闪回完]

51. 日内　暖家

暖端了汤从外屋进来。

正端着酒杯的井河不知道该怎么办。

暖端了一个带汤的菜过来，碗里很满，因为腿不好使，几步路她端得也不稳，汤险些洒出来。

井河赶紧起身来接，碗有些烫，两个人又有些紧张，汤洒出来更多了，烫了暖的手，但是暖忍着没有松手，赶紧把汤放下。把手放进嘴里。

井河：暖，烫着你了吧。

暖看了井河一眼。

暖：没事，你也是好心。

哑巴又在给自己倒酒。

暖盛汤给他们。

暖：丫，吃饭，看啥呢？

女孩：叔。

井河看着女孩。

女孩：火车，我在电视上看见过火车。

女孩习惯了一边说话一边比画，这样她爸可以知道她说什么，哑巴也确实一直看着女孩。

井河：我就是坐火车来的。

女孩：（很惊讶地）真的？她随后便对爸比画，叔是坐了火车来的。

女孩：火车快吗？

井河：快，可快了。

井河模仿着火车开动的声音和效果，手比画着，向女孩描绘着他所能描绘出来的火车的情形。

女孩睁大了眼睛，目不转睛地看着井河。

哑巴看看井河又看看女儿，他似乎也有些震惊。

暖脸上带着笑意。

井河说完了，女孩似乎还没有从想象中的火车轰鸣中出来。

井河：回头叔叔带你去坐火车。

女孩的反应超出了井河的预期，她一下子跳了起来。

女孩：妈，叔叔要带我去坐火车呢。

又赶紧对他的爸爸比画：叔叔要带我去坐火车呢。

哑巴笑了一下，但是笑容消失得很快。

气氛轻松融洽了起来。

井河端起酒杯和哑巴喝酒。

两只酒杯接触的瞬间，时空转换。

［闪回］

52. 日外　河边

一个很亮的光斑在移动，墙上，树干上，从慢到快，到疯狂，到混乱。

暖一个人待着，等着。

53. 日外　秋千架

依旧是秋天，依旧是秋千架。

暖在秋千上荡着。

邮递员穿着绿色的制服，骑着自行车从她的面前经过。

暖的眼睛一直紧紧盯着邮递员，直到他消失。

54. 日内　养蚕的房间里

暖和一些女孩在做着养蚕的某道工序,是一种很细心又很需要耐心的工作。

大家有说有笑地干活。

暖的身边两个女生在小声聊天。

之一：那家伙，整天上课不看黑板，老扭着身子看你。

之二：看也白看，我才不会在本村找对象，一辈子嫁一次，怎么也得嫁远点。

之一：就是，争取嫁到县城。

之二：反正不能找本村的。

暖猛地站起来，把手里的东西往地上一扔，冲出屋子。

两个女孩吓了一跳，但又好像习惯了似的，手里的活没有停，嘴里的话也没有停。

之一：那个唱戏的不会回来接她了。

之二：人家是省城里的，怎么会看上咱们。

之一：暖说，他们（小声了）。

之二：那又怎么样。

55. 日外　村里

暖无目的地跑着，脸上没有表情。

拐过一个弯差点和骑了一辆破自行车的井河撞个满怀。

井河：暖，暖，我正要去找你呢，来了，来招生了，曹老师让你赶快去，介绍信我都开好了。

56. 日外　路上

井河飞快地蹬着车，暖坐在他的后坐上，紧紧抓着车座。

暖：快点，林井河，你再快点行不行？

57. 日外　镇上

两个人冲进一个考场。

一个纸牌子上写着：县剧团报名处。

桌子后面坐着几个考官。门口排着等着考试的男孩女孩。

一看招考的单位，暖的表情一下就黯淡下来。

58. 日外　同上

井河排在队尾。

他的身后马上又有人排队。

井河：暖，快过来呀。

暖回头看他一眼，脸上的表情很失望。她犹豫着要不要排到井河的前面。

井河看着她。

暖走到井河的身边。

暖：不是省里的剧团。

井河：要是考上你就可以到县城里工作了，不也挺好的吗？

暖：我只想考省剧团。

边上的人觉得暖很好笑。

井河：（放低声音）都这么久了，他们也没有来，他早就把你忘了。

暖：不会。

井河：那为什么一点消息也没有？

暖：因为没有招生指标啊？

井河：那要是老也没有招生指标呢？

暖：不会。

井河：（生气地）你根本就不明白，他不会来了。

暖：会，他亲口说的，他说他一定会来接我的。

井河：他骗你。

暖：不会。

井河：你别傻了。他会看得起咱们?

暖瞪了井河一眼，转身朝外走了。

井河看看排了一半的队，又看看门口，十分犹豫，终于他还是离开了队伍，追了出去。

59. 日外　路上

井河骑着车。

暖坐在后座上。

两人谁也不说话，垂头丧气地。

[闪回完]

60. 日内　暖家

饭还在继续吃。

哑巴已经喝得有些多了，脸红红的，在微笑。

暖还在给井河夹菜。

井河：饱了，太饱了。

这时，在里屋玩的小女孩把妈妈的新皮鞋给穿了出来，两只小脚放在一双大鞋中，踢踢拖拖地出来。脸上带着炫耀的神情。

井河看到这双皮鞋，夹着的菜停在半路。他很吃惊。

哑巴看着小女孩的样子本来在笑，但是他似乎也想起了什么，笑容越发勉强了，消散了。

暖放下手里的筷子，站起身快步走到小女孩的面前。

暖：怎么这么能闹呢?给妈妈踩坏了。

女孩：叔，这是我妈妈的新皮鞋。

井河下意识地把夹了的菜又放回了原处，筷子却还傻傻地举着。

暖把鞋从小女孩的脚下抽出来，用袖子擦了一下，放回里屋去了。

井河觉到自己的失态，他扭头去看哑巴。

哑巴也看着他。

61. 日内　暖家

里屋。

暖把皮鞋收进鞋盒，这是一个很旧了的盒子。

暖打开柜子，把鞋盒收了进去，又把柜子关好。

就在她关柜门的瞬间，时空转换。

［闪回］

62. 日外　村里

鞭炮声四起。

有人家在举行婚礼。

新娘和新郎在大家的围观下履行着繁杂的礼节。

鞭炮声连成一片。

井河也在其中，他不看新娘，看着暖。

暖照样和女孩子们挤在一起。

女孩子们都在笑，只有暖一个人不笑。

63. 日外　村里的婚礼

主持婚礼的人把糖撒向空中，孩子们欢呼着在地上捡。

井河也伸手接到了一块糖。

64. 日外　村里的婚礼

在人们的起哄声中，新娘很不好意思。

所有的看热闹的人，脸上都带着笑容，只有一个人在看，但是没有笑，那就是暖，井河的目光经常掠过人群，停留在暖的脸上，一会，又从暖的脸上，被吸引到新娘的身上，就这样移来移去，终于，他发现，暖离开了人群。

井河自己也从人群中挤了出去。

65. 日外　场院

秋千架上，暖一个人坐在上面，没有荡。白狗趴在秋千架下面。

暖的手中还拿着那个小镜子，里面是没有笑容的暖。

鞭炮声从不远的村子里传过来。

井河来到秋千架下，他是来找暖的。

井河：办喜事，大家都笑，就你不笑，你还会笑吗？

暖：我会不会笑关你啥事？

井河把手里的糖递给暖，暖马上就剥了糖纸放进嘴里。

井河：都一年多了，他们根本就不记得咱们了。你再这么等着，不是犯傻是什么？

暖：他可能不记得你了，但是他一定记得我。他说了，他永远也不会忘了我。

井河：（生气地）那他为什么不来接你？

暖：（也提高了声音）他没有时间，但是他不会忘了我。他今年不来明年来，明年不来后年来。他要来接我，我就嫁给他。

井河：别做美梦了，你就是倒贴上 200 斤猪肉，他也不会要你。不就是亲了你一下吗？有什么了不起的，我也可以亲你，我也愿意。你干什么非要等着他？

暖看着井河，不说话。但是脸上露出一丝不易被察觉的笑意。

井河走到暖的面前，他几乎不能克制自己的情绪了，他站得离暖很近，几乎要触到她的身体了。

井河：暖，跟你爸好好说说，接着把高中读完，然后我们一起去考大学，一样可以到外面去,为什么你非要等他来呢？他要是不来,你就这么等下去吗？

井河抓住暖的胳膊。

暖也有些感动，她低下头，不知道该怎么办。

井河一下抱住了暖，他笨拙地表达自己内心的冲动，暖有点想接受，但又有另外一种东西在抗拒，她在慢慢地后退，终于，她脚下一用力，从井河的拥抱中挣脱出来，轻轻地向后荡去。

暖：白狗，来。

白狗蹿到暖的秋千上。

暖就开始荡开去。

66. 日外　同上

她在井河的面前荡过去又荡过来。

井河盯着她。脸上的表情非常激动。

暖荡过去又荡过来。

井河的眼睛。

终于，在暖的秋千要起未起的时候，井河飞身上了秋千。和前面的一幕一样，暖、井河和狗在秋千上荡着，越来越高，越来越高。

所有的景色都开始升起来，降下去。

井河的眼里只有暖。

暖还是不笑。暖的眼里没有井河。

秋千架在轻轻地颤抖，呻吟。

所有的景色都在颠倒和晃动。

井河也没有笑，他为自己青春的情感而感到悲伤。

秋千上的暖闭上了眼睛。

她的脸，美丽而平静。

不远处村中的鞭炮声突然激烈起来，像一个预言。

暖和井河在荡着秋千，村子里面传来阵阵的鞭炮声。

井河：暖，我喜欢你，我会对你好，我不会说话不算话。

暖：他不要我，我再嫁给你，不过你必须考上大学。

暖的眼睛里特有的渴望在燃烧。

秋千上的暖闭上了眼睛。

一张平静而美丽的面孔。

井河疯狂地荡着秋千，仿佛要就此离开这个地方，随便飞向哪里。

秋千也疯狂了，整个画面都疯狂起来。

景物颠倒了顺序，人的面孔也不再真实，风声穿透了画面，秋千在大声地呻吟……

突然，秋千的绳子绷断了，绳子弯曲着飞上天去。

井河被甩了出去。

暖和白狗也飞了出去。

井河重重地被摔在地上。

暖和白狗飞进了路边的刺丛。

井河挣扎着站起来，大喊：暖——

白狗摇摇晃晃地站起来。它似乎很晕。

暖的脸上流着血，但她抱着自己的脚，惨叫着。在地上翻滚。

一群鸭子受了惊一样拙笨地飞跑着。

哑巴疯了一样跑来。

井河抱着暖。

秋千歪在一边。

67. 日外　水边的路上

暖的爹推着自行车，暖的单拐放在车把上。

暖在后面扶着后座。

由于是自行车很不好推，爹用很大的力气来保持车的平衡，走得很不稳。

暖坐在车的后座上，紧紧地抓着后座。让自己不掉下来。

暖的爹脸上全是汗。

暖的脚上包了很多纱布。

暖想说什么又不知该说什么。

忽然，车好推了，轻松了，也平衡了，暖一回头，是哑巴在后面帮着她爹保持自行车的平衡。

暖对哑巴笑笑，哑巴也笑了。

暖从兜里掏出那个化妆镜，一抬手扔进水里。

漂亮的小镜子慢慢沉入水底。

68. 日外　田间

收工的路上，一群人走在前面。

暖自己远远落在了后面，走得有些吃力。

井河从岔路上跑过来，跑到暖的面前，他背着沉重的书包。

井河把书包交给暖。

暖：这么沉，不把人学死。

井河走到暖的前面，弯下腰，等着。

暖犹豫了一下。看看周围。

暖：我能走，习惯了。

井河固执地等着。

暖：让人看见笑话你。

井河还等着。

暖轻轻伏在井河的背上。

69. 日外 田间

井河背着暖。

暖搂着井河的脖子。

暖：井河，你能考上吗？

井河：你说呢？

暖：大学什么样？

井河：我也不知道，反正是在城里，和咱们这不一样呗。

暖：上完大学你干啥？

井河：回来娶媳妇呗，你可说话算数，你说我要考上大学，就让我娶你。

暖：胡说，我什么时候说了？

井河：你自己说的，你不承认。

暖：我没说。

井河：说了。

暖：没说。

井河：说了。

两人越走越远，越来越小。

[闪回完]

70. 日内 暖家

饭终于吃完了，暖又把桌子擦得很干净了。

井河给哑巴点上一支烟，哑巴吸了一口，对井河竖起大拇指。

井河把刚打开的一盒"云烟"送给哑巴。

井河：（对暖）暖，你跟他说，我该走了，以后有什么事情一定找我，你告诉他以后不许再跟你动手。

暖对哑巴比画了几下，哑巴站起来，等着送井河。

外面还在下雨，井河拿起放在屋角的折叠伞，嗵地打开。

折叠伞的声音使小女孩猛地抬起头来，她的脸上露出惊喜的表情。

井河看到女孩的表情，就又把雨伞收起来，再一次打开。

女孩高兴地笑了，她显然是第一次看到这样的雨伞。

女孩：真好。

井河把雨伞合起来，递到女孩的手中，然后对暖和哑巴挥了挥手，走进雨里。

暖犹豫了一下，还是从女孩手里拿过雨伞，追了出去。

71. 日外　雨里

暖：井河，等着。

井河转过身，暖拿着雨伞朝他走来。

井河朝暖跑了两步，两个人就面对面了。

暖：你自己打上走吧。

井河：暖。

两个人对视着，漫长的岁月把他们分开，现在终于站在一起。

井河：暖，我看见你，想起我们过去在一起的时候。

暖：你能来看看我，我高兴。

井河：暖，我在这个世上最对不起的人就是你。

暖：胡说。我挺好，真的。有了孩子，比什么都强。

井河：暖，我把你忘了。

暖：你没有，你越不回来，就越忘不了。

井河：暖。

暖：井河，打了伞走吧，我也回了。

暖转身往回走了。

井河看着她走在雨中。

[闪回]

72. 日外　井河家

[画外音]

井河：我终于考上了大学，暖受伤后就没有上高中。

院子里摆了两三张桌子，在办酒席，井河的妈妈穿着新衣服，脸上笑着，忙着招待客人，井河坐在一桌长辈的中间，第一次成为事件的主角，非常拘谨。

暖和一些女人坐在一张桌子上，她不太抬头，只顾吃自己的。有女人开她的玩笑，她根本就不抬头。

井河却不时要看暖一眼。

73. 日外　同上

妈妈端着一杯酒来到曹老师的座位前。

妈妈：曹老师，没有你，井河成不了咱们村的第一个大学生，这杯酒我替井河他爸敬你。

母亲酒还没有喝完，眼泪就流了满面。

井河站起身，他端了一杯酒，走到暖的父亲面前。

井河：叔。

叫罢，井河就说不出话了。

暖爹站起身来，看看井河。拍了拍他的肩膀。

暖爹：什么都别说了，好好用功，算是替暖把大学上了。

井河：叔，我对不起你。

暖爹：别这么想。这是命，不怪你。

井河：叔，等我毕了业，我就回来接暖。

暖爹：傻话，水往低处流，人往高处走，好好奔吧。

井河：（低着头）叔，我一定回来接暖。

和女孩子坐在一起的暖，低头大口吃着，好像一切都和她没有关系。

74. 夜外　场院

月光把场院照得通明。

稻谷堆似乎没有以前那么高大了。

在一个谷堆的下面，井河和暖靠在一起。

他们对着又大又圆的月亮。做最后的告别。

井河把一摞信封交给暖。

井河：信纸我都装好了，要是有钱，我会把邮票也贴好，暖，给我写信。

暖：井河，我配不上你。

井河：是你自己说的，我考上大学，你就嫁给我，你想反悔？

暖：只怕将来后悔的是你。

井河：你不相信我。

暖：井河，要是你连着给我写三封信我都不给你回，你就别再想着我了。

井河：暖，我一定回来接你，考试的时候我一直想着你。

暖一下子把井河抱住了。她的眼睛里又燃起了希望。

[闪回完]

75. 日外　水上

天快黑了，却晴了，晚霞火红火红的。

井河和曹老师坐在小船上，鸭棚附近，全是鸭子，比当年哑巴那阵规模大多了。

井河不时用手抹一把眼泪。

曹老师：就算你当年回来接她走，现在什么样子也说不定。

井河：可是我没有回来接她，我跟她说我要回来，可是我没有。

曹老师：你那时候年轻，上了大学，进了城，难怪你。

井河：她说要是你写信我都不回，你就别再想着我了，后来，她真的不给我回信了，我开始还想她，后来就觉得轻松了，就再也没有给她写信，这么多年，没有回来看她，根本不再关心她过得好不好。自己说过的话，也全都不算数了，那天我看见她瘸着腿背那么重的东西，我真……

曹老师：暖说现在汽车多，怕哑巴不会躲，不愿意让他出门。

井河：曹老师，我不配当您的学生。

曹老师：哑巴不简单，暖真跟了他。

[画外音]

井河：从曹老师嘴里，我终于听到了我离开后暖的情况。

[闪回]

76. 日外　村头

邮递员骑着车过来。

暖站在一个高处等信。

邮递员很技术地一直把自行车骑到暖的身边，交给她一封信。

暖的脸上有笑容。

77. 日外　村路

暖低着头，一边走一边看井河的来信。

她猛一抬头，才看见迎面站着的哑巴。

两人对视。

暖还是和以往一样，往边上躲了一下，便从哑巴的身边走了过去。

哑巴一直目送暖一拐一拐消失在街的拐角。

78. 日外　镇上

改革开放后的乡村集市，很热闹的一条街，当然，在哑巴的世界里这种热闹是没有声音的。两边都是做生意的农民。

哑巴蹲在地上，眼前摆了一大篮子鸭蛋在卖。篮子前面放着一个醒目的牌子：“不讲价，2 角钱一个。”

暖也背了一些菱角来卖，她从哑巴的面前走过，她看见哑巴，对哑巴笑了笑，还竖了一下大拇指。

哑巴有些不好意思地笑了笑。

哑巴站起身，他看见暖在离他不远的地方摆下摊子。

有人来买哑巴的鸭蛋，哑巴便和对方做生意，对方在跟他说什么，他不回答，指指牌子，对方还在坚持说什么，哑巴却突然站起来。

一个坏小子抓了暖的菱角不给钱就跑，暖在追他，暖的残疾使她跑起来有些古怪，周围的人在笑暖，哑巴从周围人的表情可以看得出来。

哑巴放下自己正在数的鸭蛋，冲出去替暖追坏小子。

暖在哑巴的前面摔倒了，哑巴赶快把暖扶起来，他还要去追，暖把他拉住，对他摇手，不要追了。

哑巴看着暖一瘸一瘸地走回自己的摊子。

79. 日外　村口

哑巴赶着鸭子在走。

路过暖等信的地方，没有人，暖没有等在那里。

哑巴等在那里。

邮递员从后面骑车过来。

邮递员从车上下来，把一封信递给哑巴。

哑巴点点头，拍拍胸。

邮递员骑上车走了。

哑巴拿着信对着太阳看。

80. 日外　村里

哑巴飞快地朝暖家跑去。

哑巴在暖家门口把信交给暖。

暖没有打开，就把信撕了。装进衣兜。

哑巴睁大眼睛，非常吃惊。

81. 日外　村口

哑巴在暖等信的地方等信。

邮递员来了，把给暖的信交给哑巴。

82. 日外　水边

哑巴替暖把井河的来信撕了，扔进水里。

83. 日外　水边

哑巴又在那里替暖等信。

这次邮递员带来了一个邮包。

哑巴端详了一阵，想了想，他还是决定把邮包交给暖。

84. 日外　村路

哑巴把邮包夹在胳膊下面，大步流星。

85. 日外　暖家

哑巴把邮包交给暖。

暖的嘴上起了大泡。

她非常兴奋地三下两下打开邮包。

里面是一双新的皮鞋，我们在前面见到的那一双。

暖把鞋拿出来，找信。

鞋盒里没有信。

她又在包鞋的布里找，还是没有。

暖抬头看哑巴。

哑巴摇头。

暖愣住了，她明白了，她知道井河再也不会回来接她了。

暖把皮鞋扔在地上，转身回屋里去了。

哑巴把皮鞋捡起来，放进盒子里面，又把盒子包好，放在暖的窗台上，离去。

86. 日外　路上

天上下着小雨。

暖背着一个背篓从镇上回来，她走得很吃力。

她的脸上分不清是汗水还是眼泪。

正在高坡上干活的哑巴看见她。

暖边走边哭。

哑巴站在那里，看着暖，他突然向暖跑去。

哑巴跑到暖的面前，站住了。

暖满脸都是眼泪。

哑巴接过暖背上的东西，挽在自己的胳膊上，又走到暖的前面，曲下腿，等着暖让他背。

暖流着泪，久久看着哑巴宽厚的脊背，她终于趴在哑巴的背上。

哑巴背着暖，朝村庄走去。

[闪回完]

87. 日内　暖家

小女孩把糖纸泡在水里，糖纸湿了，也平了，小女孩把糖纸一张一张贴在玻璃窗上。

玻璃上一大片漂亮的糖纸。

88. 日外　清晨

井河提着自己的东西，再一次走在通往暖家的路上。他的脚步有一些沉重，昨晚没有睡好，他的眼圈黑着。

89. 日外　暖家的院子里。

井河弯腰把折叠伞在小女孩的面前打开，然后递到她的手上，小女孩很高兴地举着红伞在院子里转着圈。

井河：你妈呢?

女孩：哭呢。

井河愣住了，他不知道发生了什么，他也不知道该怎么办。他站在门口，不知道该进去，还是不该进去。

井河还是走了进去。

井河看见，哑巴正在对暖激烈地比画什么。

井河看不懂。

暖看着哑巴，暖在流泪。

哑巴看到井河进来，愣了一下，他拉了暖一把，让背对井河的暖可以看到井河，哑巴指着井河，又在比画。

暖抓住哑巴的手，不让他再“说”下去。

井河：暖，怎么了？你告诉他，有什么话跟我说。让他冲我来。

暖看了井河一眼，使劲摇着头。

暖：你走吧，井河，没事了，你赶紧走吧。

井河：我不走，我要知道，他要干什么?

暖：没事，走，我送送你。

暖说完就朝外走了。

井河看了哑巴一眼，只好随着暖出门。

90. 日外　村路上

暖和井河走在前面。

哑巴抱着女儿不知什么时候也跟在不远的后面。

井河：往后有什么事，你找我，我还是原来的井河。

暖：有工夫，带着孩子回来看看。

井河：一定。

井河偶然回头，看见哑巴在后面，他没有想到，停住了脚步。

哑巴走过来，把小女孩放下，看看暖，又看看井河，好像想说什么。

井河：你告诉他，我下次回来，带北京的二锅头给他。

暖对哑巴比画。

哑巴没有反应，他突然对暖打了几个手势，仿佛是下了很大的决心。

井河不懂。

暖抓住哑巴的手，让他不要再“说”了。

哑巴粗暴地挣脱了暖，他的眼睛看着井河。手里仍在比画着。

暖试图阻止他。

暖使劲推着哑巴转身，往回家的方向推他。

哑巴还想回头，暖执意往回推他，两个人就这么推推搡搡地往家的方向去了。

井河愣在那里，他意识到什么，但又不太清晰。

这时，一直站在井河身边的小女孩拉了一下他的衣襟：

女孩：我爸让你带我和我妈走。

井河低头看小女孩，他比刚才更加惶惑了。

小女孩抬头看着井河。

女孩：我爸让你带我和我妈走。

井河抬头，不远处，暖和哑巴依旧拉扯着走着，但从后面看，哑巴更像一个听话的孩子。

井河蹲下身看着小女孩。

小女孩哭了，她有点害怕。

井河摸着小女孩的头，看着她和暖一样漂亮的大眼睛。

井河：叔叔答应你，长大了接你到城里去读书，坐火车去，叔叔一定来接你。

小女孩睁大眼睛看着井河。

91. 日外　路上

又是来时的路，又是风中的芦苇。

井河独自走着，他是走出了过去的阴影，还是开始了又一次拷问心灵的旅程？

[画外音]

井河：我的承诺就是我的忏悔，人都会做错事，但不是每个人都有弥补自己过失的机会，如此说来，我是幸运的。我的忘却就是我的怀想，一个人就是永不还乡，也逃不出自己的初恋，如此说来，哑巴是幸运的。我的忧虑就是我的安慰，哑巴所给予暖的，我并不具备，如此说来，暖是幸运的。

—— 完 ——

情人结

Qingrenjie

字幕：1975 年春天

1. 日外　机关大院

坐落在北京城里某处的典型的机关大院。带着它特有的工整和呆板，办公区、宿舍区没有很清晰的分界，干部打扮的行人的手里常常会提着暖壶。和外面嘈杂的大街比起来，机关大院里格外清净。

太阳底下的墙根处，有带小孩的老人与童车。

[画外音]

屈炎：那时候，除了上学就是玩，大家喜欢凑在一起，有人问起，我们会很优越地回答：二号院的。

2. 日外　同上

礼堂门口，高台阶。

台阶上错落、分散着站着十多个孩子，他们在做游戏。

一种集体的猜拳游戏，两个人一组猜拳，赢者上台阶，输者下台阶，看哪一组的孩子先上到台阶的顶端。

书包放在地上堆成了一堆。还有外衣。

孩子们表情兴奋，精力集中，“锤子，剪子，布”“锤子，剪子，布”的喊声此起彼伏。孩子们的位置也在上下不断变换。

3. 日外　同上

少年的屈炎和少年的侯嘉正在捉对较量。

两人同时："锤子，剪子，布！"屈炎赢了。

屈炎往上一步，侯嘉往下一步，两人之间分开了一些距离，继续猜："锤子，剪子，布！"屈炎又赢了。两人的距离又拉开了一些。

再猜，屈炎一直在赢，在整个团队里遥遥领先。

旁边有人喊：侯嘉，你不许让着屈炎。你再让着她不加你玩了。

侯嘉：没有，我没有。

这时，一辆醒目的警车从孩子们的身后开过，孩子们的注意力都集中在游戏上，根本没有人看警车一眼。

4. 日外　同上

屈炎显然占了优势，她和侯嘉的距离拉开了，两人隔着很多台阶在猜拳，大声喊着"锤子，剪子，布"。

孩子们玩得很开心。

警车再次出现，拉响了警笛。所有的孩子都停在了台阶上，看着由远而近又由近而远的警车。

警车从礼堂前面经过。

站在最下面的一个男孩子惊呼：侯嘉，好像是你爸。

侯嘉没有表情，他看了看警车开走的方向，又看了看警车开来的方向，跑下台阶，朝警车开来的方向飞奔而去。

站在台阶上的屈炎愣在那里。

所有的孩子都没有动。

5. 日外　院里

侯嘉飞跑，他绕过松墙，穿过自行车棚。

跑进宿舍楼前的大门。

侯嘉站住了。

楼门口站着一些人，见他跑过来，都看着他。

他看见人群中有一个人坐在地上，显得很特别。

侯嘉跑过去。

侯嘉：妈，妈，你怎么了？你赶紧起来吧。

侯嘉的母亲伤心欲绝的表情。她说不出话，一只手指着前面，摇着头。

侯嘉转过身，但他不知道自己该做什么。

刚赶到的屈炎，背着自己的书包，抱着侯嘉的书包，正和侯嘉撞个满怀。

两个人的脸上是同样的惊恐的神态。

定格：片名。

主创字幕

字幕：1983年的初夏

6．傍晚　学校的大门口

贴着高三的高考模拟考试成绩排名，墨迹似乎还是湿的。时间很晚了，同学们都走光了。

一只手在撕屈炎的名字，是八年后的屈炎，因为排的位置太靠后了，她不愿意把名字留在榜上。

身后自行车的响动。

屈炎猛一回头。

她的身后站着侯嘉，已经长大的侯嘉。

两人对视。

屈炎的表情从不好意思过渡到满不在乎。

她看看侯嘉，又到榜上寻找侯嘉的名字。

屈炎的目光在榜上滑过。

榜上："第五名：侯嘉"。

屈炎惊讶的表情。

侯嘉也上去撕了自己的名字。

屈炎：你干吗？

侯嘉：陪你犯回错误。

屈炎四下看看，招呼侯嘉赶紧离开。

7．日外　街上

嘈杂拥挤的小街。

有了一些时代变化的特征，比如发廊旋转不停的广告灯，卖烤白薯的自行车摊，还有当年流行的歌曲从质量恶劣的音箱中传出来。

侯嘉骑着自行车迎面而来。

从前面可以看到屈炎的两条腿翘着。

屈炎坐在自行车的后面，抱着侯嘉的书包。

8. 日外　大院门口

屈炎在院外跳下车，把侯嘉的书包夹在他的后架上，侯嘉没有停也没有回头，继续往院子里骑，屈炎没事一样，溜溜达达往家走。

侯嘉的背影，他把屈炎远远甩在身后。

9. 日外　宿舍楼下

侯嘉把自行车停在墙边。

10. 日内　楼内

侯嘉飞快上楼。

上到三层，转弯回家。

11. 日内　侯家

侯嘉用钥匙打开门。

侯：妈。

先到厨房从书包里掏出菜来。

妈妈摇着轮椅出来。

侯母：让你带个网兜你不带，菜把书本都弄脏了，我说的话你就是听不进去。

侯嘉：没事。

侯嘉手忙脚乱地做饭。

侯母：吃什么？

侯嘉：面条，行吗？

侯母：那有什么不行？

侯嘉把妈妈推到没有封闭的阳台上，让她晒太阳。

侯母：（习惯性地叨唠，声音不大，语速较快）不用猜我就知道，你又没去报销，我都懒得说你了，我嘴皮子都磨出茧子来了，说多少遍了？你说我说多少遍了？我就不明白，这有什么难的，每回你都让我着急，还有工资，也没领呢，不领工资，咱们吃什么？这么小的一件事，你说你怎么这么费劲？

侯嘉：行了妈，我肯定去，一有空就去，您别唠叨了。

侯母：除了唠叨你两句，我还有什么用？没我唠叨，你也考不了全年级第五。我还得提醒你，以后作文一定要写够字数，要不然，你永远也得不了第一。

12. 日外　楼下

屈炎不紧不慢地走进大门，先在门口传达室翻了翻放在窗台上的信件，又抬头看了看。

楼门口，屈炎看到侯嘉的自行车停在楼下。

屈炎往侯嘉自行车的把上套了一个红色和一个绿色的猴皮筋。

然后上楼。

13. 日内　楼内

屈炎到三层，她停住脚步，朝楼道的深处看了看，没有人，就继续上楼。

上到四层，拐弯回家。

屈炎大声敲家里的门。

门开了。

屈炎大声地：（开心地）本小姐驾到。

14. 日内　屈家

桌上摆着丰盛的晚餐，妈妈很能干地忙里忙外。

屈母：怎么这么晚？你们老师家谁做饭？

屈炎：（伸手打开盖在菜盘子上的碗，用手抓吃的）再晚我也不会比爸晚。我哥呢？

屈母：（在厨房）跟同学去工体看足球去了。

屈炎：上大学真好啊，还可以看足球，我真想明天就考上大学。

屈母：你还挺自信的，就你那排名，我和你爸觉都睡不着了。

屈炎：别紧张，咱们后发制人。

屈炎掀开一个盖着的大碗，里面是一些很新鲜很诱人的红薯。

屈炎看着红薯。

楼下汽车喇叭响。

屈炎：我爸，我下去接他。

15. 日内　侯家

侯嘉正在厨房做饭，外面响起敲门声。

侯嘉开门。

是一个邻居。

邻居：（指着挂在他家门把上的一个塑料袋）给你妈买的什么呀？忘这了。

侯嘉：（接过）谢谢。

侯嘉看见里面是两块热红薯。

侯嘉放在鼻子上面闻了一下。

侯母：谁呀？

侯嘉：马叔。

侯嘉把红薯递给母亲。

侯母捧在手里。

侯母：看着都舒服。难得人家想着咱们。

侯嘉欲言又止。

16. 日内　屈炎家

晚饭，屈炎和父母亲热地坐在一起。

父亲一副干部模样，穿着质地不错的中山装。

屈炎伸手要拿一块红薯。

屈母：吃多了胃酸。

屈父：她愿意吃你还不让她吃？

屈父拿了一块红薯给屈炎。

屈母：不让她吃？全让她吃了。

屈炎暗笑。大口吃红薯。

17. 早操　学校操场

学生们横平竖直地排在操场上，跟着音乐做操，姿势千奇百怪。

屈炎隔着几排同学可以看见站在斜前方的侯嘉。侯嘉做转体运动的时候，就会转过脸来，屈炎一般脸不跟着身体转，这样两个人就会交换目光，每做一个转体，就可以交换一次目光。

[画外音]

屈炎：再没有比发现你喜欢的人也喜欢你更让人高兴的事情了，侯嘉的目光就像一缕阳光，不管我们各自在什么地方，在做什么，我都可以感觉到它的温暖。爱情对于我们来说，只是一种想象。

18. 日外　宿舍楼下

屈炎从外面回来，一边走一边吃着一根冰棍。不急不慌的。

迎头撞上推着自行车低着头准备出门的侯嘉。

两人都没有想到会碰上，又都期待这次相遇，都站住了。

屈炎把冰棍背在身后。

屈炎：侯嘉。

侯嘉站住。

侯嘉：屈炎。

屈炎：干吗去?

侯嘉：出去一趟。

屈炎：怎么愁眉苦脸的？去哪呀?

侯嘉：给我妈报药费，取工资，我最烦去他们单位了。

屈炎：为什么呀?

侯嘉：不为什么，我特烦这些事。

屈炎：我替你办啊。

冰棍在身后滴水。

侯嘉：真的?

屈炎：简单啊。

冰棍被屈炎扔了，融化在路边。

19. 日外　路上

侯嘉用自行车带着屈炎。

屈炎特别开心的样子。

从前面可以看到屈炎高高翘着的两条腿。

20. 日外　侯嘉母亲单位大门前

侯嘉一个人在自行车边上等着。

屈炎从大门里跑出来。

屈炎朝侯嘉跑来，又快乐又好看。

屈炎把分别装着钱的两个信封交给侯嘉。

屈炎：我数过了，你再数数。这是工资，这是报销的药费。

侯嘉：不用，不用。真太谢谢你了。

屈炎：这有什么呀，以后我每次都替你办。

侯嘉：谢谢，谢谢。

屈炎：怎么谢？

侯嘉看着屈炎，不知道她是什么意思。

屈炎：把你的数学练习册借我用用。

侯嘉：简单啊。

21. 日内　屈家

桌前，屈炎的手里拿着侯嘉的练习册，她第一次拥有了一件他的东西，在她的眼里，这不是普通的练习册，是有关情感的实物，她特别喜悦地翻动着练习册，眼睛里闪着光。

屈炎在自己的房间里喜形于色。

练习册字迹工整，全是红色的优字。

母亲出现在她的身后。

屈母：准备吃饭。

屈炎放下练习册，高兴地去洗手。

屈母在练习册的封面上看到了侯嘉的名字，她的脸上掠过一丝不安。

22. 日内　屈家

饭桌前。

屈母：侯嘉的练习册怎么在你这？

屈炎：这有什么？互相帮助嘛。

屈母：那么多同学，怎么就他帮助你?

屈炎：我们不是住一个楼吗? 再说了，侯嘉是全年级数学最棒的，妈，你说他怎么那么聪明，连老师都觉得奇怪。

屈母：我可提醒你，快高考了，你得专心学习。

屈炎：我特专心。

楼下汽车喇叭响。

屈炎：我爸。

屈炎把盖在菜盘上的碗揭开。

门开了，屈爸进来，春风得意。

屈炎：爸，吃饭了。

屈父：（对妈）以后不用等我，屈炎时间紧，让她先吃。

23. 夜外　宿舍楼前

宿舍楼朴素而安宁的夜景。

各家不大的窗户里透出并不十分明亮但是非常温暖的灯光。

24. 夜内　屈炎的桌前

侯嘉的很多练习册都放在屈炎的桌子上。

25. 日内　侯嘉妈单位的办公室

屈炎在帮侯嘉的妈妈报销药费。

女会计把算盘打得噼里啪啦响，屈炎站在一边。

女会计：怎么老是你来呀? 他们家侯嘉呢?

屈炎：我顺路。

女会计：你这么懂事，侯嘉妈妈肯定特别喜欢你吧。

屈炎：瞧您说的，这算什么呀?

26. 日外　路上

侯嘉骑着车 带着屈炎。

天色有些晚了。

屈炎：侯嘉，你小心点。

侯嘉：放心吧。

屈炎：侯嘉，等高考完了，你教我骑车吧。

侯嘉：简单啊。

屈炎：咱们骑车去香山。

侯嘉：去圆明园，去北大清华。

路上一颠，屈炎扶了侯嘉的腰一下，两人都惊了一下，屈炎的手没有拿开，就那么搂着，侯嘉没有说话，但车速渐渐慢了下来，他在享受这个过程。

27. 日内　侯家

侯嘉进屋。母亲坐在轮椅里，脸色不好看。

侯嘉：妈，我回来晚了，咱们吃面条吧，面条快。

侯母：我吃过了，你自己吃吧。

侯嘉：妈你生气了？我回来晚了。我放学给你报销去了。

侯母：我知道，工会小马来送米，告诉我了。

侯嘉一愣，他似乎明白母亲为什么会不太高兴。

侯嘉：这是钱，您数数。

侯母：放在那吧。高考志愿表交了吗？

侯嘉：交了，就按咱们商量的填的，没报外地。

侯母：其实，也应该报两个外地的志愿。万一北京的学校考不上。

侯嘉：我走了，您怎么办？

侯母：我可以请保姆，可以进敬老院，再说，也可以跟你去外地，（声音突然提高）这座楼我早就住够了。

侯母在拐杖的帮助下自己站起来，进了洗手间。

侯嘉：妈，您千万别这么悲观，医生说了，只要您坚持锻炼，不是没有恢复的可能，要对自己有信心，等我忙完高考，咱们一定再去看病。

侯母：（自语般地）好吧，等你忙完高考吧。

28. 日内　屈家

屈炎在桌前复习功课。

屈母在外面东翻西找。

屈母：屈炎，看见别人送你爸的西洋参了吗？浅黄的盒子，上面有一个外国人的头像。

屈炎：看见了，怎么了？

屈母：我放哪了？脑子越来越不管用了。

屈炎：我送人了。

屈母：送人了？送谁了？那东西很贵呢。

屈炎：我同学妈病了，我看你们扔那那么久也没用，就拿了，对不起啊。

妈走到屈炎身边。放了一碗泼蛋在屈炎的手边。

屈母：（小声地）送给侯嘉了？

屈炎点了点头。

妈在她的身后摇头。

屈炎回头，看到妈妈忧虑的眼神有点紧张。

屈炎：妈，我以后再也不这样了。

屈母欲言又止。

29. 日外　空镜

鸽子在城市的上空飞翔盘旋。

整个世界都在旋转。

坐在游乐场转椅上的屈炎。

周围是和她一样完成高考的同学。那个时候，还没有过山车。

同学们在她的身边旋转，只有一张脸是清晰的，那是侯嘉。

[画外音]

屈炎：高考如期而至，转瞬即逝，然后是狂欢，我们用各种方式释放长久郁积的压抑，不管命运如何安排，我们的新生活将从这个秋天开始。

30. 日内　楼道

侯嘉大步上楼，三步并做两步。

31. 日内　候家

门开了。

侯嘉：妈，我考上了，北大。

侯母穿得像要出门的样子，看着他。

侯嘉：妈你不高兴？

侯母：我早就知道你会考上北大。

侯嘉：您要去哪？

侯母：我去单位取工资，你送我下楼。

侯嘉：我明天去，我明天一定去。妈我出去一下，一会就回来。

侯母：我跟你说了，送我下楼。

侯嘉：妈你怎么了？别人考上大学，家长都特高兴，为孩子庆祝，您怎么了？

侯母：侯嘉你忘了，你和别人不一样，你爸是自杀死的。

侯嘉愣住了。

32. 日内　侯嘉家里

空气像凝固了一样。

侯嘉和母亲面对面坐着。

侯母：我就是怕影响你高考，一直忍到今天。我都快把自己憋死了。

妈一边说着，一边到侯嘉的房间里，非常准确地找到了所有不是侯嘉自己买的而是屈炎送给他的种种小东西，又回自己屋拿出了那两盒西洋参。

她把东西全摆在桌子上。

侯嘉看着。

侯母：侯嘉，你要上大学了，你的同学全国各地哪的都有，你愿意和谁交朋友，只要你喜欢我没有意见，毕业分配到外地也没关系，我可以和你一起去。

侯嘉：妈，你到底要说什么？怎么了？

侯母：你不能和屈炎好。

侯嘉：为什么？

侯母：你爸爸是屈炎的爸爸害死的。

侯嘉一下站起来。

母亲把所有屈炎的东西都推到了地上，有的东西碎了，那都是侯嘉最心爱的东西。

侯嘉如雷击顶。

33. 日内　屈家

屈炎在往相机里面装胶卷。

哥哥屈强走过来帮她装。

屈强：我当年考上建工学院好几天都不敢出去见人，你都掉到分院了，还挺美。

屈炎往大包里装吃的。显然是为出去玩准备的。

屈炎：分院怎么了？也是一样的校徽，再说了，我学了我喜欢的专业，这是最重要的。

屈强：有什么用啊？心理学有什么用啊？

屈炎：你不懂。哎，哥，刚才我出去买东西有人找我吗？

屈强：谁呀？我们家美人儿被谁看上了？

屈炎：你胡说什么呀你？再胡说小心我揭发你。

屈母：（正好进来，很严厉地）屈炎。

屈炎一愣。

父亲跟在母亲身后，两人穿戴整齐，刚从外面回来。

34. 日外　路口

一大早男男女女七八个学生在路口集合准备出去玩，大家的情绪很兴奋，大声说笑着，给城市宁静的清晨带来一股特有的气氛。

大家互相打着招呼，特别高兴。

大家在等侯嘉。

屈炎背了很大的包，也在等侯嘉。神色焦急。

一男生：怎么回事？屈炎，侯嘉怎么回事？

屈炎：我也不知道，我跟他说了三遍 6 点集合。

另一男生：没准变卦了吧。

屈炎：不可能，他要有事肯定得告诉咱们一声。

大家：就是，不告诉谁也得告诉你呀。

屈炎：（平静地）那当然了。

大家静下来等，侯嘉没有来。

男生：走吧，他肯定不来了。

屈炎：你们先走吧，我等他，我们找你们去。

35. 日外　路口

行人已经很多了，十字路口的自行车像潮水一样漫过去，又漫过来。

屈炎一个人孤零零地等在路口。

侯嘉没有来。

36. 日内　楼梯上

屈炎失望地上楼。

上到三楼，她停住了脚步，但是她很犹豫，她的身上，还背着鼓鼓囊囊的大包。

37. 日内　侯嘉家里

母亲坐在阳台上晒太阳。

母亲的背影有些模糊。

侯嘉站在父亲的照片前，他看着父亲，似乎想找到答案。

敲门声。

38. 日内　楼道里。

侯嘉打开门，门外站着屈炎。

屈炎的身上背着大包。

屈炎：你在家呢？你不会是忘了吧？

屈炎感觉到侯嘉神色不对。

屈炎：怎么了侯嘉？你妈没事吧。

侯母一下把轮椅转了过来，脸对着屈炎，在阳台强烈的日光的逆光里，侯母的神色冷漠，吓了屈炎一跳。

侯嘉顺手带上门，两人站在楼道里。

屈炎：（压低声音）怎么了，侯嘉？

侯嘉：没怎么，我不去了。

屈炎：你在生谁的气呀？

侯嘉：别问了，你走吧。

屈炎：走？去哪？

侯嘉：随你便，别来找我了？

屈炎：为什么？

侯嘉：（有些激动地压低声音）你问我为什么？回去问你爸，问他对我们家做了什么。

侯嘉的门在屈炎的面前重重地关上了。

屈炎根本没有明白发生了什么事情。

39. 日内　屈家

家里没有人。

屈炎直接走进自己的房间，把大包扔在地上。

她开始哭，一边哭，一边把她准备的东西往外掏，把胶卷从相机里拉出来曝光，把所有东西都扔得到处都是。

40. 日内　屈家

父亲的办公室兼卧室里。

屈炎在没有目的地寻找着什么。

她拉开父亲办公桌的抽屉。

翻看父亲桌子上的文件。

41. 日内　侯家

侯母把200元钱放在桌子上。

侯母：你不是想买辆新的自行车吗？买辆好点的。怎么着也是北大，我打听了，咱们院考上北大的就你一个。

侯嘉在擦地。

侯嘉没有说话。

侯母：我托院里的王阿姨找保姆了，一个月管吃管住50块钱，你放心在学校读书，别老往回跑。

侯嘉还是不说话。

侯母：你什么意思？ 侯嘉？你欺负我没人说话是不是？

侯嘉：那你告诉我到底是怎么回事？

侯母：没出息的东西。

侯嘉：妈你骂我？

42. 日内　楼梯上

屈炎下楼，走到三层，她放慢了脚步。

她停下来，希望可以看见侯嘉。

楼道里一个人也没有。

43. 日外　楼门

屈炎站在楼门口。她看见侯嘉正好骑车进门。

她停住脚步，等着侯嘉骑到她的面前。

侯嘉也看见了屈炎，他没有朝屈炎骑，拐了一个弯，朝另外的方向走了，他在逃避。

屈炎飞奔上楼。

44. 日内　屈家

屈炎一下推开哥哥房间的门，哥哥正忙着在两台录音机上倒腾转录流行歌曲的带子，非常专心，投入。

流行歌曲断断续续传出来。

屈炎：哥，问你件事。（眼泪一下涌出）

屈强：（很不耐烦）我忙着呢。

屈炎：我就问一句话。

屈强：问吧，我听得见。

屈炎：侯嘉他爸是怎么死的？

哥哥看着屈炎，他看见屈炎泪流满面。

屈强像看着一个陌生人。他从耳朵上摘下耳机。

屈强：谁是侯嘉？

屈炎：住三楼，我们年级五班的，我们小学五年级的时候他爸被抓了，后来他爸在公安局自杀了。

屈强：（放下手里的事情，看着屈炎）早的事了，怎么了？

屈炎：这事和爸爸有关系吗？

屈强：不可能，谁说的？

屈炎：侯嘉他妈说的（哭出声来），他妈不让侯嘉跟我好。

哥哥见到妹妹在哭，有些心疼，他放下手里的工作，站到妹妹身边，不知用什么话来安慰妹妹。

屈强：你干吗非跟他好啊，他算老几啊？

屈强说着说着看了屈炎一眼，屈炎用一种冰冷的目光盯着他，他的话一下断了。

屈强的房门被推开了，屈母站在门口，看着兄妹二人。

屈母：爸回来了，吃饭。

晚饭。

屈家的气氛非常紧张，四个人坐在饭桌前，饭几乎没有人吃，好不容易凑齐了人，谁也不说话，空气像凝固了一样。屈炎的脸上有一种坚持。

屈父：（咳了一下）这辈子最让我欣慰的，是你们两个，我们家的两个孩子都考上了大学，一文一理。我和你们妈妈不干涉你们的自由发展，只会尽我们的力量帮助你们，我们以前是这么做的，以后还会这样做。至于刚才屈炎提出的问题，我的回答是，我没有害过任何人，过去没有，现在没有，将来也永远不会有。

屈炎：那侯嘉他爸为什么自杀？

屈父：（有些生气地）这是工作上的事情和你们没有关系，更没有必要和你讨论。

沉默。

屈母：行了，说完了就吃饭吧，都别再提了。

屈炎：你们不说清楚，就是心里有鬼。

屈父一下把筷子摔在桌子上。生气地看着屈炎。

屈母：屈炎你不许这么跟你爸说话。太不像话了你。

屈强：从今天起，我要是再看见那个什么嘉找你，我大嘴巴抽他。

屈炎端着碗站起身，走回自己的房间，关上门。

45. 日外　院子里

屈炎从外面回来，看见侯嘉的自行车静静地停在楼下。

她套皮筋在车把上，上面已经有好几根皮筋了。

屈炎抬头看着侯嘉家的窗口。

46. 日内　侯嘉家

侯嘉把自己闷在房间里。

躺在床上发愣。

桌子上放着被母亲摔碎，又被他对在一起的小东西。

侯母阳台上的背影。

侯嘉在厨房里。

他站在窗前，眼睛看着空空的院子，看着进进出出的人，他就那么看着，等着他想见到的那个人。

47. 日外　街上

侯嘉在街上疯狂地骑着自行车，他不知道该如何发泄心中的痛苦。

48. 日内　楼道里

侯嘉从外面回来，脚步沉重地上楼，迎面有邻居从楼上下来，看侯嘉的眼神有些奇怪。

侯嘉上楼。

迎面看见屈炎坐在楼梯上。

屈炎看着站在对面的侯嘉。

两人对视。

侯嘉继续往上走，走到屈炎的面前。

屈炎站起来，看着他。

有邻居，从他们两个中间穿过。

屈炎：侯嘉，如果我们家人做了什么对不起你爸妈的事情，我可以替他们向你家道歉。

侯嘉：我爸不需要道歉，他已经死了。

屈炎：我爸说，他没有。

侯嘉：（肯定地）他有。

屈炎：可是，侯嘉，我没有……

侯嘉：（打断）我知道……我不知道。

又有邻居上楼，这显然是一个人多的时间，侯嘉没有接着往下说，他从屈炎的身边走过，上楼去了。

屈炎又在楼梯上坐了下来，把头埋在膝上。

49. 夜内　屈家

屈炎往自己的饭碗里夹了些菜，端着碗回自己的房间了。

留在饭桌上的父母面面相觑。

母亲生气地要站起来，被父亲用手势阻止了。

两人无言地吃饭，家中气氛压抑。

屈炎的房间里，屈炎一边吃饭，一边在给侯嘉写信。

屈母进来。

屈母：屈炎，你怎么能这么对我们呢？你打算一辈子在屋里吃饭？

屈炎：除非你们告诉我是怎么回事。

屈母转身出去。

50. 夜外　院子里

屈炎把一封信放进传达室放信的盒子里。

用粉笔在写取信人名字的黑板上大大地写下侯嘉两个字。

屈炎在院子里的一棵树下望着楼上侯嘉家的窗户。

51. 夜内　侯嘉的家

侯嘉站在自家的没有开灯的厨房的窗前，看着院子里的屈炎。

52. 夜外　院子里

下雨了。

雨点把黑板上的字迹打得模糊不清。

屈炎没有离开。

53. 夜内　屈炎家

窗前，屈父正望着雨中的女儿。

54. 夜内　侯嘉家

侯嘉在没有开灯的厨房窗前看屈炎。

侯嘉发现下雨了，他有些惊慌，不知道应该怎么办，他想出去。

门厅的灯亮了，侯母看着他。

侯嘉犹豫了。他回到窗前。

他看见屈炎拿粉笔，在描侯嘉的名字。

侯嘉虽然看不清屈炎在写什么，但他突然明白了。

侯嘉冲出家门。

55. 夜外 院子里

传达室窗口昏黄的灯下。

侯嘉从装信的盒子里取出了写着自己名字的信。

他看着站在雨中的屈炎。

雨中，两人对视。他们不知道自己心中淤积的是爱还是恨，不知道对方的心里在想什么。

屈炎转身离开。

屈母跟在自己女儿的身后也回去了。

侯嘉手里紧紧抓着屈炎的信。

56. 日外　传达室的窗前。

叠化。

取信黑板上的名字，一会变成屈炎，一会变成侯嘉。有时是一只手在写屈炎，有时是一只手在写侯嘉。一只手涂掉屈炎，一只手涂掉侯嘉。

[画外音]

屈炎：我们本来应该是一起度过最快乐的一段时光，就像一瓶墨汁倾倒在一张漂亮的图片上，暗无天日的心情啊。我们像远隔千里的人一样开始写信，一看见侯嘉的自行车，我就想哭。

字幕：1984 年

57. 日外 大学校园

屈炎一个人在甬道上走着，脸色不好，没有笑容。

身后一个骑车的男生赶上她。

吴建：我带着你吧，快迟到了。

屈炎笑笑坐到后座上，她习惯性地跷着脚。

吴建：你怎么好像老是不太开心？

屈炎：还好，只是大学生活和我想象的不太一样。

吴建：跟我们出去玩吧，你保证会快乐起来，这是我们的长项。

屈炎：（笑）我可不想和你们一起上旷课光荣榜。

吴建：经常上当然不好，一次没上过其实也是一种遗憾。

屈炎：我从小到大连迟到都没有过。

吴建故意往路上的一个坑里骑，车一颠，屈炎下意识扶了一下他的腰，屈炎像被烫了一下似的把手拿开。

吴建在前面无声地坏笑。

屈炎在后面却红了眼圈。

58. 夜内　夜宿舍里

大家都睡着了，只有屈炎还睁着眼睛，她怎么也想不明白到底是怎么回事。她很想侯嘉。

这时，上铺的女孩一翻身，一本书啪地掉了下来。屈炎伸手把书捡起来，借着窗外工地射进来的一缕光线，看到了书名：《罗密欧与朱丽叶》。

屈炎借着这一束光线轻轻地移动着书页，看着书。

屈炎的泪水流个不停。

59. 日内　教室

阶梯教室里坐了不少学生。

第二天上课，老师点名，点到屈炎没有人回答。

吴建坐在后面，惊讶地睁大了眼睛。屈炎没来上课，难道是自己把屈炎教坏了？

60. 日外　公共汽车上

一夜没有睡的屈炎非常憔悴，她的手里抓着昨夜的书。

售票员：买票了，刚上车的同志买票了。

屈炎伸手摸，没有带钱。

屈炎：对不起，我，没有带钱。

售票员，下站到站下车。

61. 日外　街上

路上，屈炎顺着公共汽车的路线走。

她走了很远很远。

她的路仿佛没有尽头。

天色在变，她还在走。

屈炎打听去学校的路，问了又问。

屈炎边走边问，越来越荒凉了，到郊区了。

她在一条很长的路上独自行走。

她几乎要精疲力尽了。

62. 日外　北大

屈炎一边走一边问，终于累得坐在路边。

行色匆匆的学生从她的面前走过，她有些恍惚。

有个男生把自行车停在她的面前。

男生：同学，你怎么了？不舒服吗？

屈炎：我来找人。我实在走不动了。

男生：找谁？

屈炎：物理系的侯嘉。

男生：我知道他，高考数学考满分的那个，你就在这等着，我去帮你找。

屈炎：谢谢。

屈炎紧紧抓着书。

63. 日外　北大

远远地屈炎看见侯嘉朝她跑过来。

侯嘉的样子给她很大的触动，她看着这个跑向自己的人，别的都感觉不到了。

她等着侯嘉在她的身边停下来。

侯嘉跑过了她，没有看见她。

屈炎一下站起来，她不明白侯嘉为什么会没有停下来。她的表情一下就焦虑起来。

侯嘉终于站住了，他焦急地朝四下张望，等他回过头，终于看见了站在那里的屈炎。

两人隔着一段距离，互相看着，有同学从他们的中间穿过。

64. 日外　小饭馆

侯嘉很体贴地让屈炎坐在里面的位子上。

侯嘉：饿坏了吧。

屈炎点头。

侯嘉：两碗牛肉面。

服务员：两块五一碗，一共五块钱。

侯嘉一顿，去掏钱，掏出两块钱，又掏出两块。

侯嘉：面只要一碗。

屈炎：我出门忘了带钱，什么都没带。

侯嘉：一碗正好，剩下的你回去买车票。

屈炎不好意思地笑了。

屈炎：我来，就是想让你也看看这本书。

屈炎从书包里掏出书。

侯嘉接过书。

书名：《罗密欧与朱丽叶》。

侯嘉：就为这本书吗?

屈炎郑重地点点头。

一碗牛肉面。

侯嘉从筷子筒里拿出一双筷子，递给屈炎。

侯嘉把碗推到屈炎面前。

侯嘉：吃吧。

屈炎：你呢?

侯嘉：我看着你吃。

侯嘉说着把筷子塞进屈炎的手里。

屈炎没再说什么，又从筷子筒里拿出一双筷子，递给侯杰。

屈炎：陪我一起吃。

侯嘉刚要说什么，屈炎只是静静地望着他。执拗地要把筷子递给他，在她的注视下，侯嘉只好也乖乖地接过筷子，然后两个人头碰头地挨在一起，分着那一碗牛肉面。两个人吃得很香的样子。

我们从后面看着两个紧密挨在一起的瘦弱的背影。

侯嘉裤子的兜里，揣着那本书。

65. 日外　校外

侯嘉送屈炎上了公共汽车。

侯嘉在车下看着屈炎。

屈炎的脸上露出了灿烂的笑容。

两个人隔着车窗玻璃，把手重叠在一起。

66. 夜内　图书馆

图书馆里坐满了学生。

侯嘉的面前摆着各种理科的大厚书。

但是他拿在手里的是屈炎给他送来的薄薄的单行本。

[画外音]

罗密欧与朱丽叶的台词交织着响起来。

屈炎：只有你的名字，才是我的仇敌，你即使不姓你的这个姓，你仍然是这样的一个你。姓什么，又有什么关系呢？它既不是手，又不是脚，又不是手臂，又不是脸，又不是身体的任何其他的部分。换一个姓名吧，姓名本来没有意义，我们叫作玫瑰的这种花，即使换了名字，它的香味，还是同样的芬芳，你要是换了别的名字，你的可爱的完美，也绝不会有丝毫的改变。抛弃我们自己的名字吧，我愿意，把我整个的心灵，赔偿你这一个身外的空名。

侯嘉：敬爱的神明，我痛恨我自己的名字，因为，它是你的仇敌，要是把它写在纸上，我一定把这几个字，撕成粉碎。

侯嘉：没有受过伤的，才会讥笑别人身上的创痕，那边窗子里亮起来的是什么光芒？那就是东方，朱丽叶就是太阳。

屈炎：起来吧，美丽的太阳，赶走那嫉妒的月亮，要是她的眼睛变成了天上的星星，天上的星星，变成了她的眼睛，那便怎么样呢？她脸上的光辉会掩盖了星星的明亮，正像灯光在朝阳下黯然失色一样。

莎士比亚辉煌的台词滚过整个图书馆的上空。

侯嘉的眼睛里闪着泪光。

67. 日外 校园里

台词一直延续到屈炎的空间。

屈炎的脸上有了灿烂的笑容，她依旧是一个人走，但是和以前不一样了。

吴建又出现了：我带你吧。

屈：你教我骑车吧。

68. 日外 宿舍楼外

屈炎在院子里练自行车。

屈炎在院子里，学着骑车，摇摇晃晃的，脸上是非常紧张的表情。

屈炎绕着院子的小路，骑过了一圈又一圈，就是无法下来，她不知道该如何停下来。

屈炎的余光发现了一棵树，然后准备朝那棵树骑去。

这时候一个人朝她奔跑过来，屈炎惊讶地看到了这个朝她奔来的人，就在屈炎准备一把抱住那棵树的时候，那个跑过来的人拉住了她的自行车，使她安全着陆。

屈炎晃了几晃，终于栽到那个人的身上。

是侯嘉。

屈炎既惊讶又意外，悲喜交加、感慨万千地望着侯嘉。

侯嘉也看着她。

夕阳下，两个人脸上有温暖的光线。

侯嘉：再来一次啊，这回有我了，不用再怕了。

说着扶着自行车，望着屈炎，屈炎一笑，放心地跨上自行车，侯嘉扶着她自行车的后座，然后慢慢松开，跟在她的后面跑。

屈炎老想回头看侯嘉。

侯嘉：别回头，看前面，眼睛看前面。

屈炎还是回头看他。

侯嘉无奈地拉住了她的自行车。

屈炎还是看着他。

侯嘉伸手胡噜了一下屈炎的头发。

两人终于笑了。

69. 日内　侯嘉的家

侯家的窗子前，是侯嘉母亲的脸。她目睹了这一切。

她看着屈炎把车骑向了院外，侯嘉跟在后面跑。

侯母表情落寞。

70. 日外　街上

侯嘉骑着屈炎的女式自行车显得很别扭，屈炎坐在后面。

他们好像回到了从前的幸福时光。

屈炎的头靠在侯嘉的背上。

屈炎的脚依然翘着。

屈炎：放弃生命和放弃希望，哪一个更可怕？

侯嘉：这本书好像就是为我们写的，它等了我们几百年。

屈炎：侯嘉，我们是不是也应该“用悲惨而凄凉的陨灭，和解我们交恶的尊亲”？

侯嘉：我们至少不应该放弃，我们没有错。我们也不能去死。

屈炎顿了一下，腾地跳下自行车，侯嘉猛然捏住闸，用脚支撑着自行车，望着站在他身后的屈炎。

屈炎满怀希望地望着他。

屈炎：你的意思是，我们要坚持，是不是？

侯嘉对着屈炎平静而恳切地点了点头。

[画外音]

屈炎：我们很少见面，好像也不需要见面，两个人之间有了这个约定，就都可以安心了，我后来发现，只要我们不见面，就不痛苦。

71. 日内　屈家

外面在下雨。

屈炎进门，心情很好。

屈母：屈炎，这是你哥的女朋友，叫李子蓝。

屈强在替女朋友擦被雨水弄湿的高跟鞋。

屈炎 ：你好，我是屈炎，欢迎你来我家。

爸爸也很高兴。从屋里出来。

屈父：今天儿子、闺女都回来了，有什么好吃的？

屈炎跟在母亲的身后进了厨房。

屈母：屈炎，今天千万别再回屋吃饭了，看你爸多高兴啊，再说，也别让人家笑话咱们家。

屈炎：我知道了妈，你放心吧。

屈炎帮母亲端菜端饭。

屈炎摆餐具，一共五副餐具，屈父看在眼里。

女友李子蓝到阳台上。

李子蓝：屈强，刚才洗的丝袜就剩一只了。

屈母：是不是掉到楼下去了。赶紧找一找。

屈强赶紧到楼下去找。

屈母：屈炎，你先找一双你的给小李。

屈炎：我没有那么长的丝袜。

李子蓝：是我在美国的大妈放在信封里寄来的，咱们这没有。

屈炎也跟着着急，跑到门外，哥哥正好回来。

屈强：好像刮到三楼阳台上了，谁家没封阳台？

屈炎：我知道，我去问。

屈炎跑下楼梯。

72. 日内　楼道里　侯家门口

屈炎敲侯嘉的门。

屈炎：侯嘉，侯嘉。

门开了，是侯母的小保姆。

屈炎：我们家一只袜子可能掉你家阳台上了，我能进去看一眼吗。

小保姆：可以。

屈炎刚要进去，侯嘉的妈妈出现在保姆的身后，看着屈炎。

侯母：我们家不会有你们家的东西。

屈炎一下不知如何是好，她似乎期待着侯嘉的出现。

屈炎：阿姨，侯嘉，回来了吗？

侯母：侯嘉回来不回来和你没有关系，我们家没有你们家的东西。

屈炎：阿姨，我们……

侯母没等屈炎说完，就重重关上门。

屈炎站在门前，不知如何是好。

这时，侯嘉出现在屈炎的身后。

侯嘉：屈炎，你怎么了？你找我？什么事？

屈炎转过身，看着侯嘉，她脸上痛苦的表情难以形容。

屈炎没有说话，她离开了侯嘉。

侯嘉：屈炎。

73. 日内　侯嘉家里

母亲沉默着，侯嘉也沉默着，两个人似乎不知道该怎么和对方解释。

侯母：你根本就没有照你自己说的话去做，你还在和屈炎来往。别以为我不知道。

侯嘉：（疯狂地）你应该让我知道真相，告诉我到底是怎么回事？

侯母：你都看见了，除非我死，你们别想如愿。

74. 日内　屈家

屈炎再次端了自己的饭碗回自己的房间了，她无法面对家人和这件事情。

饭桌上，屈炎的位子尴尬地空着，一家人在哥哥的女友面前有些难为情，父亲的脸色也很不好。

哥哥啪地放下饭碗，站起身。

父亲用目光制止了他。

哥哥生气地坐了下来。

母亲强作笑脸，让女友吃菜。

女友的表情也很紧张。

75. 日内　侯家

侯嘉的母亲拄着双拐，在屋里来回走着，情绪激动。

侯母：屈之恒亲笔写的揭发材料，诬告你父亲，有人看见了，他为了和你爸爸争职位，就写揭发信诬告他，你爸爸被抓走了，自杀了，他就当上了他想当的官。

侯嘉：他揭发我爸什么？没有人调查这件事情吗？结论是什么？我已经是大人了，您应该把事情的真相告诉我。

侯母：告诉你又有什么用？你父亲已经死了，这你总不会忘了吧？

侯嘉：可这件事和屈炎没有关系。你们大人的事情……

母亲用一根手指指着侯嘉，气得说不出话来。

侯嘉感到自己太残酷了，就没有把话说完。

他把一杯水递到母亲的手里。

母亲把水杯用力摔在地上，杯子碎了，水迹慢慢扩大。

76. 日内　屈家

哥哥和女友已经走了，屈炎站在父母面前。

屈母：你太不给你哥哥面子，也太不给我们面子了。

屈炎：爸，我们要是真有对不起侯家的地方？我可不可以去向他们道歉？你们大人之间的事情，为什么要由我们来承担？

屈父：屈炎，我再说一遍，我没有做过任何违背原则、违背良心的事情，根本不需要向谁道歉，至于你的感情问题，我相信你有能力处理，你各方面的条件都很好，一定会有一个很好的未来，如果在这件事情上牵扯太多的精力，你以后会看不起自己的。

屈炎：可是，您还是没有告诉我当年到底发生了什么事情？侯嘉的父亲是自杀的，他的死和您有关系吗？

坐在屈炎身后的母亲站起身，把屈炎拉转过来，一巴掌扇在屈炎的脸上。

屈炎的父亲拿起外衣出门去了。

母女面对面站着。

屈炎的眼泪夺眶而出。

77. 夜外　大院里

屈炎的父亲在独自散步，他的脸色很不好，走着走着，他停住了。

侯嘉出现在他的面前。

两个男人面对面站着，心情都很不平静。

侯嘉：屈叔叔，我一直很尊敬你，初一的时候，我在楼门口碰见你，你给了我一个苹果，那是我见过的最大的苹果。还有一次，学校到郊区学农，你坐专车去接屈炎，把咱们院的孩子都接回来了，我们六个人坐在后面，特挤，可是特高兴。

因为紧张，侯嘉的话说得断断续续的。

屈炎的父亲看着他。

侯嘉：我想知道，我们两家之间到底发生过什么事情？您能不能坦白地告诉我，到底是怎么回事？

屈父：侯嘉，你没有权利对我提这样的问题，我也没有义务回答你，如果你真的喜欢屈炎，不愿意看到她再伤心，再受伤害的话，你就应该结束你们的感情，这才是一个男人应该做的。

说完，屈父接着向前走了。

侯嘉站在原地。

78. 日外　楼下传达室

屈炎在黑板上写侯嘉。

叠化：屈炎写了很多个侯嘉了。

屈炎从信箱中把侯嘉没有取的信拿了出来。

[画外音]

屈炎：侯嘉后来就很少回家了，我也没有再去找过他，我们居住在一座城市，同历寒暑，共赴晨昏，却仿佛相隔千里万里，转眼四年大学生活就要结束了，我无数次对自己说，忘了他吧。

79. 日内　大学教室

满地都是学生们扔掉的旧书本，卷子、纸张，到处都是，大家要毕业了，像一个战场。

阶梯教室的窗口。

一个男生和一个女生伏在窗口聊天，女生是屈炎，男生是开始用自行车带她的吴建。

吴建：我们先去北戴河，然后到山海关，逆长城而上，从古北口返回。

屈炎：计划不错，一次精彩的旅行。

吴建：我在海边的时候感情脆弱，我会想你的。

屈炎：你给我的大学生活带来很多的快乐，我也会想你。

吴建：设想 10 年以后，我们两个在街头邂逅，天上下着小雨，你领着你的女儿，我们需要用 10 秒钟互相辨认对方，然后……我不知道我会不会比现在被拒绝更绝望。

屈炎：10 年？不会吧？我会让你经常见到我。

吴建：我不想见到你，我想得到你。

身后传来敲门声。

门开着，侯嘉站在门口。

屈炎：（非常惊喜，声音很大）侯嘉，你是来找我的吗？

侯嘉：这本书，是你们学校图书馆的，要毕业了，是不是该还了。

屈炎：我早就赔过钱了，书后定价的五倍。

侯嘉看着屈炎。

屈炎朝侯嘉跑去，一路上碰响了很多椅子。

吴建看着屈炎跑向侯嘉。

80. 日外　校园

侯嘉手里有两张票。屈炎拿过来正看反看。

屈炎：50 元一张，你疯了吗？

侯嘉：半年前我就听说这个团要来，我早就想好了，无论如何，我也要和你一起去看这场演出。你看，我做到了。

81. 日外　街上

下班时间，马路上的自行车潮水一般。这两个人在其中显得微不足道。但是，此时此刻对于这两个人来说，非常重要，非常辉煌。

两人各自骑着自行车，屈炎老是侧过脸来看侯嘉。

侯嘉：屈炎，看路。

屈炎还是看侯嘉，侯嘉也在看屈炎。

屈炎：侯嘉，我不是在做梦吧。

侯嘉：我每时每刻都在想着你，每时每刻，屈炎你懂吗？

屈炎：我懂。

侯嘉：屈炎，我们就这么一直骑，骑到另一个城市去。

屈炎：永远也不再回来。

红灯，大家停在线内，他们两个被自己的念头所动，互相看着对方。

绿灯了，别人都向前骑了，他们还停在原地，互相看着对方。

侯嘉：我们要求分配到外地去。

屈炎：你去哪，我就去哪。

侯嘉：没有人认识我们。

屈炎：我们什么也不需要，只要两个人一起走，有很多地方可以去。

侯嘉：屈炎，我不想看演出了，我想跟你说话。

屈炎：我也是，我想唱歌，我想大声喊叫。

两个人兴奋的表情。

一个重大的决定，就在骑车的路上做出了。

82. 夜外　剧场外

巨大的芭蕾舞广告：《罗密欧与朱丽叶》。

两个人站在广告牌下面。

很多人在等退票。

他们手拉手走来，目光有些茫然。

侯嘉掏出票来。立刻有很多人围上来要买。

侯嘉把票递给了同样的一对年轻的情侣。

侯嘉：不要钱，我们请客。

两人转身离去，目不斜视，旁若无人。

83. 夜内　火车站的候车大厅

两个人在高高的屋顶下显得很渺小。

他们在看着一幅巨大的中国地图。

一个一个城市从他们的眼前滑过，从南到北，从东到西。

两个人拉着手，在看地图。

屈炎：我们去南方，我经常梦见高大的密不透风的竹林，还有水，透明的湖水，我们在湖上划着小船，我可以做教师，到农村的小学里教课，他们一定会收下我。

看着兴奋的屈炎，侯嘉有些沉默。他转身坐到台阶上。

火车时刻表在他的身后变换着。

屈炎坐到侯嘉的身边。

侯嘉：你放弃北京的工作跟我到外地去受苦，你们家人会恨我的。

屈炎：（激烈地）侯嘉，你别反悔。

侯嘉：我怕你会后悔，像鲁迅《伤逝》里的子君。

屈炎：我觉得我更像朱丽叶。

侯嘉：生活不是话剧，屈炎，我真的不知道等着我们的是什么，也许，罗密欧与朱丽叶的结局，才是最彻底的解脱。

屈炎：你胡说，你是怎么说的？永远也不放弃，你的记性就那么差吗？

侯嘉：你应该过得更好，可是我不能给你带来幸福。

屈炎：你怎么知道我不幸福？

侯嘉：我们不能放弃家庭，也不能改变自己。

屈炎：侯嘉，就算以后会吵架，会分手，会后悔，会死掉，我现在也想跟你走。

侯嘉看着屈炎，伸手胡噜她的头发。

侯嘉：那，我们得认真计划一下。

屈炎的脸上绽开笑容。

84. 日内　侯家

侯嘉坐在桌前，面前放着表格，准备填分配志愿，他愣愣地坐在那里。心里非常矛盾。小阿姨在厨房里剁饺子馅，声音很大。

侯嘉看着眼前的表格，在第一志愿的空格里写下了：昆明。

母亲放了一杯水在他的面前。

侯嘉：妈，我想到外地工作。

85. 日内　屈家

隐约可以听见谁家在剁饺子馅。

屈母：不行。我们不同意。

屈炎：你们就当没生我这个女儿。

屈母：你可以不要你的父母，我不能看着我自己的孩子走上绝路。

屈炎：妈，那你让我怎么办？

86. 日内　侯家

饺子馅还在剁。

侯母：你已经是大人了，应该知道怎么办。我和屈炎，你只能带走一个，如果你带我走，我同意，如果你带屈炎走，我就找你爸去。

侯母张开手，手心里躺着一个白色的药瓶。

厨房里，小保姆的菜刀当啷掉在地上。

她用力握着自己的一只手指，鲜血滴在剁得很碎的白菜馅上。

87. 日内　屈家

剁馅的声音消失了，过分的宁静。

屈母在飞快地换衣服，找东找西。

屈炎：妈你去哪？

屈母：我去你们学校，跟你说没有用，我去找你们学校领导。

屈炎：你找谁也没用，再好的单位，我也不会去上班。

屈母：屈炎，我也明告诉你，不会让你得逞。

88. 日内　侯家

侯嘉把眼前的表格一点一点撕成碎片。

侯母在细心地为小保姆包扎手指。

他们隐约可以听见一个女孩凄惨的哭声。

89. 夜内　地下旅馆

地下防空洞改建的小旅馆。

很暗和狭窄的楼梯。

服务员拿着钥匙，她身后跟着侯嘉和屈炎。

侯嘉走在中间，在屈炎的前面，两个人面无表情。

服务员不时拿眼瞥着他们两个人，仔细审视着他们两人的关系。

服务员将他们领到写有 201 房间号码的房间门口，给他们打开门，两个人走了进去。

门被从里面关上。

服务员定定地盯着房门看了半天。

90. 夜内　地下旅馆

侯嘉和屈炎先后走了进来，两个人站在门后，静静地。

然后屈炎朝床头走去。坐在那里。

侯嘉从口袋里掏出两瓶安眠药，放在桌上。

两人望着药瓶。

然后两个人互相对望着。

屈炎慢慢地打开了药瓶的盖子，把里面的药片倒在桌子上。

侯嘉拿起暖壶，找出两个杯子，把水倒在杯子里。

然后侯嘉递给屈炎一杯，屈炎接过来，拿在手里。

侯嘉自己也拿了一杯。

屈炎把桌上的药片分成两半，把其中的一半胡噜到手里。

侯嘉也正注视着她。

她把抓着药的手抬起来。打开，看着。

侯嘉打翻了屈炎手里的药。

白色的药片雪花般散落。

侯嘉：我不让你死。朱丽叶躺进坟墓的时候，罗密欧不在她的身边，如果在，他根本不会让那样的事情发生。

屈炎：如果朱丽叶早点醒过来，罗密欧就不会死。

侯嘉：如果可能，罗密欧一定会阻止朱丽叶和他一起去死。

屈炎：死了就安静了，就不会互相伤害了。

侯嘉：不，我不让你死。

这时候电压不稳，电灯时明时暗，两个人注视着灯泡。

然后电灯终于完全黑了下来。

两个人被黑暗笼罩着。

两个人站在黑暗中。

走廊上的光线透过门上的小窗给房间里隐约的照明。

91. 夜内　地下旅馆

两个人在黑暗中，互相凝视着。

房间内漆黑，但两个人能够彼此感觉得到和看得到对方。

然后顿了片刻，屈炎开始慢慢地脱掉自己身上的外套。

侯嘉先惊讶，然后明白她意思地望着她，在黑暗中，脱着自己的衣服。

黑暗中，屈炎平静的脸。

侯嘉也是平静的表情。

借着小窗户透进来的楼道里的光线，两个人模糊地可以看到对方的身体。暗影中的身体的局部呈现出一种特殊的美感。

两个人互相脱掉对方的衣服。

两个人轻轻地互相抚摩。

两个人的脸贴在一起。

两人的动作生疏而紧张。他们似乎根本不知道应该做什么。

屈炎看着侯嘉。

侯嘉也不知道应该怎么办。

两个人抱在一起，又分开。

92. 夜内　地下旅馆

服务员在敲门。服务员的身后站着戴红袖章的人，拿着大手电。

门没有敲开，服务员看后面的人。

后面的人示意拿钥匙开门。

门打开了。

手电光在屈炎和侯嘉的脸上身上晃来晃去。

两个人站着，穿着衣服，在深情地接吻。旁若无人。

桌子上一摊白色的小药片。地上也有白色的药片。

93. 夜内 派出所

侯嘉和屈炎坐在灯下，手拉着手。

门开了。屈炎的父亲和母亲冲了进来。

屈母：怎么回事？

警察：小声点，您是谁的家长？

屈父走到办公桌前签字领人。

屈母一直抓着屈炎的胳膊。

警察：你们可以走了。

屈炎拉着侯嘉的手不放，不走。

屈母非常焦虑的表情，屈父的脸色非常阴沉。

侯嘉也不抬头。

屈母看了笔录，非常激动。

屈母：屈炎，他是不是强奸你了？

门哐地开了，一脸怒气的侯母出现在门外。保姆推着她。

侯母：这么多年了，你们还在用这个词，现在又用到了我儿子的身上，你们是想斩尽杀绝吗？

侯嘉：妈。

侯母拿出些零钱，对推她的小保姆。

侯母：你回去吧，坐 54 路。侯嘉可以照顾我。

女警察：（对侯母）您看一下笔录。

侯母面无表情，认真看着几页纸的笔录，白纸的反光让她的脸色显得更加苍白。

侯母从笔录上抬起头来。

侯母：（看着屈然）屈然，侯嘉强奸你了吗？

屈然摇头。

侯母：屈然，我要你说出声来。

屈然：阿姨求求你，别再折磨他了，我爱侯嘉，我们没有做错事。

屈父打断。

屈父：别说了，咱们走，屈然就是老死在家里，也不会进你的家门。

侯母把自己的轮椅猛地一转，面对屈父。

侯母：屈之恒，你都听见了，我儿子没有强奸你女儿，你们这是在诬陷，我要去法院告你们！

她没有看侯嘉。

侯母：侯嘉，走。

侯嘉的手和屈然的手拉在一起，侯嘉想去照顾自己的母亲，但两个人的手还拉在一起，谁都不愿意松开。

屈母：然然松手，听见没有？松开你的手！

侯嘉看着屈然，让她松开手。

侯嘉：屈然，我这一生有这一次，足够了。

侯嘉去推母亲的轮椅，他没有再次回头。

警察：走吧，走吧，都走吧，什么乱七八糟的。

94. 夜外　街上

候嘉推着母亲往回走，夜已经深了，行人稀少，两个人的身影在路灯的照射下十分凄凉。

候母：你爸爸和他们单位新来的一个女青年关系比较好，我那时工作忙，脾气也不太好，其实也没有什么了不起，可是后来传得沸沸扬扬，有人说那女的怀孕了，屈之恒代表组织上找那个女的谈话。

候母的声音不大，但她的话在寂静的夜里对候嘉来说如同雷鸣。

候母：后来给组织上汇报的材料上就成了强奸，你爸爸进了拘留所，还没有审他一句，就自杀了。

候嘉听着，他知道，这就是母亲讳莫如深但天天在想的往事。

候母：他为什么自杀？他是太意外，太绝望，他被冤枉了，被他最喜欢的人，后来，我到处找那个女的，我就想问问她，谁叫她这么说的？我要让她还你爸一个公道，人没有找到，我就出了车祸。

候嘉：妈，你别说了。

候母：我真不想告诉你，这不是什么光彩的事情。可你非要和他们家人搅在一起，你让我怎么受得了？我能够这么活着，还不是为了你？你爸他对不起我，他人不在了，我还得向着他。

95. 日外　屋顶的平台

屈然孤独地徘徊。

[画外音]

屈然：候嘉突然决定出国，为了他的事业和他的母亲，而我从另一方面也期待今后能出现某种转机，分离是痛苦，在一起也是痛苦，而且，更痛苦。

96. 日外　火车站

候嘉和几个为他送行的同学一起沿着车站的台阶走来。

同学甲：明天几点到北京？飞机什么时间？

候嘉：还要在北京住一夜，时间很从容。

同学乙：你可是咱们班第一个走向世界的，任重道远，我们随后到。

侯嘉：我把我妈的电话号码都留给你们了，拜托了。

同学甲：放心吧。

在车站的另一端，屈然打着雨伞，匆匆赶来。屈然跑下楼梯。

屈然跑上站台。

屈然焦急地寻找侯嘉。

终于，两个人面对面，四目相视。

屈然收起雨伞，递给侯嘉两小瓶咸菜。

屈然：我也不知道该给你带点什么，都说外国人吃东西甜，怕你不习惯。

侯嘉：我真不该就这么走。

屈然：没关系，只要你好。

站台上人很多，他们就这么站着。

屈然：我只希望，今后你发生什么事情，一定要告诉我。

侯嘉：如果有可能，我接你走。

屈然：不要再这样说了，我们不是都说好了吗？

侯嘉：不说，就是没有改变。

屈然点点头。

侯嘉：永远不说，就永远没有改变。

屈然又点点头，她一滴眼泪也没有掉。

97. 日内　屈家

楼下的信箱。

屈然开信箱，取信。

[画外音]

屈然：日子在等待中平静地流淌，父亲的脸上总是挂着说不出的担忧，我和侯嘉频繁地通信，就像没有分开一样。侯嘉告诉我，他已经搜集了十几种不同版本的《罗密欧与朱丽叶》，日复一日，这就是我们共同的寄托，罗密欧与朱丽叶是以死来殉情，我们是以彼此的孤独来殉情。

98. 日内　屈家

屈母、屈强、李子蓝在招待客人。

客人是一个和屈母年纪差不多的妇女，冯阿姨。

李子蓝：阿姨喝水。

屈强端了西瓜来。

屈强：阿姨吃西瓜。

冯：谢谢，孩子们转眼就长大成人了。

屈然下班，从门外进来。

屈然：妈。

屈母：然然，你看谁来了？

屈然：阿姨好。

冯：好多年不见了，越来越漂亮了。坐下说说话。

屈母拿过屈然刚摘下的书包。

屈然一把拿过。

屈然：我的书包。

屈母有些尴尬。

屈母：坐下待会儿，冯阿姨专门为你来的。

屈然：我还有事，冯阿姨你坐。

屈母：（强压怒火）然然！

屈然：我真的有事。

她走到电视前，打开电视。

电视上是国际天气预报：

她等着看一个一个城市的气温。

电视上：纽约，零下 4 度。

屈然关上电视，回自己房间了。

客厅里的人面面相觑，无话可说。

99. 夜内　屈家

晚饭，大家围坐在饭桌前，气氛有些凝滞。

屈母：人家冯阿姨为了你的事情，坐了一个半小时的公共汽车到咱们家，你就那么晾人家。多不好。

屈然：我不知道该说什么。

李子蓝：妈，先吃饭吧，凉了。

屈母：男方的条件很不错，硕士，兄弟姐妹各个都很优秀。

屈然：他们优秀不优秀和我有什么关系？

啪的一声，屈强放下了筷子。

屈强：你老大不小了，该懂点事了，我们也没义务整天看你的脸色，总不能一棵树上吊死吧。

屈然：这是我自己的事。

屈强：你看你把爸妈都折磨成什么样了？你看这个家都成什么样了？过两天保姆来，床就得放客厅了。

屈父：住嘴，这个家是我的，然然在这个家永远有一个房间，需要的话，我可以住客厅。

李子蓝赶紧站起来给大家盛汤。

屈强：是啊，我是没资格说刚才的话，我也是为你着急。

屈然：哥，你每天可以和你爱的人在一起，为什么我就不可以？你应该了解我的感受。

100. 日内　屈家

屈然在洗头，没有洗澡间的年代，洗头就在脸盆里。

101. 日内　屈家

屈然看着镜子里的自己。

母亲站在她的身后，为她梳理刚洗好的头发。

屈母：不为别的，就为你自己。

梳子在屈然的头发上滑过。

屈母：还不到 30 岁，就有白头发了。

102. 日外　院子里

侯母坐在轮椅里晒太阳，和周围的邻居聊着天。

屈然从她的身边走过，不自觉地加快了步子。

侯母：屈然。

屈然：阿姨。

侯母：给你看看，侯嘉的照片，刚寄来的。

照片是几个留学生的合影，一个女生胳膊搭在侯嘉的肩上。两人很亲密的样子。

屈然把照片还给侯母。

屈然：挺好的。

103. 日内　长话大楼

屈然在柜台前来回走着，焦急地等待。

屈然：请问，波士顿的长途接通了没有？

服务员：今天线路忙，请再等一会，巴黎的电话通了，在3号。

屈然不再等了，转身离开。

104. 日外　街上

人来人往，车水马龙。

屈然独自走着。仿佛走在一个与她无关的场景中。

[画外音]

屈然：轰轰烈烈的故事，等来了一个平淡无奇的结局，侯嘉走后，我第一次感到很孤独，就像被抛弃了一样，我决定不再和侯嘉联系，怕这个结局会得到来自他的证实，我不想给他告诉我这个结局的机会。

105. 夜外　街头

要过春节了，彩灯和鞭炮渲染着一种和平时不同的气氛。

106. 夜外　院子里

屈强和李子蓝领着已经会走的儿子回家过年。

李子蓝：大宝，一会见到爷爷奶奶问过年好，别忘了，还有大姑。

107. 夜内　屈家

屈然抱着大宝，给他一个大红包。

李子蓝：谢谢姑姑。

大宝：谢谢姑姑，姑姑过年好。

屈然：乖。

李子蓝：每年你最大的红包都是姑姑给你的。

屈强：别给他那么多钱，还是小孩子呢。

屈然：我钱就是给他挣的。

屈母：宝宝长大了，好好孝敬姑姑。

从卧室里，传出屈父沉重的咳嗽声。

屈然站起身，走进父亲的卧室。

父女相对无言，谁都知道对方的心里在想什么。

108. 日外　院子里

一辆搬家公司的卡车停在门前，侯家的东西已经装上了车，侯母在和邻居们告别。

侯母：我儿子说，他有了钱，第一件事就是要给我换一个有电梯的房子。我说等你回来再搬，也不差这几天，他说一天也不能等，都是他的同学帮忙办的。

109. 日内　屈家

屈父屈母站在窗前，看着楼下的卡车和人。

屈父：搬到哪里？

屈母：我怎么知道？

楼下的侯母，坐进了卡车的驾驶室，和邻居们彼此说着再见。

屈然的父母看着卡车慢慢开走，不禁长出了一口气。仿佛是某种解脱，但心情却依旧复杂。

110. 日内　楼道里

屈然上楼，她路过曾经的侯嘉的家。

房门敞开，满地废弃的杂物，所有的记忆仿佛都被打碎了，变成了一地垃圾。

屈然在空屋子外面站了许久。

111. 日内　楼下

屈父开邮箱，没有侯嘉的信了。

屈父叹气。

112. 日内　屈家

屈然在看电视上的国际天气。

父亲坐在沙发上，看着她。

113. 日外　街上

日子水一般地流逝，季节如期更迭。

114. 夜外　剧场门口

很多观众依次入场。

115. 日内　剧场

舞台上，舞剧《罗密欧与朱丽叶》正在上演。

场内坐满了观众。

我们在观众中看到了屈然，这一点都不意外。

意外的是，我们在楼上看到了侯嘉。

[**画外音**]

侯嘉：回国十几天了，我没有去找屈然，我担心她已经过上了另一种生活，可是总觉得，这场演出是应该和她一起看。

台上优美的舞剧。

台下，两个没在一起却在一起的人。

[**画外音**]

屈然：我为什么还要来看这场演出呢？为什么依旧无法割断自己和这个故事的联系？也许我已经并不期待什么，只是期待已经成了我的生活。

116. 日内　侯家

新房子一切都很妥帖，洒满阳光的大阳台，摆满了绿植，母亲不用下楼也可以赏到花草。

侯母正在给花喷水。

侯嘉在屋子里找着什么。

侯母：别找了，早不知道到哪里去了。

侯嘉：那本书上有屈然学校的图章，您扔了？

侯母：东西都是阿姨收拾的。

侯嘉：别的事您可能不清楚，但这本书您一定记得，是您把它从我的箱子里拿出去的。

侯母：那我也是为你好。你恨我吗？

侯嘉：我在那边最大的心愿，就是能早点回来，好好照顾您，让您健康和快乐。

侯母：我活那么大岁数干什么？看着我儿子打一辈子光棍？

117. 日内　屈家

一家人又围在一起吃饭。

屈父鼓起勇气似的。

屈父：听说侯嘉回来了。

屈母：（马上响应）走了有五六年了吧。

屈父：7 年。

屈母：然然，你有什么打算？

屈然：都这么久了，还提这事干吗？

屈父：你得给我们句话。

屈然：爸，我有时候真的想把自己嫁出去，可这种事情，您知道。我还是陪着您和妈吧，也算废物利用了。

谈话继续不下去了，屈父就换了话题。

屈父：明天去医院看结果。

屈然：我陪您去。

屈父：不，还是你妈妈陪我去。

118. 日外　楼外

侯嘉故地重来。

他走进楼道，经过他自家的门口。

[画外音]

侯嘉：一切好像依然如故，屈然没有在家，我留下了一张名片。

119. 夜内　屈家

屈然在自己房间里听音乐，母亲走了进来。

屈然：妈。

屈母：然然，你爸爸的结果出来了，不好。

母亲的眼泪夺眶而出。

屈然关掉音乐。

屈然：都是我不好，都是我害的。

屈母：你不要胡说。你爸爸说，不手术了。

120. 日内　药店

屈然在药店里，等着抓药。

121. 日内　家里

屈然在厨房里熬药。

[画外音]

屈然：我爸的病情，让我明白了，我伤害他有多么深，我知道侯嘉来过，但我完全无暇顾及。

屈然把熬好的药端到父亲身边，照顾他喝下去。

屈父：然然。

屈然在父亲身边蹲下来，看着他。

屈父：去给侯嘉打个电话。

屈然：他很忙。

屈父：叙叙旧也好。

屈然点了点头。

122. 日内 屈家

屈父的手中拿着侯嘉的名片。

123. 日内　侯家

电话响了，侯母接电话。

屈父：我是屈之恒，我病了，癌症晚期。不知道还有没有机会向你们道歉。

124. 日内　屈家

屈父躺在床上打电话。

屈父：如果有可能，让侯嘉到我家里来一趟，我有几句话想对他说。

125. 日内　侯家

侯母手里拿着电话，愣在那里，心情非常不平静。

126. 日内　屈家

家里非常安静。

屈父：侯嘉，还记得有一次去水房打水，你质问我的事情吗？我不该那样对你，我向你道歉。

侯嘉：已经过去那么多年了，别再折磨自己了。

屈父：侯嘉，我对不起然然，我最难过的事情，就是看着自己如花似玉的女儿一年一年的不再年轻，变成一个老姑娘。

侯嘉看着面前的这位老人。

屈父：我这个做父亲的，毁了她一辈子的幸福。

侯嘉：伯父。

屈父：如果我的道歉能被接受的话，我希望你跟然然结婚。

屈父从枕头下面拿出一个信封。

屈父：这是我写给组织的一封信，里面讲了，当时出于对那个女孩的同情，我确实提醒过她，如果她是被强迫的话，那她就只是一个受害者。

127. 日内　侯家

侯母坐在窗前看信。

[画外音]

屈父：对你父亲的死，我是有责任的，如果你母亲认为有必要，可以把这封信交给组织，请组织上重新审查。

侯母忍不住哭出声来。

厨房里，侯母把信放在煤气上烧了，侯嘉站在她的身后。

侯母：哪天让屈然来看看你的新家。

侯嘉没有说话，表情也没有变化。

侯母：你听见了吗？别成天惹我不高兴。

128. 夜内　屈家

屈然站在父亲的遗像前。

[画外音]

侯嘉：屈然。

屈然：是我。

侯嘉：你妈妈还好吧？

屈然：还好。

侯嘉：问她好，你好好照顾她。

屈然：好的。

侯嘉：有句话，我一直想问。

屈然：说吧。

侯嘉：我们这么多年，天各一方，现在能见面了，为什么不见？

屈然：我爸不在了，你知道，我伤他有多重？

侯嘉：是他说。

屈然：（打断）侯嘉，我们和死去的人，永远不能再见。

屈然放下了电话。

129. 日内　侯家

侯嘉放下了电话。

母亲在身后看着他。

130. 日内　侯家

生活继续，一切都没有任何改变。

[画外音]

侯嘉：我开始面对一个人的生活，和屈然也没有再联系，我曾想，莎士比亚的爱情故事，让我们无数次走到一起，如今事过境迁，在茫茫人海中，我们会不会终将擦肩而过。

131. 日内　婚纱店

屈然在陪女友试婚纱。

屈然拿着婚纱往女友的身上比，一件又一件。

女友拿起一件往屈然的身上比。

屈然比在自己的身上，退到窗前光线好的地方，让女友看。

132. 日外　街上

正好走到橱窗下的侯嘉看到了比着婚纱的屈然。

两人隔着橱窗，你看我，我看你，然后就都笑了，仿佛从来都没有分开过。

133. 日内　咖啡厅

两人终于面对面坐了下来。一个小姑娘抱着玫瑰花走到他们面前。

小姑娘：先生，给姐姐买束玫瑰吧。情人节快乐。

小姑娘手里所有的玫瑰花堆在了他们两个人中间。

他们就隔着玫瑰花看着对方。

侯嘉：刚才吓了我一跳，我以为你要做新娘了。

屈然：我陪朋友。

侯嘉：她也一直没有结婚吗？

屈然：她再婚。

侯嘉：我们错过的已经太多了。

屈然：也不一定。

侯嘉：我一直担心你已经放弃了，这个念头一直折磨我。

屈然：不说，就是没有改变。

侯嘉：永远不说，就是永远没有改变。

屈然看着侯嘉，就像看着另一个自己。

侯嘉：我们结婚吧，我要让你幸福。

屈然：和你住在同一座楼里，曾经是我的幸福，和你在同一个城市，也是我的幸福，和你同时活在世上，就是我的幸福。幸福，其实就是内心的一种感受。

134. 日内　影楼

屈然和侯嘉走到背景前准备拍摄。

摄影师不断用专业的词语让他们这样或者那样。

取景器里，两个人和所有的新郎新娘一样，妆容漂亮，服饰华丽，表情拘谨。

摄影师还是在不断地说着，指导着，要求着。

终于他满意了。

摄影师：准备好，不要再动了，第一组。

忽然，他从取景框中看到屈然在流泪。

摄影师有些意外。

屈然的眼泪汹涌而出，无法抑制，顺着她的脸往下淌。

侯嘉从后面紧紧地抱住她。

摄影师的快门响了。

—— 完 ——

字里行间的电影

苏小卫——著

（下）

中国广播影视出版社

剧本目录

剧本目录

愚公移山

Yugong yishan

1. 日外　渣山

模糊的画面，被什么所遮盖，所纠缠，所席卷，所困扰。

有风声从远处传来。

尖利而连贯。

画面渐渐清晰，可以看到在风的裹挟之下漫卷的铁灰色的尘沙。

尘砂贴着渣山的脊背，水一样地倾泻着。

风势陡转，尘砂随之变换着姿态和方向，画面一片混沌。

又一阵风扑来，扫过银幕，画面再度清晰起来，眼前的渣山高大，丑陋，非土非石的怪诞，带着钢铁的棱角。

风声之中，渐渐插进来一种机械的喘息：艰难，缓慢，渐强。

一列卸钢渣的小火车，沿着渣山陡峭的背脊，缓慢地向上移动。

火车不堪重负，火车坚决地攀缘，一切仿佛都静止了，风声也被火车的喘息所压抑。

火车艰难地在陡峭的渣山的山脊上行走。

火车在最高处停了下来。

钢渣倾泻。

又一阵尘砂漫卷。

黑色的，红色的，橙色的钢渣，瀑布一样顺着渣山倾泻着，翻滚着，俯冲着。

巨大的烟尘腾空而起。

音乐伴随着尘砂升空，似在讲述一段无奈的往事。

烟尘在上升，渐渐地弥漫开来。

烟尘的笼罩之下，是炼钢厂模糊而宏大的轮廓，是城市模糊的轮廓，一切都笼罩在这灰色的烟尘之下。

音乐骤停。

片名：愚公移山

2. 日外　厂区的路

字幕：1983 年

深秋 黄昏

没有万紫千红的景色，只有一成不变的铁灰。

远处是错落高大的厂区建筑，近处是生活区布局自由混乱的景象。

一条不算宽也不算平的渣土路，从影片开始的渣山旁边经过，通往宿舍区。

正是下班时间，渣土路上络绎不绝的，穿着灰蓝色工作服，骑着自行车的工人。他们有的戴着口罩，有的戴着帽子或包着头巾，有的用手捂着嘴。

依然有风，渣山下能见度很低，感觉工人们是从尘土中钻出来，又钻进尘土中去。只有自行车一路颠簸所发出的响声持续不断。

间或有人在大声大气地打个招呼什么的。

从工人下班的气势可以想象出这个企业的规模。

路边的一个高坡上，蹲着一个人，他的目光越过身边下班的人流，停留在对面的渣山上。

这是个有心事的人。他就是李双良，六十岁的老工人，他的身边也放着一辆自行车。

从路上拐下来一辆自行车，七拐八拐朝这边骑了过来。骑车人戴着一个有点滑稽的墨镜。

骑车人到了李双良的身边，把车往边上一支，走到李双良的身边，掏出烟，凑到李双良的跟前。

两个人头碰着头，四只手捂在一起，在风中点着了各自手里的烟。

李又蹲了回去。来人，也就是老孙，蹲到他的身边。

老孙：你想干交警啊？见天蹲在这里。

李：人还没走，他们就在段长前面给加了个“老”字，啥意思嘛。

老孙：那是怕把你跟新段长搞混了嘛，谁叫你俩都姓李呢。

说话间，下班的队伍依然零散地从他们的视线之内滑过。

李：唉，这大风天。

老孙：叹啥气?

李：说不上来。

老孙：别不知足，儿孙满堂，还当了那些年干部、劳模，骑着不花钱的自行车。这休，谁都得退。

李：我没不知足。

老孙：那叹啥气？我走了，赶着回家听《岳飞传》呢。

老孙骑上车子稀里哗啦响着走了。

李双良的视线再次越过近处的道路和行人，漂向迷茫的地方。

3. 日外　院子

这是李双良的家，一个人气挺旺的家庭。

傍晚时分特有的宁静悠闲。

晚饭已经做好，在饭桌上等待迟归的亲人。

李的大儿子大平（比大林显得老些）靠在床上看报纸，偶尔也抬头看他们一眼，但不插话。

高高大大的儿子大林(30来岁)在院子里教已经五十多岁的母亲跳交际舞。

儿子大林用嘴哼着舞曲“蹦擦擦，蹦擦擦”带着母亲乱转。

母亲低着头，深一脚浅一脚地跟着。

大林不断地提醒母亲左脚或者右脚。

母亲十分生疏、十分认真。

媳妇和孙子出来进去地做自己的事情，偶尔见怪不怪地看上两眼。

李双良骑着自行车进了院，熟门熟路地一直骑到放车的窗下。

李：你俩这是干啥呢。

见李双良进来，母亲赶紧松开儿子，顺手抓了个什么扇着风。

母亲：可累死我了，比蒸锅馒头都费劲。

大林：交际舞，爸，新生事物。

李：看见你们在大礼堂闹腾了，男的跟男的跳，女的跟女的跳，一个个四脖子汗流。

大林：您还是太保守，人家徐工，带着老伴，比我们会跳，我先教我妈，回头让她教您。你俩闲着没事又健身又解闷。

母亲看着李双良，她很在乎老伴儿对儿子这句话的反应。

李：你还嫌大好形势不够好啊？（转身进屋）

母亲嗔怪而有点失望的表情。

媳妇：爸、妈，洗手吃饭。

孙子：（头也不抬写作业）跳舞没劲，篮球有劲。

4. 夜内　屋里

没开灯，老两口躺在一张大床上。

李双良靠着床头，嘴上叼了根烟，一明一灭。

又是一声叹息。

和他背对背的老伴在黑暗中。

老伴：大林说你闲着没事你不爱听啊。

李：你不找事事找你啊。

老伴：真不知道哪块云彩下雨，几十年都不是个事，无形中就碍你的眼了。

李双良灭掉烟，躺下。

李：跟你说不明白，挠挠。

老伴翻过身把手伸进被子替老头挠痒痒，老头很舒服的表情。

李：舒坦，睡了。

李双良闭上眼睛，老伴熟练而轻巧地把被子替他掖好，又翻过身去，两人重新背对背了。

5. 演播室

主持人和李双良做“面对面”节目。

像采访，又像闲聊。平和而自然地交谈。

此时的李双良上了些年纪，83岁了，但精神矍铄，神态安然，身材依旧挺拔。

主持人：83年，23年前，我刚上大学，迷金庸，女排。

李：跳舞。

主持人：我不太喜欢跳舞，那时候还没有空调，一跳满头大汗。

李：那年我60岁，领导让退休呢。

主持人：您从什么时候开始打这渣山的主意？

李：其实我早就琢磨这事，没说，那渣山是个祸害，可里面也有有用的东西，我 47 年到太钢打工，渣山就在，我在太钢干了四十多年，渣山还在。

主持人：您惦记它是因为这东西值钱，有经济效益？

李：那倒不是，厂子是国家的，渣土也是国家的，那时候做事，很少往钱上想。

主持人：退休了闲不住，给自己找个事做？

李：也不全是，心里替厂子着急，那么大一摊，越堆越高，越堆越高，开始人推着小车倒，后来人上不去了，拖拉机往上开，后来拖拉机也上不去了，专门铺了铁轨，往上开火车，再后来一个火车头拉不上去了，又加一个在后面推，还经常翻车，最后闹得要减产、停产，活人让尿憋死。

主持人：承包这个办法是谁想出来的？ 83 年，这在当时还是新生事物。

李：我当时也没想得很明白，我心说，退休了，不当干部了，说了不算了，手里无权无钱，哪能干成事？光说学雷锋做好事，能有多少人跟着我？一个人游行，人家以为你遛弯呢。

主持人微笑。

6. 日外　渣山下

正午，阳光刺目，行人稀少。

只有李双良一个人，和渣山相比，人显得那么渺小。

他缓慢地，均匀地，一步一步地绕着渣山的山脚行走，他在用脚步丈量。

他的嘴里慢慢地数着步子：1150、1151、1152……

拐过一个弯，正低头专心数数的李双良猛地抬头。

向阳的坡上，一群穿着和渣山差不多颜色的破旧衣服的人手里提着破口袋，拿着工具，从渣山的高处向下滑，从他们的熟练程度来看，他们与渣山为伍已经有不少时日，他们嘻嘻哈哈，满不在乎地顺着渣山向下滑，卷起的尘土几乎把他们淹没了，他们像在逃跑，但并不太惊恐，像在做游戏，又透着一些艰难。

李双良愣愣地看着眼前的景象。

一群人没用多一会就从他的视线中消失了。

这时从半山腰转过来一个气喘吁吁的身影，胳膊上套着一个醒目的红箍。

李：（对山腰上的人喊）老倔头，借个火。

老倔头：谁啊？

李：赶紧的，下来。

老倔头跌跌撞撞地朝下滑。

7. 日外　山脚下朝阳背风的地方

两个人挨坐在一起抽烟。

李：你还真撵啊？不怕崴了脚。

老倔头：嗨，麻秸秆打狼，他们跑也是给我面子，我这么个糟老头子要是能把这渣山看了，四个现代化早实现了。不过既然厂里把这任务交给咱，咱拿了厂里的补贴，还得好好干，一天两趟，抽冷子。

李：话说回来，但凡有别的办法，谁吃饱了撑的来这刨渣。都是穷人。

老倔头：1 公斤卖 2 毛钱。有班上的反正不来干这个。

李：一公斤 2 毛，10 公斤 2 块，（停顿）1 吨 200 块，1 万吨就是 200 万，10 万吨就是 2000 万呵。

老倔头：让你一说怪吓人的，要是哪天这渣山让人给刨光了，咱给厂里看丢 2000 万，够枪毙的格了。（停顿）真有那么多？

李：我这不是正算呢吗？让他们刚才一跑，把数也整忘了。

老倔头：你这脾气改不了了，好算计。听说你也要退了？

李：听谁说？

老倔头：怕人说啊？大官小官都得退。退了自由，在家没意思跟我一起看渣山吧，咱俩还能就个伴、下个棋伍的。

李：我看行。

8. 日外　山脚下

另一时空。

李双良又在山脚下数着步点：2321、2322、2323……

儿子大林骑着车朝这边来了。大林一只手扶着车把，另一只胳膊下面夹着雨伞。

大林：爸，要下雨啦，赶紧回家吧。

李双良抬起头看了他一眼，再数。

李：两千三百……两千三百……（叹气）喊啥喊？

9. 日外　渣山下

另一时间。

李双良又在数着步点。

他的执拗和耐心带给人一些震动。

李：798、799、780、781……

10. 日外　渣山

另一时间

李：34、35、36……

11. 日外　渣山

另一时间

李：3391、3392、3393……

巨大的渣山和渺小的身影形成鲜明的反差，但是这执拗的数数，又预示着一种坚决，一种不肯妥协。

12. 日内　大礼堂

礼堂里坐满了穿着工作服的男女工人。没有解放军战士坐得那么整齐端正，但也带有产业工人的规模和姿态。

主席台被很认真地布置了一番，上面坐着一排领导。

扩音器声音很大，但带着八十年代的简陋和单薄。

主持人的声音也显得有些造作。

主持人：下面，请厂领导给退休老同志代表披红戴花，请大家热烈地鼓掌。

掌声热烈。音乐骤起，声音巨大而单薄。

主席台上的领导全站了起来，也在鼓掌。

一队老工人从侧幕走上了主席台，他们都穿着崭新的工作服，有的胸前还挂着奖章，收拾得利索而呆板。表情也都很紧张。

队伍中有李双良，他胸前的奖章数量明显多于其他人，而且他穿的不是工作服，是一件新的中山装。但是他的神情和大家是一样的，严肃而紧张。

在欢快而刺耳的音乐声中，厂领导给老工人披上红色缎子被面做成的红花和绶带，这在当年是一种常见的奖励方式。

在红色丝绸的映衬下，老工人们的脸上放着红光。

台下的工人们站了起来，掌声是那么的由衷而热烈，经久不息。

掌声中，有的老工人在流泪。

工人们还在鼓掌。

［主持人的画外音］

主持人：下面，请退休老同志代表，劳动模范李双良师傅，讲话。

掌声静了下来。

偶尔有人咳嗽。

台上的发言席上，站着李双良。红色的绶带和巨大的丝绸花朵使他的脸显得不那么清晰。

李：谢谢厂领导，谢谢大伙，以前退休就退休，哪有这政策、这排场，又让我赶上了。我替大伙说声谢谢。当着领导，也不知道该说点啥，在太钢干了小 40 年，想说的话多了，就说这大礼堂吧，盖起来二十多年了吧，年年开会，每回开会我就老看上面那两溜窗户，打盖好就没擦过，咱们这尘土又大，哪还有个玻璃样啊，我就老想把那两溜窗户擦擦，玻璃就是玻璃，应该干干净净，亮亮堂堂的，可这事又不归我管，办不成。再开大会，又想起来了，又闹心。多少年了，刚才我坐在底下想，以后不用开会了，眼不见心不烦了。我扯远了吧，拐不回来了。

下面的工人鼓掌，又像是感动又像是起哄。

台上的领导也在鼓掌。

13. 夜内　家里

老伴把两床红色的缎子被面泡在水里，轻轻揉着。

李双良在不大的空地上走来走去，透着某种焦虑。

老伴：这被面不错，留着给咱孙子娶媳妇。

李：我明天就去找王书记。

老伴：能成啊?

李：我算计着差不多，我得跟他说说，他要是信不过我，交给别人干也成，他要是没工夫搭理我，安排个人见我也成，我不能老憋肚子里。

老伴：真要能干成，就积大德了，你看满街满院子这灰，都快把太原市埋起来了，百货公司女售货员一听是太钢的都不给咱笑脸。

停下脚步，看着老伴。

李：你说领导会咋想？你要是领导你咋想？

老伴：我肯定先想是花钱还是挣钱呗。

李：当然挣钱，那还用说。

老伴：那就再看你打算咋干，有数没数。

李：我琢磨好几年了，再说，这么大的事，没数我敢？

老伴：还有，（想）让你管事别人服不服？

李：服不服？（略游移）服不服不是说出来的，是干出来的。

老伴：（认真地）那我要是领导我就答应你。

14. 演播室

主持人：那个渣山，到底有多大？

李：2.3 平方公里。

主持人：大概有……

李：（伸出一只手）五个，五个天安门广场那么大。太钢炼钢炼铁 50 年，造了一座山，一大摊。体积是 1200 立方米，总重量是 1800 万吨，这是后来计算的。

主持人：您把您的方案往领导面前那么一放，领导就同意了？这么一个大型的项目，就落在您一个人的肩膀上了？您当时，真的有把握吗？

李：我儿子帮我写了两页纸，到底没有见上书记、经理，交给一个姓宋的工程师了，他管排渣的，巧在哪？他们一伙人因为渣山的事让领导批了好几回，耽误生产了嘛，报个方案让领导打回来，报个方案让领导打回来，想修条铁路往远处拉，得花一个亿，又想在汾河上架桥往河对岸倒，得两三年，又费钱又麻烦，正抓瞎呢，一看我这个方案挺简单啊：弄两帮人，一帮拣铁，一帮运渣，用卖铁的钱付运费，不用厂里投资，就给送上去了，领导们看了，一人批了俩字：同意。

主持人：这么简单？

李：哪能呢？我和加工厂签订了正式的承包合同，编号是 05839981，当时的商总亲自帮我修改了合同，王书记还叫我去谈了话，立了军令状啊，你管别人就不管了，再有多大的责任你就得担着了。总公司正式批准加工厂成立了一个渣厂工段，还成立了党支部，我是书记兼段长。

主持人：噢，又当上段长了。

李：段长和段长不一样了，从正规军变杂牌了，人不算少，五百多人，近四百农民工。

主持人：签字的时候什么心情？激动还是不安？

李：有点兴奋，总算有个东西可以让你跟它叫上劲了，这东西越大，越有搞头，你们现在叫挑战。我当时心里还真有点得意，觉得这事还就得我李双良来办，在太钢，找不出第二个人能想出招来，虽然这招有点笨。

主持人：我发现干大事的人都得有这份骄傲。

15. 日内　炼钢车间

字幕：1953 年

太钢的炼钢车间。

热火朝天的劳动场面。30 岁的李双良和工友们一起干活，朝打开的炉门里填着煤，充满力量和节奏的劳动场面，没有人说话，没有多余的动作。

出钢的钟声响起，李双良回头，年轻力壮。

钢花四溅的壮观场面。

李双良点燃一颗自己卷的烟，有工友凑过来对火。

有人在车间门口大声喊。

来人：李双良在吗？

李：（抬头）在呢。

来人一边朝这边走，一边说。

来人：学炉内爆破的是你吗？

李：是。

来人：能行吗？

李：哪能光说不练啊，花了厂里十几块钱呢。

李灭掉烟，朝来人走去。

30 岁的李双良迎面走来，从他的眼睛里，可以看出一种非常坚定的自信，那是一种属于智者的神态。

李双良一边走，一边把工作服敞开的纽扣一个一个扣起来，从最下面一个一直扣到脖子根上的一个。

16. 日内　另一炼钢车间

炼钢炉前。围着一大堆人，其中一些在忙碌，另一些是因为事件的重大专门赶来的，其中包括当时厂里的领导。

此时的李双良穿上了厚重的棉衣，头上戴着类似头盔的安全帽。

一桶凉水从他的头上缓慢地浇了下去。

又一桶凉水。

又一桶凉水。

边上的人大声地问：双良，透没透?

李闷声回答：行了。

他的身体的各个部分都在滴水。他迈着沉重的脚步朝高炉走去。

高炉已经停火，炉口冒着白气。里面还是暗红色的。

人越聚越多，没有一点声音。

站在炉口的一个工人手里拿着一个炸药包，上面带着长长的雷管。

工人把炸药包递给李双良。又递给他一只手电。

边上的人大声嘱咐：记着，引线烧三分钟。

李：滚瓜烂熟了，放心吧。

工人点燃导火索，蓝色的火苗突然急速地燃烧起来，让人心里一紧。

所有人都在往后退。

李双良夹着炸药包正要跨进高炉的风口，忽然又停下来，回转身。

导火索在急速燃烧。

大家都愣了。

李：（对身边的工人做着手势）让大伙往后退退。

大伙全都紧张地喊起来：赶紧的吧，别啰唆了。着了都。

导火索令人紧张地燃烧着。

李双良消失在高炉里。

所有人都屏住了呼吸。

17. 日内　车间

高炉内。

李双良在手电光的照射下朝结钢瘤的部位走去。

他身上的水在飞快地转化成为蒸汽。

他就像一个被蒸汽所包围的人形。

导火索还在急速地燃烧。

四周一点声音也没有。

只有导火索燃烧的声音让人揪心。

他的眼前是一个巨大的结瘤。

他非常冷静地把炸药安放在已经做好的位置上，导火索在燃烧。

18. 日内　车间

所有人都盯着李双良消失的地方。

有的女同志紧张地揪着自己的衣服。

个别有手表的人紧盯着手表。很多人的头凑到那块手表上。

炉口还是没有动静。

人群开始骚动。

领导用手势示意大家镇定。

时间几乎停滞。

人们神情紧张。

终于，一个身影从风口出现。

人影朝大家缓慢地跑来。

人们将他围住。

李双良的身上冒着白烟,他摘下头上的防护帽,脸上全是汗水,像洗了一样。

他用手势示意大家后退。

然后，一起等待。

几秒钟过后，从高炉深处传来一声闷响。风口处腾起一股烟尘。

人群一片欢腾。

有人激动地喊出了“毛主席万岁！”

厂长和李双良面对面。

厂长：有了这新技术，给咱厂长脸，省钱。不过今天我还得批评你，以后导火索点着了可不敢磨蹭，吓死人啊。

李：我有数。

19. 日内　家里

有线广播里播送着50年代的歌曲。

四五个大的大小的小的孩子，正在兴致盎然地翻床上的旅行包。

他们翻出了父亲从外面给他们带回来的好吃的和新鲜的小玩意、小人书。

孩子们叽叽喳喳，热闹非常。

李双良显然是出差回来，正在门口的脸盆架前洗脸。

妻子坐在一只小凳子上，面前一个大盆，里面是一盆黑水，泡着李双良刚换下的棉工作服。

妻子的头埋得很低。

一个女孩举着爸爸带回来的糖给正在洗衣服的妈妈吃，当年的妻子还很年轻，也很能干。

女孩：妈，你尝尝。

妻子：（头也不抬）不尝。

女孩：尝尝。

妻子：不尝。

女孩无趣地离开。

妻子在刷着李双良的棉工作服,衣服很厚重,不好洗,她洗得又费劲又生气。

擦干脸转过身的李双良看了一眼妻子的背影，发现了什么。

他转到妻子的前面，蹲下身。

妻子一边洗衣服，一边流泪。

李：哪回不是好好地回来，哭甚哭?

妻子用手轻轻一扯地棉衣的布面，布面就像纸一样裂开了，露出了里面灰白色的棉花。

妻子把棉衣抓在手里，还是流泪。

妻子：衣服都烤成这样了。你人钻到炉子里，

妻子摔下衣服起身走了。

20. 夜内　屋里

妻子的气还没消。

李：干活嘛，还有不吃点苦的，没事。

妻子：你就是逞能，哪都有你，那炸药有多危险，厂里的活不够你干的，成天东一趟西一趟。告诉你说，我和孩子……（说到孩子，妻子就说不下去了）

李：厂里派的活，哪能我说不去就不去啊，我还不知道你不放心，我有数。

妻子：你不是说带徒弟吗？赶紧带啊。

李：正挑呢嘛，（他转头看妻子一眼，笑了）徒弟炸不是炸呵？你不担心别人，就担心我？

妻子气得挥拳在他背上一顿捶。

李躲闪着，但并不是真的躲闪，他宁愿妻子以这种方式释放内心的紧张。

21. 日外　厂区宿舍

空场上。

一辆崭新的永久加重自行车停在中央。车身上的牛皮瓦楞纸包装还没有拆开。

自行车在空转，飞轮发出好听的唰唰声。

四周蹲着一圈孩子，这辆车在他们的眼中就像今天的一辆奔驰。

自行车骄傲地站在那里。

李双良的儿子大林走上前去，表演似的轻轻捏了一下车闸，车轮的转动戛然而止。

儿子已经长成个半大小子，正在变声。

大林：（骄傲地）这是上海钢铁厂送给我爸的，我爸去他们那指导高炉高温沉渣爆破和大型废钢爆破。

边上一孩子问：你会骑吗？

大林：我爸会。

边上孩子：我爸也会。

大林：让你爸也去教爆破啊。

22. 日外　爆破现场

渣山附近的一个大坑边上。

坑底下是一个很大的奇形怪状的废钢。

李双良在上面画满了白色的粉笔印，那是他标出的打眼放炸药的地方。

他手下的徒弟们正在按照他的要求用电焊枪打眼，装药，布线，一切有条不紊。

我们可以清楚地看到，眼是如何打的，药是怎样装的，导火索是如何的长度。

干完事的人们都朝坑上爬去。

李双良在检查炮眼。

另一个工人，老马，在另一边检查炮眼。

两人走了碰头。

李：妥了？

老马：妥了。

李：点吧。

老马急速转身去点燃导火索。

李看着他有些慌张的背影，略有些迟疑。

这时有些导火索已经被点燃了。

李也点燃了他这一边的导火索。

等他抬起头来，老马已经很快地爬上了大坑，动作显得有些慌张。

李双良也开始朝上面爬去，按照他的设计，应该有足够的时间。

就在李双良还没有爬上坑边的时候，第一个炸点就爆炸了，钢渣夹着泥土飞溅起来。

李双良一下子被震倒在坑边。

他的身体朝坑里滑去，如果滑下去，后果不堪设想。

李双良死命扒住泥土和钢渣，使自己的身体不再下滑。

上面的人朝他扑过来。

爆炸还在继续。

人们冲下来，把李双良往上拉。

人们把李双良拉上来。

人们仆倒在地上，等着爆炸结束。

23. 日外　爆破现场

爆破终于结束了。

硝烟散尽，坑里的大钢坨不见了，炸得粉碎的废钢铁散落在坑底。

李双良的棉衣被飞溅的碎铁划开了很大的口子。

大家都还没有从刚才的惊吓中恢复过来。

所有人都在看刚才和李一起点火的老马。

老马的神态越来越紧张。

李双良也显得有些困惑。他不明白为什么会发生这样的事情。

24. 日内　办公室

穿公安制服的人在向李双良了解情况。

李：我相信他的解释，就是记错顺序了，先点了短的那根，炸点多了，有可能记错。

公安：可大伙说他自己撤得比平时快，怀疑他是有意的。

李：你要让我说，我就说不是有意的，他炸我干啥，我又不是蒋介石。

25. 演播室

主持人：当时有人反对您的治渣方案吗？大家议论纷纷？您介意吗？

李：人和人哪能想得都一样呢？再沾上点名啊利啊，大钱小钱都是钱，都有人惦记，鸡一嘴鸭一嘴呗，我不当事，我老伴当事，女人心眼小，老跟我叨叨，早晚你费力不讨好，早晚人家说你财迷心窍，我心说，别人说啥我都不在乎，在乎你讽刺挖苦？

主持人笑。

主持人：您也顾不上啊，万事起头难。

李：好多事都不记得了。开始就是愁废渣子往哪倒腾，不是一车两车，十车八车啊，是一座山。我就骑着车子满世界转，后来在东山乡大槐沟找了条山沟，我跟村干部算，沟底面积 16 亩，我用废渣把这沟填平，他们往上铺两米厚的黄土，就变成了 116 亩地，人家还是不愿意，说担心污染，我说那就一个月给 3000 块钱倒渣费，八几年，一个月 3000 块，在农村顶大事了，那时候太原市里鸡蛋才 6 毛钱一斤。

主持人：我 83 年买一套《鲁迅全集》，55 块钱。村里同意了？

李：同意了。

主持人：你们能挣到那么多钱吗？还要付工人的工资，运输费。

李：其实这账很好算，一吨渣子里差不多有 56 公斤废钢，一公斤卖两毛，那就是 11 块 2，只要我的所有成本都控制在每吨 11 块 2 之内，就可以干。当时就是光想着搬山，没想着发财，搁现在，填山沟里的那些渣子都能换钱，可惜了。

主持人：那怎么把废钢铁和废炉渣分开呢？

李：刚开始就是最原始的办法，眼睛挑，吸铁石试，人工装车卸车，你说能有多高效率？

主持人：照当时的速度，您预计多长时间能把这渣山搬走？

李：我跟厂里说的是 7 年。

主持人：一个本科加一个硕士。

26. 日外　渣山

渣山仿佛在一夜之间被赋予了生命，沸腾起来。

80 年代的流行曲响彻工地。

标语。

汽车、拖拉机、手推车形形色色的运输工具被笼罩在巨大的烟尘之下。

在渣山的脚下，绵延着许多作业面。

从附近农村招来的民工穿着杂乱，工具各异，但是劳动热情都很高。

有的在挖渣，有的在拣铁，有的在装车。

乱中有序，烟尘弥漫。

李双良拎着一只装水的大瓶子，里面装着茶水，戴着安全帽，站在工地的高处，他知道这就是开始，一项十分艰难，十分漫长的工程的开始，而这正是他所期待的。

老倔头胳膊上依旧戴着红箍，从下面爬了上来。

老倔头：双良，我的饭碗就这么被你给砸了。

李：不耽误你巡山，戴着你的红箍，有利于咱工地的安定团结。

老倔头：我还真就想不通，你看这劲头，比车间里工人干得欢啊，你李双良有啥绝招，让这伙人这么给你卖命？

李：想知道啊？

老倔头：你看你看，撒尿都一路小跑。

李：告诉你，就俩字。

老倔头：俩字？

李：计件。

老倔头：计件？

李：对了，我还得谢谢你呢。

老倔头：谢我啥？

李：你跟我说上班的人不干这个，我才想到招农民工，这活是苦啊。

老倔头：再苦也比在家挣不着钱强多了，双良，你积大德了。

李：可不敢胡说，“在党的正确方针指引下，厂领导一声令下，各兄弟单位大力协助……”

27. 日外　厂区

八十年代太钢的厂区，大工业的规模，很粗的管道、铁轨、厂房、烟囱，符号性的展示。

李双良骑着自行车下班回家。

有线广播里女广播员正在热情洋溢地播着广播稿，跟李双良在山上说的差不多。

[画外音]

在党的正确方针指引下，在厂领导的热情支持和鼓励下，在各兄弟单位的大力协助下，太钢加工厂渣厂工段已经正式开工了，老劳模李双良同志，发扬愚公移山的精神，带领广大干部群众，向渣山进军，向渣山要宝，向渣山正式宣战啦！

28. 日内　家里

[画外音还在继续]

女广播员：李双良师傅主动向公司领导提出了“不要国家一分钱投资，自力更生，从人工挖砂入手，走以渣养渣的道路……”

李双良进屋关上有线广播。女播音员的声音一下子变得遥远了。

孙子：爷别关呵，老师还让写作文呢。

孙子伏在饭桌上写作业。

李：写别的。

李双良拿了布条掸子转身出去。

29. 日外　院子里

李双良站在院子里，老伴拿布条掸子抽打着他身上的尘土。

他身上全是土。

他配合着老伴的动作，转来转去，把身上的尘土都抽干净了。

30. 夜内　家里

一家人围在一起吃饭，工人家庭简朴而温馨的晚饭场面。

大儿子大平也在座，母亲坐在他的身边，替他盛饭添菜，大平依旧寡言。

二儿媳给孙子添饭。

孙子：（对二儿媳）妈，《愚公移山》咋回事？

二儿媳：老三篇。

孙子：老三篇咋回事？

二儿媳：毛主席写的，我像你这么大从头背到尾。一个字都不带拉的。

李：现在的孩子怎么连老三篇咋回事都不知道。问你们老师去。

孙子：阿童木咋回事，爷你知道吗？

女儿从外面风风火火地进来。

摘下头巾下意识抖了一下。

老伴：往哪抖呢？

女儿转身出去了。

31. 夜外　院子里

老伴跟出去。用女儿手里的头巾抽打着她身上的土。

女儿：都是我爸闹腾的，这土越来越大。

老伴：不让他闹也得成啊。

32. 夜内　家里

饭桌上，女儿也坐在了一起。

大家吃得都很香。

李双良看着家里大大小小的在吃饭，看着孙子狼吞虎咽的样子，脸上露出微笑。

他放下筷子，点上一根烟。

老伴：（看着他）累够呛吧。

李：还行，挺舒坦。

大林：（边嚼边说）运输公司连卡车带拖拉机一百多辆，要是头一个月卖废钢的钱不够结账，连车带人全得撂了。看到时候咋办？

李：你把饭咽下去再说。

老伴：别说了，乌鸦嘴。

女儿：爸我今天回来有事，有人带话，想上渣厂跟着你干。

李：谁来我都欢迎，又不是什么好差事。

女儿：我们车间马莲她爸。

大家都不说话了，看着李双良。

老伴：他休想，还想再害你爸一回啊？

女儿：马莲她妈得了乳腺癌，前前后后借了不少钱。她爸看仓库没奖金，想上渣山多挣点。那她让我带话我也不能不管啊。

李：让他来吧，我答应了。

老伴啪地把筷子放下，但也没再说什么。

33. 日外　渣山

劳动的场面依旧热闹。

但在一个局部，似乎热闹得有些过分，事实上，是在争吵。

穿着工作服的正式工人老孙坐在一张破办公桌的后面，桌子上堆着一堆记数的小铁牌子。

他还戴着那个有些滑稽的墨镜。

手边还有表格，担心表格被刮走，用茶缸子压着。

满桌子都是土。

木杆的圆珠笔夹在他的耳朵上，另一个耳朵上是别人给递的烟。这样的烟桌上还有几根。

几个农民工围在桌前，正在和他理论。

大个：我一直摽着他干，他一车我一车，眼珠都没错，怎么到表上他就比我多出三车？

你这么记账还行？我明明是 6 车，到你这成 5 车了。

民工乙：他跟我们干得一样多。你凭啥给他多记？

老孙：少废话，听你们的还是听我的，告诉你，我认牌不认人，拿牌记数。

大个：你要真认牌不认人就好了，说一套做一套。

老孙：愿意干就干，不愿意干滚蛋。

大个：我们给厂子干的，不是给你干的，我们干多少拿多少，你把我们干的算在别人头上就不行。

老孙用笔在表格上添了一道。

老孙：给你加了一车，7毛5，行啦？那么大个子，为这么7毛5分钱，不嫌丢人，都干活去吧，不想干的明天别来了。

老孙端起茶缸子，一只手按着表格，喝起水来。

大个还想说什么，身边的人把他拉了回去，于是他只好转身，推起自己破烂的平车，加入干活的行列中去，只是他没有注意到，在边上一直有一个人在注意着他，是李双良。

34. 日外　工地

在一个背风的地方，面对面站着两个人。

李双良和马莲的父亲，就是在前面的事故里被李双良保下来的那个人。

老马：（低眉顺眼）马莲说您让我找您一趟，我就来了。

李：想干点啥？

老马：（不抬头）啥都行，推车也行。

李：你以为那车好推啊，咱们两个干不过民工一个。

老马：那我就听您的。

李：还干你老本行吧，看哪挖不动，崩一炮。

老马：（紧张地）不行不行，干不了了，可不敢再干了。

李：你一个人干，都收工之后你再来，你自己打点，自己装药，自己点，干得了干不了？

老马：干得了倒是干得了，怕您不相信我，怕大伙有意见。

李：知道我为什么让你来吗？

老马：您可怜我。

李：我想让你抬起头来做人，闺女都那么大了，你就打算装一辈子孙子啦。

李双良说完转身就走了。

老马一人在风沙中久久伫立。

35. 日内　小饭馆

八十年代的简陋饭馆。李双良和老孙对面而坐。

老孙：（显出油滑）今天说什么也得我请您，哪有当官的请老百姓的道理。老板娘，把你最好的酒给我们段长打开。

李双良不说话，阴沉着脸。

录音机里放着邓丽君的歌。

李：小点声成不成？

老孙：关了关了。

歌声戛然而止。

36. 日内　酒馆

两人喝酒。

老孙看着李双良的脸色。

老孙：是不是有人上你那告我状了？

李：你跟他们戗戗的时候我就在边上。

老孙：这帮农民不好对付，也偷奸耍滑，有在车底架板子的，还有锯车围子的。回家偷偷锯掉那么一块。（用手比画着）

李：你来太钢是哪一年？

老孙：64年，技校毕业分配来的。

李：我都忘了你老家是哪的？

老孙：长治的。

李：我47年从忻县出来，还没解放呢，你知道我刚到这里干啥？

老孙：干啥？

李：往里背煤，往外背渣。那时候全靠人背。干一天挣一天，吃都吃不饱。

老孙：您是受过苦的，我知道。

李：你知道？你知道我那时候最怕啥？

老孙：怕啥？

李：（一字一顿地）最怕管事的记花账。

老孙端了一半的酒杯停在半路，他看着李双良的脸。

李面色严峻，直视孙。

老孙放下酒杯，坐直了身体。

老孙：我知道我错了，您说谁还没有个三亲六故，有时候也抹不开面子，我今后一定注意，知错就改。

李：你们在厂里拿工资拿奖金拿野外作业补助，瞧不上这7毛5，可我指望这7毛5办大事呢，要是谁都瞧不上，没人来挣这个小钱，咱这山就搬不走。本来这工地就乱人就杂，乱我不怕，乱出大天来，你们手里的笔给我镇着呢，只要干了活能拿到钱，只要你公平公正，不徇私舞弊，就不怕没人好好干。可你是咋干的，你觉得这么大个工地，一车两车谁都看不出来，送送人情，落点好处。你想错了，你这一乱，就从根上乱了，从人心上乱了，早晚就得坏了大事。

李把酒杯往桌子上一顿。

老孙一下子站起来。

老孙：老段长，我错了，我惹您生气了，我自罚三杯。

孙喝酒，手都是抖的。酒得手上都是。

李：这么贵的酒，顶多少车渣？你这么喝算奖还是算罚？咱俩关系不浅，所以我特意跟你吃这顿饭，你那岗位得换人了。

李掏出一张10块钱放在桌子上，站起身。

李：不够你自己添。

老孙：您连个改正错误的机会都不给？

李：（看着他，斩钉截铁地）不给。

37. 日外　路上

李骑车回渣山。

远远又看见一群人聚在那里，比比画画地说着什么，他以为又出事了，赶紧朝那边骑。

38. 日外　渣山前

是一群老头，有几十个，都是退了休的，有的穿着工作服，有的穿着中山装，还有的戴着眼镜，他们在那也不知聊什么，反正挺热闹的。看见李双良来了，就不说话了，都挺认真地看着他。

李：老厂长，刘书记，徐工，大老黄……你们这是。

老倔头：我张罗的，好几百小伙子，三天两头干架，我怕早晚要出事。

老厂长：大伙说好了，闲着也是闲着，来帮你一把，我们啥都不要，中午饭自己带，你给发个红箍就行。

李：我说了你们可能都不信，我想了一路，这伙人得有人管啊，正准备挨家挨户去求你们呢。

老倔头：要不说人在一块堆儿待年头太长了不成呢，脑瓜子都通着电。

大伙笑。

李：我饭还没吃呢，饿了还，咱得找个地方喝二两，我请客！

大伙笑。

39. 演播室

主持人：第一个月就挣到钱了。

李：比我预期的还好一些。一个月运走 8 万吨渣，回收废钢铁近 4000 吨，总收入 47 万元，盈利 11 万。

主持人：太厉害了。

李：结账。运输公司当时是冲我的面子答应先干活后结账，要是不能兑现，要是有更好的活，人家撤咱也没话说。所以我第一件事就是给所有的人结账，职工奖金平均 40 块，民工计件工资最高的拿到 200 块，特舒坦。

主持人：是不是大家也觉得很意外？这几十年无人问津的渣山，原来埋藏着这么大的财富，而且被你轻而易举地就开发出来了。

李：我没满处瞎吵吵邀功摆好，我跟会计说咱悄悄的，埋头苦干，这季旱下季涝谁说得准？

但是心里比较有底了，只要挣钱，我就能添车添设备，就能技术改造，活肯定越干越好，越干越快，钱也就越挣越多。

主持人：我真松了一口气，真希望您不要再遇到什么困难，可是我还得问，当时最大的困难是什么？

李：管理。内政外交，跟人打交道比跟渣山打交道难。针大的窟窿斗大的风，跟在厂里还是不一样，操心得不行，我烦了就想着弄辆车下作业面干活，这段长谁爱当谁当。好在大伙都觉得是件好事，都帮忙，班子也不错，几个人真拧在一起干，叫肝胆相照。告诉你，你啥时候凑齐一伙人，相信你，跟你一个心眼，你就能成大事。

主持人：这话我信。

40. 日外　工地

大雨。

雨让一切变得狼狈而艰难。

作业面上已经停产了，工具杂乱无章地扔在地上。

更可怕的是，几十辆装满车的大卡车挤在一起，把道路完全堵死，进退两难。

其他拖拉机、平车也无序地穿插期间，乱作一团。

司机在驾驶室里一副与己无关的表情。有的司机甚至已经睡着了。有的在按喇叭，喇叭声起哄似的此起彼伏。

其他人无处避雨，又不能离开自己的运输工具太远，一群一群在雨里淋着，但对面前的混乱局面全都无能为力，嘴里骂骂咧咧。

遍地泥泞。

41. 日内　工段办公室

渣山边简陋的工段办公室。

穿着雨衣的人出来进去。

刚进来的人：（全身都湿透了）谁都动不了，谁都不让谁，我没招了，我头疼，都别跟我说话，让我喘口气。

说完就瘫在长椅上。

有人在大声地打着电话。

外面嘈杂的喇叭声让屋里的人心烦意乱。

李双良站在窗前，看着外面，垂着的手里有一支点着但是似乎忘记抽的烟。

电话：（大声地喊着）喂，喂，我是渣厂工段，我问一下，路什么时候能修好？坏了几处？

几处？

打电话的人：（放下电话，对李）段长，路坏了三处，谁修还在扯皮呢，照这样，雨停了渣也运不出去。

李：卸车，让运输公司的车先回去，咱们这的条件招待不了他们。路啥时修好啥时叫他们来。

农民工也都先回家吧，老这么淋着也不是事。

另一个人：我去通知他们队长，得过去盯着点，再不动弹快打起来了。

打电话的人：段长，这么着成不成？我们有的是人，我带上人，咱自己去修路，路一通就能开工，汽车拖拉机下点雨也不怕。

李：修路倒是个办法，可你去不成，你跑肚拉稀十多天了。

打电话的人：就得我去，我舅是公社副书记。我没事，死不了。您就说修不修？

李：修，跟公社商量好，修路按天算钱，人工我们出，情他们得领。路修好了再动车，山路不是闹着玩的，咱不能要钱不要命。（他的视线忽然被什么引开了）那些人是干啥的？

42. 日外　工地

雨还在下，下得很大。

从李双良的视野看出去，从远处走来一小队人，他们一路纵队，踏着泥泞，抱着些东西，顶着大雨朝工棚走来。队伍在露天淋雨的工人身边停了下来，他们向工人分发水泥袋子，把水泥袋子底上的一个角窝进去，就成了一个简易的雨衣，工人们把简易的雨衣顶在头上，尖尖的袋子一会就一大片。成为一个有趣的景观。

透过雨幕，李双良看着眼前的景象。

他对身后打了个手势，招呼办公室里的其他人过来看。

人们站在门口，看着雨里发生的事情。

李：（心态复杂地）他们怎么来了。

43. 日内　工棚里

刚才在雨里发简易雨衣的人们已经走进了工棚，都是公司的领导，他们脱掉雨衣，浑身都淋湿了。

办公室里的人手忙脚乱地找凳子、椅子，倒水，大家都非常紧张，有点手足无措。

躺在长椅上的人翻身起来。

李：（给工人介绍）这是咱太钢王书记，这是商经理，这是孟经理。

大家鼓掌。

大家就笑着，也不知道该说啥好。

李双良没有笑，他的神情有些落莫。

李：你们咋专赶雨大时候来？我这条件有限，连个坐的地方都没有。

孟：就你这工段打露天，不上这来上哪？

王书记：你得盖点棚子啊，不能一下雨就这么淋着啊。

李：想着呢，没顾上。

孟：我们刚听说，路冲了。

李：乱套了，脸上不好看。

王：我看这雨一时半会停不了，得卸车了。

李：正打算卸呢，大车小车搅成团了。

王：走，都走，咱们一块招呼，安全第一，越是这时候越得当心。

44. 日外　工地

一行人穿过雨幕向车队走去。

工人们顶着水泥袋，注视着这些平日里难得一见的人。

45. 日外　工地

王书记登上一辆卡车的车顶。

手里有一个无线电喇叭。

王：大家注意，我是太钢公司的党委书记，所有的车辆现在听我的指挥。由于道路塌方，所有运输车辆就地卸车，现在听我的指挥，先撤人力平车，所有人力平车立即撤离现场，到指定地点卸车。

其他领导也都在各自的岗位上指挥疏散。

工人们受到了某种震撼，一下子安静下来。

在王书记的指挥下，大家井然有序地开始疏散和卸车。

其他的民工站在渣山的高处，像在观看一场重要的表演。

扭结在一起的车队开始松动，人们费力地互相错开，这里面包含着很多细微的东西。

雨还在下着，但是一切仿佛轻松了许多也温暖了许多。

可能是已经筋疲力尽，可能是终于松了一口气，李双良觉得自己有点站不住了，他坐在一辆拖拉机的踏板上，长出了一口气。

工地在他的眼前有点模糊。

46. 日内　医院

李双良在打点滴，他被那场雨淋病了。

身边有两个女儿一个女婿和老伴陪着。

女儿在查看点滴的速度。

女婿在削苹果。

另一张床上的病人在听半导体。

李：（对女儿）赶紧把你妈送回去，这走马灯似的，知道的是着凉了，不知道的以为我得什么大病了。（对老伴）行了，打完就回家，你先头里走。

老伴：（不愿走）我也没别的事，在哪都是待着。

李：在哪待着也别在医院待着啊。

这时，又来了两个人，二儿子大林和二儿媳妇。

大林：咋样啊？退烧了没？

老伴：我看精神头还行，撵我走呢。

进来一个护士。

护士：透着你们家人多，这么点病来多少人了？我们还怎么工作啊？人别的病人还怎么休息啊？

另床：别，别拿我说事，我喜欢热闹，顺便也认认名人的后代。

家人全不敢说话，都退到一边。

护士给李双良量血压。

护士：还有多少人啊？

李双良冲她伸出一只手掌。

李：（自豪地）三儿两女，一共 19 口。

护士：真有您的。

护士走了。

李：（看着点滴又叹气）渣场那边不定乱成啥样了，该来的不来，（对女儿）去把小王段长给我叫来。

女儿：不管，没您地球还不转了。

李：东山路太窄巴，又烂，这么下去，地球说不转就不转。

屋里的人都看着他。

李：（对老伴）不成，还得想辙。

47. 日外　郊区

垃圾车出了城。

三个人还在后面追，在空旷的原野上，前面是卡车，后面的尘土里跟着三辆自行车。

李双良毕竟年纪大了，越来越跟不上了，其中一个年轻气盛的始终追着卡车。他也累了，伸出一只手把住卡车后帮，这下卡车跑不掉了。

48. 日内　指挥部

谈判正在进行

管事的：要钱吗?

李：不要。

管事的：运输费呢?

李：我们自己的车往你这送。

管事的：那我们能有什么意见？我现在就汇报，明天上午给您回话，您也赶紧回去开会，赶紧定。

李：我们不用开会，班子三个人都在这了。

三个浑身是土，年龄不一的人。

管事的：我得跟您握下手，听说过您，这叫百闻不如一见。

李：（对王段长和张书记）你俩也握下，我们都感谢你，帮大忙了，路近，又好走。

49. 演播室

主持人：我发现您是个很不安于现状的人，不容易满足。

李：好多事其实是逼上梁山。就说倒渣，路远，不好走，雨天雪天耽误事，每吨运费 3 块零 8 分，你算算一个月 8000 吨光运费多少钱。

主持人：两万四千多。我知道您追垃圾车的事。

李：叫我说，清洁工真不容易，整天守着垃圾车，我跟了几回，熏得我回家真吃不下饭，人家咋干的。

主持人：没他们城市就完了。

李：那回给汾河围堰运过去 70 多万吨，一年下来运费省了 60 多万。

主持人：八几年我刚工作才挣 100 多块钱，您张口闭口几十万，我怎么听着有点不那么真实啊。

李：厂子大啊，国有大型企业，工人 10 万！每天给国家出多少活，挣多少钱，都是有数的，一天不能少。在这样的大厂子里，个人显不出来，只有你干出来的活，到年底一总结，出钢多少万吨，产值多少亿，利润多少亿。每个人的贡献都在这堆数字里头，我们一个渣厂工段，算不了啥。

主持人：工段效益越来越好，大伙的收入也提高了吧？

李：还可以，普通工人每月挣几百不当事。

主持人：您呢？

李：我退休了，退休工资 180 块，在渣厂领 150 元补助。

50. 日外　渣山

和初创时期相比，渣厂有了一些显著的变化，清空的地面扩大了，盖起了一片简易的工棚。

机械比以前多了，从开始的几辆铲车，发展到有机械的装车设备、磁选设备。

大型汽车的数量也大大增加了，工地的气象宏大了许多。

汽车装车和卸车的过程，井然有序。

民工的工作条件也得到了改善，手里的工具也带有了一定的科技色彩。

工地上的广播：李段长，请速回段长办公室，有人找。请速回段长办公室，有人找。

51. 日内　渣山办公室

办公室里坐着几个外来的人，穿着不太讲究的西装，提着黑色的皮包。

马莲的父亲也在，他似乎是这几个人的介绍人，张罗着，他的状态比前面好了很多。

李双良从外面进来，摘下安全帽，满头都是汗。

老马：段长，（对客人）这就是我们段长，（对段长）他们是专程从五台赶来见您的。

客人起身和李双良握手。

李：道不近啊，坐吧。

客人：我们专程来请您老出山。

李：请我？

客人：是啊，我们开了个煤矿，找不到爆破方面的高人，听说您退休了，想请您到我们那当个技术顾问。

边上的另一个人，拉开黑色皮包，手伸进去，犹豫了一下，又拿出来。

李：走不开，手边上有事。

客人：啥时有空啥时过去，我们车接车送。

边上的人手又伸进皮包。

李：一心不可二用，再说我对煤矿上的事也不在行。

客人：我们这次请不到您，回去也交不了差。条件全听您的。

李：（对边上手在包里的人）把你拉锁拉起来吧。我不会和你们谈条件，我在太钢干无条件，还有别的事，我就不陪你们了。

李双良起身出门。

52. 日外　办公室外面

老马跟了出来，也不敢说什么，但就跟在李双良的身后。

李双良走了几步，停下来，转身看老马。

李：这就跟他们走?

老马：我，我还是想换个环境。

李：去吧，我同意了。

老马：谢谢您，那我也就把退休手续办了。本来是想给您找个挣钱多的事，报答您对我的关照，我也没想别的。

李：这钱挣多少算多?

老马：您问我?他们说一个月给您二千五百块，给我一千块。

李：办手续去吧。

李再一次离开了这个人，独自走了。

老马转身匆匆返回。

53. 日外　街上

李骑着自行车走在他非常熟悉的街上，人们和他自然地打着招呼。

54. 日内　家里

中午吃饭时间。

李双良家里也坐着两个客人，装束和打扮跟刚才在工地上见的两个人差不多，也拿着黑色的公文包。不仔细看以为是那两个人又追家里来了。

老伴给他们倒了茶水，也没啥话说，三个人就坐等。

院子里自行车响。

老伴如释重负。

老伴：回来了，今天还行。

李双良走进来，看见这两个人，愣了一下，他也怀疑是不是上午见的两个人。

李：找我有事？咋不上工地啊？

老伴：等老半天了，怕上工地影响你工作。

客人：李师傅，我俩是从衡水来的，想跟您商量点事。

李：要是请我当顾问就不用商量了。

客人：我们想买渣。

另一客人又拉开拉锁。手伸进去。

李：买渣？

客人：是，我们买你们选过的废渣，我们自己派车来拉。

李：还有这好事？你们买渣干啥用？

说话的客人刚要说，拿包的客人抢在了前面。

客人：我们就是自己用。（手又伸进包里）

李：自己用？当包子馅啊？跟我保密？

客人：您答应了？

李：这事我一个人说了不算，得开会研究。

客人：明天能研究出来吗？

李：差不多，你们要多少？

客人：我们按吨付钱，拉多少算多少。定金我们都带来了。

另一个客人又拉开了拉锁。

李：把你包拉上，明天再说，明天上午你们到段上找我吧。住下了？

客人：住下了。

李：噢。那行，在这一起吃饭？有啥吃啥？

客人：不了，那边预备好了。

李：那就不留你们了，明天一准给信儿。

55. 日外　院子里

客人告辞出去了。老伴过去送。

李双良站在院子里，若有所思。

老伴：吃饭，凉了都。

李：这俩人买渣干啥用呢?

老伴：烧砖。

李：烧砖？你咋知道。

老伴：我问他们从哪来，说是砖厂的。

李恍然大悟。

李：我明白了。

56. 日内　屋内

李双良端起碗吃饭。

李：今天左眼老是跳，工地上不会有啥事吧?

老伴揪了一小块纸用舌头舔舔给他贴眼皮上。

57. 日内　医院

急诊室

医院的走廊上，一辆平车上躺着一个年轻的民工，身上穿着干活的衣服，就是在渣厂刚开工的时候和记账的老孙吵架的那个大个子。

他的身边跟着几个衣衫脏破的民工。

大个一动不动，闭着眼躺在担架车上。

李双良匆匆赶来，眼皮上的白纸还没掉呢，身后跟着几个人。

李：砸哪了?

边上的人：腰上。

李：（发作）咋搞的嘛？说多少遍才记得住？干活越干越笨，越干越傻啊?

边上的民工哭了：段长，您别熊他了，要不是他把平车架上去，我们三个都在那大渣下面，就都没命了，谁知道又下来一块，就砸到他了。

李愣住了。

大个没有睁眼，他不知道此时李双良正定定地看着他满是尘土的脸。

李：大夫呢?

边上的民工：刚照了相，大夫和工长取片子去了。看咱这治得了治不了。

李：（像对别人，又像对自己）这里治不了送太原最大的医院，太原治不了上北京。

工长和大夫匆匆朝这边走来。

李双良看着他们，不说话。

大夫：段长，看来真得上北京了。

李：一会也别耽误，（对工长）老韩，你亲自去。到会计那拿现金。（对另一干部）你去叫车，就说我说的，让车马上过来，送火车站。（对边上的民工）你们谁和他一个村的？去两个人。给家里送信了吗？

边上民工：送了，家里人还没来。

李：不等了，家里人来了坐下趟火车。

韩工长（拉过李）：段长，这事交给我没问题，您放心，可是，他是农民工，这医疗费该咋算？

李：（火了）他救了三条人命，救了咱们工段，你还提医疗费？这家我当不了？你只管给咱救人，报不了都算我的。

韩：您别上火，别上火，我有数了。

李：（放低声音）我上公司汇报情况，就不跟你们上车站了，到了打长途电话回来。

自始至终，担架车上的大个没有睁眼，没有动。

一群人簇拥着担架车朝门口走去。

李双良没有动，他承受了太多压力，突然在这件事情上被击垮了，他愣愣地看着人们从他的视线之内消失，孤独地蹲在急诊室的走廊上。他痛苦地抱住自己的头。

58. 演播室

主持人：从资料上看，到 1986 年，您的治渣工程进展十分顺利，机械化程度大大提高，经济效益也越来越好，但是您突然决定废渣不再外运，提出了修围墙的建议，当时您是怎么想的？

李：废渣有用啊，总有人拿着钱找我们来买废渣，造水泥砖，高炉渣还能造矿棉，转炉渣和平炉渣，都能制水泥，我们有资金做保证，可以自己办厂子，搞废渣的深加工，再舍不得倒了。再者，旧渣清走了，新渣又来了，环境污染问题没有得到根本的解决，太原市的空气质量差追到根上还是我们这座渣山，就又想了这么个招，大家一合计觉得也还可行。

主持人：我看到的围墙，就是当年您一手建起来的。

李：大伙一起干的。

主持人：13米高，20米宽，2500米长。

李：你记性还怪好，我整天叨叨我记得，没想你也能说上来。

主持人：管事？

李：管事。灰渣自重大，跟着风走，遇到阻挡就往下落，墙修得越高，挡住的灰就越多。我们还搞了个喷水系统，火车倒渣时就喷，好多了。大伙说，这回太原人再咳嗽怪不着咱渣厂了。

主持人：造墙的砖都是你们自己拿废渣烧的？

李：炼钢工人出身，造几块砖算个啥？还有那些个附属的加工厂，我们搞重工业的，办点小打小闹的加工厂太算不上个啥了，就跟你给你孩子写作文，提笔就来。

主持人：这就算大功告成了？

李：我的事情干得差不多了，一个人不能包打天下，关键的时候起了作用，接下来你不能怕别人沾你的光，借你的势，不能太独。

59. 日外　渣厂

字幕：1988年

仿佛一夜之间发生了奇迹，原来的荒山野岭不见了，一座高高的围墙，把整个渣山包裹了起来。我们甚至都无法找回原来的工地的影子了。

60. 日外　渣厂

围墙里面，铁轨纵横，倒渣的火车顺着铁轨开往指定的地点，由大型的机械将炉渣卸下。

工人们基本上从手工劳动中解放了出来。

大量的机器代替了当年的人海战术，渣山已经完全被驯服了。

汽车出来进去。

几个老工人在种树。李双良也在其中。

老倔头：你说我咋就转不过这个弯来？做梦老是梦见那大渣山，我咋就不会梦这新渣厂呢？

李：不新鲜，我还经常梦见新中国成立前背煤呢。人老了，远的清楚近的模糊了。

另一老头：双良啊，你今天北京明天上海的，哪天也把我们带出去逛逛，我活了一辈子，就去过一次承德。

老倔头：你还用去北京上海，没见北京上海的人成天上咱这里来？

老头：我也奇怪，咱这渣厂有啥看头？不就是倒的废渣吗？这些人真是闲得没事情干了。

李：是啊，咱这里比北京上海还是差远了。

61. 日外　汽车里

儿子大林开着汽车，他已经有四十多岁，显得成熟干练。

62. 日外　福利院

汽车开进福利院的大门。

看传达室的老头：李师傅来了。

李：来看看大个。

63. 日内　福利工厂的车间空地上

大个，就是在工地上被砸伤的工人，坐在李双良给他送来的新式轮椅上，他试着操作，脸上还是没有笑容。

李双良和儿子大林站在一边看着他。

大个：我那个旧的还能用，花这钱干啥。

李：你没看电视上，奥运会，残奥会，轮椅上打篮球，你要是练出来，参加咱国家队，周游世界，为国争光。我这回到上海就办这一件事。

大个：（情绪不高）我在福利厂挺好的，我这辈子就这样了。

李：不是说你现在不好，也不是说你这辈子就这样了不行，可是你要是心里有个更大的目标，你就有奔头，如果你的目标能实现，那可就真不一样了，人生就改变了。

大个：（略嘲讽）您现在成天做报告，说话一套一套的。

李：（忽然有些不好意思）我做报告咋了？我说话谁都听，就你不听。

大个：让您费心了。

李：我乐意，（对大林）咱走了。

两个人朝车间外走去。

大个在他们的身后，一直看着。

大个挥了挥手，对着他内心非常崇敬的背影。

64. 日外 汽车里

大林：您今天非让我跟着来，有啥事吧？

李：有事。

大林：我就知道。又拿他教育我。

李：水泥厂批下来了，得有个人拿这摊子。

大林：（一下就不高兴了）您最好别打我的主意，我在总厂车队当工长挺好的。

李：（比画着）我找了四个，都是我一手培养起来的干部，谈了好几回，全都不去，你让我咋办？

大林：人家不去，就得我去？你想着让他周游世界，让我去钻山沟？那什么鬼地方啊？

李：现在讲环保，水泥厂盖近了不行，我也没办法。

大林：谁爱去谁去，我不去。

李：水泥厂设计能力年产 10 万吨。眼看着建筑行业上得快，盖楼修路，生意还得好，这是厂里的一件大事，干好了你就是大功臣。

大林：我没您那份功名心，我就想守着老婆孩子守着我妈。

李：（不高兴了）这话你就是在我面前说，不嫌丢人？你不去就让你弟去，反正你们两个得去一个。当一把手。

大林：他上着夜大呢，您讲理不讲理啊？

李：我养你们这么大，这点面子都不给？

大林无奈地摇着头。

65. 日外　街上

李双良和倔头骑着自行车慢悠悠地朝渣厂走着。

一个车队从他的身后经过，都是崭新的重型汽车。有十几辆，高大气派。

两人眯起眼睛，羡慕地看着。

李：什么时候咱渣厂要是有了这样的大车，那才美气。

老倔头：咱能买得起？咱就是买得起，你也舍不得。

李：不知道这车一辆得多少钱？

两人正议论着，眼瞅着大车一辆接一辆拐进了渣场的大门。

两个人大眼瞪小眼，傻在那儿了。

66. 日内　渣场办公室

透过办公室的窗户，可以看见外面停得整整齐齐的崭新卡车：还是奔驰牌的。

李：（嘟囔）他主意大啊，连个招呼都不跟我打，他以为这是苍蝇拍儿耗子药啊？想买就买了，这么多车，这么老大个子，得花多少钱？败家子！

办公室里的人互相使眼色，但是都不答腔。

李：咱是有钱了，有钱也不能这么挥霍啊，就是要买——

正低头算账的会计接下茬：咱也得一辆一辆买啊。

别人偷笑。

会计：段长，小王段长说了，买一辆挨您熊，买10辆也是挨您熊，买100辆，也一样。

李：这车他还想买100辆？疯啦？

正说着，王段长（追垃圾车骑最快的那个）进来。

王：（不傻装傻地）段长，我正找您呢，新车咋样？

李：（没发作，也没太高兴）噢，还行。

欲言又止的样子，他是真心疼钱，但是又真喜欢这车。

王：走，走，我带您看看去，鸟枪这就换了炮了。

年轻人拉着老段长往外走，没忘了回头对屋里的人做了个鬼脸。

67. 日外　街上

要过年了。

街上显示出与以往不同的热闹和花哨。

人明显多了起来。

大家的表情不知怎么就和平时有些不同。

68. 日外　宿舍区

变化还是有了一些，但不是太大。

李双良坐在他的专车里穿过街巷。

两边是各家各户架起的旺火。

李：我就在这下来，这路太窄了，看撞了人家的旺火。

69. 日外　宿舍区

李双良从街巷间走过，到过大城市的他，觉得厂子的宿舍区太拥挤太狭窄。

他的表情又有些沉重。

有人跟他打招呼，他才收回思路，嘴里应着。

70. 日内　家里

几年过去了，家里多少有了一些变化，墙上多了一些与各级领导人的合影。

门上贴着新对联。

老伴和媳妇里里外外地忙活着。

蒸花馒头，炖肉，做炸糕。

生活显示出与众不同的魅力。

在这种温馨的包围之下，李双良躺在炕上睡着了。

71. 日外　街巷

各家的旺火都烧起来了，在各家的门口，燃烧着对生活的热望。

小巷被映得通红。

72. 日外　院子

小儿子一家四口提着大包小包进了院子。

小儿子：妈，咱家旺火怎么没架？

老伴：（猛然）我说好像忘件啥事，可不是，赶紧的。

二媳妇：每年都是大林张罗，我们全没这根弦。

小儿子：我哥还真不回来过年啦？

二媳妇：那还假的啊，忙，走不开，看就没当过厂长。

老伴：别叨叨啦，赶紧的吧，赶紧操办。

小儿子：有木头样子吗？

二媳妇：现成的肯定没有。

小儿子：那这时候您让我咋操办？全都回家过年了。

老伴：怪我怪我，怎么就忘死死的了？

二媳妇：怪我爸，他要不把大林发配到水泥厂去，也出不了这乱子。

李双良出现在屋门口。

李：多大个事啊，今年咱就不点了，明年还能咋？准不比今年差。

老伴：别扭，真别扭。

李：有啥别扭的？出去看别人家的，别人家点了就行了，就替咱家点了，大伙好了，咱就好了，等太钢赶上北京、上海，还能把咱一家拉下？吃饭吃饭，饿了还。

73. 日外　街巷

家家门口点着旺火，唯独李家没有。

74. 日内　家里

一大家子人围在一起吃团圆饭。

大儿子大平也在。母亲还是比较多地照顾他。

电视里播着春节晚会。

大家一起举杯敬两位老人。

老伴：就缺大林。

75. 演播室

主持人：联合国给您发奖是哪一年？

李：你手里那纸上没写？

主持人：（笑）写了。

李：跟你开个玩笑。1988 年。叫《保护及改善环境卓越成果全球 500 佳》金质奖章。

主持人：我当时正在美国读书，可惜当时还跟您不认识。后来您还出了国？

李：其实睡着了在哪都一样，哪里也没有家里好。

主持人：您这一辈子尽领奖了，51 年到 61 年，10 年当了 8 年劳模。是不是都不兴奋了。

李：咋不兴奋？九零年我得了五一劳动奖章，到大会堂去领奖，总书记给颁奖，可兴奋了。开完会照相，那些个人，怎么都找不着自己的位子，我看人家都找着了，急的，一头汗，后来服务的小姑娘问我叫啥名，我说了，她就笑了，说您跟我来吧。第一排，正中间，我更出汗了，这哪敢坐啊，我说给我挪挪，我上边上去。人家说，这是研究好的，写上文件的，谁也不能动，您就赶紧坐好，一会领导同志出来了，您就耽误事了。

主持人：换了我也不敢坐。

李：我就只好坐了，90、91、92，连着三年，我到北京开劳模会照相都是坐正中间。

主持人：太光荣了。

李：我开始也想不明白，那么多能人，咋就非让我坐呢？我没有人家贡献大啊。后来我想明白了，我是产业工人的代表，这是党对工人阶级的重视。

76. 日内　公司的办公会

一个负责财务工作的人在和李双良谈话。

她递给李双良一份表格。

财务负责人：老段长，经理办公会上研究了，这份合同公司应该履行。

李：咋履行法？

财务负责人：按照国家三废的有关政策规定，按照83年签订的合同的条款，您不在退休工资之外再从渣厂领取酬劳，如果渣厂在您的领导下盈利，盈利的10%归您个人所有，结算日期和方式由双方共同协商。可您和咱公司这10年从来没有结算过，上个月我们花了三个礼拜的时间，把渣厂和附属企业彻底评估了一遍，您猜评出了多少？

李：多少？

财务：两个亿。

李：两个亿？

财务：这就是说，这里面有两千万是属于您个人的，您以什么方式拥有都可以，算股份也可以，卖掉也可以。

李：两千万？

财务：这表格上都写着呢，您拿回家自己慢慢看，想好怎么分再跟孩子们说，从现在起您是咱太钢的第一富豪了。

李：富豪？

财务：那咋了？咱工人阶级也不能光出劳模啊，也得出富豪！不明白随时给我打电话。

李：富豪？（自语般地）富豪能跟劳模比啊？

77. 日外　渣山

傍晚。

李双良独自来到渣山。工人们都走了，只有机械静静地整齐地站着。

望着眼前的一切，他思绪万千。

他蹲在渣山的边上，感受着熟悉的一切。

远远地，他看见老倔头朝他走来。

78. 日外　渣山

两个老头并排蹲着。

李：真暖和。

老倔头：天气多冷，只要靠上这渣山，就冻不着人。

李：转眼间咱两个退休都10年了。

老倔头：你说你干了多大一件事情。

李：是我干的？

老倔头：我有时候也问我自己，你说我整天看着渣山，守着渣山，我怎么从来就没有想过要治这渣山，等你一招呼，我心说，是啊，这不明摆着的事吗？我怎么就没动这念头呢？咱俩就差这一点，你就成了愚公，我还是当我的倔头。

李：可别这么说，你对渣山贡献也大。

老倔头：贡献和贡献不一样。你和我也不一样。

李：胡说，咋不一样，都是在太钢干了一辈子的老工人。

79. 日内　家里

五个孩子都到齐了，为了一件重要的事情，李双良把他们叫了回来。

李：叫你们回来，就为这事，我的态度很清楚，这钱不能要，我也代表你妈，本来都不想跟你们说，可你妈担心以后落埋怨，那就听听你们的想法。

孩子们都不知道该说什么，他们对两千万没有概念，对父亲的决定也没有思想准备，这真是一场突如其来的考验。

静默。

长时间地静默。

李：都不说话？

大林：您总得让我们想想。

李：也行，回家商量商量。

80. 日外　厂区

李双良从太钢厂区走过。这是他 40 年没有离开的环境。

一切都那么熟悉而亲切。

他走过以他的名字命名的“双良路”。

李双良显得有些心事重重。

81. 日内　家里

另一次家庭会议，这次除了儿女，女婿和儿媳也在。

有站有坐，屋里基本站满了。

大林：爸，您先说说您是咋想的。为啥咱不能要这钱？

李：当初签这合同，我就是想要个权，添设备不用领导批，用人不用开会，是为了工作上的方便，不是为了自己发财。我是厂子里的人，你们这一群，全在太钢上班，太钢养着咱这一大家子，把太钢的钱变成咱自家的，别人咋想？活是大家一起干的，开始一车渣只有 7 毛 5 分钱，六百多人在这受苦，我拿了钱该不该给他们分？还有大个，他为了这渣山，那么高的个子得坐一辈子轮椅，我拿那些钱对不起他。还有这几年去世的老哥们。（停顿）人不能忘本，你们大哥，73 年出的工伤，抢救了一个多月，公司总经理给他输了血，事后我就想着当面说声谢谢，好不容易找到机会了，他说“我都不知道那是你儿子啊？”

大家都看大平，他就是受了伤的大儿子。

李双良也有些激动。

老伴在抹眼睛了。

李：你们几个，都能自食其力，都没下岗，养家养孩子都没问题，我挺省心，真分了钱，你们还上不上班？干不干活？咱这一家人，还怎么跟太钢的哥们弟兄打交道？现在大家拿咱当个能人，觉得咱为太钢做了件好事，要是拿了这钱，大伙谁还尊重咱？惦记咱？就怕到时候除了小偷没人惦记咱们了。

更多的道理我也讲不出来，我就是这么想的。

82. 日外　工地

建筑工地，新建的宿舍楼已经开始施工了。

李双良在工地边上徘徊。

他对未来的生活抱有十分强烈的渴望。

83. 日内　家里

不仅儿女和女婿、儿媳在，第三代也在。

屋里的人更多了。

孩子们对这样的会议感到非常新鲜。互相做着鬼脸。

但是都很安静。

大林：爸，我们都想通了，我们理解您对太钢的感情和您对荣誉的珍惜。我们可以靠自己的能力创造自己的生活，得到我们想要的一切，我们也知道您这样决定是为我们好。就按您的意思办吧。

大女儿：听人说，这几天好几家请您做报告您都推了。从明天起，您接着做您的报告，接着当您的劳模，富豪两个字咱不再提了。

李：我还是那句话，太钢好了，咱们跟着好，你一个人再有钱，能咋？该上班得上班，该上学得上学，你有钱上美国，你老师还不准假呢，咋也不能咋。（对老伴）你说是不是？

老伴：是不是我说了不算。我就想今年过年没点旺火，你说破了多大的财。（对二儿媳）以后可得仔细想着。

屋里的孩子们都笑了。

84. 日外　厂区

依旧是厂区的路和熟人。

李双良的神情轻松了起来。

他的笑容告诉我们他放下了一个包袱。

他哼着山西的地方戏。

85. 日外　路边

小摊子。

正在炒栗子，热气熏天的。

栗子在热砂锅里翻腾。

小贩挥动大铲子，干得欢。

几个人在围着尝。

路过的李双良停下来，一条腿跨在自行车上。

李：给我来一斤，多少钱一斤？

小贩：四块钱一斤，给您三块。

李：为啥便宜我啊？

小贩：不为啥，因为您长得帅。

一句玩笑，小贩说得认真。

86. 日外　渣山

渣山传达室。

李双良和老倔头在下棋。

杀得非常认真和投入。

门口的光线被人挡住了。

李双良抬起头来，看见一个人站在门口，是马莲的父亲。

87. 日外　渣山

绿树成荫的渣山，已经有了花园的样子。

一切都在不长的时间里有了很大的改变。

老马和李双良这两个有着很大差异的人似乎总是有些解不开的东西。

李：咋样？这些年干得挺好？

老马：老了，干不动了，想回家养老了。

李：是啊，挣多少算多？

老马：到煤矿上干了才知道，啥叫钱多，跟老板挣的钱相比，我根本就算白干。

李：那也不是，给国家挖出了煤，哪都用得着。

老马：给国家？我觉不出来，就是给老板打工，没意思。我没您站得高看得远。

李：又有啥事求我？给我戴高帽子？

老马：我就是想问问，这次渣厂盖的宿舍楼，退休的有份没份？我可是在咱渣厂退休的。

李：别说退休的，连这几年去世的，我都想给他们分上套房子。累是大伙一起受的，好日子又让咱赶上了。

老马：我脸上无光。

李：想回太钢来，说明你觉得太钢好。

老马：我这一辈子，最怕的是您，最服的也是您，走到哪，也逃不出您的手心。

李：这话可不敢给外人说，我成啥了？

这次，两个人一起朝渣厂外面走去。

88. 演播室

主持人：从材料上看，大家对您的评价都非常高，太钢把您的事迹概括为“双良精神”，成为促进企业繁荣发展的口号，中共山西省委也号召全省党员向您学习。这些年您也经常到厂矿学校作报告，讲传统，可我总觉得那是为了宣传群众，教育群众，鼓舞干劲。我特别想知道，您自己怎样看待您所做的一切和今天大家对您的评价？

李：前面跟你说了，我没把党和政府的鼓励看成给我一个人的，别说十年八年，靠我李双良一个人，一万年也挪不走那渣山，它有多沉重，钢铁的分量，不是土、石头，你想不出来，你多少斤体重？

主持人：（迟疑）百十斤吧。

李：像你这么大一块铁你知道得有多沉？ 得一吨多重。谁看着那么沉重的一座山心里都闷得慌，都发愁。好几百人整整干了好几年啊，就是受苦，干出来了，成了双良精神，意思就是，以后再遇到啥难事，只要想出招来，只要真干，肯定能干出来。

主持人：一个有这样精神的民族，任何困难也不能阻止她的进步，《愚公移山》是个寓言，您却是这么真实的一个人：一个好丈夫，一个好父亲，一个好工人。

李：把好字去了也行。

主持人有些感动，她停顿了一会。

主持人：我再加一句，您还是一个幸福的人。

李双良的眼睛一下就湿了。

李：我 1923 年生人，老家在忻州农村，10 岁上死了娘，11 岁又死了爹，给人家放羊，媳妇是爹娘死前给订的娃娃亲，人家没反悔，47 年把媳妇扔在家里到太钢打工，像牲口一样干，一天下来自己都吃不饱，要不是解放，我一辈子也别想知道幸福这个词是啥意思。

89. 日外　矿山

字幕：1948 年

铺天盖地的尘沙，荒芜贫瘠的土地。

除了土地和尘土，这是一个几乎一无所有的世界。

一条狭窄、曲折的土路，从远处来，又向远处去。

路上，走来一个小小的身影。

人影走近了，是一个小个子的农村妇女，二十岁出头，盘着发髻，手上挽着一个不大的包袱。

她人很瘦小，表情憔悴，身上脸上都是土，衣服的颜色也很暗淡，显然，她已经走了很久。

一列骡车迎面过来。

骡车冒着热气，上面装的是高炉的废渣。

骡车从女人的身边经过。

热气烘烤着女人期待的目光。

90. 日外　矿山

长长的汽笛声。

工人们拖着柳条筐，从车间鱼贯而出。

他们已经用尽了所有的力气，浑身上下都是黑的，眼睛发红，好像是一群来自地狱的鬼魂。

女人站在一边，在收工的队伍里寻找着什么人，她其实几乎无法辨认从眼前走过的人的面目。

没有表情的工人从她的面前走过。

工人看着眼前的女人，还是没有表情。

女人焦虑的神色。

终于，从工人的队伍中走出来一个人，他来到女人的面前。

李：有灯，你咋来了。

女人如释重负。

91. 日外　工棚外

李双良的手里攥着一个已经分辨不出颜色的小口袋，里面装了一些杂粮。高高大大的一个男人，捏着这么一个小粮袋，显得局促不安。

李：干一天吃一天，不敢叫你过来，又不想空着手回去。

妻子：一走一年多，也不捎个信回家，别人一天一天，过得可漫长。

李：本事大的，没走丢了你。

妻子：出了门心里就敞亮了，管它走多久找多久，比在家里熬着强。

李：怕养不活你。

妻子：我能干活，我自己养自己，只要能跟着你。

妻子用充满了情感的目光看着自己的丈夫，这目光让男人感动。

妻子：见不着你，心里难过。

92. 夜内　工棚

两个人的安身之处。

狭窄，简陋，破旧。

妻子在用湿毛巾擦身。

热水的蒸汽弥漫在狭小的空间里。

昏暗的灯光显出一丝柔和与温暖。

李双良过来给妻子送热水。

妻子瘦小的后背。

李双良拿过毛巾轻轻给女人擦着后背。

李：你可真瘦啊。

女人转过身来，扑在他的身上。

93. 日外　工地

女人在使劲地搓洗着工人们的衣裳，已经很久没有洗过的，破烂的衣裳被女人小心地，认真地搓洗着，在她的身后，已经晾起了很多衣服。

工人们从她的身边走过，每人从手中的口袋里掏出一小把粮食给她。

妻子的脸上露出幸福的笑容。

这是一个只要和自己爱着的人在一起就啥苦都能吃的女人。

远处，传来隆隆的炮声。

妻子抬起头来，聆听。

94. 日内　夜里

李双良轻轻地拥着瘦小的妻子。

李：你可真瘦啊。

他是那么小心，担心弄伤妻子。

远处，传来隆隆的炮声。

李：都在传，要解放了。

妻子：啥叫解放?

95. 日外　矿山

解放军来了。

工人们站在道路两边，看着开进来的整齐的队伍。

李双良和妻子也在队伍的中间，他们一时还没有明白解放的意义是什么。

96. 日外　太钢

非常大的标语，非常大的字。

“人民当家做主，建设幸福生活。”

李双良从标语前跑过。

97. 日外　矿山

李双良在小路上奔跑。

他迎面跑来，脸上是非常激动的表情。

98. 日外　矿山

李双良朝低矮的工棚跑去。

99. 日内　工棚里

李双良冲进来。

正在准备做饭的妻子愣愣地看着兴奋的丈夫。

李双良把手里的新粮袋放在妻子眼前。

妻子打开粮袋。里面是小米。

李：太钢归国家了，就是归我们大家伙了，从今往后，在厂里上班，就是给自己干活，每天发三斤小米。

妻子看着他。

李：饿不着了，咱可以放心生娃了。

妻子不好意思地转过身去。

李双良从后面搂住她。

两张年轻人脸上，写着幸福。

100. 日内　学校

字幕：2006 年

一间明亮的教室。

小学生们正在上课。

他们在整齐地朗读《愚公移山》：

"我们宣传大会的路线，就是要使全党和全国人民建立起一个信心，即革命一定要胜利。首先要使先锋队觉悟，下定决心，不怕牺牲，排除万难，去争取胜利。但这还不够，还必须使全国广大人民群众觉悟，甘心情愿和我们一起奋斗，去争取胜利。要使全国人民有这样的信心，中国是中国人民的，不是反动派的。中国古代有个寓言，叫做"愚公移山"。说的是古代有一位老人，住在华北，名叫北山愚公。他的家门南面有两座大山挡住他家的出路，一座叫做太行山，一座叫做王屋山。愚公下决心率领他的儿子们要用锄头挖去这两座大山。有个老头子名叫智叟的看了发笑，说你们这样干未免太愚蠢了，你们父子数人要挖掉这样两座大山是完全不可能的。愚公回答说：我死了以后有我的儿子，儿子死了，又有孙子。子子孙孙是没有穷尽的。这两座山虽然很高，却是不会再增高了，挖一点就会少一点，为什么挖不平呢？愚公批驳了智叟的错误思想，毫不动摇，每天挖山不止。这件事感动了上帝，他就派了两个神仙下凡，把两座山背走了。现在也有两座压在中国人民头上的大山，一座叫做帝国主义，一座叫做封建主义。中国共产党早就下了决心，要挖掉这两座山。我们一定要坚持下去，一定要不断地工作，我们也会感动上帝的。这个上帝不是别人，就是全中国的人民大众。全国人民一起来和我们一道挖这两座山，有什么挖不平呢？”

伴随着上面的朗读，是今天的景象：

现代化的炼钢高炉。

现代化的车间。

火车呼啸而过。

崭新的楼房。

环保设施。

宽阔的马路。

现代化的城市。

欣欣向荣的中国。

——完——

风雨同舟

Fengyu tongzhou

1. 日外　海州

城市的外景。

和中国的很多中等城市一样，近年来经济的飞速发展为眼前的城市平添锐气与恢弘。

楼房高耸，道路崭新，花团锦簇，活色生香。

一组关于这个城市的镜头：快节奏，多视点，全方位的现代风格。

汽车，重叠之下遮盖了道路，借道路的坡度，仿佛从天而降。

广告牌，颜色鲜艳，咄咄逼人，变幻莫测。

大楼的玻璃幕墙，反射着海滨城市耀眼的阳光。

人行道，往来的人流，形形色色的面孔，目不暇接。

宾馆的旋转门兀自旋转，观光电梯滑上滑下，露天的滚梯。

孩子们，手牵着手，绒毛般的头发在逆光中飞扬。

……

2. 日外　大街上

计算机敲击键盘清脆的声音。

字幕：2006 年 8 月 8 日上午 10 时

市区主干道。

宽阔的马路，两侧是新建的高楼。

车流中，结婚的车队花枝招展，招摇过市。

《结婚进行曲》带着花哨的变奏，使大家都有些兴奋。

结婚的车队从不同的方向冒出来，在十字路口交错而过。

仿佛全城的人都决定在这一天结婚。

透过婚车的阵容我们也看到了中国现代城市的某种气象和今天年轻人的新生活。

3. 市气象台　监测室

一间大办公室，紧张繁忙的工作状态，与街头的闲适气氛完全不同，人们在出来进去地工作，所有电话机都有人在讲话，零星地传递着关于台风的消息：

“根据风云二号卫星观测，5 号在关岛东南方西太平洋洋面生成的台风沙美，正在迅速加强。”

“中央气象台 9 点 30 分向沿海各省发布强台风预报。”

“台风沙美目前位于西太平洋洋面，移动速度每小时 30 公里。”

“省里已派气象专家组到海州，中央气象台召开紧急会议。”

“市委市政府紧急会议的通知。”

4. 日外　市政府

婚车车队从市政府气派的大楼前开过。

这是一个城市视野最开阔、建筑最宏伟的部分。

随婚车车队拍摄录像的人把机器摇向政府大楼。

我们的视线停留在政府大楼稳重的建筑上。

5. 日内　政府大楼里的一条走廊上

宽阔的走廊，铺着地毯。

一行人走来，步子均匀整齐，没有一点声响，裹挟着隆重和庄严。

最前面的是海州市副市长高同，他 50 岁上下，着西装，不戴眼镜，身材匀称，神色中带着明显的自信与骄傲。

高同的身后跟着几个市委办公厅的相关领导。

6. 日内　会议室

以职业姿态站立两侧的服务员把会议室的大门打开，一行人鱼贯而入。

会议室里的光线渐渐增强，周围的一切清晰起来。

这是一个规模不小的会议室，有一两百个座位。光效柔和讲究。政府气势，非同寻常。

一些人正在做开会的准备。

会标醒目：海州市防台工作紧急会议

服务员在非常认真地摆茶杯和毛巾，每行每列座位茶杯的位置全都一致，横看竖看都是一条直线，有服务员伏下身来，用眼睛瞄着，看线是不是很直，确实很直。

技术人员在调试大屏幕和投影机。

电视台的工作人员在架机器，布线。

高同的到来使得会议室里气氛莫名有些紧张。大家全都停下了手里的工作，离他近的人小声跟他打着招呼：高市长。

高同边走边应着，径直来到主席台前，他显然是来检查会议准备情况的。

高同站在主席台前用眼扫着主席台上的桌签。

高同走上前打开中间位置的话筒，用手指试了一下声音。

又观察了一下这个位置与大屏幕的角度。

高同走下主席台，看摆在下面第一排的桌签。并自己动手做出个别的调整。

在场所有人的视线都跟着他，显示出具有职业素养的工作状态。

看完桌签，高同似乎也松了口气。他想了想，转身对他身后的办公厅主任说。

高：摆烟缸吧，上下都摆。

主任：明白了市长。

高：明白什么？

主任：麻烦有点大。我刚从指挥部来，气氛相当紧张。

高：省里要求高，我们落实起来会遇到一些困难，想到什么提醒我。

主任：明白了市长。

此时，大屏幕上打出了卫星云图，太平洋上那个叫沙美的台风。

随着图形的变化，图像上表示时间和位置的数字也在不断地变化。

可以看得出台风在向陆地方向移动。

高同和在场的其他人一起注视着眼前这个又熟悉又陌生的云图。

主任：也看不出和前面几次有什么不同啊？

高：省防总为了她这是第三次下来了，来者不善，（看一眼主任）我是说台风。

7. 日外　火车站外广场

一辆出租车打着转向灯，靠路边停了下来。

体态臃肿、行动迟缓的成阿姨把随身的行李和一个纸卷放到后座上，又费力地把自己安顿进出租车的前座，整辆车似乎都向右倾斜了一下。

小宁：阿姨，麻烦再关一下。

成：什么?

小宁：车门。

成：噢，（又关车门）去花园宾馆。

8. 日外　街上

出租车在路上。

司机小宁二十多岁，黑衣服，发型前卫，戴着露半截手指的手套，车里改装过的音响放着流行音乐，声音挺大。

小宁把音乐调小。

小宁：阿姨来海州串门啊?

成：（自语般地）出差，很多年没有来过了，不认识了，路也这么堵。

小宁：今天 8 月 8 号，结婚的日子。

十字路口，几个交警在值勤，维持一条路的畅通。

出租车停了下来。所有的其他车辆都停了下来。

一排黑色的奥迪汽车开过。车速明显比别的车要快，唰唰地从十字路口滑过，所有车辆杂乱而临时地堆在一起。

小宁：原来有勤务啊，省里的车队。

成：领导时间宝贵。

顺着小宁的视线，路边高楼上巨幅广告牌被徐徐下卸。

小宁：又要刮台风了。今年装装卸卸好几次了。

成：最好不要再装，好好的房子，搞得流里流气。

大广告牌上美女笑容可掬，徐徐下降。

小宁：看不出阿姨还很“愤青”啊。

9. 日内　某婚礼大厅

中型的宴会厅，摆满了装饰喜庆的餐桌，门口有登记收礼金和签到的柜台。

坐满了人，乱哄哄的。

餐桌的最后一排。

从这个角落，可以看到被灯光照得很亮的小舞台，但此处的视线基本上被围在舞台周围的客人遮挡住了，看不到新郎新娘的影子。喜欢热闹的人都往前凑了，也有一些人依旧坐在自己的位子上，零零散散，自说自话。

乔巧一个人来的，没有人说话，也没有往前面去，她看着手里的请柬，上面印着新娘新郎穿着婚纱、修饰精美的照片，新娘笑容甜蜜，新郎表情自负。乔巧心中的酸楚难以掩饰。从人群中爆发出一阵阵笑声，遥远而虚幻。

乔巧当众孤独，状态与现场很不和谐。

乔巧掏出笔，在新郎的脸上画了一副眼镜，然后把请柬扔回桌上，起身离开。

她走出餐厅大门，有个穿着崭新西装的中年男人正站在门口打手机，乔巧红着眼圈从他的身边经过。彼此谁也没有注意谁。

10. 日内　婚礼宴会厅门外

打手机的人是韩子山，海州市交通局的局长，新娘的父亲。

韩：（有些急躁地）我女儿今天结婚半年前就定下来了，市里哪天不开会，怎么错得开？你就去开一下嘛，你也是局里防台领导小组成员啊，名字也报上去了，对嘛，你去就坐我的位子。我女儿的终身大事！我走了，这里一百多客人怎么办？

穿着漂亮婚纱的女儿朝他跑过来，她的脸因为兴奋而发红。女儿的幸福充满了韩子山的视线。

女儿：爸，快点，快点，马上该你讲话了。

韩子山收起烦恼，换上笑容。

11. 日内　律师事务所

南平乡青平文化用品公司的总经理郑小换坐在一个律师的对面。她三十多岁，像本地很多年轻女老板一样，浑身上下透着能干，仪表服饰雕琢细致。律师的年纪没她大，有些故作成熟。她说话的语速很快，眉头皱着。

郑：我实在不能开这个口子，以后谁生病都搞成工伤，我怎么办？油墨是有污染，我们也是有污染补助的，而且我用的是进口UV油墨，紫外线固化，无溶剂挥发，符合环保要求，价格比国内的一般油墨贵出两成你知道吗？而且油墨不是粉尘，他的肺是粉尘导致的矽肺，他的病根本就不是在我这里得的，倒在我厂里就得我负责？哪有这样的道理？

律师：《工伤认定法》《职业病防治法》我都给你找出来了。

郑：得把道理讲清楚。你要帮我把道理讲清楚，我可是每年付你咨询费的。

律师：你让人把他来你厂里之前都在哪里做过，做什么工种，家族病史都搞清楚。

郑：我现在正打着的官司不是已经有三个了吗？再多一个也无所谓。他们要我按工伤付他医药费和工资，我要他们拿鉴定出来，他们肯定不会去鉴定的，说告我也是大话，麻烦的是这些西南来的工人都是一个县的，很抱团，我担心影响厂里的生产，在印挂历了，一天都耽误不得。

郑的手机响了，她拿起来接。

12. 日外　南平乡中心小学门口

乡长杜建设正带着几个人在校门口安一块精致的金属牌子："南平乡第15防台安全疏散点。"

别人在挂牌子，他在给郑小换打电话。

杜：什么时候回来？你厂里的事情我管不了，台风都忙不过来。

13. 日内　律师事务所

郑：还要见两个客户，争取下午回去，防台风你还不内行？贴标语，放广播，拍照片，各村转上一大圈。（说完就挂断了电话。）

说话间，郑把刚抽了两口的细长的烟在办公桌上的烟灰缸里灭掉，烟缸里已经有七八支这样细长又都没有抽几口的七长八短的烟头了。

14. 日外　南平乡中心小学

杜建设合上电话，他有点愣神。

挂牌子的人：乡长，好了，看正吧？

杜建设往后退了几步，看了看已经挂好的牌子，然后掏出随身携带的数码相机给学校门口拍照，然后倒过去看了看照片的效果。

等他抬起头来，看那两个拿着电钻和锤子的工人还没有走。就说：

杜：行了，你们回去吧。

工人：乡长，他们让我们问一下老冯的事情，医院又在催了。

杜：厂里的事情不要问我，要等你们郑总回来。

工人：郑总什么时候回来？

杜似乎没有别人这么跟他说话的思想准备，他看了看站在眼前的这两个外地口音的工人，他们没有躲避他的目光，这让杜乡长很不舒服。

乡里干部：（态度很不客气地）好了好了，杜乡长大事还忙不过来，你们先回去吧。

两个工人转身走了。

杜建设看着他们的背影。

这时，中心小学的女校长李红气喘吁吁地赶来。

李：（很不见外地）我喜酒吃了一半，什么事情电话上不能说？

杜：（示意校长看墙上的牌子）看见了？

李：噢，你上次会上说起过啊，不是还要拨专款下来吗？

杜：（倒背如流）先落实，从今天起，至少两个老师加一个校领导 24 小时值班，保证食堂、厕所、厨房、物资存放室、大通铺男女分开、值班室、应急灯，干电池……随时可以使用，保证通信畅通，县里马上要汇报材料，你落实好了书面直接报给我。

李：可这都需要钱啊。

杜：钱我马上落实，所有事情马上办，上面随时会下来检查。

李：好吧，钱的事情你想着，其他的事情我想着。

李伸手替杜扯了一把没有翻好的衣领。

杜：你老公的船回来了吗？

李：前夫。说接到通知了。

杜：让他不要贪，这次可能闹得凶。

李：谢谢乡长的关心。

15. 日外　海上

一队渔船向大海深处开去。

李红的前夫，这条船的船长掌着舵，收音设备里正在播送要求所有船只在

21 点之前回港避风的通知。

船长的嘴角叼着一根没点燃的香烟，听到广播，他探头看看舱外的天空。

窗外风和日丽。

他抓起探测鱼群的声呐仪器的耳机，关掉了身后的无线电广播。

16. 日内　县医院

急诊室的观察室里。

郑小换厂里的老冯躺在病床上，在他的周围，站着几个老乡，大家都愁眉不展地看着老冯。

老冯的呼吸困难。鼻子上插着氧气管子。

护士过来换点滴，所有人都用眼睛跟着护士的一举一动。

老冯：（忽然问）医生，我能出院吗？

护士：我不是医生。（转身离开）

17. 日内　市里　游泳馆

标准池内，一群不大的男孩女孩在以比较混乱的姿势努力向前游着。

看台上坐着一些家长。都目不转睛地盯着各自的孩子。

教练手里拿着一根竹竿，驱赶着在水里已经显得十分疲惫的孩子。

高同 7 岁的儿子高小正刚把手扒到游泳池的边上，教练的竹竿就敲到他的手上。

高小正疼得大叫。

随着高小正的叫声，高同的妻子易川一下子就站了起来。

易川明显在克制着自己冲下看台的想法，她希望自己和儿子共同承受这种考验。

扒在水池边的高小正眼睛红红的，他在看台上寻找母亲。

易川狠下心肠。坐了下去。

她掏出电话拨号。

易川：阿力，高同怎么不开手机？

18. 日外　政府大楼前的停车场

阿力：易大夫啊，高市长一直在开会，有什么事您跟我说。

19. 日内　游泳馆

易川：没事。

她揪心地看着再次开始游泳的儿子，高小正以一种十分不正确也不漂亮的姿势在敷衍地游着。

20. 日外　街上

人行道,两边是热闹的店铺,大多数人是在悠闲地逛,也有人是从这里经过。

年轻的乔巧迎面走来，路人看不到她的心事。

忽然路边的哪辆车里飘过一支歌：有多少爱可以重来，有多少人愿意等待……

乔巧的眼泪夺眶而出。

马路上，小宁开着出租车经过，他的车在空驶，CD 声音开得挺大，乔巧听到的歌声就源自他的车里。

小宁偶尔看了一眼后视镜，看到后座上有一个报纸卷，他知道，这是刚才那个胖阿姨忘在他车上的。

21. 日内 市政府

字幕：2006 年 8 月 8 日下午 2 时

前面已经见过的会议室。

坐满了人。

主席台上的领导都穿着西装，表情严峻。

高同坐在主席台靠边的位置上。

所有人的视线都转向大屏幕。

我们前面见过的成阿姨正站在大屏幕前手里拿着光源“教鞭”讲解卫星云图所呈现出来的情况。

成：（她仍有点像自言自语，和听她讲话的人并没有任何眼神的交流，这是一个特立独行的科学家，举止不同寻常。）西太平洋每年一般生成 28 个热带气旋，其中 1/4 登陆中国。

今年有点怪，来得早，珍珠早来了 40 天，由于生成地偏西，这样登陆就多。经过气象学的分析，原因是冬季和初夏气候系统异常，冬春季赤道中东太平洋海温偏低，西太平洋暖池区海温偏高，使台风获得了更多的能量，加强了台风的强度。加上东亚季风活动加强，副热带高压位置偏西偏强，诱导台风，频繁发生，并增强了登陆和西行的概率。我说这些你们大概不感兴趣。

在成讲话的过程中，我们也会注意到会场上人们的反应。

成：海州面向太平洋，台风是构成我们气候系统的一个不可缺少的组成部分，但是，我们又不得不比以往更加重视它所带来的破坏和危害。沙美来势凶猛，增强过快，在两天之内从热带气旋增强为强热带风暴、台风、强台风，中心风力已有 17 级，行走速度每小时 30 公里，她的强大和疯狂超出了我们的估计，现在台风距海州 1200 公里，也就是说，从现在算起，离沙美登陆还有不到 40 个小时。

成老师身后的大屏幕滚动出字体很大的《全省防台紧急预案》。

第一排韩子山的名签后面没有人，位子空着。

22. 日内　婚礼现场

酒席已经凌乱。

韩子山喝多了，他的脸很红。不断有人过来给他敬酒，向他和妻子表示祝贺，他机械地和别人干杯，干杯，干杯。

醉眼蒙眬。

女儿和女婿走过来给他敬酒，两个年轻人脸上幸福的笑容都有些僵了。

女儿：我再敬爸妈，感谢爸妈的养育之恩。

韩子山忽然就忍不住了，泪流满面。

他端起酒杯把酒喝干，人也就伏在了桌子上。

23. 日内　政府大楼里

会场上，气氛严肃。

大屏幕上显示：《海州市防台紧急预案》启动。一条一条滚动着预案的内容。

高同在讲话。坐在最后面记者席上的乔巧透过相机长焦镜头看着高同的特写。

高：根据省委省政府的要求，在启动《海州市防台紧急预案》的同时，气象、防汛、水利、海洋、交通、国土、建设、卫生、电信等主要部门都要拿出紧急应对方案，方案要具体，水库放水的时间、方式、具体排量、负责人，高速公路封路，也要有具体步骤。

韩子山的位子醒目地空着。

高：在台风登陆地点还不能最后确定的情况下，立即开始全面检查，所有地质灾害点、在建工程、山塘水库、海塘闸坝、低洼地带都要重新布置防护措施。领导干部要靠前指挥，驻守一线。

下面的人在埋头记录。性子急的人已经在发手机短信了。

高：取消所有会议、大型文体活动，其他工作也要为防台工作让路，下大决心，扩大范围、加大力度。尽最大的努力，想一切办法，减少人民群众的生命财产损失。

24. 日外　花园饭店门前

出租司机小宁停车。下车，手里抓着成老师忘在车上的那个纸卷。

25. 日内　花园饭店大堂

前台，出租司机小宁打开卷着的纸卷儿。

几个女服务员的脑袋都凑了过来。

女孩：这是什么啊？

另一女孩：股票行情啊？

女孩：好像不是。

第三个女孩：肯定不是。

女孩：很旧啊。

另一女孩：（边翻边念）1964 年 8 月，1972 年 8 月，1994 年 8 月，（抬头）气象预报吧。

几个人不约而同：台风吧？！

小宁：一个胖老太太，穿一件绿不绿蓝不蓝的衬衣。中午 11 点左右在你们门口下的车。

服务员都摇头。

小宁：那你们留心点，我手机号留在这里。

服务员点头：东西要不要放在这里？

小宁犹豫了一下，就抓着纸卷离开了。

26. 日外　政府大楼前的台阶上

高同和几个人一起从台阶上往下走。

乔巧不知道从哪冒了出来。她追上正下台阶的高同。

乔：高市长，您好，我是晚报的实习记者乔巧。

高：你好，有问题去新闻办。那有这次防台风的所有资料，还有所有的通稿。

乔：我想要您的手机号。

这时高同已经走到了汽车边上，他停下来看了乔巧一眼。

乔：我是乔先进的女儿，我叫乔巧，小时候参加过你们的同学聚会，照片上还有我呢，我爸在家常提起您，说您当市长后就联系不上了。我就是想帮他这个忙。

高：都这么大了你。记一下我的手机：13155556688，让你爸给我打电话。

乔巧把高同的手机存进自己的手机。

乔：谢谢市长。

高：你爸现在干什么呢？是好久没联系了。

乔：他提前退休了。

高：是吗？替我问他好。

高同上车离去。

乔巧大概已经在给自己的父亲打电话了。

27. 日外　高速公路

郑小换自己开车往回赶路。

高速公路上。一队军车的车队和她迎面而过，有的军车上装满物资，有的站着军人，成为一道风景。

28. 日内　交通局

局长韩子山的办公室

韩子山正在对比他年轻的副局长万志云发脾气。

韩：你那点小伎俩，我太了解你了，你这么做也不是第一次了。

万：我坐你位子也没用，高同又不是不认识你我。

韩：我59岁已经过了一个月了，你就这么按捺不住不住？你非得让我明天就给你腾办公室？

两个人可能都没有想到话能挑明到这个份上,都不知道应该怎么往下说了。

突然的冷场。

万：我们还是谈工作吧，有几件事情今天就要落实。（打开笔记本）1. 成立交通局紧急情况领导小组，一把手负责。2. 立即组织力量巡查所有交通枢纽，桥梁涵洞，塌方易发地……

韩子山用手势打断了万。

万志云停了下来。

韩：先通知开会吧，20 分钟以后，副处以上干部全体会议，你到会上一并传达，安排和落实都在会上解决，没有时间了。刚才我话说过了，你别介意。我今天喝多了。

万：我去安排会议，你抓紧躺一会。别忘了给高同打个电话。

万志云出去了，韩子山苦笑了一下，摇了摇头。

29. 夜外　体育场

计算机键盘敲出字幕：2006 年 8 月 8 日晚上 8 时

夜色笼罩城市。

海州市中心体育场，一场豪华演唱会的舞台已经搭建完毕。

现场音响播放着当红歌星家喻户晓的歌曲，服装不一的伴舞演员在认真地彩排，中央的位置留给没有到场的歌星。

导演模样的人坐在高高的升降机上，指挥全局。

舞台上的各种机关在交替演示。

一派忙而不乱的景象。

伴舞们跟着音乐载歌载舞，非常现代和热闹的造型，人数也很多，可以想见演唱会的盛况。

忽然音乐停了，全场的灯都灭了。

大家都诧异地站在原地。

体育场的大屏幕上打出一行字幕：因特殊原因，明晚的演唱会临时取消，请各部门将器材和人员带离。

灯光复明，场地一片混乱，大家议论纷纷，怨气冲天。

30. 夜外　体育场

高处的看台

娱与文化公司的总经理林刚，这次演唱会的组织者，横躺在几个座位上，看着晴朗的夜空，一弯残月悬在他的头上。

三只手机放在他的肚子上，这个闪了那个闪，他只是拿起来看，但不接。

旁边站着他的助手小蓝。小蓝是个已过中年，不修边幅的女人。她站在那里，呆呆地望着眼前的情景，简直无法相信这是真的。

林：我破产了，光这个舞台咱们就花了 70 万。

小蓝：演出取消的消息今晚就会上报纸，还有电台、电视台，明天一早体育场开门就得开始退票，需要一大笔现金，你不能老在这里躺着。

林：能不能改期？

小蓝：他的档期都是按小时安排的，没有任何缝隙，全排满了，恐怕还要付他的违约金，不过可以商量，这属于不可抗力。

林：我就不明白了，台风和演唱会有什么关系？台风不是在海上吗？即便登陆不就是下场雨吗？又不是没有刮过台风？它碍演唱会什么事了？怎么能说停就停啊！还让不让人活了？演唱会的日子我是算过的啊，我花两千块算的！

小蓝：这才叫人算不如天算。

林：我们怎么办？

小蓝：连夜把灯拆了，明天一早就还，可以省下些预算，公司账上可以取的资金财务一会会报给我，但是明天究竟需要多少钱，很难估算。

林：我们忙了整整 7 个月，你怎么这么平静？

31. 夜内　指挥部

字幕：2006 年 8 月 9 日 0：00 时

中外电影中常见的紧急情况指挥中心，事实上，所有编剧的想象都缺乏事实的依据。

或许，这个指挥中心里，墙上装有投影或者是电子屏幕，很多桌子和很多电脑，纸张，电话铃声不断。人来人往，进进出出。

气象专家们紧盯着卫星云图上沙美的变化。

打印机里吐出标注着不同时间的云图。

一些人围坐在一张桌子的周围，没有什么主次之分。

成阿姨一坐下来就在浑身上下摸着什么。

高：成老师您找什么？

成：我的手机呢？我一直就找不到。我下出租车的时候还在。

高：（一听就不高兴了）谁在负责照顾成总生活？为什么没有安排专车？王主任呢？

成：（看高一眼，抢白了一句）这么点小事你用不着发火，谈工作吧。

高：想听听您对转移方案的意见，我们粗略统计了危险地带人群，目前的转移人数是 21 万，还是担心会有疏漏。

成：难免会有疏漏，台风登陆后行走路线并不规律，就像一个疯子拿笔在大地上肆意地书写灾难，我带了一些图，一些重要的台风登陆后的行走路线，我们事后制作的。也不知道放在哪里了？

市气象局专家：最近 10 年，我们对台风路径的预报水平有了很大的飞跃，72 小时内误差 350 公里，已经接近了日本气象厅、美国联合台风预报中心的水平。次日预报误差 110 公里。

成：70 年代我们平均误差 720 公里。可 100 公里的误差就会涉及数十万人的疏散。

高：我们做最坏的打算：正面袭击，风雨潮三碰头，几十年未遇。我们下大决心，决定转移台风区域内和波及周边 500 平方公里内的所有危险人群。

成：由于登陆地点和行走路线的不确定性，我们对台风区域的确定还有相当的困难，一般台风直径在 100 到 400 平方公里，大的能达到 1000 平方公里，（成老师在铺在桌子上的地图上用手指比画着）圈子要划多大？

高：需要划多大，就划多大。

成：要想万无一失，也只有你这个办法，劳民伤财的办法。

高：成老师，“以人为本”的执政理念，理论上阐释并不难，要做成一次实际的操作，还得克服很多思想上的障碍和来自方方面面的阻力。

成看了看高，没再说什么。

32. 日内　高市长的家里

这是一套挺大的房子，复式，装修并不豪华但却真材实料，简洁大方。

儿子高小正单独的卧室。

易川正在安顿高小正睡觉，孩子已经躺在床上了，母亲在整理他的东西。

小正：妈，明天不去游泳了。

易川：不行。

小正：为什么啊？

易川：不能半途而废。

小正：以后让我爸教我，我不喜欢那个教练。

易川：你爸没时间。

小正：反正我不想去了，你就同意了吧。

易川：我现在同意了，你以后会怪我，我们坚持一下学会游泳，你以后会感谢我。

小正：我不去，就不去。

易川：睡觉。

小正：我爸回来吗？

易川：不回。关灯吗？

小正：别关，等我睡着再关。

33. 夜内　报社

天已经黑了，乔巧一个人坐在报社的办公室里写稿子。

电脑上的大标题很是醒目是“不怕劳民伤财，宁可十防九空”。

乔巧伏在办公桌上好像睡着了，她的手里攥着手机。

忽然，从她的 MSN 上跳出一个对话框叮的一声，她马上醒了，飞快点开对话框，正是她在等的人。

对方：刚看了签名簿才知道你来了，怎么没看见你？太破费了，谢谢啊。

乔巧眼圈一下就红了。

乔回复：洞房花烛夜，还有闲心逛网啊？

对方：来看一眼你在不在。

乔：（一下受不了了）你真无耻，你管我在不在？

对方：我不想你伤心，可我也不能把所有喜欢我的女孩都娶回家啊。

乔：别臭美了你，利欲熏心，攀附权贵，你少到我这里来假惺惺地做好人。

对方：她父亲明年就退休了，何谈攀附？

乔：她是老板，比我能挣钱，你别装了你。

对方：我真的不想伤你，你倒是不怕伤我啊。

乔：我知道，你想说你爱的是她而不是我，你想永远和她在一起而不是我，那你还来找我干什么？

乔开始流泪，她想关掉MSN，电脑却出了毛病，死机了，对话框留在屏幕上，她生气地拔掉了电脑的插销，碰翻了桌上的半杯咖啡，咖啡把桌上的白纸弄脏了，电脑黑了，一切都消失了。

她一边重新启动电脑，一边哭。

34. 夜内　南平乡

杜建设家，在海州农村已不鲜见的富裕生活。

厨房里。

杜建设在狼吞虎咽地吃饭，郑小换在边上看他吃。

杜：把手机充电器找来，还有换洗衣服，我冲个澡，还得走。浑身都臭了。

郑：发现你很喜欢夜里上班啊？

杜：厂里那个工人怎么样了？该治病治病。我告诉你，这次台风上面要求不死人，你别没刮台风就给我闹出什么事来。

郑：我的事我来管，晚上在哪里加班？

杜：中心小学。

郑：我猜就是，你看她在我面前耀武扬威的样子。

杜：你胡说八道什么？

郑：别骂人啊，还洗澡换衣服，用不用给你找根领带啊？

杜：找一根，上面领导随时会下来检查。

郑：你是不是想把我气死啊？

杜：你别闹了行不行？今天晚上，乡里的干部都在中心小学加班，那是全乡最大的避难点，要有700人的容纳量，上面随时要下来检查。还要做转移方案，多少人，从哪到哪避难，走哪条路？多少公里？谁负责带队，原来的方案太粗，领导说，你们光说把群众从危险地带转移到安全地带不行，要说清楚哪里危险，哪里安全，如何转移，谁在负责？下一级没落实，追究上一级责任，哪级责任人无故不到岗，就地免职。你说要命吧。书记在党校回不来，我就是责任人！你就给我把厂里的事情管好，还要把厂里的外来人口数统计准确，随时要随时报。

郑：我哪知道厂里的准确人数？来来去去的。

杜：那就赶紧去数啊！

郑：我可没有加夜班的习惯，明天吧。

杜吃完东西站起来去洗澡。

杜：（边走边说）宝贝来电话了吗？时差6小时吧？今年夏令营算去对了。

郑：（冲着杜的背影）她哪点好？不洗脸也比她强。

35. 夜外　海上

灿烂的月光下，闪着银光的平静的海面。

一艘艘渔船都开着大灯，连夜捕鱼，在和台风抢时间。

驾驶舱内，李红的前夫嘴上叼着没有点燃的香烟，闭目养神。

手机响了。他掏出接。

船老大：在干吗？在干活。大伙从出来到现在就没合过眼，不能白跑一趟啊，谁要钱不要命？我没儿没女，连媳妇都跑了我要钱有什么用？你深更半夜不睡觉干什么呢？是，是我管不着。

他杜建设干吗让你打？他自己为什么不给我打？忙？他比市长都忙。

在海上的人，还是希望有人惦记，船老大挂断电话，把烟点着了。

36. 夜内　高同的办公室

阿力站在他的身边等。

高同在签发防台转移方案。

文件页上已经有很多领导画的圈了。

桌上的电话不断在响，他也不接。

阿力想接，高示意他不用接。

高同在自己的名字上也画了个圈，然后写意见。

他抬头看了一眼阿力。

高：马平哪天回来？给他发信息了吗？

阿力：去都去了，这有我呢。

高：不就是结个婚吗？还非得上欧洲？他就是想躲远点，怕有事叫他回来。

阿力：看来欧洲也不保险。

高：算了，别叫他了，你就辛苦点吧。

电话又响了。高同还是没接。

高：谁说情也没有用了，市委市政府下了决心，坚决转移！

阿力：那我送件去了，您睡一会，天都快亮了。

高同看了下手表。

高：天亮就开始。

37. 日外　南平乡

字幕：2006 年 8 月 9 日上午 8 时

第二天的早晨。

乡政府的大院子里，站了很多人，大家凌乱地站着聊天。有人说，台风来得正是时候，出经验出事迹出干部啊。也有人说，最好擦个边，不大不小，损失可以多报一些，但是后面的麻烦不要太多，大家像谈论一个远房亲戚一样谈论着台风，作为这一带的人，对台风已经非常习惯了。

杜建设和乡里的几个主要领导出现在院子里，大家都安静下来，有人搬过去一把椅子，杜站了上去。

杜：这回台风冲咱们来了，昨天夜里市防总下达了转移令，全乡所有村民，包括外来务工人员都要在今天晚上 9 点之前，转移到安全的防台点。乡政府机关在家的就咱们这些人。要分成小组，全体下乡，检查动员群众转移，哪个小组负责的村子出了问题哪个小组负责。冯书记从党校打来电话，他争取今天就回来………

站在人群后面的大李按捺不住激动的心情，给自己的老婆打电话。

大李：我回不去，乡里组织工作组，要下去检查工作。

38. 日外　村里

大李媳妇正在自家办的养猪场里干活，几百头又大又白的猪热闹地挤在一起。

她一只手抓着手机，另一只手拿着水管子给猪淋浴降温，和她一起给猪淋浴的还有另外两个年轻小伙子，在他们营造的水幕之下，白猪们哼哼叽叽，挤来挤去。

李妻：不去，忙时让你检查工作，不忙了还是炊事员，给提干咱就去。

39. 日外　公社

大李：行了，别捣乱了你，全乡大转移，你也赶紧做好准备。

40. 日外　村里

李妻：我怎么准备？把猪都做成香肠啊？

李妻挂断电话，继续干活。

远处传来由远而近的锣声，村干部敲着锣开始动员大家转移。

李妻：（对一起干活的小伙子）行了，收吧。

郑小换的汽车从养猪场边上开过。

李妻：郑老板回来了。

小伙子：她厂里有个工人病得快要死了，她不给出钱，还要和人家打官司。

李妻：别管人家的事情，把你自己管好。

小伙子不说了。

41. 日外　郑小换的工厂

郑小换从自己的汽车里下来，工厂院子里没有人，她左右看了看，没有谁因为她回来了而迎出来。

这是一种她不太习惯的冷清。

42. 日内　车间里

郑小换从车间里走过，车间里工作在正常进行，车间里机器轰鸣，各种规格和样式的纸箱纸盒等纸制品铺天盖地。但是大家的情绪有些反常，目光也有些躲闪。

郑小换转身离开。

43. 日内　职工宿舍

郑小换推开职工宿舍的门。

有两三个人围在老冯的床前，老冯出院了，躺在简陋而燠热的宿舍里。没有任何治疗，他的呼吸依然困难。

见郑小换走进来，大家都看着她。

郑小换走过去，看老冯。

郑：你们这是要将我的军啊？

一工人：他自己要出院，他自己签了字的。

窗外有汽车刹车的声音，紧接着杜建设和李红校长一起满头大汗地冲了进来。

杜：你怎么这么晚才来？电话又打给我了，赶紧把人送回医院。

话音未落，他转身就往外走，李红校长倒走也不是留也不是。看着郑小换。

郑也被杜的一来一去搞糊涂了。两个女人更是显出一种无形的尴尬。

李：全乡转移 ，全乱套了，你先忙，我们走了。

说完就追了出去。

郑回身，工人们全看着她。

郑：先回医院吧，用厂里的车，医疗费到会计那借现金。

一工人：那，谁签字？

郑：我签。但是，只是垫付。

44. 日内　工厂

车间里，郑在熟练地检查着成品，她多年奋斗有了今天，在本行业内成熟而内行。

颜色鲜艳的挂历。装订好的成品在等待包装。

主管老杨：通知全乡转移，要停工了。

郑：早一天是挂历晚一天就是垃圾，这你不明白？

老杨：村里说上面下了“转移令”，晚上 9 点之前，必须到防台点集中。

郑：开玩笑，防台点在哪？还不是他杜建设把牌子挂在哪里就是哪里？中心小学能比咱们厂房结实？当初牌子挂在咱们厂里，咱们这就是防台点。都是做给上面看的。

老杨：说咱们这里是低洼地带。

郑：（有些烦躁）不是 9 点吗？干到 9 点再说。

老杨：那就没有时间倒一下成品了，万一水大。

郑：（终于发脾气）水还能大到把咱们厂冲走？你就别跟着他们起哄了。

45. 日内　城里　高同家

高小正的卧室

易川在叫高小正起床。

小正：我不去，我肚子疼。

易川：宝贝，你心想事成了。台风来了。游泳班停课了。

高小正一下子从床上坐了起来。

小正：台风万岁！

又倒下去接着睡了。

易川：（一边说话一边收拾手边高小正乱扔的东西）妈得走了，你自己在家抓紧写暑假作业，别老打游戏。有事给我打电话。自己找东西吃。

小正：再见！再见！帮我把厕所灯打开，楼下的也打开，所有灯都打开。

46. 日外　花园饭店门口

小宁的出租车停在一边，他在等客人，同时，他目不转睛地盯着饭店的玻璃转门。他在等那个丢了东西的胖阿姨。

玻璃转门在不停地旋转，形形色色的客人出来进去，这是一个没有什么意义的过场空镜，但是它也在描述着这个城市的一个小的场景，能传递出一些生活的气息。

有客人上车小宁开车离去。

47. 日外　街上

小宁开着车在街上。

成阿姨的图纸就放在他车前挡风玻璃下面。

客人：去体育馆。

小宁：去退票吧？

客人哗啦哗啦翻着手里的报纸。

客人：盼星星盼月亮把周大腕盼来了，1200 元一张的票也买了，说取消就取消了，你说我怎么这么倒霉？

小宁：我看你还不是最倒霉的，做这场演唱会的老板才比较倒霉。

客人：（看报纸）还有一个人更加倒霉，“防台为重：交通局局长韩子山因没有按时到岗被停职。”

48. 日内　韩的办公室

韩子山一个人待在办公室里，抽着烟，市里的红头文件摆在面前。

他没有想到事情会到这步田地，他也不习惯突然来临的安静。

手机扔在桌上，文件夹也没有打开。

走廊上传来脚步声，急速，由远而近，停在门口。

办公室的门被人推开。

冲进来的是刚当了新娘的女儿，她手里抓着一份报纸，神色非常紧张。

女儿：爸你干吗关手机？

韩子山一下子就意识到，这才是所有人中他最难面对的。

韩子山试图笑一下，目光下意识在躲闪。

韩：手机啊，手机没电了。你怎么来了？他呢？

女儿说不出话，满脸的眼泪。

女儿：爸，这是怎么回事？

韩：你该怎样怎样，我没事。

女儿：他们怎么能这样？你在交通局干了二十多年，加过多少班数都数不清，就为这一次会没有参加，谁在害你啊？

韩：别乱说，是我自己的问题。

女儿：妈知道吗？

韩子山慢慢摇了摇头。

女儿：都是我不好，早知这样，我宁愿一辈子也不结婚。

韩：傻话，跟你没有关系。

女儿：你就是怕我不开心。

韩：最终还是让你不开心了。

两人都不说话了。

韩：我没事，你走吧，上班时间，爸不当局长也好多事情呢。

女儿：那你把手机打开，别再关机了。

韩：真没电了。

女儿：你这手机早该换了，我送你部新的。

韩子山点点头。

49. 日外　体育场

售票处

退票的人排起了长队。

大家也议论纷纷，但对这样的变化也基本能够承受。

50. 日外　体育场内

工人们还在拆卸舞台上的灯。灯实在是太多了，摆得到处都是。

助理小蓝衣冠更加不整，她四处问：林总呢？

林刚一个人躺在草坪上，仰望晴朗的天空。

小蓝：不行了，我们的钱坚持不了多久了，外面排队的人还有不少，得快想办法。

林：（坐了起来）借吧，还能有什么办法。

小蓝：跟谁借？我去。

林：你干吗这么积极？凭什么一场台风全都由我买单？

小蓝：（不知该说什么）我，我是想帮你。

林：你就知道傻卖力气，你这样让我死得更快，你就不能想点别的办法？

小蓝：什么办法？

林：（摇了摇头）你要有办法你就也当老板了。

林刚站起来，拍了拍屁股上的土，走了。

小蓝：你去哪啊？

林：这里就交给你了。

在他刚离开的草地上，他的三个手机一个也没有拿走。三个手机都是震动模式，你闪完了我闪，电话不断，没人再接。

林刚边走边抬头看了看晴朗的天空。

林：台风在哪呢？怎么还不来？

51. 日内　防指

投影机把台风登陆路线清晰地投射在屏幕上。

几个人站在屏幕前面，分析情况。

高：市里刚刚又开了会，要把台风登陆前改变线路和登陆后改变线路的因素都考虑进去，随时准备再次扩大转移范围。

成：根据中央气象台的最新数据，这是我们所能给市里提供的最精确的转移范围。

高同在成老师原有的圈子外面又画了一个圈，这个圈子几乎把沿海的所有地区都画了进去。

成老师认真地标出台风登陆点，以及可能发生的偏移。

高：还要随时准备继续扩大。

成：（有点没耐心了）你们干脆把全市的人都转移了岂不更好？财大气粗，执政成本忽略不计，做得轰轰烈烈给上面看，你们的做事方式就像你们的城市一样浮华。

高：省里要求不惜一切代价保护人民群众的生命财产安全，这是我们的责任。

成把手里的笔往桌子上一摔。

成：那科学预测还有什么意义？

高：这和科学预测并不矛盾，我们只是希望方案更加稳妥，准备更加充分，如果有必要，我们会要求全市都做转移的准备。

成：“准备转移”和“转移”是两个完全不同的概念。

气氛一时有些紧张，大家对成老师的看法和率直显然没有思想准备。更多的目光集中在高同的身上。

高同没有马上说话，他在思考成老师的意见，他意识到其中的道理。

高：我想我们可以接受您的意见，在更大的区域内做转移的准备，但是实施转移的地区和时间需要精确的设计和更科学的判断，如果没有必要，我们随时可以解除转移。

成没有想到高同会这样说，而且态度没有改变。这倒让她有些窘了。

成：我们想问题的角度可能不太一样。

高：可我们的出发点和目的地是一致的。

成：这个“沙美”很怪，很小，很强悍，像一匹野马，我就是担心她上来以后乱跑。

高：这也是我最担心的，成老师，省里下了死命令，以人民的生命财产安全为重，我们没有别的选择。

52. 日内　县医院

字幕：2006 年 8 月 9 日中午 12 时

观察室

老冯躺在观察室的病床上，戴着氧气面罩，在艰难地呼吸。

几个老乡仍然围在他的身边，愁眉不展。

医生来了。

医生：你们谁能做主？

几个人互相看了看，一个年纪大些的往前凑了凑。

医生：他的心电图有问题，得尽快转院采取措施，这是转院单，去给厂里打个电话。

工人：我们就住这儿吧，老板让住这儿已经不错了，还往哪转？

医生：他需要尽快实施大容量全肺灌洗术，我们医院没有技术和设备，所以要转院，到市第一医院，病人窒息严重，随时有生命危险。不转你们签字，谁签？

大家你看我我看你，谁也不敢签。

医生：有厂里的电话吗？给我写一个。

几个人头凑到一起写电话，一些在平常人看来非常简单的事情，对于这些外出打工的农民来说，都显得十分艰难。

53. 日外　南平乡

酷热中。

路上的行人渐渐多了起来，转移开始了，这是一种很正常的，基本已经被大家接受和认同了的日常工作，乡干部敲着锣，汽车和拖拉机和行人混杂在一起，大家说笑着，聊着天，完全没有什么紧张的气氛。

放暑假的孩子们跑前跑后，互相传看着老师发来的注意防台的短信。

大家边走边聊，诸如“订单要被罚款，你跟乡长关系好，说不定拨你些救灾款”。有的说，“台风就是误事”。“没办法，要给干部一个面子”。

杜建设开着汽车和人群逆行，他也和车下的熟人打着招呼，嘱咐大家注意安全。与此同时，他还没有忘记拍照片。

车下有人问：乡长，哪个避风点伙食好？我们就去哪个。

杜：干部安排你去哪个你就必须去哪个。

54. 日外　南平乡

杜的汽车开进中心小学。

暑假期间的中心小学迎来了从未有过的热闹，一批一批的村民从四面八方朝中心小学汇聚而来，人们基本上是空手而来，仿佛是来参加一次临时的聚会，大家相互打着招呼。

楼里楼外，到处都是游荡的人，大人孩子，杂乱热闹。

杜建设又在拍照片。

他浑身都被汗水湿透了。

看到杜的车，李红从楼里面跑了出来。李红也是一副狼狈焦虑的样子。

李：完了，全完了。

杜：怎么了？

李：这才来没有多少人，三楼两个厕所都堵了，我真后悔图你的那点拨款，台风来不来还不知道，我学校先遭灾了，能不能换个地方？

杜：开玩笑！你以为这是在演习啊？强台风，人命关天，上面要求不许死人，你说我该怎么办？你就把学校的事情给我把住了，什么乱子也别出，坚持到这阵风过去，后面的事情好说，加大拨款力度。

李红深深叹了口气。

把一直抓在手里的一瓶水递给杜建设。

杜建设打开，直着脖子喝起来，一口气在喝，喝水的时候，两个人在彼此注视对方。

事情总是机缘巧合，郑小换也开着车到中心小学来找杜建设，正撞满怀。

两个女人不尴不尬地招呼了一下，李红校长就说我先走了。

杜手里的瓶子里还有一口水，他把瓶子递给郑小换，郑接过来就喝，这便是夫妻。

杜：厂里都安排好了吗？

郑：厂里的事不要你管，台风到底什么时候到？

杜：明天白天吧。还有六七百公里。

郑：我听别人说预测的登陆点在绵场，离咱们这二百多公里呢，根本就用不着这么兴师动众，你这么折腾，到时候台风不来，不怕人家骂死你？说你让大家割肉价把网箱全处理了？

杜：这怎么叫割肉？这叫挽回损失，他们谢我还来不及。

郑：万一台风不来呢？

杜：万一来呢？

郑：那我必须在台风之前把挂历发出去。

杜：要求今天转移，咱们厂子地势低，必须马上行动。

郑：你再给我一个晚上，明天天一亮，连发货带转移，没有问题。

杜：你都不听我的，我怎么说别人？

郑：你听我的，我有数。

杜：要求我们9点之前，我们这是重点，上面随时会来检查。

忽然，远处传来滚滚的雷声。两个人不约而同抬头看天。

郑：你就是太积极，要求9点，现在才几点？

杜：你以为那么容易，到明天这时候也转不利落。

郑小换的手机响了。郑接电话，杜建设朝教学楼走去，郑小换还是一脸的不放心。

郑：转什么？转院？为什么？心脏病？还有完没完啊？那和你们的治疗有没有关系？这么不明不白地转了，你们有没有责任？病人在你们医院里，当然是你们负责。你们该怎么治怎么治，坚决不转！

郑小换说完就挂断了电话。

55. 日外　城里

和乡下的紧张和混乱不同，城里没有什么异样的感觉，一切都还和平时一样。大家该做什么就做什么。

56. 日内　医院

这是易川的工作单位，一家条件良好的大医院。

医院的走廊上，易川一边走一边给儿子打电话。

易川正在给高小正打电话。

易川：吃东西了没有？别忘了喝水，写作业，不能老看电视，听见没有？有事你发短信给我。

57. 日内　银行

点钞机在哗啦哗啦地工作，大量的现金在通过机器。

营业员在熟练地捆着一万元一捆的现金。大概有十几万的样子。

站在窗口外面的是小蓝。她的身边还站着一个女友，女友不断小声在她身边嘀咕。

女友：（小声地）你疯了吧你，你疯了吧你。

58. 日外　路上

女友开车，小蓝抱着装了现金的包坐在女友的身边。

女友：你疯了吧？他人都跑了，你还在这替他卖命，还取自己的钱！为什么啊？

小蓝：不为什么，我只是实在想不出更好的办法，那么多人等着呢，这事混不过去。

女友：可这又不是你的事，你又不是他老婆，（女友看小蓝一眼）别跟我说你爱上他了，他小你 10 岁不止吧？

小蓝：以为我是你啊，谁都爱，我在乎这个公司，这份工作，我总是跟我儿子说，不管遇到什么事，都不要害怕。我不能说一套做一套。

女友：（将信将疑地摇头，显然小蓝不能说服她。）如果这些钱还不够，你怎么办？

小蓝：不知道。

女友看她一眼。

小蓝很平静。

一个女孩从女友的车前跑过，女友一脚刹车踩下去，对女孩的背影怒目而视。

女孩是乔巧。

59. 日外　街上

乔巧跑过马路，伸出手拦出租车。

一辆出租停在她的面前，司机是小宁。

乔：去长途汽车站。

小宁的车上开着交通台的广播，交通台中断了正常的节目，正在播送市政府的紧急通知，预计台风明天将在我市沿海登陆，市政府发出紧急通知，有关单位做好防台准备。

天气预报：预计台风中心将继续向西北偏西方向移动，强度有所增加，将于明日下午到夜间在浙江东部福建北部沿海登陆，受其影响，未来两天将有暴雨到大暴雨。

省长的指示：请将台风影响和注意事项通报媒体向社会发布。

小宁：台风要来了，还出门啊？去哪里？

乔：去正通县医院。

小宁：你不看报纸，不听广播？台风就在那边登陆，长途车一定没有了。

乔：台风不是明天才来吗？现在应该有车。

小宁：有急事？

乔：有个紧急采访。

小宁：就你自己去？

60. 日外　街上

高同的车里

成老师坐在后面，高同坐在阿力的边上。

汽车在路上行驶。

街边对着人行道的电视上也在播关于台风的通知。高同注意地看着。

外面的街市很平静，但是由于车里的人的心情，不知怎么就有了一种紧张的状态，还是人来人往，车辆穿梭，天空晴朗，云卷云舒，但是抬头看天的人的表情却充满了怀疑。

成：李市长是本地人吗？

高：成老师，我姓高。叫我高同。我就生在海州。

成：你对台风最深的记忆是什么？

高：雨伞，我妈带着我在街上走，雨伞被刮得翻过去，上小学的时候老师让搞发明创造，我就想发明一种不会被吹翻转的雨伞。

成：你成功了吗？

高：没有，设计了很多方案，其中有一个塑料壳背在后背，有点像乌龟壳，挺好的，可同学说不能折叠，教室里放不下。

成：有过死人的记忆吗？

高：没有，我是从科研单位调到市里工作的，没有基层工作的经历。

成：我告诉你，台风总是会死人的，我们转移圈子再大，预测再精确，也是要死人的。你要有思想准备。

高：我明白。

成：别心存侥幸，损失不可避免。沙美现在中心风力 17 级，你知道这意味着什么？一辆时速 200 公里的汽车朝着你撞过来。简陋一点的房子，它能穿墙而过。

高：我明白您的意思，正因为对手强大，我们的态度就得更坚决！尽量减少损失，避免灾难，我们还要积累经验，找到科学而行之有效的方式，形成快速反应机制，闻风而动，一环扣一环，管理是什么，管理就是权威性、科学性，效率就是成绩……

在高同谈他的理想的同时，坐在后面的成老师已经睡着了，她太累了。

61. 日外　街上

出租车上，还是小宁和乔巧。

乔：一个工人得了重病，需要转院，等老板出钱，老板不肯出，他随时都有生命危险，医生把电话打到报社。你说我该不该去。

小宁：你去有用吗？

乔：我的责任就是到达现场。不管能不能起作用，首先要在场。

小宁：你眼睛怎么那么肿？昨天熬夜看韩剧了？

乔：是吗？（她借着汽车遮光板上的镜子照了照）我都没注意，这可怎么办？

小宁：戴个墨镜啊。

乔：没墨镜。随它去。

路口，红灯。

小宁无意中看了一眼左侧并排的一辆车。

他就看到了头靠在车窗边的成老师。

成老师在睡。

他摇下车窗，冲边上的车辆挥手。

小宁：阿姨，嘿，阿姨。

变灯了。

旁边的车没有理会，很快地朝前冲了出去。

62. 日外　路上

路上的车不多，阿力习惯性地车速很快。

小宁不甘示弱地追了上来。

小宁超越其他车辆，追逐阿力。

阿力似乎意识到了什么，他从后视镜里瞥了小宁的车一眼，一丝冷笑，并暗自加油。

63. 日外　街上

小宁车里。

乔：你要干什么?

小宁：前面车里有我要找的人。就耽误你几分钟。

马路上上演了一场小规模的汽车追逐，不求有多少视觉冲击，更像一个过场。

64. 日外　十字路口

交警在用步话联络。

阿力开过。

小宁被示意靠边停车。

65. 日外　路边

小宁下车，他后背全都湿了。

交警向小宁敬礼。

小宁摘下墨镜拿在手里。

交警：超速了知道吗?

小宁：知道。

交警：想干什么啊?

小宁：我在追前面那辆奥迪。

交警：你知道是谁的车吗?

小宁：市政府的。

交警：那你还追?

小宁：他也超速你为什么不拦他啊?

交警：他有防台指挥部的特殊通行证，你有吗?

小宁：没有。

交警：驾照。交通卡。

乔：我有急事，就不陪你了。

小宁：你还要去正通啊?

乔：去，再见。

小宁：等会。

小宁把自己的墨镜递给乔巧。

小宁：送你了，我多。

乔：谢谢！

66. 日外　海上

风浪起了，船只在风浪中上下摇摆，大大小小的船全速返航。

天光呈现出有点诡异的颜色。

不远处传来阵阵雷声，我们似乎听到台风临近的脚步，它终于出现了，迫近了，紧张感开始变得有形了。

船老大嘴上叼着烟，很沉着冷静。

海浪扑来，海水直溅上来，他把烟收进嘴里，水过再吐出来，烟还着着。

台风在海上发威，传递出巨大的能量。

无线电通话器在响，船老大接听。

传来杜建设气急败坏的声音：

杜：我是杜建设，你是不是成心捣乱啊？你们比通知晚返航10个小时你知道吗？现在情况怎么样？

船老大：风不小，你放心，我有数！

杜：市里防台办通知你们，马上转向，去花乡深水港避台，台风马上就要咬住你的屁股了，还说大话！

船老大：明白了，马上转向，去花乡深水港避台。谢谢啊！

所有船只开始转向。

67. 日内　防台指挥部

依旧是紧张的气氛。

电话机此起彼伏，通过电话在下发一项项指示：

“通知所有船只避开台风登陆路线，就近进港避风。”

“沿海海塘所有人员全面撤离，不得留守。”

“立即组织市内低洼地居民转移。”

大风吹开了指挥部的窗户，下雨了。

68. 日外　城里

字幕：2006年8月9日下午3时

下雨了。

体育场外的便道聚集了很多人，交通也有些阻塞。

体育场的退票处贴了一张通知：退票因故暂停，请观众同志们谅解，演唱会时间过后可继续退票，开始退票时间我们将在媒体上告知，谢谢。

来退票的人们一时不愿离开，因为他们对这个解释并不满意。

有人敲着退票处的玻璃，玻璃不知怎么就碎了。

体育场的门也关了，栅栏门外也有很多人。

已经有记者赶来拍照片和录像。

有些路过的车辆也停下来看热闹，道路立刻就拥挤起来。

局面有些失控。

一扇铁栏的门不知怎么就打开了，人群就涌进了体育场内。

69. 日外　体育场内

高同的车也正好到了。从另外的入口直接开进场地，停在了舞台的附近。

高同下车，他看了一眼高大的没有完工的舞台。

不知为什么，原本应该拉走的灯都没有拉走，还是和原来一样，四散着摆在舞台前面的空地上。

现场杂乱，显得有些凄凉。

风雨交加。

透过体育场的围栏，可以看到外面混乱的局面。

高同的脸色很不好看。

进来的人越来越多，体育场的保安等显然没有能力控制。

文化局的干部跑到高同的跟前，浑身湿透。

文化局领导：高市长，怎么把你给惊动了，我先汇报一下。

体育场的管理人员也在发火：怎么回事？怎么回事？谁让他们进来的？赶紧让他们出去。

还是不断有人涌进来。

小蓝看着身后散放着的很多大灯，手足无措。

小蓝：灯怎么办，这些灯很贵啊，一个就上万。

体育场领导：高市长，要不要通知公安部门，他们这是要闹事啊。

文化局领导：高市长，您还是先走一步吧，我来跟他们解释。

体育场领导：还是先回办公室吧。您要有什么危险我们可不好负责。

高：我看不用太紧张。大家不会为一张票闹事的，让你的人注意保护后面那些灯。退票的问题准备怎么解决？文化部门挂了名，出了问题就不能躲。

文化局领导：马上就办，您说句话。

高：先保证退票。

文化局领导：没问题，马上落实。（转身离去）

进来的人确实也没有多大的怨气，他们只是进来看看是怎么回事，零散的人群没有什么组织，倒是有年轻人掏出相机、手机以舞台为背景拍照留念。

有人走到高同身边。马上在他们身边就聚起了一堆人，把几个领导围在中间。

高：（非常平和地）是我们的工作没有做好，因为这场演出是民营公司运作的，没能保证退票现金准时到位，正在想办法，希望大家可以谅解。

边上一个老板模样的人：他缺钱可以找我借啊，不能耍我们是不是？

有青年：为什么取消？哪有台风？我们不想退票，我们要看演唱会！

这个意见得到大家的拥护，都在嚷着：我们要看演唱会，要看演唱会，刮台风我们也要看！

高：大家的心情可以理解，取消演唱会是市委市政府的决定，是为整个城市的安全考虑，是从保证防台工作顺利进行的大局考虑，这是人命关天的大事，无论多么坚决的措施，都不过分，都有意义，有道理，没商量。

周围安静了下来。

老板观众：市长，其实我们也不是非要退这点钱，我们就是进来看一眼这个舞台，也算没白跑一趟。

没有人再提出异议。

高同回头看了一眼舞台。

高：（对身边的小蓝）这个舞台设计得真不错，可以拿它做抵押借钱。

小蓝：我以为，这舞台没用了。

高：台风刮过，生活继续，该干什么还得干什么。（对身边体育场的领导）别轰人了，一会钱到了开始退票他们自然就散了，你组织车和人，帮着把这些灯暂时存起来，不能见死不救啊。

体育场领导：我马上安排。

高同的手机响了，他一边接电话一边往汽车边上走。

小蓝跟在他的身后。

汽车边上，高同挂上电话。

小蓝：谢谢市长。

高：你老板有消息吗？

小蓝摇了摇头。

高：实在联系不上，就去报案吧。

小蓝点点头。眼圈发红。

70. 日外　交通局

万志云在交通局临时设立的防台办公室里带着一些人在紧张地工作。

墙上贴着各线路检查工作责任人。

所有工地施工和转移情况。

抢险突击队的人员，负责人，集合地点，负责区域。

大型抢险设备的调拨情况。

许多部电话在一起工作，接电话的人在大声地喊叫，气氛十分火爆。

万志云也在接电话。

万：79号省道（看了一眼墙上的表）还有七十多个工人吧，为什么不撤？不行，必须撤，就在附近租车也可以，我现在没车给你派，但工人必须撤出来，万一山洪下来，住在山坡上不是更危险吗？（发火）你怎么知道没有山洪？

一个工作人员递给万一份通知：市里紧急会议。

万志云点头。

万：给你一个小时，最多两个小时。

万志云挂上电话。工作人员还站在那。

万：我知道了。

工作人员：我想请示一下，开会要不要通知韩局长？

万志云把通知打开又看了一下。

万：不用了，每单位一人。

71. 日外　工厂

雨中。

郑的汽车开回工厂，她的后面还跟着两辆大卡车。房檐下蹲着一溜工人。

郑：你们不去干活，在这干什么？马上找人把包装好的挂历装车，装了就走。

72. 日内　车间

机器都停了，车间里空了，一个人都没有。

郑小换非常意外。

她转过身，看着跟在她后面进来的几个工人。

郑：怎么回事？罢工啊？

工人：乡里让转移，大家也没心思干活，就歇了。

郑：什么意思？

工人：还是老冯的事情，医生说再拖下去，随时都会出危险。

另一工人：你不能见死不救啊。

郑：（火了）我怎么见死不救？我付过医药费了，转不转院是医生的事情，怎么也来问我？

工人：你不给老冯转院，我们今天肯定不干活了，你要是给老冯转院，我们就把车装了。

这时，老杨从外面跑进来。

老杨：郑总，怎么不接手机啊，急死我了。

郑：我自己都看到了，还用接你手机吗？

老杨把郑拉到一边。

刚才医院那边来电话，医生给报社打了电话，人家马上要派记者过去……

郑：什么？

老杨：郑总，这事闹大了对我们不好，我们有理也说不清。

郑：记者在哪？

老杨：一定是到医院去，怎么办？先给老冯转院吧。要是老冯再出点事，我们就完了。

郑：我现在就去正通医院，你在家里跟他们讲，我带着支票到医院去了，转到美国去治了！让他们赶紧干活，成品马上装车发货。

老杨：你放心去吧，这边我顶着。

郑：（回头看杨一眼）你顶什么了？

73. 日外　村子里

雨中的转移一下子就显得艰难和狼狈了许多。

大李非常认真负责，挨家敲门。

大李背着一位老人从院子里出来。

老人：不就是台风嘛，跑什么跑啊？

大李：乡里让跑的，你是共产党员，要带头跑。

老人：共产党员不怕困难。

大李把老人扶进一辆小型私家车，开车的是个小女孩。

大李挥手示意让小女孩送老人走。自己接电话。

大李：你怎么还在家里？

74. 日内　养猪场

猪都被关进圈里了，外面什么都看不到。

养猪场的大门也上了锁。

屋子里，大李的媳妇带着几个年轻人在玩麻将。

媳妇：你喊什么？我们是不到避难点去受罪的，我们就在家里。我们准备就地抢险救灾。有胆子你就告发我。

屋里的人朝外张望，陆续还有人在转移。外面车水马龙十分热闹。

75. 日内　市防总

字幕：2006 年 8 月 9 日下午 5 时

又是一次紧急会议，大家挤在一个不大的会议室里。

高同在主持会。

高：李书记今天亲自来参加我们的会议，是因为我们将要向市委市政府提出的全市进入紧急状态的建议，是中华人民共和国成立以来任何一个城市都没有实施过的。请李书记讲话。

书记：中央气象台刚刚将沙美定为“超强台风”，她的突然增强向我们下了新的战书，这次会上需要拿出具体的应对措施，还是先听专家的意见。

成老师刚要发言，有人在门口叫她。

成：让别人先讲。

她笨重地挪动自己，朝会场外去了。她这个年龄的知识分子，就是比较缺乏官本位的意识。

76. 日内　走廊上

成：你找我？

小宁：阿姨你不记得我了，这是你的东西，忘在我出租车上了。

成：我的图。我都不知道丢在哪了，谢谢你。

小宁：应该的。

成：你怎么知道我在这儿？你真的什么都知道。

小宁：（笑了）你想起我了。

成也笑了。她指了指会议室。

小宁冲她摆摆手，转身走了。

77. 日内　会议室

发言还在继续。

另一专家：按照我们提出的相对稳妥的方案操作，就意味着明天一个上午我们要继续转移五十多万人，停掉所有的工矿企业、服务设施，学校和医院也要关门。会有很多单位蒙受损失，台风的破坏从它到来之前就开始了。

另外干部：台风区域内有两座水库，看来要做放水的准备，一旦山洪暴发，外淹内涝，会有更多的群众陷入困境，有些防台点设置匆忙，没有经历过台风的考验，也有可能会出问题，抢险的力量要尽快组织，部队已经在调动了，他们全力配合我们行动。

另外干部：大转移也会带来大混乱，组织工作有很多还不到位。

成老师坐回她的位置上。她翻看着手中的这些图。

高同看着成老师。

静场，成老师意识到，大家在等她发言。

成：我老了，总是后知后觉。我带来的这些图昨天忘在出租车上了，刚才那个司机，一个小伙子，给我送到会议室来了，我不知道他是怎么找到我的，我连他的名字也没有问，每次台风过后，我们统计死亡人数，我宁愿把它们都看成数字：1972 年 157 人，1985 年 179 人，1987 年 213 人，1988 年 116 人，

1990 年 162 人，1994 年 8 月 21 日 1126 人，对于我来说，他们都是陌生人。事实上，陌生人不是数字，是人。我一度对大范围的转移持保留意见，觉得这样的决策缺乏科学性，带有一点政绩工程的意思，两天来，和年轻的领导们在一起工作，我感受到你们和我们的一些不同。

成老师打开手里的图，她轻轻地翻动着泛黄的图纸。

成：我们那个时候，讲英雄主义，你们可能都知道，1956 年 8 月 1 号，第 12 号台风，1800 多人守在一道大堤上，人在堤在，可是后来，堤不在了，人也不在了，那是我们省最惨的一次，死亡 5000 人，伤 50000 人。今天，政府提出科学避台，我们看重生命，敬畏自然，这是对的，是进步。我同意打报告给省防总，建议全市进入紧急状态。

成老师举起手。

大家也非常严肃地举手。

书记：市委马上召开紧急会议，研究具体措施。

78. 夜外　市府大楼外景

大楼灯火通明。

满是雨水的广场反射着明亮的灯光。

字幕：2006 年 8 月 9 日晚 9 时

海州市委市政府召开紧急会议，决定连夜上报省委，10 日 10 时起，在全市实行紧急状态。

79. 夜内　正通县医院

郑小换把一张空白支票拍在医生桌子上。

郑：支票我送来了，你找来的那个记者在哪？

医生：我这不是收费处，我们已经和市里医院取得了联系，为了保证病人的安全，明早他们派医生带着仪器过来，进行手术。

郑：给我打电话的那个记者呢？

医生：不知道。

郑转身就走，想想又回来。

郑：麻烦你了，大夫，我回来谢你。

医生没有表情地看着她，这医生始终就没什么表情。看不出他对周围的人和事有什么看法。

80. 夜内　医院

郑小换在医院的走廊上飞快地走，和跑差不多。

81. 夜内　医院

观察室门外

几个工人蹲在走廊上，看到郑小换，都站起来。

郑：那个记者呢?

工人们的目光有些躲闪。

郑：（着急地）走了没有?

乔：我在这。

郑小换转身，乔巧提着一兜吃的站在她的身后。

两个女人互相打量着对方，短暂的停顿。

郑小换以最快的速度换上笑容。

郑：你好，我是郑小换，我专门跑过来，乡里在大转移，我实在忙不开了。

乔：他们几个身上的钱全花光了，饭都没的吃了。

郑：我该早点过来。我来安排，让你破费真不好意思。给你钱吧。得好好谢谢你，我专门过来……

乔：（打断）你不去看看病人？他抢救两次了你知道吗?

82. 夜内　医院

夜里的医院，十分冷清。

在一个空荡荡的候诊室里，郑小换和乔巧等待着天亮。

女人在一起，总是有话说，虽然陌生，虽然不同。

郑小换又在抽烟，依旧是一支烟只抽几口就灭掉。

郑：我有我的难处，他在跟我打官司。

乔巧看着郑小换，她有点走神。

乔：有钱的女人，心肠都像你这么硬?

郑小换看着她，不知道她什么意思。

乔：我是说，医生说他有生命危险，你不怕吗？万一他死了，你不内疚吗?

他上有老下有小，家乡远在贵州。

两人再次对视，但现在彼此的感受已有很多不同。

郑小换从包里掏出一个信封。

郑：这是我想送给你的。

乔没有接，她知道里面是钱。

乔：你要是早把他送到医院，我也就不用来了。

郑：（情绪有些低落，但还是硬撑着）还是收下吧，大老远跑来，女孩子一个人出门，也不安全。

乔：我以前胆子很小，一天之内，什么都不怕了。

郑：你今年……你结婚了吗？

乔：我好了三年的男朋友昨天结婚了。和一个广告公司的女老板。

郑：（停了一会）其实，二年的恋爱可能强过三十年的婚姻，结婚没什么意思。

乔：我想结婚，我就想和他结婚。

83. 日内　市政府大楼内

书记的办公室

办公桌上的红机响了。

书记接电话。简短的回答：是，明白了。

书记走到隔壁的会议室，主要的领导都等在会议室里。高同也在。

书记：省里指示：同意海州市立即进入紧急状态。

大家闻风而动。

84. 日外　城市

雨一直下着。

字幕：2006 年 9 月 10 日上午 10 时

凌厉的警报响起在城市的上空，这在和平年代是非常少有的事情。

一组镜头：

商店在关卷帘门。

工厂的流水线停了下来。工人们手里的工作停了下来。

港口，渔船一列列整齐停靠。

游乐设施，安静地站立。

车站广场，没有人了。

火车站的候车室里，人们安静地等待，列车员在服务送水。

机场，飞机全部停飞。

出租车停了一大片。

车站前的大屏幕上滚动着：海州全市，一律停工、停产、停课、停市、停业。停止一切野外作业和露天活动。凌晨6点之前，海塘一线的所有人员，海塘一线和海塘二线之间的所有群众，全部撤离到指定的避险地点。

公安局门口，公安车队出动。

武警部队营区，战士们从仓库里抬出一个个冲锋舟，迅速在操场集结。

书记的画外音：全体共产党员和各级领导干部，要切实负起责任，不可心存侥幸，不可玩忽职守！同志们，危机迫在眉睫，责任重于泰山。考验我们能否真正贯彻“以人为本”执政理念的时候到了！考验我们决策水平和执政能力的时候到了！考验我们精神境界和意志品质的时候到了！

乱云飞渡。

海浪拍岸。

85. 日外　雨　路上

比较怪异的平静。

阿力的车在高速公路上开足马力。

路上的车不是很多。

收音机里播放着市政府的紧急动员令，全市进入紧急状态：停学、停市、停产，停止一切与防台无关的工作。

高：我们这么做是对的。

高同的手机响了。

86. 日外　高速

一辆救护车闪着灯开得很快。

车上有几个穿白大褂的医生。

易川也在其中，她又在和高同通电话，整个故事中，这两个人始终没有见面。

易川：你现在在哪啊？

高：我先去水库，然后到海边，再去哪里说不定，你现在去正通干什么？全市进入紧急状态了你们不知道吗？

易川：我们已经出来半个多小时了。会诊一个急诊。病人要马上洗肺。

高：要多长时间？

易川：得一个半天吧。

高：注意天气情况。小正怎么样？

易川：他自己在家，我忽然要出门，没来得及送他去你妈那。我想应该可以赶回去。

高：让他自己好好在家待着，别出门。

易川：我会经常给他打电话，你也要多加小心。

高：知道了。保持联系。

易川：一定要小心。

87. 日外　交通局

万志云走过韩子山的办公室门外，他发现门开了很小的一条缝。他犹豫了一下，敲了敲，又一推，门开了。

万：局长这么早就来了？

韩：（含糊地）你也早。

万：昨晚 9 点防总的会才散，我觉得你太累了，就没让他们通知你过来开会。

韩：噢。

韩：78 国道的工人撤回来了，昨晚开会你关手机了，他们就打给我了。

万：一样。我今天还是要下去一下，南平那边几个地质灾害点都组织了抢险队，得去看一下情况，有问题我就留下。

韩：我跟你一起去。

万：我们俩不能都走吧？家里得……

万志云一时不知道应该怎么说好。

韩：地球离了谁也照样转，我知道你说的那几个路段，很悬。我比你熟悉。

万：可是。

韩：你放心，你代表交通局，我代表我自己。

万：那怎么行。我是说——

韩：怎么不行？抢险又不是开会，还有谁能去谁不能去？

万：（知道自己不能拒绝韩了）那好吧。

韩：我到下面等你。

起身就往外走。

88. 日外　交通局门口

车停在门口。

万志云赶来。

韩子山已经坐在司机边上。

万：你到后面坐。

韩：我习惯这了，赶紧走吧。

万：不行，你到后面。

两人就有点僵住了。

正在这时，一辆车刹在门口，下来的又是新娘。

韩子山只好下车了。

万志云犹豫了一下，先上车了，坐到了司机的身边。

女儿：妈说你昨晚没回家，她不放心，让我来看看。

万志云一愣，他没有想到韩子山没有回家。

韩：昨天开完会太晚了，我给她打过电话了。

女儿：又要去哪里啊？

韩：下去看一下。

女儿：全市紧急状态了，还要出门啊？别去了爸。

韩：没事，放心吧。

女儿递给韩一个盒子，新手机。

女儿：把卡换进去就可以用了，两块电池电都充好了。

韩子山接过，很自然地拉开车门坐到了后面，似乎是做给女儿看的。

韩：赶紧把车挪开，我们赶时间。

韩子山在女儿面前挽回了面子，他情绪好多了。

女儿坐在车里，看着他们的车开走，忧心忡忡。

89. 日内　医院

手术的准备工作正在进行中。

老冯被安置在手术台上。

洗肺的仪器已经安装完毕。

易川边看老冯的心电图边轻轻摇头。

易川：心脏情况不稳定，不能麻醉，先输液吧。

90. 日内　医院

走廊上，郑小换焦虑地来回走，不断地看表。

郑：我必须走了，厂里的事情一大堆，要发货还要转移，下雨了。

乔：我也得赶回城里，我们再联系吧。

郑：你不会再写稿子了吧，我在这待了一夜，压了支票在这儿，这个手术要 7000 元，该做的我都做了。

乔：我答应你，登报之前给你过目。

91. 日内　指挥部

字幕：2006 年 8 月 10 日中午 12 时

成老师在打手机。

成：台风还在加强，离海州不到 100 公里。现在需要警惕它突然变线。你到高段水库了吗？泄洪的报告到现在还没有批下来。

92. 日外　水库

高同沿着水闸走过，身后跟着留守水库的干部和职工。

还有电视台的记者，跟着他在拍摄。

雨伞几乎就没用，大家都是湿的。

高同一边走一边接成老师的电话。

高：成老师，你先别着急，泄洪是件大事，下游企业损失太大，市里要听方方面面的意见。人员转移我们已经做了周密的安排，一声令下，十万火急。

93. 日外　防总

成：我只想问你，等方方面面的意见都听到了，还来得及吗？

风一下子把玻璃窗吹开了，放在窗台上的一些资料随风飞了起来。

成老师放下电话，跑过去关窗。

雨水一下子就把成老师的衣服打湿了。

94. 日外　水库

高挂断电话，停下来看着身边的记者说。

高：你们怎么回事？怎么还不撤？

记者：您不是也还在这吗？我们就跟着您吧。

高：不行，你们不能再往前走了，宣传部已经发过通知让你们立刻后撤。

记者：我们的手机早就没电了，所以没有收到通知。

高：那我现在请求你们后撤，有车吗？

记者：有车，您放心，也请您注意安全。谢谢您接受我们的采访。

记者离去，高同不放心地看着他们。

水库的干部：高市长，千万不能放水，我们存这点水不容易，我们指着这点水发电挣钱呢，我们大坝抗 18 级地震，固若金汤，我们几个全留在这，人在坝在，要是现在把水放了，台风再一反灌，下游就完了，我们也完了。

高：我只跟你说一句话，一旦接到泄洪的命令，你必须立即执行，一分钟都不能耽误，你能不能做到，你现在就回答我。

干部愣愣地看着高同。

高：我就要你一个字，你不说我现在就换了你。

干部看着高同，心中的委屈让他都要哭了。

干部：能！

高：阿力，走了。

95. 日外　雨中　路上

又一批人开始转移了，这次转移就显得十分仓促，人们在雨里拥挤在本来就不宽的道路上，颇显狼狈。汽车、拖拉机、行人全都混杂在一起，高同的汽车逆着人流缓慢地移动。

对面一辆很大的拖拉机，把路挡住了，阿力的车一再往边上靠，还是无法错开。两个车往那里一卡，全线拥堵。

高同从车上下来，指挥阿力和那个车错车。

在拖拉机上和很多转移的群众挤在一起的乔巧看到了高同。她手里抓着相机，身上背着书包，样子狼狈。

乔：让我下去，我要下车。

她非常费劲地往外挤。

眼看两辆车已经错开，高同就要上车离去。乔巧焦急地大叫：高市长，高市长，等等我。

所有人都顺着乔巧的声音在寻找，高市长在哪呢？

马上就要上车的高同终于听到乔巧的声音，他转过身，看到正从车上下来的乔巧。

乔：高市长，是我，还记得我吗？

高：乔巧，晚报的。

乔：您怎么在这？

高：我正要问你呢。怎么你们这些记者全都不听指挥？

乔：我刚从正通医院采访回来，没有回城的车了，我就搭一段算一段，您去哪？带上我吧。

高：我往下走，没时间送你。上车吧，我们看看有什么更好的路线，比堵在这里强。

乔：太好了，太谢谢您了。我运气怎么这么好？

他们说话的时候，身边的人们非常注意地看着他们。

96. 日外　高速

雨中。

交通局的车也在路上。

韩子山坐在后面，万志云坐在司机边上。

两个人一直在鼓捣韩子山的新手机，一个看说明书，一个操作，非常专心但又有点不得要领。

韩：我想还用女儿的照片作为开机的画面。

万：你发彩信到我手机上，把卡换过来，我再发到你新手机上。

韩：行吗？

万：相当简单。有女儿真好。

韩：男人一辈子是得有个女儿，真舍不得她出嫁。

万：早不嫁晚不嫁。

交谈又中断了。

万：你给高同打电话了吗？

韩：没有。

万：还是打一个，别让他觉得你有想法。

韩：我当然有想法。

万：（打岔）快到顺昌桥了。

97. 日外　高速

大雨。

高同的车继续向海边开去。

逆向的车多了起来，而同向的车越来越少。

乔巧把一张 CD 放进阿力的机器，好听的音乐在车内响起，李健的《为你而来》。

高同轻声跟着唱起来。

乔巧非常吃惊地看着他，她没有想到市长竟然会唱流行歌曲，而且是一个比较不流行的流行歌曲。

阿力也跟着唱起来，乔巧也加了进去，三个人的歌声非常和谐好听。一切尽在不言中。

歌声使得车窗外的大雨似乎增加了一份情绪。

乔：高市长，一会停车我一定要和您拍张照片。

高同笑笑。

高同的手机响了。

高同接手机：成老师我是高同，明白了，好的，您放心，有情况我会和您及时联系。水库那边没有问题，高兴还来不及，台风过了让他们请您吃饭。我错了，我就知道大吃大喝。

我们现在，（高同往外看了一眼）快到顺昌桥了。

高挂断电话，伸手拍了阿力一下。

高：千钧一发，正如成老师预计的那样，台风擦过了高段水库，不泄洪了！

阿力表情痛苦。

98. 日外　桥头

字幕：2006 年 8 月 10 日下午 2 时

顺昌桥的桥头。

高同的车和交通局的车面对面停在桥头。

高同和韩子山在这个特殊的时刻，特殊的地点相遇。

雨中，三个人站在桥头。虽然有雨衣雨伞，身上还是都被打湿了。

韩：如果高段水库不泄洪，顺昌桥没有任何问题，如果泄洪，顺昌桥就成了最危险的陷阱，必须停止通行，专人把守，一旦出现险情，短时间内无法修复。交通会受很大的影响。

高：看来我带来的真是个好消息。

万：这样的要害路段还有三处，我们都有专人监管，一有情况，随时报告。

高：还要保证所有工人的安全。要有具体措施。

万韩两人同时应道：知道了。

高同没有再说什么。他对韩子山伸出手去。

韩子山握住了高同的手，紧紧地。

似乎也不用再说什么了。

高同也和万志云握了下手。

高：我还要到海边去一下，有个小记者，让她跟你们的车回去。

99. 日外　汽车的边上

乔：我就跟着你吧，高市长，算战地记者。

高：不行，你不能再往前走了，我得对你爸负责。

乔：你们不怕我也不怕。

高：不是怕不怕的问题，是纪律，我正发愁拿你怎么办呢。

乔：那好吧，您也小心。

高：放心，告诉你爸，让他给我打电话。

乔：一定！

100. 日外　海边

海就在眼前了。

一望无际，躁动不安。灰色，汹涌，白色的巨浪开始拍打海岸，声音很大。

汽车停在空地上，没有人，没有声音，整个世界一下子安静下来。

高同和阿力站在高处，面对大海。

两个人都没有说话，安静地看着。

什么都没有，没有船，也没有海鸟。

高：你看海有多大的力量，真可怕!

高：我是市长，我现在就得在这，我的位置，（指指脚下）就在这里，可总觉得有点对不住你家长，让他们担心你。

阿力：他们每年三十就等你的电话，电话不来春晚都看不进去，他们觉得你给他们拜年特有面子。哪里能光是好事。再说，我们不是年年如此吗？布置工作，检查工作，总结工作，给我个市长我也能干。

高笑了一下，没说什么。

高：你听，什么声音?

两人侧耳倾听。

寂静中，似乎有马达声。

阿力：好像是船。

高：船？这还有人？过去看看。

101. 日外　海边

字幕：1006 年 8 月 10 日下午 4 时

高同的汽车沿着海岸行驶。

102. 日外　港湾

雨中。

这是一个缩在海岸以内的港湾，里面白花花地停满了渔船，密密麻麻的桅杆和缆绳以及船帆，营造出一种说不出的繁复有致的画面。

船只随着海浪的起伏激烈地晃动着。

整个海湾安详而壮观。

马达声确实是从这里传出来的，而且随着距离接近，声音越来越大，是一种整齐的轰鸣声。

汽车绕着港口行驶，渐渐接近声音最大的位置。

在港口的出口处，很多只船整齐地排列着，船头都朝着港外的海面。马达声就是它们同时发出的。

惊涛拍岸。浪高千尺。

高同正在和几个船老大交谈。

高：不行，不同意。

高同的对面站着几个刚从船上下来的人。

陈红的前夫：市长，这么多船，不能不管，每次我们都是这样，开足马力就能把浪顶回去，保证里面的船安全，你不用担心，我们有数。

高：这次不行，市里下的是转移令，没有商量的余地，限你们一个小时，否则，我就调武警来。

前夫：那船怎么办?

高：我现在除了人，什么都不管。（没耐心了，拿出手机调车辆）两天前就通知你们提前做准备，把船锁在一起，你们做了没有?

前夫：做了，都锁了。

高：通知所有人立刻下船。我就站在这等。

船老大想说什么，又咽了回去，转身朝船上走去。

103. 日外　码头

高同抽着烟，等着。

人们从船上陆续朝这边走来。

有二十多人的样子。

有的人有雨具，有的人就淋着雨，有的戴着草帽。

船上的人走近了。

林刚也走在他们的中间，一看就和这些人不是一路。

高：（问前夫）全都撤到港口办公室的白楼里，我已经给他们打过电话了，没有车接，你带他们跑步过去，人齐了没有?

前夫走到高同身边，他凑到高同的耳边。

前夫：（小声地）还多出一个，我们还救了一个来自杀的，就是那个穿杰尼亚的。

高：怎么回事?

前夫：他昨天就来了，就在海边转，我们拉他到船上喝酒，喝完他说不想活了，做生意破产了。

高：破产？你叫他过来。

104. 日外　码头

林刚接过高同递给他的烟。

林：我想亲眼见识一下置我于死地的台风到底是个什么样子，我看它能把我这个人怎么着？我就来了，我就在这等着它。

高：你这也叫“人为财死”啊。

林：没意思，忙了半天一场空，我也不是心疼钱，我就是觉得没意思。

高：别说那么好听。你跑了，你知道你留下的烂摊子给别人带来多大麻烦？体育场一带下午堵车三个小时，连看热闹的带退票的快上千人了，照片发出去就是群体性突发事件。我要是公安局长现在就拘留你，你还想看台风？

林：你怎么什么都知道？

高：我们在全世界做生意，大赔大赚，你真给海州丢脸。告诉你省里的核电站工地都停工了，那损失多少？你一个演唱会算什么！

林：你是谁啊？这群人谁的都不听，怎么你一句话就都上来了？

高：我是副市长高同，风过了赶紧回去吧，还没个女人办法多，这才叫没意思。阿力，我们走了。

看着高同的背影，林刚有点发愣。

船老大走过来：走吧。

林：让我用一下你的手机，快！

105. 日外　南平乡

雨很大。

养猪场。

几个大男人连拉带扯，最后差不多要把猪场女老板抬起来了。

她哭喊着，舍不得离开她的猪。

大李妻：竟敢揭发我，大李，你等着。

猪们挤在一起，看着它们的主人离去，不知怎么就有了一种辛酸。

106. 日外　郑小换的工厂院子里

大雨如注。

工厂的栅栏门已经锁了，郑小换隔着门看到里面停着的那两辆厢式货车，知道自己的货没有发走，她疲惫地看着眼前的工厂，无语。

她的身后有汽车喇叭响。

杜建设下车，撑开一把雨伞。

郑：是你让他们停工的？是你不让发货的？

杜：是。

郑：你不是说厂里的事听我的吗？我都安排好了呀。

杜：避台的事得听我的，也不是听我的，是听市里的。

郑：完了，全完了。

杜：赶紧去中心小学，我还忙着呢。

107. 医院

医生们在给老冯洗肺，清水注入，乳白色的水流出。

易川仍在看心电监测。

108. 日外　路上

字幕：2006 年 8 月 10 日下午 5 时

大雨中

韩子山和万志云的吉普车冒雨在路上行驶。

收音机里播着防指的最后一道通知：“尚在沿海一带工作的干部无条件无理由撤离。”

乔巧坐在司机边上。扭着头和后面的两个人说话。

乔：昨天夜里一夜没睡，困死我了。

韩子山没有说话，还在摆弄新手机。

乔：这么大的雨，台风不会提前来吧。

万：别紧张，我们越走离台风越远。台风每小时 30 公里，我们帕杰罗可以跑 140 迈。

韩：这是理论上的。

乔：把自己的手机伸到韩的面前，我们的手机一样，您新买的啊？

韩：女儿送的。

乔：我发给您一个彩铃吧，可好听了。

韩：我不懂。

乔：把手机给我。

乔熟练地设置新手机。

乔在开机画面上看到了一个女孩的照片，那是她曾经男友的新娘的照片，乔巧苦笑了一下，什么也没说。

司机：安全带。都系好安全带。

109. 日外　大雨中

阿力专注地开车。

广播里也是在发布最后一道通知："尚在沿海一带工作的干部无条件无理由撤离。"

高：这通知有点像成老师的口气。真老派，我要在肯定改成各级领导和所有工作人员。

阿力：她只要在咱们车上就睡，我都没看清她睁着眼什么样。

高接电话。

高：成老师，我是高同，什么？马上登陆？知道了。好的，我尽快想办法赶回去。

110. 日内　防台办

成：你们马上找安全的地点躲避，千万不要再赶路了。（大声）听话！

111. 日外　路上

高：我明白了。我马上和县里联系。

阿力：不回去了？

高：可能是回不去了。也不知道韩子山他们到城里了没有？

112. 日内　医院

洗肺手术还在进行。

外面雷电交加。

易川焦急地看着手表。

113. 日内　南平乡　中心小学

字幕：2006 年 8 月 10 日下午 5 时 30 分

大雨如注。整个校园如同浸泡在一种不透明的乳液当中，一切都变得模糊不清。

杜建设也被这场面震撼了，他感到精疲力尽。他站在窗前，身子伏在窗台上，看着什么都没有的外面，手里抓着手机，手机的充电器连线插在墙上的一个插座上。

这是校长李红的办公室。

已经分不清是黄昏，还是夜晚。

114. 日内　学校的走廊上

李红还在巡视，走廊上也坐满了人，大家挤在一起，刚才的混乱和兴奋都已经消减了，忽然就安静了下来。

看到自己的学生，李红就在对方的头上摸一下。

所有教室的门敞着，可以看到里面都挤满了人。

有些人趴在窗口往外看。

老师们在忙着发水，发吃的。

李红看到在一个角落里伏在课桌上的郑小换。她犹豫了一下，没有过去。

李红一边打手机一边走过，没有接通。

有个在窗口的孩子喊道：有辆车。

从窗口看出去，隐约有两束车灯在雨中晃动。

115. 日内　中心小学

楼门打开了，阿力和高同像两个水里钻出来的人，出现在学校的门厅里。

在门厅里的村民看着他俩有点发愣。

他俩被雨浇得也有点迷糊。

与此同时，杜建设抓着手机冲下楼来，手机充电器都没来得及拔，吊在手机上。

杜：到了，已经到了，刚进来，放心吧，我保证。

杜：高市长，我叫杜建设，是南平乡的乡长。你怎么这时候来了？

高：一离开高速，方向就乱了。幸亏你们县长用手机指挥我们找到你这。有水吗？喝的水。

116. 日内　中心小学

杜建设带着高同和阿力穿过走廊。

大家看着他们。

高同边走边左右看着。

他们经过之后人们低声议论。

117. 日外　公路

路上一辆车都没有。

只有交通局的帕杰罗冒着大雨在开。

车上的人都紧张地注视着外面。

韩：多好的路，通车前我跑过一次，就跟现在似的，一辆车都没有。

万：有点不对劲，我们是不是找个地方避一避？

司机：有路口我们就拐。

乔：台风应该在咱们的哪边啊？

韩：后边吧。

司机：我现在根本就不知道哪是北了。方向乱了。

乔：那怎么办？

韩：别慌，我们和县防总联系一下。

韩用新手机和县里联系。

118. 日内　李红的办公室

高同、阿力、杜建设、王校长，还有几个闻讯赶来的乡里的干部使得这间本来就不大的办公室拥挤起来。

杜：高市长，是不是简单向你汇报一下？

高：我是来躲台风的，不用汇报，但愿我们的所有避风点都真能把风避过去。让抽烟的人把烟掐了吧，这么多人，别再着了火。

杜：我们马上落实。

示意身边的人去。

正说着。

有一种奇怪的声音。渐渐变近变强。

大家都在瞬间有点发愣。

都在侧耳倾听。

119. 日外　校园里

停在学校的操场上的几辆汽车，忽然摇晃起来，移动起来，翻卷起来。

树倒了，校园里整齐的树轻轻地被拔起，飞舞着，变成了草一样的轻盈。

围墙倒了，缓慢而无奈地，都无法寻找巨大的力量来自何方。

汽车侧躺着朝这边冲了过来。

120. 日内　李红办公室

就在大家还没有从震惊中醒来，灾难就到了眼前。

高：它来了，躲开窗口！

房间里的人全都朝走廊跑去。

121. 日内　中心小学

伴随着奇怪的轰鸣声。

所有的玻璃窗在一瞬间破裂。

伴随着玻璃的破裂声，是人的呼喊与尖叫。

风雨冲了进来。

楼门瞬间飞走，大雨冲进门厅。

人群大乱。

被玻璃窗划伤的人脸上或者胳膊上流着血。

人们都下意识地往教室外冲。也不知道要到哪去。

走廊上挤满了人，但又不知往哪里去。

高：（抓住杜建设和李校长）我们几个，一人守一层，让大家别乱跑，楼梯上容易出危险，把所有人都转移到北面的教室里去。不能乱。

高同出现在三层走廊上。阿力紧跟在他的身边。

高：（大声）都不要乱，不能乱跑，躲开窗口，我是海州市副市长高同，大家都听我的指挥。按次序往北面的教室撤，女人和孩子先走，不要着急，淋点雨没什么大不了的，哪个男人也不许挤。

在二层的李校长声音已经哑了。

李：别把孩子挤坏了，你们这些当家长的，别挤坏了孩子。

在一层的杜建设背对着没有门的楼门，雨打在他的后背上，看上去他是用后背在抵御着风雨。

杜：都不要乱，乱跑楼会塌的。谁也不许乱动。不要挤在楼道里，到北面的教室里去。躲开窗口。

三层，人群都挤在高同身边。

人们基本上不乱挤了。在老师的疏导下，人们都转移到北面的教室里了，北面的教室相对安全，但是十分拥挤，大家比较安静地挤在一起。

南面的教室几乎完全暴露在风雨之中了。由于雨很大，水瓢泼似的涌了进来。

雷声隆隆。

断电了，楼里一片漆黑，喊叫声又起。

高：大家不要乱，忍耐几分钟，我们有应急照明设备，不要用打火机，注意防火。

有些手机的屏幕亮了起来，光线极为微弱，但还是安定人心，更多手机屏幕亮起来。

二层，李校长在黑暗中摸索。她也掏出手机举了起来。蓝色的屏幕亮着。

有小孩子尖锐的哭声传来。

李：把孩子照顾好，谁的孩子谁照顾好，应急灯在每个教室的讲台桌里，请离得近的男的去找一下。大家还是回到教室里去。

一层，杜建设的手里已经有了一盏应急灯，灯光在人们的脸上扫过。

一楼的水就更大了，几乎漫过了人的小腿。

外面的水在往里涌。

杜：青平厂的工人，全都给我到一楼来挡水，郑小换，郑小换在哪？招呼你的工人干活。

依旧伏在某间教室的角落里的郑小换，她没有跟着人们乱跑，但是她似乎隐约听见有人在叫她。

三层，一盏盏应急灯亮了起来。

在一间教室里，高同、阿力和几个男人一起，摘掉黑板，用黑板和课桌挡住窗外的风雨，

这是一场真正的搏斗，风把黑板吹翻，再吹翻，桌子也在窗口根本待不住，但是，在人们的努力之下，还是有一部分窗户被挡了起来。使得水不那么猛地

进来了。

二层，李校长抱着一个头上流血的孩子，从人们中间穿过。

李：让我过去，把受伤的人都送到我的办公室去，就在二楼的西边。

一层，杜建设浑身都是水，带领几个自家厂里的工人在大门口挡水。

干部：大家坚持一下，不要往楼上拥，我们调整好了会让大家转移到上面。楼梯上已经站满了人。一楼的人全都站在水里。

干部回头看外面。

外面是一片汪洋。

干部：这哪里是台风？！

三层，高同用手机和市里联系，通报这边的情况，询问外面的情况，他大声讲着电话，只能听见零星的句子。

高：到达时间，5 点 35 分，至少十八九级，非常厉害，把我的奥迪都刮翻了。电断了，水还有，手机畅通，水非常大，不知道，不清楚，马上向省委汇报。

122. 日内　防总

字幕：2006 年 8 月 10 日晚上 6 时

指挥部里气氛紧张，人们在不断地出来进去，打电话的声音互相交织。

成老师：（用手堵着一只耳朵）高同，台风已经在南平正面登陆，波及范围七十多平方公里，面积很小，但强度很大，你们处在非常核心的位置，千万要警惕。风力已超过 18 级，50 年未遇，你那里情况怎么样？这边的抢险队和武警已经出发了。

123. 日内　学校

高：我们这里局面还可以控制，正像您说的，从来没有经历过的强悍，各台风点也在经历严峻的考验，我们可以坚持。其他地方情况怎么样？高段水库那边怎么样？

124. 日内　防总

成：所有警戒都没有解除，依然要准备台风突然变线。

125. 日内　学校

高：城里怎么样？

126. 日内　防总

成：雨很大，风也很大。很多地方断电。

127. 夜内　高同家

高小正陷入了完全的恐惧。

外面雷电交加，暴雨倾盆。

路灯在暴雨中相继爆炸，腾起一个个火球。

刮断的树枝打到玻璃窗上，窗上的玻璃哗地碎了一地。

雨水打湿了地板。

停电了，整个房间里一团漆黑。

他躲在楼梯上发抖。

电话骤然响起。

他堵住自己的耳朵，闭上眼睛。

128. 夜外　高速公路上

没有路灯，供电设备受到了严重的破坏。

交通局的汽车陷入了困境。

刹车都无法阻止汽车在风雨的推动下朝另外一侧滑行。

车里：四个人全都屏住了呼吸。

韩：小刚，别紧张，你沉住气，别紧张。

乔巧脸色苍白。紧紧抓着车门上方的拉手。

韩子山在打手机。没有人接，他就一直把手机放在耳边听。

万：找避风的地方。不能再往前走了。

司机：没办法了，局长，我没办法了。安全带，安全带！听天由命了。

从车外看：

汽车像一个玩具，在风的摆弄下来回滑动。

一会滑向路的左侧，一会又滑向路的右侧。

喝醉了酒一样。

迎面还有说不清是什么的障碍物突然朝汽车滚过来。

司机拼命打着方向盘，躲闪着前面的危险。

危险擦车身而过。

终于在另一次躲闪中，汽车朝一侧反转，撞到护栏后又在巨大的冲力下弹了起来。

在空中反卷着越出高速的控制，朝着远处飞了出去。

随着一声巨响，汽车落进了路基下的一片汪洋之中。

一点声音也没有了。

129. 日外　海边

巨浪吞没了所有的船只，它们在一瞬间沉了下去。

船老大们就这样在白楼里的窗前眼看着自己的船消失了。

但是他们人还在。

林刚也被他们的镇定和刚毅所感染。

130. 夜内　县医院

大雨。雷电。

手术结束了，护士把老冯推了出来。

留下的工人把他推回病房。

易川焦虑地给家里打电话，没有人接。

易川急得流出眼泪。

她打给高同。

易川：高同，你在哪？你怎么样啊？

131. 夜内　中心小学

高：我没事，我在南平的避风点，台风就在这里。小正怎么样？

132. 夜内　县医院

易川开始哭了。

易川：不知道，不知道。

133. 夜内　中心小学

高：你先别急，我想办法，谁有我们家的钥匙？你别着急，你们那里风大吗？情况怎么样？

134. 夜内　县医院

易川：这里没风，只是在下雨，我找到车马上就回去。

135. 夜内　中心小学

高：不许往回赶，你听见没有，台风线路不清楚，从来没有过的猛烈，这里已是灭顶之灾，绝对不能出来，你听见没有？小正在家不会有事，一定是电话线断了，你不许出来，听见没有。

136. 夜内　县医院

易川：（边哭边应）听见了。

137. 夜外　高速路边

翻倒的汽车里，已经有半车水了。

到处是打开的气囊，已经看不出哪里是人，哪里是气囊。

有人咳嗽。大声地不间断地咳。

万：局长，局长你醒醒。

黑暗中，万志云把身边的韩子山从水里拉出水面，使劲拍打着他的脸。

终于，韩子山也开始咳嗽。

万：局长，你怎么样？伤到没有？

韩：我还好，快看他们怎么样？

司机和乔巧全都晕过去了。乔巧的头上流着血。司机的头窝在方向盘的下面。

两人解开安全带，挪开气囊，拼力去把两个年轻人拉起来。他们大声地喊着两个人的名字，声音撕裂。

车身在他们的挣扎中左右摇晃，凶吉未卜。

两个人不顾一切地，拼尽全力地在狭小的空间里挣扎，这样的经历对于很多人来说都是极为陌生和难以想象的。

一番努力之后，两个年轻人的身体终于基本放稳了，两个人都在昏迷之中，而后面的两个人又束手无策，除了高一声低一声的呼喊之外，没有其他的办法。

车窗外，狂风肆虐，暴雨如注。

万：（喊）局长，怎么办？这样下去不行啊。

韩：坚持，坚持住，不能让这两个孩子在我们的手里出事！

万：（实在有些害怕了）车会不会再翻啊？我不会游泳，您呢？

韩：沉住气，翻了再说翻了的，得先把他们俩叫醒。先把小记者抬到后面来。

万：他们不会死吧？

韩：什么也别想了，赶快！

138. 夜内　中心小学

字幕：2006 年 8 月 10 日晚上 7 时

外面的风雨还在肆虐。

有重物打在墙上。

有很多东西在空中飞舞。

但楼内渐渐安静了下来。

没有电，应急灯的光线也渐渐暗了下去。

一层的地上还是有很深的水，一些工人在设法疏通，大部分的人员已经转移到楼上。

二层，所有的教室里一片狼藉，玻璃碎了，灯也碎了，桌椅东倒西歪，几乎全都堵在窗户周围。

人们挤在一起，没有多少声音。在坚持着。

有人在传递着一瓶半瓶的矿泉水，大家轮流喝着。

杜建设沿着楼道在寻找，他匆忙地经过每间教室的门前，边看边问：

杜：看见高市长了吗？高市长呢？

有人摇头，有人小声说没见。

杜建设接着找。

在另一间教室门前，他又问。

正要离开，他看到郑小换在这里面。他就站住了，郑小换看见他也站了起来。但是两人中间还隔着很多人。

杜：我没事，你好好待着吧。给孩子打个电话。那边几点?

郑：（要哭）打了。

杜朝郑小换笑了一下，也不知道他为什么笑。

楼道里，杜接着找高市长。

139. 二层　高同在校长室

校长室里依旧是聚集着受伤的人们，简陋的包扎处理根本无法让这些人得到救助，李红满手满身都是血了，她也有些束手无策，甚至有些害怕。

伤者的状态基本还比较平静，都在尽力忍耐，没有人抱怨。

高同在帮着李红照顾受伤的人。

杜建设闯进来，看到高同，长出一口气。

杜：高市长，我到处找你。

高同做了个安静的手势，起身把杜建设拉到门外。

140. 夜内　走廊上

杜建设下意识地掏出烟来想给高同。

一攥全是水了。

杜：市长，我到处找你，吓死我了。

高：下面怎么样？没大事吧?

杜：人没事就没事，这可是市长你说的。

高：我说话管用吗？看你这个避风点，缺医少药，李校长拿卫生巾救伤员呢。

杜：没有，通知里就没有医疗保障这一条，我找文件给你看，谁想到避风点还会遭灾？长这么大没见过。

高：我们的问题，回去要加上。先不说了，这个老人我看得送医院。

杜：没问题，风快过去了，我去找人。

高：风没过去，防总打来电话，我们在台风正中，现在的平静应该是台风眼经过的时间，不会超过半个小时。

杜：那怎么办？正说到这里，杜的手机响了。

杜建设接电话。

杜：我是杜建设，你慢点说，我听不清楚。什么？在哪？好，我知道了，我马上想办法。

杜挂断电话。

杜：我得走。（说着他就要走）

高：（高跟过来）怎么回事?

杜拉过身边的一个人，在他的耳朵边低声说了几句什么，那人就赶紧跑了。

杜：（对高）我出去一下，有点事，你就在这儿，哪也别去。

高：（有点火了）你什么意思？到底怎么了！

杜：（不说也不行了）出事了。上关村房子倒了。有人压在下面，多少人还不清楚，我得过去。

高：一起去。

杜：高市长，人我来安排，你哪也别去，就在这主持工作，我跟张书记保证了要把你照顾好，你要出点事我负不了责任。

高：谁要你负责了，我让别人出去救人，自己躲在这?

141. 夜内　走廊上

两人说着接着往下走。

杜还是不想让高去。

高的手机一直在响，他也不接。

杜：算我求你了成不成？不缺你一个，你也干不了什么，你就是擦破点皮，我明天也没法交代，你就在这打打电话，咱们联系着，我到那就马上向你汇报。

高：你别说了，赶紧找人，马上走，得抢在下一轮风前头。

杜焦虑地跟在后面。

一层，十几个郑小换厂里的工人已经站在水里，郑小换也在。

高同和杜建设站在他们的对面，如果不是这场台风，他们很难成为一起奋战的伙伴。

杜：上关村一栋房子倒了，有十来个人压在下面，我们得去救他们。

民工们看着乡长，没有表情，也没有说话。

杜：市长跟我们一起去。

民工们还是没有说话。

他们在有些时候总是不说话。

高同走出去，他们全都跟在后面。

142. 夜内　高同家

院子里的保安来高同家找高小正。他们在外面敲门。

高小正依旧躲在楼梯的拐角，和刚才的姿势一样。

任外面如何敲门和喊叫，他捂着耳朵，不敢去开门。

电话还在响。

雨还在下。

在高小正看来，这个世界实在是太恐怖了。

143. 日外　高速边上

风力似乎减弱了一些，雨还在下。

翻倒的汽车里。

司机小刚已经醒过来了，但是依旧非常虚弱，他在哭，身上有伤，很疼的样子，神情也有些紧张，韩子山握着他的手在安慰他。

乔巧还是没有醒过来，她像睡着了一样。

手机全都湿了，没有任何办法跟外界取得联系。

万：局长，这么下去不行啊?

韩：风小点了，这样吧，你们在这等着，我出去找人。得找个能打电话的地方，或许过一会有车路过。

万：我去，怎么能让你去?

韩：你不会游泳，不安全，再说，你现在是局长，局里还好多事等着你呢。

万：你这话什么意思？我是局长，你不是局长?

短暂的沉默。

万：别争了，没时间了，其实你根本就不该来。

韩：还是我去吧，我比你路熟，这路我跟着修的。

万：帮我出去，别再争了，就算你把立功的机会让给我，让我早点当上局长。

韩苦笑。

两人开始想办法打开车窗。

车窗总算打开了，万钻出车外。

三个人的手紧紧握在一起。

万：等着我，坚持住。

水没过了万的胸，他一步一步朝路基走去，直到消失在风雨之中。

车里，乔巧的脸色发青。

小刚费力地脱下自己的上衣给乔巧盖上,她的身上已经盖着韩和万的上衣。刚才的万光着膀子，韩子山穿一件跨栏背心。

144. 夜外 上关村

暴雨还在下。

一栋两层楼房基本已经垮了。

废墟下压着十来个人。

救援正在紧张地进行。

高同、杜建设带着七八个工人，连同后来得到消息赶来的村民，大家正在拼命把压在下面的人救出来。

还是工人们比较有经验，也会干活，紧张中透着有条不紊。

多盏应急灯组成现场的光源，光影中人影晃动，气氛紧张。

杜建设一面焦虑地组织大家抢救，一面还要注意高同的安全。

高同一往前凑，他就往后拉他。

高同已经意识不到杜建设的存在，他的注意力完全都在如何从坍塌的房屋里把人救出来。

风雨中，一些零散的语言在飘散。

高同的手机几乎一直在响，但他始终不接，在他看来，没有哪件事情会比救助人的生命更重要更紧急了。

145. 日内 防总

成老师和几个领导守在电话前，他们和高同失去了联系。

有人在一遍一遍地拨着电话。

成老师：他们正在台风眼里。

146. 日外 救人现场

紧张的救人行动还在进行。

终于，通道打开了，从里面伸出了一只手。

外面的人握住了这只手，慢慢地把里面的人拉了出来。

浑身泥水的人几乎辨不清男女老少，一出来，就瘫倒在地上。

杜：联系的车能不能来？马上送他们到中心小学。

压在下面的人陆续被救上来。营救非常艰难，但也非常决绝。

人们用手在扒着。

不断有人赶来，新来的人把疲惫不堪的人替换下来。

杜终于把高同拉出来了。

杜：接电话吧，来了这么多人，用不着您了。

高同用满是泥水的手抓着电话，完全看不清楚号码了。

高：我是高同，部队什么时候能到？台风朝哪里动？急救队，救护车，冲锋舟。

又有人被救上来。

高：清点一下人数，下面还有没有人？问他们一共有多少人在这房子里。

有人冲下面喊：还有人吗？

杜建设也在问被救上来的人，这房子里一共有多少人？还有没有人没有出来，大家在惊吓之下语焉不详。

忽然，外面的人听见下面似乎还有微弱的求救声。

有人喊：还有人，好像还有人啊。

于是，挖掘继续。抢救继续。

杜：市长，有个叫钱太中的还在下面，是这家的男人。

高：不管是谁，抓紧挖吧，能送走的赶紧送走，尽量送医院。

杜：这里人够多了，你还是回去吧，你手机一直响，别耽误了大事。咱们这这样，别的地方不定什么样。

高：你在这盯着，一定得把这个唐太宗给我挖出来。

杜：（自语）是叫唐太宗吗？这名字很耳熟啊。

147. 夜外　高速上

万志云赤裸着上身，身上有很多被水中的杂物划伤的血道子，他有点不辨方向，疯狂地在雨中奔跑。

他很快就耗尽了体力。

透过雨幕，他隐约看到有车灯的光线，于是，万志云站到了道路的中央，对着车灯举起了双手，他完全没有安全的概念了，他必须及时找到营救的力量。

一连串尖利的刹车声。

汽车几乎是贴着万志云停了下来，这是一队赶来救灾的军车。

手拿步话机的干部从最前面一辆车的驾驶室里跳了下来。

148. 夜外　水上

冲锋舟划开水面。

飞速前进。

刺眼的探照灯把光柱送得很远。

万志云和解放军一起辨认着方向，寻找着失踪的汽车。

在不远处，隐约可以看到依旧倾斜在水中的汽车。冲锋舟朝着汽车开了过去，闪亮的探照灯把汽车锁住。

冲锋舟慢慢往上靠。

149. 夜外　高速边上

大家把乔巧抬上冲锋舟，她一点声音也没有，或许，大家已经预感到她的生命的消逝，但是谁也不愿意承认这个现实，战士们轻轻地把她安置好。

韩：找点东西给她盖上。

司机被战士们抬上船，他的腿很疼，脸色苍白。

韩子山最后一个离开了汽车，他拍了拍这个承载他最后生命希望的面目全非的汽车。

冲锋舟上，三个男人的手再次紧紧握在一起。

万志云脱下身上的军用雨衣，卷成枕头放在乔巧的头下。

150. 夜外　村里

雨终于小下去了。

倒塌房屋中的最后一个人被大家从废墟下抬了出来。

杜建设给高同打手机：你那个“唐太宗”我们救出来了。

这时，天色有些变了，渐渐露出一些晨光，村庄也似乎显出了一些轮廓。

所有人都浑身泥水，筋疲力尽，瘫坐在地上像一群雕塑。

这个不眠之夜，就这样留在了每个人的记忆深处。

151. 夜内　中心小学

来电了，突然到来的光明引起了一阵欢呼。

高同的手边放着好几个手机，全都被他打没电了。

这次灾难非同小可，高同也有些始料不及。

杜建设推门进来，他一脸疲惫，神情沮丧。

两人相对无语。

杜：我们乡我知道的已经死亡 9 人。

高：市里现在统计的人数是三十多人。

杜摇了摇头。

152. 日外　院子里

大家冒雨帮阿力把汽车从沟里抬出来，原本神气的奥迪已经伤痕累累，阿力心疼地前看后看。

153. 日内　走廊上

高同要走了，教室里的村民都站在走廊上，他们在灯光里总算看清楚市长的模样了。

高同停下脚步，他也想记住这些和他一起经历了生死考验的人。

高：大家受惊了，房子倒了我们可以修，树倒了我们就再种，只要人没事。

一村民：你放心走吧市长，忙你的去吧。

跟在高同身后的杜建设忽然有点想哭，但当着这么多乡亲他又实在不好意思，他把脸转向别处，极力控制自己。

看到他这个样子，有两个女人掉了眼泪。

高同从村民中间走过，有人怯怯地伸出手来，高同紧紧握住，有更多的手伸了出来，高同一路握过去。老百姓对干部怀抱朴素的敬意，只要你和他们真的在一起，你就会强烈地感受到，当他们觉得你好的时候，这种敬意其实就是感情。

终于，真挚而强烈的感情也使高同热泪盈眶。

154. 日外　路上

还有雨，但台风至少离开了这里。

阿力：你睡一会吧。

高：睡不着，不知道情况坏到什么程度，还有的灾区完全断了联系。

高同看着沿途的情况。

台风走过的路，呈现出某种奇特的景观：相隔不远，一侧就像有一辆推土机曾经开过，房屋和树木全被摧毁，而另一侧房屋和树木基本无恙，台风擦肩而过。

水泥电线杆奇怪地从有一米五左右的位置被折断，不是一根，而是一排。

马路上，散落着黑色的瓦片，如同落叶，但不知来自何方。

到处都是水。

路边可以看到回到家里的人们，他们的目光也会投向车辆，在这无言的注视下，高同感到某种重压。

155. 日内　中心小学

校长室里，杜建设以一种很不舒服的姿势靠在李红的床上，睡着了。李红想让他睡舒服点，又不忍吵醒他，她拿了一件衣服轻轻给杜建设盖上，此时她离杜建设很近而对方又在睡觉，她看着他。

突然，杜的手机又响了，李红一时不知手机的位置，又担心它吵醒杜，着急地四处寻找。

杜：在你桌子底下充电。

李：（吓一跳）吵醒你了。

李红拔下手机递给杜，杜看了一眼号码，没有接。

杜：其实你一进来我就醒了。

李：（看他一眼）没意思。

杜：累得睁不开眼。

李：那你接着睡吧，我走了。

正说着，门开了，郑小换拿着手机走进来。

杜的手机还在响。

杜：（解释）我正要接。

郑：你爱接不接。（转身就走）

李红追出来。

156. 走廊上

两个女人终于面对同一个尴尬。

李：他真的正要接，手机在桌子底下充电呢。

郑：手机在充电，你们干吗呢?

李：（小声）我们能干吗?他都累成什么样子了?

郑：轮到你心疼?

李：我进来拿东西，这是我的办公室。

郑：我厂子一定完了。你家老大怎么样?

李：船全沉了，人没事，幸亏没有守在船上。

郑小换开始哭。

李红就站在边上看着她哭，她第一次看到了这个要强完美的女人软弱的一面。

房间里，杜建设已经又睡着了。

157. 日外　养猪场

一片汪洋。

猪们被冲散了，但是都很聪明地把自己安顿在各个露出水面的屋顶上，白花花的一片。

158. 日外　高同家

易川可以说是从汽车里冲出来的。

她家的外面站着好几个人，有保安，也有赶来的亲戚和朋友，但是他们都没有敲开小正的房门。

易川哆嗦着开锁，她脸色苍白。

门打开了，易川走进家里。

她轻声叫着：小正，小正，妈妈回来了。你在哪啊?

其他人站在门口，等待着。

易川有点慌了，她不知道应该怎么办，她开始害怕了，她在房间里寻找着儿子的身影。

她不敢喊叫。

终于，她发现小正在一个家具的角落里，已经睡着了。

易川蹲下身，轻轻地把儿子抱起来，或许是太疲惫了，她自己也坐到了地上，她就坐着，紧紧地抱着自己的孩子。

小正并没有睁开眼睛，但他也紧紧地搂住了母亲。

易川：小正，妈妈回来了，妈妈再也不离开你了。对不起，我再也不会把你一个人放在家里了。

小正：（始终没有睁开眼睛）妈妈，咱们家为什么这么大？我不喜欢这么大的房子。

易川抱着他，流着泪。

小正：我爸爸为什么还不回来？

159. 日外　路上

高同在往回开。

高同接电话：什么？交通局的车？车上几个人？什么？！一定要把她救活！

阿力从后视镜里看着高同。

高同脸色铁青。

阿力：是她吗？

高：车翻了。我为什么要让她下去？我为什么不带着她？为什么？！

迎面，救灾的车队在往下走。

一队奥迪车也在往下走，警车开道。

阿力：省里的车队。一定有中央领导下来，我们要不要掉头跟上去？

高：我有什么脸见领导？

阿力：我们尽力了。

高：对于死去的人，我们什么也没有做。

乔巧的那张 CD，在放着李健深情的歌：用尽今生爱你爱不完……

高同和阿力两个男人在歌声中流泪。

160. 日外　海边

字幕：2006 年 8 月 12 日上午 10 时

海边，两天前高同和阿力来过的渔港。

仍是一片汪洋。

所有的船只都消失了，只剩下桅杆的头露在水面上。

港口聚集着渔民和船老大们。

远处的渔民指指点点，神情似乎很兴奋，也带着焦虑，但并没有多少失去船只的悲痛，他们中间有的人在喊着："退潮了，退潮了。"

退潮了，海浪拍打着海浪，潮水按着自己的习惯扑来，又不得不退回去。

随着潮水的消退，被海水淹没的船只渐渐上浮，仿佛是从水下缓缓上升的潜艇，这些连在一起的船只，越来越多地从水下露出了水面。它们依旧连在一起，共同经受了台风的考验。

水面上出现了神奇的一幕：渔船在潮水的冲击下仿佛获得了生命，渐渐升出水面。

随着船只的上浮，岸上的人越聚越多，他们兴奋起来，他们在欢呼喊叫。

161. 日内　中心小学

孩子们回到了自己的学校。

教室里一片狼藉。

课桌残缺不全，黑板不存在了。

玻璃全都碎了。

电脑也泡了。

孩子们哭了。

李红摸着孩子们的头。

杜：别哭了，都回家吧，我保证，你们开学那天学校和以前一样，比以前还好。

说最后一句话的时候，杜建设的眼睛又看着李红。

162. 日外　郑小换的工厂

工厂也是一片汪洋，仿佛消失了一样。

厂房只有屋顶露在外面，树冠像草丛一样若隐若现。

郑小换几乎无法相信眼前的情景是真的。

她像傻了一样站在高处看着自己的工厂。

水面上漂着各种颜色的挂历、纸箱纸盒，各种颜色，各种东西，也是一种很怪异的状态。

没有谁要求他们，工人们在水里打捞着工厂的纸张，虽然已经湿了，但是他们认为这些东西还是有价值的，还是不应该扔掉的。

他们把捞上来的纸晾在高处。

郑小换感到一种久违的温暖。

163. 日外 塌方路段

公路被山洪冲开了巨大的缺口。

正在紧急抢修当中。

韩子山在现场指挥车辆和机械。

电话响了，是乔巧发给他的彩铃。

听着这铃声，韩子山热泪盈眶。

164. 日外 体育场

林刚和小蓝在看台风过后的舞台。

原有的花花绿绿的装饰都被风吹走了。

只剩下黑色的骨架，倒显出一份大气和简洁。

林：我让你失望了。

小蓝：有个好消息，我跟周大腕说我们要为灾区举办赈灾义演，他说他争取过来。

165. 日外 街上

小宁开着车，身边的客人又在翻报纸。

乔巧的照片登在报纸上。标题是“让暴风雨来得更猛烈些吧”。

小宁把车停在路中间，他久久地注视着这张照片。

166. 日内 防指

办公室里人已经都忙别的去了。

成老师一个人在收拾所有的资料，她非常认真，一张纸也不放过。

高同来了。

成：不是在开总结会吗？

高：昨天我去看了一个大学同学，他是我们班年龄最大的一个，已经提前退休了，乔巧是他的女儿，我没有照顾好乔巧。领导在总结这次防台风的成绩，我坐在那里，什么都听不见，满脑子都是我同学乔先进说的一句话：他说他知道女儿失恋了，最大的遗憾是没能给女儿幸福。

成：不是你的错，记得我的话吗？台风一定是要死人的。

高：有个问题成老师，我一直想问您，她为什么要叫沙美？谁起的这个名字？

成：国际气象组织台风委员会有 14 个成员国，每个国家各起 10 个名字，依次使用 ，用完之后，再从头重新使用，如果哪次台风造成的损失太大，就会被删除，不再使用。很抱歉这里面没有浪漫故事，台风而已。

高：对于我来说，台风永远都叫乔巧，她永远是我内心的台风。

高同说完转身朝向窗外。

成老师看着高同的背影。两人就这样，许久。

167. 夜外　体育场

在开演唱会。

舞台只剩下钢架了。

什么装饰也没有。

灯光也很简单。

只有四个大字：赈灾义演。

每个观众手里都拿着一个手电，汇聚成一片光明。

舞台上的歌声令人动容：

“当大浪扑来的时候，脚下正摇摆个不休 。

看险滩暗礁看重重关口，伙伴们，拉起手，风雨同舟——

当浓雾迷漫的时候，面对着奔涌的激流。

任天低云暗听惊涛怒吼，伙伴们，拉起手，风雨同舟——

当大浪扑来的时候，脚下正摇摆个不休。

看险滩暗礁看重重关口，伙伴们，拉起手，风雨同舟——

当浓雾迷漫的时候，面对着奔涌的激流。

任天低云暗听惊涛怒吼，伙伴们，拉起手，风雨同舟——

在观众中，我们看到了一些熟悉的面孔。

—— 完 ——

台北飘雪

Taibei piaoxue

1. 日外　老街

菁桐老街，距台北一个小时左右车程。略显杂乱与逼仄的街道。

街两边店铺错落，招牌形形色色。

这里是现代都市的背面，穿行于其间的人大都居家装束，平民状态，为生活而忙碌着，间或有豪华的人或车穿过，大家也见怪不怪。

2. 日外　菁桐老街

一辆自行车穿行而来。骑车的是小莫，二十四五岁的样子，衣着随便，肤色健康，身强体壮。他显然非常熟悉这条老街，老街上的人们对他忙碌的身影也很习以为常。

小莫在一家餐馆门前停下自行车，将后架上的两捆矿泉水卸下来，使劲按着车铃。老板娘出来递给他钱，顺便问他要不要喝瓶水，话没有说完，小莫已经骑车走了。

小莫经过一个报摊，他一只脚沾地，挑了两份报纸，放下零钱，插在自行车的前筐里，继续骑。

小莫经过裁缝店，又按车铃，老板赶快出来，手里还抓着正做着的布料。

裁缝店老板：老时间，我等你来接晚班。

小莫伸臂做 OK 手势的背影。

公共汽车上下来几个乘客，其中就有五月，五月模样姣好，身材修长，她一只手拉着一只箱子，另一只手抓着一张报纸，人地两生的样子。

小莫的自行车从五月的面前唰地闪过，吓了五月一跳。

五月手搭在眼睛上看着小莫飞快消失的背影。

小莫经过电器行，橱窗里的电视机在播放着当天的娱乐新闻：歌手神秘失踪，见面会尴尬收场。

小莫从前面车筐里拿出个小的生日蛋糕递给早已等在那里的开电器行的大叔。

小莫：（人没下车，蛋糕递给大叔）大叔，蛋糕取来了，生日快乐，长命百岁。

大叔：给你钱。

小莫：老板给您免单了。

大叔：好人好报。

小莫继续向前骑。

3. 日外　菁桐老街

老旧的公寓前

小莫把自行车靠在墙边，人就闪进一处老旧的楼门。

4. 日内　楼道里

老房子的楼梯光线不好，楼梯也嘎嘎作响。

某扇门已经打开，在等待小莫的到来。

小莫脸上浮现笑意走进屋内。

5. 日内　马爷爷家

小莫：我来了。

马爷爷，将近80岁了，从厨房探了头看。

马爷爷：今天很热吧？

小莫：忙得我啊，没感觉了。

马爷爷：自己泡杯茶啦。

小莫熟门熟路地拿了杯子和茶叶筒。

小莫：好茶叶啊，哪里来的？

小莫说着打开装茶叶的罐子，盖子一打开，啵的一声竟从罐子里跳出令人惊吓的东西。

小莫吓得把茶叶罐扔了。

马爷爷大笑，上气不接下气，笑到咳嗽不止。

小莫：好啦，笑掉了下巴，还得带你去看医生。

马爷爷：这是第几次啦？你可真是一点记性也没有啊。

小莫做出一副无可奈何的表情。

6. 日内　马爷爷家

马爷爷坐在沙发里，拿出地道的茶具组，纯熟地泡起老人茶。

小莫掏出几个小点心。一个放在马爷爷的前面，一个放在自己的前面，最后一个放到客厅柜子中所摆着的相框前面的盘子里。

相片上是马爷爷的父母亲，那是很久以前的照片了，在内地高大的房屋前面。

屋子里的电视开着，里面播着经济新闻。

马爷爷：你有事就去忙，空了再来陪我聊天。

小莫：喝了这泡武夷红茶就走。还要到裁缝店去加班。

马爷爷：这一条街的人干的活加起来，也没有你一个人多，难为你小小年纪。

小莫：都是养我大的，谁的事我也不能推辞，有时候也觉得吃不消。

马爷爷：没有想过离开这老街到外面去做点什么？

小莫站起身。

小莫：跟你说过一百遍了，万一我妈回来找我。

马爷爷：老了啦。忙去吧。

顺手抓起沙发上小莫带来的报纸。

马爷爷：念报纸的头条："歌手无故缺席，见面会什么什么收场。"

小莫：拿错了，拿错了，那不是给你的。

7. 夜外　咖啡店门前

小莫推门进来。

咖啡店里没有几个客人。

灯光也比较幽暗。

小莫把给服务生小文带的报纸递给她。

文文掏出零钱给他，又给他倒了杯冰水。

文文：今天怎么这么晚？

小莫：加班啊，晚饭都没有吃。

文文：来客炒粉吗？

小莫：不用了，马上就回家了。小莫刚要朝外走，老板从里间出来。

老板：小莫来了？有件事要你帮下忙。

小莫回身。

老板指了指角落里的一个背影。

老板：那个女孩子在这里坐了大半天了，还喝了酒，你过去帮我带她走，我们要打烊了。

小莫又看了看那个模糊的背影。

老板：好像是外地来的，拉着个箱子，你把她放到随便哪个旅馆里去，总不能睡在我这里。

小莫：明白了。我去试试。

小莫走到五月的身边，小声跟她说了几句什么，五月站起身来，她有一点摇晃。小莫拉了她的箱子。

柜台前，五月结账。

文文趴在柜台上，在看小莫给她买来的娱乐报纸。

报纸上的图片消息："歌手无故缺席，发布会尴尬收场"。

文文并没有抬头看五月一眼。

8. 夜内　报社

台北

杰克一边接电话一边穿过忙碌的工作间，报社的人们都还在紧张地工作。

杰克的手上也拿着一张报纸。

杰克：到现在为止还没有新消息，好的，我尽快找线索，跟踪报道，不过老总，为这个小歌星我们有必要这么大动干戈吗？我明白了，谢谢鼓励，我会加油。

杰克挂了电话。坐到电脑前打开谷歌，搜索"May"。

页面上出现了五月的照片和一些信息。

他工作热情很高的样子。

9. 夜外　咖啡店外

小莫推着自行车，车上放着五月的箱子。

五月跟在小莫的身后，走路不太稳，深一脚浅一脚的。墨镜还戴着。

小莫总是不放心地回头看她。

小莫：拜托摘掉墨镜看路吧。

五月听话地摘掉又大又不合适的墨镜。

摘了墨镜的五月样子非常好看，在昏黄的街灯下，五月是一个神情有点颓唐忧郁的美女。她的头发乱乱地遮着半个脸。衣服也皱皱的，但是身材和面容还是非常出众。

小莫：你从哪里来啊？

五月不回答。

小莫：是来找人的吗？告诉我你要找谁，这条街上的人我都认识。

五月还是不回答。

小莫停下来，回头看她。

小莫：你不会说话吗？或者你走我前面吧，马爷爷给我讲过《聊斋》的啊。

五月看着小莫。

五月用手示意小莫靠近她。

小莫有点犹豫，但还是朝她跟前凑了凑。

五月也朝他的跟前贴了过来。

五月：对不起，我的嗓子坏了，说话的声音非常小，只有这样你才可以听见。

五月把嘴几乎贴到小莫的耳朵上了，讲话的热气让小莫有些发痒。因为推着车，他手不空，在肩膀上蹭着耳朵，看到他的样子，五月也不好意思地笑了。

小莫：你今晚有地方住吗？

五月摇头。

小莫：（有点犹豫地）你有钱吗？

五月点点头，但又用手指比画了一下，意思是：不多。

小莫：我带你去找一家比较便宜的旅馆？

五月又点点头。

10. 夜外　大街上

台北的闹市区，比我们开始看到的菁桐老街要繁华很多，高楼在灯光中幻化出与白天不同的姿态，

一辆豪华的轿车里坐着音乐制作人阿雷，他和我们常见的音乐人一样，消瘦而苍白，总是睡眠不足的样子。开车的是他的助理莉萨，一个并不很年轻但是很干练的女人，车子在有些拥挤的大街上走得并不快。

莉萨：（语速很快）老板一直发火一直发火，说别人拿着放大镜在找我们的负面消息，我们公司里摔碎个玻璃杯他们都恨不得登在报纸上，发布会这么重要的事情，说好到场的人不见了，大家要是不想做就散伙算了。你到底跟 May 说什么了？

阿雷：我？我说什么了？我什么都没说，我根本就没有见到她。

莉萨：你梦游啊，我最后一眼看到她就是从你录音间出来，眼睛红红的，好像哭过了，我当时正忙着，没顾上她，然后她就不见了，手机关机，等我赶到她的房间，连根羽毛都没留下。

阿雷：我一直在工作，根本就没有看见她，我还没有找她算账你们倒来找我算账？

莉萨：以前我只知道有文盲、脸盲，现在才知道还有情盲。哪个女孩子要是爱上你可就倒霉了。

阿雷忽然就打了一个喷嚏，莉萨体贴地赶紧摇起车窗。

阿雷：说这些有什么意思，赶快去找她回来啊。我们工作到一半算怎么回事？

莉萨：谁去找？我吗？她又没有签给我。该谁找谁自然会去找。

阿雷：那倒也是。我回公司。

莉萨打方向盘。

汽车转向。

11. 夜内　旅店

老街上的小旅店，旧旧的，但也有些情调。

柜台上，小莫帮五月在填着住宿的单子。

小莫：你的姓名？

五月就又凑到小莫的耳边说了一句。

小莫在空格里写下："五月"。

老板：还有姓这个姓的？

小莫：手。

五月把手伸了出来。

小莫把自己的手机号码写在五月的手上。

小莫：这是我的电话，你有事随时找我。

五月点头，无声地说："谢谢"。

12. 夜内 旅店

走廊。

老板走在前头。

五月拉着箱子跟在老板的后面，步子不稳地朝走廊的深处走去。

小莫站在柜台处看着她。

走到门口，五月回头，冲小莫挥了挥手。

就消失在打开的房门里。

13. 夜外 街上

小莫骑车回家。

耳朵又在肩头蹭了蹭。

小莫的心情莫名地有点好。

14. 夜内 旅馆

五月的房间内

五月站在窗口，看着下面的老街昏黄的路灯。

[闪回]

15. 日内 公司里

录音间里

阿雷在埋头工作。

五月站在他的身后，想跟他说句话，又怕打扰他。很犹豫的样子。

她的嗓子坏了，说不出话来。她试图和阿雷打招呼，但是声音太小。

阿雷戴着耳机，根本就没有注意到五月，他的注意力全在玻璃那边的女歌手身上。

女歌手在唱歌，阿雷戴着耳机在听，然后做手势让对方停下来。

他摘下耳机，在纸上写着什么。

这时，五月终于鼓起勇气走向他，她想说话，但是发不出声音，她只好再走近他，想走到他的耳边告诉他自己的嗓子出了问题。

阿雷偶然回头发现五月离自己很近，吓了一跳，继而很烦地皱着眉头。

阿雷：（很不高兴地）没事做就去找点事情做，离我这么近做什么吗？我在工作知不知道？

五月显然没想到阿雷的态度会这么激烈，她一下不知道该怎么办了。而阿雷此时又戴上了耳机，语速很快地在和隔壁的歌手交流着。

女歌手似乎也被阿雷刚才发火的样子惊到了，她眼睛看着五月。

阿雷：（冲女歌手又发脾气）你看哪里啊？在看什么啊？走神的毛病改不了啊？

阿雷在对对方发火的时候，已经把五月忘了。

五月流着泪转身离开了录音间。

16. 日外　公司外

五月走出了公司。厚重的玻璃门在她的身后合拢。

17. 日外 街上

繁华的街市，五月边走边流泪。

她手里抓着手机，她期待的电话并没有打来，她下决心把手机关掉。

18. 日内　公寓

五月住的公寓。

她在收拾自己简单的东西。箱子放在床上。

依然在哭。

19. 日外　老街

五月提着自己的箱子从公共汽车上下来，她要用自己的失踪引起阿雷的注意。

小莫的自行车从她的眼前闪过，吓了她一跳，不过当时他们俩还不认识。

[闪回完]

20. 夜内　小莫的家

小莫独自居住的家，房子也是旧旧的，东西放得挺拥挤，但还井井有条。

墙上醒目的地方挂着一块黑板，上面写着每天要做的事情。

小莫在吃着简单的晚饭。

小莫把今天做完的事情划掉，比如“给餐馆送矿泉水 48 瓶”“给林叔取生日蛋糕”“裁缝店 3 小时”等，又把明天要做的事情写到黑板上，比如“到书店刷油漆”等。

他显得很疲劳，看着眼前永远也做不完的事情。

他忽然在黑板上写了个“五月”，显然他认为这也是今天做的一件事情，但又无法说清楚，他又在肩膀上蹭了一下耳朵，五月凑在他耳边说话的感觉，给他留下了一种新鲜的感受。

小莫一边哼唱一边脱衣冲凉的背影。

21. 日外　飞机场外

杰克伸手拦出租。

22. 日外　路上

出租车上，杰克打手机。

杰克：我刚离开机场，昨天离港航班都查了，没有，我神通大啊？一般般，我现在去长途巴士站，碰运气。我也想不通，她正上升啊，公司当然说无可奉告。（突然对司机）对不起，停一下车。（对电话）有情况，我先挂了。

23. 日外　街上

莉萨正在街边的报摊买一早的报纸。她的手上还提了一份打包的早餐粥。

杰克在莉萨身边下了车。

杰克：早上好，去公司啊？

莉萨见是杰克，神态立刻警觉起来。

杰克：May 有消息吗？

莉萨转身就走，杰克跟在她身边。

莉萨：我不想跟你说话，你们的报纸对娱乐界缺乏善意，对负面的报道太过积极，稿子里总有股幸灾乐祸的味道，我不喜欢你们。

莉萨停下来。

莉萨：去把我这些话写到你报纸上吧。

杰克：May 有消息吗？她不仅缺席了昨天的发布会，而且手机关了，房子退了，到底出了什么事？她去哪了？

莉萨：我为什么要告诉你呢？

杰克：因为我在找她，这是我的责任，我对读者的责任。

莉萨：我又不是公司的发言人，我没有义务回答你的问题。

杰克：可你是阿雷的助手，阿雷在给 May 录歌这是大家都知道的，你当然应该知道内情。

莉萨：不管我知道还是不知道，我现在都不方便跟你谈这件事，你能理解吗？

莉萨独自朝前走了，杰克对着她的背影说。

杰克：好吧，说不定哪天你要找我打听 May 的消息呢，我会找到她的！

24. 日内　公司

阿雷的工作室

工作室位于台北闹市区一栋充满现代感的大楼内。到处都是闪闪发光的玻璃和金属。

屋内放了许多奖杯及畅销的唱片。

莉萨进入屋内后，怕屋里有人似的小心翼翼把门带上，快速地检查玄关摆放的鞋子，没有女鞋，她自行换了脱鞋进屋内。

莉萨：老师早啊！

房间里到处扔着谱纸，乱糟糟的，莉萨习惯性地很麻利地收拾着。

莉萨：又熬夜了？要咖啡吗？

阿雷哗啦哗啦地翻着莉萨带来的报纸。心不在焉的样子。

阿雷：谢谢。

莉萨：老师！又被拍到了耶！

报纸上的标题：《非霞约会多情男，莫非新恋情？》

阿雷：首映罢了，怎么就成了约会?

莉萨：首映式到处都是记者，那还不是自投罗网。

阿雷：她打一百个电话求我陪。

莉萨：那我们也得学会拒绝啊，都成了八卦王了。

阿雷：拒绝有时候比答应还麻烦。

莉萨熟练地把有阿雷消息的报纸剪下来，写上日期，从书架上拿下大剪贴本放进去。

莉萨指着以前的一页简报问在一边喝咖啡的阿雷：

莉萨：她叫什么?

阿雷：嗯……

莉萨：她呢?

阿雷在想，但是想不起来了。

莉萨：简直就是奶奶庙门上那块匾——有求必应。

阿雷：她们就是因为要找我写歌，才约我出去，记者就会捕风捉影。

莉萨：（边干活边小声说）多情男你还真是不够格，也不知道这些情歌都是怎么写出来的。

阿雷：你说什么?

莉萨：我进来时还有记者追问我 May 的事情。

阿雷：有消息了吗?

莉萨：还没有。公司动用了能动用的所有渠道在找。

阿雷：要不要报警啊?

莉萨：那要老板决定。

莉萨也有些心神不定的样子。

25. 日外 老街

小莫在粉刷一家书店的门脸，他戴个大草帽，帽檐压得低低的。他的手法很熟练，工作做得很好，边上一个小孩张着嘴仰着脑袋看得入迷。

不一会，小孩身边又多了一个人，也站在那看小莫刷，也说不上为什么，他干活就是挺好看的。

不一会，站在下面看的人就有好几个了。

小莫低头一看，发现观众群里多了一个五月。他一惊，差点掉下来。五月就笑了。小莫指了指自己的鼻子，五月点了点头。

小莫赶紧从梯子上下来。

26. 日内　老街

一座老房子前，很有些历史的斑驳的大门自有一种沧桑的美感。

小莫在按门铃，五月站在他的后面。

一位看似房东太太的伯母打开门。

房东：是小莫，我正找你呢。

小莫：有事吗?

房东：橱柜门关不上了。

27. 日内　公寓内

厨房里。

小莫在查看一个老旧的橱柜的柜门，关上自己就打开，关不上了，房东用一根皮筋拴着两扇门的门扭。

小莫在厨房里四下寻找了一下，找到一根薄木条，他折了两个小方块。

小莫：你们帮我推一下。

房东和五月不明就里，帮他把老柜子往后推着。

小莫把两个小木片垫到了柜子的前面两个角的下面，柜子整体向后仰了一些，门自然就关上了，关得很严实。

五月露出惊讶的表情，她觉得小莫很神奇。

房东：小莫是我这辈子认识的最聪明的孩子。现在说你们的事情吧。

小莫： 她叫五月，是我的朋友，您这还有空房间吧?

28. 日内　房间里

小莫带着 May 进到房里。

房间也是旧旧的，家具和布艺也比较朴素简单。

小莫：房间有点旧，你觉得行吗?

五月点头。

小莫：你在这里收拾一下，我做完事去旅馆里把你的箱子拿来。

五月示意，你不是在工作吗？

小莫：我很快就做完了，你就在这里等我，房东人很好的，有事你就找她好了。

五月点点头，非常小声地说：谢谢你！

小莫看懂了。

小莫：别客气。

29. 日外　街上

小莫从街上看得见五月的窗户，也看见了站在窗前，独处时表情郁郁的五月。

30. 日外　街上

小莫又在涂油漆，但他干得很快。

31. 日内　May 的房间里

May 坐在窗台上，擦蒙着灰尘的窗户，用手指在灰尘上面写着："我失踪了你介意吗？"

May 落寞地凝视窗外，望着对街陷入沉思。

[闪回]

32. 日内　录音棚

阿雷在帮 May 录音。

阿雷工作得非常投入，他专注地看着 May，给她讲如何把一首歌唱到最好，什么样的表演是真诚的，什么样的表演是做作的，什么样的歌词是好的，什么样的歌词是虚假的，阿雷对五月侃侃而谈，非常真诚坦率，五月就这样迷上了这个老师。

阿雷在唱歌，唱得非常好听，歌也非常好听。

在五月的眼前，灯光变暗了，两个人仿佛是在星空的下面，一切变得迷幻起来。

阿雷在吃东西，他很饿的样子，在吃一大碗面。五月端着一杯饮料，看着他，都忘了喝。

［闪回完］

33. 日外　街上

小莫又骑着自行车开始了他的忙碌。

34. 日内　老房子

马爷爷家的楼梯。

35. 日内　老房子

他把报纸交给马爷爷，又把替他买的黄酒放下。

马爷爷：喝了茶再走。

小莫：我赶时间，下次再喝。

马爷爷：遇到开心的事情了吧？

小莫：你怎么知道？

马爷爷：你脸上写着呢。

小莫：回头再说。

话没说完，人已经走了。

马爷爷拿起报纸来读："非霞约会多情男，莫非新恋情"。

马爷爷：这又不是我的报纸。丢了魂吗？

36. 日外　咖啡厅的外面

小莫摇车铃，文文出来拿报纸。

小莫：对不起，拿错了，这是马爷爷的财经专刊啊，我一会再重新买了给你。

小莫的自行车后面带着五月的箱子。

文文：小莫你要出门吗？你是不是要去大陆？我们街上很多人都去过大陆了。

小莫：你快点攒钱，攒够了我们一起去。

文文：小莫你不简单啊？

小莫：我没有得罪你吧？

文文：有人看见你在大街上跟一个美女咬耳朵。

小莫：想知道是谁吗？请我吃刨冰。（忽然想起什么）我还有事，先走了。

文文一脸的不高兴。

37. 日外　街上

小莫骑着车驮着五月的箱子。

经过他新粉刷的店面他自己还停下来欣赏一下。

38. 日内　五月的房子

小莫一上楼梯就感觉不对，几股细流顺着楼梯向下流。

满地都是水。

清水从卫生间流到房间，又从房间流到走廊上。

五月束手无策地站在清水里，脸上流着眼泪。

小莫甩掉鞋子冲进卫生间。

水还是不断地从坏了的龙头上冒出来，年久失修，皮垫太旧了。龙头就拧不上了。

小莫：有绳子吗？给我找一段绳子。

五月惊慌地在屋里漫无目的地到处搜寻。

小莫：拖把，拖把递给我。

五月把拖把递给他，也不知道他要做什么。

小莫从拖把上抽了一根带子下来，把水龙头先捆了一下，水小下去了。

小莫：房东呢？

五月摇摇头。

小莫：为什么不早点给我打电话，我不是留了手机给你吗？

五月想说什么又没有说，赶紧抓了个毛巾给小莫擦手。

小莫顺手将毛巾扔在地上。

小莫：赶紧多找点东西把水弄干净，不然房东回来会骂的。

五月害怕了，她把所有能吸水的东西都扔到地上，包括她自己的床单、衣服等。

两个人尽力把水的痕迹清理掉，带着一点做错事的慌张和开心。

终于干净了，被清水冲过的地面非常洁净。

衣服、被单也都拧干了晾了起来。

从 May 的房间窗户向外望去，美丽的夕阳染红了天际。

两个人都有点累了，也都有点愣神。

有一阵，谁都没有说话。

小莫：吃饭去吧，饿死了，我请你吃饭。我给房东打个电话，让她买新的龙头回来。

小莫说着就走出房间。边走边打手机。

五月先是愣了一下，也赶紧跟上去。

39. 日内　办公室

杰克抱着个电话簿往各个旅馆打着电话。询问有没有一个女孩，名字叫 May 的，刚在某赛事上得过奖的。

隔壁办公桌扔过来一本杂志，砸在他的面前。

脾气不好的女同事皱着眉头站在隔板的另一边。

女同事：我要想玩失踪我会到记者熟悉的旅馆住吗？就算我到旅馆住，我会告诉别人我叫 May 吗？你让我一个下午没有写出一个精彩的句子，还要打多久啊？

杰克：那你说怎么办？

女同事：请我吃饭，我教你啊。

杰克：最后一个，打完，打完就走。什么？！没有叫 May 的，但住过一个叫五月的，谢谢，我马上过来！

女同事吃惊的表情。

杰克朝她挥挥手。

杰克：闪了。

40. 夜内　老街的餐馆

小莫和 May 走进餐厅，店里客人不太多。

老板娘出来进去地忙着。

老板娘：小莫啊，你来得正好，明天你还要给我送酒水，走不开啊。

小莫：没问题。我们吃炒饭，好饿。

老板娘：你自己进去炒下行不行，我累惨了。

小莫就径直走进厨房里去了，这让五月很吃惊。

老板娘看到和小莫一起来的五月，很感兴趣的样子。

老板娘：没问题，小莫当过厨师掌过勺的。你们刚认识吧？

五月点点头。

老板娘：小莫运气还有点好啊，有这么漂亮的女生跟他出来，要是他妈妈还在不定多高兴。我看你很眼熟，我们一定在哪里见过。

五月有点不好意思。

有客人在叫老板娘。

老板娘去忙了。

五月看到玻璃上贴着招小工的启事。

41. 夜内　旅店

杰克在和老板交谈。

杰克拿出 May 的照片给老板看。

老板：是的，就是她。

杰克非常高兴。

杰克：她住几号房间？

老板：你找她什么事？

杰克：我是她的同学，她离家出走，她妈在着急呢。

老板：你很好心啊。

杰克：麻烦你，她住几号？

老板：她只住了一夜，第二天就搬走了。

杰克：那她去哪里了？

老板：我怎么知道。

杰克毕竟年轻，没有察觉到老板是在卖关子。

杰克：有谁知道她的下落？

老板：你要早来找我我就帮你问啦。

杰克：一定有人知道，我到街上去问。

杰克匆匆走了。

老板：菜鸟不懂规矩，否则 10 分钟小莫就帮他搞定。

42. 夜内　老街餐厅

小莫和五月面对面坐着吃东西，两个人都觉得挺新鲜的。

小莫：你现在该告诉我你到底是从哪里来的了吧?

五月想凑到小莫的耳边说话，可是当着客人和老板娘，她忽然有些不好意思了。

小莫总是善解人意，他起身到柜台拿了点菜用的纸和笔。

小莫问：你的嗓子是刚坏的还是一直这样子?

五月写：刚坏的。

小莫：你去看医生了没有?

五月摇头。

小莫：你来我们这里之前是做什么的?

五月有点犹豫，但想了想还是在纸上写下："唱歌"。

小莫：（吃惊地）你是歌星?你的嗓子是唱歌唱坏的?

五月：点了点头。

小莫：那你打算怎么办?

五月指了指窗户上的招工广告。

小莫有些为难，五月留在老街他当然很高兴，但是他又觉得这样对五月不是太好。

小莫：那你以后还唱歌吗?

五月没有回答，也没有写字，就看着小莫。

小莫觉得自己说错了。

小莫：你的嗓子一定会好的，明天我陪你去看医生，我们老街上有个马爷爷，他们家在大陆五代人行医的。

老板娘突然走过来。

老板娘：我想起来了，我在电视上看见过你，你参加过唱歌比赛。

五月点了点头。

小莫：只要老板娘见过一面的人，就别想再逃出她的手心。

五月对老板娘指了指玻璃窗上的广告，又指了指自己。

老板娘：你这么漂亮，在我这洗盘子，太委屈你了。

五月摆手表示没有关系。

老板娘：好吧，看小莫的面子，做几天试试，能唱歌你还是去唱歌吧，总比在这里好一些。

五月低下头。

老板娘：别灰心啊。

小莫：对，别灰心。

43. 夜内　老街

杰克在街上游荡，拿着照片问路人见过这个女孩没有。

大家摇头。

杰克失望地登上公车离开。

44. 夜内　五月的房间里

五月在流泪。

45. 日内　餐馆

五月在后面切洋葱。

泪流满面。

46. 日外　街上

小莫又在为了生计忙碌。

他非常努力地做着他必须做的事情，有的是为了挣钱，有的就是在帮忙。

他的精神总是很饱满。

小莫骑车从五月的餐馆经过，他就把头转向餐馆，想看到五月，自从有了这个女孩，他觉得生活和以前完全不一样了。

因为朝餐馆看，差点掉到沟里。

47. 日内　餐馆

五月在洗碗，手忙脚乱的。

不时被老板娘叫出去给大家认识。

老板娘：五月，你不要洗碗了，你还是到外面来招待客人吧。

48. 日内　公司

录音室里

依旧是很忙乱的样子。

阿雷：May 有消息吗？

莉萨：没有，小丫头也真胆子大，她忘了自己是签了约的，再不回来我们可以索赔了。

阿雷：（一边工作一边说）就因为有合约公司才不急着找 May 对吗？也不怕她不回来对吗？就没有人关心她的死活是吗？

莉萨：May 不会有事，她自己退了房子，关了手机，她是在玩失踪！

阿雷：可她为什么这么做？

莉萨：你问我？我还想问你呢。

49. 日外　老街

杰克又来了，他继续在街上游荡。

50. 日内　餐馆

小莫走进餐馆。

正是中午，客人很多，餐馆里最忙的时候。

厨房里，大师傅在炒菜。

鼓风机和抽油烟机的声音很大。

老板娘和五月忙里忙外，五月还很不熟悉，老板娘不时让她做这做那，这样做那样做。五月很积极，就是手忙脚乱，但她做得还是很起劲。

老板娘：五月，去 3 号桌写一下菜。

五月抱着菜单过去。

三号桌客人：卤肉盖饭，乌鱼蛋汤套餐。

五月点头。写单子。

三号桌客人：加一个蛋。

五月又点头。

三号桌客人：今天几号？

五月犹豫了一下。在单子上写了给客人看。

三号桌客人：为什么不讲话？

五月指了指嗓子。

五月：（小声）嗓子坏了。

三号：老板娘找你来做是不是为了省钱啊？

五月转身走了。

小莫从三号桌边走过，不小心就碰了一下他端着茶的手，三号桌的客人就把半杯茶倒在了自己的身上。

小莫：不好意思，不好意思，人太多了。

五月在远处却笑了出来。

51. 日外　老街

杰克在街上游逛，脸上带着烦躁和疲倦。

走到文文的咖啡店门口，走了进去。

杰克在窗边的座位坐了下来。

文文过来招呼他。

文文：先生中午好，您需要点什么？

杰克：没想到青桐还有这样好的小店。

文文：先生您需要什么？

杰克：咖啡，有三明治吗？

文文：这是青桐啊，又不是乡下，先生是从哪里来啊？

杰克：到你店里还要报家门啊？

文文转身走了。背对杰克做了一个不屑的怪样。

杰克透过玻璃窗看着外面的街景。

文文在为杰克准备吃喝，不时瞟一眼杰克。

52. 日内　餐馆

小莫在老板娘处结账。

小莫：她是我的朋友，你要多关照她，不能让她被人欺负啊。

老板娘：小莫，我劝你不要多想，她是歌星，一定是出了什么事才躲在这里，在老街上待不长的，现在的女孩子不像我和你妈妈那时候，心都高得很，连文文你都这么久追不到手，更何况五月。

小莫：不管怎么说，只要我在，她在老街上就不会受欺负。我先去做事，回来带她去看嗓子。

老板娘看着小莫的背影，摇了摇头，她有点为小莫担心。

她的身后一声脆响。

五月打碎了一只盘子。她抱歉地看着老板娘。

老板娘：没关系美女，碎碎平安！你本来也不是做这个的。

53. 日内 咖啡厅

小文疲倦地站在柜台里，发呆。

杰克走到文文的面前。

杰克：结账。

文文在计算器上点来点去。

杰克忽然看到柜台上扔着一张报纸，上面有 May 一个大大的签名。

杰克：（惊喜）你这签名哪来的?

文文：我为什么要告诉你啊?

杰克：她一定来过你店里。

文文：我们店里来的名人多了。你以为我们这是乡下吗?

杰克：她现在在哪?

文文：你找她干什么?

杰克：自然是有事情，你快点告诉我她在哪里。

文文：我怎么知道，客人到我们店里来又不用报家门的。

杰克：让我拍张照。

文文：不行。

杰克：好吧，我就在这里等，冰水!

杰克又坐回原来的位子上。

文文也无可奈何。

54. 日内 马爷爷家

马爷爷在给五月号脉。

小莫站在一边。

马爷爷：孩子火大，你说你着什么急啊?

五月凑到马爷爷耳边说什么，小莫听不见，也想往前凑。

马爷爷瞪他一眼，他就赶紧退后。

马爷爷：没大事，让嗓子休息一段，不治自愈。

五月高兴地点点头。

马爷爷起身，到一个有很多抽屉的柜子前面翻来翻去，找出一包药。

马爷爷：不给人看病很多年了，这条街上只有小莫知道我有祖传，他天天都来看我一眼，怕我个孤老头子死了没人知道。

小莫：我才不是看你，我不过是帮人每天多卖份报纸出去。

马爷爷：（不搭理小莫，一边包草药，一边说。）这可是个仁义的孩子，谁赶上谁就享一辈子福。

五月似懂非懂的样子。

小莫在一边美滋滋的。

马爷爷把药递给五月。

马爷爷：（话却对着小莫说的）这药不喝，熬好了往嗓子里吸热气，熏蚊子似的，明白了吗?

小莫认真地点点头。

五月：谢谢爷爷。

马爷爷：走吧，晚上没空就别来了。报纸上写的电视上都有，我其实也不怎么看，记得别再往我这带病人了，有病去大医院做手术，我没药了。

看着两个年轻人的背影，马爷爷神色有点落寞。

55. 日内　小莫的家

小莫把五月带到自己住的地方。

依旧是很旧的房子，家具和布置都很旧，像是多年前的样子。

五月也没有想到小莫是在这样的环境里生活的。

五月很好奇地东张西望。

小莫马上就找出小锅为五月熬药。两人一边说着话。

小莫：我爸爸在我很小的时候出了车祸，我妈不知为什么就走了，我跟我奶奶住在这里，后来奶奶也死了，我就走东家串西家，我总觉得有一天我妈会回来找我，所以不敢离开老街一步，也不想改变这老屋的模样。奶奶死后也没钱读书了，所以只会做点粗活。

五月：（小声）可人人都说你聪明啊，我也觉得你很聪明啊。

小莫：你的家在哪？我的意思是你的爸妈在哪？

在小黑板上写：山东，青岛。

小莫：你本事可真不小，一个人走这么远。

五月笑了。

小莫把烧开的药放到五月的面前。

他让五月张开嘴，吸入冒出来的热气。

五月就按他说的做。闭上眼睛，把热气吸进去。

小莫看着五月有点滑稽的样子，蒸气里，五月满头满脸都是汗，小莫就拿把蒲扇站在五月的身后轻轻地扇。

药没热气了，他就端到厨房去热。

五月看着他的背影，心里也觉得很温暖，但是从五月忧郁的眼神中，还是可以看出她对阿雷的思念。

56. 日内　咖啡厅

杰克失望地起身，从文文的面前走过。

杰克：明天见。

文文百思不解地看着五月的签名。

57. 夜外　小莫的阳台上

小莫和五月并肩坐着，看星星。

小莫：青岛，冬天下雪吗？

五月用力地点了点头。

五月：（凑到小莫耳边）怎么了？

小莫：没怎么。在电视里看到下雪，觉得非常神奇，台北从来没有下过雪。

五月：（耳语）以后我请你到青岛去看下雪。

小莫：好啊。

五月：（耳语）台北下雨也很美，我小时候听孟庭苇的歌《冬季到台北来看雨》，心里还很奇怪，冬天明明要下雪，怎么能看到雨呢？

小莫：你喜欢台北冬天的雨？

五月：（耳语）是啊，有个人对我说，雨就是世界的诗意。

两个人就这么坐着。各自想着心事。

[闪回]

58. 日外　雨天

台北的风景区

路上车少人稀。

莉萨开着车，May 和阿雷坐在后面。

车沿着雨中的马路走。

莉萨一边开车一边在跟两个人谈着工作，只有她一个人说话，另外两个人都在看车窗外的雨。

阿雷：莉萨，靠边停下车。

汽车停下来。

阿雷：让 May 看看台北的雨天，很美吧 May？

五月：很美

阿雷唱起《冬季到台北来看雨》。

三个人坐在车里唱。

外面下着雨。

五月的眼睛湿湿的。

[闪回完]

59. 日内　咖啡厅

老街依旧。

杰克来了，抱了一个巨大的玩具熊，熊的后背上印着某商场开业纪念的字样。

他来早了，咖啡厅还没有开门，他就抱着大玩具熊站在门口。

小莫骑着自行车匆忙地从他的眼前闪过。

车上又是要送的货。

老板从杰克的身后把店门打开了。

杰克转身进店。

60. 日内　餐馆

五月在切菜，还是不熟练，但是态度认真。

老板娘拿个卡子把五月耷拉在脸上的头发给卡了起来。

61. 日外　老街

小莫在冲洗一个店面的外观。

水顺着玻璃幕墙往下流。

62. 日内　马爷爷家

马爷爷把小莫给他送来的报纸交给收废品的。

对方：（一边翻一边嘟哝）这报纸您都没打开过啊？

马爷爷：有的看过。

63. 日内　咖啡店

文文刚上班，忙乱整理。

大玩具熊出现在柜台上，后面闪出杰克的脸。

杰克：这个送给你，还有这个。

杰克又递上一张有周杰伦亲笔签名的照片。

我叫杰克。

文文拿起照片，露出了笑容。

文文：叫我文文吧。

杰克：向你道歉，我是新娱报的记者，我在找给你签名的女孩，她是个歌手。

文文的眼睛一下子亮了。

文文：啊！你是娱记？你怎么不早说啊？你说谁是歌手？

杰克：给你签名的女孩啊，报纸拿出来让我拍张照。

文文把五月的签名拿了出来，兴高采烈地让杰克拍照，杰克也给她拍了一张。

文文：（兴奋）我可以上报纸吗？

杰克：当然可以。

文文：可惜我穿工装啊。

杰克：现在告诉我，May 在哪里？

文文：我怎么知道，这签名是小莫拿给我的。

杰克：谁是小莫？

文文：（骄傲地）我的一根粉丝。

64. 日内　公司里

录音间

阿雷在给一个叫马丽的女歌手录音。

阿雷边弹着钢琴，边对马丽做新歌的指导。现场总觉得有股焦躁不安的气息。

阿雷：那个音阶要唱舒服！

马丽努力唱着。

阿雷：不行，怎么了，May！身体不舒服吗？

马丽突然停止了歌唱。

阿雷还在想怎么了？停止弹奏钢琴。

马丽：我不是 May。

阿雷的表情僵住了。

阿雷：从刚才的地方再来。

马丽：老师，你很担心 May 吧？

阿雷：什么？

马丽：一点消息都没有，报纸上胡乱猜疑，说什么的都有，公司也不出来解释。

阿雷：你们这些女孩子就是太任性。

马丽：May 一定是太伤心了。

阿雷：伤心？

马丽：她喜欢你，老师是真不知道？

阿雷：你说什么？

马丽：地球人都知道。

阿雷：（掩饰地）我为了你们把自己的命都熬干了，你们还有闲心在这里八卦。

马丽：老师有才华，善良，帅，其实我们都很喜欢你，但是我还做不到因为喜欢你放弃自己的前途，所以我不是 May。她的嗓子也不知道好了没有。

阿雷：（吃惊地）她嗓子怎么了？

马丽：我那天在公司门口碰见她，她说话声音非常小，她说早上起来突然就这样了，唱不了歌了。后来下午就听说她走了，打电话也关机，我以为您知道，只是公司不让说。

阿雷：我完全不知道。这情况你跟公司讲过吗？

马丽：讲过啊，我跟莉萨也有讲。

莉萨提着一兜水果和吃的进来。

莉萨：录好了吗？

阿雷：还没有，今天就到这里了。

莉萨：这么早就收工啊？正好吃点水果。

莉萨放下东西就忙，很麻利很熟练也很情愿地。

阿雷：May 的嗓子出问题了你为什么不告诉我？

莉萨一愣。

莉萨：（想了一下）未经证实啊，我也是听说。

阿雷：马丽可以证实。

马丽：（嘟哝）不关我事啊，我是打酱油的。老师我先走了。

马丽走了。

莉萨将切好的水果整齐地在盘子上排好，端到阿雷的面前。

阿雷不太高兴地看着莉萨。

阿雷：你为什么不说？

莉萨：我刚才回答你了，不知道是不是真的。

阿雷：May 那样的孩子会撒谎吗？

莉萨：我也没有说她撒谎。

阿雷：那谁撒谎？

莉萨扑哧笑了。

莉萨：好了好了，对不起，没有告诉你是我错了。我担心影响你工作。

阿雷：万一她需要治疗，耽误了怎么办？

莉萨：她失踪不是我的错，我也很着急，她是成年人了，如果她觉得需要，她会去医院的。我们都有工作，比如你，不是也在工作吗？

阿雷不说话了。

莉萨把水果推到阿雷的面前，阿雷也不吃。

65. 日内　咖啡店

文文把一杯咖啡放在杰克的面前。收走喝空的杯子。

文文：奇怪了，平时总是看见他在我面前闪过来闪过去，今天怎么回事？

不过你别着急，他早晚会出现，他每天都要到我的店里来的。

杰克打了一个大大的呵欠。

文文：快看！小莫！

小莫骑着车，很快地从马路的对面划过。

等杰克和文文跑出店门，已经只有他的一个背影。

杰克撒腿就追。

文文在他的身后感叹：如此敬业啊！

66. 日外　老街

小莫在前面骑，杰克在后面追。

杰克在街上跑，大家都觉得奇怪。

追着追着，小莫拐了个弯，就消失了。

杰克停下来，大口大口地喘着气。

这时，他的手机响了。

杰克接电话。

杰克：我正在努力，有难度，但也有进展，好，我马上回去写稿。

67. 日外　老街

小莫从几个老人的面前经过，被老人叫住。

小莫捏住了车闸。

老人 1：小莫，你跑到哪去了？我好几天都没看见你。

小莫：我在啊，东忙西忙而已，有什么事吗？

老人 2：该搭过年的戏台了，你没忘吧？

小莫：怎么会忘呢？您放心吧。

老人 1：我就说嘛，什么事情交给小莫你就不用操心了。

老人 2：怎么是我操心？明明是你操心。

在老人的争吵当中，小莫骑上车走了。

68. 日外　台北

马路上，车辆很拥挤。

莉萨开着车，阿雷坐在后面。

69. 日外　医院

一家医院的大门外。

汽车停下来。

两人走进医院。

70. 日内　医院里

莉萨和阿雷分头拿着五月的照片在挂号处和药房等地打听见没见过这个女孩。

查挂号室的电脑记录。

71. 日外　街上

两人开车又走。

72. 日内　中药店

莉萨拿照片进去问。

阿雷坐在车里。

莉萨出来，一边朝车这走一边做了个没有收获的手势。

阿雷也有些灰心的样子。

73. 日外　老街

傍晚，街上人挺多的，做工的人们都收工了，一派闲适。

小莫骑着自行车，不同的是后面坐了五月。

五月翘着两只脚丫，很舒服地坐在后面，一只手搂在小莫的腰上。另一只手钩着一个塑料袋，里面是两个盒饭。

文文从店里冲出来。

文文：小莫，小莫。

小莫骑得快，已经是两人远去的背影。

文文莫名有些失落，噘着嘴回到店里。

杰克坐过的位子也空着了。

74. 日内　五月的房间

桌子上是吃完的空饭盒。

小莫又在帮五月用中药的蒸气治嗓子。

小莫：你觉得好些吗？

五月点点头。

小莫：马爷爷说行，肯定行。读过鲁迅的《药》吗？“包好，包好。”

五月惊喜地使劲点头。

小莫把药做成两份，一份用着，另一份拿到厨房热，这样就不间断，他总是很会做事。

75. 日内　五月的住处

厨房里。

房东：还在忙啊小莫。

小莫：不忙，有什么事吗？

房东：我想让你帮我冲下卧室外面的露台，鸟粪太多了，可能是它们看到我阳台上有鸟粪，以为是厕所就都来了。

小莫：但他们一定不知是男厕所还是女厕所。

76. 日内　五月的住处

五月在房间里听到他们两个的对话，都笑喷了，被一口热气呛得直咳嗽。

77. 日内　五月的住处

厨房里。

小莫：那你在这里帮五月热药，要煮滚开。

房东：知道了。

78. 日内　五月的住处

房间里。

五月在窗前，用手扇着热气深深地吸气。

没有一会，她的窗户上滴滴答答地流下水滴。

水越滴越急，越滴越密。

水沿着五月的窗户往下滴，就像淅淅沥沥的小雨。

水帘挂在五月的窗前。

五月高兴地看着这人造的台北雨。

房东端着药进来，她也有点愣。

房东：下雨了？

五月转过脸来看着她笑。

房东忽然有点明白了，她放下药转身上楼。

79. 日内　五月的住处

楼梯上。

房东：小莫啊，水是要花钱的，你拍电影啊？

80. 日外　阳台上

小莫以他特有的聪明在制造一场冬雨。而屋檐下的露台并没有冲洗。

房东哭笑不得的样子。

81. 日内　五月的住处

五月的房间。

五月静静地看着窗外的雨滴。

她又在思念阿雷。

[闪回]

82. 日内　公司

雨天。

公司的窗前。

阿雷站在窗前看雨。

五月站在他的身后看他。

阿雷转身。

阿雷：雨就是世界的诗意。

[闪回完]

83. 日外　露台

小莫在清洗露台，傍晚的天际美不胜收。

84. 日外　报社大门

杰克行色匆匆但精神振作，他手里抓着刚印出的报纸，准备再去老街蹲守。

莉萨的汽车在他的面前刹住。

车窗落下。

莉萨：很忙啊，等你半天了。

杰克：找我有事吗?

莉萨举了举手里的报纸。

报纸的标题："MAY 影追踪"，所配图片是文文柜台上的报纸。

莉萨：是的，你说过，你会找到她的，你很能干。作为公司，我们其实还要感谢贵报对我们公司艺员的关注，我找你只是想知道，你为什么对发生在这个新人身上的这件小事这么抓住不放?

杰克：我只是在工作。

莉萨：我也是在工作，我觉得我们还是应该合作。

杰克：合作需要诚意，我可以约时间到公司去采访，我们不能总在大街上交换信息。

莉萨：好的，我们是该好好谈谈，你见到 May 了?

杰克：还没有，暂时。

莉萨：是这样，好吧，那我们再找时间吧。

莉萨的汽车开走了。

85. 日外　老街

在老街不大的空场上，小莫正在搭建老人们说的戏台。这显然是每年的惯例。

小莫一个人搬着铁条，架设着舞台。他挥汗如雨，相当辛苦。

五月手里提着餐厅的外送餐盒，一边对着小莫挥手。

小莫看到五月，停下手边的工作，露出了开心的笑容。

两人找了个地方坐下来，小莫把自己的衣服扔在上面给五月坐。

五月把餐盒打开，给小莫看。

小莫吃得很香，五月静静地看着小莫吃饭的样子。

五月：（凑近了问）为什么只有你一个人？

小莫：我先干着，有空闲的人就会来帮忙。

五月：（凑近了问，但是比前两天好多了）我现在有空，我来帮你吧。

小莫：不用啦，你们女孩子做你们该做的事情吧。

五月：什么是女孩子该做的事情？

小莫：唱歌跳舞。

小莫的话触到了五月的痛处。

五月：我永远也不能唱歌了。

小莫觉得自己说错了话，又不知道该怎么办，非常紧张。

小莫：不会的，你已经好多了，你看这么远我都能听见你讲话了。你忘了马爷爷的话了？

小莫担心五月不高兴，但是五月真的不高兴了。

小莫有点不知所措。

五月没有说话，她看着小莫的手。

五月：你的手很漂亮。

小莫把自己干活弄得挺脏的手举起来看。

五月： 你会弹钢琴吗？

小莫摇了摇头。

五月：手指长的人适合弹钢琴。

小莫认真地点点头。

五月：我走了，你忙吧。

小莫站起来。

五月走了几步回头看小莫。

五月：今天晚上有雨吗？

小莫笑了。

86. 日内　餐馆

五月坐在没有客人的餐馆里发愣。

老板娘在一边看着她，觉得她有心事。

87. 日外　工地

干活的人多了起来。大家七手八脚，舞台很快就有了模样。

文文指给杰克，那个就是小莫。

舞台的雏形已大致完成。

小莫将铁管接上。

完工后，小莫擦了擦汗，露出工作完成后轻松的表情。

小莫接电话。

小莫：这边差不多了，好的，我马上过来。

小莫和别人交代了几句，就骑上车走了。

88. 日外　老街

小莫骑着车，骑得不是太快，也许是累了。

骑到一家乐器行的门口，他突然停了下来。

乐器行的橱窗里，摆着一架老式的旧钢琴。

小莫把手张开，盯着自己的手指看。

还从来没有人告诉他他的手好看，更没有人说他适合弹钢琴。

五月的话说到他的心里去了。

89. 日外　老街

他路过咖啡店。

杰克和文文站在路边正等着他。

90. 日内　咖啡店

杰克和小莫面对面坐着。

还没等杰克说话，小莫摸出一张报纸，拍到桌子上。

小莫：我正想找你呢，你倒送上门来了，你写的？

报纸：《MAY 影追踪》

杰克：大家都在找她，都很关心她的近况。

小莫：那要看她怎么想。她离开也是有原因的。

文文过来给两个人送水，看到桌子上的报纸，马上抓起来，兴奋地读，照片上没有她，她又失望地放下报纸走了。

杰克：是的，所以我要找到她，让她告诉大家到底发生了什么事。你知道她在哪，对吗？

小莫：你怎么证明你是她想见的人呢？

杰克：人为什么要失踪？就是为了让别人找啊，这你都不明白？如果没有人找，你丢了就丢了，人们转眼把你忘了，把你的位置代替了，那你失踪还有什么意义？说明你连失踪的资格都没有。

这句话有些触动小莫，他似乎看到母亲离去时的模糊的背影。

小莫：可是我也不应该在没有得到她的同意之前就告诉你她在哪里啊？她谁都不想见，一直关着手机。

杰克：她是在赌气，你不会认为她打算在这老街上住一辈子吧？这样吧，你现在打个电话给她，告诉她有人来找她，就在咖啡馆等她，如果她愿意，她会来，如果她不来，我马上走，再也不来了。

小莫想了想。

小莫：好吧。

小莫到柜台上打电话给餐馆，让老板娘转告五月。

91. 日内　餐馆

老板娘对正在干活的五月说有人在咖啡店等她。

五月放下菜刀，围裙都没有摘就跑了出去。

老板娘无奈地自己接着切菜。

92. 日外　街上

下雨了。

五月在雨中奔跑，她不知为什么认准了是阿雷来找她了，她觉得已经等得太久。

93. 日内　咖啡店

小莫、杰克、文文都静静地等待，彼此没有交谈。

门开了，五月冲了进来，围着围裙，淋得很湿。

看到杰克，五月很失望。

看到五月的样子，小莫很失落。

看到小莫的失落，文文又噘嘴。

只有杰克，很有成就感。

杰克：May，你好，我是《新娱报》的记者，我叫杰克，终于找到你了。

五月：你好，我还以为小莫找我有什么急事。

小莫意识到，五月的嗓子已经好了，他露出惊喜的笑容。

五月也对他做了一个鬼脸。

杰克：我们坐下谈吧，文文，咖啡。

小莫惊奇地看了一眼文文，奇怪她和记者这么熟。

文文很职业地微笑着，不看他。

94. 日内　报社

杰克正在向主编汇报。

杰克：她说了四点：一是对因为身体原因缺席发布会非常抱歉；二是目前因为嗓子原因无法演唱，要休息一段时间；三是给公司的工作带来不便也很不安；四是谢谢大家的关心。

主编：身体原因？怀孕了吧？有照片吗？

杰克：有，杰克把刚洗出的五月的照片拿给主编看。

主编：不是这张。

杰克：是这张。

主编：我是说阿美的照片。

杰克：阿美？

主编：我们说了半天不是在说阿美？冯家老三看中的新人，你报她神秘失踪。

杰克：我追踪的是个新人，但不是您说的那个阿美。

主编：不是阿美？那我们用头条报的是谁？

杰克：叫 May，唱得非常好，王雷在给她制作，很有潜力，很快会红。

主编：那就等她红了再报也不迟，是我搞错了，好了，你的这项工作完成了，该做什么做什么吧。

杰克：那今天的头条还发吗？我找到她了，她也接受了采访。

主编：不发了。

杰克：可是我们是追踪，总要给读者一个答案。

主编：没有哪个读者关心她的下落。你也是，小题大作，我们是报纸，不是寻人启事。

主编把铅笔扔在桌子上。

杰克立刻站了起来。

95. 日内　报社

杰克朝自己的办公桌走。

路过隔壁女同事。

隔壁女同事：又头条了吧？你还让不让我活啊？

杰克：撤稿了。

女同事：怎么可能？多精彩的系列追踪报道！为什么？到底怎么回事？

杰克；你请我吃饭，我接受你的访问。

96. 日外　街上

莉萨停车买报。

翻看，没有 May 的消息。

97. 日外　街上

报摊前

小莫一只脚点地，看报。

没有相关报道。

98. 日内　咖啡店

晚间的咖啡店没有什么客人。

文文看报，没有相关的消息。

99. 日内　餐馆

五月还在做事，她熟练多了，也可以说话了，对客人也很好。

小莫也在等着吃饭，两人眉目传情。

老板娘看在眼里，喜忧参半。

100. 日外　老街

过年的气氛越来越浓厚了。

戏台周围也热闹起来，很多有传统特色的习惯都还在老街保留着。

一些活动已经在开展了。

戏台上正在进行吃辣椒比赛。

小莫也是选手之一。

几个选手一字排开。

比赛正在紧张地进行。

五月和文文等都在下面观看。

五月喊小莫加油，声音又亮又好听。

小莫被辣得眼泪都流出来了，但是听见五月的喊声，更加努力。

锣声一响，比赛结束，盘子被收走。

大家在数着剩下的辣椒。

一位大叔宣布：小莫获胜！

在一旁观看的叔叔阿姨们都乐翻了。

另一大叔：不好意思！贪财啦！

大叔们向围观的客人收钱。

101. 公用厕所

小莫冲到厕所里狂吐。

小莫很难受地出来。

大叔们对他说：谢谢啦，小莫。

小莫虽然很不舒服，仍然对他们笑了笑。

102. 日内 小莫的房间

小莫冒着冷汗躺在单人床上，满脸痛苦地强忍着腹痛。

五月走了进来，手里拿着刚买的胃药。

五月倒了杯水，喂小莫吃药。

小莫吃着药带着疑惑的表情看着 May。

小莫：我不是在做梦吧？

五月：要钱不要命啊？

小莫：大叔们要搞歌会没有经费，我出的馊主意，当然不能不上场。

五月：要是所有的人都像你一样该多好啊。

小莫：我？连文文都要找个在大楼里穿衬衣打领带的男孩，不肯和我拍拖，都像我就惨了。你的脸怎么了？

五月赶紧找镜子去看。

五月：蚊子叮的，昨天夜里我屋子里有只蚊子。

小莫：好几个包啊，他一定也吃吐了。

五月一下扑在小莫的身上。挠他痒。

小莫一边笑一边挣扎。

两人忽然就没有距离了，忽然就不敢动了。

两个人挨在一起，感受这种亲近。

但还是很快分开了。

小莫：那个记者说，你的公司也在找你。

五月没有说话。

小莫：你也别太任性了，不能老在快餐店当形象代言人啊。

五月：你好了吧？我该走了。

小莫：等等我，我去看看你的纱窗需不需要补。

103. 日外　公司

接待室里。

杰克来找莉萨了。

莉萨：我还是什么都不能告诉你，因为我们一直没有她的消息。

杰克：我有。

莉萨：你有什么条件吗？我可没有什么可以和你交换。

杰克：（比较诚恳地）我一直很看好 May，我相信我的眼光，加上有阿雷的帮助，她一定会红，这也就是我为什么对她如此关注的原因。我找她一方面是想在工作中做出成绩，另一方面也是出于关心，现在我的工作已经完成了，只剩下关心，所以没有什么条件了，我前几天见到她了。

莉萨有点惊讶。

莉萨：她在哪儿？她的嗓子好了吗？

杰克：她很好，嗓子也被一个隐居的老中医治好了。我愿意带你们去找她，如果你们想找她的话。

莉萨：（兴奋地站了起来）当然，你等一下。

莉萨掏出手机打电话给阿雷。

莉萨：阿雷，我们找到 May 了！

104. 日外 老街

戏台。

过年了，老街的人们以他们的方式庆祝节日。

大批观众围绕着有华丽灯饰的舞台。舞台上有位衣着时髦又帅气的男歌手，正以一首摇滚歌曲带动现场观众的热闹气氛。

主持人介绍下一位歌手要上场时，现场的工作人员立刻对他交头接耳，主持人随着就点点头。

主持人：下一位登场的歌手是五月，她现在的工作是快餐厅的服务员，大家掌声鼓励。

伴随着热闹的音乐节奏，May 出现在舞台上，她化了浓妆，非常好看，小莫在台下看得发呆。

May 的演唱，一首非常好听的爱情歌曲，是阿雷为她写的新歌，还从来没有演唱过。

小莫看着 May 的表演，听到 May 美妙的歌声，露出惊讶的表情。

观众 1：这是快餐店的服务生吗？不可能啊！

观众 2：我怎么觉得我在电视上看见过她啊？

观众 3：快餐馆请了外援啊？耍赖。

前面的老板娘回过头来。

老板娘：不信你们去问小莫好了，她是不是我店里的服务生。

小莫很开心很骄傲的样子。

忽然，小莫在观众的最后看到了杰克，在杰克的身边还站着阿雷和莉萨，只是小莫还不认识他们。

小莫知道，他们一定是来找五月的，是来带她回到她的舞台上去的，小莫的神情有些落莫。

105. 日外　戏台

在观众的最后面。

杰克、阿雷、莉萨站在一起。

杰克：这就是你为她写的新歌吧?

阿雷：是的，我也是第一次听她唱舞台。

莉萨：May 好像有点变了，说不上是哪里。

杰克：我说的不会错，明年的今天她肯定不是现在的样子了。

舞台上，五月专注地唱歌，她好像忘记了自己的苦恼，认真而投入地把歌唱出来。

她也赢得了属于她的掌声。

大家都在欢呼，让她再唱一个。

五月深深地鞠躬，然后跑向后台。

成功的喜悦感动着五月，她和小莫拥抱。

小莫：你唱得太好了！不过我想，你等的人来找你了。

五月愣了，她猛回头，看见了杰克、阿雷和莉萨站在她的身后。

阿雷朝着五月张开了双臂。

五月和阿雷拥抱在一起。

在五月的身后，站着小莫，他在笑。

在阿雷的身后，站着莉萨，她如释重负。

舞台上的节目还在继续。

阿雷：祝贺演唱成功!

五月：谢谢!

莉萨：可惜我们没有准备花篮。

小莫：我准备了。

小莫从衬衣里拿出精心准备的一小束花。

五月接过来。

五月：谢谢！（对阿雷和莉萨）他是小莫，我在这里最好的朋友。

莉萨：我们找个地方坐下说吧，小莫，一起去吧。

小莫：我就不去了，一会演出结束还要拆台。

莉萨：好吧，那回见了。（对五月）我从此要拉牢你，看你还跟我玩失踪!

几个人说说笑笑着走了。

小莫望着他们的背影。

身后的音乐大作。

106. 日外　戏台

颁奖的环节。

舞台上已经站了好几位领了奖的人。

颁奖还在继续进行，获奖者高兴地上台，下面的人们在欢呼，因为都是熟人，大家完全是自娱自乐。

老板娘站在小莫的身边。

老板娘：是你的就是你的，不是你的就不是你的。

小莫：人有时候得奖，有时候也会得病。

老板娘：得到得不到，都不是你的错。

小莫：可是，怎么才能忘掉?

老板娘：忘不掉了，像伤疤一样。

这时，台上的主持人说：下面颁发最佳歌手奖，这个奖发给快餐厅的服务生五月小姐，她甜美的歌声让我们想起了春天的小雨和雨中绽放的花朵。

台下一片欢呼。

老板娘示意小莫上去替五月领奖，小莫摇头推辞，老板娘上台接过奖状，挥舞着。

大家议论，五月呢?

小莫笑了，他为五月的成功而高兴。

107. [一组闪回]

五月和小莫在一起的时刻：

小莫拉着五月从咖啡店出来，两个人在大街上走，已经没有多少行人了，五月走不稳，小莫一只手推车，另一只手揽着她，箱子放在自行车的后面。

五月在切菜，态度认真，技术很差，胡萝卜从她的刀下飞出好远。

两个人吃饭盒。

五月为小莫擦汗。

五月扑到小莫的身上。

两个人因为唱歌的成功而拥抱。

等等。

[闪回完]

108. 日外　戏台

天渐渐黑了。

演出结束了，大家都已散去了，舞台前一片狼藉。

小莫和几个自愿留下来的人在拆舞台。

还有人在议论刚才那个小姑娘唱得好。

小莫让大家都回去休息，他自己把戏台的材料往板车上装，准备运走。

这时，五月来了。

小莫停下手，看着站在昏暗光线里的五月。

两个人就面对面站着。

小莫：他的手很好看，他一定会弹钢琴。

五月：我先遇到他，又遇到你，运气太好。

小莫：杰克说，你会成为一个明星，像邓丽君一样。

五月：没有你，我可能就再也不唱歌了。

小莫：连胡萝卜都不会切，你不唱歌还能做什么？

五月：我会想你的。

小莫：我也是。

五月：什么时候到青岛去看下雪吧。

小莫：你说台北会下雪吗？小时候我老是问我妈妈什么时候回来，我奶奶就说，下雪的时候，因为我妈不会回来，台北也不会下雪，她才这样说的。但是在我心里就一直期待台北下雪，好像只要下雪，所有愿望就都能实现。

五月：替我跟马爷爷和老板娘说再见。

小莫点点头。

五月站起来，朝小莫伸出手。

小莫也伸出手。

两个人拉着手站着，面对面。

两人轻轻拥抱。

五月：（再次凑到小莫的耳边，像嗓子坏了的时候一样）对不起，我喜欢你。

小莫落寞中依然感到甜蜜和满足。

五月：明天我等你替我提箱子。

小莫：一定。

109. 夜外　老街

小莫在五月的楼下，看着她亮灯的窗户。

小莫久久不愿离去。

小莫倒退着朝自己家里走去。

110. 夜内 咖啡馆

很晚了，咖啡馆里没有客人了。

杰克一个人坐在他经常坐的位子上，他喝了不少啤酒，有点醉了。

文文过来给他加水。

然后在他的对面坐了下来。

文文：他们走了，May 也走了，你为什么不走？

杰克：不知道，心里很乱。

文文：你帮他们找到了 May，你做了件好事啊。

杰克：我也是这么对自己说的，可是心里还是乱，好像对不起什么人。

文文：你是说小莫，他喜欢 May。

杰克：May 也喜欢小莫，May 跟小莫在一起一定会非常幸福，而阿雷今后会带给她无穷无尽的痛苦，可她还是会选择阿雷，这是没有办法的事情。

文文：你这么年轻，讲话这么老成。

杰克：每个人的爱情，其实就是每个人的梦想。

文文：那你说，小莫有梦想吗？他的梦想是什么？

杰克：家。这几天我看他整天在老街上来回穿梭，他把老街上的每个人都当成自己的家人。

文文：你还会再来吗？

杰克：我挺喜欢你的小店，（停顿了一下）也挺喜欢你。

文文笑了笑，她也有心事了。

文文：我把你送我的大熊放在枕头边上。

杰克：（举举手机）有空发简讯给我。你下班吧，我走了。

文文：你去哪里？没有公车了。

杰克：我有办法，再见。

111. 夜外　小莫家的门口

小莫朝家里走来。

杰克坐在门口等小莫。身边倒着空啤酒罐。

小莫：你是在等我吗?

杰克：我想在你家借宿行吗?

小莫也在杰克身边坐下。

杰克：是不是后悔帮我找到 May 了?

小莫：是。

杰克：你想揍我吗?

小莫：想。

杰克：来吧。

两个人在门前扭在一起。

两个年轻人在街头扭打，尘土飞扬。

深夜的街头，两个小伙子以这种简单痛快的方式宣泄心中的郁闷。

直打得难解难分。

有的人家亮起了灯光。

112. 日内　五月的住处

五月收拾好了东西，一只箱子放在地中间。

她在等小莫。

脚步声在楼梯上响起，和每次一样。

五月看着打开门的门口。

是杰克。

五月：小莫呢?

杰克：（大大咧咧地）我替他来给你提箱子，他忙着。他说该说的话昨晚都已跟你说了。

五月：他也玩失踪啊?

113. 日外　老街

小莫骑着自行车，和每天一样。

车上驮着要送的货，不时在某个门口停下来，或者说句话，或者做点什么事。

路上有空罐，他捡起来，骑上车，投进路边的垃圾筒。投得很准。

小莫的车筐里有一束花，也不知道是要送给谁的。

114. 日内　五月的住处

杰克：他有件东西让我交给你。

五月接过一个包装很认真的盒子。

楼下有汽车的喇叭声。

杰克探出头。

115. 日外　楼下

莉萨和阿雷站在车外朝楼上看。

116. 日内　五月的房间

杰克：走吧。

五月倒退着离开了她住过这些天的小屋。

外面又下起雨来，或许是五月的想象，和那天小莫下的雨一样。

雨水顺着屋檐形成了水的珠帘。

117. 日外　老街

小莫把车停在马爷爷的家门外，沿着楼梯向上走。

118. 日内　楼内

忽然迎面有一些烟冒出来。

越往上走烟越浓。

小莫发觉不好，开始往楼上跑。

小莫用力敲着马爷爷的房门。

他用尽力气，撞开了房门。

火已经着起来了。

小莫一边喊着：着火啦，来人啊。

一边往里冲。

外面有人喊：着火啦，快叫消防车！

还有人喊：小莫，快出来，小心啊！

119. 日内　马爷爷家

小莫发现马爷爷倒在厨房的地板上。

他拼命把马爷爷往外拉。

他的头发和眉毛被火一下就烧焦了。

120. 日外　楼下

消防车来了。

消防队员开始救火。

浓烟已经弥漫了整座老楼。

121. 日内　楼里

小莫在消防队员的帮助下把马爷爷救了出来。

救护车把马爷爷送往医院。

122. 日外　楼外

消防队在喷泡沫灭火剂。

大量的白色的泡沫朝楼上楼下喷去。

泡沫飞散，随风飘舞。

又纷纷落下，如同飞扬的雪花。

小莫仰起脸，有点被眼前的景象所迷惑。

他以为真的下雪了。

123. 日外　路上

雨还在下。

莉萨开着汽车驶出了老街。

五月回过头去张望。

她希望能看到小莫。

但是她没有看到，她只是觉得老街笼罩在淡淡的烟雾当中，有一种说不出的朦胧的眷恋。

汽车里，莉萨和阿雷已经开始谈工作了，两个人语速很快地谈着录音、作曲等唱片公司的事情。

小莫和老街在这样的谈话中渐渐变得遥远和模糊。

124. 汽车里

May 打开小莫装礼物的盒子。

里面是一堆老街上可以买到的零碎的小礼物：一面小镜子，一个手机链，一个小公仔，一个小手镯等，反正是随手可以买到又很便宜的，女孩子喜欢的小玩意，一盒都是，有十几件或更多。

上面有一个很小的信封。

小莫：五月，我这些天走在街上，看到这样的小东西就会想起你，就想买给你，于是我就买了，可是我却一件也没有送给你，我也不知道我害怕什么。

我知道这就是传说中的爱情，我为我自己终于感受到了而兴奋，我在恋爱的同时享受失恋，在得到的同时体会失去。没有办法，我知道你和我一样，只是你为了另外一个人。

五月，谢谢你来老街，有你的老街和以前完全不一样了，我也和以前完全不一样了。

五月一边看一边流泪。

莉萨和阿雷还在说话。

莉萨顺手塞给五月一张纸巾，她就是这么眼观六路。

阿雷的眼睛又转向了雨中的台北。

125. 日内　演唱会

五月在台北的大舞台演唱。

一首关于爱情的歌曲。

非常好听也非常真切。

阿雷在边上看着她。阿雷的身边站着莉萨。

杰克在下面看着她，杰克的身边站着文文。

五月的演唱获得了非常大的成功。

观众报以热烈的掌声和欢呼声。

五月平静依旧。

笑容依旧。

126. 日外　老街

五月回来了。

她来到小莫的住处前。

小莫的房间锁着。

127. 日内 马爷爷的门前

邻居说，马爷爷去养老院了。

128. 日内　咖啡店

五月推门进去。

文文还在柜台的后面。

五月：文文，小莫呢?

文文：他走了。

五月：走了？他去哪了?

文文：找他妈妈去了，他说杰克说的对，如果没有人找，失踪还有什么意义?

五月：可是已经这么多年了，他去哪里找啊?

文文：即便找不到，和不找还是不一样吧。

五月：是的。不一样。那你呢?

文文：我迟早要离开老街的。

五月：没有小莫的老街，冷清了很多。

文文：你呢?

五月：我还会再来的。

—— 完 ——

沂蒙六姐妹

Yimengliujiemei

1. 引子：

沂蒙山腹地的一个挺大的村落，房屋错落，远处是层层叠叠的群山。

有锣鼓声在村庄的上空回旋。因为远，不甚清晰，只是透出一种喧闹和人气。

2. 日外　场院

两三个老头在敲锣打鼓。人不多动静不小。

二三十个妇女在练扭秧歌，带着大家扭的是兰花（二十来岁，梳短发，腰扎皮带，女干部形象，但也穿绣花鞋。）一边扭一边嘴里念叨着“上一步、两步，退一步、两步”的号令。

跟在兰花后面的一群女人年龄不一，嘻嘻哈哈，有灵的，就学得快些，有笨的，就学得慢些，边学还边说着俏皮话。

在这个队伍中，有我们影片的几个主要角色。

秀（十六七岁。梳大辫子，穿花衣，整洁好看）心灵手巧型，身材也好，脑瓜也灵，学啥都快，会了就左顾右盼的。

小鹤（十五六岁，梳两根辫子，或一歪辫，脸略胖）完全学不会，她有点五大三粗，明显不协调，但咬着嘴唇，非常认真。

看小鹤的样子，秀就偷笑。小鹤见秀笑，就噘嘴，不扭了。

小鹤：兰花，秀老笑我。

兰花：秀。我告诉你，小鹤学不会就拿你是问。

秀就过去把手把脚地教小鹤。

秧歌扭得热闹，一群孩子和老人围着看。

黑燕（十六七岁，有点黑，看着挺犟的，梳大辫子）穿得比别的女孩都差，个子也比较矮，她的神情也比别的女孩冷一点，她一边扭一边踢土，把前面女孩的黑棉裤都弄脏了，前面的女孩回头瞪她，她目光也不躲闪，还是一副“愤青”的样子。女孩边上的春英（二十三四岁，梳着发髻，是年轻的媳妇）把女孩扯了一把，换到自己的位置上，自己到黑燕的前面扭。

女孩：黑燕老那么欠？

春英：行啦，都不是省油的灯。

兰花：（有所指地）扭就好好扭，不想扭可以走。

黑燕不理会。

黑燕：春英嫂子你家啥时候办喜事啊？

春英：明天。

片名：《沂蒙六姐妹》

3. 日外　春英家院子

大清早。

不规则的石头砌起来的并不十分规整的院墙。

别有一种古朴的坚固与美感。

院墙的一部分在树荫的遮蔽之下。有的树杈从外面伸进来，有的树杈从里面探出去。

初春的阳光温暖而明亮，使得所有的线条都分外清晰。

一只异常美丽的大公鸡站在墙头上，它的羽毛在阳光下熠熠闪光。它骄傲地睥视着墙下，像是在和对手挑衅。

对手是我们影片中的春英，她给人的第一印象干练而灵巧，衣服穿得整整齐齐，头发梳得一丝不乱，此刻，她插着腰，站在院子里，盯着墙上的大公鸡。

大公鸡警惕而骄傲地看着她。

她把手里的玉米粒又往地上撒了几个，人也往后撤了几步，嘴里叫着“咕咕咕”，邀请公鸡来吃。

公鸡不为所动。

春英有点不耐烦了。

她把手里的玉米棒子朝公鸡扔了过去。还挺有准头，真的打到了目标。

公鸡受到惊吓，扑棱着翅膀从墙头上飞到院子里。

春英扑了上去，公鸡飞快地从她的胯下逃离。

春英又扑上去，公鸡又飞走了。

4. 日外　春英家院子

人与鸡激烈地追逃，一时间院子里鸡飞狗跳。

在追逐的过程中，镜头扫过这个农家小院的一些角落，显出了一些不寻常的气氛：

门上贴了红色的对联，墨迹新鲜，内容是“百年好合”一类。

院子的一角堆着一堆桌椅，是借来准备开酒席的。

厨房门口摆着一些准备做饭的锅碗瓢盆。

正屋的门口，坐着一老一小，是春英的婆婆和四岁的儿子臭臭。婆婆靠在门框上，臭臭靠在奶奶的怀里，两人看热闹似的看春英抓鸡。

臭臭还不时地跟着叫喊起哄：娘，赶紧的，娘，又跑了。

奶奶却有点想笑也笑不出来。

臭臭见妈妈老抓不到，就想从奶奶怀里挣脱出去，奶奶就揪着不让他去。

臭臭奶奶：臭乖，不去。

臭：为啥？为啥？

臭臭奶奶：那是长辈。

臭：奶我娘太笨了，我爹要在，我二叔要在，就它还想跑？

臭臭提到二叔，奶奶无声地叹了口气。

臭臭奶奶：你二叔在咱就不用麻烦它了。

5. 日内　秀家

还是清早。

秀趴在炕上，两条小腿朝上，两只穿着绣花鞋的脚晃来晃去。头却扎在窗户下面的亮处，她在替父亲写信。一个木升上面铺着张粗糙的纸，她的手里是个挺小的铅笔头。

秀的身边还卧着一只大猫。

秀爹靠在叠在炕头的被垛上，跷着二郎腿，嘴里叼着旱烟袋。对秀巴结地笑着，嘴里咬文嚼字。

秀爹：见字如面，儿母病危，想和儿见上一面，你见信赶快跟队伍首长告假，赶快回家。

秀抬起头，瞪着父亲。

秀：爹，你这不是骗人吗？

秀爹：我哪骗人了，你娘见天夜里哭你哪知道？你哥要是再不回来看一眼，你娘就吃不上今年的新麦子了。

秀：那我娘也没重病在床啊，扭秧歌扭得欢着呢。

秀爹：不这么说你哥能回来吗？队伍上能给假吗？大姑娘死心眼。

秀：我不管了，我哥回来还不得揍我。你自己写吧。

秀爹：（火了，一磕烟袋）我要会写还用求你？我花钱供你哥念书，半道当兵跟我连个招呼都不打，我腾工夫让你上识字班，写个信还得给你赔笑脸，我让你写的，他小兔崽子敢把你怎么着？兔崽子，一窝兔崽子！

秀有点害怕了。噘着嘴又趴下身去写。

秀：还有吗？

秀爹：（认真思考状）你娘说，不看你一眼，她心有不甘。

秀一边写，一边笑，肩膀直抖。

秀爹：行了，你哥的信皮你收着呢吧，写好了带在身上，看见区助理赶紧交给他，上次来我还给他吃了一只鸡呢。

6. 日外　山坡上

实际上有路，但是看不出路的山坡。

山坡上长满了酸枣棵子，刚刚有点返青。

十多岁的二宝左右躲闪着扎人的酸枣树，灵活而轻捷地跑过来，他一边跑，一边回头看，脸上带着坏笑。

追他的是他“媳妇”黑燕，黑燕背着个筐，也梳大辫子，气鼓鼓地追在二宝的后面。

二宝跑到一棵树下面，停了下来，大口喘气。

黑燕转眼追来了，二宝赶紧转到树的后面，避免被黑燕抓住。

黑燕：给我你，你给不给？找打啊你。

二宝：给谁做的？

这时才看到二宝手里抓着个缝了一半的鞋垫。他一边躲着黑燕，一边把鞋垫往自己的脚上比画，鞋垫比他的鞋都大，显然不是给他的。

黑燕：赶紧拿来，我给队伍上做的。

二宝：队伍上谁啊?

黑燕：谁要就给谁。

二宝：我不信，整天藏着掖着，小心我告诉我娘你偷她的布。

黑燕：告吧，你这就告去，让你娘把我打死算了，省得整天给你们家卖命，黑心狼。

黑燕不追了，坐到一边生气。

7. 日外　山上

二宝见黑燕生气，也软了下来。把鞋垫朝黑燕扔了过来。

二宝：吓唬你呢，不识逗。

黑燕捡起鞋垫，一边择着上面粘的草棍，一边掉眼泪。

二宝：又哭啦？就知道哭，（不知该说什么）好好好，缝吧缝吧，我弄柴火。

二宝卖力地干起活来。

黑燕往大树下面一坐，从衣襟上取下针来，在头发上篦了篦，专心地缝她的鞋垫，缝了一半的鞋垫上布满了细密而整齐的花纹。远远看去，这对称不上是夫妻的“小夫妻”也很田园。

黑燕：你快点干，咱今天得早点回去，老孟家办喜事。

8. 日外　山路

山不算高，层层叠叠，泛着初春时节难以描述的灰绿。

一条泛白的山路蜿蜒而来，又曲折而去，时而被山坡遮蔽住，时而又转了出来，和山坡纠缠不休的样子。

娶亲的锣鼓由远而近，渐渐充满了画面。

山路上迎面走来一干人，最前面的是一头高大的骡子，身上驮着一堆嫁妆，箱笼、花被子等。牵骡子的也是接亲的是一个精神矍铄的白胡子老头。他是小鹤的爷爷，老头跟着锣鼓点哼着戏腔。

跟在后面的是一头毛驴，上面斜坐着新娘。头上盖着盖头。走在毛驴身边的是小鹤，小鹤穿着带有折痕的新衣服。小鹤有点小子气，粗手大脚，憨憨的。后面跟了几个送亲迎亲的人，大都是女性，只有一个腿瘸的壮年人。再后面就是三四个人组成的鼓乐队。

一行人不紧不慢，热热闹闹地往前走。

骡子和毛驴的脚下尘土飞扬。

9. 日外　山路

一个送亲的妇女嘲笑瘸腿的壮年：村长，不让你来你偏来，看你走道我都累。

村长：月芬出嫁村长送亲，你当年有这排场吗？

妇女：我嫁过来时你连个民兵都不是，转眼成村长了。

村长：再忙我也得来，不能委屈了月芬。

新娘苗条柔媚的背影。

小鹤紧走几步追上爷爷。

小鹤：（嗓门粗粗的）爷爷，怎么比去时候远啊？

爷爷：去时候你骑驴当然近了，不让跟着偏跟着，累了吧？

小鹤：啥时候能到家啊？

爷爷：说话就到。（看了小鹤一眼，逗她）别说话啊。

10. 日外　村里

村子建在斜坡上，房屋错落有致。石板墙、茅草顶，草垛柴堆，鸡鸣狗吠。一抹炊烟笼罩在村子的上方。

11. 日外　村里

曲折细长的街巷。

兰花敲着一面铜锣。沿着村里的小巷边走边喊。

兰花：大戏台开会，紧急会，各家一人，要点名。（锣声）大戏台开会，紧急会，各家一人要点名。

听到招呼的村民已经三三两两地朝戏台方向去了，兰花逆着他们的方向继续敲继续走。

兰花边敲边走，忽然从房屋的拐角跳出一个人来，是个和兰花年纪差不多的小伙子，有点吊儿郎当，衣冠不整，他是四喜。

兰花瞥了四喜一眼，自顾往前走，四喜追上兰花。

四喜：兰花，兰花，区上开会回来啦？又开会，你整天就知道开会！

兰花看了他一眼，目光充满了不屑，懒得搭理他。继续往前走。边敲边喊。

四喜一定是已经习惯了这种待遇，他依旧跟着兰花赔着笑脸。

四喜：把锣给我，大姑娘家筛锣不好看。

兰花：别挡道，不好看别看，你少跟着我。

四喜：我又说错了，不是不好看，你辛苦了，你歇会儿，我来。

说着已经从兰花手里抢过锣，一边走一边敲。

12. 日外　村里

兰花：（继续喊）大戏台开会，紧急会，各家点名。

四喜不时回头看兰花一眼。

13. 日内　秀秀家

秀在匆匆忙忙地重新缠腿带子，动作麻利而熟练。她把写好的信掖到怀里。

秀：爹我去开会吧。

没等爹应声，人已经往外走了，走到门口，掀开水缸照了照。然后就朝外跑了。

秀爹：（冲着秀的背影）把信交给助理员。（自语）你哪是开会，你就是赶集。

14. 日外　山坡上

二宝还在干活，他直起腰看黑燕，黑燕停住手，在听。

二宝：是敲锣。兰花的锣。

黑燕：过队伍了吧？快点，走了。

她跟二宝七手八脚把柴火捆起来，背到二宝的背上。

黑燕：快点。跟上。

黑燕轻手轻脚地在前面跑，二宝背着柴火捆踉踉跄跄地跟在后面。

15. 日外　村里

迎亲的队伍进了村，一路上吹吹打打。

一伙孩子跟在后面，兴奋异常。

16. 日外　春英家门外

迎亲的队伍来到贴着对联的门口。停下。

大门敞着，却没有人迎出来。

新娘子在毛驴上坐着。

锣鼓手起劲地敲打。

臭臭奶奶拧着一双小脚来到大门口，手里还领着臭臭，臭臭又在想方设法挣脱奶奶的手。

春英家的大门上钉着“光荣军属”的木牌。

锣鼓点停了下来。

臭臭奶奶：到啦，快进来歇会儿，都开会去了。就剩我一个人看火。

新娘子自己从毛驴上出溜下来，一把扯下盖头，一张年轻漂亮的脸露了出来，她是月芬，穿着一身红色的棉袄棉裤，光彩照人。

小鹤看到漂亮的月芬很惊喜的表情。

小鹤：真俊啊。

17. 日外　村中戏台

村中的核心地带，老旧的戏台有年头了，大树也有年头了，二者已成为这个村子的地标，也是村民们集中的所在。

老根据地的乡亲们对开会已经非常熟悉和熟练，大家随意地自由结合，分布得很合理。来得也很齐，差不多也有百多人的样子。

戏台的屋檐下面放了一张桌子、两把椅子，和现在的主席台差不多。台上一个干部模样的人正在讲话。没有扩音设备，他的讲话几乎就是在喊话。他的身边站着村长，一个上了年纪的老汉。

伴随着喊话声，在戏台的后面，一些人在紧张地卸车，两驾马车，运来一捆一捆的棉布、一袋袋的粮食等卸到戏台后面的屋子里。

很多老乡的目光都被马车所吸引。

一种大事就要发生，大事正在发生的气氛笼罩着在场的人们。大家的表情有些紧张，也有些兴奋。

在人群中，我们看到了秀秀、黑燕、春英、二宝、四喜和站在台口清点人数的兰花。

这段戏始终伴随着马副区长的讲话。他年纪不算大，戴着一副眼镜，是个知识分子。讲话也带点南方口音。

马副区长：乡亲们，国民党的军队正往山东根据地开来，一场大战不可避免，我们期望和平，但是我们必须保卫根据地的胜利果实，保卫我们的家乡，土地，和以后的好日子。我华东野战军正在部署重兵，在陈毅、罗荣桓、粟裕的领导下，摆开战场，和敌人决战于沂蒙山腹地。我们的子弟兵已经开赴前线，开赴战场，我们要团结一心，奋勇争先，和他们一起赢得战争，赢得胜利，因为……

春英实在急得忍不住了。

春英：马副区长，您刚来沂蒙山吧，这些道理都不用讲了，解放军是我们的子弟兵，我们不帮谁帮？直接安排吧。快晌午了，我们那边还等着拜堂呢。

大家都笑了。

区长扶了扶眼镜，有点窘迫。坐在边上的老村长用手指头点着春英，做着生气的表情。

区长：好吧，我就不啰嗦了，任务很重。5000 斤麦子，尽快磨成面做成煎饼，等队伍过来就要。200 双军鞋。还有喂马的谷草，能弄多少弄多少。

18. 日外　春英家

鞭炮在院子门口炸响，乡亲们都围在边上，孩子们钻来钻去。

村长陪着区长也来了。

区长进院子之前看了一下门头上“光荣军属”的木牌子。

19. 日内　堂屋

堂屋收拾得很干净，有一点专门为了办喜事做的装饰，但还是很简朴。

臭臭奶奶一个人坐在长辈的位置上。

月芬和春英站在奶奶的对面，春英的怀里抱着早上她抓了半天的漂亮的大公鸡。

乡亲们围在后面的门口。

司仪苍老的声音：一拜天地。

月芬和春英一起对着门口鞠躬。

司仪：二拜高堂。

月芬和春英转过身给臭臭奶奶鞠躬，她很平静。

司仪：夫妻对拜。

月芬和春英对拜。春英紧紧夹着大公鸡。

大公鸡好像懂事似的，非常安静听话。

司仪：送入洞房。

春英抱着公鸡走在前面，月芬跟在后面。

大家都很安静地看着这一切，没有好奇，没有议论，没有忧伤。

20. 日内　月芬的新房

新房收拾得很整齐。

月芬看着这个将要成为自己的家的陌生的地方，她找不到另外一个人的一点痕迹。

春英在她身后轻轻地说：上炕吧。

21. 日外　院子里

老村长和娘家村的瘸腿村长引着马副区长来到臭臭奶奶的面前。

村长：老婶，这是区里的领导，道喜来了。

区长和臭臭奶奶握手。

区长：大妈，恭喜恭喜。

臭臭奶奶：让你笑话了，日子是两家早定下的，儿子在队伍上回不来，两家商议还是按日子先把门子过了，在哪等都是等。老辈留下的办法，女婿出门在外，老嫂抱个公鸡也能拜堂。

区长：早过门早团圆。我知道你两个儿子在部队，老伴打鬼子的时候给115师送弹药牺牲了，你就是我们的大后方啊。（掏出一张纸币）这是我从延安带来的，现在咱这不能花，你收下，等全国解放了，一定可以花。

村长：你亲家说了，女婿不在家，新娘子不用回门，在婆家好好的，有事会给她捎信。

臭臭奶奶：（对大家）今儿还真是个好日子，区长都来随礼了。

正说着，远处传来隆隆的炮声。

大家知道，敌人已经来了。屋子里和院子里的人们都在侧耳倾听，彼此交换着眼神。

炮声隆隆。

臭臭奶奶：没来的不等了，开席！

22. 日外　村里

一组过场：

村子一下子忙碌起来：

每个碾子前都有推碾子的妇女。

碾子飞快地转动。粮食被越碾越细。

笸箩上架着来回拉动的面箩。

大盆里搅动的面粉、面糊。

姑娘们在河里漂洗着整匹的黑色白色的做军鞋的布。

老人们在捻着麻绳。

搓麻绳的腿上都有了清晰的痕迹。

线坠在飞快地转动。

刷糨糊做袼褙。

晾在太阳下的一张一张的袼褙上面是花花绿绿的拼接的百家布。

大嫂们围在一起纳鞋底，麻绳拉得哧啦哧啦的响。

孩子在周围跑来跑去。

院子里支着摊煎饼的鏊子。

一张一张煎饼像变戏法一样被摊了出来，摞得很高。

老木匠在修理独轮车。

剪刀在布上行走。鞋底的模样，鞋面的模样。

23. 夜外　村里

夜已经深了，村子里的很多窗口还亮着油灯，很多烟囱还冒着烟。

寂静的夜晚变得喧闹。

24. 夜内　二宝家

一个在村子里少见的大院子。

这个家从房子和家具都可以看出殷实。

房子挺多，人也多，进进出出的。

一匹崭新的黑布哗地被打开。二宝妈熟练地抖开布，然后把布按在一个大盆里下水。

二宝爹在一边抽烟，也不动手也不动口。

黑燕忙里忙外，一会出来一会进去。又到厨房里端了一盆热水，端到侧屋里正在摇头晃脑读书的二宝的脚下，把二宝的鞋脱下来，把他的两只脚丫子放进去。

二宝妈：黑燕你过来。

黑燕转过身。

二宝妈：我今天问方子妈，她的军鞋定量是 3 双，咱家为什么是 13 双？

黑燕：你们三个，再加上我的。我做 4 双。

二宝妈：（手里干着活）你给我站住，你什么时候也有一份了？

黑燕：我跟兰花要求的，我说应该有我一份。兰花答应了。

二宝妈顺手拾起手边的棒槌朝黑燕扔过去。

二宝妈：（非常生气地）你主意也太大了，没过门你在我们家就是一使唤丫头，你凭啥算一号人？

有媳妇从别的屋子里伸出头来看婆婆管教黑燕，并不上前劝阻，已经习以为常了。

家里人都该干什么干什么。

黑燕：（也不示弱）哪回不是我做的最多？为啥我就不算？

二宝妈：你干是给我干，你给我干不应该啊，养你这么大还长脾气了你，这有你说话的份吗？

黑燕：这没有，外头有，反正我不是你的使唤丫头。

二宝妈：小丫头片子，反天了你？

黑燕转身出去。

别人其实也都在听黑燕说话。

二宝妈：（对老伴）她要造反啊？

老伴还是抽烟，不说话。

二宝妈说话期间，手里的活一直没停。

二宝妈：跟你说话呢。聋啦？

老伴：这一仗小不了。

25. 夜外　碾子前

春英和月芬在月光下推碾子。

碾子上是上面发下来的粮食，给队伍上烙煎饼的。

月芬已经换下了新衣服，但也穿得利利索索的，头上的红头绳还扎着。

妯娌两个边干边聊。

春英：（叹气）也不知道这队伍都开到哪去了？上回来信说要往北开，怎么咱这边又要打仗呢？

月芬：他哥俩在一起吗？

春英：没有，他哥比老二早走两年多呢，那时候臭臭还不到一岁，爸都不会叫呢。

月芬：那大哥在队伍上，当啥了？

春英：上回来信说当排长了，还是去年过年来的信。

月芬：那，那他呢？

春英明知顾问。

春英：谁啊？

月芬：你们兄弟。

春英：（逗月芬）新兵蛋子。能当啥。（又叹气）唉，当不当的，平平安安的就好。

月芬：嫂子，你过门前见过咱大哥吗？

春英：那上哪见去？我家离咱这两百多里，我出来三天才到，毛驴把屁股都磨破了。过门那天折腾到晚上，困得我啊，啥也没看清，啥也不记得了。到白天又不好意思，我好长时间都闹不清这人到底长啥样。咋啦？想女婿啦？

月芬：面都没见过，咋想？我就是想知道他长啥样。

春英：我想想啊，（想）比他哥高一点，（用手比画着）不胖不瘦，有点黑，宽肩膀，明白了吗？

月芬：不明白，想不出啥模样。

春英：（不知道该如何描述，皱着眉想）对了，臭长得跟他叔就特像，差不多就臭那样。

春英话音还没落，月芬已经扔下碾棍朝院子里跑去。

春英：嘿，干着活呢。

26．夜内　春英屋

月芬推门进来。

她在炕头上摸到火柴，点亮了油灯。她把油灯端到臭的脸边上。

臭已经在炕上睡着了。一张纯净的熟睡的脸。

月芬站在炕前看着臭，她想从这张脸上找到她目前生活中最大的悬念的答案。

这是一种别有深意的注视。

27. 夜内　秀秀家

堂屋里点着油灯。

秀爹正在堂屋忙活，他把发下来的粮食倒在堂屋地中间的席子上。扒拉来扒拉去。秀娘守在边上，手里在捻着线。

秀爹：这是哪里交的公粮，根本就没晾干啊，都哈喇了。

秀娘：我也闻出来了，你管那么宽干吗？又不是干部。

秀爹：闻出来你不说，去把升拿来。

秀娘起身进里屋。

28. 夜内　里屋

娘进了秀的屋。

秀和小鹤正在用纸剪军鞋的样子，纸是红红绿绿的传单。

那个平底的升秀放在炕上当小桌子用。

娘：秀，你爹要升用。

秀：干吗？

娘：你爹说发的粮食陈了，准是又要把咱的新粮食换给公家。

秀：我爹才积极呢，就是在我哥这事上没进步。

娘：（制止秀）行了你，嘴快。

娘转身走了。

小鹤：你哥咋啦？

秀：我跟你说你可别跟别人说，我爹让给我哥写信说我娘病了，叫他赶紧回家一趟。

小鹤：你娘啥病啊？

秀看了一眼憨厚的小鹤。

秀：憨病。

小鹤似懂非懂的样子。

29. 夜外　村里

兰花背着个大桶给各户妇女送灯油，因为夜里做鞋要点灯。

30. 夜外　四喜家

四喜娘在纳鞋底，兰花拿起鞋底看。

四喜娘身后的炕上，睡着四喜的小妹妹。

兰花：婶子手真快。

四喜娘找了个破碗来装灯油。

四喜娘：眼神不行了，油灯把鼻子都熏黑了。

兰花把灯油给四喜娘倒到碗里。

兰花：婶我还忙，先走了。

四喜娘：兰花你慢走。

在边上屋里睡觉的四喜对兰花两个字非常敏感，他一下从屋子里跳了出来，光着脚鞋都没穿。

四喜：兰花你来啦，（冲屋里）娘兰花来你怎么不叫我啊？

兰花：（边说边往外走）你睡吧，干啥能比做梦好啊？

31. 夜外　村里

街上。月光很好。

四喜：没睡，我就打个盹。我帮你背着，我跟你去。

兰花没有停下脚步。

四喜娘：（在后面屋门口）兰花，让他背着，挺老沉的。

兰花这才把油桶给了四喜。

四喜娘知道儿子的心思，又帮不上忙，一脸的操心。

32. 夜外　村里

四喜和兰花沿着村路走在月光下。

四喜：兰花，我跟你在一起，干什么都有劲。你让我干什么我都愿意。

四喜把空着的一只手伸过来，拉兰花的手。

啪的一声，兰花把四喜的手打开。

兰花：我动员你参军你怎么不参啊？说一套做一套。

四喜：我们家我姐夫参了。

兰花：你姐夫能算咱们村的吗？

四喜：我要是走了不就看不见你了吗？看不见你我怎么活啊？

兰花：（伸出两个手指）两回了，咱村参军人数老是比东堂少一个，就这一条，模范村咱就别想。

四喜：除了参军，你让我干啥我都愿意。我受不了那个累。

兰花：我什么也用不着你，给我桶，别跟着我了。

四喜站住，看着兰花的身影消失在小街的拐角。一脸的落寞。

33. 日外　村里

一个清晨。

晨雾笼罩着在疲惫中睡去的山村。

漂亮的大公鸡在墙头大声地叫早。

早起的老人拉开柴门，吃惊地发现，满村都是解放军战士。

为了不打扰乡亲，解放军战士都在屋檐下、柴堆里，抱着枪睡觉。

大树下拴着首长的战马。

戏台边临时搭起炉灶开始烧饭。

通信兵在铺设临时的通信线路。

村外的打谷场上，整齐地摆着重机枪、钢炮、子弹箱等重装备，有战士在站岗。

场院的边上是一片小推车，显然是运弹药的，一些穿农民衣服的运输队躺在麦秸垛上大睡。

部队的首长沿着村路走来，身后跟着若干的参谋等，迎面遇见被刚叫起来的村长，村长睁着两只熬红了的眼睛，一边提着鞋。

村长：大爷，去喊下兰花，让她敲锣，告诉大伙来队伍了。

村长迎着首长走过去，握手。

村长：师长，你再这么客气我生气啦。谁家屋里不能睡几个，来了还睡露天啊？

师长：大棉袄都还穿着呢，冻不着他们。

村里远处已经响起了锣声。

34. 日内　秀家

秀从外面跑进来。小鹤跟在后边。

秀：爹，爹，来队伍了。

秀爹从牲口棚探出头。

秀爹：几纵?

秀：四纵的。

秀爹：有电线吗?

秀：有。

小鹤：还有炮呢。

秀爹：来首长了，她娘，煮鸡蛋，都煮了吧。

秀拉起小鹤转身又往外跑。

爹：你不赶紧干活又上哪去?

秀：去问问我哥的队伍在哪？来不来?

爹：想着回来告我一声。

秀：（人已经没影了）知道了。

秀娘提着装了几十个鸡蛋的篮子，从屋里出来。

秀娘：信也不知啥时候能到。

爹：你赶紧的，我也去看看。

35. 日内　二宝家

黑燕的婆婆在剪鞋底，把纸样子比在袼褙上，照着剪。忽然她发现了什么似的，把袼褙举到灯下看。看清了把袼褙朝炕上一摔。

二宝娘：黑燕，你给我过来。

黑燕从外面进来，手里抓着正在纳的鞋底。

黑燕：敲锣了，我出去看看。

二宝娘：你把二宝的褂子都扯了打袼褙了？上面发的布呢?

黑燕：打袼褙哪有用新布的？新布是做鞋面的。

二宝娘：你怎么不用你自己的褂子？你胆子越来越大了你。

一边说一边下炕，找东西要打人。

黑燕：二宝的衣服小了，不能穿了。

二宝娘不再理论，她拿个笤帚疙瘩就抽打黑燕。一边打一边说：反天了你。

黑燕也不太躲，就抗着。咬着嘴唇不吭声。

家里一个人忽然就探头进来，紧张地小声通知二宝娘：兰花来了。

36. 日外　二宝家院子

兰花站在院子中间，她对这个院子有种本能的反感，这种反感来自于她的阶级。

黑燕从屋里出来，没有任何刚挨过打的样子，依旧是以一种比较冷漠的态度对待兰花。

黑燕：有事吗？大主任。

兰花：你家管事的呢？

黑燕：有事你就说吧。

兰花：没事我也不会来。

黑燕婆婆也装作刚知道兰花来了，笤帚疙瘩还拿在手上，从屋里出来。

二宝娘：兰花来啦？瞧你发的那点灯油，我们家今晚上可就开不了工了。

兰花：来队伍了，机要还用你家那间房子，赶紧收拾一下，马上就到。

黑燕听到这个消息，露出兴奋的表情。

黑燕：我这就收拾去。

二宝娘：用房子可以，你兰花也总得给个笑脸吧，我们这也算在帮你的忙吧？

兰花：我没觉得有什么好笑，还有事，走了。

兰花转身出去了，二宝娘回身看忙活起来的黑燕。

二宝娘：（不高兴地）就你积极。

37. 日内　春英家

灶房里，臭臭奶奶还在摊煎饼。春英在给她打下手，摊一个晾一个，再把晾差不多的叠起来，她们的四周全是煎饼，叠好的一摞一摞整齐好看。这两个人一夜的工作量十分惊人。

春英已经困得抬不起头了。婆婆捅她一下，她就动一下。

臭臭奶奶看春英实在不行了，就自己一个人干。让她靠在一边睡会。

臭臭奶奶仿佛已经成了机器，机械地，坚强地，好像永远都不会停下来似的。掉下来的碎渣，她就捡了放在嘴里。

月芬一边扣着大襟的纽绊，一边朝厨房走来。

月芬：娘，又打锣了？

臭臭奶奶：来队伍了，我听见动静了，准是张师长他们。

月芬：你怎么知道？

臭臭奶奶：头几年他们在咱们这一带打鬼子，待的时间最长，他们进村狗都不咬。

月芬：娘——（欲言又止）

臭臭奶奶：去吧，问问南成的队伍到哪了？保不齐哪天就回来了。

月芬：您也歇会吧，两天两夜都没合眼了。

臭臭奶奶：我好着呢，别的本事没有，不会打仗放枪，就是禁熬。快去吧。

月芬转身朝大门外走去，她走到鸡窝边上顺便把鸡窝门打开。母鸡们争相跑了出来。

38. 日外　村头

哨兵站在村头，双岗，英俊威武的年轻战士。

39. 日外　村里

村子里像过年一样热闹。

指挥部就设在大戏台，大树下拴着一圈各色战马，各种级别的军人出来进去，络绎不绝。

通信兵说来就来说走就走。

指挥部里面在开会。在外面都可以感受到里面严峻的气氛。

岗哨林立。

40. 日外　村里

打谷场上，战士们也在分头开会，干部在讲话。

队伍人数很多，井然有序。

41. 日外　村里

月芬站在路口，战士们排着队从她的眼前走过。

一张又一张年轻的面孔从她的眼前划过，他们不一样，又仿佛都一样。

她自己也不知道为什么，这些脸特别吸引她，她看得有些痴迷，她想从这些陌生的面孔中找到属于她的那一张，虽然那张脸并不在其中，但她还是觉得在。

直到她被人拉了一下，才猛地清醒过来。

是小鹤和秀秀。

小鹤：新娘子，你看什么呢？

月芬：看队伍啊

秀：找女婿啊？这是四纵七师，你女婿在三纵三师。

月芬：没找，我就看看。

三个女孩就站在路边看。

秀：我哥在三纵八师，也订亲了，他在济南上学，我爸订的，不算数。订两回了。

月芬：那，那——

秀：那啥啊？

月芬：（不好意思）没啥。

秀：（伏在月芬耳朵上小声地）面都没见就嫁啦？这可不像“识字班”啊。

月芬：（害臊）媒人说好着呢。

小鹤：你们说什么呢？也跟我说一遍啊。

秀：媒人的话你也信啊？

月芬：（扯了秀秀一把）那你说，你跟我说说啊。

小鹤：（拉秀秀）看炮去吧，看炮去吧。

三个女孩贴着墙朝前跑。

战士们也在看她们。

秀：（边跑边回头对月芬大声说）心放肚子里吧，是好！咱村头一份！

月芬一下子站住了，她忽然有点难受。有点愣神。

秀和小鹤已经跑远了。

42. 日外　村里

兰花在组织装车，一排小推车，上面是区上安排给队伍准备的给养，有一大包一大包的煎饼、军装、军鞋等物资。她急得嗓子都哑了。

兰花：（对边上的人）赶紧啊，咱们这回说啥也不能比石台村出的车少，推车的人都找齐了吗？保证一车一人，还得跟上几个替换的。

对方：知道了。

兰花看见秀秀和小鹤过来。

兰花：小鹤，小鹤。

小鹤：兰花，看炮去啊。

兰花：正找你呢，赶紧回家。

小鹤：干啥啊？

兰花：别问了，叫你回你就回。

小鹤：（听话地）噢。

小鹤还想说什么，兰花已经在忙别的了。

兰花：秀你没事叫上几个人去拉谷草，喂马，马太多了，草不够。

秀：知道了。

兰花：拿谁家多少记个数。

秀：谷草还记个啥啊。

兰花：区长说的。

43. 日外　二宝家

院子里也有家人在烙煎饼，把刚烙好的就晾在电线上。

二宝家的院门大敞着，部队的无线电发报机就安在他们家。因为二宝家的房子相对高大宽敞。

黑燕和二宝看着战士们紧张地工作。

外面的战士送来电报，交给发报员，年轻的发报员非常熟练地发报。他们一举一动都充满了魅力，黑燕和二宝看得发呆。

忽然黑燕的脑袋上又挨了一下子。

婆婆站在她的身后。

婆婆：看够没有？赶紧交军鞋去。要不兰花又说咱们落后，她就盯着咱。

黑燕不太想去，又只好去。她过来扯了二宝一把，二宝也舍不得走，但又不能不听黑燕的。

婆婆把一碗水泼蛋放到小战士的手边。拍了拍小战士的头。

婆婆：真有出息，你爹妈要是知道你这么有出息得多高兴啊。

44. 日内　黑燕屋里

黑燕从自己褥子下面掏出自己做的鞋垫，非常精美好看，她看了看，塞在自己的裤腰后面，又用一个包袱皮把做好的军鞋都包起来，背上就走。

45. 日外　小鹤家

门口挂着："光荣烈属"的牌子。

院门哗地打开，小鹤回来了。

她一下就站住了。没想到院子里有很多人。

她家的院子里站了好几个战士，警卫员脸朝着院门的方向。

师长和爷爷蹲在院子里抽烟。师长正给爷爷点烟。

看到小鹤跑进来师长就站起来迎上来。

师长：小鹤，小鹤，这么高了。

小鹤看着这些人，有点不知所措。

爷爷：鹤，叫人啊，这是你阿牛哥的爹啊。

小鹤：阿牛哥呢？

师长：阿牛哥当兵了，炮兵。

小鹤：我刚才看炮了。没看见阿牛哥啊？

师长：他不在我的队伍上，他们部队往北开了。

小鹤：（自己忽然就笑了）阿牛哥那么小，也能开炮啊？

师长看小鹤这个样子，有点难受。他拍了拍小鹤的头。

师长：他也长大了，我见到阿牛，一定让他回来看小鹤。

小鹤：噢。我可想他。

师长从跟随的人手里拿过他为爷孙两个准备的粮食和其他吃的，交到爷爷手上。

师长：大叔，任务紧急，不能跟您多唠，得走了。

爷爷：不用惦记我们，让阿牛在队伍上好好干。

师长：他的命是您家两条命，算上小鹤是两条半换来的，他不好好干我也不答应。

爷爷：你再提这段我生气了。你们为打鬼子不也豁上了一家老小。不提了。

师长：好，走了，打了胜仗再来看你。

爷爷：你福大命大，谁碰上你谁倒霉。这我早看出来了。

师长一行人走了。

小鹤和爷爷站在院子里。她看到爷爷的脸上是很凝重的表情。

小鹤：爷你说阿牛哥还能记得小鹤吗？

爷爷：（疼爱地摸着孙女的头）你记着他，他就记着你。

小鹤：噢。

爷爷：小鹤，商量个事，咱把被子给队伍送去吧。

小鹤：为啥？

小鹤跟着爷爷进屋。

46. 日内　屋里

爷爷把炕上自己的被子重新叠了，找绳子捆上。

爷爷：要打大仗了，伤员少不了，人流了血，就是个冷，多少被子都不够给他们盖的。

小鹤：那咱盖啥？

爷爷：咱拢火，冻不着，天说话也就暖和了。

小鹤把炕的另一边自己的被子也学着爷爷的样子重新叠过。她把自己的脸贴在花被子上，有点舍不得，但还是和爷爷的被子捆在了一起。

爷爷背起被子出门，嘴里还叨念着。

爷爷：多少被子都不够给他们盖的。

小鹤对着空空的大炕。

小鹤：（自语）说话就暖和了。别说话啊。

47. 日外　村里

集合的号声响起。划破山村的宁静。

部队要开拔了。

乡亲们从四面八方朝大戏台涌来。

部队来也匆匆，去也匆匆。

队伍排成纵队从送行的群众中穿过。

战士们服装整齐，武器精良，是华野的正牌主力。

战士的脸，年轻而严肃。有身经百战的成熟，也有崭新的兴奋。

军官有马都没有骑，牵着。这支队伍基本就是从送行的人群中挤过去，但是彼此都很习惯。

送行的人群并不是十分的激动和热情，甚至有些平静和悲壮，人们就这样贴着队伍，看着他们来，又看着他们走。

队伍的后面是车队，有炮车、弹药车。

最后面是常备民工的独轮车队。

村民作为临时民工跟着把物资送上前线。

48. 日外　高处

月芬站在高处，看着队伍的背影。

在众多背影中，有一个年轻的战士回过头来，那是一张非常年轻英俊的面孔，他的笑容让月芬有点恍惚。

49. 日外　村头

兰花还在忙前忙后。

秀秀带着小鹤，往战士的衣兜里掖着鸡蛋。

黑燕拉着二宝在高坡上跟着队伍跑。

二宝：鞋垫呢？给了吗？

黑燕：当然给了。

50. 原野

大部队朝原野的深处行进。

村民们的心都揪了起来。

51. 夜外　村里

远处响起了闷雷般的炮声。

村头的高处，聚着一群老人。

他们睡不着，在推断着这仗会在什么地方打。

52. 日外　村里

村里依旧是个不眠的夜晚。

53. 夜内　春英家

春英、月芬和婆婆还在做干粮，三个人浑身都粘着面粉。

公家发的粮袋子空了。

春英：娘。没粮食了。

臭臭奶奶：炮一响就得备干粮，有多少都不够。拿咱家的先用吧。

春英犹豫了一下，把自己家缸里的粮食倒了出来。

月芬：大人好凑合，得给臭臭留一口。

月芬拿个瓢盛了一瓢出来。

54. 夜内　兰花家

兰花在自己家里翻腾，兰花的家非常贫穷，炕上躺着一个老奶奶，再也没有别的亲人了。

兰花在翻着自己有限的几件衣服。拿起这件放下那件，都有点舍不得。最后决定留下一两件。

剩下的就开始撕了，也是要做鞋底用的。

奶奶看着她。什么也说不出来。

兰花一边撕一边掉泪。

身后的破桌子上，供着父母双双的牌位。

55. 夜外　黑燕家院子里

黑燕家也在为即将打响的战役而紧张，家里人出来进去地在忙乱着，收拾东西，他们把粮食藏到地窖里，把一些零碎的摆设也都装箱收拾。

黑燕也在和家人一起忙碌着。

二宝妈：黑燕，不许到外头说。

黑燕：我跟谁说啊。

二宝妈：你趁早就别瞎积极了，再积极兰花也不会提拔你，她跟咱家有仇。别说你多做一双鞋，多做十双也没用。

黑燕：什么仇?

二宝妈：少打听。说什么你就听什么。

黑燕不再说话，埋头干活。

56. 夜内　秀家

秀和小鹤在捻麻绳，小鹤的腿都搓破了。

秀娘端了一碗水给小鹤喝。

秀娘：鹤啊。不能再在这腿上搓了，腿烂了你就走不了路了，说不定哪天就要转移呢。这炮也不知道是在往哪打?

秀：我问了，国民党 74 师过来了几万人呢，想在沂蒙跟华野干，华野准备就地就把他们收拾了。

秀娘：（焦虑地）你哥他们也不知开到哪了?

秀：要打仗了，收到信也回不来。

秀的话音没落，门就哗啦一下子开了，冲进来一个穿军装的。

屋子里的所有人都愣住了。

秀：哥?

是秀的哥哥大壮，他穿着军装，没有带背包和枪，奇特地出现在家里。

大壮：秀，娘，我回来了。

秀娘：是你吗大壮? （朝屋里叫）他爹，他爹！秀，快关上门去。

秀没理解妈啥意思，但还是跑出去关门了。

57. 夜内　秀家堂屋

秀的爹、娘看着风尘仆仆的儿子，不知道该说什么好。

大壮脱了军装，裸露着脊背。

秀娘看了前面看后面。

大壮：一根汗毛都没掉。

秀娘还是抹眼泪。

秀爹：一走就是两年多，也不管你爹娘的死活了。

58. 夜内　厨房里

秀和小鹤正在烧锅，准备给哥哥做吃的。

秀：我哥他们团在西崮休整，首长让他回来看一眼我妈，明天天一亮就得走。

小鹤：你妈啥病？

秀：没啥病，想儿子的病。

59. 夜内　堂屋

大壮：爹，得先把仗打完了啊，打完仗一定回来孝敬您和我妈。

秀爹：要打大仗了，老将都出动了。

大壮：是，这回是跟国民党的王牌军干。

秀爹：南边都打上炮了，你们队伍是往南开还是往北开？

大壮：往南。

秀爹：炮弹也没长眼。

大壮：放心吧爹，我长着眼呢，打了好几仗了，这不好好的。

秀爹：可不敢这么说。

秀娘：不去行不行？娘就你这么一个儿。

大壮：娘你放心，我小心着呢。

60. 夜内　秀家堂屋

秀和小鹤端着热腾腾的面条进来。

秀：哥，吃面。

大壮：小鹤都这么高了，俊了。

小鹤都不好意思了。

娘：秀，一会跟小鹤上她家睡吧，让你哥一会好好睡一觉。

秀：我还想跟哥说会话呢。

娘：明天早晨再说，听话，你哥跑了四十多里山路，看累的这样子。

秀：那好吧，哥，天一亮我就回来，等我回来你再走。

大壮边吃边点头。

秀爹：你哥回来别满哪说去，人家有在外面回不来的。

秀：知道了。

61. 夜内　秀爹和秀娘的屋里

秀爹和秀娘坐在被窝里，都睁着眼。

62. 日外　秀家

清晨，哥哥站在院子里，准备走了。

秀的爹娘在跟秀哥话别。

秀爹：大壮，地窖里我还藏了瓶酒，你下去拿上来，带给部队的领导。

大壮：不用了，您留着喝吧。

秀爹：让你去你就去，几年才使唤你一回？

秀爹说着就打开了院子里的地窖的门。

大壮听话地顺着梯子往下走了。

秀爹见大壮已经下去了，就把地窖门关了起来，上了把锁。

大壮发现事情不对，赶紧上到地窖口。

大壮：爹，你这是干啥？赶紧给我打开。

秀爹：大壮，你别怪你爹，你是老韩家唯一的一条根，你爹不能对不起祖宗。

大壮：爹，你这是干什么啊，快开门！

秀爹：等打完这一仗爹就让你走，你想去哪就去哪。

大壮：爹，你怎么这么糊涂啊？您这是让儿子当逃兵啊？

秀爹：你回来是领导准的假，不能算你是逃兵，下面我都收拾好了，你好生待着，我让你娘给你做好吃的。

大壮：开门！让我出去！

因为地窖的门很厚，哥哥的声音显得很微弱。

刚从小鹤家回来的秀，看见爹和娘神情紧张地站在院子里，感觉有点奇怪。

秀：爹，我哥呢？

哥在下面听见秀的声音。

大壮：秀，秀，我在这！

秀非常吃惊的表情。

秀爹：（很凶地）进屋。

秀从来没有看见过爹这副样子，一时也不知该说什么好，跟在爹的后面进了屋。

63. 日外　地窖前

大壮在一遍一遍地敲击着地窖的门，很徒劳。

64. 日内　秀家屋里

秀：爹，你不能这样，以后我哥会埋怨你的。

秀的话音未落，脸上就挨了爹一巴掌。爹依旧很凶，很激动，秀从来没有见过爹这样。她也非常害怕。

秀爹：你听好了，出去跟谁也不许说，你要是让别人知道，你就不是我闺女。有人问就说你哥一早就走了。

秀：爹。

秀爹：老韩家人丁不旺，是我不孝，本来想供你哥读书成才，没想到他自己跑去当了兵，39 年，115 师在咱们这跟鬼子打过一仗，战死了一百多人，这一仗又小不了，我不能让你哥上战场，区里也有政策，独男不参军，你哥不去也不是死罪，不成，说什么也不能去。你听明白了没有。

秀：那——

秀爹：我问你听明白了没有？！

秀：（小声）听明白了。

秀爹：别让小鹤来咱家，你跟她上她家去。

秀只好转身朝外走，她看见她妈在厨房忙活做饭。一边做一边抹眼泪。

65. 日外　秀家院子里

秀走过地窖，她可以听见哥哥在里面声嘶力竭的叫喊声。

她的心里非常难受。

她走到地窖边上。

秀：哥，是我，秀。

大壮：秀，放我出去，找人来放我出去！听见没有。

秀：爹不让，哥，我也不敢。

大壮：你糊涂啊！哥这叫开小差。是逃兵啊。

秀爹：（站在门口）秀，滚出去。

秀一边抹着眼泪，一边往外走。

秀：哥，你别着急。

远处传来的炮声忽然就激烈起来，战争的脚步近了。

秀爹一脸的决绝。

66. 村头

老人们聚集在高处，已经可以看到远处山头上经久不散的硝烟。

炮声隆隆。

67. 日外　山坡上

兰花一个人在赶路，她刚从区上开会回来。

她站在山坡上，面朝炮声激烈的方向。

她的神情很忧伤。

68. 日内　春英家

新房里。

月芬在认真叠着她的新被子，新房里只住着她一个人。

69. 日内　厨房里

春英和婆婆对着已经无粮可做的空锅发愣。

月芬走进厨房，看着她俩，也不知道该说什么。

臭臭奶奶：你俩分头出去借吧，拿谁家多少都记下来。

春英：我去吧，月芬刚过门，抹不开。

臭臭奶奶：我去。

春英：您歇会，我们去。

月芬：我去。

70. 日外　村里

月芬走在村里，手里提着一条空口袋，要开口跟别人借粮，她确实有些为难。

她远远看见秀和小鹤跑过，刚要叫她俩，转眼就跑没影了。

村子里的气氛有些紧张，人们都行色匆匆，很多人家的门都关了起来。

月芬感到有些紧张。也有些无措。

71. 日外　村里

春英也在借粮，她从一家人家里出来，已经借到了一个口袋底的粮食。

她正想着再到谁家去凑粮食。看到兰花从村口走来。

春英：兰花。

兰花一愣，她似乎没有想到在这里会遇见春英，忽然就有些慌张。

兰花：春英是你。

春英：开完会了？说啥了？打得咋样了？

兰花：（神色有些不对头，紧张）噢，这不刚散会吗，赶着回来，你这是干啥呢？

春英：给我婆婆借粮食，她说炮一响，煎饼鏊子就不能熄火，可我家实在没粮食了。

兰花：是啊。

春英：是什么？

兰花：是，是得想点办法。

春英：你咋了？怎么有点迷瞪啊。

兰花：没咋没咋，你忙吧。

春英：那我走了。

春英没走几步，兰花就在她的身后叫她。

兰花：春英。

春英站住，回头看兰花。

兰花：你先忙吧。忙完了，我，我再找你。

说完兰花就匆匆走了。

春英：啥事啊？

春英看着兰花的背影，有些迟疑。

72. 日内　黑燕家

月芬迟疑地推开二宝家的大门。

二宝：（在屋里）新媳妇，你到我家干啥来了？

正在干活的黑燕抬头看见月芬，又看见她手里拿着口袋。就朝大门外推她。

73. 日外　黑燕家门外

黑燕：上我家借粮？你可真是新来的。

月芬：我们又不是不还。

黑燕：门也没有。

月芬：你去问问试试？

黑燕撩起衣袖，让月芬看她胳膊上的伤。

月芬：你婆婆打的？

黑燕：就因为我做鞋撕了二宝两件破衣服，知道她是什么人了吧。

月芬：刚才那小孩就是二宝，你那口子？

黑燕：我 6 岁就卖到他们家了，那时候他才一岁。

月芬：那么小啊？不过倒是老在一块。

黑燕：站着说话不腰疼。咱俩换换？

月芬：也不知道队伍开到哪了？炮打得越来越凶了。

黑燕：别多想，有你这么漂亮的新媳妇在家等着呢，他一准没事。

月芬有点忧伤地摇了摇头。

黑燕：粮食我家有，但咱得等机会。

月芬：算了，别又打你。

黑燕：怎么都是挨打，你容我想想。

74. 日外　村里

在大戏台前聚集着村民，村长也在。兰花召集的会。

兰花把村长叫到一边，跟村长小声说着什么。村长的表情很凝重，眉头紧紧地皱着。

村长：大伙别吵吵了，听兰花给传达几句。

兰花：咱和 74 师接上火了，主战场在孟良崮，咱们这一带是在打阻击。最近的阵地离咱们只有 40 里地，区上要求咱们多准备干粮，组织担架队到区上集合。区上的军粮因为打仗运不过来，和以前一样，各家先凑，担架也得多预备。咱村不能落了后。还是老规矩，村长管粮食谷草，担架队到我这报名，天黑前。

75. 日外　村里

秀和小鹤等着兰花把会开完。

秀知道必须把哥哥营救出来，但是又害怕爹生气，左右为难，非常焦虑。

小鹤也很敏感，她不断地看秀秀。

小鹤：你怎么了？你是肚子疼吗？

秀：（烦躁地）你才肚子疼。

小鹤：我肚子不疼。

秀看见兰花从土台子上跳下来，就过去拉住她。

秀：兰花，我跟你说个事。

兰花：我忙着呢，看见春英了吗？去把春英给我找来。

秀：我找你有急事。

兰花：再急有打仗急啊？

秀：就是比打仗还急。

秀说着说着就哭起来。

兰花看着她的样子，有点不耐烦。

兰花：那你快说。

秀：（趴在兰花耳朵上）我爹把我哥给关起来了。

兰花：（大声）你哥？

秀：你别嚷啊，我爹不让我说，（指自己的脸）你看他把我扇的？

兰花：那咋办？

秀：我要知道咋办就不找你了，可你千万别说是我跟你说的，得把我爹引出来，要不他得拼命，眼珠子都红的。

兰花：（想了想，忽然有些伤感）秀，你哥独子，要不然，就听你爹的吧？

秀：可我哥在下面都急哭了，（又开始哭）他让我替他想办法，我到底是听谁的啊？

兰花：咱都想想，我得先忙大事，过会再说。

说完，兰花就走了。

秀：（直跺脚）过会就来不及了！

小鹤：（指了指远处）秀，黑燕。

76. 日外　村外

黑燕家的场院。边上有一个挺大的放谷草和农具的棚子，比较简陋的草房，但挺高大的。

黑燕、月芬、小鹤、秀四个女孩站在草房前面，在进行一次密谋。

黑燕：等这房子烧起来，月芬就到我家门口去喊救火，小鹤就到秀家门口去喊救火。

等人都跑这来了，我去家里弄粮食，秀你去放你哥。

秀：你把这房子烧了，你婆婆要是知道了不得要你命啊？

黑燕：那你们说怎么办？

月芬和小鹤都一筹莫展。

秀：要是我爹不来呢？

黑燕：要是你爹来呢？

小鹤：黑燕，你胆也太大了吧？这么大的房子，能点着吗？

黑燕：我在他们家干这么多年活，怎么也挣下这草棚子了。

月芬：要不要和兰花商量下？

黑燕：问她干啥？一堆大道理等着你呢。谁也不许说出去！

四只手摞在一起。

黑燕：你们都走吧。

三个人听话地开始跑，都不时地回头看黑燕。

77. 日外　场院

黑燕很镇静地掏出一卷草，上面还沾了灯油。

她用火柴点燃了草捆，用草捆去引燃草房的草顶，一场蓄谋的火渐渐燃烧起来。

因为有风，火借风势，烧得像模像样。

78. 日外　村里

在一个僻静的地方。

兰花终于找到春英了。

兰花：月芬挺好处的吧？

春英：对臭比我都上心。我没事，婆婆喜欢就行。

兰花：你婆婆这阵够累的。

春英：有事你快说，好多事呢。

兰花：（还在迟疑）开会见到王区长了，他还让问你婆婆好呢。

春英忽然就意识到什么，她一下子紧张起来，看着兰花，什么都说不出来了。

兰花也看着她。

春英身体忽然有点晃。

兰花就过去扶她，一把抱住她。

兰花：春英，我爹给二宝家扛活，让牲口踢了胸口，那年我才 9 岁。我妈跟他家理论，又气又伤心，病了好几年，死的时候我 12 岁，我知道亲人去世是什么滋味。可是春英，区长给的任务，我不告诉你又不成。

春英推开兰花，伸出手。

兰花犹豫了一下，还是掏出了信封。

春英打开信封，从里面抽出“牺牲通知书”，春英的手一直在抖，她认真地看了，又小心地放了进去，把信封装进自己最里面的一层衣服。

兰花实在忍不住了，泪流满面。

这时，村头冒出了浓烟。

兰花：春英你要想开。

春英：求你一件事，别告诉我婆婆，更别告诉月芬。

兰花：我答应你。

春英：你忙去吧，我没事。

兰花看到身后的浓烟。有些担心。

兰花：那我先走，你好好的。

春英的手按在放了那个信封的地方。

79. 日外　村内

黑燕家的门口。

月芬看到浓烟，还是犹豫了一两分钟，但是她还是喊了起来。

月芬：着火啦，二宝家的场屋着火啦，快救火啊。

村子里不少人朝冒烟处跑去。

月芬尖厉的声音划破了村子的宁静，二宝家的门开了，里面的几个男女冲了出来。连二宝都跟了出来。

二宝被黑燕婆婆呵斥住，让他回家看家。

80. 日外　村里

小鹤和秀秀也跑回家了，小鹤边跑边喊。虽然口齿不是很清晰，但紧张感很强。

小鹤：着火啦，场院着火啦。

她跑着跑着跑过了秀家门口，忽然她意识到跑过了，又往回跑，但是她发现秀家的大门开着，小鹤就愣住了。

一些人朝场院跑去了。

秀躲在墙根，也着急地看着愣住的小鹤，非常奇怪。

小鹤忽然朝她跑来。

小鹤：秀，秀。

秀：（焦急地）你叫我干什么？叫我爹去救火啊！

小鹤：你爹去了吧？

秀和小鹤跑到自己家的门前，她发现自家的大门敞开着，她赶紧冲到地窖的门前。

地窖的门也开着。

秀：哥，哥！

秀娘出现在她的身后。

秀娘：别喊了。

秀：娘，我哥呢？

秀娘：走了。

秀：我爹让他走的？

秀娘一边说一边抹眼泪。

秀娘：你哥在地窖里用油灯把席子点着了，他说你爹要不放他出去，他就烧死自己，你爹没办法，就让他走了。

秀：我爹呢？

秀娘：也走了，也不知道他去哪了，你快去找找吧。

秀：娘，我这就去，你别着急，小鹤，走。

81. 日外　二宝家

黑燕把一袋粮食扛在肩上就朝外走。没一会，她就空着手回来了。粮食给了等在外面的月芬。

二宝看着她。

二宝：你偷咱家粮食？

黑燕：听见打炮了？打仗了知道吗？队伍得吃饭，得摊煎饼，明白了吗？我借给月芬的，她有了就还回来。

二宝：娘知道准打你。

黑燕：你不说娘就不知道。

二宝：咱家场院着火了。

黑燕：报应，谁让她老打人。

二宝因为跟黑燕在一起的时间长，所以受她很多潜移默化的影响。

82. 日外　场院

人倒是到了很多，但柴屋的火基本上没法救，大家只是看着火在烧。

也有人象征性地想想办法。

黑燕婆婆一脸烟熏也无可奈何。

83. 日外　山坡上

秀在找爹。

她焦急地一边走一边喊。

84. 日外　山坡

秀爹跪在家里的祖坟前，头顶在地上，悲伤地哭着。

秀跪在父亲的身后，陪着父亲流泪。

85. 夜内　二宝家

一大家子人围着大桌子吃饭，吃得很香，大葱被咬得咔咔响。

黑燕在一边干活。

所有人对黑燕不吃饭都不闻不问。二宝的眼神总是跟着黑燕转。

二宝：娘，咋又不给黑燕饭吃呢?

二宝娘：你问她。

二宝：她咋了?

二宝娘：你问她场院着火她上哪去了？还吃饭？吃屁!

二宝：她在家呢。

二宝娘：不去救火在家干啥？想趁火打劫啊?

大家都看着二宝。

黑燕也看着二宝，一副豁出去的表情。

二宝：我害怕，让她在家陪着我呢。

黑燕的表情放松下来。

二宝娘：你多大了你？没出息。

二宝娘示意二宝。

二宝赶紧拿了煎饼卷了葱给黑燕送去。

二宝娘：别的出息没长，倒知道疼媳妇了。

86. 夜内　春英家

三个女人还在连夜烙煎饼。

手里都在忙着。

臭臭奶奶：新媳妇面子就是大，能从二宝家借出这么些粮食来。

月芬：娘，你可千万别说我从二宝家拿粮食了，黑燕偷着借给我的。

臭臭奶奶：让她婆婆知道又是一顿好打。

月芬：我说让她别拿，她自己非要拿。

臭臭奶奶：黑燕就是打不服。

春英一直不说话。

月芬抬眼看春英。春英就埋头干活。

臭臭奶奶：（对春英）去看眼臭，盖盖被子。

春英：不用看。没事。

臭臭奶奶：我说话也不好使了。

月芬：我去。

臭臭奶奶也感觉到春英有点异样，也抬眼看她。

春英：有一个听话的就行了呗。

臭臭奶奶：累了就回去躺会儿。

春英：不累。

月芬回来了，又接着说刚才的话题。

月芬：让您这么说我真不该拿黑燕家的粮食。

臭臭奶奶：区上的粮食也不知什么时候能过来，靠咱这阵子是还不上。

月芬：我家有粮食，娘，明天我回趟家。

好几十里地呢，你认道吗？

月芬：打听啊，我明天起早走，后半晌就能赶回来。

让你嫂子跟你去吧，也该回家看一眼，猛不丁离开爹娘。春英，看给亲家带点啥。

春英：抓两只鸡呗。

月芬：用不着，打着仗呢，没那么多讲究。嫂子在家忙吧，我让小鹤跟我做伴就行。她就爱出门。

俩人又同时发现春英不接话，又看春英。

春英埋头干活。

臭臭奶奶：行了，你明天早上赶路，都不干了，睡觉。

87. 夜内　春英家

春英的屋子。

春英把自己蒙在被子里痛哭。整个人都在颤抖。

88. 日外　大戏台

又一个清晨。

一些村民在用木头和布制作简易的担架。

兰花在指挥和安排，非常忙碌的场面。

四喜：蓝花，担架队是你带队吗？

兰花：我忙着呢。

四喜：你去我就去。

兰花：你支前也不是给我支的。

兰花转身走了，四喜无趣地看着她的背影。

89. 日内　秀家

秀爹病了，躺在炕上。

秀给爹用凉手巾冰头。

秀娘给端来热饭。

秀娘：今儿怎么没见小鹤啊？

秀：跟月芬回娘家了。

90. 日内　月芬的娘家

堂屋里。

月芬和小鹤头埋在碗上大口大口地吃面。

月芬娘站在她俩身边，眼圈一红一红的。

从开着的门可以看到，月芬爹在往一辆独轮车上捆两个也不算大的粮食口袋，自己在试着两边是不是平衡。

月芬娘：女婿有信来吗？

月芬：来过一封信，俩半字，说都挺好的，让家里放心。

月芬娘：没问问你？

月芬：问了，就说问我好，别的啥也没说。

月芬娘：这仗也不知什么时候能打完，真造孽。

月芬：担架队都要往上拉了。

月芬娘：在家住一宿吧。

月芬：不成，忙着呢。

月芬娘：倒是没瘦。女婿不在没人欺负你吧？

月芬：我公公打鬼子的时候支前牺牲了，我婆婆又送两个儿子参了军，区上挂了号的模范，活多的时候村里还给派工呢。

月芬娘：（抹眼泪）烈属光荣，烈属可不是好当的。

月芬：小鹤，吃慢点，噎着。

小鹤：我们家也是烈属，为了掩护阿牛哥，我娘，我爹，都让日本鬼子给杀了。我发烧我娘把我埋在柴火堆里好几天，也差点死了。

月芬娘眼泪流得更凶了，她给小鹤碗里加面条。

91. 日外　村里

村里的气氛越来越紧张。大家都在为战争做着自己能做的事情，把自己家里有限的东西集中到大戏台，装上一辆一辆手推车。有棉被、棉衣、粮食、柴草等。

92. 日内　春英家

臭的奶奶还在摊煎饼，她的整个生命好像就是由这一个动作组成的。

臭在一边玩。

奶奶不时给他一点吃。

臭：奶，我婶怎么还不回来？

臭臭奶奶：远，快了。

臭：我娘呢？

臭臭奶奶：你娘给兰花帮忙去了。

家门猛地被撞开了，春英从外面冲了进来。

春英：娘，不好了。

臭臭奶奶手里的家伙一下子掉在地上。

臭臭奶奶不敢问，看着春英。

春英上气不接下气。

春英：老二，老二。

臭臭奶奶摇晃了一下。

臭臭奶奶：老二咋啦？

春英：老二回来了。

臭臭奶奶一下子坐到了地上。顺手捡起摊煎饼的家伙就朝春英扔过来。

臭臭奶奶：你吓死我了。人呢？

春英：马上，说话就到，我看见柱子了，他是先遣，大部队随后。

臭臭奶奶：赶紧，赶紧，月芬。

春英：队伍不在咱这停，就路过，咋办啊娘，这个月芬，早不回家晚不回家。

春英急得都要哭了。

臭臭奶奶：大部队啥时候到？

春英：我哪知道，反正是快了，让给准备干粮，有多少算多少，拿了就走。

臭臭奶奶：你，赶快，去路上迎着月芬，她弄着粮食走不快，让她赶紧回来。快去，看一眼就踏实了。快着。

春英：行，那我去了娘。你哪也别去，等老二来家。

春英又冲出了家门。

臭臭奶奶一时好像还没有清醒过来，她看着前后左右这些煎饼，深深叹了口气。

93. 日外　山路上

春英在奔跑。她一边跑一边哭着，所有的眼泪都洒在没人的山路上，她终于可以痛快地哭一场了。

94. 日外　村口

队伍到了，战士们保持着队形，原地休息。

队伍非常疲惫，是刚从战场上撤下来，战士们的衣服上带着硝烟的痕迹，有很多地方都撕破了。不少战士还带着伤，重伤员躺在担架上。

乡亲们围在队伍的周围，送水送鸡蛋。

有的人端着水让战士们擦把脸。

有的妇女在为战士缝衣服上的破洞。

很多乡亲烧了热水，用各种各样的盆端到队伍的跟前，让疲惫的战士用热水烫烫脚。

所有的盆都蒸腾着热气。

热水缓解了战士们的劳累。

女人们给伤员喝着鸡蛋水、红糖水。为他们擦洗着。

村子里一时被炊烟所笼罩。

一个战士逆着队伍在跑，他就是南成，领导给他时间让他回家看一眼。

95. 日外　村里

南成跑进村里。

有孩子跟在他的后面跑。

96. 日外　春英家

南成跑进院子。

南成：娘。

臭臭奶奶站在门口，看着儿子，第一次露出了笑容。她的手里，端着给儿子泼好的鸡蛋。

南成也不知道该说点啥，就看着娘笑，他接过碗，呼呼噜噜地喝着。

娘也就是看着儿子。

南成：都好吧？

臭臭奶奶：娘对不住你啊，一早打发你媳妇出去办事，到现在还没回来，要不你两口子这会子就见着面了。

南成：（不好意思）有啥好看的，看娘一眼就行了。

臭臭奶奶：人家可想见你呢，成天念叨你。赶紧到新房里看一眼吧。

97. 日内 新房

南成走进这间虽然属于他，但是还从来没有住过一夜的新房。

他没有想到这间屋子里的一切是这么温馨，他一下子被什么打动了，站在那里有点发愣。

他知道这间屋子里住着一个女人，是他的没有见过面的女人，这个女人在等他回来，而他还得去打仗。不知道什么时候才能回来。

房间里的细节：纳了一半的鞋底，窗户上的红喜字，几个红枣，一个石榴。

墙边干干净净的绣花鞋。

98. 日外　山路

春英已经跑得上气不接下气。

远远看见月芬和小鹤推着车过来。

春英一屁股坐在地上。大声地哭了起来。

99. 日外　山路上

月芬在奔跑。不顾一切地。

头发散了，衣服扣子也开了。

100. 日外　村头

集合的号声吹响了。

队伍起立。出发。

南成已经在队列里了。

乡亲们拥上去。

把煎饼、鸡蛋等塞给战士们。

队伍说走就走。

101. 日外　山路

月芬在跑。

102. 日外　村头

队伍走远了。

103. 日内　春英家

月芬冲进屋子，扑到炕上，大哭。

臭奶奶也掉下了眼泪。

104. 夜外　村里

天黑了，但村子依旧繁忙，支前的队伍就要出发了。

小车和担架都排成了队。

兰花的锣声再次响起。

兰花：参加担架队的马上到大戏台集合。参加担架队的马上到大戏台集合。

105. 夜内　秀家

秀爹正在准备衣服和干粮，他的脸色有些苍白。

秀娘在劝。

秀娘：她爹，这回就别去了，病得不轻，我去跟兰花说。

秀爹：去！不把这仗打下来是没有安生日子过了。

秀爹的身体明显有点不支。

秀进来，穿得整整齐齐，显然精心装备了一番。

秀：爹，我替您去，兰花答应了。

秀爹：你去能干啥，你当赶集啊。

秀：我能干，啥都能干。

秀娘：要不，就让秀去吧，村里那么多人呢。

秀：爹，花木兰都能替父从军，我替父支前，说不定以后也有人写戏文唱呢。我都收拾好了，您就放心吧。

秀爹：放心？一辈子也别想放心。

秀娘：你爹答应了，秀你可加小心。跟着兰花，别乱跑。

秀：知道了，爹，娘，我走了！

说着秀朝外走了，回头看爹娘一眼，笑着。

106. 夜内　春英家

可以听得见锣声。

春英和臭臭奶奶在收拾煎饼。装袋子，装车上。

两人无语。

春花的眼睛是红的。

月芬出现在厨房的门口。眼睛也是红的。

月芬：娘，我想参加担架队。

春花：还是我去吧，你在家陪着娘。

月芬：你有臭，我去。

春花：臭有娘呢。

月芬不让步，看着娘。

春花：那听娘的吧。

臭臭奶奶：你俩都去，做个伴。

春花：那家里?

臭臭奶奶：家里有我。赶紧收拾，多穿上件衣裳。

臭臭奶奶抬起头来，她的眼睛也是红的。

臭臭奶奶：39 年打鬼子我去过一回担架队，多一个人抬就多活一条命。

107. 夜内　二宝家

黑燕在穿衣服，把缝好的鞋垫塞在腰上。

二宝在一边看。

二宝：你还回来吗?

黑燕：当然回来，跟村里人一起回来。

二宝：你准骗我呢，你准不回来了。你把你的新衣裳都穿走了。

黑燕抱住了二宝。

黑燕：二宝，姐不会不要你的，这么多年这个家，就你对我好，在家等着姐。

二宝听话地点点头。

兰花的锣声。

108. 日外　二宝家院子里

黑燕出门。婆婆站在院子里。

黑燕：娘，我走了。

二宝娘：兰花这回盯上咱家了，躲不过去了。别人又都走不开。

黑燕：我愿意去。

二宝娘把一包煎饼递给黑燕。

二宝娘：你偷粮食的事咱就先不说了。

黑燕：我没偷。

二宝：兰花把钱都给我送来了，你还嘴硬。

黑燕想说什么又没说出来。

转身就朝外走了。

二宝站在娘的身边，看着黑燕离去。

二宝：黑燕一准不回来了。

二宝娘：呸呸呸。不回来娘再给你找。

二宝：我就要黑燕。

109. 夜外　大戏台

担架队已经在这里集结了。

乡亲们赶来送行。

小鹤爷爷穿戴整齐要走的模样，他拉着小鹤的手，在找什么人。

小鹤：爷，我跟你去。

爷爷：听话，上秀家跟着秀。

小鹤：秀在那呢。

秀和黑燕、春花、月芬站在一起，都是要走的样子。爷爷领着小鹤走到她们身边。

爷爷：你们这是干啥？

秀：爷，我们都去。

爷爷：都去？你们啊？

春花：瞧您说的，我们准不比男的差。

爷爷：前面危险啊，子弹可不长眼。

月芬：您不怕我们也不怕。

小鹤：她们都去，我也去。

爷爷：不成，兰花呢？

110. 夜外　戏台边

戏台后面的阴影里。

四喜拉着兰花要亲她。

兰花拧着不答应。

兰花：你再这样我喊人啦。

四喜：（一边努力一边说）我都参加担架队了，我都不顾死活了，亲一下都不行啊，就亲一下。

兰花停止挣扎。

兰花：你听着。

四喜也停下来。

兰花：以后不能再当落后分子，讲落后话。

四喜点头。

兰花：不许成天在家睡觉。

四喜点头。

兰花：所有的事情都得跑在前头。

四喜点头。

兰花：包括参军。

四喜犹豫了。

兰花看着他。

四喜坚决地点点头。

兰花：亲吧。告诉你，我可是为了工作。

四喜一下把兰花抱住，这是他日想夜想的人，他把兰花抱得紧紧的。把自己的脸贴在兰花的脸上。

兰花忽然也感受到一种温暖。她从来没有感受过的。她闭上了眼睛。

两个青年在体验生命中最美好的瞬间。他们就脸贴脸站着，甚至不会接吻。

兰花：（推开四喜）要开会了，走吧。

四喜像傻了一样站在原地。

兰花转身跑了，但是眼泪就流了下来，她一边跑一边用手抹着。

111. 夜外　村头

山路上。

担架队出发了，一支村民组成的几十人的队伍，他们扛着自制的担架，朝着战争打响的方向。

走在队伍最前头的是小鹤的爷爷，白胡子在月光下闪着光。

队伍中，有我们熟悉的春花、秀秀、月芬、小鹤、黑燕和兰花。

她们走在一起，一张张年轻好看的脸在月光下非常生动。

走着走着，炮声就更近了。

112. 夜内　大路

担架队上了大路，大路上有更多的担架队，来自不同的村庄。

有认识的人在互相打着招呼。

还有推着粮食弹药的独轮车队。

会聚在一起的队伍越来越多。

在不远处也可以看到部队的运动。

走在担架队里的月芬，目光始终停留在远处行军的队伍身上，她其实根本看不清那些战士的脸，但是她还是在看。

小鹤就愿意出门。她的脸上带着不更事的兴奋。

秀拉着小鹤的手。

黑燕独自在边上跑。

兰花叫黑燕跟上队伍，黑燕还是不那么服气的样子。

当然还有四喜。

枪炮声骤然响起。

队伍一下就有些乱。

开始快速地朝前跑。

大家有些混乱地朝前跑。

可以看到远处山脊的红色，那就是战场。

113. 日外　离战场最近的地方

生死营救在这里展开。

一些抬着伤员的担架在往下撤。

一些村民在往前跑。

还有运弹药的，送饭的，送水的。

枪炮声就在附近的山上。

山头弥漫着硝烟。

山沟里，山路上，有很多支前的民工在穿梭往来。

这是一场人民的战争。

114. 日外　战场

从战场上撤下来的伤员集中在一个相对安全的山沟里，有军医在给他们做紧急的处理。包扎过的伤员就被抬上担架，往下面撤。

六姐妹，抬着三副担架。和其他担架队员一起往下撤。

担架上躺着伤员。

她们走得很艰难。

伤员的血滴下来，染红了她们的绣花鞋上的花朵。

没有了笑容，没有了声音，只有激烈的枪炮声。

也没有了美丽，她们的脸上都是硝烟和汗水。

还有泪水。

有的炮弹在离他们很近的地方爆炸，激起一片烟尘。

没有人害怕，没有人停下来。

她们被烟尘笼罩，又从烟尘中冲出。

她们的衣服被刮破了，脸上也有刮痕，但却给她们的神情平添了刚毅。

她们咬着牙，充满力量。

115. 日外　山上

远远看去，担架队、运输队在曲折的山路上行进。

时隐时现。

116. 日外　野战医院

离战场最近的小村。

一个相对平静的角落。

集中救治伤员的临时野战医院设在一座破庙里。

从前面撤下来的伤员担架队都抬到了这里，交给医院的医生，再做进一步的救治。

还搭有临时的棚子。

人很多，伤员、军人、医生、护士、民工。穿梭来往。

六姐妹把伤员送到指定的抢救地点。

医生和护士出来进去在尽力挽救伤员的生命。

眼前的惨状让她们有点接受不了，太多的伤员。

六姐妹从来没有这么近地接近过战争。

此前，她们完全无法想象前线的惨烈。但是现在她们明白了。

担架队的乡亲们在三三两两地休息。有的在吃干粮。

春英、月芬、小鹤几个靠在一起坐着，发愣，累得连说话的力气都没有了。

秀找来水，几个人传着喝。

忽然，月芬像想起了什么，她站起身。

月芬：嫂子，我想过去看看，你不去？

春英：（犹豫了一下）去。

月芬朝大庙走去。

春英跟在她的身后。

117. 日内　伤员集中的大殿

大殿成了临时的病房，白色单子隔开了手术室，手术室里传出伤员的喊叫，手术在艰难地进行。

很多伤员就躺在麦秸铺成的地铺上。

月芬一个一个辨认着伤员的脸，有的脸已经很难辨认出模样。

她好像在寻找，又好像不是。但是她又不能不来。

春英跟在她后面不远处，她不知道丈夫牺牲的细节，但是她觉得每个伤员都是自己的丈夫。

有个战士冷得发抖。

月芬脱下自己的夹袄盖在战士的身上。她自己的身上只有一件单衣了。

春英也脱了自己的夹袄给伤员盖上。

月芬：嫂子，你怕吗？

春英：怕。

月芬：他俩受过伤吗？

春英说不出话来。

月芬回过头看春英。

春英在哭。

月芬：嫂子，你怎么了？

春英完全不能控制自己的感情，转身冲了出去。

月芬跟在她的后面。

118. 日外　医院边

春英朝没有人的地方跑去。

月芬追了上来。

春英忍着不哭出声来。但眼泪还是止不住。

月芬：嫂子你有什么事情瞒着我？你到底怎么了？

春英：（平静下来）月芬，臭他爹，牺牲了。

月芬一下子愣住了。

春英：不想让臭奶奶知道，我怕她受不了。

月芬：（流泪）你就一个人忍着，我不是你的亲人。

春英：我知道你惦记南成，我也不想让你担心。

月芬：不说话，不吃饭，你知道这几天你脸色儿多难看？你把自己折磨垮了，就踏实了？

春英：月芬，你不用担心我，打了这么多年仗，死了这么多人，我想得开。

月芬：嫂子，咱还有臭，还有臭他叔呢。

春英：是，还是一大家子人。

月芬：是兰花告诉你的？

春英：是，是我不让她说的。

119. 日外　村里

黑燕和兰花在说话，两个人有点剑拔弩张。

黑燕：你不说她就不知道。你这不等于把我给供出去了？

兰花：支前是件严肃的工作，我是干部，知道你偷拿家里的粮食当然不能不管。月芬也是觉得不合适才告诉我的。

黑燕：谁偷了？我家的粮食我怎么不能拿？

兰花：你婆婆本来就不积极，她要是闹起来，这就成咱村支前工作的问题了，所有成绩就都白取得了。

黑燕：就你积极，别人都落后，我成偷粮食的了，那你也不能去告密啊？

兰花：你以为我不说她就发现不了吗？

黑燕：我死不承认，大不了挨顿打。

兰花：黑燕，我就是不能让你再挨打，我才去的。

黑燕看着兰花。

兰花：我就是不能让她再打你！我娘就是为我爹的事去你家讲理，被你家人打了，连病带气，没多久就死了，我永远想不通，为什么有钱就可以打人？没钱就要被人打？直到我入了党，参加了革命，我知道共产党就是穷人的党，穷人团结起来，就不再挨打了。

黑燕不说话了，她还是受到了触动。

兰花：（耐心地）别生我气了。黑燕，你脸上冷心里热，你为队伍做了好多事情，也为村里的工作出了很大的力，你是受苦人，和你婆婆不一样。

黑燕：你哪来的钱给她？

兰花：我爹娘留给我的一块钱。

黑燕：我以后还你。

120. 日外　村头的河边

日近黄昏。

六姐妹在帮野战医院洗军衣。

她们把军衣浸在河水里，河水很快就被染红了。

在她们手里展开的军衣：

有的缺一只袖子，有的少一条裤腿。

有的上衣上有圆圆的弹孔。

有的几乎成了一缕一缕的。

她们轻轻地在水里浸泡着这些军装，心情非常沉重。

枪炮声依旧激烈。

她们的心情都很压抑。

小鹤把洗好的军装一件件晾在河岸上，她们仿佛看到了一个一个战士，在和敌人进行着殊死的搏斗。

秀：（把手里的衣服往水里一摔）兰花，去和区长说说，我们上前线吧，干脆和他们拼了。

黑燕和月芬也一起站起来：对，我们上前线！我们也能打仗！

有医生喊，能献血的排队。

姐妹们都跑过去。

医生：怎么都是女的？女的不行，抽男的的。

月芬：（突然爆发）你瞎了吗？我们沂蒙山的男人，都在前线呢！

月芬的话，让整个世界都安静下来。

121. 夜外　树林

炮声震天动地。

民工们都在山沟的树林里隐蔽着。

有的炮弹就在很近的地方爆炸。

人们都趴在地上一动不动，等待炮轰的结束。

兰花在最前面。

月芬和春英挨着，春英用一只手搂着月芬。

秀秀搂着小鹤。

秀秀的脸很平静。

大家都在等待上级的指令。

四喜不知道从哪里钻出来，猫着腰跑到兰花的身边。

四喜：兰花，你没事吧？

兰花：你又乱跑。

四喜：没给你丢人吧。

兰花：跟支前模范比还差得远呢。

四喜：怎么又模范了，你也没说啊。

兰花：你别再大大咧咧了，这是打仗，不是闹着玩，回你的组里去。

四喜：我就是来看你一眼，你也小心。

兰花：我知道。

四喜：兰花，打完仗我俩就成亲吧。

兰花：（瞪他）你又来了！

四喜不敢再说。转身跑了回去。

122. 夜外　山沟

炮声稀疏了。

民工们沿着山沟开始行动。

123. 夜外　山沟

民工们依次经过藏弹药的山洞，有人递给他们每人一个弹药箱。并给他们一张写着名字的纸片，这张纸片交到指定地点，说明弹药已经安全送到了。她们的名字也被依次登记下来。

六姐妹依次走过弹药库，每人扛走一箱弹药。

对方：哪村的？叫啥？

月芬：张月芬，烟庄的。

另外有人递过一箱弹药，月芬接过弹药箱。一手接过纸片。

对方：哪村的？叫啥？

春英：李春英，烟庄的。

有人递过弹药，春英接过弹药箱。一手接过纸片。

对方：叫啥？哪村的？

秀替小鹤答：小鹤，烟庄的。

对方：又没问你。

秀：（快嘴）又没跟你说？

对方：那你跟谁说？

小鹤接过弹药箱和纸片。边走边扔下一句。

小鹤：跟你老婶。

前后扑哧的笑声。

对方刚要发火，秀拍他一下，指指头，又指指小鹤的背影。

没等对方问。

秀：我叫王秀，烟庄的。

秀接过弹药箱和纸片。

发弹药人：怎么都是妇女？

兰花：妇女怎么了？

发弹药人：（不敢接招）算我没说。算我没说。

兰花：王兰花，烟庄的。

发弹药人：你就是大名鼎鼎的王兰花啊。

兰花接过弹药箱和纸片。

黑燕：黑燕，烟庄的。

发弹药人：姓什么?

黑燕：不知道。

黑燕接过弹药箱和纸片。

黑燕：发枪不?

发弹药人：我要有枪也不干这个了，快走吧，小心把条子收好，人在弹药在。

124. 夜外　山路

运送弹药支前民工的队伍在夜色中匆匆前行。

枪炮声越来越近。

兰花在队伍的前后照应着。

她们扛着分量不轻的子弹箱，紧紧跟随宏大的支前队伍，朝着战场的方向奔跑。在这支队伍中，我们几乎寻找不到她们的身影，但是我们知道她们的存在，已经溶汇入这支前的洪流当中了。

125. 夜外 山路

支前的队伍在夜色中向前涌动着。

126. 夜外　河边

一条河横在队伍的面前。

河水很大。

桥被刚才的炮击炸毁了。

运弹药的队伍停了下来，河边聚集了很多人。

六姐妹和大家一起等待渡河的办法。

河边组织渡河的王区长嗓子都哑了。

王区长：要快，队伍马上就要过来了，民工让开路。

运弹药的民工闪开了一条通道，他们更多地聚集在河边。

附近的村民运来了很多门板。

王区长：架浮桥，快，队伍就要到了。

一些村民和民工纷纷跳入水中，用肩膀扛起门板，架起一座以人体为桥墩的浮桥。

四喜把自己的弹药箱交给身边的人，回头看了兰花一眼，跃入水中。

水流很急，已经漫过了人们的胸口。

门板一扇一扇地向前传递，人们一个一个地跳下河里。

随着门板越来越延伸，桥越来越接近对岸。

桥渐渐搭成了。

王区长：部队还没到，民工赶紧过河。

扛着子弹箱的民工们通过浮桥向河的对岸跑去。

很多人。

浮桥在人们的肩上颤抖。

六姐妹也从桥上跑过。

127. 夜外　河的对岸

她们过河后向对岸望去，队伍到了。

民工的队伍让路给战士。

战士们扛着枪和炮，通过浮桥。

踩在乡亲们的肩上冲过河去。

远处的枪声激烈起来。

部队很快地过桥。

一刻也没有停留，就朝战场跑去。

128. 日外　河边

民工们看着队伍过桥。

月芬的眼睛又盯着所有的战士的脸。

战士的脸飞快地从她的眼前滑过。

河里的人们在坚持。

突然，一个扛门板的民工被水里的什么撞了一下，人一下倒在水里，那块桥板瞬间倾斜，一个战士也落入水中。

几乎与此同时，兰花跳进水里，冲到倾斜的门板边上，把门板扛了起来。

其他几个姐妹几乎同时都跟着下了水。

她们一起扛起门板。

队伍迅速地从桥上经过。

她们咬着牙，坚持着。

月芬忽然转过身，面朝过桥的战士。

她还是想在队伍中找到属于她的那张脸。

很多张脸从她的面前闪过。

其他几个姐妹也都不约而同地转过脸去，面朝过桥的队伍。

冲过桥去的战士在夜色中依然可以清晰地看到几张年轻美丽明亮的脸。

她们是他们的姐妹，他们为她们而战。

129. 夜外　河对岸

队伍和运弹药的民工都顺利地过了河。

转眼就走远了。

河边燃起了篝火。

门板被投入了火里。

王区长安排下河的民工烤火取暖。

下河的人们围在火边取暖。

他们又冷又累，都在发抖。

六姐妹浑身湿透，女性特征赫然触目，她们疲惫地靠在一起。像一组雕塑。

小鹤：我的脚不在了。

秀：在呢，我给你暖暖。

月芬：嫂子，咱的子弹还在吗。

春英：都在呢。

月芬：纸条全都让水泡了。

黑燕：把人都要累死了，还管纸条子。

兰花忽然觉得好像缺了点什么，她四下里看了看，在火堆边的人群中寻找着什么。

兰花：四喜呢?

秀：走了吧。

兰花：我看着他下河的啊。

小鹤：让水冲走了吧，冲走好几个呢。

兰花一下子站了起来。

兰花：（大声喊着）四喜，四喜，四喜！

其他的几个也爬起来和她一起喊：四喜，四喜！

兰花都要哭了。

兰花：四喜，你在哪啊？

这时，河边的泥里站起一个人来，他浑身上下都是泥，几乎看不出人样了。

四喜简直不敢相信是兰花在找他，在叫他，在朝他跑过来。

他摇摇晃晃地站着。

兰花朝他跑过去。

其他姐妹跟在后面朝他跑过去。

兰花一下抱住四喜。

小鹤不好意思地捂住自己的眼睛。

四喜幸福得都要晕倒了。

四喜：我不是在做梦吧？！

天要亮了，一抹朝霞从东面的山上洒了过来，洒在六姐妹的脸上。

小鹤：听。快听。

大家都安静下来。

四周非常安静。

月芬：枪不响了。仗打完了吧？

一切都在寂静中平静下来，人们在想，期待中的结束是不是真的降临了？

130. 日外　孟良崮战场

很多战士在欢呼着胜利。

战火中的红旗插上了主峰。

很多俘虏。

很多战士。

支前的民工也在欢呼。

解放军终于赢得了这场战斗的胜利。

131. 日外　山路上

另一个清晨。

担架队、小车队在回家的路上。

胜利的消息已经传开了。

队伍松散了许多，大家的情绪也很振奋。

六姐妹也走在队伍里，不同的是，小鹤抗着一面锦旗，上面写着“支前模范六姐妹”。

不知道是谁说了句，秀，唱一个。

秀就开始唱了：

人人都说沂蒙山好，

沂蒙山上好风光……

132. 日外　村里

大公鸡站在春英家的墙头上高亢地鸣叫。

村长敲锣：担架队回来了，仗打完了！

担架队回来了。村里的人们涌出来迎接。

小鹤的爷爷还是走在最前面。挺神气的样子。

小鹤把锦旗举得高高的。

黑燕的身后跟着迎出来的二宝。黑燕不好意思，让他闪远点。

兰花还是前后地张罗：让大家把担架都送到大戏台去。

秀爹和娘也在。

臭奶奶抱着臭，站在远处。她看见春英和月芬朝她这边过来，抱着孩子转身就走。

133. 日外　春英家门外

春英和月芬跑到家门口。

发现家里挂“光荣烈属”牌子的地方换了一块匾，上写：“满门忠烈”。

落款是：“烟庄父老”。

134. 日内　春英家

臭臭奶奶坐在堂屋的椅子上，臭靠在她的身上。

堂屋的正面，供着三块牌位，分别是父亲和两个儿子，父亲和南成的牌位下有烈士证书。

臭臭奶奶在等着两个儿媳。

春英把自己丈夫的烈士证书掏了出来，放在他的牌位下面。

月芬呆呆地看着自己丈夫的牌位，她到底也没有见到这个人，她知道自己再也见不到这个人了。

臭臭奶奶站起来，她拉着臭的手，朝着牌位跪了下去。

两个儿媳也跪了下去。

三个女人，对着家里三个牺牲在战场上的男人，无言地诉说着无边的思念。无声地流着泪。

她家的门开了，乡亲们来了，也都跟着跪在了边上，院子里，街上。

135. 日外　村里

一场隆重的葬礼。

为了村子里所有在战争中死去的人。

白色的纸钱漫天飞舞。

送葬的队伍绵延而去。

鼓乐齐鸣。

《沂蒙山小调》的歌声再度响起。

字幕：1947 年 5 月，孟良崮战役常备民工 7.6 万，二线民工 15.4 万，临时民工 69 万。

字幕：我就是躺在棺材里也忘不了沂蒙山人，他们用小米供养了革命，用小车把革命推过了长江。

——陈毅

—— 完 ——

唐山大地震

Tangshandadizhen

引子

1969 年冬天

唐山

1. 夜内　产科病房外

一个天寒地冻的冬夜，窗外北风呼啸，飞雪漫天。

产房外。

气氛紧张。医生护士出来进去。

可以听见产妇在里面凄惨的叫声。

一个医院用的铝制病历夹子啪地掉在桌上，上面夹着一张病危通知书。

医生满头汗，手套上有血。

医生：签字吧，你说的保大人。

方大强，当时 30 出头，他也满头汗，棉衣的领口敞着，攥着笔，不敢签。

医生：赶紧签，再耽误都保不住了。一儿一女，三条人命。

方大强慌忙在纸上签下“方大强”，笔抓在手上。

医生从他手上夺过笔，转身进去了。

方大强把头抵在走廊的墙上，一下一下地撞着。

不知过了多久。

产妇的喊叫忽然杂进了孩子的哭声。

方大强猛地抬头，腿一软，蹲在地上。

2. 夜内 病房

育儿箱，蓝色的灯光下，一个婴儿显得十分孱弱。气息和精神都不好。肤色橘黄。

有穿白大褂的身影站在边上往里看。

医生：这个怕保不住了。

3. 夜内 走廊上

医生：男孩出生时窒息 2 分钟，吸入羊水并发新生儿肺炎，体温、心率、呼吸都不好，随时有生命危险，你们要有思想准备。

李元妮穿着病号服，方大强搀着她。

李：大夫，想想办法，救救我儿子，您准有办法。

医生：缺氧时间比较长，脑子会受影响，搞不好可能痴呆，万一救不活，对你们也许不是坏事。

李：大夫，什么样我都要！求您救救他，只要让他活着，什么样我都要！

元妮拉着医生的手，流着泪。

4. 夜内 病房

育儿暖箱。

一双手把另外一个明显欢实的婴儿也放了进去。

医生：小可怜，让你姐陪陪你吧，能不能活下来，就看你的运气了。

画外另一医生：你还别说。

两个一样大的新生儿躺在一起。

都下意识地把脸转向了对方，两个孩子脸对着脸，脸贴着脸。

5. 日外 医院门口

方大强和妻子李元妮深深鞠躬，对面是几个穿着白大褂的产科大夫。

他们俩的手上一人抱着一个包得严严实实的婴儿。

在他们的身后，停着一辆崭新的载重卡车。

司机笑着等他们。

两人抱着孩子进了驾驶室。

驾驶室里，两人互相看着对方怀里的孩子。脸上笑着。

卡车开动，卷起尘土。

字幕：《唐山大地震》

1976 年夏天

唐山

6. 日外　城市

70 年代的中等工业城市，今天只能在图片上找到这个城市当年的模样，它和许多同样规模的城市也差不多：建筑半新不旧、半高不矮；远处有象征工业城市、反复地出现在孩子们图画当中的高大的烟囱，有的冒着骄傲的黑烟，工业区和住宅区混杂在一起，树木基本无序地穿插，那时几乎没有草坪；马路笔直，宽的少窄的多。

燠热的夏天，无风，骄阳下的一切都泛着白光。所有的边缘都被太阳的强光照着，变得不那么清晰。

俯瞰或者是扫过，先告诉观众这个城市大概的相貌。

7. 日外　马路

宽阔而笔直的马路，两边平房、楼房无序错落混杂。

马路上车不多，和今天简直不可同日而语，甚至都没有画明确的行车线。

各式车辆混杂：有公共汽车、吉普车、拖拉机、马车，还有三轮车、自行车。

一辆在当时并不多见的载重卡车迎面开过来，在蒸腾的热浪中，卡车漂浮般越来越近。

卡车的出现使得这条马路显出些许不寻常，它走在路的中央，越近时就显得越高大，车门上写着“唐山 六运”。

8. 日外　汽车里

高高的驾驶室里坐着三个人，司机方大强：40 出头的样子，高大健壮，肤色带有长途奔波的风尘，驾驶室那时没有空调，方大强只穿一件跨栏背心，前胸和后背都印着白色的号码，挺脏的，尽管如此，他嘴上叼根烟，胡子拉碴，还是显得挺帅。

方大强的身边坐着他的一对龙凤胎儿女：女儿叫方登，儿子叫方达，都 7 岁，长得都漂亮，高矮胖瘦也差不多。只是姐姐显得比弟弟泼辣一点。

两个孩子非常兴奋，坐在卡车的驾驶室里，见到了长途归来的爸爸，双重的快乐使得他俩坐立不安，一会跪着，一会站着，上了椅子又滑下来，滑下来再爬上去，总之没有一刻的安宁。

方大强哄孩子般地把车开得很慢，卡车晃晃悠悠地朝前走。

方达：爸，快看，快看。

一片蜻蜓密密麻麻地飞来，哗地飞过，有的撞到车玻璃上。

方登：蜻蜓，蜻蜓，怎么这么多蜻蜓啊？

方大强：要下大雨了。

方达：（感叹）太多了，都不想逮了。

又一片蜻蜓扑来。

方达：爸，到六子家门口了，按喇叭，按喇叭，他老跟我来劲。

方达说着手就朝爸爸的方向盘上伸，爸爸拍他手，他手就躲，这是父子俩的小默契。

方大强的脸上带着父亲特有的慈爱的笑容。

方达：爸你怎么这么长时间才回来啊？

方登：我都梦见你了。

方达：爸，怎么这么抖啊，我说话声音都抖了。

方登：我喜欢抖，身上是麻的。

方达又去摸爸爸的档把，爸爸伸手去拍他的手，他手又躲。

在高大的父亲身边，孩子就像两个欢实的小动物。他们居高临下地看着外面的街道和行人，表情得意非凡。

9. 日外　马路上

卡车的屁股扬起烟尘，开了一段就刹住了，尘土更大了。

俩孩子依次被从驾驶楼子里放下来，他俩仰着头看着爸。

方大强：告诉你们妈，我卸完货就回。

卡车开走了，两个孩子看着卡车的背影，脸上的兴奋意犹未尽。

10. 日外　街道

姐弟俩拉着手，高高兴兴往家走。

她们身边的一切却显出一种倦怠的平静。

他们路过一个广场，那里矗立着高大的领袖像和标语牌。

行人不是很多。

两人从大街进入小巷。

弟弟一蹿一蹿的。

爸回来了，一切都不一样了。

11. 日外　小巷里

小巷里人就更少了。

两人经过一个门口。

门口站着一个跟他们差不多大的男孩，脸上挺脏的，一看就挺皮的那种。

方达对这种孩子有点本能的躲闪。他绕到了姐姐的另一侧。

男孩：方达你妈死了。

方达一下就站住了，愤怒地和男孩对视着。脸也红了。

男孩挑衅地看着他。

方登没有任何停顿，上去就推那男孩一把。

男孩没防备，一屁股坐在地上，挺新的蓝裤子沾了一圈土。

男孩：（喊）哥，姐，有人打我！哥，姐！

从男孩身后的门里一下子就冒出来四五个高高矮矮的兄弟姐妹。

模样和穿着都和男孩差不多。

方登一看形势不对头，拉起弟弟就跑。

身后传来孩子们的叫骂声：方登，你妈是狐狸精，方登，你妈是狐狸精。

12. 日内　方家

七十年代初很多城市包括北京也大肆兴建的“简易楼”，一般两三层，比较单薄的预制结构，有的楼梯都在楼的外面。灰色的外观，狭窄的阳台，到处都堆满了人们的无用的家居用品，到处晾晒着衣物，充分地显示出生活的杂乱、凑合、努力和拥挤。

被称作“狐狸精”的李元妮正在厨房里做饭，嘴里唱着歌。她有30出头的样子，好看，丰腴，高挑，天气热又守着煤球炉，元妮满脸都是汗，圆领无袖的小花衫前后都湿了一片，她腰上扎个白围裙上面印着红字：“唐山第二纺织厂”。

她身后的家不算大，里外简朴整洁，和当年很多普通的家庭一样，有白线编织的遮盖物。有自己做的台灯罩，还有印刷不那么精良的图片等。里外间的屋子，都不大，外间吃饭桌、简易沙发一摆就满了，里间一张大床接出来一块，四口人差不多算睡成一排。挂着蚊帐。里外屋中间没有门，挂的是用废画报纸卷的珠子穿成的短门帘。

厨房设在窄窄的阳台上。

元妮不时把做好的饭端到桌子上，出来进去的。

门从外面被撞开，两个孩子冲了进来。浑身是土，满脸是汗，脸涨得通红。

方达：热死了，热死了。

方登从桌子上端起大缸子猛喝了两口，递给方达。

元妮从厨房出来，一看他俩这样子就皱起了眉头。

李：方登，你带着弟弟瞎跑什么啊？干净衣服都白换了，不能消停会啊？

方达刚要说什么，方登把一根手指放到嘴上，示意他保密。

方登：妈，我们接着爸了，爸还让我们坐他车了，他说卸完货就回来。

返回厨房里的元妮自己就笑了。

13. 日外　楼前空地

晚上，天已黑了。

小楼里家家户户都亮着灯。

各家的半导体都在响着，唱着那个年代的样板戏。由于住得拥挤和房子的质量差，各家的声音混杂。水龙头在院子里，人们为了接水出来进去地。水声基本哗哗不断。

总之是一天里最热闹、最鼎沸的时刻。

楼前院子里有聊天乘凉的。大蒲扇啪啪地拍着蚊子。

楼后面是一个建筑工地，正在盖一座挺高的楼，已经有个五六层的规模了，一座在那个年代不算矮的塔吊从楼后面伸出来，吊臂悬在半空中。因为彻夜施工，打着很亮的灯，把小院照得挺亮的。

吊车的司机室里有个小伙子正开吊车。

在他的操作下，吊臂从小楼的上空划过去又划过来。

在他的眼里，小楼和活动在他周围的人，又是另外的一个角度。

他看到在小楼的外面路边，停着方大强那辆载重卡车。

14. 日内　方家

一家人吃完了晚饭，元妮还在屋里屋外地收拾，好像有干不完的活。

饭桌上，放着方大强刚带回来的崭新的电风扇，他插上插销，电扇就转了起来。

俩孩子兴奋地欢呼了一声。

俩人同时挤到电扇前，离得很近，让风吹自己的脸。

方达：真凉快。真凉快。

方登：妈，妈！

李：一会的。

方大强把电扇调到摇头，孩子们因为离得太近，想吹风就得跟着摇头走，两人就在电扇前被电扇牵引着一会往这边挤，一会往那边挤，方大强看着笑。

忽然，有人从二楼上扔下一摞碗，在院子里摔得粉碎。

院子里传来女人的尖叫。

接着就爆发了激烈的争吵。

女声：李刚，你砸吧，我也过够了。

男声：滚，滚吧。

方大强推门出去，往上看。

俩孩子听见外面的声音就想往外跑，被元妮一手扯住一个。

女声：凭啥我滚？凭啥我滚？我滚了你想再找啊？

男声：整天叨逼叨，真烦人，你还有完没完？

女声：你少在这臭来劲。摔东西谁不会啊？活够了你跳啊！是男的吗你？

又有东西从楼上扔下来。

李：（对外面，声音不大）方大强，进来。

方大强很听话地进来。关上门，外面的声音小了。

李：为看热闹再砸着。还从来没听他俩干过架，真新鲜。

方：还嫌天不热啊？

李：不热还不吵呢。

外面还有砸东西的声音。

15. 日外　楼前空地

在院子里乘凉的人朝上面看着。

有人冲上喊：有完没完了，弄这一院子谁扫啊？

上面也有人劝架，声音渐渐就小了。

从吊车上看，院子里不少人看热闹，都仰着脸。

吊臂在缓慢地移动。

驾驶室里的司机像一个俯视人间的旁观者。

工地上有工人在挥汗如雨地干活。

敲打金属的声音很大。

女人的哭声随着她跑远的脚步声渐远。

16. 日内　方家

元妮忙完了，在外屋洗脸。

里屋，蚊帐里。

俩孩子腻着父亲兴奋地不肯睡，他们都洗了澡，扑了痱子粉，穿着一样的背心裤衩，干干净净香喷喷的，新电扇放到了能吹到床的位置，摇着头。方登把自己的头枕在爸爸的肚子上，在看一本小人书。爸一咳嗽，她的头就跟着爸的肚子抖，她就无声地笑。

方达在爸的另一侧玩打手板，这是父子俩喜欢的游戏，爸有一搭无一搭的。方达全神贯注。

哗的一声，元妮把水泼到院子里。

方大强一下翻身起来。

方：行了，睡了！

方大强钻出蚊帐，把所有的角都掖了一遍。顺手关了灯。

蚊帐里传出两个孩子叽叽咕咕的笑声。

透过蚊帐，方登看见父母的身影在外屋晃过去晃过来。她看见母亲好看的脸和迷乱的目光。看见父亲宽大的背影。

外屋太热，元妮挥着把蒲扇。方大强看着她坏笑。

李：睡了没有？

方：且呢。

李：孩子都不会哄。

方：我回来他们太激动了。

李：切。

方：（起身在元妮身上摸了一把）我先去弄弄车，睡了你叫我。

李：明天到车队弄不成啊?

方：要有活不就耽误事了。

方大强抓了工具出去了。

17. 夜外　楼前空地

方大强扎在前盖下面修车。

元妮端了一盆水出来。

身上穿着件无袖没有过膝盖的睡裙。

吊车的长臂从他们头顶划过。

吊车的驾驶室里，司机可以看到汽车和车边的两个人。

元妮坐在车边的台阶上，拨弄着盆里的水，往脚上撩着。

方大强从车盖下面抬起头，看她一眼。用棉丝擦了擦手，跳了下来。

李：擦把脸?

方大强点着一根烟，吸了一口。

他把夹着烟的手伸给元妮看，烟笔直上升。

方：一点风都没有，这叫什么事?

元妮拧了拧毛巾，起身给他擦脸上的汗，元妮的身体一挨近，方大强就有点激动。他往上一凑，元妮往后一躲，指了指楼那边，示意外面还有乘凉的人呢。

方大强烟叼在嘴上，揽着她绕到车后面，一下子把她抱到车的后帮上，元妮就进了卡车的车厢。方大强也咚地跳了进去，这是一个有帆布篷的货车，确实是个挺不错的地方。从帆布的缝隙露进来缕缕工地上的强光。

方大强拉过一块苫布就把元妮放倒在上面，自己也扑在元妮的身上。

两人有日子没见了，都很激动。

工地上的吊车在缓慢地移动。

吊车的司机往下看着：刚才车边的两个人不见了，白色的搪瓷洗脸盆里泡着条花毛巾。

卡车的车篷在深夜里暧昧地轻摇。

卡车上，方大强和元妮在亲热。俩人浑身是汗，像在水里一样。方大强的黑手在元妮刚洗干净的身上留下了不少黑印。

终于停下来了。两人仰面躺在苫布上。

元妮扑哧一笑。

方：笑啥?

李：说不定全唐山市就咱俩还干这事。

方：都热，都睡不着。（又从边上裤兜里摸根烟点上）

李：（又笑）那这一晚上得多出来不少孩子。他俩还是孤单了一点，在外面受欺负。

方：还敢吗你？生他俩没把人吓死。

李：那有啥不敢的？可惜怀不上了。

方：一儿一女知足了。

李：双胞胎怪呢，一个拉屎另一个马上也想拉，方登嗑瓜子嗑大头，方达也嗑大头，谁也没跟谁学。

方：让你说神了。

李元妮没说话。

方：困了吧？进去睡吧。

李：下去把水端上来，瞧你抓的。

方大强穿上短裤翻身下去。

李元妮舒服地躺着，看着车篷。

忽然，有种火车般的轰鸣声传了过来，车篷就摇晃起来，紧接着，整个车都剧烈地摇晃了起来。

李：（坐起来）你干啥哪?

方大强：（大喊，声音都变了）元妮，不好了!

元妮翻身从卡车上跌落下去，一下就摔倒了，她被眼前的状况惊呆了。

整个世界都在摇晃。房屋如同海上的船只，马路仿佛一匹绸缎。

不明来源的光忽暗忽明。不知就里的声音滚来滚去。

高大的吊车像面条一样扭着软了下来。

吊车上的司机完全惊呆了。

他随着慢动作垮掉的吊车倾覆着。

方大强也摔倒了，两人努力地往起爬，朝着近在咫尺的家门扑过去，这段不长的距离显得非常艰难。

所有的东西都在飞舞，从楼上掉下来各种大大小小的物件，门窗，然后是砖瓦。

从二楼倾倒的煤球炉子里滚出的煤球还是红的。

元妮终于要冲到家门口了，就在她要扒住门框的瞬间，她被丈夫扯了一把，两个人完全没有语言交流，丈夫只是拉扯了她一把，她就再次摔倒在地上。她隐约看见丈夫冲进了门里。紧接着就是房倒屋塌，简易楼忽地就矮下来了。一切都被巨大的烟尘所笼罩，包括元妮自己。

元妮一声惨叫。

18. 夜外　方家楼外

烟尘用了很长时间才落下去。原来的一切都不存在了，世界完全变成了另外一副样子。

一片黑暗。煤球散落在院子里，发出暗红的光。

远处有的地方着火了，也能借到一点光亮。

楼房成了废墟，到处都是零散的部件，有人自己从废墟中爬出来，在外乘凉侥幸活着的人几乎完全傻了。

人声渐渐地嘈杂了起来。

全城的狗都开始狂吠。

哭喊，呻吟，叫着各种称呼：爸，妈，奶奶，爷爷，姐，舅舅，大爷，等等。

塔吊已经拧成了麻花，和正盖了半截的高楼的废墟搭在一起，塔吊司机正想方设法从变形的驾驶室里出来，但显然他一时也出不来，他没有呼救，因为他知道谁也救不了他。从他的位置向下看，简易楼塌成了一堆破砖烂瓦。

他看见了李元妮。

元妮没有哭，她就是在一个劲地扒着废墟，她知道她的丈夫、孩子全都在下面。一边扒她一边喊着方大强、方登，她习惯了喊方登，因为方达总是在方登身边。她的裙子已经撕了，几乎遮不住她的身体，她光着脚，双脚鲜血淋漓。

一个年轻女人疯了似的跑回来，嘴里喊着：“李刚！李刚！”

19. 夜内　废墟下

方登把眼睛睁到最大，她还是什么都看不见，全是呛人的尘土，她想咳嗽但仿佛有人掐着她的脖子，想喊叫却发不出一点声音。

倒塌的房屋的缝隙里露出了灰色的天光，天似乎是要亮了。这灰色的光照出了方登的脸的轮廓。也让她看到了外面的一线光明。但是她不能动。她差不多是爬着，头还被水泥板顶着。

方登的口型在说：爸爸，妈妈，救救我。

方达在离方登不远的地方，他的半个身子被压着，完全不能动，另外一只手到处抓着，他在叫，在哭。

方达：妈，妈，姐，姐，（忽然想起）爸爸，爸爸！

方登听见了弟弟的声音，她忽然睁大了眼睛，她想挪动自己，但是有什么紧紧地抵着她的太阳穴，让她的头死死地卡在一个地方。她的手徒劳地抓着。从她的口型看出她在叫方达！

她的手在朝有声音的地方摸着，但是够不到她的弟弟。

终于，方登从很多声音中辨别出一个声音，是她妈妈的哭喊声，她妈一会叫她一会叫她爸，一会叫弟弟，语无伦次，声音嘶哑，疯了似的。

这个声音夹杂在其他人的哭喊声中。

方登的口型：妈妈，我在这呢。

20. 日外　废墟上

天基本上亮了，满目凄凉，惨不忍睹。

城市消失了，所有房子都改变了模样，只剩下树还站在原地。

有烟，不知道什么地方着了火。

远远近近的哭喊。

元妮身边的女人在嘶哑地叫着“李刚，李刚！你在哪啊？”盲目地在废墟上寻找，垂着的手指尖往下滴着血。让人想起昨晚的那场夫妻大战，已经恍若隔世。

元妮和活着的邻居散落在宿舍楼的废墟上，他们在想办法寻找下面的亲人。但她的努力看上去是那么的徒劳和漫无目标。

有人喊：元妮，元妮。

吊车上，司机在想方设法开门，吊车在他的撼动下摇晃着，似乎预示着新的危险。

元妮直起腰朝声音看去。

废墟下露出一只男人的手，上面全是汽车的油泥。

她扑上去，抓住这只手。

李：快救人啊！

余震来了。废墟上的砖石往下滚，人们四下躲避，元妮没有离开，没有松开那只手。

21. 日内　废墟下

方登似乎平静了许多，因为听见了母亲的声音，母亲在，她就不会有事。

她不知道自己家的房子为什么会突然倒了，但是她知道妈妈在外面救她。

她用嘴吹着面前的土，看着烟尘飞起来又落下去，她试着发出声音，嗓子还是被什么堵住了，没有声音。

只有两只眼睛传递着方登的全部感受。

她仔细辨认着弟弟的声音，那声音似有似无。

她有些担心，就用可以动的一只手到处去摸，她摸到了一块碎砖，就抓在手里，到处敲击，砖头打在了一块木板上发出啪啪的响声。

方达的力气似乎已经用尽了，他用最后的力气嘶哑地哭喊着："爸，妈，姐，你们在哪啊？"

忽然，他听到了近处的敲击声。声音不大，但是很清晰。

方达：姐？

敲击声。

方达：姐？

敲击声。

方登的头还是不能动，但是她知道弟弟活着，而且听见了她的敲击。但是她实在是太累了，就闭上了眼睛。

22. 日外　废墟上

吊车上的司机终于从驾驶室里挣脱出来，他额头上流着血，小心地朝地面攀爬着。

下夜班的工人们跑回来了。他们一边叫着亲人的名字，一边加入搜寻中来。他们的饭盒扔了一地。

救援的人手多了一些。

大家把方大强的尸体抬出来，放在一棵树下。

树下还靠着抬出来的伤者，没有任何救助，只有忍耐，麻木地看着眼前的一切。

元妮到处找东西想给大强盖上，她找到一张报纸，盖在方大强的脸上。盖之前她看着这张脸，又看废墟，她不想离开，又不得不离开去救孩子，最后还是把报纸往脸上一盖。

李：（看着丈夫的尸体）你拉我干吗？留下我一个人干吗？你拉我我也不念你的好！

躺在方大强边上的也是一个男人，

年轻女人趴在他的身上，叫着“李刚”。

人们用非常简陋的工具，寻找着有可能活下来的生命。

一个孩子被救了出来，她尖利地哭着，下夜班的爸爸把她紧紧抱在怀里。

元妮看见别人的孩子，更为自己的孩子着急。看见别人哭，她也跟着哭。

元妮：（哭着）方登，方达，答应妈妈一声啊！

元妮眼前一黑，自己倒了下去。

吊车上的小伙子终于下到了地面。

他傻了一样坐在地上。

23. 日内　废墟下

方登一下子惊醒了，她不知道自己睡了多久，她也不知道现在是白天还是晚上，她只知道，自己还在倒了的房子下面呢。

有雨水渗了进来。

她可以听见外面有人说话的声音，在商量着怎么把什么东西移开。

她仔细辨认，没有方达的声音了。

她的手赶紧又在地上摸，摸到了她刚才拿的砖头，她又使劲地敲那个木板。

方达也睡着了，地震之夜把孩子们的睡眠切成了两段，但孩子总是要睡的。他被敲击声叫醒。

方达：姐？

敲击声。

方达：姐？

敲击声。

方达大声地哭喊起来：“妈，爸，姐！”

24. 日外　废墟上

搜救已经持续了很长时间，人们都已经精疲力尽。

有些人坐在地上发呆，有些人还在试图解救下面的人。

忽然有人大喊：这有孩子哭。

人们都往那里聚集，元妮也扑了过来。

25. 日内　废墟下

方登忽然觉得眼前一亮，一缕刺目的光线照在她的眼睛上，她一下把眼睛闭了起来。

她听到母亲和方达的对话。

李：在这呢，在这！方达，方达，妈在呢，乖，别哭了，这就救你出来。

方达：妈，我害怕。我疼。

李：妈在呢，妈这就救你出来。你姐呢？你姐在你边上吗？

方达：妈，我疼死了。看不见我姐。

李：等着，方达。

有人：看见了看见了，方登，这边这个就是方登，都在呢都在呢。

李：哪？哪？方登，方登你说话啊，妈叫你呢，听见了吗？是，没错，是方登。

方登没法说话，但是她在用力地敲击手里的砖头。

李：（哭喊着）求求你们，各位师傅，孩子爸已经没了，求你们救救我两个孩子，他们出不来我也不活了，求求你们了。我后半辈子给你们当牛做马！给你们当牛做马！

在下面听见妈妈说爸爸不在了，方登的眼睛一下子睁大，惊恐不已。

有人：别哭了，赶紧想办法，不好办。

方登眯起眼睛看着透进来的强光，她觉得自己有救了，方达也有救了，只是需要再坚持一下。她的嘴已经干得全都裂开了，渗出了血丝。她还是不停地敲着，让弟弟知道自己还活着。

26. 日外　废墟上

人们都集中到这里救这两个孩子。

吊车上的小伙子终于从地上爬了起来，在地上的水洼里喝了几口水，加入救人的人群里。

男人们在商量办法，元妮一刻不停地疯了一样在一点一点把上面的碎砖移开。她的双手鲜血淋漓。

27. 日内　废墟下

一阵阵地往下掉土，方登的眼睛被迷了，她尽可能地眯着。照在她脸上的光越来越大了。

妈妈还在不断地叫着方登，方达，但是方达已经没有回答了。

有人说，赶紧的，孩子没声了，坚持不住了。

另一人说，元妮，快拿主意，只能救一个，救哪个？

李：都得救，都得救啊！求求你们。

有人：怎么跟你说不明白啊？这水泥板顶在他俩中间，往哪边搬都挤着一个，不搬就全出不来。你说往哪边搬？赶紧的。

李：（已经没有力气喊了，人也瘫软在地上）都得救，都得救啊。

另一人：元妮你不说他们都走了，孩子也快不行了，元妮，说话啊！

李：求求你们，求求你们。别走，我说我说。

有人：你快拿主意，就是撬一下的事。可主意得你拿。

方登好像听明白了上面说话的内容，她拼命地敲着。

方达已经又睡着了，没有再回答姐姐的信号。

上面的声音又传了进来。

有人：（怒喊）怎么着啊？！倒是？！

大概有几秒钟的等待，上面和下面的人都觉得和一个世纪那么漫长，在大家都要崩溃的时刻。

李：（平静地但是很清晰地）救弟弟吧。

方登的眼睛因为惊讶而睁大。

接下来就是她的头遭到了重重的一击。一切归于沉寂。

28. 日外　街上

解放军的车队开过残破的马路。

汽车在颠簸中艰难地前行。

车上年轻的战士都戴着大白口罩，他们被眼前的状况所震惊。

29. 日外　雨中

部队跑步进城。

战士们戴着白口罩，肩上扛着铁锹。

战士们加入救人的行列。

直升机以非常低的高度，擦着树尖飞过。

飞机上空投出食品、水袋、衣物等。

路边躺着来不及运走的尸体，都盖上了衣服或者被单。

那个伤者依旧靠在树上，睁着眼，拼命坚持着，等待救助。

有路人过去给他喝一口水。

废墟上的人们有些木然地看着眼前的一切，大家除了接受和忍耐已经没有别的想法。

他们不看飞机也不看投放下来的物资。

人已经接近崩溃，反而是一种平静。

30. 日外　雨中

解放军的卡车缓慢地行进，有尸体就停下来把尸体装上卡车，只在卡车底部摆一排，并不互相压着，装满了，就拍拍车身让车开走。

作为尸体的方登和爸爸的尸体并排躺在卡车的底部。

卡车颠簸着向前开了。

31. 日外　路上

卡车在拥挤的路上行驶，作为尸体的方登和其他尸体躺在车上。

突然方登啊地叫了一声，她猛地坐了起来，左手紧紧捂着自己的右臂，很疼的样子。

方登看到了身边的爸爸，爸爸高大的身躯扭曲着，显得很柔软无力。脸上粘着半张报纸。他推了爸爸一下，又像被烫了一下似的缩回了手。

她怀疑这只是一个梦。

车又晃了一下，向前开了一段，又停下来。

方登看着身边的尸体也随着刹车晃动了一下，方登很害怕。就开始向车尾处滑去。

因为她太小了，没有人注意到这奇迹的发生。

32. 日外　广场上

就是震前方登和弟弟经过的那个广场，领袖像和标语牌依旧站立着，成为这个城市触目的标志。

战士们在以非常拼命的速度飞快地搭起抗震棚。在现场指挥的，就有王德清。

这边还没有完工，那边白色的红十字旗已经在棚子上空飘扬了。

战地手术台很快就架起来了。

汽车运来了大量的伤员，惨不忍睹。

但是大家都很安静，有序而疲惫地等待着救援。

临时医院马上就开始了救助。

董桂兰是军医，她也在拼命地工作。

33. 日外　广场

已经从车上下来的方登衣衫褴褛，赤着脚，她也看到了立着的领袖像，她终于找到了这个城市的坐标，她朝那里走去。她的左手依然抱着自己的右臂。

小小的身影在雨中很快就模糊不清了。

34. 日外　灾区手术室

方达躺在手术台上，医生在紧急中为他手术。

方达昏迷中：姐，姐。

元妮靠在手术帐篷外面，精疲力尽，两眼发直。

35. 日外　军营

字幕：保定

某军部所在地，宏大的军营。整齐划一的营房，礼堂，操场，办公楼，旗杆，一应设施。

与平常不同的是，操场等空地上搭起了很多绿色的军用帐篷，上面标注着军部的相应部门。

有的上面画着红色的十字。

一片帐篷的中心是一根旗杆，国旗下着半旗。

36. 日内　帐篷病房内

字幕：保定

在一座画着红十字的帐篷里住着很多部队收留的伤残儿童。帐篷里是一个挨一个的地铺。几十个伤势轻重不同的孩子住在里面，几个战士专门照顾他们。孩子们有躺着不能动的，也有很多已经恢复得很好，情绪也接近了正常。

帐篷的正面，挂着一张很大的黑白的毛主席像，像的四周正在用白花装饰，一个战士站在摞起来的椅子上。另外几个战士带着孩子们在做白色的纸花。折纸，剪，用铁丝缠绕，一大朵一大朵，半透明。

忽然，从营房的大喇叭里传出哀乐。

战士都是小伙子，都戴着黑纱，就开始哭。

孩子们大点的见战士哭也开始哭，小点的看着他们哭。

方登也在其中，她是少数伤不重的，只在额角留下了一个痂。但她的神情比其他的孩子更忧郁，她没有哭。正非常笨拙地剪着白纸，剪出的纸块非常不规整。也就是连剪带撕。

边上一个大些的男孩：你会不会两只手？你看我剪的？

方登看了他一眼，还是笨拙地，非常认真地，非常缓慢地。

男孩：笨了吧唧。

方登扬手就把剪子扔了过去，差点打着男孩。

男孩站起来就跑。

一个小战士走过来蹲在方登的面前，抓住她的手。

小战士：毛主席逝世了，（说着说着战士就又流下眼泪）你是毛主席的好孩子，你要坚强，要听毛主席的话。

方登看他一眼，把脸转向别处。

37. 日外　帐篷外

帐篷的小窗前站着三个军人。也都戴黑纱。

一男一女两个中年军人站在窗口往里看，他们的视线集中在方登的身上。看着她和小战士说话，看着她漫不经心的表情。这是对夫妻，妻子叫董桂兰，丈夫叫王德清。在他们身后站着的女军人是赵主任。

董：是不是太大了？有六七岁，记事了。

赵：这个最漂亮，长大了可以搞文艺。

王：是不错。

王德清又从窗户往里看。

董：怕不好带吧?

赵：问多少回了，什么都不记得了，培养感情应该不困难。只是这些孩子受了刺激，得缓一阵。

董：肯定是孤儿吗?

赵：所有孩子的照片都在唐山市救灾办，这么长时间了，有亲人的都联系上了，没联系的基本可以认定是孤儿。当然，也不能说百分之百。

董：我可不想得而复失。

赵：你俩再想想，不着急，有空多过来看看。

王：我看挺好。

董桂兰又把脸凑到窗户前。

董：没别的毛病吧。

赵：没查出什么大问题，不爱说话。

王：手续我们尽快去办，你多关照。

赵：见外，一个连出来的。

透过窗户，方登依旧在埋头做事。

38. 日外　废墟前

字幕：唐山

李元妮的家已经成了一片废墟。

盖了一半的楼也塌了，吊车软成了一团。

简易楼完全消失了。

只有树还站着。

李元妮在树下烧纸，也没什么好纸，就是些报纸、书本等。她边烧边哭边说。

李元妮的双手完全不像女人的手，全是伤痕和洗不掉的污迹。这双手将伴随她的整个后半生。她穿着显然是发的救济的衣服，既不合身也不是她的风格。依旧憔悴和疲惫。也戴着黑纱。

李：方达今天出院了，我们来看看你俩。我对不起你们，没能看着你们入土为安，也不知道解放军把你们埋在哪了？我上哪找，上哪问去啊？我没办法，得先救方达的命，大强，得先救方达的命啊！那我也不该把你俩扔下，一闭上眼我就看见你们俩躺在这儿，都光着脚，没的铺没的盖，真对不住，你们别怪我，我也不好受，要不是为了方达，我也熬不下去了，方达？

李元妮抬头喊：方达？方达！

方达跑过来了，他的手上抓着一大把小白花。右手的袖子是空的。这孩子右臂整个截肢了。

李：哪弄的花？

方达：追悼会捡的，堆成山了。

李：给你爸和你姐磕个头吧。

李元妮把方达捡来的白花放在火上点着。

方达听话地磕头。

方达：（看着元妮）我姐没死。

李元妮看着他。

方达：她离我可近了。

李：你姐跟你说话了吗？

方达：没有，我知道她没死。

39. 日外 营房

字幕：保定

整齐划一的营房和笔直的甬道，悉心修剪的树木。和以前方家生活的有些杂乱无章、充满生活气息的环境完全不同。

一条铺着落叶的路，两边的梧桐树高矮一样，姿态划一。

秋天来了。

董桂兰和王德清迎面走来。

王德清的背上背着方登。

方登的眼中是一个陌生男人的后背，但军装却让她有了一份信赖。

董桂兰跟在王德清的身边，快步追着。眼睛一直看着方登。内心充满了新奇的喜悦。

董：让我背会儿，我背会儿。

方登从王德清的背上换到了董桂兰的后背上。

董桂兰把她使劲往上耸了耸。王在后面托了一把。

董桂兰背着方登走在前面。王德清在后面托着。

在方登的眼里是一个比妈妈老一些的女人的后背。

董桂兰不时把方登往上耸。

王：还是我背吧。

方登又从董桂兰的背上回到了王德清的背上。

董桂兰追在丈夫的身边，目光始终没有离开方登。

董：再让我背吧。我背得动。

王：别老传来传去了，孩子又不是篮球。

董桂兰不好意思地笑了。

40. 日内 王家

门开了，方登走进了她的新家。

这家一尘不染，简单整洁。典型的七十年代的格局。

方登站在屋子的中间，左右看着，夫妻俩站在她的身后，看着她，大气不出。

屋里一下变得很静。

她抬头看吊在头顶的灯伞，灯伞一动不动。

方登看到毛主席像挂在墙的中间，上面罩着黑纱。看到和她家一样的白线编织的装饰物、还有帘子，也是用画报纸串成的。她过去摸那帘子，她想起了自己的家，她有点想哭，还是忍住了。董桂兰推开了一扇门，屋子里的光就泻了出来。

王德清示意方登进去看看。

方登走进房间，这是他们为她准备的房间，非常明亮温暖。

一张床，一张二屉桌，一把椅子，还有一个小五斗橱。这在当时也是很豪华的配置。

床上的花被子叠得和军队里的一样方正。边上放着为她准备的衣服、玩具和连环画。

董：丫丫，这是爸爸妈妈精心为你准备的，喜欢吗？

这两个称呼让方登抬眼看了董桂兰一眼，目光有点冷，她还不习惯，也没回答董桂兰的问题。

董桂兰意识到自己说错了，一时有些紧张。她回头看了王德清一眼，王德清也不知道该说什么。

方登走到床前，摸了摸花枕巾上的小兔子。

董桂兰又忍不住问：好看吗？

方登点了点头。

董桂兰一下就笑了。

董：谢谢，太谢谢你了。

王：（小声在董耳边说）让她一个人待会儿，熟了就好了。

方登一个人站在房间里，她可以看见站在外间的养父母，他们小声地交谈，和她一样不知所措。

41. 日外　军营

大院的高音喇叭传出号声，起床、吃饭都吹号。

伴随着大喇叭里传出的音乐。

42. 日内　大食堂

部队机关食堂，干部、家属混杂，宽敞高大的房子，摆满了老式的方桌或圆桌和长条板凳。

一长串卖饭的窗口前排着或长或短的队伍。人人手里抓着各式打饭的器皿。搪瓷饭盆、铝饭盒等。

孩子们有的背着书包，有的挂着钥匙在食堂里穿梭，有的在唱，有的学着电影里的台词，闹哄哄的。

董桂兰端着买好的饭菜，方登紧跟在她的身后。这环境对她来说是太陌生了。

董桂兰放下饭盆，又要去买别的。

董：（对方登）别跟着我了，坐这等着。

方登垂着眼睛坐在长凳的一端，坐得很靠边，让人都担心凳子会翻。

不断有人端了饭来坐。

他们都有意无意地注意方登，都心照不宣。

方登就低头坐着。

王德清也来了，摸了下方登的头，和同桌打着招呼。

董桂兰也过来了，两人把方登夹在中间，照顾她吃饭。

同桌：小姑娘长得真漂亮，小海霞似的。

董桂兰很高兴。

董：丫丫，叫人，男的都是叔叔，女的都是阿姨。

方登实在不习惯这样的环境，还是把头埋在饭盆上。

王：有点认生。

董：（问丫丫）好吃吗？

方登边吃边点头。

又有一个人加入了进来。看到方登觉得很新鲜。

来人：董大夫，这就是你女儿啊。

董桂兰摸摸方登的头，笑笑。

董：丫丫，叫叔叔。

来人：我看看，像爸爸还是像妈妈。

方登没抬头。

王德清冲来人使眼色。

同桌：会不会小声说话啊？吓着孩子。

来人做个怪样，开始吃饭。

董桂兰起身刷碗，方登赶紧又跟在她的身后。

43. 夜内　王家

王德清和董桂兰的卧室。

两人靠在床上说话。

王：明天别带丫丫去食堂吃饭了，我看她很拘束。

董：得让她尽快熟悉环境啊。

王：熟悉了再去吧，我去打饭，回来吃。

董：孩子可不能太惯着啊。你说她不会不会说话吧？用不用检查检查？

王：再看看吧，刘主任说没病。

正在这时，两人听见了一阵哭声。

两人侧耳倾听，哭声是从方登的房间里传出来的。

两人赶紧都翻身下地。

董桂兰推开了方登的房门。

睡梦中的方登在哭，哭得很伤心，哭声中夹着呼喊，“爸爸，妈妈，弟弟”。

方登睡梦中的反常和白天的安静反差很大。

董桂兰束手无策，她看王德清，王德清示意她别打扰方登。

两个人就看着方登的哭声小了下去，渐渐安静了下来，又睡了。

董：她会说话。

王：这孩子受了大惊吓了。

董：可怜见。

王：惯就惯着点吧。

44. 日内　王家

董桂兰在给方登梳着十分复杂的小辫子，用各种颜色的皮筋装饰着。

董：好看吗？

方登点头。

45. 日外　小学校

新生报名的日子，不少家长带着自己的孩子来报名。方登背着一个蓝色的新书包，和别的孩子一样，一家三口一起来了，方登有了爸爸妈妈，王德清和董桂兰有了方登。

老师抬头看了方登一眼。

女老师：小姑娘这么好看，像爸爸像妈妈？

三个人对这个问题已经习惯了。

女老师：姓名。

董：王帆，帆船的帆。

方登：（突然说）我叫王登。

老师抬起头，奇怪地看着她们。

董桂兰非常尴尬，就回头看王德清。

王：听孩子的。

女老师：哪个登啊？

方登没上学，回答不上来。

王：灯光的灯。

46. 日外　学校

操场边的体育器械边。

王德清把方登放到一个器械上坐着。

王：你会说话，你只是不爱说话？

方登点点头。

方登用两个食指顶着自己的太阳穴。

王：头又疼了？

方登点头。

王德清轻轻地给方登揉着太阳穴。

方登靠在养父的身上。

王：那是你过去的名字？

方登不说话。

王：你要是想起过去的事情，可以告诉我们，我们替你找你在唐山的亲人，他们一定也在找你。

方登：不记得了。

王：以后想起来再告诉我。

董桂兰办好手续朝他们走来。

董桂兰蹲下身看着方登。

董：丫丫，你会说话，你和别的小朋友一样。

方登点点头。

董：这下好了，你可把我救了。

47. 日外　街上

字幕：唐山

也是街头，但比保定要冷清多了，商店都设在一些临时的席棚子里。卖菜的、卖家具的无序地摆摊。

街上人也不多，视线里总可以看到轮椅、拐杖等。

在一个临时的百货店前，李元妮领着方达在挑书包。方达心不在焉的样子。一只袖子可怜地空着，李元妮拉着他的另一只手。

不多的几种颜色和样式的书包挂在铁丝上。

李：你自己选吧。

方达挣脱了妈的手，指了一下。

方达：蓝的。

这个书包和刚才在方登身上看到的那个奇特地相似。

李元妮交了钱，把书包替方达挂在身上。方达马上把书包摘下来，又塞给元妮。

李：你不是早就想上学吗？

方达：那有我姐，现在不想上了。

李：我跟老师说，谁要敢欺负你妈饶不了他。

方达：（看着妈）我姐爱上，可她上不成了。

李元妮想说什么，张了张嘴，说不出话，他从儿子的眼神中看到一种责备。

方达就一个人往前走，书包就从没有胳膊的肩上滑下去，掉在地上，他也不捡，他知道他妈会捡。

路边，我们在前面看到的开吊车的小伙子摆个地摊修自行车。

48. 日外　小学

一个临时的校门，上写“抗震三小”。

学校也是建在抗震棚里，规模和质量比街上的要好些，整齐些。

墙上刷着“深入揭批四人帮，夺取抗震救灾伟大胜利”的标语。

49. 日内　小学

报名处

元妮在给方达报名。

男老师：姓名？

李：方达。

男老师：出生年月日？

李：1969 年 5 月 2 日。

男老师：家长姓名？

李：李元妮。

方达：（插嘴）方大强。

男老师抬头看李元妮。

李：他爸，不在了。

男老师：家长工作单位。

李：咱们脚底下就是我们厂的大门，谁知道啊，写没工作吧。

男老师：还是写原来的单位吧。

李：唐山第二纺织厂。

男老师：能自理吗？能自己上厕所吗？

方达对着老师用左手拉下裤子，吓得李元妮赶紧阻止他，方达掉头就走掉了。

元妮：没问题老师，我把他所有裤子都换成松紧带的了。

男老师：脾气还挺大，我就是顺便问问。

50. 日外　抗震棚

一片临时的住所，当时的抗震棚，远没有现在的统一整齐，人们住在一起，吃在一起，一种非常时期的集体生活，每家有相对独立的狭小空间，完全是按照仅能睡下的条件，剩下的很多事情都在抗震棚的外面进行，所以出来进去也挺热闹。大人、孩子、男人、女人，不分彼此。

水管子是公用的，厕所也是公用的。

方达和元妮回到“家”里。

抗震棚外面的小板凳上站起来两个人，是方达的奶奶和大姑。两人千辛万苦从济南赶来了。

地上放着她们的行李。

李：妈，大姐，你们怎么来了？方达，快叫人。

方达好像对她俩也没什么印象的样子。

奶奶一把抱住方达。摸着他的袖子，眼泪直流。

姑姑拉着李元妮的手，俩人都不知道该说什么。彼此都不敢看对方。

李：（擦眼泪）等半天了吧？

大姑：找不着，问谁谁也说不清楚，东西又沉，累死我了。

李：来个信我去火车站接你们啊。

大姑：哪有准日子？熟人都求遍了，好不容易买到票。

李元妮一边说一边打开门，把东西提进狭小的空间里。

李：方达，快让奶奶和大姑屋里坐。

大姑没说什么，蹲下身打开提包，拿出煎饼、鸡蛋、咸菜等吃的。

李元妮急切地抓起煎饼，撕给方达一些，两人就吃起来。

娘俩就吃，另外两个就看着落泪。

51. 夜外　门前

屋里小，也住不下，三个女人索性就坐在门口路灯下说话。

天已有些凉了，都披着衣服。

临时住所完全不隔音，人声相闻。她们三个坐得很近，声音也压得很低。

奶奶：元妮啊，我们把方达带走吧。

李：妈？

奶奶：他是老方家的孙子，我们该管，你还年轻，我想得通，再走一步吧。

李：你们老方家不能把我扫地出门啊？

奶奶：（说说又掉眼泪）孩子太可怜了。一只手，拿书拿不了笔，拿笔拿不了书。

李：妈你放心，我能把方达照顾好。今天我们去学校报名了，老师也说没问题。

奶奶：到济南上吧，怎么也比唐山强啊。都成这样了，猴年马月能立起来。

大姑：元妮，这样成吗？你和方达都去济南，你愿工作就找工作，不愿工作就在家照顾孩子，咱一大家子人，不会让你俩受一点委屈。

李：我知道你们是为我好，可我哪也不能去。

大姑：你安顿好了，把老妈妈也接过去。没问题。

李：我真的哪也不去。

婆婆有点着急。

姑姑示意她别急。

奶奶：你这孩子真犟啊，我们替你想，你也得替我们想想。

李：妈，方达跟着我你们放心，以后条件好了我带他回去过年。

奶奶：我大老远过来，就是为接他走。

李：（流泪）妈，我就剩方达了！

奶奶：（急）我儿子复员该回济南，他为了你才留在唐山。

大姑：（阻止）妈！

奶奶：（哭）能替我就替他死。那么大的个子，那么会说话，能干活。怎么说没就没了。孙子又伤成这样，你让我怎么能放心？以后的日子怎么过？

李：妈，我对不起您，对不起大强，对不起方登、方达，就我一个人没事。我答应您，带孩子走吧。他享福就行。

大姑：（一下轻松了）行了，一家人不说两家话，出这么大的事，死了这么多人，都要想开。团结起来向前看。对了，家里东西都没了吧？你们寄给家里的照片，我给你带回来一张。

姑姑从手边的书包里掏了半天，掏出一张照片。

照相馆照的黑白照片，四寸，在路灯下，可以清晰地看到一家四口灿烂的笑脸。

李元妮接过照片，哇地哭出声来。哭得撕心裂肺。

近处的邻居有人走出来。

远处的灯也有亮的。

李元妮的哭声传得很远。

52. 日外　汽车站

李元妮送奶奶、大姑和方达走。几乎没有行李。

方达不时看妈一眼，他觉得自己应该听话，但是也可以看出他的不情愿和不放心，但毕竟还是个孩子。

李元妮拉着方达的唯一的手。

李：到奶奶家听话，别淘气。听见吗？

方达不说话。也不看他妈。

李元妮强忍着眼泪。

大姑：元妮，过一段铁路修好了，回趟家也快。我常给你写着信。

李：谢谢姐。

三个人上了汽车。

透过车窗，看到元妮一个人站在下面，那么孤单，那么可怜。

奶奶和大姑都流泪。

方达把脸转过去，不看他妈。

汽车启动了。

元妮看着汽车的背影流泪。她几乎是绝望了。

53. 日外　汽车上

姑姑：妈，咱带走方达，差不多就是要了元妮的命啊。

奶奶挥了挥手，让姑姑送方达下去。

汽车停下。

司机打开了车门。

姑姑把一个手绢包放到方达的手里，让他下了长途车。

方达朝妈妈跑去。

李元妮愣愣地看着眼前的一切。

母子两人紧紧抱在一起。

54. 日内　食堂

字幕：1986 年夏天　保定

还是十年前的部队食堂。

有了些变化，过去的大桌子变成了一排一排的玻璃钢加塑料的桌椅。

黄灯泡也变成了日光灯，木窗变成了塑钢窗。

不变的是营房的号声和音乐。

吃饭的人不再围坐大桌了，三三两两地坐着。

董桂兰和方登对面坐着吃饭。

董桂兰还是穿军装，发型有改变，方登 17 岁了，出落得有模有样。她的耳朵上戴着随身听，一边吃饭一边跟着音乐节奏晃。

董桂兰从饭盆上抬起头来，看着方登，一脸不满意。

董桂兰伸手敲了敲方登面前的桌面。

方登抬头，摘下耳机。

董：丫丫，吃饭就好好吃饭，别听了。

方登：噢。

方登听话地摘下了耳机，放在边上。

董：马上冲刺了，我饭都吃不下了你怎么一点都不着急?

方登：您跟我们老师说的一个字都不差。我着急，只是没您着急。

董桂兰拿过方登的机器，不熟练地看了看，她取出卡带，是盘崔健的《一无所有》。

董：买录音机是让你学外语的，听点音乐也不是不可以，这个不合适。

方登：妈，您又来了，烦人啊。

董：整天听这个还能不烦?

董桂兰想发脾气，可又在意环境。

董：都是让你爸惯的。

方登：妈我吃饱了。

董：我收，你上学去吧。

方登伸手去拿磁带，董桂兰一下把磁带按住。

方登无奈，抓起空录音机走了。

董桂兰把磁带装进包里。

55. 夜内　王家

80 年代的新房，还是单元楼，但有了客厅、沙发和电视。

依旧保持着整洁的军队气息，衣架上挂着当时的军装。

家里的生活依然在水平线上。

方登的房间。

有意无意可以看到她的床头有一个当年喝水的上面细下面粗的罐头瓶子，套着玻璃丝编的套，里面装着水。

窗户开着，电扇也开着。

方登在桌前复习功课，书桌上堆满了复习资料，墙上也贴着各种笔记。

董桂兰端了一杯牛奶进来。

董：考大学哪那么容易？又不是就你一个人辛苦。

方登：我知道妈。

董：（一边收拾方登的脏衣服一边说）大姑娘了，在家也要穿得整齐一点。

董桂兰出去，关上了方登的屋门。

56. 夜内　王家

王德清和董桂兰的卧室。王德清靠在床上看书。

董：这种书你也看，浪费时间。

王：电视不让开，书也不让看，有必要搞这么紧张吗?

董：我算开通的，我们院张主任知道吧？ 9 点前必须上床睡觉，家里不能有任何人走动。

王：丫丫是有实力的，你别再制造紧张空气了。

董：我没法不紧张，没你想得开，老师让酝酿报志愿了，你怎么想?

王：先听丫丫的意见。

董：最好留在保定，就报河北大学吧。

王：为什么？

董：我不想让她离开我，不是自己亲生的，走远了就不会回来了。

王：可咱也不能为自己耽误了孩子的前途啊。不能这么自私。

董：（火了）我自私？我为她付出了多少？你还不知道？我这要求很过分吗？

王：有点过分。

董：你什么意思啊？

王：孩子不欠我们什么，我们没权利限制她。她一直想学医。可能是受你影响。

董：我能影响她？我在这个家里就是个多余的人。我死了你们才高兴。

王：你胡说什么啊。

董：你以为我不知道我不在家你什么样子？

王：我怎么了？

董：你自己心里明白。

王：不正常。

57. 夜内　王家

方登的房间

她可以听见养父养母的争吵。但听不清。

她看着眼前的电扇。

58. 日外　王家楼下

80 年代中后刚刚有点模样的小区，自行车还是最主要的交通工具，“满世界”都是，楼下还可以晒被子，孩子们在玩第一代变形金刚。

方登骑车放学回家，看到王德清坐在楼下小花园的石头椅子上抽烟。上班的公文包放在身边。方登放了自行车绕着矮矮的松墙跑过去。

方登：爸，忘带钥匙了吧？

王：今天挺早的，你先上去，我抽完这根烟。

方登：好吧，那你快点啊。

59. 日内　王家

方登仰在客厅的沙发上和同学聊天。

方登：我早就看出来你眼神不对，吃饭不看饭盆，隔着一食堂的人看他，你没劲，我要不撞上你还不告诉我呢，还姐们呢，现在说晚了。

门响。

方登：我爸回来了，先挂了，明天到学校再跟你算账。

进来的是董桂兰。摘下军帽挂到衣架上。

董：大姑娘坐没坐相。你爸怎么还没回来？

方登赶紧翻身起来，挂好电话，刚要说什么，王德清后脚进来了。

王：（边摘军帽脱军装）吃什么啊？

方登看了父亲一眼，眼神挺复杂的，没说什么，回自己的房间去了。

晚饭后。

王德清和董桂兰坐在沙发上，看着电视，新闻联播。

方登在收拾桌子。

王：我要去趟唐山。

方登和董桂兰同时抬头看王德清。

王：参加抗震救灾 10 周年纪念大会。我们团就我一个人去。丫丫你想不想和我一起回去看看？

董：马上要高考了。

王：23 号去，考完了去。

董：到时再说，先集中精力考试。

方登：爸，我不想去。

王德清和董桂兰同时抬头看她。

60. 日外　街景

字幕：唐山

新唐山似乎是一个奇迹。一座崭新的城市在并不漫长的岁月间站了起来。

地震纪念碑成为这个城市中心的标志物。

崭新的街道和楼房，宽阔的马路，如果不是某些细节的提示，比如卖轮椅的店，人们已经找不到地震的伤痕了。

和其他城市唯一的区别是唐山的楼都比较矮一些。

建设中的楼房也有许多，吊车林立。

吊臂缓慢地移动。

我们或许在吊车的驾驶室里，再次看到地震时卡在里面的青年工人。当然，是 10 年后的他。

61. 日内　李元妮家

整齐的小区，比较新的规划和设计。但并不豪华。

李元妮和方达的新房是个一室一厅，干净亮堂。

门厅兼客厅不大，柜子上放着父亲和方登（7 岁时）的照片。前面供着香火。边上有个不大的电视机。

角落里摆着单门冰箱。

方达的床和书桌也安置在客厅的一角。

和王德清家比起来，还是简陋和拥挤了许多。

李元妮也老了一些，毕竟 10 年过去了。

她正在家里折腾东西。一个人挪家具呢，她非常吃力但是非常坚决。

门开了。

方达回来了，他长了父亲的大个子，但是比较瘦，细长细长的，看上去依旧柔弱的他，多了几分散漫。书包斜挎着。戴着假肢。

他伸出左手扶住被妈碰得正在晃的灯伞。

方达：妈你折腾什么啊？

李：我把你换到里面去，老师说要给你们创造好的学习环境。破冰箱太响了。

方达：你把我放哪我也考不上。妈我都不想考了。

李：胡说八道。你再胡说八道。

方达过来帮李元妮抬。他一只手抓哪都不合适。

李：我自己来，你躲开。

方达：（挡住妈的路）妈你别闹了。

李：（边收拾边说）不念书你怎么办？接我班？我们厂最轻的活你也干不了，开车也不行吧？做饭不行吧？各行各业我都想遍了，你就得考大学。

方达：（妈的话也不爱听）我看大门行不行？看厕所行不行？

他换上干净的球鞋，脚翘起来，用牙咬着一头，非常熟练地系上鞋带。

李元妮累得一屁股坐到床上。

李：不行！考不上你奶奶就得怪我没让你去济南，这么多年人家给咱们寄钱寄煎饼，你只要考上大学我欠的债就一笔还清了。

方达：那是我奶奶，还什么还啊？自己跟自己过不去。

李：（着急）我死了呢？我死了你怎么办？你这样子，要再没点出息到时候哪个姑娘愿意嫁给你？妈还想早点替你带大个孩子等你老了好伺候你呢。

方达：妈这你放心，我肯定能给你娶回媳妇来。

方达弄着假肢。

方达：帮我摘了吧，特疼。

李：疼也得戴，大小伙子了，得注意形象。再说了，花那么多钱配的。

方达：我要知道您借钱，我都不要。

方达穿上衣服要走。

李：又上哪啊？

方达：您把屋子弄成这样我怎么复习啊？赶紧都挪回来，我才不住里屋呢。

方达关门而去。

李元妮完全没有力气了。

62. 日外　街上

长途车站。城市的背面。比较杂乱。

小馆林立，录像厅，发廊。

不断有长途车开进开出，做小生意的，拉客人的一来车就围上去。

路边便道上支着台球桌，放着流行歌。

几个男孩女孩在台球桌边打台球，方达也在，但是他不玩。眼睛看着别处。

台球桌的沿上扔着作为小赌资的零钱。

孩子们喝着汽水，吃着羊肉串，开着各种玩笑，哼着当年的流行歌曲，看上去也很快乐。显然这是对自己考大学信心不足，有点破罐破摔及时行乐的一群。

有车进站，方达就举个介绍旅馆的硬纸板跑过去。

方达：住旅馆吗？住旅馆吗？又干净又便宜，有车送。

方达在下车的人中间穿梭，右臂垂着。

63. 日内　学校

新学校，楼房和各方面设施都很新。

看得出师生们也都很爱惜，到处装饰。

李元妮神色焦虑地往里走。头上沾着棉花毛，胳膊上还戴着套袖，显然是从工厂直接来的。

64. 日内　学校

教师办公室

女老师：学校规定，一学期旷课 15 节就留校察看。方达三天没来学校了。

李元妮吃惊。

女老师：他还想不想考了？

李：想，想啊。

女老师：现在着急也有点晚了。学校对有残疾的孩子要求不严，家长就更别说了，惯坏了，咱们尽量吧，让这一代受到伤害的孩子健康成长，和健全的孩子一起走向生活。

李元妮一个劲点头。

65. 夜外　街头

建筑工地依旧灯火通明。

吊车在移动。

驾驶室里的司机似曾相识。

唐山地震 10 年的忌日。一个独特的现象，所有人都在同一个日子离开，纪念日也是一个。

在唐山大街小巷的所有十字路口，都有在烧纸的人，这个现象比任何一个城市都明显。特别。

使得整个城市一时间烟雾缭绕，火光点点。

吊车的视点。

司机看着下面这不寻常的景象。

地上全是星星点点的火和一群群的人。

李元妮和方达也在烧纸，周围还有不少人也在烧。

李刚的妻子和一个中年男人显然是重组了家庭，也在边上烧，边上跟着三个孩子，都和男的长得很像（都胖或都瘦）。

方达有点心不在焉地站在一边，耐着性子陪着妈。

李元妮认真地完成着应有的程序。火光映照着她的脸。她看着火苗，有点发愣。

方达：行了妈，蹲这么半天累不累啊。

李元妮站起身，捶着腰，眼睛还是没有离开火苗。

李：我都不知道该跟你爸你姐说什么。好不容易盼到你考大学，你连考场都不给我进，该着的急也着了，该受的累也受了，该说的话我也说了吧，你怎么就这么不懂事啊。

方达低着头不吭声。

李：方达你太让我失望了。

方达：（脱口而出）早知道当年还不如救我姐呢。

李元妮回手就给了方达一巴掌。把方达都打愣了。

吊车上，司机看到一个母亲在这个时候扇了儿子一巴掌。

满城烟火。

66. 日外　李元妮家楼下

方达要走了。一群和他差不多大的，有五六个。

李元妮站在楼下送他。

方达：走了妈。

李：妈不逼你复读了，别去了。

方达：（急）不是都说好了吗，又不是我一个人。

李：别人谁能像我这么照顾你？在外面跟在家里能一样吗？

方达：我就是要找个地方，试试我到底行不行，要不一辈子也别想知道。

李：这么大个唐山还盛不下你？

方达：唐山大？您电视都白看啦？人家山里的都闯荡深圳了，我连石家庄都没去过。

李：走吧。走吧。

李元妮转身回去了。

方达一群离开，义无反顾。

67. 日外　火车站

字幕：保定

站台上人挺多的，有送行的，有远行的，火车上写着某地到某地。

王德清站在车窗边和方登话别。

方登：爸，我走了。

王：你妈本来说来。

方登：我惹妈生气了，背着她报了外地。

王：她是舍不得你。她的脾气你是知道的。

方登：爸，我不在家，你们就不会因为我老吵架了。

王：别多想，两口子没有不吵架的。好好读书，常给家里写信。

方登：爸，我就是想学医。

王：我知道，爸为你高兴。

火车哐地动了。

方登探出上身。

王德清在车下。

都没说话。

68. 日外　大学校园

字幕：杭州

杭州的金秋。

大学校园。色彩丰富。

校门口挂着横幅："欢迎新同学 未来的白衣天使"。

很多彩旗插得到处都是。

高音喇叭放着音乐。

接新生的大客车有的进有的出。

一排课桌后面坐着很多老生也有老师，分别摆着医疗系，口腔系，某某系等牌子。

新生们在登记签到，然后被老生分别送到宿舍。

方登伏在课桌前在医疗系的牌子前签到。

桌子后面的老生喊：9 号楼 106，谁送一下？

方登：（小声问）哪有厕所啊？

对方没听见，还在问，谁去送 9 号楼？

有人应：我去。

老生：谢谢大师兄，又帮我们。

69. 日外　校园里

被称为大师兄的人推着自行车走在前面，方登在后面扶着。

她只能看见一件挺脏，全是灰尘和汗的背心。

她偶尔也看一眼陌生的校园。

走着走着，对方突然停了下来，回头看她。

方登不知道他什么意思。

对方冲路边努了努嘴。

杨志：厕所。

方登一下反应过来，松了手就朝厕所跑。

杨志的自行车一下失去了平衡。

70. 日内　宿舍

杨志放好方登的东西，满头大汗。

方登：谢谢，大师兄。

杨：我叫杨志，不是你师兄，也不是孙悟空。

方登笑了。

杨：自己先选张床，然后随便到哪个食堂说你是今天报到的新生，都可以吃饭，打开水也在食堂，要是没带热水瓶，就到小卖部去买一只，还有，洗澡堂在小卖部的对面，晚上开到 9 点半，日常用品、零食小卖部都能买到。没事我就走了。

方登：谢谢大师兄。

杨：我住研究生楼 207，有什么不懂的，还可以找我咨询。

方登：你是研究生啊?

杨：真是新来的，学校里到处都是研究生。

方登：可你是我见过的第一个研究生。

71. 日外　农贸市场

字幕：1990 年夏天 唐山

1990 年的唐山已经不再像前面那样崭新。人们的生活也和其他的城市一样，丰富活跃和杂乱并存。

一座巨大的农贸市场。

边上是一排小门脸，铝合金的卷帘门，全国人民都熟悉的样子。中间是一排一排的柜台。

和所有城市的农贸市场一样，这里应有尽有。物质丰富，顾客如潮。改革开放使中国老百姓的生活变得方便，随意，满足。

市场边上的门脸集中了修理行业：修鞋的，修电器的，修表的，理发的，总之是日常生活必需的修理小店，也包括李元妮开的小裁缝店。

72. 日内　李元妮的裁缝店

门开着，不大的空间里摆着一台缝纫机，一台锁边机，还有一个裁剪台子。

房顶上架着一根杆，上面挂着几件花花绿绿的衣服。

李元妮自己就是她裁缝铺的活广告，苗条的身段加上颜色搭配合适，有型有款的衣服，很吸引女人的目光，哪个女人不希望自己是她呢?

隔壁是个修电器的，录音机里没完没了地播放着九十年代初的爱情歌曲。

这会李元妮正在给一个比她年龄小些的女人量尺寸，她熟练地把女人转过来又转过去，胸围、腰围、身长、袖长一通量，尺码都记在心里。

女人：你多好啊，自己养自己，自己管自己，我每天回家看见那一家子人，我就起急，就压不住火。

李：都是这么过来的，我跟方达着急的时候你没看见。

女人：等不到我儿子长大我就得急死。

李：我那会也这么想。

李元妮在单子上把尺寸记下来。

女人：厂子里也没意思，当初还不如跟你们一起下岗呢。

李：得便宜卖乖，厂子再没意思也比干个体强。

正说着，门外探进一张脸，是隔壁修电器的老牛。

老牛：电话。

李：来了，（对女人）等我一下。

没等女人反应过来，李元妮人就消失了。

73. 日内　电器修理店

隔壁的电器修理店，狭小的空间摆满了要修的电器、零件等，拥挤杂乱。

靠门的柜台上放着一台公用电话。

李：（声音很大，唯恐对方听不见）方达，方达。这么长时间不打电话？忙？你比总理都忙。妈挺好的，没事，那天跟管理员吵了一架，他说我没交卫生费，我说几个门脸天天都是我扫，你还没给我卫生费呢，成，我告诉他再吵方达回来抽你。你怎么样？钱够花吗？在哪呢最近？没生病吧？没事了，没事了，你好好的。挂吧挂吧。

李元妮打电话期间，老牛一直目不转睛地看着她。李元妮接电话期间有个人过来打电话，也被老牛挥挥手给赶走了。

李元妮挂上电话，脸上的激动还没有收回去，她看了老牛一眼。

李：谢啊。

老牛：怎么谢？

李：吃饺子还想着你。

李元妮转身走了。

老牛把刚才调小的流行歌曲又放出来。

歌里是爱的倾诉。

74. 日内　裁缝店

李：久等了久等了，方达的电话。

女人：他现在在哪呢？

李：我也说不太清，报喜不报忧。

女人：眼不见心不烦。

李：唉，家家有本难念的经，你还羡慕我？（把写好的单子夹到布里）好了，过几天有空来拿。

女人：那就是你的“发烧友”吧？

李：胡说什么啊？

女人：她们说的，说有个人整天粘着你，说元妮什么都好，就是招人。

李：反正我不在，你们就编排我吧。

女人：（掏钱包）给你多少钱？

李：一百万。

女人拍了李元妮一下，收起钱包，满意地走了。

李元妮坐下来，有点发愣。

75. 日内　裁缝店

另一天。

李元妮在案子前裁衣服。

嘴里跟着隔壁的录音机哼唱流行歌曲。

老牛又来了，手里拿了两本杂志，《读者文摘》《大众电影》。

李：这么快就看完了？

老牛：我翻了翻，就是给你买的。

李：不敢当。

老牛：方达好些天没来电话了？

李：忘跟你说了，我家里安电话了。

老牛：花五千块安的？！

元妮点头。

老牛：你钱烧的啊？我这电话不够你打的？

李：白天用你电话，晚上怎么办？万一他晚上有事呢？

老牛：晚上我也可以给你送信啊。

元妮看他一眼。

老牛立刻闭嘴。

76. 日外　杭州西湖边

字幕：杭州

西湖边上挺热闹的，有游人也有行人。

王德清穿着军装的夏装，提着出差的包，还是挺热的，他似乎在找什么地方。

边上有人在招揽生意，喊话的是方达。

方达：画舫游湖，画舫游湖，再上几位马上开船，这两位客人，游湖吗？西湖要坐在船上慢慢感受，不坐船等于没来，游湖吗？先生？

方达穿着一件长袖衬衣，戴着假肢，脸晒得黑黑的，衣服也不太干净，显然在过一种并不轻松的生活，但他的表情还是挺轻松挺开朗的。他脖子上挂了个工作证似的东西，左手拿个电喇叭，不停地招呼客人。

方达：（对王德清）首长，一个人来出差？游湖吗？

王：我打听一下，浙江大学医学院怎么走？

方达：就在湖边上，坐我们船过去吧，顺便游下西湖。

77. 日外　船上

方达指着地图告诉王德清学校的位置，以及下船后怎么走。

王：谢谢你，听口音不是本地人。

方达：我河北的。

王：老乡啊。

方达：有缘，有缘，（递给王德清一张名片）您杭州有什么事，随时找我，包括您的朋友，吃住游一条龙服务。

王：我刚上海开完会，女儿在浙大上学，去看看她。

方达：不是放暑假了吗？她该回去看您啊。

王：用功呢。

方达：飞碟啊。

王：什么意思？

方达：我们那给除了学习什么都不会的同学起的外号。

78. 日内　女生宿舍楼

方登宿舍的门口

门玻璃被花布挡着。

王德清敲门。

没有人应。

王德清又敲。

还是没有人应。

王德清正犹豫。

方登：谁啊？

王：方登？

里面又没有声音了。

王德清等着。

门开了。

方登：爸？！你怎么来了？

79. 日内　方登的宿舍里

杨志和方登被王德清堵在了宿舍里。

三个人都觉得非常尴尬，杨志在忙着搬椅子，倒水。

大白天拉着窗帘，落着蚊帐。一切不言而喻。

方登把窗帘拉开。

方登的床头还是有个装了水的杯子。

事实上最不自然的是王德清，他不知道该如何表达对孩子们的歉意，一副经验不足的样子。满头汗。

方登：爸你坐，很热吧，您怎么不给我打个电话。

王：我到上海开会，走得急了，电话号码忘了带，真对不起。

方登：我不是这个意思，我是说应该到火车站去接您。

杨：（没话找话）是啊伯父，杭州的路不好找。

王：挺好找的。

杨：您喝水。

王：你是。

方登：我的，师兄。

杨：我叫杨志，研究生二年级。我杭州人。也学临床的。

王：好。好。（实在不知道该说什么）

方登：我妈身体怎么样？

王：（把提包拿到桌子上）这些都是她要我带给你的。

方登打开包，翻出吃的穿的。

方登：我妈身体到底怎样了？

王迟疑了一下。

王：不太好。

王德清不知该说不该说。

方登：什么叫不太好？

王：住院了。她不让告诉你，这次开会我本来不想来了，她说你两个假期没回家了，非让我来看看。

方登：爸，妈住院你为什么不告诉我？我跟你一起回去。

杨志看着方登。

80. 日外　火车上

方登和王德清相向而坐。

窗外田野青葱可人，景色不断闪过。

王：丫丫，怕影响你学习，你妈一直不让我告诉你，她已经晚期了。

方登正在吃东西，一下全都吐出来吐在手上。她看着王，说不出话来。

王：你妈其实很想你，可你一回去她又总是控制不住自己。你放假不回家，她其实很难过。

方登：是我不好。

王：她除了工作就是你，你离开家，她觉得很失败，说心血都白费了，有很多的抱怨，当然她这样是不对的，可我也希望你理解她，特别是，她又病成这样。

方登：杨志家在杭州，我就是想跟他在一起，不是不想你们。

王：我现在就想让她多活几天，再不高兴，不满意，不恩爱，也比没有强。

方登：其实你们俩恩爱，所以才会吵架。我谈了恋爱才知道。

有乘务员过来卖水，王德清从军装口袋里掏零钱，放在小桌子上买水，方达的名片也在其中。

方登把名片拿起来看了看："某旅游公司　业务经理　方达。"

王：我在西湖边上碰见的一个小伙子，也是河北的，他说杭州有什么事都可以找他，你留着吧？

方登：这种东西上面写的大都是假的，做广告用的。

方登顺手把那张名片从窗户的开口扔了出去，名片瞬间消失在风中。

81. 日内　电器修理店

字幕：唐山

另一天。

老牛在埋头修电器，手里抓着电烙铁，面前一台日立电视后盖开着。

眼前的光线一暗，他抬头，李元妮站在他的柜台前。

李：（略为难）求你点事。

82. 夜内　李元妮家

李元妮打开门。老牛跟在她的身后。

还是前面住的一室一厅，因为方达不在，空荡了一些。

老牛走到电话前，拿起来听听。没有声音。他又把电话翻过来倒过去看。

李元妮焦急地看着。

老牛把电话的后盖打开，里面有一节 5 号电池，他把旧电池掏出来，从自己的口袋里掏出一节电池装上，再听，好了。

李：嗨！

老牛：我早猜着了。

李：猜着你不说。

老牛：饿了，开饭，酒有吗？

83. 夜内　李元妮家

两个人的晚饭，已经吃了挺长时间，一瓶白酒两个人喝。

从李元妮的视线可以看到柜子上丈夫和女儿的照片。

老牛：我以前推销电扇来过唐山，有几个熟人，北方人去南方，南方人来北方。也没多想，凭技术挣钱养家呗，出来不到半年，老婆就跟别人好了，今年过年回家，非要跟我坦白交代，我懒得听，离了，别的没什么，心疼孩子，14 岁，女孩。

李：76 年地震，我们家四口变两口，儿子一走，两口变一口。

老牛：从家里回来，真不想干了，没意思，现在每天能开张，就是为了看你一眼。

李：我有什么好看。

老牛：（回头看照片）这么多年，你不孤单？

李：怕过节，方达不在这几年，我就春节回趟老家。

老牛：（伸手摸下元妮头）干吗这么苦自己？又不是没人要。

李元妮一躲。

老牛起身拉元妮。因为喝了酒，有点情不自禁。

李元妮不情愿，但又有点可怜老牛，半推半就，很别扭的状况。

老牛很热情。

貌似搏斗。

84. 夜内　李元妮家

床上。

李元妮没有进入状态，充其量是报答老牛。

老牛自己也有点别扭。

老牛：我喝多了，别生气啊。

李：没有。应该的。

老牛：你这么说我就对不起你了。

李：没事。这岁数了。

老牛：跟我过吧，保证对你好！

李：不可能。

老牛：那就还跟以前一样。

李：也不可能了啊。

85. 日外　农贸市场

元妮的服装摊关张了。门上贴了张白纸，取衣服请打电话：664756。

电器修理开着门，老牛坐在柜台前发呆。

再也没有爱情歌曲。

86. 日内　医院

字幕：保定

病房里。

董桂兰的病床前，病床的周围摆着花，住单人病房。

董桂兰的病已经很重，气色很差。头发也掉了，戴着医生用的白帽子。

比方登上学前，也又衰老了一些。

一圈医生站在她的身边，她打起精神对医生微笑。

方登和王德清站在一边。

医生低声安慰董桂兰，然后离开。

方登坐回病床前。

董：北京陆军总院的专家来讲学，专门来看我。

方登：（不知该说什么）像个大首长。

方登坐到董桂兰身边的椅子上，王德清把床摇起来一些，让董桂兰更容易看到方登。

董：丫丫，开学半个月了，你回去上课吧。

方登：没事，我请过假了。这学期都在医院，没什么课。

董：我老不好你还能老不走啊？不马上死怎么办。

方登：（突然大声）爸你看妈说什么啊。

王：（故作轻松）妈是怕耽误你，我们还等着你成名成家呢。下周，下周回吧。

董桂兰的目光一直在方登的脸上，看得方登快受不了了。董桂兰的目光在王德清和方登两人中间移动。

屋子里的气氛一下就绷紧了。

董：（对方登）护士都夸你漂亮，说你像我，（笑）她们才来几年啊，什么都不知道。

方登：妈，我是像你。

董：脾气也像，拧，到底学了医。

方登：我小时候最喜欢你带我上班。

董：我这辈子最在意的就是你们俩，可你们俩都不愿意和我在一起。

一滴眼泪从养母的眼角流下来。

王德清看着董桂兰，什么都说不出来。

方登：妈。

董：本来想着快退休了，等你毕业结了婚，我们给你带孩子，家里就不那么冷清了，谁知道我又这样了，丢下你爸一个人。

方登：妈。

董：别恨我。

方登：妈我从来没有恨过您。我心里特别感激您，我就是，说不出口。

董：替我把你爸照顾好，他老替你说话，他说不管是不是亲的，孩子大了都是要离开家的，以后也没人老跟他吵架了。

方登用手给养母擦眼泪，她用手摸着养母的脸，把自己的脸轻轻贴上去。

方登：妈，爸爸爱你，我也爱你。

董：还有，你大了，自己回唐山找找亲人吧。这点你爸是对的，我太自私了。

王德清站在边上，什么都说不出来，就在那流泪。

87. 日内　遗体告别

一个不大的灵堂，布置得很得体。

方登站在养父的身边。和从她身边走过的熟和不熟的人握手。

人们拉着方登流着泪讲述着养母的好处。

不远处，养母躺在花丛中，很不真实。

她看着伤心的养父，她也很伤心。

88. 日内　王家

还是前些年的家，多少有了一些变化。九十年代的模样。

王德清和方登回到家里。

家里依旧一尘不染，但凭空冷清了很多。

方登把董桂兰的大照片放在柜子上。

照片上的养母穿着军装，很精神，非常美丽的笑容。

方登久久看着照片。

王德清到厨房煮面。

方登跟了进去。

方登：爸，我来吧。

王德清就转身离开了厨房，他躲方登都躲习惯了。

王德清坐在沙发上，打开电视，气氛还是异样。

89. 日内　王家

两人相向而坐。

方登盛面，还是先转一下筷子。和王德清当年教她的一样。

王：累坏了吧。

方登：爸，对不起。

王：什么话？你能送走你妈，我很感激你。这是她最希望的事情，让大家看到你在她的身边。

方登：本来应该让你们快乐和满足，可我给你们带来了很多麻烦和痛苦。

王：其实人生没有纯粹的快乐，所有快乐都伴随着痛苦，你带给我的快乐大于痛苦，虽然可能只大出去一点。就足够了。

方登：爸，等你退了休，到杭州和我们一起生活吧。

王：你从小就很懂事，从来不在我们面前提起唐山和亲人，可你不会忘，也忘不了，妈妈的话你也听到了，你应该相信，你想念他们不会伤害我们。

方登：爸，我没有亲人了，也不会再回唐山。

王：以前呢？为什么你从来不说地震以前的事呢？

方登：不记得了。

王：你已经是个大人了，应该面对一些事情，哪怕是很怕面对的事情。

方登没再说什么，她又和小时候一样，用两个食指顶住太阳穴。

王看着她，犹豫了一下，还是站起来，走到她的身后，像以前一样为她按摩。

方登闭上眼睛，把头靠在养父的胸前。

两个人什么都没有说，但都感到窒息。

王：今天你太累了，早点休息吧。我出去一下。

方登睁开眼，看到养母的照片上灿烂的笑容。

90. 日内　王德清的办公室

早上的阳光柔和地照进来。

王德清从办公室的沙发上站了起来。把当被子盖的军大衣挂回衣架。

91. 日内　王家

王德清提着早点打开门。

家里没有人，方登已经走了。

桌子上放了一张纸条。

方登的画外音：

放登：爸，我回学校去了，您照顾好自己，我永远是你们的女儿。

92. 日外　火车上

方登伏在洗手池上干呕。

93. 日外　街上

字幕：杭州

方登和杨志，两人坐在露天的咖啡座。

亚运会的歌：我们亚洲。

方登手里抓着张化验单。

她看着大玻璃窗上映出的自己，她在体会自己内部所发生的巨大变化。每个女人这个时刻都会以一种全新的眼光打量自己，以一种全新的感觉体验自己。

杨志趴在柜台上打公用电话。

杨：我自己医院怎么行？全认识，否则为什么找你，约在周五做，然后在医院过一个周末，周一再走，都听你的，我们一早过来。

挂断电话，杨志对方登做了个 OK 的手势。

方登很慢地摇头。

杨：怎么了？

方登：我不去医院。

杨：你是大学生，亲爱的。学校会开除你的。

方登：那，我也不去。

杨：亏你还是学医的，怕疼啊？

方登摇头。

杨：我好朋友亲自给你做，保证舒适快捷，神不知鬼不觉。我陪你在医院过个周末，周一我们一切照常。

方登摇头。

杨：那你想干什么？想当妈啊？

方登停顿了两秒钟，然后慢慢点了点头。

94. 日外　医院

方登从门诊楼的大门里走了出来，杨志跟在后面。

两人在人来人往的院子的角落里站住。

杨很着急。

杨：再一年就毕业了，你四年学不能白上啊。

方登：也不能说白上，认识了你。

杨：我们在恋爱，连婚姻都还没有，怎么可能生孩子啊？

方登：其实也没跑题，只是倒叙而已。

杨：方登，怀孕这事没有什么了不起，这不过是一次意外，是很容易纠正的。你妇科去过了吧？每天有多少女孩子在做人流？

方登：别人可以，我不可以。

杨：（愤怒地）你为什么不可以？你怎么这么矫情？

方登：杨志我跟你说过，我是唐山人，我是在拉尸体的车上醒过来的，我爸就躺在我的旁边，你根本就不懂，你根本就不了解我。

杨：我知道，对不起，可你不能冲动，我知道你爱我，我也爱你，我珍惜你，你才 21 岁，女人一生孩子青春就结束了，我不想让你做这么大牺牲。

方登：你哪知道什么叫牺牲？

方登说完，转身走了。

95. 日内　方登宿舍

方登开始收拾东西。还是一阵一阵地恶心。

几个室友都没出去，看着她收拾。

其中一个女生在给她削一个大苹果。削好了伸给方登咬。

方登咬一口，她还替方登拿着。

女生一：别走了方登，反正也没什么课了，我们替你打饭，你就在宿舍里写论文，对付一天是一天。就差一年了，凑合凑合就毕业了。

方登苦笑。

方登：这怎么凑合啊。

96. 王家楼外

字幕：保定

王德清一个人孤单地走来。

他走到楼门口，打开信箱，一张退回来的汇款单，上写：查无此人。

97. 日外　校园

字幕：杭州

篮球场

一伙男生正在瞎玩。跑来跑去的。

有个女孩的声音：杨志，大师兄，杨志。

杨志闻声看去，传过来的球差点打到他的头上。

球场的铁网外站着王德清和方登同宿舍的女生。

杨志跑了过来。

王德清和杨志隔着网子说话。

王：王灯呢?

杨：她不和我联系了。

王：她退学你知道不知道?

杨：我也是听她同学说的。

王：你找她了吗?

杨：找了，没找到。

王：到底怎么回事?

杨：她怀孕了。

王德清一巴掌就打过去了。

王：那你还在这打球?

杨：我，我觉得她就是为了离开我才离开学校的，她一定不希望我再找她。叔叔，我劝您也别再找她了，如果她想见您，她会回去看您的。如果她不想，找还不如不找。

王德清气极无话。

98. 日外　唐山市

字幕：1996 年冬天 唐山

九十年代中期，中等城市最繁荣的时期。

到处都在开发，盖大楼。

街上的汽车多了起来。

出租车满街都是。

一辆汽车，开车的是个女孩，二十出头，是方达的女友小河。

方达坐边上，穿西装，有点富起来的意思。

小河：这就是唐山啊，我就是大地震那年出生的。1976 年。

方达：在我妈面前好好表现，她要不投赞成票你就得下岗。

小河：像个八十年代新一辈说的话吗?

方达：（伸出三个手指）我妈生过我三次。

小河：什么意思?

方达：我出生算一次，刚生下来肺炎差点死了，医生都说别救了，我妈说必须救，两次，地震，三次。

99. 日内　李元妮家

家里，还是那套小房子。

现代化的痕迹多了一些，有了空调、微波炉等。

方大强和方登的照片还放在原处。

门厅原来方达放床的地方现在支着元妮的缝纫机。

他们进来时，李元妮正在缝纫机边忙着。

方达：小河，我妈。

小河：伯母好。

方达：（指照片）我爸，我姐。

小河不知该说什么。

李：（笑得不是很由衷）房子小，多一个人就转不开身。

小河：没事伯母，我瘦，不占地方。

见方达在解扣子，小河赶紧过去帮忙。

李元妮看着女孩。

方达：您怎么还弄这个啊?

李：就接点熟人的活，闲着也是闲着。

小河：姐姐和我小时候的照片很像。

100. 夜内　餐厅

比较豪华的包间。

方达张罗点菜。

小河：（没话找话）这是唐山最好的饭馆了吧。

李：我觉得唐山的饭馆都挺好的。

方达：妈，喝点酒?

李：行。

小河：我开车，看你们喝。

母子俩干杯，又干杯。

方达：妈，我在杭州有了公司有了房子有了车，还有了小河，就差您了。

李：想我就回来看一眼。

方达：（给元妮倒酒）您不是说要给我抱孩子吗？不去怎么抱啊?

李：（给小河夹菜）生了送回来，缝纫机立马就撤。

方达：妈，去杭州吧，不愿意跟我们住我再给您买房子。我不能把您一个人扔在这啊。

李：方达，你爸你姐在这，我哪都不会去。

方达：每年扫墓我们陪您回来。

李：咱在唐山不能没有家，你爸你姐的魂回来，不能没地方去。这事别再提了。

方达：妈，都过去这么多年了，你不能老这样啊。

李：没有了才知道啥叫没有。

两人边说话边喝酒，挺伤感的。

方达：那咱就找个老伴。

李：要找早找了，不是没人要。

方达：那为什么啊？

李：为你爸，他拿命换的我，他不拽我我就进去了，（对小河）哪个男的能用命对我好？我这辈子就给他当媳妇，我一点都不亏。

小河没喝酒，却要哭了。

方达：可你老了啊，你不能老一个人，我在外面不放心。

李：活该，当年你走，我也不放心，谁的福谁享，谁的罪谁受。

李元妮和儿子干杯。

方达：不去就买房子，我在家连张床都没有了。

李：先买墓地。

101. 日外　墓地

方达为父亲和姐姐买了很豪华的墓地。

正在举行落墓的仪式。

李元妮、方达、小河，还有他们的朋友都来了。

方达准备了很多鲜花。

乐队在奏乐。

还有白色的纸钱等。

两个崭新的骨灰盒，方达把两张镶在镜框里的照片各放进一个骨灰盒。再把两个骨灰盒放进墓穴。

小河非常吃惊的表情，但也只有她感到惊讶。

找来的人在专业地操作，封墓，大家默默地在边上站着。

小河：（实在忍不住了）骨灰呢?

方达瞪她一眼。

102. 日外　市中心

地震纪念墙。

宽阔的空场，地震遗址公园。

高大的黑色大理石墙上刻着无数个死者金色的名字。

元妮和方达陪着小河来到墙的前面。

纪念墙前有些花束。

为纪念地震二十周年，很多人来过。

他们三个也带了花来。

小河用手摸着墙。

李：24 万人一起走的，哪还分得清谁是谁?

103. 日内　豪宅

字幕：杭州

1996 年很大、很豪华的客厅，浅色的精致装修。

飘着淡淡的音乐。

外面是冬天，南方的冬天。

一个 5 岁的小女孩，在客厅的地毯上玩一件很复杂的玩具。玩具不断地花样翻新，女孩惊喜不断。

一双女式拖鞋在光可鉴人的地面上走过，是方登，她的手里端着一串葡萄，葡萄很紫，大小很均匀。

方登在女孩面前蹲下，把小盘子在女孩的眼前晃了晃。

方登：点点，吃葡萄?

点点：不吃，不想吃。

方登把盘子放到茶几上。

点点：别弄坏了，有事叫妈妈。在这好好玩，别乱跑。

点点：知道，知道了。

104. 日内　另一个房间

一个小学生的房间，有电视、写字桌，比一般的家庭的房间要宽敞不少。

方登坐到一个八九岁的男孩的对面，桌子上摊着很多外语书。桌边还有一块小黑板。

方登：好了，开始吧，我问，你答。

（一段简单的英文对话）

方登：（英文）很好！很不错。

男孩：点点干吗呢？

方登：用英文。

男孩想了想，磕磕绊绊地改用英文。

男孩：点点是个小女孩。

方登：好！

男孩：点点是个漂亮的小女孩。

方登：谢谢！

男孩：我想去和她玩。

方登：下课以后。

男孩的妈妈进来，她年纪比方登大些，衣着和化妆都很精心。

女主人：打扰一下王老师。

方登：没事您说。

女主人：下次课往后推一天行不行？

方登：行啊。

女主人：朋友非要约着出去过圣诞，你给我儿子上完课在我们家多待一会，等我们回来你再走。

方登：行。

女主人：要是太晚了你和点点就在我们家客房住一夜。

方登：没关系，我叫出租车回去。

女主人：也没问你圣诞节有没有活动。

方登：没活动，我哪也不去。

一声清脆的碎裂声。打断了两个女人的谈话。

105. 日内　客厅

一个花瓶从架子上掉到大理石地面上，摔得粉碎。

点点站在边上，手足无措。

方登，男孩和女主人赶来。

点点马上就看方登。

方登也在看她。

方登蹲下身想收拾碎片。

女主人：你别动了。

方登一下就收了手，站也不是蹲也不是。

女主人：让钟点工收。

女主人说完就先转身走了。

方登把点点和男孩从碎片边上拉走。

106. 日外　豪宅门口

女主人付方登学费，方登不要。

方登：我知道不够赔，我意思一下。

女主人：两回事，两回事。

方登红着脸，使劲地推脱。

点点不敢抬头。

方登到底没有要学费，拉了点点走了。

107. 夜外　公交车站

方登领着点点在等车，两人都穿得有点单薄，但南方的冬夜，也很冷。

方登看点点。

点点使劲忍着眼泪。

108. 夜内　方登的家

地下室。

一间房子，依旧收拾得干净整齐，但是没有窗户。

墙上贴了一张印刷品，是个假窗户，外面是花红柳绿的草坪。

母女俩的全部生活都集中在这个空间里。

小屋里也有点滴的圣诞节装饰。

方登在做出门前的准备。

方登：点点，走了。今天路上人多，我们别晚了。

点点：妈妈你走吧，我不去。

方登：你一个人在家妈妈不放心，走了。

点点：我看电视，等你回来，放心吧。

方登：不行，不安全。

点点：那你把我锁在屋子里。

方登：更不安全，快穿衣服，走了。

点点躲到房间最里面的角落。

点点：说了不去，肯定不去。

方登：不听妈妈的话了？

点点：我听话，我在家等妈妈。

方登：妈妈今天要晚回来。

点点：我困了就先睡。

方登拿着衣服要给点点穿。

方登：听话。

点点：（坚决地）我再也不去他们家了。你打我我也不去。

方登看着点点。

点点也看着方登。

109. 夜内　地下室

走廊上光线昏暗。

方登把门锁上。

110. 夜外　街上

街上的年轻人比较多，有点节日气氛。

方登在公共汽车站等车。

汽车来了，方登没有上。

她朝家里跑去。

111. 夜内　地下室

方登又跑回来，打开门。

方登：点点，妈妈不能把你锁屋里，你姥姥说过，不能把小孩子反锁在屋里。

点点：我姥姥死了啊？

方登：老家的姥姥。跟我走吧，哥哥的爸爸妈妈今天都不在家。

点点：不去。

方登看表。

方登：那妈妈不锁你，你从里面把门关好，有人敲门也别开，困了就自己睡，盖好被子。

点点：知道了。

方登没时间了，只好把钥匙放在柜子上，走了。

112. 夜内　豪宅

房子里摆着圣诞树。

方登在为男孩上外语课。

方登和男孩在谈论节日。

方登：你最喜欢的节日是什么节？

男孩：儿童节。

方登：为什么？

男孩：老师和家长在儿童节都对我们比较好一些。

方登：还有吗？

男孩：礼物。对了，（男孩站起来）我给点点准备了圣诞礼物。点点今天为什么没来？

方登：（看表）她有点不舒服。

113. 夜内　地下室

点点一个人在家看电视，遥控器拿在手上，自己的手边放着水、零食、手电，她自己看电视，吃东西，井井有条。

突然，停电了。

屋子里一片漆黑。

楼道里传来人们的喊声：谁呀？又是谁啊？

点点害怕了，她打开手电，照着门，手电快没电了，光线不足。
有人起哄地出着怪声。
怪叫声显然吓着了点点。
点点把门打开一个小缝。

114. 夜外　街上

方登打车。抱着毛熊。焦急万分。

115. 夜内　地下室

方登冲到家门前。
灯亮着，门开着一条缝。
点点不在屋子里。

116. 夜内　走廊上

方登在走廊上大声喊：点点，点点！
有人从别的房间里出来。
邻居：喊什么喊啊，几点钟了？
方登：我女儿不见了。刚才她一个人在家。
邻居：喊有什么用，打 110 嘛。
另一邻居：先问问保安，保安不会让她一个人出大门。
（不同方言，地下室一般不住本地人。）
邻居：刚才停电了，她可能害怕跑出去了。走不远。到院子里找找。

117. 夜外　小区

方登和几个邻居在院子里寻找。
方登问一个巡逻的保安。

118. 夜内　物业值班室

方登冲进来，身后还跟着两个邻居。
方登：我女儿丢了。
值班室里，点点坐在沙发上，一个外国男人，穿着件大衣，脖子上围着一条圣诞节红红绿绿的围脖。坐在点点的身边。

趴在桌子上打瞌睡的值班员吓得站起来。

点点也一下站了起来。扑到方登的身上。

母女俩紧紧抱在一起。

方登：点点，害怕了吧。

点点：妈我在等你回来，我不太冷。这个爷爷非把我带到这里来。

方登：是妈妈不好。对不起。

方登把点点抱起来，点点抱着大玩具。

方登：（对外国人，用英文）谢谢你。我真不知道该说什么好。

外国人：（英文）把这么小的孩子一个人放在家里，在我们国家要受处罚。

方登：以后再也不会发生这样的事情了，我保证。

外国人：女儿应该比圣诞节重要。

方登：（不高兴）我知道，再见。

方登抱着孩子离开。

外国人在身后：圣诞快乐！

方登愣了一下，她回头。

方登：圣诞快乐！

119. 日内　李元妮的新家

字幕：2000 年春节 唐山

有过年的气氛了。

一套很好的房子。宽大，敞亮，代表了唐山老百姓 2000 年的生活水平。

房间里的摆设也很好。

方大强和方登的照片放大了，装了很好的镜框挂在客厅的墙上。

客厅里多了一些小孩子用的东西和玩具。

李元妮在客厅里推一辆婴儿车，车里睡着一个还不到一岁的小男孩。

李元妮在轻轻地晃着婴儿车。

注视着车里的天使般的孩子。

120. 日内　李元妮的新家

在方达和小河的卧室里，两个人正在争吵。

方达：你别得寸进尺啊，我大过年的把我妈一个人扔家里，跟你回家，还要怎么样啊？

小河：我要带点点一起走，我不想和他分开。

方达：我好话都白说了？不是说好了的吗？

小河：方达，除了这件事，你让我干什么都行，我什么都可以不要，我不去欧洲了，我也不要 LV 了，我也不换车了。我就要我儿子，行吗？

方达：这事结婚前就说好了，是不是？

小河点头。

方达：早知道你今天这样我就不跟你结了。

小河：（生气）那你跟谁结？

方达：你别胡搅，说孩子，点点必须给我妈留下。

小河：那我怎么办？我爸我妈也没见过孩子，光我们俩回去算怎么回事？再说他才那么点大，我想把他放在我被窝里。你为了你妈高兴拆散我们，你心里除了你妈还有谁啊？

方达：这事没商量，你决定吧。要不就都别走了，在唐山过年。

小河：凭什么，你还没去我家过过年呢。

方达：那你就别闹了。

小河：你别激我方达，小心鸡飞蛋打。

方达：可以啊，我们都还年轻，鸡有的是，蛋也会有。

小河气得扑到方达身上打他，方达不还手，让她发泄。

小河：方达，你要以为我是爱你的钱你就错了。

方达很坚决。

121. 日内　李元妮的新家

厨房里有小阿姨在做事。

小点点睡在小床里，阳光照在地上。

李元妮在轻手轻脚地收拾东西。

方达和小河进来，已经准备走了。

小河站在小床前看孩子，红着眼圈。

李元妮示意他们别吵醒了孩子。

小河：妈您受累了。

方达：大过年的，不能陪您了。

李：走你们的，我又不是第一次自己过年，别忘了给亲家拜年，回去花钱大方点。

小河：我俩都不关机，有事您随时打电话。

李：放心，没事。俩我都带大了。

小河都要哭了。

方达拉她走。

122. 日外　街上

字幕：保定

保定街头，保定的 2000 年。

零星的鞭炮声。

公共汽车上，因为是大年三十，路上的人并不很多。车也不挤。

方登和已经 8 岁的点点。

点点简直就是当年的方登。穿着过年的新衣。

方登离开这个她生活了十几年的城市近十年了。

城市已经有些陌生。

点点也很好奇地东张西望。

方登：点点，跟你说的记住了吗？

点点：记住了，如果姥爷同意，就留在保定上学，妈妈先出国，稳定了再接我们过去，如果姥爷不同意，陪他过了年还回杭州。

方登：妈妈也不想和你分开，实在没有更好的办法。

点点：姥爷好吗？

方登：是天底下最好的姥爷。

123. 日外　干休所

同一规格的小院住着级别相近的离退休干部。

方登拉着行李箱和点点边走边问。

124. 日外　院门前

方登敲门。

门开了，一个中年人出现在门口。

彼此都不认识。

中年人：你们找谁啊？

方登：（迟疑）找王德清，您这是几号啊？

王德清的新老伴出现在中年人的身后：王德清就住这儿。

方登一时没有明白过来。

老伴：（忽然反应过来了）你是小灯吧？

方登迟疑地点了点头。

老伴眼睛没有离开方登，大声喊：老王，老王，你看谁来了？

125. 日内　王德清的家里

让方登没想到的是，家里人挺多的，养父的老伴儿女挺多，加上第三代，有十来口人，大家正在热闹地准备过年，有的包饺子，有的准备吃的。

方登的到来让全家人感到惊喜和意外。

但都不知道该说什么好。

方登也有些不自然，但还是很客气地和大家打着招呼。

王德清看着点点，他完全没有想到方登的女儿已经这么大了。

方登和养父坐在客厅的沙发上，不知怎么就有些拘谨。

王德清搂着点点。

王：我以为你再也不回来了呢？

方登：让您担心了，都过来了，点点都快8岁了。

王：为什么不早回来？这是你的家。

方登：没脸回来。

王：现在呢？过得好吗？我有什么能帮上你的？

方登：我挺好的，还在杭州，回来看看您，我就放心了。只是爸，我到底也没当成医生。

王：我经常和阿姨提起你。

方登：我替您高兴，我妈也会高兴的，她就担心您一个人孤单。

老伴：老王，先让小灯和孩子洗把脸吧，水都倒好了。

方登：谢谢阿姨。

老伴：你们的东西放你屋里了。

方登一愣。

126. 日内　王家

方登的房间。洗了脸的方登走进房间。

虽然搬了家，但是方登的房间和她离开的时候样子差不多，床还在，桌子也在。

方登百感交集。

老伴跟在后面。

老伴：姥爷带点点买吃的去了，家里什么都有，显摆去了。

方登：阿姨，其实你们不用留房间给我。

老伴：你爸嘴上不说，可想你了。

方登：我知道。

老伴：这回你俩让你爸过个好年。

127. 日内　食堂

王德清领着点点拎着买的吃的，又是饭盒又是塑料袋的，从食堂往外走，和进去的人打着招呼，不断让点点叫这个叫那个。

时不时会有人说点点和她妈真像。真好看。

王德清非常得意的表情。

点点：姥爷，我知道我妈为什么喜欢这了。

王：为什么？

点点：到处都是熟人，比我们那好。

128. 夜内　王家

除夕夜。

电视上是春晚 2000 年春节的节目。

一大家人围在一起，典型的中国年。

方登也尽量让自己融入这个由陌生人组成的大家庭。

大家不停地碰杯。

老伴介绍着自己的孩子，一家一家的。

王德清让点点挨在自己的身边。

大家纷纷和方登碰杯，对点点也关爱有加，这是她们俩久违的亲情。

窗外的鞭炮声。

春晚的小品开始了，大家的目光都被赵本山吸引过去了。

点点特别高兴，大收红包。

方登回到了自己的房间里。

王德清也进来了。

方登：爸。

王：不习惯这么多人吧？

方登：怎么会，多好啊，点点长这么大，第一次过真正的春节，她肯定一辈子都忘不了。

王：这些年，没回唐山看看？

方登摇头。

王：到底为什么啊？

方：爸。

王：看见点点我就想，要是她自己的姥姥姥爷看见她，得多高兴啊！

方：您就是她姥爷。

王：你明白我什么意思。你要是没时间，我现在退休了，我去替你找。

方：您不用担心我家里的人会想我，因为对他们来说，我已经死了。

王：你以为死了就没人想了吗？

方登不说话了。

王：想但是没指望，为什么要让你的亲人受这样的折磨呢？

零点了，窗外鞭炮炸锅一般。

两人沉默。

方登：爸我打个电话。

129. 夜内　方登的房间

方登用手机拨电话。

她用一只手指堵着耳朵，外面鞭炮和礼花炸成一片。

方登：亚历山大，我是王灯。过年好！我想好了，我们三个人还是一起走吧。

130. 日内　虹桥机场

字幕：上海

机场国际出发

方登推着行李车，上面东西很多。那个圣诞节在物业办公室陪点点的外国人亚历山大也推着一大车行李，巨大的黑色的行李箱。后面跟着 8 岁的点点。

飞机起飞。

131. 日外　街上

字幕：2008 年 5 月 12 日 杭州

2008 年的杭州，浓郁的奥运气氛。

楼房闪亮，建筑现代。

到处鲜花盛开。

人们的脸上洋溢着欢喜和期待。

132. 日内　方达的公司

公司在很豪华的高楼上，下面是排满了汽车的宽阔的街道。

方达的办公室里，很大的窗户。

方达正在计算机上打牌。

用左手操作一只鼠标。

页面上可以看到和他打牌的几个人：北京黑马，成都小妖，迷失深圳，他自己叫我爱唐山。

每个人都有一个头像，还在即时聊天。

他忽然感到有点头晕。抬头看了一眼，吊灯的玻璃珠子在轻轻地摆动，发出哗啦哗啦的声音。他一下站了起来，他知道是地震了。

门开了，助理进来。

助理：方总，地震了。

从打开的门看出去，很多人都顺着楼梯向下跑，一片混乱。

助理：方总是不是也下去待会？

方达：小震不用跑，大震跑不了。

说完就转身回办公室了。

吊灯已经安静下来了。

他看了一下墙上的表，2点33分。

他坐回电脑前。

迷失深圳：都干什么呢？出牌啊！

北京黑马：北京刚才好像地震了？

迷失深圳：是吗。

方达说：杭州也震了。

迷失深圳：不会吧！从杭州震到北京？

北京黑马：楼里有的人都跑下去了。

方达：我感觉还挺明显，我在27楼。

迷失深圳：好了，小妖，赶紧出牌。

成都小妖没有回答。

北京黑马：小妖你怎么回事？

成都小妖没有回答。

方达：要不先到这吧，看看有没有地震的消息。

迷失深圳：可惜了我这把好牌，闪了。

北京黑马：886。

方达看着成都小妖的头像。

方达：小妖，我们这边地震了，先下了。

小妖没有回答。

方达打开网页，没有消息，一切都很正常。

他抓起电话，拨了一个号码。

方达：妈，是我。你干吗呢？别老看电视，您得多活动。我？在办公室，不忙，边干边玩，您注意身体。

办公室的门开了，助理没敲门就闯进来。

助理：方总，网上有消息了，大地震，四川。

方达手里拿着电话，元妮在电话里：喂，喂。

方达：妈，我一会再打给你。

方达挂断电话，刷新网页。

不多的报道已经显示出问题的严重。

133. 日内　机场

方达一行在办手续飞成都，机场的气氛已经很不寻常了，一切为抗震让路，所有航班都是乱的。

延误的通知一直在播，没有人提出异议。

送方达走的公司副总一边走一边说。

副总：一共发出10辆车，食品和水6辆，药品2辆，被褥、雨衣、帐篷2辆。租车，雇司机，买东西，公司出80%，20%是公司员工捐款，海事电话也开通了。

方达：随时联系。

副总：其实你用不着这么早过去，那边情况也不清楚。

方达：我得去。

小河到机场来送方达。

她蹲下身替方达把鞋带解开，又重新系好。

小河：我还是跟你去吧。

方达：点点快中考了，你不在家哪成啊？

小河：我劝了快一个小时，奶奶还是不肯来。

方达：给她卡里打些钱吧。

小河：好的，你要小心。

方达：放心吧。这么多人呢。

小河：方达，我从来没有见你像现在这样。

方达：哪样？

小河：（眼里有眼泪）像个大学生，特单纯。

方达：走了。

小河抱住方达。

方达用一只胳膊拍着小河，有点酷。

飞机起飞。

134. 另一架飞机上

国际航班，外国人居多。

飞机上的电视上在报道汶川的情况。

所有人都在关心。

方登坐在飞机上，眼睛看着电视，一直流泪。

边上的外国小伙子一直给她递纸巾。

135. 日外　通往汶川的道路

字幕：汶川

很多车，但和当年唐山的情况已经完全不同了，大型的机械、车辆，载重货车装满物资，很多私家车，里面东西堆得关不上车窗、天窗，出租车，当然也有军车。道路有临时修过的部分，路边还有修路的军人，志愿者建的饮水处等，很多的旗帜和标语，这一点倒和 30 年前略有些相似。

车队中就有方达的车，方达坐在一辆大卡车的驾驶室里，手里拿着步话机，和自己的其他车辆联系着。告诉别的车他的位置，询问别的车走到哪里了。

卡车上装满了矿泉水，卡车的篷布撩开了，一车水瓶子在天光下晶莹剔透。

路很堵，车走不快，卡车后面站着两个公司的职工，车下有谁要水，他俩就拿一瓶扔过去。

136. 日外　路上

进入灾区了，满目废墟。

方达仿佛回到了 32 年前那个可怕的夜晚。

步话机里仍然不断有人在叫着方总回话，请示各种问题，他却不再回答，他什么也不说了，只是看着车外的一切。

137. 日外　灾区

废墟上有救援队，在艰难地救人。

车上的直播节目在报告着有人被救出的消息。

车还是走得很慢。

方达忽然发现在离他不远的地方有一面旗在飘，上写：唐山救援队。

方达的目光一直看着那面旗。

然后他把步话机放下。

方达：（对司机）有事让他们打我手机。

说完就拉开车门下车了。

司机：（冲着方达的背影）你上哪啊？我怎么跟你公司的人说啊。

138. 日外　废墟边

“唐山救援队”的旗在飘着。

很多人疲惫地就地休息。

方达的身上已经全是土了。

方达接过边上的人递过来的一支烟，有人替他点上。

方达舒服地抽烟。

边上的对话传过来。

四川话：你们到底多少人？昨天说 13 个，今天就 30 个。

唐山话：我们队自己的人是 13 个，好多看见旗来落草的，也不能让我老乡饿着啊，劳驾你再跑一趟呗。

四川话：跑一趟没得关系，时间可不能保证。

唐山话：那没事，不过看起来明天你还得多带。

唐山话：开饭了啊，谁饿谁先吃。不饿的自觉绷会。

一个女人：不好意思，我太饿了，先吃一点，我吃的很少。

方达下意识把脸转过去，看到发饭和水的地方走过去一个女人。

虽然也是灰头土脸，衣衫不整，还是能看出好身材。

女人一手端饭，一手拿着一瓶矿泉水，转过身来，当然是方登。

但是方达已经完全认不出他姐了。

方达看着方登，继续抽烟。

方登在离方达不远的地方找了个平的地方坐下，很认真地吃饭喝水。

方登吃着，也可以听见边上的人在说话。

唐山话：再来一根？

方达：谢谢，省着抽吧。

唐山话：不用问，一看你这独臂将军就是唐山人，家在哪？

方达：二纺宿舍。

唐山话：那不远，我家在动物园边上。

方达：我知道，地震前有个篮球场。

唐山话：地震那年我才 2 岁，不记事，我妈没了，一辈子没妈。你呢？

方达：我就剩下一个妈，爸和姐不在了，我跟我姐是双胞胎，没她跟没妈也差不多。

唐山话：没有才知道啥叫没有。

方达：这话我妈也说过。

方登的表情在他们的谈话中发生着很微妙的改变，事实上，从听到二纺宿舍这几个字，她已经忘了吃饭。

139. 日内　李元妮的新家

字幕：唐山

李元妮坐在窗前，发愣。

小河和点点守在李元妮的身边。

李：你俩老守着我干吗？

小点点（12 岁）：我妈怕您太高兴了犯心脏病。

李：大悲能受，大喜就能受。你姑姑家在哪？

小点点：加拿大。

李：她躲我那么远啊。

140. 日外　街上

出租车在唐山的马路上飞驰。

一个崭新的，平安的，繁华的唐山。

车内，方达坐在前面。

今日唐山从他的眼前掠过。

方登坐在后面，她的身边还坐着一个从四川灾区带回来的孩子。七八岁的样子。

方登身边的窗外，是她离开 30 年的家乡。

孩子的身上带着伤，面无表情。

方登想搂她一下，她挣脱。

方达在前面给小河发信息。

“妈怎样？”

“还好，我和点点都在。”

司机：你是方达吧？

方达：你是？

司机：我住斜街。我哥老说你，说你在南方发财了，一只手顶我们八只手。

方达：想起来了，小时候你老欺负我。

司机：那天你姐打我，晚上就地震了。

方达：我记得。

方达：（回头）姐你还记得吗？

方登：你骂我妈是狐狸精。

司机：（吃惊，小声）你姐？你姐不是死了吗？

141. 日内　李元妮的新家

门开了。方登一行走进家门。

墙上挂着父亲和方登的照片。

李元妮、小河、点点，站在门口。大家互相对视，不知道该说什么。

李元妮走近方登，她在辨认着自己女儿的影子。

方登看着眼前这个六十多岁的女人，她完全不相信这是她记忆中的母亲。

李元妮拉住方登。

李：我给你道个歉吧。

说着李元妮就往地下跪。

所有人都在叫：妈！

方登一把抱住李元妮。

两个人就抱在了一起。

方登：（小声地）妈。

李元妮拍打着方登的后背。

李：（哭喊）你是从哪冒出来的啊？这么多年你去哪了？你怎么就不给妈送个信啊？

方登：妈！

方达：行了妈，吓着孩子。

李元妮这才注意到那个四川来的小孩。

她过去把孩子搂在怀里。

孩子对李元妮有一种天然的亲近，她把脸转过去，埋在李元妮的怀里。

142. 夜外　阳台上

点点和四川孩子在阳台上。

对面的楼上，每个窗户都透出温暖的灯光。

小点点：（没话找话）我小时候老想数清楚对面楼上有多少窗户，老数不对。

女孩不笑也不说话。

小点点：我功课不太好，你呢？

女孩不说话。

小点点：你想家了吧？

小孩：（四川话）为什么我们家里地震，你们家里不地震？

小点点：这是唐山，唐山你知道吗？

小孩摇摇头。

小点点：（不知该如何安慰对方）再也不会地震了，哪都不会地震了，我向你保证。

小女孩认真地点点头。

一种复杂的拉钩手势。

143. 夜内　李元妮的新家

李元妮的房间。

母女俩靠在一张大床的床头。

方登在给母亲看她手机里的照片。

方登：我养母，九零年就去世了。

李元妮看着照片上的女人。

李：解放军啊，解放军对唐山人有恩。

方登：我养父，退休了。身体还行。让他出去四处看看，坚决不去。

方登：我老公，叫亚历山大。

李元妮凑过来看，戴上花镜，眯着眼看。

李：外国人啊？多大了？

方登：比我大 16 岁。

李元妮咧了下嘴。

方登：我女儿，叫点点。

李：（自语般地）也叫点点啊。

李元妮更仔细地看。

李：真顺眼，多大了？

方登：18 岁，上大学了，学心理学。

李元妮在心里算着。

李：你22岁就生孩子了？

方登：和一个研究生，他让我做流产，我不去，就分手了。

李：然后呢？

方登：就退学了。

李：（红了眼圈）谁伺候你坐月子？那孩子她爸呢？

方登：出国了，没联系了。

李：没托人找找？

方登：（随口）他不要我了，还找什么啊？

忽然就沉默了，这句话触到了两个人最脆弱的伤口。都不知道该说什么了。

许久，方登终于打破了沉默。

方登：您一直一个人。

李元妮点点头。

方登：妈，女人一辈子，（说不下去）就一个30年！您为什么啊！？都什么时代了，妈我真不理解您怎么一个人过这么多年？

李：我挺好的，我要是过得花红柳绿，就更对不起你了。

方登一下被妈说愣了。

她看着眼前这个已经60岁的女人，哭了。

方登：妈，你别这么说啊。

李元妮下意识整理自己的头发。

方登：（抬起头，边流泪边说）从第一眼看见方达，我就开始恨自己，他是我弟弟，我本来就应该保护他，能让他活着，多好啊，我太不懂事了。在四川，看见那些当妈的，那么多天，不吃不喝不睡觉不说话，在学校边上，走来走去，走来走去，等着自己再也回不来的孩子，妈你知道我多后悔，多恨自己啊！我怎么能折磨自己的亲妈32年啊！

方登伏在母亲的怀里痛哭。

李：（抓个什么替方登擦眼泪，平静地）把带回来的孩子留给我吧。我身体还行，等于再带你一遍，就还上了。

方登：妈，该还的是我。我怎么才能还啊？

母女俩紧紧抱在一起！

144. 夜外　阳台上

夜已经很深了，对面所有的窗户的灯都熄灭了，城市平安地入睡。

方登一个人坐在阳台上，她完全睡不着。

方登掏出手机，拨了一个号码。

方登：爸，是我。

145. 夜内　干休所

字幕：保定

王德清的房间，老伴已经睡了。

王德清还在看四川台的直播。

床上全是登着关于救灾报道的报纸。

王德清接方登的电话。

王：老说我弄不明白时差，你知道现在我这几点？（一下子坐起来）唐山？你在唐山？

146. 夜外　阳台上

字幕：唐山

方登：我知道您会吃惊，是的，我终于回唐山了，我找到我妈妈和弟弟了。我就在我家的阳台上给您打电话。

147. 夜内　干休所

字幕：保定

王德清在听电话，感慨万千。

方登：对不起爸，打扰您休息了，过了回家这一关，才敢给您打这个电话。

王：我没猜错，你不是不记得了，是不能面对。

方登：我很后悔。对不起爸，让您等得太久了。

王：回去了就好。

方登：过两天我回去看您。明天去给我父亲扫墓。

王：陪家里人多住几天，我挺好的，阿姨也挺好的，就是想点点。好吧，挂吧。

王德清放下电话，但他彻底睡不着了，他一个人在深夜里不知道该干点什么。

王德清走到办公桌前，坐下，打开抽屉，拿出一个塑料夹子，里面全是些纸片，他把夹子打开，更多的纸片掉了出来。全是保定—唐山，唐山—保定的长途汽车车票。

纸片纷纷扬扬。

老伴也醒了。其实早醒了。

老伴：这下不用再往唐山跑了。

王：没白跑，这不找着了，我就知道她唐山是有亲人的。

148. 墓地

字幕：唐山

一家人来扫墓。

因为不是忌日，也不是清明，墓地里几乎没有人，很静。

只有墓碑和树。

大家在墓碑前放下鲜花。

大家在墓前鞠躬。

方登看着自己的墓。

方达：姐，我马上叫人把墓碑重新做。

方登：不用，就这样，不管我以后在哪，死后一定回到这里来，这是我的家。我一定回来陪着爸。

李元妮看着眼前这一大家人。

李：我都含糊了，你爸他……

这时两个人朝他们走了过来。是王德清和老伴。

方登：爸，阿姨，你们也来了？你们怎么知道我们在这？

王：这墓地我来过，每块碑我都看过。

阿姨：你爸老想帮你找找。有空就过来。

李：咱们给解放军鞠个躬吧。

王德清上前握住李元妮的手。

王：我就知道，小灯在唐山一定有亲人。

—— 完 ——

秋之白华

Qiuzhibaihua

秋之白华

1. 引子：

一本书。

书的封面：《回忆秋白》

作者：杨之华遗作 洪久成整理

书翻到版权页：人民出版社 1984 年第一版

书翻开扉页，三张照片。

瞿秋白在武汉

瞿秋白和杨之华在苏联

瞿秋白就义前

照片定格。

片名：秋之白华

2. 日外　江南水乡

初冬，河面上笼着薄雾，河两岸的屋舍和远远近近的石桥让画面怎么看都美。

字幕：浙江 萧山

乌篷船无声地在水面上划过，船头坐着杨之华，她 23 岁，梳短发，穿洋装、皮鞋，与河两岸画里画外的衙前村农村妇女很不一样。

船尾摇船的是个十七八岁的青年阿元，他不时会看一眼杨之华好看的侧影，想说什么又不敢说。

杨之华心事重重的样子，船舱里放着她的大箱子。

阿元：先生这次要搬家去上海？

之华：要去更远的地方。

阿元：哪里会比上海还好？

之华：苏俄。

阿元：沈老爷说过的，那里冷得很。

之华：不怕。

阿元：是没有什么能让先生害怕。

河岸上有干活的女人们跟之华挥手，之华也跟她们示意再见。

之华：阿元你要坚持去农校上课，别偷懒。

阿元：先生走了，上课还有什么意思？

3. 日外　河岸

干活的妇女在闲谈，她们显然是在谈论杨之华。

妇女：之华又到上海去了，这么大个沈家盛不下她。

另妇女：沈家？要我看萧山也盛不下她。

另妇女：不到两岁的女儿扔在家里，心狠。

4. 日外　河上

之华回望，泪眼婆娑。

5. 日外　上海

上海的冬天，阴雨，租界飘扬着外国旗，黄浦江，外滩的钟声。船只从桥下穿过，拉着汽笛，冒着黑烟。一些带有时代感的画面或细部。

字幕：上海　1924 年初

［**画外音**］

杨之华：我原是浙江女子师范的学生，当时想做一个教员，对社会略尽自己的一份责任，五四运动的革命风暴，使我睁开了眼睛，听说《星期评论》社要组织一批青年去苏联学习，我就满怀热望到了上海，但结果没有去成，后来，听说上海有一所上海大学，是共产党培养革命干部的学校，这个消息像一线曙光，给我带来了希望。

6. 夜内　上海大学

老式的石库门房子，带着岁月的花纹，窗外是上海多彩的夜晚，窗内是迎接新年欢快的舞曲。

上海大学的师生在开舞会庆祝节日。男女学生们都很年轻，富有青春的活力，也有年长些的老师和学生同乐。

醒目的地方挂着上海大学的校徽：海上生明月。

舞曲悠扬，舞步流畅。

新生杨之华在服务，为坐在边上的老师和同学端茶递水，忙进忙出。随着她的移动，画面中出现了一些熟悉的名字，他们有的在交谈，有的在跳舞，有的在喝酒，这些人是：邓中夏，恽代英，蔡和森，张太雷，俞平伯，田汉，陈望道，何世祯，邵力子等。

一对舞伴险些把杨之华手里的托盘撞翻，一只手帮她稳住。

是一个看上去比杨之华还年轻的女学生。

小轩：是新生吧？就看你一直在忙。

之华：（凑到小轩耳边）担心一停下来有人请我跳舞，因为我不会。

小轩：来读中文系？

之华：社会学。

小轩：社会学？女生为什么要读社会学？你是共产党？

之华：还不是，我拥护革命。

小轩：好像全中国的进步青年都来上大了。（小轩指了指自己的头）我说的不是外表，是头脑。

之华：你呢？中文系的？

有人过来请小轩跳舞。

小轩：（对之华）英文系，我叫冯子轩，叫我小轩吧。

7. 夜内　上海大学

还是礼堂

杨之华把一杯茶递给一位年轻的先生。他是蔡和森。

和森：你是杨之华？

之华：您知道我？

和森：（伸出手）蔡和森。

之华：（握手）我看过很多您的文章，还有向大姐的。

和森：有空到家里去玩。

之华：一定。

有人过来从杨之华的手上端水，和蔡交谈。

对方：怎么没见到秋白？

和森：秋白已经动身去广州了。

对方：（用手里的茶杯和蔡碰了一下）祝国共合作顺利，中山先生身体健康。

8. 日内　大学教室

上课前，同学们三三两两地进来，找座位坐下，杨之华走到一个椅子前，先弯下腰吹了一下，又伸出一根手指摸了一下，看椅子上有没有灰尘。边上有个男生殷勤地把一张报纸铺在杨之华要坐的座位上，又做了个请的手势，杨之华笑着谢了，刚要坐下，她看到报纸上有很大的黑色标题：《中国革命史之第一篇》她就把报纸拿起来看。

忽然有人在她的后背上拍了一下，她回头一看，是小轩。

之华：你怎么来了？

小轩：都说瞿先生《社会学概论》讲得好，我们班不少人都来听，我也来听听。他是我的常州老乡呢。

小轩说着在杨之华的身边坐下，两人亲密地交谈。

小轩：你衣服好看。

之华：我自己做的。

小轩：真的？能帮我做吗？

之华：可以啊。

小轩：他来了。

9. 日内　大学教室

教室里坐得满满的，同学们都非常专心地听瞿秋白讲课。

杨之华和小轩也在其中。

瞿秋白的声音并不是很大，略带南方口音的普通话，但清晰流畅，娓娓道来。

秋白：帝国主义在上海建立了三权分立的制度，上海纳税人会议是立法机关，工部局是行政机关，会审公廨是司法机关，看起来却也很民主，但中国人是完全没有参政权力。吴淞口还停着许多外国军舰，租界内还住着许多外国兵、外国警察，以保障他们这种统治。

他们在中国强力开辟商埠，把中国变为销货的市场，他们争相放债以取得抵押品、取得债权、取得监督财政权为条件，于是关税、盐税等都入外国人之手。

一个学生：先生，自身的强大靠什么呢？我们国家的经济为什么总是落后，积贫积弱？

秋白：在我们自己的国土上，中国的实业受到外国人的排挤，华商的税捐高于外商好几十倍，几万童工每天工作十三四到十五六个小时，过着非常悲惨的生活。我们怎么强大？这一切同学们都是看得到的，就发生在现在，就发生在你们的面前。不改变，不革命怎么行呢？

另一同学：我刚在报纸上看到先生的文章，您说“宣言里有一般平民的政治经济要求——宣言明白说出国民党力量在工人农民身上”。这是不是由于共产党以个人身份集体加入了国民党，实现了国共合作的结果呢？

秋白：是的，（瞿秋白有些兴奋，声音也提高了一些，眼睛放出光彩）我刚从广州回来，参加了国民党的第一次全国代表大会，国民党在中山先生的指导下决心改组，实行联俄、联共、扶助农工的新三民主义，我和我的同志以个人身份参加国民党，就是为了和国民党一起完成反帝反封建的历史使命。中国不能独立，不能解放，中国人迟早要变成外国资本家的奴隶，你们还有你们的后代。

瞿秋白吐出的每个字都掷地有声。

一个又一个青年的面孔，一双又一双有思想的眼睛。

杨之华和小轩专注的神情。

10. 日外　公园

因为天气冷，公园里人并不多。

杨之华和小轩靠在栏杆上望着眼前的假山和池塘，两人都没有说话。

小轩：今天是我第一次听瞿先生的课，也是最后一次。

之华：为什么？讲得不好吗？

小轩：听得心里难受。

之华：是现状让你难受。

小轩：难受有什么用？我什么也改变不了。

之华：已经在改变了，难受的人越多，改变得就越快。

小轩：之华你去听听我们系的课吧，“我的玛丽安睡在河边树丛中，请你们不要惊醒她的梦”，彭斯的诗，还有泰戈尔。

杨之华没有说话，小轩顺着她的视线看过去。

两个外国女人穿得很华丽在公园里散步。后面跟着一个中国女孩，穿得很单薄，怀里抱着一个外国胖孩子，手里牵着一条大狗。女孩瘦弱，眼睛红红的，刚刚哭过。

之华：怎么逃避得了啊？就发生在现在，就发生在我们的面前。

小轩：之华我是为了逃婚才来上海的，你呢?

之华：我结婚了，女儿快两岁了。

小轩：那你一定是不爱你的丈夫。不然怎么会离开他。

杨之华没有说话。

11. 日内　餐馆

餐桌前。

围坐着杨之华、杨之华的丈夫沈剑龙还有沈的父亲沈先生和沈先生的几个朋友。

沈先生举杯，大家碰了一下。

沈：有一阵没来上海，很想念各位。

之华细心地照顾大家。

客人 1：看来衙前的日子舒服啊，你们很久没有到上海来了。

沈：从广州回来，忙得不可开交。衙前农校，佃户减租，报纸，什么事都等我。还要忙着给这边筹钱。

客人 2：广州形势很好，气氛热烈，我刚从那边回来。

大家在交谈。

沈剑龙在桌子下拉杨之华的手，杨之华把手躲开不让他拉。

之华：（小声）我写给你那么多信，为什么一个字都不回?

剑龙：岁月平淡无奇，没有什么好说。

之华：说说女儿啊，你知道我很想她。

剑龙：想她跟我一起回衙前去。

之华：我哪里有空？你来上海为什么不带她一起？

剑龙：她也没空。

之华：你！

碍于场合，杨之华强忍不快。

剑龙：乡下事情也很多，父亲要修路，要分地，都要我操心，你知道，我不适合做这些。

之华：你总有你的道理。

客人：我们快一点喝，小两口等不及了。

杨之华强颜欢笑端起酒杯，沈剑龙脸上有一点玩世不恭。

众人碰杯喝酒。

杨之华把脸扭向餐馆的窗外。

窗外是当年上海的市景和行人。

[画外音]

之华：我是爱剑龙的，我们青梅竹马，父母之命，我迷恋他的俊朗洒脱、多才多艺。但我不愿在沈家的深宅大院里关一辈子，对于我的离家，剑龙是不高兴的，但他并不明说。

12. 日内　蔡和森的家

杨之华和向警予在厨房里忙，可以看到在客厅里，蔡和森和一些人正在开会，热烈地讨论着“五月一周”的纪念活动。对话断断续续地传过来，内容大致如下：

5月4日，以上海学联的名义组织高校和团体在复旦中学举行“五四”五周年纪念会，我党代表演讲。5月5日，在上海大学举行马克思诞辰106周年纪念会，我党代表演讲。5月9日，在天后宫举行“五四”国耻纪念会，我党代表发表演讲。近期工作，3月9日，追悼列宁大会，我党代表演讲。“民众扫盲学校”的工作由向警予负责。国民党总部任命叶楚伧为《国民日报》编委会委员长，胡汉民、汪兆铭、瞿秋白、邵力子为委员。我们要重视对《国民日报》言论的主导权。瞿秋白负责。

向警予已经有了6个月的身孕，行动明显迟缓了。杨之华不让她动手，自己手脚麻利地做饭，女孩子的优雅和能干巧妙地统一，杨之华的手细长好看，向看得入迷。

警予：你也是大小姐变少奶奶啊，怎么这么能干？

之华：我在杭州女子师范学校专门学的，手工，家事，园艺，缝纫，乐歌，体操，一年要 2800 元学费呢。

警予：难怪。

之华：只是英雄无用武之地。

警予：我欢迎。

之华：大姐，我以后天天来给你做饭。

警予：那可大材小用了，女工们说你课讲得好。

之华：我在衙前讲过两年多呢，那时候和您现在一样，挺着大肚子。

警予：要和女工们多交朋友，她们信任我们了，才会和我们站在一起。

之华：每次看到纺纱厂那些女孩子的手，我心里就特别难受，我想她们就得用这么粗糙的手抱自己的孩子，抚摸自己的孩子。真希望自己能帮到她们。

警予：你已经在帮她们了。

杨之华把做好的面条盛进大碗，看起来很好吃的样子。

警予：（走出厨房）今天换厨师了，打牙祭。

邓中夏：我们闻着香味，开会都不专心了。

警予：秋白呢？

和森：剑虹不舒服，他先回去了。

杨之华略有些不安的表情。

13. 日外　工厂门前

纺织厂的大门，用铁链锁着。

女工们挤在门里等着开门，她们衣着破旧，神色疲惫，脸上灰蒙蒙的，看不出本来的样子，头发上也落满粉尘。

下班的汽笛声响了。

工头走到大门前，打开铁链上的大锁，女工们蜂拥而出。

她们匆忙地离开，但也有人朝路边看去。

路边，杨之华和两个男同学举着一块牌子，上面写着："民众扫盲学校，上海大学学生义务讲课。上课时间和上课地点。"

杨之华看着女工们从面前走过，眼睛里充满着对她们的关切。

女工们看着和男生站在一起，朴素而清纯的杨之华。

杨之华面带笑容。

[画外音]

之华：我们社会学系的同学除了上课还要承担很多社会工作，最重要的一项就是到工厂组织工人夜校，一边扫盲，一边讲革命道理，我们的夜校已经有三十多所。

14. 日外　上大

下雨了。

雨中的老上海很有诗意。

石库门房子颜色变深了，上海大学的招牌十分鲜明。

走廊上有学生穿过。

下课了，杨之华匆匆朝校门外走，有个男生追出来递给她一把雨伞，杨之华笑笑，把伞撑起来，小轩从后面紧跑两步，钻到她的伞下面。

15. 日外　弄堂

两人有说有笑在雨中行走。

16. 日外　宿舍前

小轩：到我们那里坐坐吧，她们都想和你认识呢。

之华：改天吧，我还有事。

正说着，沈剑龙淋着雨走过来。一张报纸举在头上。

之华：你来找我?

正要离开的小轩忽然不着急了，等着看八卦。

剑龙：我来赔情，吃饭去吧，叫上你的这位同学。

之华：她是小轩，（犹豫了一下）这是我先生，沈剑龙。

小轩：是姐夫啊，你好!

剑龙：一起吃饭，老正兴，我请客。

之华：（打断）我还有事。

剑龙：我特意赶过来接你，淋成这样。（背着的手拿过来，是一束小而精致的花朵）

小轩：（觉得气氛不对）我就不打扰了，我先上去了，再会。

小轩跑进楼里去了。

之华：我真的有事。

剑龙：我是你男人，伞都不肯给我撑一下吗？

之华：你夜不归宿的时候想到你是我男人了吗？

剑龙：这是两回事。

之华：你在乎我吗？你知道我是什么心情？

剑龙：你想读书就读书，想革命就革命，正因为我在乎你我才支持和理解你。还要我怎么样？天天在学校陪着你吗？我也有我自己的事情。

杨之华看着沈剑龙。

沈剑龙满不在乎地看着杨之华。

之华：（不想再吵）我真的有事，要去开会，你回去等我吧。

杨之华把雨伞塞到沈的手中，转身走了。

沈剑龙高高举着雨伞朝另一方向走了。

17. 日外　街头

街头车站雨中

杨之华把书包抱在胸前，一个人边等车边哭。

雨水和泪水混在一起。

边上的陌生男人伸手替她撑伞。

18. 日内　国民党上海执行部妇女部

向警予的办公室。

杨之华感到新奇，东张西望。

警予拿了条干毛巾给杨之华。

警予：你以后就是国民党上海执行部妇女部的秘书。国民党还是比我们阔气。现在是一家人了。

杨之华用毛巾擦着头发。

之华：两党在上大总是像油和水一样溶不到一起，同学也分成两派。

警予：革命就像登山，不知道前面还有多少困难，但只有坚持下去才能取得胜利。

之华：向大姐，我能坚持。

警予：声援保定女师学潮的文章写得不错，你送到《国民日报》去，发在“妇女周报”上。

之华：好的，您放心。

警予：还要动员上大更多的同学，特别是女同学，以集会、写稿、发电报的方式声援保定女师，最好能在《妇女周报》上发声援专刊。

之华：好的。

警予：我前些天跑了几所夜校，你们做得非常好。那些女工说，黄浦江上的雾散了。

警予的身孕已经很明显了，她手边放着些零食，不时抓起来吃，也推给之华吃。

之华：向大姐，什么时候生宝宝？

警予：6 月。

之华：你生过孩子吗？

警予：有个女儿，蔡妮，4 岁了。4 个月就送回湖南老家了，一直跟着她的五舅。

之华：你想她吗？

警予：忙的时候就忘了，夜里睡不着就想，特别想。

杨之华有点难受。

警予：想女儿了？

杨之华点头。又摇头。

之华：你和蔡先生什么时候结婚的？

警予：二零年 5 月，在法国。

之华：你们一起读书，一起革命，真幸福。

警予：怎么了？和丈夫闹别扭了？

之华：我们俩也有点像油和水，溶不到一起。

警予：你们是夫妻，多想对方的好，剑龙很有才华，思想也不保守，他们父子也为民众做了很多事。他也很爱你。

之华：我知道，可是。

杨之华用毛巾捂住眼睛。

19. 夜内　剧场

沈剑龙和杨之华坐在二楼的茶座看戏。

小两口不管怎么说还是互相喜欢的。

舞台上演得风生水起。

杨之华忽然指着下面的座位，凑到沈剑龙的耳边。

之华：瞿先生和他太太。

剑龙：哪个?

之华：白色西装和边上披披肩的女人。

剑龙：听爹提起过，爹很欣赏他的。

之华：他懂俄文，去过苏俄，他太太在我们学校中文系，但不怎么去上课，身体不好。

剑龙：又看不到长什么样子。

[画外音]

之华：我非常羡慕身边向大姐和瞿先生的感情生活，共同的理想，真挚的感情，彼此的相互依赖和尊重，这一切，剑龙给不了我，我也给不了剑龙。我们心灵的距离，比现实的距离还要遥远。

20. 日外　纪念会会场

横幅：上海学联纪念五四运动五周年大会

台上，学生们在朗诵陈天华的《猛回头》，声音整齐，气氛热烈。

“拿鼓板，坐长街，高声大唱；尊一声，众同胞，细听端详：

我中华，原是个，有名大国；不比那，弹丸地，僻处偏方。

论方里，四千万，五洲无比；论人口，四万万，世界谁当?

论物产，真是个，取之不尽；论才智，也不让，东西两洋。

……

痛只痛，甲午年，打下败阵：痛只痛，庚子年，惨遭杀伤。

痛只痛，割去地，万古不返；痛只痛，所赔款，永世难偿。

痛只痛，东三省，又将割献；痛只痛，法国兵、又到南方。

痛只痛，因通商，民穷财尽；痛只痛，失矿权，莫保糟糠。

痛只痛，办教案，人命如草；痛只痛，修铁路，人扼我吭。

痛只痛，在租界，时遭凌践；痛只痛，出外洋，日苦深汤。

……

左一思，右一想，真正危险，说起来，不由人，胆战心惶。

俺同胞，除非是，死中求活，再无有，好妙计，堪做主张。

……

或排外，或革命，舍死做去；孙而子，子而孙，永远不忘。

这目的，总有时，自然达到；纵不成，也落得，万古流芳。

文天祥，史可法，为国死节；到如今，都个个，顶祝馨香。

越怕死，越要死，死终不免；舍得家，保得家，家国两昌。”

朗诵的声音整齐洪亮，杨之华也在朗诵的行列里。她的美丽引人注目。

台下的学生和各界也都为之感动和振奋。瞿秋白、蔡和森、邓中夏等共产党员都在其中。

21. 日外　弄堂口

沈剑龙要走了，杨之华送他。

剑龙：你喜欢读书，就好好读吧，我散淡惯了，在上海住不长的，上海女人讲话太快了。

之华：剑龙，我们为什么不能像从前一样？做什么都在一起？

剑龙：（打断）你不要勉强我。

之华：你对独伊多关心一点，求你了。

剑龙：独伊没事，你自己也保重。

之华：我会写信给你的，你不给我回信我也会写的。

沈剑龙上了黄包车，车启动，他伸出一只胳膊和杨之华再见。

22. 日外　街头

杨之华和小轩在闲逛，她们边走边聊。

在好看的橱窗前会短暂停留一下。

小轩：你丈夫一表人才，家里那么有钱，整天不在一起，不出事才怪。

之华：虽然是娃娃亲，但我们感情挺好的，也玩得到一起，他带我骑车，游泳。

小轩：让你离开家，让你上大学，你不回家他不生气，还来看你。我要是你，不会离开他。

之华：我不是个好太太。

路边有老人乞讨，杨之华过去放钱。

小轩：你命真好。

街对面有人在叫“杨先生，杨先生”。

杨之华和小轩朝街对面望过去，几个女工在朝她们招手。

23. 日外　街头

四五个女工穿得比上工的时候干净，都很年轻，互相挽着。

之华：你们来这里做什么？

一女工：来这里还能做什么？逛啊。

之华：厂里给你们放假了？

另一女工：杨先生，我们罢工了。

另一女工：像先生说的，团结起来了。

之华：真的？什么时候？全厂都罢工了？

女工：全厂，没有一个人去上班。三天了。

小轩看着杨之华和这些衣着朴素的女工们这么熟悉亲热，觉得很新奇。

之华：诉求是什么？谁去谈的？

女工们七嘴八舌：增加工资，缩短劳动时间，增加上厕所的次数。

之华：现在情况怎么样了？

女工们的情绪低落起来，都摇摇头。

一女工：厂方还没有答复，罢工委员会说在谈着呢。

一女工：杨先生，你有空去罢工委员会看看吧，有些事我们也说不好。

之华：好，我一定去，现在，我们去吃馄饨吧，我请客。这是我同学，走，小轩。

小轩：我就不去了，我还有点事情。我先走了。

之华：好的，那我们走吧。

女工们高兴了，大家一起拥着杨之华走了。

24. 日外　街边小店

女工们高兴地吃着馄饨暂时忘记了烦恼。

杨之华一边招呼，又有些担心。

25. 夜内　警予的家

杨之华从外面进来，很辛苦的样子。

肚子已经很大的向警予递给杨之华一杯水，杨之华一口气喝了下去。

她抬起头才发现屋子里的人都在看着她喝水，蔡和森、邓中夏、张太雷、恽代英、瞿秋白等共产党员正在开会。他们在等待之华的消息。

杨之华忽然有一点紧张，在这些先生面前，她一时不知该从何说起。

警予：别急，慢慢说。

之华：（杨之华有点像学生回答问题）云成和物华两个厂女工全部罢工了，其他厂也在酝酿，我认识的女工刚才带我去了罢工委员会，我是以国民党上海执行部妇女部的身份去的，见到了那个穆志英，但是她和我想的很不一样。

和森：穆志英？同业工会的会长？

之华：是的，她很胖，四十多岁，穿一身绸子衣服，说话口气很大，和我认识的女工完全不一样。

警予：我见过她，她根本就不做工。

之华：工会也很讲究，门口挂的牌子上写着“上海丝厂同业工会”，会客室里长桌子上铺着白色的桌布，摆着镶金边的茶具。

面前的人都耐心地听着。

之华：女工在她的面前话都不敢大声讲，我真怀疑她能不能代表女工的利益。女工们每个月挣 10 块钱，工作 12 个小时，她不做工，却代表工人和资本家交涉，她每月能拿到 300 元的津贴。

秋白：女工们一定要有自己的组织和能代表工人利益的代表。

太雷：我党要深入工人当中去，成为罢工的真正的组织者，而不应是在罢工发生之后再去声援。

秋白：现在是我党做工作的大好时机，我们要马上行动起来，和女工们站在一起。

警予：这孩子生得真不是时候。之华，妇女部的很多工作要由你承担起来了。我明天就要回湖南老家了。

之华：大姐你放心，我们会努力的。

警予：之华对情况很熟悉，她们在女工中也有很多朋友，她可以作为党的联络员。

秋白：马上以我党的名义发表声援的文章，还要呼吁社会各界支持和帮助罢工的女工。

太雷：要深入其他厂里，动员工人们支持罢工工人，一起行动。

中夏：争取多募集些钱，帮助困难的家庭渡过难关。

和森：要帮助她们成立自己的工会。

太雷：之华你每天要到罢工现场去了解情况，每天都要到这里来和我们碰头。

之华：我明白。

和森：好，大家分头行动吧。

警予：吃了饭再走。我买了小笼包，热一下就可以吃。

之华：大姐，我来。

26. 夜内　厨房

杨之华和向警予在准备饭。

向警予在边上准备碗筷，她家的碗筷很多。

之华：大姐。

警予：怎么了？

之华：我什么时候可以成为一名共产党员呢？

警予：你为党做了很多工作，我们会考虑你的申请，书面申请。

之华：我知道，加入共产党就是要为穷人做事。

杨之华的眼睛里含着泪水。

警予：让穷人摆脱苦难，建立一个公平正义的新社会。

27. 夜内　屋里

杨之华端着盆包子进来。向警予在后面拿着碗筷。

之华：瞿先生呢？

和森：他回家去了。他爱人病了。

警予：应该让他给剑虹带点回去。

之华：我去。

杨之华拿了一块屉布，往上拣包子，也顾不得烫手，包好一包，杨之华就朝楼下跑去。

28. 日外　街上

杨之华从楼里冲出来。

追上瞿秋白。

之华：瞿先生，向先生让带给剑虹。

秋白：谢谢。

之华：她好些吗？

秋白：时好时坏。

之华：我们找时间去看她。

秋白：不要来，会传染的。

之华：您也要小心。

秋白：我有肺病很多年了。谢谢你，再会。

杨之华看着秋白的背影良久。

29. 日内　之华家

杨之华的房间。

杨之华打开自己的衣柜，拿出一个漂亮的盒子，是个储蓄罐。

她在床上把盒子打开，里面有不少钱，有银圆也有纸币，还有外币。

她很快地整理着这些钱，一边整理一边数。

[画外音]

之华：罢工持续十多天了，很多女工家里买粮的钱都没有了，同学们都在忙着募捐，党组织也想方设法动员社会各界声援女工。

30. 日外　上海街头

电车驶过街头。

电车上人不多，瞿秋白和杨之华坐在最后的位子上。

第一次和瞿秋白单独出来，杨之华还是多少有些拘谨。

秋白：是不是有点紧张？

之华：是。

秋白：鲍罗廷是我的老朋友，他经常来中国，对中国也比较熟悉，你不要着急，说慢一点，不用说很多，有遗漏也不要紧，我翻译的时候会替你补充。

之华：我长这么大，还从来没有跟外国人打过交道。瞿先生，和外国人交流是不是很困难?

秋白：最大的困难当然是语言，其实性格、爱好、思想感情各国人彼此不难理解。

之华：总是没有时间认真学习外文。

秋白：你还年轻，有时间。

之华：我只比您小不到两岁呢。

两人对视，忽然就有点尴尬。

之华：我是说，您虽然是老师，有学问，其实您也还很年轻。

秋白：学生表扬起老师来了。

之华：（不好意思）同学们都在议论。

秋白：议论什么?

之华：说我们上大的老师是全中国最有才华，最革命，最英俊的。

秋白：中国有太多有才华的，革命的，优秀的青年，总得做成一点事情。

31. 日内　酒店

一家老式的酒店，进出的外国人比中国人要多。

杨之华和瞿秋白走了进去。穿过大堂。

32. 日内　酒店

一间套房的客厅里。

孙中山先生的苏联顾问鲍罗廷夫妇在听杨之华汇报上海纱厂工人罢工的情况。

瞿秋白做翻译。

之华：罢工由两家纱厂开始，最后发展到 14 家工厂，有 14000 多工人参加了罢工。

工人们自发地组织起来，非常团结。

瞿秋白把杨之华的话翻译成俄文。

鲍罗廷听得很认真。

之华：但是由于罢工委员会掌握在工贼的手中，她们出卖工人的利益和资本家做交易，最后资本家虽然答应了条件，但是非常苛刻，只答应每天增加工资一分钱，这次声势浩大的罢工就取得了这么一点可怜的胜利。6 月 28 日已经复工。

瞿秋白翻译。

鲍：要加强党对罢工运动的领导。

瞿秋白点头。并把这句翻译给杨之华。

秋白：（俄语）我们联系了女工代表，组织了一个行动委员会，提出了罢工的具体要求，但是因为动手晚了些，还没有真正地把工人组织起来，资本家就把罢工破坏了。

瞿秋白在讲话的时候，杨之华专注地看着他。

鲍：要成立工人自己的工会组织，领导者要从工人中产生，在我党的领导下开展工作。发展工人入党。

秋白：是的。我们已经在做了。

鲍：这次罢工，至少让我们看到了上海工人的力量。

秋白：非常令人振奋。

鲍：你这位美丽的学生很崇拜你。

秋白：老师嘛，当然要争取被学生崇拜。

鲍的夫人扑哧笑了，她听得懂。

只有杨之华听不懂。她没笑。

33. 夜内　之华家里

杨之华坐在自己房间的灯下写信给丈夫和女儿。

窗开着，风吹进来，吹动桌子上的纸。杨之华用手按着。

[画外音]

之华：有时候，一个人就是这样吸引另一个人的，他的思想照亮你，他的言谈举止和你所希望的一样，我觉得自己还没有资格和他平等地交流，但他的存在，就使我感到幸福。

34. 日内　上大教室

瞿秋白走进教室，依旧是白色的西装，西装口袋里放了一条黑色的手绢。

学生们关切地看着他。

大家起立行礼。边上的同学小声说："瞿先生的夫人王剑虹去世了。"

瞿秋白看到了杨之华关切的目光，马上把视线移到了讲义上。

杨之华的眼睛一直看着瞿秋白。

瞿秋白的头却一直没有抬起来，他第一次讲课不看同学，而是一直看着讲义。

秋白：今天，我想和大家讲一讲共产党为什么要组织工人运动，农民运动。半年来，国共合作显现了很好的局面，国民党联俄、联共、扶助农工的政策得到了全国人民的拥护，更多的工人和农民有了觉悟，发动更多的工人和农民参加反帝、反封建的斗争，防止资产阶级的妥协，民族解放才能取得彻底的胜利。

同学们安静地听着。

瞿秋白一直没有抬头。

杨之华始终看着他。

35. 日外　码头

小轩要回家过暑假了，杨之华为她送行。

之华：（一个小包递给小轩）这是送给你的，一直忙，赶了两夜才赶出来。

小轩打开，是一件鲜艳的花连衣裙。

小轩兴奋地尖叫，抖开了裙子，裙子在风中飞扬，小轩在自己身上比着，非常高兴。

小轩：之华，谢谢你。太漂亮了，我从来没有穿过这么漂亮的裙子。

之华：你喜欢就好。

小轩：你暑假不回家看女儿了吗？

之华：妇女部的工作很忙，学校里还要举行夏季讲习会，很多学者要来讲课，咱们学校的陈先生、邵先生、叶先生、瞿先生也都要讲课，还有李大钊、周作人、沈雁冰，很多人。我很想听。

小轩：那你丈夫不会生气吗？

之华：小轩，我并不像你想象的那么幸福。

小轩：你们俩在我眼里就像一篇童话，我都要羡慕死你了。

之华：喜欢他的女人很多，他也喜欢很多女人。

小轩：那你怎么办？

之华：不知道。我很想女儿。

小轩：（岔开）什么时候你有空到我家去玩吧，我家和瞿先生的老家只隔一条小河，他们家在我们那里很有名呢。

之华：是吗？瞿先生，他家里还有什么人呢？

小轩：他父亲在外地教书，母亲去世多年了，是个大家族。你要不要和我一起去看看啊？

之华：（有点不好意思地笑了）再会。

小轩：再会。

小轩提着箱子排到上船的队伍里，朝前走了，杨之华看着她的背影。

小轩转过头来。

小轩：（冲之华喊）之华，无论如何，高兴点。

排在队里的不少人寻着小轩的声音回头看杨之华。

杨之华朝小轩挥挥手。

36. 日外　街上

杨之华一个人走着。

[画外音]

之华：暑假留在学校可以说出很多理由，但有一个理由是说不出口的，那就是因为他，我想待在可以看到他的地方，渴望和他一起工作，愿意分担他失去亲人的痛苦。

37. 日内　西餐馆

杨之华和瞿秋白坐在一个角落。

老式的电扇在转着，上海的夏天有些闷热。

杨之华跟侍者在菜单上指点。

瞿秋白看着她。

侍者走了。

秋白：支部讨论了你的入党申请，同意你加入中国共产党，我和向警予同志做你的入党介绍人，在合适的时候会为你和新入党的同志举行一个仪式，今天我受组织和警予同志的委托，和你谈话。

之华：谢谢先生。

秋白：我们是同志了，我也很高兴。你谈谈对组织的认识和对自己家庭的认识。

之华：您知道不知道您瘦了很多？

秋白：工作忙，睡眠不足。

之华：我们都觉得您是太伤心了。

秋白：她才 21 岁。

之华：我看过她写在《妇女声》上的文章，非常有才华。

秋白：她很希望我可以陪伴她，可我整天都在外面忙。我很内疚，每天。内疚到心里很疼。她的生命太短暂了。

之华：短暂的幸福也是幸福。

侍者来了，端来很多吃的。摆了一片。

秋白：是不是太多了？

之华：您得多吃点。吃完我们再谈。

秋白：我不知道身上的钱够不够付账。

之华：我可以借给您，（看着瞿）吃吧。

瞿秋白听话地吃起来，杨之华看着他吃，瞿秋白抬头。

秋白：你也吃。

之华：我紧张，吃不下。

秋白：应该喝杯酒庆祝一下你入党。

之华：肺不好就不要喝了。

瞿秋白端起茶杯，两人的茶杯轻轻一碰。

38. 日内　之华家里

沈先生掏出一沓信，都是杨之华写给沈剑龙的，拆都没有拆过。

杨之华接了过来，自己翻看着。

沈：他随手扔着，我就替你收起来，我不希望别人看到，想想也只有还给你，之华，别再写了。假期你不愿意回家我也不勉强，大家各自照顾好自己吧。

之华：独伊好吗？

沈：她很好，能背唐诗了。对了，她画的画。

沈摸出一张纸，递给杨之华。

之华：谢谢您！

沈：离开得久了，孩子倒不怎么念叨你，这样也好。

打开独伊的画看着，杨之华眼圈红了。

之华：剑龙还是那个样子？

沈：这次来上海开会，我让他一起来，他不肯，男人成年后做父亲的巴结还来不及，不能再管，会结怨的。

之华：（抬头对沈）父亲，如果我提出和剑龙离婚，您会同意吗？我说如果。

沈：（迟疑）我当然不希望这样的事情发生在我的家里。

39. 日外　公园里

杨之华一个人坐在湖边，在撕着她写给沈剑龙而沈剑龙却没有读的信。

她撕得很认真，很碎，碎片在她脚下堆成一小堆。

一阵风吹来，把碎片吹散，飞得到处都是。

杨之华仿佛下定了什么决心，站起来。

40. 日内　弄堂里

人们的生活很平静。

杨之华走过。

[画外音]

之华：我要把我心里想的都告诉他。

41. 日内　石库门房子

一扇门前，杨之华站了一下，伸手敲门。

开门的是云白。

云白：杨之华，你怎么来了？

之华：你认识我？

云白：你是上大的校花嘛。请进。

42. 日内　秋白的家

之华：我找瞿先生。

云白：我哥哥去广州开会了。

之华：去了这么久还没有回来。

云白：你坐，喝杯茶。

云白去倒茶，杨之华一个人在房间里，这是瞿秋白的书房，房间十分整洁，布置得很仔细。有很多从苏俄带回来的外文书，还摆有剑虹的照片。

杨之华深深被吸引。

云白端了茶杯进来。

云白：你找我哥哥有事吗？

之华：没什么事，想借本书。

云白：那你拿吧，他回来我告诉他。

之华从书架上抽出一本《呐喊》。

之华：谢谢你，我走了。

云白：茶还没有喝。

之华：打扰了。

杨之华转身下楼。

云白：一点也不打扰。

43. 日内　警予的家里

支部又在开会，杨之华终于成为其中的一员。

瞿秋白回来了。

和森：我们首先要祝贺秋白担任国民党政治局委员……

大家鼓掌。

秋白：在广州和孙先生开了 5 次政治局会议，我们对国民党右派的斗争取得了胜利。

杨之华听得非常认真。

太雷：我们下面要集中准备双十节的纪念大会，发动更多的学生参加，打出反对军阀，反对帝国主义的大旗。

秋白：要密切注意国民党右派的活动，团结群众和他们进行针锋相对的斗争，揭穿他们的阴谋。还要警惕租界当局的破坏和捣乱，一定要把组织工作做好。

杨之华为各位倒茶。她看瞿秋白的眼神不再寻常。

44. 日外　天后宫会场

傍晚，布置好的会场。

大横幅：双十节纪念大会

会场很大，摆了很多椅子。还有很多的标语。

杨之华和同学们看着刚布置好的会场非常兴奋。

有同学在台上练习指挥唱歌，对着下面的空椅子。

小轩在后面叫杨之华。

45. 日外　会场外

之华：小轩你来我真高兴，和我们一起吧。

小轩：我想了半天，还是得来告诉你一声，明天你不要来开会了。

之华：怎么可能?

小轩：我们系里的同学都在议论，说老师之间对明天的集会意见很不一致，吵得非常厉害，租界方面也要限制学生的活动，可能会找人捣乱，之华我知道你胆子大，可你毕竟是女生，明天别来了。

之华：那我就更要来了，我是组织者啊。

小轩：要小心，有事情早点离开。

之华：小轩，我还以为你是来加入我们的。

小轩：我不会加入的，但我也不会反对你们，因为我们是好朋友。

之华：好吧，就让我代替你。

小轩：你忙吧，我先走了。

之华：小轩，帮助革命，就是革命。

小轩：谢谢。

杨之华转身招呼一个男同学过来。

之华：你赶快去告诉瞿先生，明天让他们不要到这里来。

男生：为什么?

之华：明天是英文系何主任主持会，他和瞿先生观点不同，我担心会引起矛盾，在会上争起来，你就说是我建议瞿先生不要到会，散会后我们会马上向他汇报。

男生：好的。我这就去。你们也早点回去吧。

男生走了两步又返回来，扔给之华一个白色的小球。

之华接过一看，是一个剥了皮的橘子。

46. 日外　国民大会

会场人很多，台下有很多学生，也有工人和市民。

标语，彩旗，大喇叭里激奋的演讲。

一次不太有序的群众集会。

一些不三不四的人也混了进来。在台上台下起哄。

有学生在台上喊口号：打倒军阀！打倒帝国主义！劳工神圣！劳工万岁！

杨之华在后台组织演讲的人上台，对前面的情形不是很了解。

但是可以听到争吵和抢夺话筒，不同的人在发言，各说各的。

台上的人越来越多，有些混乱。

杨之华到同学中去组织队伍，让队伍不要乱，台上已经很混乱了。推推搡搡。

有学生在喊口号：打倒军阀，打倒帝国主义。

杨之华和同学们一起喊口号。

忽然一阵骚乱。

有学生冲进来告诉杨之华：黄仁被人推到台下摔昏了。

杨之华放下手头的工作冲到人群中间。

黄仁，一个四川籍的男生，躺在地上，双目紧闭。浑身是土。

之华：救人要紧，赶快送医院。来人！

47. 日外　街头

杨之华和几个男生抬着黄仁，跑到街上。

杨之华站在路中央截车。

汽车绕开她开走。

有洋车掉头离去。

杨之华一个人站在路的中央，愤怒而坚决。

道路两边的人驻足看着这个站在路中央的年轻女学生。

终于，一辆黄包车跑了过来。

同学们把黄仁放到车上。

拉车的拉起车朝医院跑去，同学们跑着跟在后面。

杨之华也跑着跟在后面。

48. 日内　医院

黄仁躺在医院的病床上，头向下仰着，面无血色，鼻子和嘴角流出鲜血。

医生在用听诊器听他的心脏。

49. 日内　医院的走廊

医院的走廊上，同学们沉默地站着，没有人说话，没有人走动，没有人害怕。

杨之华和大家在一起。有男生找来凳子让女生坐，女生没有人坐，大家就都站着。

50. 日内　医院

医生走了出来。

医生：你们谁是负责人？

51. 日内　医生办公室

杨之华和另外一个男同学站在门口。

医生：坐吧。

两人都没有动，不打算坐。

医生：台子有多高？

男生：有 7 尺左右。

医生：他摔到了头，情况非常不好，呕吐和抽搐说明有颅内出血，如果出血止不住，他的颅压就会继续升高，他就会昏迷，会危及生命。

之华：医生，救救他，别让他死。他还有个女儿。

医生：我给他用了止血药，我能做的就这么多，剩下的要看他的伤势和坚持，没有别的办法。

男生：再没有别的办法？

医生：以后或许可以，现在还不行。

之华：想想办法。

医生：你们留下两个同学看护他，其他人就回去吧，都在这里影响别人，我也不希望再有麻烦。

之华：好的。谢谢您。

医生：你们把自己照顾好。

52. 夜内　病房

杨之华和另一个男生守在黄仁的床边。

黄仁依旧昏迷，嘴角和鼻子不时有血渗出，杨之华就拿纱布轻轻为他擦拭。

杨之华轻声地叫着他的名字。

黄仁没有一点反应。

男生一直抓着黄仁的一只手。

这时，病房的门开了，瞿秋白走了进来。

之华：瞿先生。

男生也站起身来，把凳子让给瞿秋白。

男生：瞿先生。

瞿秋白走到黄仁的身边，俯身在他的耳边。

秋白：黄仁，你怎么样？听见我说话吗？

黄仁没有反应。

杨之华用纱布擦他的嘴角。

瞿抓着黄仁的手。

秋白：你别着急，好好躺着，坚持，我们都和你在一起。

瞿秋白抬起头，正好遇到杨之华的目光，两个人隔着黄仁相顾无言，关切与理解又尽在不言。

53. 夜内　医院走廊

只有杨之华和瞿秋白。

秋白：学校的老师和同学们都知道了今天发生的事情，大家都很气愤，学校正在连夜开会，我不放心，抽空出来看看你们。

之华：他们为什么要这样对待我们？黄仁什么也没有做错。我们开会有什么错？

秋白：是我的工作没有做好，是老师没有把你们保护好。

之华：他会好起来的，我要一直等在这，等着他好起来。

秋白：你知道他家的地址吗？我让人打电报通知他的家人。

之华：我知道，暑假里我给他女儿寄过衣服。

瞿秋白掏出纸和笔，杨之华把纸放在墙上，写黄仁家的地址，她发现自己的手是抖的，几乎没有办法写字。

杨之华写完，把头顶在墙上，抽泣。

瞿秋白想安慰她，又有所顾忌，失措地站在她的身后。他的手都抬起来了，但最终没有放到杨之华的背上，又垂了下去。

杨之华实在忍不住了，她哭出了声。

54. 日外　黄仁追悼会

肃穆的会场

陈望道任大会主席，沈先生、瞿秋白、恽代英等人站成一排，穿黑色西装，佩白花。

几百幅白地黑字的标语布满了会场四周。

上海大学学生联合会的横幅非常醒目。

学生们整齐肃穆地站在台下。

黄仁的画像挂在会场的正中。

恽代英演讲：黄仁，四川籍，家境贫寒，上有老母，下有小女，他只身来到上海求学，很快成为上海大学进步学生骨干，也是社会问题研究会的主要成员……

沈先生演讲：黄君之死，实为反对帝国主义而死，反对封建军阀而死，为党义而死，为谋全国人民之利益而死。

瞿秋白演讲：黄君乃先全国人民而死者之一人，民与贼不两立，望我同胞从速联合起，向帝国主义与军阀开始猛烈之总攻击！

杨之华和同学们站在一起，小轩也站在她的身边。他们从来没有看到平日里斯文有加的瞿先生如此激愤，都为之深深感动。

这件事让上大的学生懂得，必须团结起来。

55. 日外 会场

开会的人们都散去了，散乱的会场到处都飘着白色的纸片，破碎的挽联。几个工人在扫地，收拾。

瞿秋白一个人最后看着空荡的会场，他非常伤感。

他走出会场，看见杨之华站在那里。

秋白：你怎么还不走。

之华：我在等你。

秋白：走走吧。

56. 日外　外滩

瞿秋白和杨之华靠在栏杆上，面前是灰蒙蒙的黄浦江。有船只缓慢地移动，偶尔传来断断续续的汽笛声。人的心情和风景一样清冷。

江边有风，杨之华不时用手拢住头发。

秋白：你害怕吗？

之华：和你们在一起的时候，不害怕。

秋白：我很害怕。

杨之华没说话。

秋白：我让你们革命，我知道革命是要流血的，谭嗣同，林觉民，杨逸仙。

之华：秋瑾。

秋白：但不应该是我的学生，我没有保护好他，或许，我不该让你们冒着生命危险参加革命。我错在哪里？

之华：可您自己，为什么知道有生命危险还要参加革命呢？

秋白：为了给自己一个在这个不堪的社会活下去的理由，为了实践自己希望国家好起来的愿望，让短暂的一生有些意义，还想，帮助那些活不下去的人。

之华：我们也是。我们不是小孩子了，不是因为从众、赶时髦才革命的。

秋白：可是你们是我的学生，我想给你们更好的生活和未来，而不是去死。

之华：不是您让我们去死，是罪恶和黑暗。不除掉这罪恶和黑暗，会有更多人死。

秋白：谢谢。

之华：能参加中国共产党，成为您的同志，是我一生最大的荣幸。

秋白：谢谢。

之华：我有好多话想对您说。

秋白：（有些不能面对）还是不要说。

之华：我想离婚。

秋白：为什么？

之华：我离自己的丈夫越来越远，离他越来越近。我不想欺骗任何人，包括我自己。

秋白：他没有你想的那么好。

之华：他知道我喜欢他吗？

秋白：知道。

之华：他喜欢我吗？

秋白：他没有你想的勇敢。

谈话忽然就进行不下去了。两个人都不再说什么。

江水无语东流，感情太过沉重。

秋白：（冒出一句）乱不一定不好看。

杨之华就松开了拢着头发的手。

杨之华的头发在风中飞扬。

57. 夜内　杨之华的住处

杨之华的房间，杨之华坐在桌前，面前铺着信纸。

她不知道应该如何下笔。

她久久看着小女儿的照片。

[画外音]

之华：我是在革自己的命。

58. 日内　上大

走廊里，有学生在争吵，情绪激动，声音也很大，乱哄哄的。

杨之华在出墙报。

图文并茂的墙报写的是团结起来，推翻军阀和帝国主义的统治的内容。

小轩来了。

小轩：之华，我们系的何主任辞职离开上大了。

之华：瞿先生也辞职了。

小轩：我们学校越来越没个大学的样子。

之华：他们离开，就是不希望同学之间的矛盾激化。

小轩：有什么你死我活的矛盾？这么争下去，革命就成功了吗？中国就变好了吗？

之华：同学们希望中国变好的愿望是一致的，但选择的革命道路不一样，或者说，大家都还在探索道路的过程中吧。

小轩：我心中的大学完全不是现在的样子，我想安静地读书，思考，恋爱，可是现在，哪还有心思。

之华：小轩，我们赶上了这个动荡的时代。

小轩凑到杨之华的耳边。

小轩：之华，她们说你和瞿先生恋爱了，是吗？

59. 日外　校园

两人在一个僻静的地方继续刚才的话题。

之华：单相思罢了。

小轩：难道你想和瞿先生结婚？

之华：我想和剑龙离婚。

小轩：你真疯了，我要有个那么好的丈夫，说什么也不会离开他。

之华：剑龙不需要我，很多事情，你并不了解。不管有没有瞿先生，我和剑龙也会分开。一直下不了决心，是因为女儿。

小轩：当然瞿先生也是个很好的人，之华，我都有点嫉妒你了。

之华：可我现在还没有爱他的权利。

小轩：没有权利爱也会发生。

之华：所以我很痛苦，小轩你能理解吗？

小轩：能。

60. 日外　码头

上海一百多个团体，三千多人热烈欢迎孙中山夫妇北上促成“国民会议”。

上海大学的学生也聚集在码头上，打着长长的横幅：欢迎孙中山先生途经上海，祝先生北上顺利成功等。

有学生在唱歌。

有鼓乐声、口号声此起彼伏，热闹非凡。

杨之华、瞿秋白、向警予等共产党员都在现场，国民党上海方面的要员也都到齐了，在学生前面站成一排。

船靠码头，大家一起高呼口号。

孙中山夫妇下船。

孙先生和码头上的国民党要员一一握手。

向警予和杨之华向孙中山呈《上海国民党女党员上总理书》。

两个人美丽而端庄，坚定而成熟。

警予：中山先生，我代表国民党上海执行部妇女部，特向您呈交此函，我们认为在参加国民议会的 9 个团体中，应加上妇女团体，非有成千上万之妇女参加，中国革命是不会成功的。

周围的人鼓掌。

杨之华的目光和站在孙中山身后的瞿秋白交流。

61．日外　大街上

学生们正在散去。他们扛着旗子，唱着歌，从租界经过，租界的巡警在驱赶着学生，激起学生的愤怒，和巡警发生着大大小小的冲突。

杨之华作为学生领袖在组织队伍，让学生们尽快撤离。

学生的旗子有的被巡警抢走。

杨之华上去拦住巡警，伸出手要旗。

巡警可能被这个漂亮而勇敢的女学生震住了，把手里的旗子还给了杨之华。

有男生过来接过杨之华的旗子。大家簇拥着上海大学的旗帜离开。

62．日外　瞿秋白家的楼下

杨之华提着出门的包等着。

瞿秋白出来，一边穿着外衣。

秋白：进去坐?

之华：不了，我要回萧山一趟，来和您告别。

秋白：家里有什么事?

之华：没事，我回去找剑龙，谈离婚的事。他同意了，约我回去面谈。

瞿秋白看着杨之华。

秋白：（想了一下）你等我一下。我和你一起去。

之华：真的?

秋白：真的。

63．日外　船上

离开了上海的嘈杂和拥挤，开阔的河面让人心情舒展，虽然已是初冬，两岸的风景依然多姿多彩。

摇船的是位老人。

老人：之华，你有一年多没有回来了吧。

之华：是啊，阿公。在上海读书。

老人：这位先生是？

之华：是我的老师，也是我公公的朋友。

秋白：阿公，我叫瞿秋白。

老人：哪里人啊？

秋白：江苏常州。

老人：我年轻时去过的。

秋白：我家门前也有这样一条河，河上有座桥，叫作觅渡。

老人：觅渡就是找船嘛，要出远门。

秋白：我 17 岁就离开家了。很多年没有回去。

老人：家里还有老人吗？

秋白：母亲去世，家也四散了。

之华：瞿先生走得很远，去过苏俄呢。

老人：那是见过大世面的人。

之华：阿公，阿元呢？不撑船了吗？

老人：也出远门去了。到广州当兵去了。

之华：好的啊。

老人：人嘛，总不能在这小船上过一辈子。

岸上依旧有洗衣、洗菜的女人们，她们依旧和杨之华挥手。

杨之华也和她们挥手。

64. 日外　河边

一女人：走时一个人，回来怎么两个人？

另一：别想歪了，见过男人续小，没见过一女二夫。

再另：谁知道呢，现在什么都新派。

另：想去哪里去哪里，想和谁一起和谁一起，和她一比，我们真是白活了。

65. 日外　船到码头

沈家高大的门楼。

66. 日内　沈家

餐厅里。

沈先生、沈剑龙、杨之华、瞿秋白一起吃饭。

女儿安静地坐在之华的怀里，之华一点一点喂她吃饭，自己几乎不吃。

沈先生在和瞿秋白喝酒，两人东一句西一句谈论着孙中山北上的事情。

沈剑龙依旧一副散漫的样子。

大家都各怀心事，心照不宣。

沈：秋白你难得有闲，这次来多住几天，我陪你到处转转。

秋白：我是专程来找剑龙的。要尽快赶回去。

沈：那你们先谈，我就不打扰了，剑龙你好好招呼瞿先生。

剑龙：那自然。

沈起身，和瞿秋白拱手离去。

杨之华埋头照顾女儿。

女儿靠在母亲身上，略陌生。

剑龙：瞿先生，我们书房坐吧。

沈剑龙和瞿秋白起身离去。

杨之华抬头看着他们的背影。

67. 日外　院子里

杨之华抱着独伊，在来回溜达。

独伊很安静，她感受到一种与其他呵护不同的情感。

沈剑龙书房的门开着，可以看到沈剑龙和瞿秋白在桌边写字。

杨之华走过去看。

沈剑龙写了一首古诗：

避人五陵去，
宝剑值千金，
分手脱相赠，
平生一片心。

秋白：好字。

沈剑龙把笔递给瞿秋白。

瞿秋白也写了一首诗：

常觉言语浅，
不及人意深，

今照两相视，

脉脉万重心。

沈剑龙又写了一幅，上面四个大字：借花献佛。

秋白：怎么敢当，我是来赔情的。

杨之华看到这四个字，就流泪了。

剑龙：孩子睡了，你去吧，我陪瞿先生。

杨之华看了看他们，转身离开。

书房的门在她身后关上了。

68. 夜内　屋里

杨之华在收拾她自己的东西，她知道，不会再回来了。

沈剑龙坐在一边的椅子上。

气氛有些伤感。

剑龙：我很佩服瞿先生。很少能见到如此博学、平和、纯净的人。

之华：我没有想到他会陪我回来，我们之间从来没有任何表白。

剑龙：你不用解释，该说的他都说了。

之华：我也没有想到你会对他这么坦诚。上天厚爱我。

剑龙：我知道你喜欢他什么，你也应该知道我为什么成全你。

之华：我知道，你是在乎我的，也是理解我，宽容我的，我们不白做一场夫妻。

剑龙：人各有志，覆水难收。

之华：对不起剑龙，我不是个好妻子。

剑龙：你会是的，他会让你是。他有高尚的心性和美丽的人格。

之华：我能带走独伊吗？

剑龙：父亲不会答应。

之华：我（又哭）。

剑龙：不用急吧。

杨之华点点头。

69. 日外　上海

空镜。

70. 报纸

《民国日报》，头版广告栏里，公开刊发了三则启事：

杨之华　沈剑龙启事：自一九二四年十一月十八日起，我们正式脱离恋爱的关系。

瞿秋白　杨之华启事：自一九二四年十一月十八日起，我们正式结合恋爱的关系。

沈剑龙　瞿秋白启事：自一九二四年十一月十八日起，我们正式结合朋友的关系。

71. 日外　上海大学

院子里，一本本书从楼上图书馆的窗口飞出来。

巡捕们在书架上翻看，把进步的书籍和刊物从窗户往下扔。

学生们都在窗口和走廊上，非常气愤。

72. 日外　校园

巡捕们离去，留下一张告示在学校的门口：通缉瞿秋白。

73. 日内　女生宿舍

小轩已经收拾好了行李，准备走了。

杨之华匆忙进来。

小轩：我以为没机会和你告别了。

之华：实在抽不出时间，形势一下子紧张起来，租界当局有预谋地阻挠革命活动。

小轩：你看到瞿先生的通缉令了？

之华：看到了。

小轩：你不害怕？他现在是你的丈夫。

之华：我们有很多人，工人、学生、市民，那天有三千多人到码头去接中山先生，小轩你要是看到那种场面，就知道没有什么可怕的。

小轩：答应我你要小心。

之华：放心吧（摸摸小轩的头），你打算去哪里？

小轩：先回家去看看父母，没有打算，没有出路。

之华：你喜欢读书，就好好读书，会有前途的。

小轩：如果父母再让我嫁，我就嫁，逃什么逃啊。

杨之华笑了。

之华：来得匆忙，没有什么可以送你。

杨之华从身上脱下毛衣外套，穿在小轩身上。

之华：这是我自己织的，留个纪念。

两个人抱在一起。

74. 日内　秋白的家

瞿秋白和云白也在收拾东西。还有别人在帮忙，杨之华匆匆赶来。

秋白：真对不起，新娘刚刚搬进来，就要搬走。

大家看到杨之华来了，就退了出去。

之华：我也很喜欢这个房间，真舍不得。

秋白：把手张开，有礼物给你。

杨之华眼睛看着瞿秋白，伸出手去。

瞿秋白拿起一方印章，在杨之华的手心里盖了下去。

杨之华的手心里留下了一个鲜红的印迹：秋之白华。

杨之华久久看着手心里的印迹。

瞿秋白又把一个金色的别针别在杨之华的衣襟上。上面刻着：“送给我感情的伴侣”。

秋白：本来应该以更浪漫的方式送给你这两件礼物，我怕一忙一乱，弄丢了，交给你我就放心了。喜欢吗？

之华：只要是你送的，什么我都喜欢。

秋白：想给你的太多，能给你的太少，连起码的平安宁静的生活都给不了你。

之华：我不需要平安宁静的生活，我愿意和你一起战斗。

秋白：革命胜利了，我们和所有人都能够过上平安宁静的生活。

两个人的手握在了一起，“秋之白华”四个字握在了两个人的手中。

秋白：我们看到了开始，或许看不到结果。

75. 一本书：《多余的话》

作者：瞿秋白

瞿秋白：知我者谓我心忧，不知我者谓我何求。

76. 字幕：1935 年 5 月

长汀中学 国民党 36 师师部

宋希濂对被捕的瞿秋白软硬兼施。

单间囚室，可口的饭菜。

笔墨纸砚，还有金石工具。

瞿秋白坐在桌前，用毛笔写着他娟秀的小楷。

他的脸上和手臂有新近的伤痕，显然是受过拷打，人也苍老了许多，非常消瘦，不时咳嗽。

桌上的白纸，瞿秋白的字。

《多余的话》

“知我者谓我心忧，不知我者谓我何求。”

【闪回】

77. 1927 年 4 月　武汉

汉口原英租界辅义里 27 号，一座二层小楼，人来人往，热闹非凡。

北伐军占领下的武汉，革命气氛浓厚。

打开的窗口可以看到街上：军队，工人纠察队。

十字路口有系着红领巾，手持木棍的孩子，他们是劳动童子团，孩子们和工人纠察队一起维持社会秩序。

到处是标语。

走廊上，瞿秋白匆匆走来，他穿着军装，提着公文包，气色很好，不时和认识他的人打着招呼。

瞿秋白推开一扇门，里面站着刚从上海赶来的杨之华。

杨之华正站在窗前看着外面的街景，听见门响转过身来。

两人相视而笑，也没有什么亲昵的动作。

之华：我还是第一次看到你穿军装。

秋白：我在中央军事政治学校武汉分校任政治教官，上课要穿军服，平时我还是习惯穿西装或者长衫。

之华：很好看。

秋白：路上顺利吗？

之华：还好。没想到武汉的形势这么好。

秋白：我们离别了一个月，革命的进展比一年还快。

瞿秋白换上长衫。

之华：可是，上海的情况非常不好，蒋介石对工人开枪了。

秋白：这说明他们害怕了。中国革命到了最紧要的关头，党内对很多原则问题的争论，必须求得正确的解决。我们正在筹备党的五大，要尽快统一思想。

瞿秋白走到桌前，递给之华一本小册子。

之华：（念）《湖南农民运动考察报告》。

秋白：这是毛泽东今年年初用了32天的时间调查后写出的，是一篇非常好的文章，人人都应该读几遍，脑子就清楚了，就知道应该怎么革命了，希望你也能好好学习。你来了，真好。

之华：我今天一点东西都没有吃，很饿。

秋白：（一愣）是吗？走，我们去吃饭，该吃中饭还是晚饭？

之华：看来你也没吃。

78. 日外　街上

一家一家的小吃店，杨之华高兴地东张西望，很新鲜的样子，她不时揽住瞿秋白的胳膊，瞿秋白却有些躲闪，他身居领导层，不少人认识他，有军人给他敬礼，街边也有人指着他说："那个人就是瞿秋白。"

79. 日外　街上

在临街的小店门前，两个人对面坐着，吃着简单的饭。

杨之华很饿，吃得很快。

瞿秋白似乎有很多话终于找到了一个可以倾诉的人，想止都止不住。

秋白：蒋介石公开反共，又指望汪精卫，假如汪精卫也靠不住，我们还指望谁呢？

之华：我们党就是要依靠工农，依靠武装起来的劳苦大众。就像我们在上海所做的那样。

秋白：是的。摆在我们面前的只有两条路，或者资产阶级取得领导权，使革命毁于一旦，人民仍受帝国主义的侵略和奴役，或者无产阶级取得领导权，使革命得到胜利，并为社会主义准备条件。

之华：当然是后者，我无法理解为什么在这一点上党内有这么大的分歧。

秋白：无产阶级如果没有自己的军队，就不能得到革命的领导权，不仅不能取得革命的胜利，连性命都保不住。革命发展到现在的阶段，工人阶级争取革命军队尤其重要。

秋白有些吃不下去。

之华：至少，不能再妥协了，否则，上海的今天就是武汉的明天。

两个人你看我我看你，都有点吃不下去了。

秋白：独伊好吗？

之华：她很好，说想你。

80. 夜内　住处

瞿秋白拖着疲惫的步伐穿过安静下来的走廊。

刚到自己的门前，门就打开了，杨之华披着衣服。

秋白：让你不要等我你总是不听。

杨之华把为瞿秋白做好的热汤端到桌子上。

之华：我知道你有话要跟我说。

瞿秋白边吃边说。

秋白：预备会吵了一个晚上，没有结果。蒋介石在杀人，我们在吵架。

之华：只要能解决问题。

秋白：不知道，我太累太累了。

之华：别想了，明天还要开会。

秋白：我还要写东西，你先睡吧。

之华：你会累垮的。

秋白：倒下之前，必须工作。

瞿秋白坐到办公桌前，开始写字。

杨之华很心疼地看着他的背影。

杨之华拿了一件衣服披到瞿秋白的身上，人也伏在他的肩头。她以这种方式安慰焦虑中的丈夫。

81. 日内　五大会场

主席台正中的墙上挂着马恩列斯像，还有党旗和青天白日满地红旗，两边墙上是群众团体送的锦旗，还挂了“遵守孙中山和列宁遗教，领导中国革命走向非资本主义的前途。”的标语。下面摆着长桌长凳，一百多人参加会议，代表 80 人。

有人在每一个座位上摆上小册子。

小册子的封面：“中国革命中之论争问题 瞿秋白”。

[画外音]

瞿秋白：1927 年 4 月 27 日到 5 月 9 日，中国共产党第五次全国代表大会在武汉召开，80 位代表参加会议，代表着全国 57900 多名共产党员。大会选举了 29 人组成中央委员会，我和杨之华都当选为中央委员。陈独秀、张国焘、蔡和森、李维汉和我任政治局常委，革命的形势却越来越严峻了。

82. 日内　清晨

卧室

瞿秋白靠在床上抽烟。床边的烟灰缸里已经有很多烟头了。

一块石头从楼下飞到玻璃窗上，窗玻璃应声而碎。

他身边的杨之华猛然惊醒。

瞿秋白却眼皮都没眨一下。

杨之华到窗前往下看。

人群高声呼喊着经过，没有组织混乱的队伍，有从街边店里抢东西的，有些人手里还有武器。

杨之华回身看瞿秋白。

之华：你老不睡怎么行?

秋白：不管几点，只要醒来就再也睡不着。夏斗寅和许克强联蒋反共掉转枪口屠杀工农，冯玉祥也在遣送他军队中的共产党员离军出境，各地土豪劣绅疯狂反扑，鲍罗廷的国民政府顾问已被免职，武汉危在旦夕。就在这样的存亡之际，党内还是不能达成一致，怎么睡得着?

之华：你是政治局常委，要负起你的责任，这不是简单的主义之争，是很多人的生命啊。

秋白：你说的对，这是天大的责任，我担不起也得担。

杨之华收拾碎玻璃。

秋白：小心手。

之华：接下来怎么办？

秋白：换个地方接着开会。

83. 日外　庐山

庐山风景

[画外音]

秋白：7月15日，汪精卫叛变革命，屠杀工农，7月下旬，中央在庐山召开会议，参加会议的有我和鲍罗廷、张太雷、李立三、邓中夏等，在会上，根据共产国际的指示，会议确定了武装斗争的总方针，经过一段艰苦的努力和积极的准备，克服了重重困难，由周恩来、李立三、恽代英、彭湃四人组成的前敌委员会，领导了八月一日南昌起义，打响了武装斗争的第一枪。

84. 夜内　武汉住处

瞿秋白推门进来。

杨之华从桌前站起来。

桌子上摆着晚饭。

之华：会一直开到现在？

瞿秋白伸手撕下一张日历纸。

秋白：今天是1927年8月7日，记住这个日子。中国共产党历史上，反机会主义斗争的新纪元。

之华：我觉得今天特别漫长。很为你们的安全担心。

秋白：邓希贤一个人负责会务，滴水不漏。（喝水）我关于新的任务的报告得到大家的同意，中央的思想也得到了统一，大家一致认为，不能再以退让手段争得民权，要以革命手段争得民权，要号召农民暴动，实现耕者有其田，革命政府在土地革命中获得生命。

之华：领导机构改组了？

秋白：是的，政治局委员9人：我、苏兆征、向忠发、罗亦农、顾顺章、王荷波、李维汉、彭湃、任弼时。候补委员7人，邓中夏、周恩来、毛泽东、彭公达、张太雷、张国焘、李立三。

之华：太好了，太及时了，中央再没有声音，各地的党组织就要尽散了。

杨之华把一张报纸推到瞿秋白的面前，上面一个版都是共产党员的退党声明。

秋白：毛泽东在会上说了一句非常精辟的话，他说“须知政权是由枪杆子中取得的”。

之华：他一直主张上山。

秋白：中央任命毛泽东为特派员，到湖南组织秋收起义。

之华：我了解工农群众，他们有勇气有决心，但是需要有人把他们组织起来，和他们一起战斗。

有警车鸣着警笛从窗外驶过。

秋白：之华，我现在是临时中央政治局的总负责人，面对白色恐怖的腥风血雨，随时都有牺牲的危险，你不要怕。

之华：我参加了上海工人三次武装起义，我知道怕是死路一条，我们越勇敢，离胜利越近，我知道，我们共产党人必须走在队伍的最前面，但是我们身后，是无数的工农。

秋白：说得好。

之华：饿了吧，吃饭。

两个人平静地吃着晚饭。

[闪回完]

85. 日内　福建长汀

囚室：专程来劝降的陈建中、王傲夫正在和瞿秋白交谈。

一张长方形的桌子，瞿秋白坐在一端，另外几个人围着他。

王：我从南京专程来长汀，因为你是一个非凡的人才，你的俄文在中国是数一数二的，中文功底也很深，朋友、亲属关心你，中央挽救你，也是爱惜你的才学，才派我们远道而来，哪料同你谈了好几天，你无动于衷。

秋白：谢谢你们的好意，事实上没有附有条件是不会允许我生存下去的。这条件就是我丧失人性而生存，我相信凡是真正关心我、爱护我的亲友、家属，特别是我妻子杨之华，也不会同意我这样毁灭地生存，这样的生存只会长期给他们带来耻辱和痛苦。

王：我们不一定叫你做公开的反共工作，你可以担任大学教授，也可以化名做翻译工作，保证不逼你公开反共。瞿先生，你学识渊博，现在正是国家用人之际，所以，我们为国家爱惜你的生命。

秋白：爱惜生命？你们杀了多少共产党人？他们都是我的同志。

王：瞿先生，你不看顾顺章转变后，国家对他的优待，他杀人如麻，国家都不追究嘛。你虽然当过一阵中共的总负责人，毕竟是临时的，我们也可以不追究。

秋白：我不是顾顺章，我是瞿秋白，你们认为他这样是识时务，我情愿做一个不识时务笨拙的人，不愿做个出卖灵魂的识时务者。不要在我面前提起这个败类。

王傲夫还想说什么。

秋白：你不用再说了，没有用的。

86. 日内　囚室

一张一张写满工整字迹的纸。

瞿秋白平静的、断续的声音，加上轻微咳嗽。

[画外音]

秋白: 我留恋什么？我最亲爱的人，我曾经依傍着她度过了这10年的生命，是的，我不能没有依傍，我不会组织自己的生活，我不会做极简单平常的琐事，我一直是依傍着我的亲人，我唯一的亲人。我如何不留恋？

[闪回]

87. 日外　苏联　儿童院的院子里

字幕：1929 年莫斯科

一群孩子，大小不一，国籍不同，穿着统一，在表演节目。

一些家长在做观众。

孩子们载歌载舞，非常认真。

家长们看得津津有味。

瞿秋白和杨之华也在其中。

孩子们的舞蹈结束了。

家长们鼓掌。

队伍解散，孩子们跑向家长。

6 岁的独伊朝瞿秋白和杨之华跑了过来。

独伊扑到瞿秋白的身上。

瞿秋白把手里准备好的装吃的的纸袋子打开给独伊看。

独伊高兴地跳着。

88. 日外　树林

儿童院附近的风景区。

森林公园里，人不多。

杨之华和瞿秋白每人领着独伊的一只手，沿着林间小路往前走。

独伊：好爸爸，我再唱一遍刚才的歌给你听好不好？

秋白：好啊。

独伊开始唱。

在优美的童声下，幸福的三口之家慢慢地走着。

[画外音]

瞿秋白：党的六大上我作了《中国革命和共产党》的报告，批判了陈独秀的右倾路线，也作了自我批评，我仍然担任中央委员和政治局委员，会后留在苏联工作，和之华、独伊一起度过了短暂而美好的日子。

89. 日外　森林的空地

三个人在林间野餐。

铺在地上的台布上摆着不很丰盛但也美味的食品。

瞿秋白躺在草地上，看着天上的流云。

杨之华和独伊在附近采蘑菇。

杨之华和女儿在一起，心情非常愉快。

两人的对话中文、俄文混搭。

一阵剧烈的咳嗽让杨之华回身去看瞿秋白。

瞿秋白咳得很厉害，还吐血。

杨之华和独伊跑回他的身边。

之华：巴库疗养院我已经联系好了，这次一定得去。

秋白：党派我来苏联是来工作，不是来疗养的。

之华：让你去巴库难道不是组织的决定吗？（有些生气）去或者不去，

都不用跟我讲，你去和支部讲。

秋白：你不要生气。

之华：我最近心情不好，没耐心。

秋白：我受了批评，连累了你。

之华：受批评的是你，得肺病的是你，是你还不如是我。

秋白：只要党确立正确的路线方针，革命能沿着正确的道路前进，我个人的对错得失其实都不重要，就像我再怎么咳嗽，也不会影响独伊一天天长大。

独伊插进一句俄文：是这样的。

杨之华却仍不开心。

之华：是追究过去工作失误的责任重要，还是把以后的工作做好重要？你回答我。

秋白：你现在的样子真像我妈妈，她叫金璇，美丽而骄傲，她在家境落魄之后选择了自杀，是为了让家族中有钱的亲戚收养她的孩子们使我们不至于中断学业。女人是最有牺牲精神的是最伟大的。我去巴库，明天就去。

这段话让杨之华消了气。

90. 日内　疗养院

单人病房内。

阳光照进来，屋子里非常明亮。

瞿秋白穿着疗养员的衣服，坐在桌前工作。

他的桌子上堆满了书和稿子，这是一个离开工作就无法生存的人。

杨之华和独伊的照片放在桌子上，写着慈母爱女。

他在给独伊写信，在边上画上插图。

有护士进来。

护士：瞿先生，你的信，有三封呢。

瞿高兴地起身拿信。

护士往后一闪：你能不能先告诉我，你妻子为什么一天要给你写三封信呢？

秋白：我想这三封信应该是在路上碰到一起的。我已经好几天没有收到她的信了。

护士：不管怎么说，你们两个也太亲密了。

秋白：（指指桌上的照片）我们三个。

91. 夜内　福建

囚室

36 师参谋长向某把处决瞿秋白的电报拿给他看。

瞿秋白看了，没说什么还给了他。

向：瞿先生，最后应再三斟酌，如能回心转意，尚可望蒋公收回成命。

秋白：（平静地）头可断，志不可改，我们共产党人的哲学，就是鞠躬尽瘁，死而后已，为革命而死，是我最大的光荣。

向：您还年轻，有娇妻爱女，何况您在共产党内也靠边站好多年了，何必这么固执呢？这可真是最后的时刻了。

瞿秋白从桌上拿起一团揉皱的报纸，包什么东西带进来的。他展开给向某看。

秋白：你看，毛泽东率领的中央红军已经翻过了雪山与红四方面军在樊功会师了，北上抗日的红军队伍已有八万余人，我和他们每一个人血肉相连，休戚与共，你又怎么能体会我现在激动兴奋的心情。

向：和先生交往这一段，我们之间也有了感情，这张纸在向某手里有千斤重。我说不过先生，但实在舍不得先生。

秋白：我也要谢谢你对我的关照。

瞿秋白从椅子上拿起一件黑色的上衣，用手摸着。

秋白：这件衣服是之华为我缝的，我明天就穿这件。

向某站在那里，像孩子一样哭着。

瞿秋白继续写东西。

[闪回]

92. 字幕：1933 年底

[画外音]

秋白：我从三一年 2 月六届四中全会退出党的领导岗位到三三年底，一直在上海和左翼作家特别是鲁迅先生一起为新文化运动而努力，翻译介绍俄罗斯文学，研究文艺理论问题，一直到三三年底的一个夜晚。

93. 夜内　住处

窗外刮着风，南方最阴冷的季节。

房间不大，墙上挂着鲁迅先生写的条幅："人生得一知己足以，斯世当以同怀视之。"

秋白穿得很厚，在看信，送信的人站在房间里。杨之华给对方沏了茶进来。对方看也没看一眼，明显不打算喝。

来人：一是上海不安全，二是苏区的工作也需要您。行程我们已经安排好了，会有人通知您出发的时间。

秋白：之华可以一起去吗？

来人：暂时不能去，因为她的工作需要有人前来接替。

秋白：我希望她能和我一起工作，请你向组织反映一下。

来人：这个问题组织考虑过了，也已经答复您了。

秋白：好吧，我们服从组织的决定。

来人：保重。

来人转身就消失在楼梯转角。

瞿秋白和杨之华相对无言。

之华：鸡汤都凉了吧，我再去热。

瞿秋白看着桌子上堆的很多书稿，慢慢地开始整理。

秋白：《茨冈》翻译不完了，带走又不可能。

之华：你想去吗？

秋白：早就想去。

之华：我知道你内心还是渴望和他们在一起的。

秋白：你不问我，但是你是知道我的，我可能会犯错误，但我不会成为自己理想的叛徒。

之华：我们一天也没有离开革命，这几年在上海做了那么多事情。

秋白：这一走不知道什么时候还能回来，我得跟大家告别一下。

94. 夜外　上海街头

瞿秋白穿着棉袍独自在路灯的光线下行走。

路边的电影广告：《渔光曲》。进步电影已经在党的关心下发展起来了。

95. 日内　餐馆

大家吃火锅为瞿秋白送行。

大家在唱进步歌曲（《渔光曲》）。

瞿秋白和大家一起畅饮。

96. 夜内　住处

瞿秋白推门进来。

杨之华正非常生气地看着他。

秋白：怎么了？

之华：你说怎么了？离开整整两天一夜，我也不知道你去哪了，也不敢出去打听，我都要急死了，你也太不负责任了，你心里还有别人吗？

秋白：（平和依旧）我不是告诉你我去和大家告别了吗？

之华：可是你没有说你夜不归宿。

秋白：大先生要留我过夜，我也有很多话要对他说。

之华：赶快走吧，让人担心死了。

瞿秋白过来抱了抱杨之华。

秋白：对不起。

杨之华就哭了。

秋白：要见的人都见到了，要说的话也说了，大先生和茅盾身体都好，海婴也没有病。昨天夜里，大先生一定要把他的床让给我睡，他们夫妇睡了一夜地板。

之华：大家都舍不得你走，鲁迅先生更舍不得。

秋白：我们聊了很多，他说他写小说，就是受到俄罗斯作家为劳苦大众呼号战斗的影响。他还说，我把俄国文学的精品译给中国人看无异是在暗夜里烛照人生的火光。

之华：你走了大先生少了一个说话的人。

秋白：和先生在一起，时时感到共同战斗的欣悦。这几年我们在危险的时候总是到鲁迅先生家打扰，我走后你要尽量照顾他们。还有谢旦如一家，虽然现在不便去打扰他们，我们也要记在心里。

之华：我知道。你放心。

瞿秋白看到杨之华已经给他把箱子收拾好了。瞿秋白看着箱子，有些难过。

秋白：我们分别过六次了，不知为什么这次是我最不舍的。

之华：我知道，你在想他们。

秋白：去年九月，中夏在雨花台就义，39 岁。31 年和森牺牲，31 岁。30 年代英被杀害，37 岁。28 年警予被杀害，32 岁。27 年太雷在广州起义中阵亡，28 岁。楚女被捕，在狱中被害，34 岁。我们一起在上海大学教书的日子，就像在昨天。

在瞿秋白的叙述中，一张张熟悉的面孔，生动的表情，从银幕前走过。

之华：他们就是我们，我们就是他们。

秋白：如果有一天，我们也要面对反动派的屠刀，也要像他们一样义无反顾。

之华：面带微笑。

瞿秋白搂着杨之华。

秋白：其实你不用这么美丽，有你的智慧就足够了。其实你也不用这么智慧，有你的勇敢就足够了。其实你也不用这么勇敢，有你，就足够了。

杨之华抚摸着瞿秋白黑色外衣上的铜纽扣，头靠在他的身上。

秋白：我会一直贴身穿着你为我做的这件衣服。

97. 夜内　楼梯

瞿秋白提着箱子下楼。

杨之华跟在身后。

98. 夜外　街头

下雪了。

瞿秋白穿着单薄的冬衣，不时轻声咳着。

杨之华看着他。

秋白：之华，我走了。

之华：（轻声地）再见，我们一定能再见的。

瞿秋白向接他的人力车走去。

瞿秋白回头。

杨之华站在灯下，雪花纷飞中，轻轻向他挥手。

瞿秋白久久看着。

[**闪回完**]

99. 夜内　囚室

秋白在写。

[**画外音**]

秋白：这世界对于我仍然是非常美丽的。一切新的，斗争的，勇敢的都在前进，那么好的花朵、果子，那么清秀的山和水，那么雄伟的工厂和烟囱，月亮的光似乎也比从前更光明了。但是，永别了，美丽的世界！

100. 日外　囚室门口

字幕：1935 年 6 月 2 日 9 时 20 分

瞿秋白走了出来，阳光让他感到非常舒适。

他穿过分列排的军人，各级军官都有，一百多人。

他们都非常安静地看着他。

瞿秋白穿着杨之华为他做的黑色上衣，白色的短裤，黑色的长袜和鞋。神清气爽，大义凛然。

101. 日外　中山公园

瞿秋白站在亭子前。

记者们拍照。

除了照相机的快门声，再没有任何声音。

102. 日外　亭内

石桌上摆着四碟菜、一壶酒。

瞿秋白自斟自饮，神态自若。

103. 日外　去往刑场的路上

依旧是军人分列两队，持枪。

瞿秋白夹着一支烟，从中间穿过，顾盼自如，缓缓而行。

他用俄文哼唱着《国际歌》，并且用他一贯的平静的口气喊着口号：

中国共产党万岁！

中国革命胜利万岁！

共产主义万岁！

军人们都非常肃穆。注目行礼。

104. 日外　刑场

一片绿色的草地。

秋白：此地甚好。

他盘腿坐下，仰望蓝天。

蓝天白云之间，有鸟翱翔。

枪声过后，一片沉寂。

105. 日外　上海

码头上。

熙熙攘攘的上船下船人。

杨之华的母亲和妹妹在下船的人群中向她招手。

杨之华的头上戴着一朵白色的花。

母亲一下把女儿抱在怀里。

106. 日内　住处

母女三人进屋，瞿秋白的照片挂在墙上，前面点着香。

母亲眼泪就止不住。

之华：这是我为他租的房子，我还在等他回来。能想的办法都想了，能找的人我都找了，还是没能救他出来。蒋介石，怕共产党，怕秋白，非要置他于死地。

母亲：你一个人，怎么熬的？

之华哭了。

妹妹：有个人到家里去，说手上有两封秋白的信，一封是给大哥的，一封是给你的，母亲让他把信留下，他只答应把给大哥的留下，给你的一定要当面给你，我们都认定他是钓鱼的特务，没有答应，他也没有把信留下。

之华：（急切）给大哥的信上写了什么？

妹妹：信带来了。

妹妹把信拿出来，交给杨之华。

杨之华一边看一边流泪。

秋白的声音：想来你们已经从报上看到了我的事，我就要与你们永别了，之华是我平生知己，我要留最后的一封信与她诀别，可能她已经被捕，你们不知道她的下落，那么就请你们把那封信投寄给叶圣陶先生，作为他写小说的材料吧。

之华：妈妈，你看到那封信了？

母亲：看到了，很厚。我怎么要他也不给我，之华，对不起。我们实在不敢告诉他你在哪里。

之华：妈妈，你们做得对。

杨之华把给大哥的信看了又看，这是瞿秋白最后的存在。

母亲：之华，我这次是专门过来接你的，跟妈妈回萧山去吧，回家去。

之华：妈，谢谢你来看我。

母亲：你没有地方可去了，别在上海受苦了，跟我回去。

之华：妈，我不能跟您回家，您千万不要怪我。

母亲：为什么不能？

之华：我有我的工作啊。

母亲：人都不在了，你还要工作。

之华：我不工作，秋白会生气的。

107. 日外　海上

字幕：1935 年 8 月，党派杨之华前往苏联。独伊在苏联等她。

开往苏联的轮船上，杨之华穿得很漂亮，凭栏而立。

风很大，她下意识地用手拢住自己的头发，忽然她听见瞿秋白说：“乱不一定不好看”。

之华松开手，头发在风中飞舞。

《国际歌》的歌声。

字幕：瞿秋白，1935 年 6 月在福建长汀被杀害，时年 36 岁。

—— 完 ——

先遣

Xianqian

1. 日外　高坡

望远镜里的景象，辽阔平坦的高原，没有人烟。

羚羊、野驴、野牦牛从画面前掠过，它们表情惊悚，受到了从未有过的惊吓。

蓝天白云，雄鹰翱翔。

李狄三指挥放下望远镜，他面无血色，清癯疲惫。他的身后是一支衣衫褴褛的连队，人困马乏，有的人已经摇摇晃晃了。战马忠实地站在士兵的身后。马背上驮着沉重的装备。

战士和马的喘息都异常沉重，氧气稀薄。

这个由人和马组成的团队，就像一组雕塑，镶嵌在荒无人烟的荒原高岗。

李：（平静地）这就是阿里。“西藏，我们来了。”平措，这句话藏语怎么说？

平措是站在李狄三身后的一名藏族战士，他身材细长，肤色浅棕，气质斯文，并且戴着一副眼镜。

平措：（藏语）博炯，昂措列松，（汉语）西藏，我们来了！

李：（大声地学着用藏语）博炯，昂措列松，（汉语）西藏，我们来了。

全连的战士异口同声地用藏语：博炯，昂措列松，（汉语）西藏，我们来了。

声音传得很远。

片名：《先遣》

2. 日外　高坡

战士们翻身上马。

骑兵连冲下高坡。

雄鹰掠过。

野马、野驴四散。

成群的羚羊奔逃。

野牦牛回首。

解放军的骑兵闯入了一个神奇的世界。这里没有人烟，充满原始的寂静。

3. 日外　草地

远处是白色的雪山，宽阔起伏的草场。

衣衫褴褛的战士们在四下休息。

从战马身上卸下的物资摆了一大片。

战马悠闲地吃草。

报务员熟练地架起电台，接上发电机，拉起天线，他脸色苍白，帽子里扎着背包带勒着头。但是他的专注和认真丝毫没有减少。

发报机斑驳破损。

李指挥、彭连长、王指导员和几个排长守在报话机的边上，守候着整个部队的生命线。

报务员紧张地工作。

李：师长、政委并王震司令员：中国人民解放军南疆独立骑兵师进藏先遣连，经过 40 天的艰苦行军，穿越赛虎拉峡谷，达科里亚山口，翻越克时雅大坂、阿克大坂、库克阿大坂，穿过昆仑山腹地，翻越昆仑山，于 8 月 15 日翻过新疆、西藏交界处海拔 6300 米的界山大坂，到达西藏阿里噶厦政府所辖改则地区的两水泉，行程 650 公里。全连官兵拼尽全力，付出巨大努力和牺牲，将新中国的第一面红旗插到了阿里。

大家屏住呼吸，看报务员发报。

滴答声打破了阿里的寂静。

大家看着发报机，等待着远方的回电。

一切都静止了，发报机上指示灯闪烁。

李指挥，干部们，都等待着。

在四下里休息的战士们也受到了感染，都停下手里的事情，等待着。

阿里高原也在等待。

电报来了。报务员紧张地抄报。

四周寂静，只有电波滴答的声音。

大家等着。

报务员：师部电：电悉，你们发扬了我军艰苦奋斗的革命精神，克服重重困难，开辟通路的任务已初步完成，对你们取得的成绩，师党委予以高度评价，并向全体同志致以亲切的问候。命先遣连全体官兵，（官兵立正）休整几日后，继续向噶大克方向行军，沿途寻找藏民，联系群众，拜访西藏上层，宣传西藏解放的伟大意义。

李：回电，坚决完成任务。

彭：全连集合。

集合号。

李狄三轻轻抚摩斑驳的发报机。

4. 日外　冰坂

字幕：［发报机］

时间：先遣连出发的第 13 天　地点：昆仑山克什雅大坂

先遣连的队伍在冰坂上艰难地行进，人马排成一路纵队，队伍拉得很长。

战士们大都下了马，艰难地前行，高原反应让平原来的战士们始料不及，非常难受。

报务员拉着驮有发报机的战马，沉重地喘息着。他很不适应高原的缺氧状态。

在一个背风的拐弯处，新疆籍的年轻战士西里在操着新疆味的普通话念快板，他没有高原反应，精神头很足，战士们缓慢地从他身边走过。

西里：冰雪高原寒云低，万古荒原沉寂地，雪海茫茫迷人远，冰谷雪峰舞红旗，最高最远均不怕，最冷最险何所惧，为让冰山化春水，愿作春风化春雨。

报务员牵着马从西里身边走过，他一屁股坐到地上。西里赶紧过去把他扶起来，让他坐到自己那个比较平坦的地方。

报务员：你怎么不累啊？你头不疼？

西里：我要跟你一样，就不是维吾尔族了。

报务员：我的头都要裂开了。我实在走不动了。我要死了。

西里：别着急，你坐在这里休息一下等卫生员上来，他有药。马我替你牵上。我二排一班的，我叫西里。

西里牵着自己的马和报务员的马朝前走了。

报务员在后面想说什么，他挥着手，但简直就说不出话来了。

队伍从报务员的面前经过，有人也一屁股坐到报务员的身边，大口喘气。

队伍非常艰难缓慢地前行。

5. 日外　冰坂

西里牵着驮电台的马和自己的马向前走。

在经过一个窄处时，他的马身上的东西碰到岩壁，马一躲，碰到驮电台的马，驮电台的马脚下一滑，滑下坡去，西里没有拉住，但也没有松手，也跟着滑了下去。

很陡的坡，飞快地下滑。

人仰马翻。

6. 日外　冰坂

有人大喊：有人掉下去了。

声音撕裂。

整个队伍停了下来。

人影晃动交错中，听见李狄三指挥焦急的声音。

李：掉下去几个人？

有人答：一人两马。

李：哪个班的？

没有人应。

李：各班排清点人数。

有人答：好像是刚才说快板的西里。

老郝大声喊：西里，西里！

这时报务员从后面赶了上来。

报务员：我的马呢？我的马呢？

彭连长一下抓住报务员。

彭：你的马？

李：你把电台交给谁了？

报务员：（大口喘息）一个维族战士替我牵着。

大家喊：西里，西里。

没有人回答。

李狄三和彭连长对视。

队伍出发以来最大的危机出现了，唯一的电台掉下了山崖。

所有人都沉默了。

报务员急了，顺着冰沟就要往下下，被身边的战士拉住。

彭：（对李）队伍不能停，我带几个人下去。

李：带几个民族战士。

老郝走了过来。河南口音，三十多岁，军容比较整齐。

郝：彭连长，不能每次都是你，我下去，西里是我们班的，是我兄弟。

彭连长把绳子往腰上系。

彭：没时间争了。

郝：（抓住绳子）一遇危险就是连首长上，让我们的脸往哪放？

彭：好吧，我在队伍的最后，等你们，要在下一个宿营夜之前赶上部队。

郝：是。

李：电台是先遣连的生命线，你是老战士，我不用多说，要千方百计。

郝：是。

李：注意安全。

郝：是。

号声：继续前进。

队伍开始艰难地移动。

老郝和几个留下来的民族战士目送队伍走远。

7. 日外　冰坂

几个战士在上面艰难地拉着绳子。

老郝和另两个战士顺着很陡的雪坡往下滑，都凭着自己的经验和矫捷。他们的脚上也缠着绳子。

滑滑梯一样，速度越来越快。

老郝在往下滑，他自己几乎失控了。

[**闪回**] 老郝和西里一起的片段闪回。

8. 日内　出发前的帐篷里

营房内，一个班的战士都趴在铺上写决心书。

床上堆着刚发的各种装备，形形色色。皮裤、皮衣、皮鞋、风镜、墨镜。

西里拿着纸凑到老郝身边，操着有点新疆腔的普通话。

西里：帮帮忙，实在写不了。

老郝叼着根烟，眯着眼睛写字。

郝：我哪知道你怎么想的。

西里：吃大苦，耐大劳，不怕困难，不怕牺牲，坚决完成上级领导交给我的光荣任务，进军阿里，解放西藏。

郝：和我写的一样，我写完你抄一遍。

西里：抄也抄不来，帮帮忙，刚发的烟送你一盒。

老郝眼睛亮了。

郝：真的?

西里：当然真的。

郝：成交。

9. 日外　峡谷里

骑兵连一路纵队行进在峡谷之中，两边是陡峭的悬崖，中间有湍急的溪水。

老郝把枪从身后挪到了身前。枪口朝前，西里的马紧跟在他的后面。西里紧走两步，和老郝并行。

郝：这地形遇到伏击就麻烦了。

西里：走了两天连个人影都没有，还伏击?

郝：你懂什么，这叫作战意识，职业军人的素质。

西里：有素质你还当了解放军的俘虏。

郝：陶峙岳将军让缴枪，我们就缴，服从命令，这就是军人素质。

西里：得走多久啊?马掌都走掉了。

郝：几百公里，还没算爬山，一个月能到就不错。

西里：走就走，比修路强，有个骑兵的样子。

10. 日外　峡谷里

峡谷里的水很大了。

战士们都牵着马攀上了山坡，在很陡的山坡上勉强停留。

峡谷里水很大。被卷走的物资和马匹顺流而下。

斜坡上，西里挪到老郝的身边。

郝：你怎么浑身都湿了？

西里：我掉下去了。

郝：什么？！

西里：又被拉上来了。

郝：算你命大。

西里：差点就光荣了。

郝：有烟吗？

西里：我包让水冲走了，幸亏我的钱装在身上。

郝：钱有什么用，烟可惜了。

他们看到水里的彭连长。

彭连长肩上背着绳子，骑着大黑马，准备涉水过到对岸。

郝：彭连长下水了，怎么能让连长下去？这种时候让上司去送死，是军人的耻辱。

西里：他本事大。

郝：那也轮不到他去。

[闪回完]

11. 日外　冰坂

沟底

老郝终于到达沟底，离上面已经有很长的距离。

老郝大喊：西里，西里！

另外两个战士也开始搜寻。

有战士喊：在这里。

12. 日外　沟底

马、西里、电台四散在不远的地方，这里已经没有冰了。

老郝抱起西里，拍打他的脸。

西里睁开眼睛。

西里：我以为我死了。

一个战士扑向电台，看起来包装得很好，应该没事。

战士忍不住在电台上亲了一口。

战士：真主保佑。

另一个战士拉起马。马也没死，但身上有地方流着血，战士拍打马的身体，高兴得笑了。

另一个战士想扶起另一匹马，已经不可能了。

老郝打枪通知上面。

13. 日外　沟底

西里：真没有想到，你们还会下来找我。

郝：西里，你很有福气，和你一起掉下来的，是电台。

西里：电台？！

郝：你自己都不知道吧？

西里：我怎么会知道，我又不认识那个战士，他说他头疼。

郝：如果你不是和电台一起掉下来，能不能下来找你，还真说不准。

西里：如果不是电台掉下来，我也不会掉下来，当然，如果我没有拉这匹马，我和电台都不会掉下来。还是我的错误，这错误很大。

郝：你帮助同志，怎么是错误？

西里：可自从赛虎拉峡谷山洪冲走备用电台之后，这是咱们先遣连唯一的电台，要是让我再给毁了，我想都不敢想。

郝：所以我说你有福气。

西里：很后怕的事情。会不会给我处分？

郝：我又不是连长。我要是连长我不仅不给你处分，我还要表扬你。

西里：我上去之后把我的最后一盒烟送给你。

14. 日外　沙漠里

突然席卷而来的尘沙和小石子，遮天蔽日。

队伍一下就消失在沙尘之中。

人和马都被席卷而去。

坚持的就硬和风沙抗争，雕塑般坚持着。

报务员死死拉着自己的马，他的马上装着电台。

但他已经要拉不住了，人随着马在走。

电台被刮得离开了马背，报务员死死拉住他的行李。

巴特尔松开自己的马，把报务员连同他的行李压在了身体下面。

接着又有人压住巴特尔。大家用自己的肉体抵御着狂风，保护着电台。

沙尘肆虐，遮天蔽日。

15. 日外　沙漠里

风过去了，一片残破，人、马从沙堆中站起来，有的战士帽子被吹走了。

有的东西被吹散了，到处都是物资的碎片。

有的马被吹得四脚朝天。

彭连长抱起机枪朝天扫射。

李狄三在风沙中嘶哑的声音：电台在哪里？平措在哪里？

风沙中。

一个沙堆，是很多战士垒成的，当战士们慢慢站起来，最下面是报务员和电台。

平措站起来，他脸上的眼镜刮没了，眼前一片模糊。

平措：报告，我在，我很好。

报务员：报告，电台在，我也在。

老关四下里摸着：锅呢？我的锅呢？还让不让人活了？

李：（大声喊）清点人数，各排清点人数。

彭：平措，你的眼镜呢？

［闪回］

16. 日外　新疆于阗

字幕：【眼镜】

时间：出发前　地点：新疆于阗

空场，骑兵训练场。

一些人在骑马，练习马上射击，战马来回飞奔，尘土飞扬。

有人因为骑术不精掉下马来。

两个蒙古族战士骑在马上做教练，不断纠正着他们的姿势。

巴特尔，身材高大威武，在马上侧身而坐姿势拉风。他旁边是宁才。

骑马的人跑远了。尘土飞扬。

巴特尔：马都不会骑来骑兵连干啥？添麻烦。怎么还有个戴眼镜的？

老才：听说骑兵连现在光连级干部十多个，还有参谋、翻译、报务员、大夫。

巴特尔：干吗不一人给配个媳妇？

老才扑哧一笑。

17. 日外　驻地

群众夹道欢送。

新疆姑娘载歌载舞。

骑兵队伍从欢送的人群中穿过。

队伍整齐，装备精良。

西里在马上自言自语：光荣，太光荣了。

翻译平措也在队伍里。他戴着一副眼镜，显得很特殊。

18. 日外　雪山上

绵延的队伍艰难地行进。

很多战士都下马牵着马走，只有平措依旧骑在彭连长的大黑马上，他骑术娴熟，姿态优雅，显示出一些和别人不协调的轻松。

钉掌员老马上气不接下气地走着，但他哪里舍得骑马，看到前面转弯处的骑在马上的平措，他非常不高兴。

再往前走，就听见西里念快板的声音了。

平措骑着马从西里身边走过。

老马牵着马从西里身边走过。

19. 日外　草场

阳光普照，绿草荫荫。

战士们经过了艰苦的爬山，都在草地上休息。

有的在饮马。

有的在整理行装。

有的在捡牛粪。

有的在用枪的瞄准器追逐奔跑的野羊，瞄着玩而已，一派祥和。

水边，炊事员老关在发愣，老马凑过来。

马：看什么呢?

关：鱼。

马：看也白看，又不让吃。进藏守则第7条，藏族同胞不吃鱼，我们也不吃。

关：没说不让看。

马：你说别人都舍不得骑，就他骑，骑就骑吧，还骑彭连长的老黑，我真看不惯。

关：他是翻译，咱们连的宝贝，除去电台就是他了，没他咱们完不成任务。

马：领导照顾，那他也应该自觉一点。

关：家里是有钱人，农奴主，从小娇生惯养。

马：剥削阶级，还得改造。

[闪回完]

20. 日外　沙漠

彭连长让平措拉住自己的马的缰绳。

几个排长集中在连干部周围。

李：清点人数！一排。

一排长：一排失踪人员3人，马3匹。

二排长：失踪2人，马4匹。

三排长：失踪5人，没说完就哭了。

四排长：失踪1人，马死亡2匹，失踪4匹。

李：我的想法是一部分人扎营，整理物资，清点损失，一部分人找人。

彭：不行。队伍不能在这停留，你带队伍走，我带一个班找人。

李：我不走，丢了一个班，我得把他们找回来。

彭：大队必须走，没有水了。还不知道多久才能走出去。

李：我留下，你走。

彭：你是总指挥。

李：那你就听我指挥。

彭：别争了老李，下命令吧。必须把队伍带出去，枪林弹雨都过来了，我就不信了。

李狄三注视着彭连长，下了决心。

李：集合，出发。

号声。

彭：二排一班，跟我走。

一支队伍，向着两个不同的方向行进。

郝：彭连长，我也跟你去吧，西里又丢了。

彭：服从命令。

郝：（把自己的水壶解下来给了彭）西里前些天跟我说，共产党打败国民党，就是因为当官的冲在当兵的前头，你就是。

彭连长拍了拍老郝的肩头。

彭：到前面等我们。

老郝注视着彭连长带领的小分队消失在沙丘之后，他转身跟上了队伍。

炊事员老关舍不得走，在沙土里寻找他的物资。

平措的眼镜没了，一切都是模糊的。

21. 清晨　沙漠的边缘

沙漠的清晨，光线熹微。

有一汪清水。战马围在水边，安静地休息，它们的剪影在晨光中非常好看。

全连的战士都朝着沙漠的方向坐着，他们一夜都没有睡，等待着战友归来。

有一支笛子在吹，是李狄三指挥。

巴特尔、老关、老郝、平措、电报员、卫生员……很多张面孔，平静与坚强的表情。

这时，从沙丘的背后传来一阵机枪扫射的声音。

所有人都站了起来。

终于，沙丘的顶端，彭连长的大黑马出现了。接着，是二排一班的战士和被营救回来的同志。

老郝发现了西里，他有点难过，扭过脸去。

在平措的眼里，世界依旧是模糊的，但是他笑了。

22. 日外　沙漠边缘

所有刚到的战士仿佛什么也没有看见，也没有任何高兴的表示，他们只是疯了一样冲向水边，人和马连滚带爬，枪和辎重一路零散，早到的战士们非常理解，都默默地看着他们。

水边，人和马都把头浸到水里，简直就是一次重生。

23. 日外　沙漠边缘

西里张开手，给老郝看他手里的两块银圆。

西里：还好，我的钱没有丢。差点把我刮回新疆。

郝：彭连长说你是最远的一个。

西里：我想事不过三，这次我肯定报销了。后来我就睡着了，彭连长他们打枪我都没醒，直到他们扔手榴弹，我才听见，真主保佑，差点炸到我。

郝：你小子命真大，没出来的 3 个人，出不来了。

西里：我得去问问连长，到底什么时候能到西藏，为什么这一路连个人影都没见到？

说着他就挣扎着要起来。

老郝拉住他。

郝：你是当兵的，不用操这么多心，让走就走，让驻就驻，执行命令就是素质，你要想的是怎么让自己不再出状况，不给大家增加麻烦。

西里：这我可不能保证，我运气不好。给我支烟抽。

郝：一人一半。

24. 日外　沙漠边缘

老马和其他饲养员把所有的马都集中在一起喂草料，马都疲倦地耷拉着头，老马为他们打扫着身上的沙土，非常心疼。

老关端了吃的送过来。

老马朝他伸出一个巴掌。

马：五匹，回不来了。

关：别想了，它们不受累了。吃饭。

马：吃不下，这叫行的什么军？人和马越走越少，还不知道前头会遇见什么。

关：要不怎么叫先遣呢。

马：还不如打仗，中一枪死一回，这可好，几天让你死一回，几天让你死一回，滚瓜溜圆的战马，都成这模样了。

关：老同志了，别讲落后话。先遣也是战斗，没有硝烟的战斗，准备付出巨大牺牲的战斗。

马：用不着你教育我。

关：这不是我说的，是李指挥说的，人家在团部是个文职，正营级，一肚子墨水，还会吹笛子，跟咱们一起受苦。对了，给你看样东西，我找锅的时候捡了这个。

是平措的眼镜。

马：先不给他。

关：对，什么时候表现好什么时候给他。

老关把眼镜又收起来了。

25. 日外　宿营地

帐篷外。

战士们围坐成一圈一圈的，在学习藏语。

平措在当教员，因为没有了眼镜，他的脸都快贴到黑板上去了。

战士们学得非常认真。

平措一遍一遍教着战士们简单的藏语：

“夏保，朋友。”

“金珠玛米，解放军。”

“中国萨巴，新中国。”

“扎西德勒，吉祥如意。”

战士们一遍一遍地念。

平措念：格桑梅朵。

大家念：格桑梅朵。

26. 日外　藏区

字幕：［格桑梅朵］

时间：1950 年 9 月　地点：两水泉到扎麻芒堡的途中

美丽的草原上一片金秋，鲜花盛开。

有野牦牛、野羚羊跑过。

巴特尔的小分队纵马向远处的帐篷驰去。

小分队穿过开满鲜花的草原。

一战士：这花真漂亮。

巴特尔：我们老家有的是，扫帚梅。

战士：你老家不是在内蒙古吗？

巴特尔：内蒙古有的西藏有，西藏有的内蒙古也有。

27. 日外　藏区

巴特尔他们来到一个帐篷前。

一战士：夏保，夏保。

没有人回应。

战士们站在帐篷外，不擅自打开帐篷的门帘。

战士们放下米和糖。

战士们整理凌乱的羊圈。

28. 日外　藏区

另外一小队骑兵也在寻找藏民。

他们行军的速度不快，有点漫无边际。

郝：唐僧西天取经，九九八十一难，最终还是见了菩萨，咱们出来好几趟还没见到一个活人呢。

西里：我们回去吧，明天再找。

班长：再往前走走。五个小分队出来找人，咱们天天空手而归总不好看。

郝：我同意。

另一战士：老郝真是后进变先进了！

郝：我背着起义战士的包袱，不立个功什么时候能赶上你们，人和人不能比。

西里：你下冰沟救我，连长说给你请功呢，你还得感谢我呢。

郝：我感谢你，下次掉下去我还救你。

西里：可惜我们已经到了，没有机会了。

迎面是个小山坡，也是一片花。

郝：这是什么花，这么大片，这么好看？

西里：波斯菊嘛，新疆多得很。

郝：在我们老家没见过。

战士：你的老家在哪里？

郝：大兴安岭。

正拿望远镜巡视的班长忽然对他们做了个噤声的手势。

在班长的望远镜里，出现了两个猎人打扮的藏族同胞，也骑着马，背着毛瑟枪，站在对面的高岗上。

29. 日外　藏区

两个藏族猎人站在小分队的对面。双方都保持着高度的警惕。

班长照着一张事先写好藏语的纸，磕磕巴巴地念。

班长：切错郭巴拉吐嘎日若（请带我们去见你们的头人）。

两个猎人似乎没有听懂，西里拿过纸念了一遍，对方听懂了。

两个人互相商量着，犹犹豫豫的。

老郝把准备好的盐、糖、饼干，递给他们。

他们接受了，一个人伸手想看老郝的枪，老郝摘下来递给他看。

两个人满足了，朝小分队挥挥手，掉转马头。

小分队跟在两个猎人的身后，朝前走去。

西里朝老郝竖起大拇指。

老郝得意地笑 。

30. 日外　藏区

李狄三指挥带领一支十几个人的小队。

平措和他在一起，平措眼中的世界依旧是模糊的。

李：平措，要不要核实一下方向？

平：方向应该没有错，跑过这片张大人，上了对面的高坡应该能够看到寺庙的金顶。

李：你刚才说谁？什么大人？

平：啊，我是在说花。路边这些花的名字。

李：这花？

平：张大人。我知道你一定要问为什么。清朝末年，有个叫张荫棠的来西藏当驻藏大臣，从内地带来花种，谁知道这花特别适合西藏，在西藏疯长，现在到处都是，我们就管它叫张大人。

李：太有意思了，我回去要写进日记里。

平措：这样的故事还有很多，我想起来就告诉你。

李：有机会我也带点家乡的种子来西藏，比如我们家乡的枣，这么大，很甜。

平：那李指挥也得像文成公主一样留在西藏工作。

李：如果党需要我留下来建设西藏，我愿意。

平：那我要介绍一个格桑花一样美丽的姑娘给你做妻子。

李：（一笑）我家里有。儿子今年都 4 岁了。

说着话，骑兵们上了高岗。

在高岗上，可以望见寺庙的金顶。

平：那就是玉扎寺。

李：我们终于找到你了。

31．日外　寺庙前

庙门紧闭。

平措在敲门。

平：（藏语）我们是中国人民解放军先遣连，首长李狄三特地前来拜访活佛。

庙里没有一点声音。

战士们终于找到有人的地方了，非常兴奋。

有的战士围着玛尼堆转，平措示意顺时针方向转。

李狄三让转反方向的战士重新转。

有的战士把身体贴在寺庙的墙上。

但是庙门始终没有打开。

天色将晚。

平措：连长，怎么办?

李：进藏守则规定不得惊扰寺庙，我们初来乍到，互相不了解，他们有戒心很正常。

平措：那我们回去?

李：就这么回去，我不甘心。后退五十米，背风处宿营。

32. 日外　藏区

巴特尔的小分队。

另一座帐篷外，小分队依旧打招呼，送礼物，还是没有人。

风吹掉了帐篷的门帘，战士们帮着修好。

战士们把哈达挂在门上。

巴特尔捡起一粒羊粪，捻碎。

巴特尔：还是湿的，没走多久。

老才：锅都带走了，帐篷为什么不拆?

巴特尔：躲出去了。我们明天再来，替他们守着帐篷，等他们回来。天一冷，他们就会回来。

33. 日外　藏区

两个猎人骑马在前面走，战士们跟在后面。

猎人们已经把拴在腰上的皮袍穿了起来，相比之下战士们衣着单薄许多。

太冷了，战士们都下了马，跟着马跑。

西里已经上气不接下气了，他跑到班长身边，拦住班长。

西里：我们回去算了，这要走到什么时候，还不知道他们是不是可靠。

班长也有些犹豫。

班长：集中一下。

几个人凑在一起商量。

两个猎人见他们停下来，也停下来。

班长：我们对地形太不了解，会不会有埋伏?

郝：那就拉开走，两人一组，间隔 100 米。

西里：别走了，回去吧。

班长：我们的水和干粮还可以坚持四天。

郝：现在回去太可惜了。

前面两个猎人向他们招手。

老郝加快脚步上了一个斜坡。

看下去，有几栋低矮的土房。

郝：太好了。

老郝拿出烟来，慷慨地和猎人分享。

猎人抽烟，露出满意的笑容和白色牙齿。

猎人示意他们在这里等，他们先去通报，老郝点头明白。

34. 夜外　寺庙外

战士们非常寒冷，抱着枪，挤在一起。

平措：李指挥，夜里太冷了，大家受不了。我得想办法进去。我去说服他们。

李：他们不给你开门怎么办？

平措：我翻墙进去。

李：你现在是解放军战士，怎么能翻墙呢？不行。

李狄三脱下自己的皮坎肩给平措穿上。

平措：我不穿，我不冷。

李：服从命令。

35. 日外　藏区

清晨。

老郝的小分队也在外面等了一夜。

两个猎人终于没有食言，带着两个头人骑着马来了。

头人穿着藏青色的长袍，戴着金色的大耳环，很有气派，马鞍、马蹬、马垫很华丽，马尾编成漂亮的藏式样子。

双方互献哈达，解放军送礼物给头人。

这个小分队没有配翻译，班长只好拿出纸来，让西里念。

西里：我们是中国人民解放军先遣连，奉命进驻阿里，我们的使命是保护西藏，建设西藏，让西藏和全国人民一起过上幸福的生活。

头人似懂非懂，点点头。

西里念：欢迎你们到我们的驻地做客，希望和你们成为朋友。

头人点头。

西里念：再见。

头人还是点头。

班长和战士们整队，翻身上马，敬礼告别。

头人看着他们离去，没有说一句话，久久地注视着他们的背影。

36. 日外　藏区

清晨。

寺庙外，朝阳给寺庙镀上了一层金色。

战士们在外面和衣而卧，身上都是白色的霜，非常冷。

寺庙门终于打开了，出来了两个喇嘛。其中一个是活佛尼马才仁。

李狄三指挥起身。

平措起身。

战士们都站了起来，活动着僵硬的身体。

活佛的视线从冻得通红的战士的脸上，移到庙墙外堆的牛粪堆、柴草堆。

看到战士们还平整了寺庙前的道路，门前打扫得干干净净。

活佛的嘴吃惊地张着。

活佛：（藏语）昨夜因为害怕，没有给大军开庙门，没想到你们竟然在寒风中过夜，内心非常不安。还从来没有见过你们这样的军队，荷枪实弹的仁义之师。

平措翻译。

李：您现在能来接见我们，非常高兴。谢谢。

平措翻译。

李狄三拿出哈达。

喇嘛接过哈达，也回赠，并和李行碰头礼，这是很高的礼遇。

活佛：昨夜怠慢。欢迎大军到庙里歇息。

小分队整队，进入寺庙。

37. 日内　寺庙里

寺庙里金碧辉煌非常好看的装饰。

活佛和李狄三交谈甚欢。

平措翻译。

李狄三送给活佛药品、茶叶等礼物。

李：我们人民解放军执行共产党的民族平等团结政策，尊重藏族同胞的风俗习惯，保护喇嘛寺庙，我军有三大纪律，八项注意，不拿群众一针一线，买卖公平。全心全意为人民服务是我们的宗旨，昨天一夜我们是这样做的，今后永远这样做。

活佛：李指挥，你的一番话拨开了我眼前的迷雾，使我看到了青天，我不会再相信那些说解放军杀生灭教，烧寺庙，抢牛羊的说法，我们要走团结合作的友爱幸福之路。

李：新中国成立了，解放军有责任保护西藏，我们不远千里而来，履行神圣职责，需要藏族同胞的支持和帮助。特别是您的支持和帮助。

活佛：李指挥，你放心，我会把我昨夜亲身的经历告诉我周围的人们，消除他们的疑虑。

李：谢谢，欢迎你到我们的驻地做客。

活佛：一定去，我带各位参观寺庙。

38. 日内　寺庙

李狄三一行人随活佛参观寺庙。

佛像肃穆安详。

酥油灯灿烂辉煌。

李：愿西藏永远平安吉祥，富足兴旺。

活佛：愿战火永息，众生安宁。

院子里。

可以看到寺庙的一些门昨夜为了防止进攻都堵上了东西，此刻小分队的战士正和喇嘛们一起搬开。

39. 日外　藏区

巴特尔他们看护的几个帐篷的主人真的回来了，有大人，有孩子，有牛羊。

他们看到解放军替他们修好的羊圈、牛圈，还打了大量的柴草堆得高高的，帐篷四周全打扫得干干净净。

他们的表情非常吃惊。

走进帐篷，火塘里生着火，暖融融的，所有的东西都在原来的地方，一点都没少，相反还多了解放军送给他们的糖和盐。

孩子把手沾了白糖放进嘴里，然后就笑了。

藏民们感动得热泪盈眶。

他们再出帐篷，看到巴特尔和几个战士站在外面，手上捧着洁白的哈达。

藏民从自己的怀里掏出哈达，高高地举过头顶。

40. 日外　藏区

帐篷边。

巴特尔他们帮着藏民干活。

漂亮的藏族姑娘一边打酥油茶一边大胆地看着巴特尔。

巴特尔：（不熟练的藏语）你叫什么名字？

女孩：格桑梅朵。

41. 日内　帐篷内

平措在洗头，他身上总是带着一些贵族习气。

巴特尔低头钻进帐篷。

巴特尔：平措，问你个事情。

平措抬起头。

巴特尔忽然有些不好意思。

平措：怎么吞吞吐吐的？

巴特尔从身后拿出一把花。

平措没想到。

巴特尔：你告诉我，这里面哪种花是格桑梅朵。

平措看着巴特尔。

巴特尔：不好意思，我就是想长点知识。

平措接过花来，坏坏地笑。

平措：这是张大人，也叫波斯菊。这是藏红花，可以入药，哈，你还找到一棵红景天。这比较珍贵，也是药材。

巴特尔：（失望地）没有格桑梅朵。

平措：我们藏族人把好看的花、吉祥的花都称为格桑梅朵，幸福花，你采的这些，都叫格桑梅朵。

巴特尔：原来是这样啊。

平措：这两种你送给卫生员去，留着治病，别的送给你想送的人。

巴特尔：送给你了。

平措：（自语）谁要是能送我一副眼镜就好了。

42. 日外　驻地

骑兵连在操练。

队伍整齐，歌声嘹亮。

高坡上一些藏民在观看。

漂亮的格桑梅朵也在其中。

巴特尔和格桑梅朵互相都看到了对方。

无声地交流。

两个骑马的头人打扮的人也出现在藏民中间，藏民赶紧向边上躲避。

头人：前藏已经告急，后藏又出现了骑兵，阿里无望了。

另一个头人：他们待不长的，冬季的第一场风雪，就会把他们的破帐篷刮走，他们或者回去，或者被冻死在这里，我们只需要等待。

头人：他们天天都在拉拢这些穷人。

他们看到身边的穷人有的戴着解放军送的帽子，有的身上的伤口被解放军卫生员仔细地包扎过。有个孩子玩着军用的饼干筒，掉了，饼干筒向头人这边滚来，孩子过来捡，头人扬下鞭子把孩子手里的饼干筒抽到地上。

另一个头人下马，捡起来，送回到孩子的手中。

另一个头人：谁对穷人好，穷人就拥护谁，你也得改改你的脾气。

头人：天真要变了。

另一个头人：走吧，去回改则本的话。

头人：起风了，大雪就要来了。

43. 日外　驻地

字幕：［盘尼西林］

时间：50 年 11 月　地点：扎麻芒堡

冬天来了。

风吹着破烂不堪的帐篷，帐篷摇摇欲坠。

战士们把所有的衣服都穿上了，还是冷。

战士们在想尽办法加固帐篷。

巴特尔捡起一块牛粪揣进包里。

巴特尔：别捆了，没有用，一阵风就白干。

正说着，一阵风刮过，全都刮起来了。

一战士：乌鸦嘴。每次都是你。

正加固帐篷的李狄三抬起头来。

李：都能说中，说明你懂，走，到连部。

巴特尔看了一眼说他的战士，得意地跟在连长后面走了。

44. 日内　帐篷里面

李连长给巴特尔倒了一杯热水。

巴特尔：还没有进 10 月，夜里已经滴水成冰了，咱们的帐篷根本过不了冬。

李：刚收到了师部的电报，让我们停止前进，在这里扎营过冬，坚持到明年春天和后续部队一起进军噶大克。

巴特尔：那太好了，不行军就有办法。

李：什么办法？

巴特尔：挖地窨。

李：对啊，我怎么没有想到？

巴特尔：你又没当过农民，整天想着作诗。

李：你还别小看我，我在延安打过窑洞，马上召开排长会，你也参加，咱们好好设计设计，安居才能乐业。

45. 日外　驻地

安营扎寨。

轰轰烈烈的挖地窨运动。

46. 日内　驻地

帐篷里，战士们的头扎在设计图纸上，激烈地争论着。这里设计一个墙洞可以放东西，那里设计一个台子，可以写字。

47. 日外　驻地

修地窖。

藏民帮助运石头。

驻地四周，一座一座高大的柴堆。

一个个地窝子修好了，马圈也加固了，战壕四通八达。标语重新描过。

物资也都埋到了地下。

地窖按作战队形分布，有间隔，彼此之间还有战壕相连。

哨兵的地窖类似地堡，高出的部分各个方向都有瞭望孔。

48. 日外　驻地

漫天大雪，严寒降临。

先遣连的红旗在雪中分外鲜艳。

在营地的四周，堆着高大的柴草垛，都是战士们准备过冬的燃料。

用石头垒的马圈看上去也很坚固。

一个一个地窝子几乎在大雪的掩埋下看不出入口。

49. 日内　地窝子

一个地窝子里挂着卫生室的牌子。

卫生员在里面打开一个药盒，空的，又打开一个，还是空的，打开很多药盒之后，他把找到的针剂装进药箱，转身出了地窝子，风雪漫天。

50. 日内　驻地

地窝子里躺着西里。卫生员蹲在他的身边。

卫生员：说说你怎么不舒服?

西里：饿。心慌。

卫生员：饭不够吃吗?

西里：吃了三份饭，还是饿。心慌。

战士脸色苍白，冒着冷汗。

卫生员拿出体温计。

卫生员：你发烧了，我给你打一针。

西里：别给我打针，给我找点吃的，别告诉我们班长，我还有一班岗呢。

卫生员：打一针你烧就退了。

西里：发烧的又不是我一个，你就那么几针。

卫生员：针是不多，可谁都不打。

西里：我也不打。

翻过身去。

51. 夜外　驻地

狂风怒吼，大雪纷飞。

除了哨兵，所有的人都在地窝子里。

哨兵像雕塑一样坚持着。

52. 夜内　驻地

地窝子里。

电台机房里，连干部围在发报机的周围，在给师部发报。

李：不少战士病倒，症状相似，粮食储备也严重不足，每天三顿饭已经减为两顿，气温太低，战士们的衣物、被褥大量送给了当地藏民，也需补充，目前最急需的是药品、衣物、粮食、军马的饲料。就这些。

报务员记录后发报，手都冻僵了，手指不大听使唤，他所有的衣服都穿在身上，简直像个圆球了。

彭连长递给他一个茶缸子，里面装着热水，冒着大热气。

报务员用茶缸暖手。

报务员发报。

还是发不出去。

报务员再试，还是发不出去。

李：怎么回事？

机器有问题。

李：再试。

报务员继续焦急地发报。

53. 日内　地窝子里

气氛凝重。

党员在开会。

指导员：战士们的情绪有些低落，他们说，行军受罪，驻军更受罪，前无粮草后无救兵；还有的战士说，战死在战场上光荣，憋死在地窝子里窝囊；还有的战士写了遗书。

李：越是这样的时候，部队的士气越重要，物质越少，精神的力量越重要，我们得想点办法。

彭：搞评比，树典型。

李：对，树个标兵。至少让大家有个话题。指导员，你说呢?

指导员：在我眼里，每个战士都是标兵。

彭：我倒有个人选。

话音未落，外面传来一声枪响。

屋里的人都往外冲。

54. 夜外　雪中

哨兵举着枪。

哨兵：报告，大风吹垮了马圈的围墙，草顶也掀翻了，一号圈的战马惊散了。二号圈也很危险。

战士们纷纷冲出地窝子，朝马圈跑去。

55. 夜外　驻地

一号马圈的顶棚飞上了天，垒的石围子也垮了，马都跑得无影无踪了。

狂风怒号，人都要被卷走了。

战士们冲向二号马圈。

战士们和干部们一起加固马圈，其实也没有什么办法加固，马圈肯定还是要被吹翻的，战士们冲进马棚，拉住惊慌的马，人和马站在一起，抗击着狂风。马棚的顶被掀开了。战士们坚持着。

李指挥和大家一样站在风雪中。

56. 日外　驻地

白天终于来了。

大雪掩埋了一切。

战士们开始加固吹倒的马棚。

老马失神地坐在空空的马棚门口。

老马扔掉手上的烟，站起身，走出去，从桩子上解下一匹马，他背起枪，翻身上马。

老关赶来。

关：你去哪？

马：告诉李指挥一声，我得去找。

关：已经派出去三拨人了，你不能擅自离队。

马：马丢了我有责任，我得找去。你和领导说一声，我不走远。

关：等我给你拿点吃的。

马：不用了，我不走远。

老马打马离开。

57. 日外　荒原

大雪弥漫。

老马骑着马走着，他没有了方向，也没有目标，只是走着。

他不时朝天鸣枪，然后等着听马的下落。

远处有枪声回应他，那是另外的找马人。

58. 日外　荒原

老马茫然地梦游般地找寻。

[闪回]

59. 日外　新疆于阗

阳光灿烂。

战士与战马整齐排列的队列。

主席台上的首长们。

骑兵连整装待发。

战马毛皮闪亮，肌肉在阳光下抖动着。

各族群众围在外面。

领导在台上讲话。

骑兵队列整齐。

骑兵举起马刀，高呼口号。

老马也在队伍中，充满自豪感。

60. 日外 开阔地

眼前终于开阔了，绵延的草坡一直延续到山脚下，八月的草场，一片深绿，零星开着鲜花，野马、野驴、羚羊自由地奔跑往来，仙境一般。

骑兵们排成一路横队，高举马刀，欢呼着冲下斜坡。

气势恢宏。

61. 日外　驻地

马连福在钉马掌。

他动作熟练而温柔，战马安静地站着。

刚钉完掌的战马慢慢地来回走，适应着新的铁掌。

李指挥和彭连长经过，老马敬礼。

62. 日外　水边

他给马洗澡。

老关在他身边看鱼。

[闪回完]

63. 日外　风雪中

老马扒开地上隆起的积雪，露出马的鬃毛。

老马在大雪中哭喊。

老马在大雪中牵着马拼命前行，在他前面不远处，是失散的马群。

64. 日外　荒原

雪停了，风也住了。

老马在马上奄奄一息，在他的身后，跟着失散的马群，在马群的后面，跟着一头走丢的牦牛。

65. 日内　驻地

连部的地窝子里。

老马从怀中掏出几缕马尾。这是他从死去的战马身上割下来的。

他把马尾交给李狄三。

李：老马，你受苦了。

马：我活着，它们死了。

李：你要记住它们的位置。

马：干什么?

李：电报发不出去，我们和师部失去了联系，这样的天气后方的给养也送不进来，我们只能靠自己。

马：别吃我的马。

李：我没说现在要吃，我只是让你记住它们的位置。

马：我明白你的意思，李指挥，你在做最坏的打算。

李：咱们得想方设法坚持下去。老马，电台的事情，要保密。

马：是。

66. 日外　驻地

巴特尔骑在马上，跟在牦牛后面，慢悠悠地走。

67. 日内　藏区

帐篷里。

老牧民正在对着佛像祷告。

听见外面牛叫。

出来一看，丢的牦牛回来了。

老牧民抱着牛哭。

原来这是格桑梅朵的家。

格桑梅朵端出酥油茶给巴特尔喝。

巴特尔笑着。

格桑梅朵的父亲请巴特尔到帐篷里坐，给他吃糌粑，喝青稞酒。

巴特尔向他表示感谢。

格桑梅朵在一边微笑。

老牧民：（藏语）你们是不是过去的红军？

巴特尔：是的，老阿爸，是的。

老牧民拿出一双草鞋。

老牧民：（藏语）15 年前，我在四川西北的阿坝草原放马，给红军带过路。这是当年红军送给我的，我舍不得穿，后来带到了阿里。

巴特尔大概明白，激动地接过。

巴特尔：红军，解放军，穷人的军队。

老牧民：是的，穷人的军队。

牧民把草鞋送给了巴特尔。

巴特尔没有什么可以送给他们的，他想了想，开始唱一支家乡的牧歌。

格桑梅朵的微笑。

格桑梅朵也开始唱一支歌。

不同的民族，不同的语言，对美好生活的渴望在歌声里汇合了。

68. 日外　驻地

字幕：[信]

时间：51 年 1 月　地点：扎芒麻堡

彭连长到岗哨查岗。

站岗的是平措。

彭：怎么又是你？

平措：病号太多了，我是藏族，比别人适应一些，平时都是大家照顾我，现在我应该多做一些。

彭：可你没有眼镜。

平措：我听力很好，你放心吧。

彭：不知道什么时候部队能开到你的家乡去，你也能回家看看，家里还有什么人啊？

平措：大家族，人很多，去年收到过一封信，我阿爸说，要给我盖房子等我回来娶媳妇。

彭：我 18 岁参军，今年 30 岁了，出来就没有再回过家。

平措：我 15 岁到北京读书，也 12 年没有回去过了。

彭：参加完开国大典阅兵那天，我忽然就特别想家，什么都不管了，就想回家，也不知道是为什么，最后还是克服了，在被窝里哭了一场，第二天继续操练。我要是再软弱一点点，现在就不是军人了。

平措：你来西藏，离家更远了。

彭：其实想通了，当兵的，走到哪哪就是家。

平措：如果真的可以路过我的家乡，你就跟我一起回去，我们做一辈子兄弟。

彭：好。

彭连长取下他自己的兽皮手套。

彭：这个暖和，再加一层。

平措感激的笑容。

69. 日内　地窝子

战士们在地窝子里贴上春联，要过年了。

地窝子里，有他们用废纸剪的窗花。

西里虚弱地躺在土炕上。老郝和班里的战士守在他的身边；他发着高烧，人也严重的浮肿。

西里：老郝，我这回真的要死了。

郝：你运气好，死不了。

西里：我坚持不住了，太难受了，你给我一枪吧。

郝：你再坚持一下，班长找卫生员要药去了。

西里：你骗我，刚才我听见班长说准备追悼会，你们已经在准备给我开追悼会了。我要死了。

郝：不是给你，是给三排一班的买买提。他出去找马，找了三天，在外面牺牲了。巴特尔把他找回来了。

西里：买买提也是维吾尔族，我也是。

郝：先遣连要是没有你们这些不怕缺氧，不怕严寒，不怕饥饿的民族战士，不可能有今天，是你们救了先遣连，救了我们大家。

西里：老郝，有你这句话，我死也值了。

西里掏出两块银圆。

西里：出发前，我到巴扎上把我所有的积蓄换成了这个。可是我没有时间送回家里，交给我的妈妈，如果我死了，这件事就由你替我完成吧。

郝：西里，你是个军人，别老死死的，你要说，如果我牺牲了。

西里：好的，如果，我牺牲了。

西里把银圆交到老郝的手中。

班长进来：好消息，西里，好消息。

大家都看着班长，兴奋不起来。

班长：先遣连党支部决定，授予西里同志“行军标兵”称号。

大家：真的！？

班长：西里同志几次身处险境，都能克服困难，在同志们的帮助下化险为夷，并且坚强地战胜了困难，和大家一起完成了任务。西里，你听见了吗?

西里：没有，我已经牺牲了。

郝：他听见了，他心里高兴着呢，西里你看，我们都还没有立功呢，你还是最走运的。

西里：我不想立功了，我想回家。我要是没来先遣连就好了，我就不用吃这么多苦，就不会牺牲在西藏了。

大家沉默。

班长：他发烧说胡话了。

战士们点点头。

班长：老郝，我们班要出一期壁报，向西里同志学习，坚持就是胜利。

郝：是。

70. 日外　马棚

从马棚看出去，院子里刚开完追悼会，横幅还没有撤下来。

战士们抬着牺牲的战友向墓地走去。

老马和老关在马圈。

马也没有什么东西可吃了，在嚼着干草。

马：军马嘴刁，爱吃好料，委屈它们了。

老关：别提你的马了，你自己都要断顿了。一天一顿饭我都开不出来了，这个年过不去了。

马：你准备什么时候把眼镜还给平措啊？他这几天经常替岗，进步很大。

关：我不是不想还，我是担心李指挥生气，你说这么长时间，这么多重要的工作，我把人家眼镜藏起来，一个老战士，怎么解释啊。越不还越没法还。

马：偷着给他送回去。

关：实在不行只好用此下策。你别绕弯子，什么时候带我去拉马？

马：吃马，还不如吃我。

71. 日外　驻地

巴特尔翻身上马，大喊。

巴特尔：别吃马，骑兵不能吃马，我再去打猎，我保证带吃的回来。

他骑马狂奔而去。

72. 日内　地窝子

报务员在修理发报机，和后方失去了联系，大家都非常着急。

报务员一筹莫展。

卫生员进来了。

报务员：你来干什么？

卫生员：李指挥让我来帮你修发报机。

报务员：李指挥是不是急糊涂了，让你来给发报机打针吃药啊？

卫生员：那倒不是，他让我来和你讨论一下如何找到机器的毛病，如何透过现象看本质。

报务员：能想到的问题我都想到了，我脑袋都要爆炸了，就这么几个零件，拆拆装装一百遍了。

卫生员：你比如我们看病，有时候要透过现象看本质，病人嗓子疼，不一定是感冒，可能是吃多了，是胃火；很多战士说手麻，不是累的也不是冻的，是缺氧。治病呢，有时候头疼医脚，脚疼医头，你把发报机想象成人，我的思路，对你有没有点启发？

报务员：把发报机想象成人？把发报机想象成人，你说发报机是不是也会怕冷？

卫生员：俗话说有病乱投医，所有法子都试试。

报务员看着卫生员。

73. 日外　雪野

巴特尔在雪中寻找猎物，射击。

他一个人孤独地抵抗着严寒，追逐着猎物。

74. 日内　地窝子

李狄三靠在炕上写日记,他的日记本很厚,也很旧了,密密麻麻写满了小字。

[画外音]

李：今天是和师部失去联系的第 40 天，全连病倒的战士已经有二十几个，牺牲人数超过了 20，我自己情况也非常不好，出发几个月以来，现在是我最绝望的时刻，没有电台，我们就像一群找不到家的孩子，无依无靠，我们会坚持到最后一个人，但我不知道我们还能坚持多久。我们等待着，盼望着奇迹的出现。

他端起茶杯喝水，非常虚弱。

75. 一组镜头，大家都在坚持

地窝子里，西里躺在炕上发烧。老郝用毛巾包了雪给他降温。

马棚里，老马把草根切得细细的喂马，马卧在地上站不起来，老马把草放到它们的嘴边。

岗哨，平措在站岗。饿了就吃雪，吃下面最干净的雪。

厨房，老关在往野物汤里放一点点盐。

发报机前，报务员在坚持修机器。

76. 夜外　驻地

巴特尔拉着马，马上驮着猎物返回驻地。

远远看到，驻地的院子里燃起大堆的篝火。

歌声传得很远。

春节联欢会正在进行。

几头疲惫的骆驼蹲在一起。

走近的巴特尔吃惊的表情。

在战士们中间，李狄三指挥正在讲话。

李：同志们，我不是在做梦吧？1点5公斤盐，七个馕，这就是运输队的同志们拼了性命，历尽千辛万苦，承受巨大的牺牲给我们带过来的东西。但是，这点物资足以让我们过一个好年，上级不会忘记我们，战友们不会忘记我们，师部先后派出三批运输队，几百匹毛驴和骆驼，都没能翻过昆仑山，很多我们不认识的人，为了增援我们，献出了生命，而我们还活着，我们还在阵地上，红旗也还在阵地上。除了我刚才说到的物资，运输队还带来了半包家信。有不少同志能揣着家信过年，我真替你们高兴，春节是阖家团圆的日子，家里的亲人们都在想念我们，我建议，你们把信念给大家听听。

篝火。

战士们念信：

“我儿放心，家里都好，母牛前日产下一崽，皆大欢喜。”

“见字如面，全家人都很想你，希望你在部队好好表现，早日立功入党。”

“家里的地明年准备都种麦子，你要争取麦收的时候回来探家。”

“赵家祠堂改成小学校了，已经有4个班90多个学生，真没想到我还能当上老师。”

所有人的眼睛里都含着眼泪，都非常想家。

有歌声。

巴特尔翻身上马。

77. 夜外　高坡上

巴特尔骑在马上，看着不远处在白色雪原上的黑色帐篷，那是格桑梅朵的家。是他安放心灵的地方。哪里有爱，哪里就是家。

78. 日外　驻地

早上。

昨夜联欢的痕迹还在，寂静的营地大家都在睡觉。

岗哨里站的还是平措，但是他已经被严寒夺去了生命，没有了呼吸。

李指挥想从他戴着兽皮手套的手中取下他的枪，根本就拿不下来。

彭连长牵出他的黑马。

彭：不要下葬，等我回来。

79. 日外　雪原

彭连长在狂奔。

80. 日外　雪原

彭连长冲上高岗，寺庙到了。

81. 日外　营地

平措的追悼会。

和别人的追悼会不同的是，寺庙里的喇嘛来了。

喇嘛按照藏族的风俗做法事。战士们在边上列队。

喇嘛把平措的尸体用白色的布缠好，准备带他走，按藏族的风俗送他去天堂。

老关走过去，掏出眼镜给平措戴上，平措安详而斯文的脸。

老关：平措，真对不住你，让你模模糊糊这么多天，你睁开眼骂我几句，哪怕打我几下呢？你还老说你身体没问题，你怎么这么娇气，这么不禁冻啊？好了，现在你不冷了，戴上你的眼镜，回家去吧。

战士们把平措放到喇嘛的马背上，马平静地驮走了平措。

喇嘛转身向战士们鞠躬告别。

战士们列队目送。

82. 日外　驻地

岗哨。

彭连长站在平措的哨位上，心里很难过，他想着平措跟他说过的话，要和他做一辈子兄弟。

李指挥走进来。

两人相顾无语。

彭：都怪我，没有制止他站岗。

李：我们怎么能制止战友之间生死与共的感情，在这样的生死关头。

忽然，透过岗哨的窗口，他们看到报务员穿着单衣，蓬头垢面地冲了出来，他在雪地里手舞足蹈，疯了似的。他的手里抓着一张电报纸。

彭连长和李狄三互相看了一眼，一起冲了出去。

李狄三一阵晕眩，摔倒了。

83. 日内　地窝子

字幕：[地图]

时间：1951 年 2 月　地点：扎麻芒堡

报务员面目扭曲地站在李狄三面前，双手递过来一张电报纸，报务员的手在抖。

李狄三靠在炕上。彭连长接了过来，干部们都赶了过来，钻进来。

彭：独立骑兵师一团一连李狄三、彭青云及全体同志：

你们奉党中央毛主席之命，先行进军阿里，在藏北高原上历尽千辛万苦，模范地执行了党的政策、纪律，在极端困难的情况下，发扬了高度的革命英雄主义和革命乐观主义精神，不怕艰苦，不怕牺牲，团结了藏族群众，打击了阶级敌人，官兵团结一心，战胜了高原上许多难以想象的困难，出色地完成了党和人民所赋予你们的各项任务，为后续部队进藏创造了条件，你们是党的忠诚战士，军区党委决定授予你连“进藏英雄先遣连”称号，并为全连 135 位同志记一等功一次。牺牲的同志们永垂不朽！西北军区司令员，王震。

李狄三苍白的脸上露出了一丝轻松的笑容。

李狄三拍拍报务员的肩：应该给你记两次一等功。

李：（对彭）紧急集合，向全体同志传达，一个奇迹总是接着另一个奇迹。

彭：是！

李狄三打开一直放在手边的他标注得很仔细的地图，感慨万端地抚摸着每一个地名。

[闪回]

84. 日内　新疆于阗骑兵连连部

帐篷里，简单的布置，整齐有序。

桌子上铺着一张军用全国地图。

李狄三开会回来，风尘仆仆。

连干部们围在一起。

李：这是西藏，全国大陆唯一没有解放的地区，毛主席已经指示，进军西藏，宜早不宜迟。

干部们聚在灯下。

李：南路，雅安、泸定、康定、理塘，一个团。北路，康定、乾宁、道孚、炉霍，直抵甘孜，一个团。还有云南方向，从丽江出发，经德钦一线，一个团。还有青海方向，西宁、玉树，一个团。我们新疆的部队从这里，翻过昆仑山，进入阿里，一个连。就是我们。

李狄三又打开一张地图，英文的。

李：这是西藏阿里地区图，是彭老总请陈老总从香港买回来的，整个阿里三十多万平方公里，只标了这么几个地标。其余的，就要靠我们了。

干部们凝重的表情。

一干部：为什么我们只派一个连？

李：准确地说，派我们作为先遣连，探路，侦察。后续部队整装集结，随时跟进。西藏、新疆之间，横隔昆仑，海拔6400多米，由此进军，其难度不亚于长征。彭总致电中央：不宜大量出兵，应先派一连左右的兵力进藏，担负侦察，摸清道路、地形、社会情况，宣传和联系群众，争取上层，为大部队进藏创造条件。

所有干部立正。

干部：明白了。

李狄三小心地叠起这张几乎是空白的地图。

85. 日外　新疆于阗

八月的于阗，风景如画，阳光灿烂。

开阔的营地正在为一次远征做着各种准备。

大堆的粮食包、日用物品、弹药箱。

汽车穿梭。新疆群众在帮助卸车，衣服花花绿绿。

一群群毛驴被赶过来赶过去，毛驴挤在一起，热热闹闹。

一队队军马，很多战士在刷战马，马的毛皮在阳光下闪闪发光。

一组欢快而忙碌的场面与细部。

李指挥和彭连长站在一高坡上。

李：你的骑兵连果然名不虚传，真正的精锐。

彭：现在是你的骑兵连了，我可从来没有见过有机炮排的骑兵连，82 炮、60 炮、重机枪，配得还真全。

李：这说明，我们的行动意义重大。

彭：师里把家底都掏空了。

李：老彭，能参加这次任务我就够走运了，还能到骑兵连和你搭档，真是三生有幸。

彭：你们秀才的酸词我不会，一句话，遇到事我听你的，但你得让我先上。

李：从现在开始，你我就是生死与共的兄弟，我们要把这一百多人带进去，还要把他们活着带出来。

彭：生死与共，这个酸词我喜欢。

[闪回完]

86. 日外　驻地

队伍整齐地集合在一起，这是一支病弱之师，坚持之师。

战士们唱歌，歌声不是很昂扬，但充满了坚强。

李狄三脸色苍白但军容整齐地出现在大家面前。

李：听到歌声，就能想到部队、战友和职责，我参军 12 年了，打了很多年仗，也负过伤，但我从来没有担负过这么沉重的责任，也从来没有感到过这么沉重的压力。这是一场没有硝烟的战斗，连队付出了巨大的牺牲，每个人都全力以赴，我们克服的每一个困难，都是一场硬仗，都是一个胜利，你们每个人，都是祖国当之无愧的英雄！

战士们脸上流着泪。

李：一等功臣啊，多么了不起的称号！

[闪回]

1950 年 10 月 10 日 扎麻芒堡

87. 炮声

一声接着一声，炮声轰鸣。

机枪声，机枪声震耳欲聋。

李的身边站着西藏政府阿里总管派来的两名探察情况的帮本和随行一行。

他们面对解放军强大的炮火演习，表情有的震惊，有的敬佩，有的尴尬。

炮声、枪声响成一片，对面的标靶四分五裂飞得到处都是。

枪炮声停息了。

藏族官员们鼓掌。

帮本：贵军不但纪律严明，秋毫无犯，而且火力强大，装备精良，让鄙人大开眼界。

平措翻译。

李：西藏是中国西南边疆的一部分，中国人民解放军有责任担负保卫祖国边防的使命。

帮本：我们也有自己的部队，可以保护好西藏。我们的军人也很神勇，让他们也展示一下？

李：好啊！

88. 日外　靶场

几名藏族民兵卧式射击，枪枪命中。

两个帮本表情兴奋。

彭：先遣连枪手准备。

一个帮本凑到李狄三的耳边：我能随意挑选几个战士吗？

李：请。

帮本走到队列前，他能看出谁在生病，专门挑了几个生病的战士。

几个战士咬着下嘴唇，走到射击的位置。

他们互相看了一眼，同时向后转，跑步走，跑到了比藏兵射击位置远二十米的地方趴下，射击，一气呵成，枪枪命中。

大家鼓掌。

帮本和随行也鼓掌。

帮本：神勇，神勇！李指挥，我今天兴致很好，你有兴趣和我比一比吗？

李：愿意奉陪。

帮本站到靶位上，瞄准，射击，非常准。

李站到靶位上，身体开始打晃，眼前也是模糊的一片。他要求自己镇定，把子弹射了出去，当然成绩没有帮本好。

李：你赢了。

帮本：不，还是你赢了，我知道你在生病，也知道你们很困难，但是你还如此隆重地接待我，你的战士有如此的战斗力，我非常钦佩，非常震惊，我回去后一定报告改则本大军的友善态度，希望我们可以成为很好的朋友。

李：谢谢，我们是兄弟了。

两人的手握在了一起。

89. 日内 帐篷里

三人碰杯。

解放军和藏族官员、民兵一起喝酒。

帮本：可以告诉你们的最高领导人，我们是兄弟了。

李：好啊，你们可以给毛泽东主席发一份电报，他一定高兴。

帮本：好，发电报，你的发报机在哪里？

90. 日内 驻地

地窝子里，报务员在发报。

帮本和李狄三胳膊搭在一起，李狄三的额头都是汗，他在坚持。

报务员发报：敬启者，中央人民政府军官李狄三，抵达那日过力松地区，同我们结成了朋友，并听从中央人民政府命令，很好地实现了和平……才旦彭杰 扎西才让

91. 日外 驻地

帮本一行告别而去。

李狄三坚持不住倒了下去。

战士们把他扶起来。

打开他的绑腿，流着脓血。

字幕：毛泽东的回电年底到达：你们的来信收到了，我们很高兴，知道你们和到达那里的解放军结成了朋友……毛泽东 12 月 28 日

[闪回完]

92. 日外 驻地

李狄三在讲话。

李：坚持吧同志们，坚持到最后一个人，一匹马，西藏是中国的领土，我们是中国的军队，我们是来保护西藏，建设西藏，是来爱西藏的。我们的无数战友为了新中国的诞生献出了生命，今天，轮到我们了。

战士们坚定的表情。

先遣连的红旗在风中招展。

93. 日内　地窝子

老郝跑进来，摇着西里。

郝：西里，王震司令员给我们发嘉奖令了，135 个一等功，你不许死，快点好起来。

西里睁开眼睛，看着老郝。

西里：好，我答应你，这次不牺牲了。

老郝紧紧抱住西里。

94. 日外　墓地

墓地里多了不少新土。

挖开的雪地下面就是坟墓。

为了不让周围的藏族民兵知道解放军减员，没有坟，也没有墓碑，只有一块大石头，上面有哈达。

老马来到墓地，坐在战友的旁边。

马：你们要是能熬过来，就都是国家的功臣了。

95. 日外　荒野

白雪茫茫。

巴特尔孤独地游荡，马背上仍然是他为大家打的猎物。

他掏出干肉放到嘴里嚼着，肉干把嘴都扎破了，从地上抓起一把雪抹在嘴上。

猎物出现了。

巴特尔瞄准，射击，脸上露出满足的笑容。

96. 日内　地窝子

老关在熬着红色的药汤。

97. 日外　荒原

彭连长在用舌头尝地上的泥土，他的脸上露出笑容，自语道："是咸的。"

98. 日内　地窝子

西里真的奇迹般地好起来了。

他靠在被子上，嚼着肉干。

老郝侧着身子躺在铺上。

西里：你说怪不怪，我打针吃药都没有用，怎么军区的嘉奖令一来，我就好起来了，我名利思想有点重。本来我就不该得病，民族战士只有我一个人病倒了，我的运气就是不好。老郝，我在跟你说话你听见没有？

老郝躺着一动不动，没有声音。

西里觉得有些不对，凑到他的身边去。

西里：老郝，你病了？

西里摸了一下老郝的额头。

郝：明知故问。

西里：我以为你是不想出操装的，你等着，我去告诉排长。

郝：别去。什么药都没有，跟谁也不许说，能扛过去就扛过去，扛不过去你就替我活着。

西里：我都好了，你也一定能好。

郝：你接着叨叨，我听得见。

西里想哭。

99. 日内　地窝子

卫生员病重了，他躺在地窝子里。

彭连长和指导员都在他的身边。

卫生员：连长，指导员，我没有把同志们照顾好，我连他们得的什么病都不知道。这是最后一支盘尼西林，还有我写的病情记录，请送交上级领导。

李狄三也强撑着来了。

李：小韩，支部研究了，这支药就给你用。你教指导员给你打针。

卫生员：它对我已经没用了，我在等你来，就是想把这最后一针打给你。

李：我很好，我用不着，你打了这一针，坚持到后续部队到来。

卫生员：李指挥，别争了，已经没有时间了，让我给你打最后一针。算我为同志们做的最后一件事情。

卫生员艰难地把针剂注入注射器，手在发抖。

李狄三流着泪，但还是微笑着，扶着卫生员的身体。

指导员在协助他。

卫生员想把针举起来，但是他已经没有力气了，他的头垂了下去，死了。

李狄三轻轻把他放下，让他躺平，从他的手中拿走了注射器，交给指导员。

李：执行支部的决定吧。

指导员仔细用棉签擦他的胳膊，然后把这最后一针盘尼西林注入卫生员的手臂。

李：指导员，从今天起，你就是先遣连的卫生员。

指导员：是!

100. 日外　驻地

远远走回来一匹马，是巴特尔的马，马上还是搭着他打猎的收获，巴特尔自己也趴在马背上，他已经牺牲了。战马把他驮回了驻地。

101. 日外　驻地

阳光灿烂，很久没有这么好的太阳了，战士们纷纷搀扶着走出地窝子，走到太阳底下。

巴特尔的遗体盖着一面红旗。

一列战士鸣枪为他送行。

指导员：巴特尔，30 岁，生于内蒙古哲里木盟，1942 年参军……

格桑梅朵来了，她捧着洁白的哈达。

她把哈达放在巴特尔的身上。久久地注视着他。

雄鹰在天上飞翔。

102. 日内　地窝子

西里在哭，出声地哭。

老郝快不行了，班里的同志围在他的身边。

郝：西里，别哭了，没有个军人的样子。南征北战，马革裹尸，这是光荣的事情。

西里：你让我坚持，你也得坚持，连长说了，后援部队已经在路上了，过几天就要来了，医生和药品就都有了，求求你，再坚持几天。

郝：我这不正在坚持呢吗?

老郝艰难地举起手，里面是西里的两块银圆。

郝：还给你，别丢了，带回家给你妈妈。

西里接过来攥在手里。

班长：老郝，后援部队一定会把咱们的军功章带过来，我们俩都把它戴上。

郝：你帮我送回家去，我是中国人民解放军的一等功臣，他们就不是国民党部队起义人员家属了。

班长：你放心，我一定。

郝：西里，去，给我找支烟。

西里冲出。

103. 日外　驻地

西里大喊：谁还有烟？给我一支烟。

西里向他见到的所有人要烟，但是没有人有。

西里疯狂地奔跑，询问，地窝子里的战士都出来了，但是没有人有烟了。

104. 日内　厨房

老关用草和叶子为老郝卷一支烟。

他递给西里，西里抓着跑出来。

105. 日内　地窝子里

老郝死去。

106. 日外　驻地

西里在哭。

远方，出现了安志明团长带领的后续部队的人马。

还是骑兵，很多人，很好的装备，满山遍野的军人、骏马。

西里的脸上满是泪水。

107. 日外　驻地

崭新的红旗和破旧的红旗。

先遣连的战士们和后续部队的同志们会师了，大家拥抱在一起，哭泣，欢呼，难以描述的场面和心情。

108. 日外　驻地

安团长和彭连长热烈地拥抱。

安：彭连长辛苦了。

彭：真想把你扛起来，可惜我没有这个力气了。

安：李股长呢?

彭：他病了，我没让他起来，我带你去见他，见到你，他的病就会好一多半。

109. 日内　地窝子

李狄三躺在土台上。

他艰难地坐起身向安敬礼。

安也向他敬礼。

李：今天是1951年5月28日，你们终于来了。

安：李股长，王震司令员说，你们经历了红军长征以后最为惨烈的行军，你们是好样的。你们已经出色地完成了党交给你们的任务，和平解放西藏的协议已于5月23日在北京签订了，你们先遣连驻扎阿里地区，从战略上配合了全西藏的解放。部队首长和党委让我向你问好，向先遣连的全体同志问好，人民感谢你们，党中央毛主席感谢你们。

李狄三想说什么，但他激动得说不出话，他紧紧握着安的手，眼泪在眼眶里。

他从身边拿出地图。

李狄三和安志明交接那张地图。

李：这是师首长交给我的地图，我们已经把掌握的情况认真标注了，请务必将地图转交上级。这是我这八个月的日记（四本），里面记录了部队的主要情况，党支部会议的决议，还有许多牺牲同志的名字和战马、装备的损失情况，以及与当地人民交往的情况。这是卫生员的病情记录，他说对于这次严重的高原反应综合征有研究价值。这3块银圆是二排长牺牲时交的最后一次党费。

安：等你好了，我们一起去向师部汇报。

李：上级下一步的指示呢?

安：先遣连在原地休整后返回，后续部队继续向噶大可挺进。

李：我们还是没有到达噶大可。

安：你们已经圆满完成了先遣任务，后面的路我们替你们走完。你现在的任务就是好好休息，我马上让卫生员来。

李：谢谢，今天是我从去年8月1日开始最轻松的一天，我能睡个好觉了。地图一定要保护好。

安：放心吧。

110. 日外　驻地

先遣连的战士们穿上了崭新的军装。

111. 日内　厨房

老关又在炒菜，绿绿的青菜。

他还是放油，又放，又放。

关：不过了。

112. 日外　军马

老马的马圈几乎空了，剩下的马也都很瘦弱。

老马在给它们喂精饲料。马还是那么沉静。

老马给瘦马钉上崭新的铁掌。

113. 日外　驻地

藏民们赶来了，送来了哈达。

头人赶来，送来青稞酒、酥油茶。

藏民跳起欢快的舞蹈。

军民一起联欢。

队伍中少了我们熟悉的面孔，更年轻的战士们来了。

114. 日内　地窝子

李狄三指挥在打点滴。

他仿佛睡着了，脸上带着轻松的笑容。手上拿着一张纸。

点滴已经不走了，滴不进去了。

115. 日内　地窝子

彭从李的手上拿过那张纸。

标题是：遗嘱。

116. 日外　新疆于阗

字幕：[红旗]

地图被交到首长的手中。

骑兵连战士整装列队，军装、装备崭新，战马神采奕奕。

首长：（平静地）在宣布军区的命令之前，我先点一下名。

首长：李狄三。

全体答到。

首长：彭青云。

彭：到。

首长依次念名字。有的单独答到，有的集体答到，集体答到的，就是牺牲的战友。

字幕：1950 年 8 月 1 日，中国人民解放军新疆军区独立骑兵师第一团先遣连，135 人，战马 204 匹，翻越昆仑山脉进入藏北高原，牺牲 64 人。授予骑兵连“进藏英雄先遣连”光荣称号 。

一面红旗，上写：进藏英雄先遣连

117. 阿里　噶大克

阿里解放的画面。

庆祝胜利的画面，藏族官员、群众夹道欢迎。

我们可以看到彭连长、西里、老关等在解放阿里的队伍里。

很多红旗。

[闪回]

118. 日外　新疆于阗

一面写着“向西藏大进军”的红旗交到李狄三的手中。

红旗的指引下，骑兵连整装待发。

[闪回完]

119. 日外　阿里

首府狮泉河今天的样子。

政府机关门前的国旗。

120. 日外　北京

仪仗队走过长安街。

走在最前面的，就是李狄三。

在他的身后，有我们影片中的战士们。

121. 日外　天安门广场

国旗冉冉升起。

—— 完 ——

（剧本取材于闫振中执笔的《进藏英雄先遣连》）

萧红

Xiaohong

1. 日外　香港

字幕：1941 年冬 香港

城市空镜。

太平洋战争已经爆发，香港就要在日本人的炮火下倾覆。

2. 日内　萧红住处

这是一家书店的二楼，老房子，窗户上挂着厚厚的窗帘，让屋子里的人搞不清楚是白天还是黑夜，只有当强烈的光线从窗帘的缝隙切进来的时候，白天就到来了。

这是一间大房子，东西摆放杂乱，陈旧，没有什么新鲜的色彩。一张大床很奇怪地放在屋子的中央，床边的小桌子上堆满了药或水杯等东西，还有一个小火炉用来取暖，靠窗是一张长沙发，可以睡人。

萧红（31 岁）躺在大床上昏睡。人陷在被子里，头发凌乱，脸色苍白，看上去病得很重。

骆宾基（25 岁）个子不高，充满活力，北方人气质，坐在她的身边看书。

空袭警报突然尖厉地响起。

萧红睁开眼睛，一边咳嗽，手在四下摸着。

骆：先生找什么？

萧红停下手，茫然地看着他。

萧红：不找什么。

骆：（放下书，起身倒水，拿药）该吃药了。

骆在小桌子上翻找着，显然不太熟悉。他从药瓶里往外倒药片。

骆：红的吃几个？端木先生交代过，我忘了。

萧红：我怎么知道？（自言自语地）粤语我还是一句都听不懂。他们明明知道我听不懂。

萧红自己端杯子喝水吃药。

空袭警报的声音，凄厉而恐怖，两人却似乎已经司空见惯。

萧红：到底追到香港来炸了。

骆：九龙丢了，港岛也守不住。

远处传来炮弹的爆炸声。

3. 日内　萧红住处

骆宾基用毛巾为萧红擦脸，非常仔细。

骆宾基用手理着萧红凌乱的头发，用一枚卡子笨手笨脚但轻轻地把萧红脸上的乱发卡起来。

萧红的脸一下清晰了很多。

萧红：骆宾基，你怎么还不走呢？

骆：我答应端木先生照顾您，等他回来。

萧红：他不会回来了，他把箱子都拿走了，告别的话也说过了。

骆：他去联系转移，放心吧，会回来的。

萧红两只手拉住骆宾基。

两个人对视。

萧红：不应该由你来管我的，可我又不想一个人在这里等死。

骆：能照顾先生，是我的荣幸。

萧红：你真是这么想的？

骆：我崇拜您。

萧红：崇拜？

骆：这几天我一直在读您刚出版的《呼兰河传》，您的文字开阔、浩荡、舒缓，流动着无尽的忧伤，书中的人物，久违的北方，我无法表达所有感受。我经常读几页就看您一眼，不敢相信写这本书的人就躺在这里。

萧红笑了。

骆：（有些窘迫，脸都红了）让您见笑了，我还从来没有对一个女人这样说话。

萧红：我在享受，很久没有听到这样的话了，真希望我没有生病，也可以为你做点什么，哪怕织双袜子。

骆：（不好意思）不用不用，能和您说说话，我就很满足了。

萧红：那我就给你讲讲我的故事吧。你今年多大了？

骆：25 岁。

萧红：我离开家的时候还不到 20 岁。

骆：也是逃婚吧？

萧红：前几年我在山西遇见丁玲，和我一样，她也是逃婚，还有白薇也是。

骆：谢冰莹也是逃婚。

萧红：真是一个盛产娜拉的时代，我当时就是特别想读书，摆脱旧式家庭的束缚，远走高飞。这是十年前的事情了。

4. 日外　老家门前

字幕：1929 年初夏 呼兰

敲打音乐隐隐传来。

远远地看见大门口高高挑起的白色的幡杆。

院门前的几个吹鼓手在吹奏。

一架爬犁停在门前，萧红从上面下来，朝院子里跑去。

5. 日外　老家院子里

整个家都被丧葬的气氛所笼罩。

院子里搭了灵棚，人们守在边上哭。

和尚坐在灵棚里在念经超度亡灵。

白色的帷幔、白色的对联、孝服、蜡烛、纸钱，充满院落。

彩色的扎彩颜色鲜艳，造型拙朴：院落、瓦房、家具、厨师、骡马、管家、丫鬟……大大小小，摆在院子的一处。

很多人在忙碌，做饭，炸面饼。

烟雾腾腾的。

一场充满地方特色的盛大的葬礼。

萧红走进院子。白色穿过和穿白衣的人们，朝灵堂走去。

6. 日内　家里

祖父静静地躺在床板上，脸上蒙着。

萧红跪在祖父面前。

因为萧红的到来，所有的人都开始号哭。

有的人手里还拿着出了一半的纸牌。

有的人嘴里还边哭边嚼着什么。

萧红没有哭，她把手轻轻地伸进祖父的衣袖，抓住祖父冰冷的手。

有人掀开盖在祖父脸上的布，萧红看到一张非常衰老而苦闷的面孔。

萧红：(对父亲)为什么你们不对他好一点？为什么我每次回来见他他都不高兴？

父亲：（边哭边说）爹，你算白疼她了。

叔父：最对不住老爷子的就是你，一走大半年，他想你上哪找你去？

家里人的七嘴八舌："凭哪条说我们不好？""念了几天书她眼里还有谁啊？""没大没小，还管得了管不了？"

萧红摸着祖父的脸。

祖父的声音：快点长，长大就好了。

7. 日外　院子里

萧红跪在灵前，给祖父烧纸，一张一张，她在学校画的写生，都是美丽的风景，美丽的颜色，河流、山川、树木、亭台楼阁。

父亲走过来蹲下身，帮她烧，烧完画，接着烧她箱子里的画笔、画册。萧红大惊，从父亲手中抢夺着自己的东西。

继母和家里的叔伯姑婶等在边上冷眼旁观。

父亲坚决地烧了萧红的画具。

萧红哭倒在祖父的灵前。

8. 日外　原野

北方，雪原。

萧红坐在爬犁上。

[画外音]

萧红：我被父亲强制送回老家，专人看管，除了大院子里的房客、马夫、厨子、家里的女人们，我见不到任何外人，对外面发生的事情一无所知，在哈尔滨的学业也中断了。

9. 日内　萧红的房间

窗台上放着她小时候玩的不倒翁。

墙上贴着她画的图画、写的字，字写得很好。

花格子隔断上糊着白纸，绷得紧紧的。

她用食指的指尖一下一下捅着白纸，一捅一个洞，一捅一个洞，砰砰作响。

继母坐在炕沿上，手里缝着鞋样子，姿态矜持，口气温和，但又不容置疑。

继母：汪家的帖子早就到了，马上就得订日子，这边就一直拖着，可躲了初一躲不过十五，人家给咱面子，咱也得给人家面子。

萧红：早知道不让走，就不回来了。

继母：气话，你爷爷过世你能不回？这个家你能永远不回了？

萧红：说什么我也得接着上学，真要嫁了人就别想了。

萧红拿起放在炕沿上的鞋帮，里面垫的纸样子就是用她的作文本剪的，字迹工整、娟秀，上面还有老师画的红圈。

继母：20了，学也没少让你上，总得有个头吧？

萧红：那个姓汪的，到学校找过我，油腔滑调，还抽大烟。

继母：（不以为然地）嗨——谁跟谁不是一辈子？

萧红：跟谁不跟谁，一辈子跟一辈子，大不一样。

继母：你觉着不一样，其实都一样。

萧红：我在同学面前还总夸你新派，说你有主见，我爹死了老婆，还有两个孩子，你喜欢这个人，就不管别人怎么说，到了我这里又全变了？我也想跟你一样，找个自己喜欢的男人。

继母：我跟你爹，也是爹妈做主。我没想那么多。

萧红：那我还高看你了。

继母被抢白得有些不高兴。板起脸来拿出长辈的姿态。

继母：怎么这么犟啊？家里这么多大人，不能什么事都由着你，都是让你爷爷惯坏了。

萧红：（突然翻脸，大声）你少说我爷爷！你少管我的事！你少在我面前提他们。

继母脸色变了，想说什么，终于忍住，起身拂袖而去。

隔断上布满了萧红捅的洞，千疮百孔。

10. 日内　父亲和继母的房间

[画外音]

萧红：我 9 岁时母亲就去世了，父亲是个非常强硬的人，不幸的是，他把他的强硬也遗传给了我。

老大的大炕，堆满了铺盖。

父亲坐在炕沿上抽烟袋，继母缩在炕上。

继母：死犟，说了也是白说。

父亲：我已经跟她校长打招呼了，学籍取消。横竖不能让她再回哈尔滨，游行、撒传单、募捐，你没看见，手套都只剩下一只了。男男女女一起在外头疯，等闹出事来后悔就晚了，没法跟汪家交代。

继母：汪家有权有势，可别巴结不成再得罪了。

父亲：我是通情达理，讲信用，守承诺。

窗外有人说话。

车夫：老爷，大小姐跑了。

父亲：（站起身到外屋，拉开门）什么？！

车夫：我赶车往城里送样子，到地方才发现小姐在车后头藏着，然后一转眼她就不见了。

父亲：你是真没看见还是装没看见！

父亲把烟袋在炕沿上摔打。

父亲：一分钱也不许给她寄，我看她能扛多久？

11. 日外　北平

字幕：1931 年初　北平

北风呼啸，天气很冷了。

萧红穿着单薄的衣服，单鞋，抱着书本在胡同里走着，她把书抱得很紧，仿佛这样可以抵御寒冷似的。

不远处白塔寺的白塔依稀。

[画外音]

萧红：我表哥陆振舜在北平上大学，我跟他到了北平，在师大女附中上课，花他家里给他的钱，后来表哥家里知道了，逼着他回去，他一走，我就山穷水尽了。

12. 日内　学校

北平辟才胡同内的师大女附中。

教室里正在上课。

一只大煤炉在教室的中间，烟囱从窗户伸出去。

萧红的年龄看上去比身边的同学稍大一些。

一个老师正在讲课。

老师：《吉檀迦利》的出版引起了轰动，人们被书中崇高的思想和华丽的语言深深地吸引住了，1913 年 11 月，当泰戈尔得知他获得诺贝尔文学奖的消息后，一群崇拜者从加尔各答乘专车来向他致敬，对这些崇拜者，他不无讽刺地说，他们中的许多人过去从不赞扬他，有些人根本就没有读过他的作品，只是因为西方承认了他，他们才开始赞美起他来，他说，对于他们奉上的荣誉之杯可以吻一下，但里面的酒我是不会喝一口的。

同学们感叹。

萧红很专注。

13. 日内　教室

课间，女学生们围在炉子边上取暖，边说着闲话。

女生乙：去看电影吧，《野草闲花》阮玲玉和金焰呢。

萧红一个人在自己的座位上写字，她衣着单薄，脚上穿着单鞋。

女生甲：乃莹，你穿这么少冷不冷？怎么不去烤烤火？

萧红：教室里已经很暖了。

女生甲：真佩服你们东北人，太禁冻了。写什么呢？能给我看看吗？

萧红：写得不好，等我自己觉得好了，再给你看。

14. 日内　教室门口

女生乙：乃莹，大家约了去隆福寺吃炒肝，你也去吧?

萧红：我还有事，不去了。

女生乙：（附在萧红耳朵上）你要是没钱，我替你出。

萧红：谢谢你，我真的有事。

两个女生一起往外走。

女生乙：你耳朵冷不冷?

萧红：习惯了。

15. 日内　租住的小屋

屋里没有火，家具也很简单。

墙上贴着很多画，萧红是个热爱生活的人，她居住的环境总能看出这一点。

她披着被子，在没有火的房间里来回走，大声地念着书，抵御着寒冷和孤独。书的封面是鲁迅的杂文。

萧红：然而娜拉既然醒了，是很不容易回到梦境的，因此只得走；可是走了以后，有时却也免不掉堕落或回来。否则，就得问：她除了觉醒的心以外，还带了什么去?

16. 日外　筒子河

精致的角楼，护城河矮墙边。

四个穿得圆滚滚的女学生，看上去家庭条件都不错。

她们叽叽喳喳地聊天。有的吃着糖葫芦，有的看着报纸、杂志。

女生乙：（在接着萧红读的书读下去）否则，就得问：她除了觉醒的心以外，还带了什么去? 倘只有一条像诸君一样的紫红的绒绳的围巾，那可是无论宽到二尺或三尺，也完全是不中用。她还须更富有，提包里有准备，直白地说，就是要有钱。梦是好的；否则，钱是要紧的。

女生甲：乃莹怎么办啊? 她每顿饭就吃一个烧饼，把书和衣服都卖光了。

女生丙：她那么骄傲，从来不跟我们借钱，也不接受我们的帮助。

女生乙：我们应该帮助她，让她可以坚持下去，帮助她，就是帮助我们自己。

女生丙：我赞成。

几个女孩子都撩开衣服往外掏钱，然后脑袋凑在一起，仔细地数着。

17. 日内　房东的屋子里

四合院的正房，房东的房间。

炉子摆在地中间，炉子上烧着一壶开水，水开了，冒出热气，热气在屋子里弥漫。

玻璃窗户上也蒙着呵气。

半大的孩子好几个，在里间床上玩着他们自己的游戏。

萧红和房东围着炉子坐着，炉台上烤着窝头片，金黄焦脆的样子。

萧红的眼睛躲避着窝头片。

房东：你表哥帮你把房租交到 10 月，你没忘吧？

萧红的脸马上就红了。

萧红：我知道，我写了信，让家里寄钱来。

房东：能寄让他们快点寄，瞧你凄惶的。

萧红：我爹不想让我念书，生我气了，家里的条件，倒是不很差。

房东：催你嫁人吧？今年多大了？

萧红：21 岁。

房东：难怪家里着急。

萧红：我娘死得早，遇事我都按自己的主意办，也不知怎么回事，老是和家里拧着。

房东：是得嫁个自己喜欢的，一辈子要是连一天好日子都没过，太冤了。

萧红：我也是这么想的。

房东拿了窝头片递给萧红。

萧红推辞。

萧红：我吃过了，我不饿。

房东：（放到萧红手里）吃着玩，解闷儿。

萧红接过来吃着，非常好吃，掉在衣服上的碎片她都赶紧捡起来吃。

房东：我孩子多，丈夫几年没音讯了，这房租实在拖不起。

萧红：我知道。（停下来不吃了）

房东：吃吧，吃吧。咱再合计。

有个孩子喊：妈，妈，院子里有个人。

萧红家里让和萧红订亲的汪恩甲找到北平来了。

18. 夜内 小旅馆

门开了，灯没有开。

随着门的关闭，她一下子被紧紧地按在门上。

汪恩甲强硬地和萧红亲热。

萧红丧失了抗拒的力气。

19. 夜内 床上

汪恩甲强暴般地和萧红亲热。

汪：（一边做一边低声说）当我媳妇有什么不好啊？你跑什么跑啊？我看你还往哪跑？

萧：（喃喃地）真的让我读书吗？

20. 夜内 床上

两人面对面躺着，萧红看着这个终于在事实上成为她丈夫的男人，微皱着眉头。

汪：还以为你在北平美上天了呢，都快成叫花子了。

萧红：我整天盼着老家有人来，你来我万万没有想到。我爹心狠，写多少信回去也没有用。

汪：你逃婚坏了他的名声，害他不能在省城供职，连你弟弟也受了连累，转学到巴彦了，我看他不会饶了你。

汪恩甲点了一支烟，也点了一支给萧红。

萧红抽了一口。

萧红：真暖和。

汪：跟我回东北吧，我们家人怪你，我不怪你。

萧红：你答应让我读书。我不回去，我要上大学，上北平的大学。

汪：你赖在北平就能上北平的大学了？只能喝北平的西北风。

21. 日外 院子里

女孩子们抬着个小煤炉，还抬着一小箱煤球走进来。

在院子里就叽叽喳喳地叫：乃莹，张乃莹。

房东推门出来。

房东：走了。

女孩们：走了？

房东：她男人接她来了。

女孩全体：（失望地）啊——？

女生们失望的表情。

22. 日内　教室里

萧红出现了，她穿了新大衣、新皮鞋。

女生们用看陌生人的眼神看着她。

女生们明显的失望。

一个气质端庄的女老师在讲台上讲课。

[画外音]

萧红：我的逃婚就这样离奇地失败了，同学们失望之余对我产生了反感，我不想解释。姓汪的辞了工作来北平找我，这让我多少有些感动，或者说接受他的帮助比接受别人的接济更平等，更体面一些。

23. 日外　北平校园

一群女学生一起往外走，边走边唱着当时流行的歌，萧红也在其中，她心情好了也愿意和大家在一起。

汪恩甲站在校门外面等她。

几个人都站住了。

萧红朝汪恩甲跑去。

同学们看着萧红和汪恩甲。

萧红对汪恩甲解释要和同学出去。

汪恩甲摇头。

萧红依旧坚持要去，转身要走被汪恩甲拉住。

萧红甩脱汪恩甲的手，被汪恩甲再次拉住。

萧红再想甩就甩不脱了。

汪恩甲依旧拉扯着她走，非常强硬的态度。

女学生们都看傻了。

24. 日内 法院

法院里，法官的法锤落下，一张判决上面写着：解除婚约。

[画外音]

萧红：我跟他回到哈尔滨，双方都和家里闹翻了，婚约也解除了，我们有家不能回，只好住在一家道外的旅馆里，一住就是大半年。

25. 日内　东兴顺旅馆里

字幕：1931 年秋　哈尔滨

萧红被噩梦惊醒，坐了起来，她脸上有汗水，喘息急促。

她看着眼前的一切：

房间里挺乱的，显然两人已经在这里住了不短的时间，非常凑合没有生机的生活。

脏衣服、帽子，桌子上堆积的食物，散乱的报纸、杂志。

她的画也歪在墙上。

汪恩甲背对萧红睡着，没有动。

萧红起身下床。

窗外报童在叫卖着：日本人进攻北大营，沈阳沦陷，战火烧向哈尔滨。日本人进攻北大营，沈阳沦陷，战火烧向哈尔滨。

萧红打开窗户，叫卖声传进来，还有街上的嘈杂。

萧红侧耳听着报童的喊声。

汪恩甲跳下床到窗前，用力把窗户关上，不让外面的声音进来，然后钻进被窝接着睡。

萧红：日本人在沈阳开打了。

汪：你管得了吗?

并不干净的玻璃上，映出萧红落寞的脸。

萧红一阵恶心，冲进卫生间。

26. 日外　街上

字幕：1932 年 春夏 哈尔滨

萧红挺着肚子走在街上。

因为怀孕，更显潦倒，不修边幅的样子，衣服和鞋子也比前面破旧。

她的胳膊弯挂着布书包，里面是刚买的蔬菜等，看上去挺重的，她走得吃力，手里拿着新买的报纸《国际协报》边走边看。

报纸上关于时事的醒目标题：《日军在沈阳街市令中国市民面壁而跪，然后用枪刺刺之》《日军活埋看〈不准逗留〉之中国人》

27. 日内　东兴顺旅馆

萧红提着东西穿过走廊，推开房门。

屋子里更乱了，还添了个煤油炉子自己做饭。

汪恩甲已经把自己的箱子收拾好了，衣服也穿整齐了，一副要出门的样子。

萧红：你要去哪？

汪恩甲一边对着镜子梳头，一边说，他眼睛不看萧红，对这个女人已经兴致全无。

汪：连租金带借款已经欠 600 多块了，我得回家要钱。

萧红：怎么突然要走？

汪：刚才经理上来过，说再不付钱就要轰人了。

萧红：我想和你一起去，这屋子把人闷死了。

汪：我家里人连我都不认，会认你吗？何必自找不痛快。

萧红：或许看在孩子的分上……

萧红拿起没织完的小毛衣。

汪：别做梦了，你我的家人有一个开通，我们也不至于落到这个地步。

汪恩甲终于停下自己的事情，看着萧红。

汪：我很快就回，三五天，你照顾好自己。

汪思甲上下摸索，摸出一些零钱放在桌子上。

汪：除了买车票的钱，都在这里。

萧红：小心日本人。

汪：知道。

汪恩甲说完提起箱子就走了。

萧红愣在那里。

28. 日内　东兴顺旅馆

萧红已经不在原来的房间了，在顶楼一间非常狭小的阁楼上。

没有窗，有一个窄窄的小阳台，可以看见大街。

房间里很乱，堆着旅馆不用的东西，到处都是灰尘。

房顶是斜的，她在房顶上画了汪恩甲的画像，画了很多树，在墙上也写了很多字。

萧红在日历上一天一天地划掉。

桌上是干面包包在报纸里。

[画外音]

萧红：我被作为人质扔在旅馆里，幻想着他会回来，我以为男人对自己的女人不会如此绝情。

29. 日内　东兴顺旅馆

萧红缓慢地下楼。

经理：上哪去啊？

萧红：去找我的同学。

经理：等等吧，等你丈夫还了钱，你想上哪儿，就上哪儿。

萧红只好坐在柜台前的椅子上。

经理：咱们得合计合计，老这么下去也不是个办法啊。

萧红：（非常疲惫）我没办法。

经理：汪先生到底还回不回来？

萧红：不知道。

经理：他也不能把你就这么扔给我啊？

萧红：或许他遇到了什么意外吧？日本人来了，你又不是不知道。

经理：见过死心眼的，没见过你这么死心眼的，他不会回来了，我也不会让你永远白住！

萧红：（无心争吵，起身）那你就把我卖掉，把我送进监狱，或者等我死在你的阁楼上，随便你。

萧红只好退回到阁楼里，看着萧红的背影，经理气急败坏。

经理：（对茶房）看紧了，别让她也跑了。再等个把月，孩子生下来，卖道外妓院。

茶房：开水还送不送？

经理：送吧，厨房有剩的也送一口，真出了人命店也就别开了。

茶房：是。

经理：操他个满洲国。

30. 日内　东兴顺走廊

萧红住的阁楼，伙计给门上上了一把大的锁。

萧红砸门："放我出去！放我出去！"

伙计：老板让您接着写信。

31. 日内　阁楼

萧红困兽般地在狭小的空间里来回走动，笨重的身体让她不堪，饥饿和绝望轮番向她袭来。

她徒劳地在房间里翻找，希望找到一点钱或者可吃的东西。

她在一个团着的报纸中发现一点干面包屑，她把面包屑倒进嘴里。

她看着外面的天空，自由的飞鸟，风和树叶。

她把一条长围巾挂在窗户上，自己试着把头伸进去，因为肚子大了，所有的动作都迟缓艰难。

脚下的凳子忽然倒了，她没有站稳，围巾一下勒住了她的脖子，她开始挣扎，感到窒息。

挣扎中她打翻了有半杯水的杯子。杯子落到地上，炸开来。

32. 日内　香港

萧红从噩梦中醒来。

她在香港的大床上。

水杯落到地上，炸开来。

字幕：1941 年冬 香港

房间里没有人，窗外传来炮弹的爆炸声，闷闷的，持续不断的，整幢房间都在晃动。窗帘垂着，房间里光线非常暗。

她身边的小桌子上，放着几张美金。

一个削好的苹果已经泛黄。

萧红：端木？端木？小骆？小骆？萧军？

楼梯上传来匆忙的脚步声。

骆宾基回来了，手上提着一个饭盒。

骆：先生醒了？这一大觉睡得不错，又让轰炸吵醒了。

萧红：要炸到什么时候！

边说边起身，去洗手间。

骆：我扶你。

萧红：我自己可以。

33. 日内　洗手间里

镜子里憔悴的萧红看着自己。她整理自己的头发。

萧红：（忽然大声地，演讲般地）大家好，我是萧红，东北作家，（镜子里萧红的影像变成了她刚来香港时的样子，穿着合身的旗袍，神采飞扬）几天前从重庆来到香港，谢谢香港文化界的朋友热情的欢迎，我希望自己能够保持创作的能力，记录这个时代人的悲欢。

热烈的掌声。

萧红看着现在的自己。

一个人的掌声在身后响起，骆宾基在洗手间的门口等着扶她。

萧红把手伸给骆宾基。

萧红靠在骆宾基的身上走回大床，床已经重新整理好了。她拍拍骆宾基：谢谢。

萧红躺回床上。

萧红：看到桌子上的钱，我以为你也走了。

骆：柳亚子先生来了，没让叫醒你。

萧红：他还没走？

骆：都在准备撤出香港，于毅夫是总负责，别担心，他会安排我们。

萧红：我们一定可以离开这里。帮我挠挠后背？

骆：当然。

骆宾基轻轻给萧红抓痒。

萧红：真舒服，人不是什么事情都可以靠自己的，比如抓痒。人在需要帮助的时候，有人愿意帮助，是很大的幸运。

骆：你在最绝望的时候遇见了萧军。

萧红：我经常读《国际协报》，被关之后才会想到向他们求助，后来萧军跟我说，当时去我那里他是非常不情愿的。

34. 日内 《国际协报》编辑部

副刊部的办公室。

不大的房间，堆满了桌子、书架、报刊、稿纸。

墙上是《国际协报》的办报宗旨："志在持扶正义，促进和平，务期抒发谨厚平易之言论。"

灯光昏暗，编辑们伏在桌子上忙碌着。

墙上贴有电影海报或招贴画，总之是乱，但充满文化气息的环境。

电话不时会响起。

门开了，老裴走进来，手里拿着几本书，当时的小说。

裴：哪位有空再跑一趟东兴顺旅馆？

埋头写字的几个人抬起头来，有人还伸个懒腰。

编辑甲：那个张乃莹又怎么了？

裴：她今天给我打了三个电话，先是说想离开旅馆，我说还没有想出办法，但可以送她回家，她又不肯回家，让我送几本书给她，说太闷了。

编辑甲：我们说服经理给她提供吃喝，保证她的安全，已经仁至义尽的了，难道她所有的事情都得管吗？

舒群：话别说得这么冷酷，你要看到她的样子，就不会这么说了，太可怜了，太绝望了，我还从来没有看到过一个女学生沦落到这种地步，我们应该帮助她。

一直没说话的第四个人放下笔，抬起头，他就是萧军，他的脸上带着一点冷淡。

萧军：现在看出你们的人道是多么无力了吧？需要帮助的人太多了，街上不出三步就会碰到一个。而且，点滴的帮助，什么也改变不了。

舒群：我认为点滴的行动还是比愤世嫉俗有意义。

萧军：我们自己都在日本人的铁蹄下苟活，还谈什么救世救人。

裴：三郎，你稿子写完没有，我等着呢。

萧军把桌子上的几张纸归拢起来，起身递给裴主笔。

裴接过稿子顺手把几本书递给他。

裴：正好你没事了，跑一趟给她送去。

编辑甲：帮助一个总比一个都不帮要好。

萧军：那么你去？

编辑甲：抱歉，我在忙着。

萧军：好吧，我去。不过我得走着去，没钱坐车。

裴：（赶紧掏钱）车钱当然报社付。

35. 日外　街上

萧军走来。

36. 日内　旅馆

萧军走进。

37. 日内　旅馆

楼梯。

茶房走在前面，萧军跟在后面。

顶层狭小昏暗的走廊。

茶房：您一直走到头，有扇门。

萧军皱眉头。

萧军：这上面还能住人？

茶房：（小声）没办法，欠了600多块了，男人跑了，她要生了。给她个地方待就不错了。

茶房边说边摇头，转身离开了。

萧军继续朝里走。

38. 日内　东兴顺旅馆

萧军停在一扇门前。轻轻敲了两下。

门马上开了。

两个人一个门里一个门外。

萧军看到的是一个大着肚子，头发蓬乱，衣着破旧，长长的睡袍开气撕到了大腿，脸色苍白，眼睛大大的女学生。

萧红看到的是一个身材健壮，肩膀宽阔，穿着朴素但很时尚的男人。

对视持续了几秒钟。

萧军：请问，是张乃莹女士吗？

萧红点了点头。

萧军：我是《国际协报》的记者，裴先生派我来送书给你。

萧红：请进来吧，房间里有些乱。

39. 日内　东兴顺旅馆

萧红房间里。

她打开了电灯。

萧军的到来使得房间本来狭小的空间更加局促。

萧红下意识地整理着自己的衣服，也在打量着鞋子很旧，衣服也不很整洁的萧军。

萧军看到的是一塌糊涂的生活。

他把书放下，并没有停留的打算。

萧军：如果没有别的事情，我就告辞了，如果有什么需要，你可以打电话到报社。

萧红：谢谢你来看我。（萧红一边说着一边下意识地整理自己的衣服）

萧军： 别客气，是我们应该做的。

萧军倒退着朝门外走了。

萧红：先生怎么称呼？

萧军：大家都叫我三郎。

萧红：我在报纸上看过您的小说，能不能……

萧红有些迟疑，但还是下了决心。

萧红：坐下说说话？

40. 日内　旅馆

窗外完全黑了下来，两个年轻人的谈话还没有结束。

萧红又在房间里走来走去，萧军坐在一张椅子上，看着在他眼前来回踱步，激动的萧红，萧红的谈吐和眼睛里的光芒越来越吸引他的目光。

两个人都在抽烟，小屋里烟雾腾腾的。

萧红：我没有选择，我太冷，太饿，太孤独了。

萧军：我是吃过苦的，我可以理解你。

萧红：可我还是后悔，早知道如此，我何必抗争？何必出走？

萧军：当然要抗争。不仅抗争婚姻，还要抗争命运，要找到新的出路。你很勇敢，你的付出是有价值的。

萧红：你真的这样认为吗？

萧红的脸上兴奋得发红。

萧军：真的。

萧红：你呢？说说你自己。

萧军：我曾经想当个作家，可是现在，我只想参加游击队，打日本。

萧红：打仗是军人的事情，而你是一个记者。

萧军：我是个军人，18 岁就当骑兵，20 岁进了东北陆军讲武堂，一个报国无门的军人，写字只是为了暂时糊口。

萧红：我以为办报纸的都是些油头粉面的文人，没想到你竟文武双全，朴素坦诚，我们一见如故。

萧军：只知道东兴顺旅馆里困住了一个女学生，没想到是个美丽的才女。这墙上的字都是你写的？画也是你画的了？

萧军欣赏萧红的画和诗。

墙上："去年的五月，正是我在北平吃青杏的时节，今年的五月，我生活的痛苦，真是有如青杏般的滋味！"

"晚来偏无事，坐看天边红，红照伊人处，我思伊人心，有如天边红。"

萧红：你喜欢吗？

萧军：你是我见过的女人中最有才华的。

萧红：（两人见面后第一次露出灿烂的笑容）真的吗？

萧军：真的。

萧红：如果我这次不死，我会永远记住你今天的这句话。

萧军：你不会死的，因为你遇见了我，我不会让你死。

萧红的眼泪一下就流出来了，顺着脸颊往下流。

萧军站起身，走到萧红的身边，用手为她擦眼泪。

萧军：让你这样的女人流泪，是所有男人的罪过。

萧红抚摸着放在她的脸上的萧军的手。

萧军把身上所有的钱都掏出来放在桌子上。

萧军：等着我，我去筹钱。

萧红流下了眼泪。

41. 日内　旅馆

萧军出现在阁楼门口。

躺在湿漉漉草垫子床上的萧红觉得有一缕阳光照了进来。

萧红艰难地挣扎着站起来，看着萧军笑着，萧军也对她笑着。

萧红扑向进门的萧军。

两个人相爱，亲热的镜头。

两人吃简陋的东西。

两人热烈地交谈。

[画外音]

萧红：绝境中的我，在生命最后的时刻遇到了一个知我爱我的人。我曾遍寻不到，为之舍生忘死，众叛亲离。

我生活的全部内容就是见到他和等待见到他，虽然贫寒依旧，但温暖美好，甚至可以说是幸福。

42. 日外　街头

下着雨。

小面馆，萧军和舒群在临街的桌子前吃面条。

萧军：我爱上她了。她身上有一种气息，文艺的，倔强的，孤独的，忧伤的。

舒群：她不是马上要生孩子了吗？

萧军：我也没有想到我会爱上一个孕妇。但她，真的不是一个普通的孕妇。

舒群：到哪里去弄600块大洋？除非去抢银行。

萧军：别说600块，我每天能筹措到6毛钱给她就很不错了。每次她对我说明天见的时候，我的脑子里想的是，明天的钱在哪里？

舒群：你太不理智了，这么动荡的时候背上一个沉重的负担。

萧军：等见到她，舒群你就会明白。

舒群结账，店员找零钱给他。

他意识到萧军在看着他手里的钱，他犹豫了一下，把钱给了萧军。

萧军：我借你的，我都记得。

舒群：雨怎么下这么多天还没有停?

43. 日外　城市

大雨。

松花江汹涌地上涨。

城市成了一片泽国。

街道上全是水，店铺的一层也都进了水。

街上开始行船，有车夫还在水中艰难地拉车。

人们带着行李搬走。

[画外音]

萧红：萧军一直没有筹到足够的钱，松花江发了大水，哈尔滨成了一片汪洋，我联系不到他，困在旅馆里。

44. 日内　东兴顺旅馆

萧红站在窗口，看着街道上的水越来越大。

小船载着逃离的人们，男女老少挤在一起。

旅馆的楼下已经进水。

旅馆的客人带着他们的行李，乘船离开了。

萧红在等待萧军的出现，她不知道应该怎么办。

她已经快要生了。

45. 日内　东兴顺旅馆

萧红在客房的走廊上移动，所有的门都打开着，房间都是空的，客人和服务员都不在了。

萧红感到非常孤单，非常害怕。

萧红：（喊）三郎！三郎！三——郎——！

46. 日外　街上

萧军站在齐腰深的水里，寻找着船只。

他拉住一条小船。

萧军：送我去东兴顺旅馆。

船夫：5元。

萧军：你发国难财啊？

船夫：那边水大，太危险。

萧军：到了给你。

船夫：先付。

萧军：你怎么这么啰唆?

船夫：对不住。

船划走了。

萧军站在水中，一筹莫展。

他最后下了狠心，徒步涉水艰难地朝前走了。

47. 日内　东兴顺旅馆

茶房来到萧红的门前，给她送水。

萧红：你还没走?

茶房：我留下看门。

萧红：看着我吗?

茶房: 船上有穿黄坎肩的就是救援队的船，老板走了，你也赶快走吧。造孽。

萧红：我在等我的朋友。

茶房：这边水太大，他根本过不来。

萧红：我走了，他找不到我怎么办？万一他来找我，你告诉他我去报馆找他了。

茶房：行。

萧红：你一定要告诉他。

茶房：行。

48. 日外　街上

萧红被救援船接走了。

49. 日外　街上

萧军蹚着水走到东兴顺旅馆。

50. 日内　走廊

萧红住的房间里没有人了。

51. 日内　窗口

萧军呆坐在旅馆的窗台上，看着下面的水。

52. 日外　街头

萧红在一个高台阶处下了船。

她站了一会，返身朝水中走去。

身后的人喊：走错了，往南边走。你刚出来怎么又回去？转向啦？

萧红没有理会，她仍然试探着往回走。

53. 日外　水中

水中的萧红，抬起头，远远地看到萧军蹚着水向她走来。

萧红：三郎，我在这里。三郎，我在这里。

萧军看到了萧红，奋力走来。

萧军：乃莹，我来了！

两人努力向对方走去。

两人在齐腰的水中紧紧抱在一起。

萧红：我以为你不会来了。

萧军：我来晚了。

萧红：我知道你会来找我的。

萧军：我来晚了。

萧红：我们再也不要分开了。

萧军：再也不分开了。

大水中，两个年轻人抱在一起，整个世界都安静下来。

54. 日外　街景

大水淹没的城市。

一声婴儿的啼哭。

55. 日内　报社

萧军在办公室里把所有堆积的报纸、杂志都搬到门口，准备去卖。

舒群：你让我挑挑，我还有用呢。

萧军：没时间了。

编辑甲：我们攒了好多年的资料，你不能就这么一下全都卖了啊。

萧军：你不是主张救助她吗？你不是说要行动吗？

编辑甲：我借钱给你也是行动，我还让我太太给她送过饭。

萧军：她现在困在医院里，不交钱就出不了院你知道吗？

正说着，裴主编走进来，看到眼前混乱的局面。

大家都看着裴主编。

裴：清理了吧，我刚从审查处回来，说我们激进，“左”倾。这张报纸还能出多久，我也没有把握。

裴主编掏出几元钱给了萧军，转身走了。

舒群起身帮萧军收拾报刊。

大家无语，但都发泄般地把报纸杂志扔出去。

56. 日内　医院

病房里有四张床，每个床上躺着一位产妇。

其他产妇身边或者是丈夫，或者是父母，都有人陪伴。

产后的萧红更加瘦弱苍白，嘴唇没有一点血色。

一个中年妇女坐在她的床前。

女人：我丈夫在道里公园看门，我老家是沈阳的，家里就我们俩，日子还过得去。

萧红：你听见了吗？这是她在哭，她生我的气了。你赶紧把她抱走吧，别让她哭了，我都快要发疯了。

萧红用被子蒙住头，在被子里哭。被子在抖动。

女人：（家属看着女人，女人有点窘迫。）你要是舍不得，就算了，我也不该拆散你们母女。

萧红从被子里伸出一只手来，摇着，又挥手示意女人赶紧走。

女人站起来，把一摞银圆放在萧红的枕边，转身离去。

57. 日内　医院走廊

萧军走来，看到女人抱着孩子迎面走来。

走在女人身边的护士指了指孩子。

萧军明白了，朝萧红的病房跑去。

女人抱着孩子在走廊里走着。

萧军从病房里冲出来，朝女人追来。

女人在前面走，萧军在后面追，漫长的走廊里有形形色色的病人。

萧军追了上来。

女人站住，看着他。

萧军把银圆递过来。

女人：她后悔了？

萧军：她说这钱留给孩子用。

女人想了想，接了过来。

萧军：等孩子长大了，告诉她，她亲妈是一位美丽的作家。

女人茫然的表情。

萧军又转过身来：记住，作家。

58. 日外　街上

萧军一手提着东西，一手挽着萧红。

秋天的阳光照在他们的身上，使破旧的衣服有了光泽。

萧红的鞋带开了，萧军弯下腰替她系，发现她的另一只鞋根本没有鞋带，就把一根鞋带断为两根，分别系在两只鞋上。

萧军干脆把虚弱的萧红背起来，对人们的侧目不予理会。

[画外音]

萧红：因为没钱交住院费，我一直出不了院，最后还是萧军和院方理论了一番后强行出院的，朋友家不能住了，报社老裴给了五元钱，我们住进了欧罗巴旅馆。那真是一段身无分文的日子。

59. 日内　欧罗巴旅馆

两人沿着陡峭的楼梯向上走，萧红身体虚弱，走得很费力，萧军拿着所有的东西，走在前面，萧红咬牙坚持。

60. 日内　小房间

房间很小，但是很干净，床单、枕套、桌布都是白色的。

萧红一下倒在床上，把脸埋在白色的枕套上。

萧红：真干净，真白。

萧军：你喜欢就好。

敲门声。

萧军：进来。

进来一个茶房，是个高大肥胖的俄罗斯女人。

俄罗斯女人：（放下一只水壶，东北话）铺盖租吗？

萧红：要租。

俄罗斯女人：一天五角，另外付。

萧红一下从床上站到地上，两人异口同声：不租。

俄罗斯茶房转眼之间把床单、枕套、桌布等一扫而空。

茶房旋风般地离开了。

房间立刻变了样子，床上只剩旧床垫，枕头上也有污渍，桌子上也有茶杯的黑圈。

萧红傻了一样站在那里。

萧军打开自己的被褥，铺在床上，然后把萧红放到被子上。

萧红一下抱住萧军。

两人接吻。互相温暖，抵御沮丧。

61. 日内　旅馆

早晨。

桌子上铺着一张粉色的纸，纸上是一些盐。

两人的手中各拿着半块黑面包。

两人掰一块面包蘸盐吃。

萧红在盐上画了一个心形。

萧红：三郎，这就是我们的蜜月，绝无仅有的蜜月。

萧军：我们必须自己养活自己，你会什么？

萧红：写文章、画画、烧饭、缝纫、打扫算不算？

萧军：我会武术、骑马、打枪。

萧红：你还会写文章、弹琴、唱歌、书法，你会得真不少啊。

萧军：所以，你就在家里休息，写文章，我出去挣钱养你。

萧红：三郎，不要给满洲国做事。

萧军：放心，就是饿死也不给满洲国做事。

62. 日内　旅馆

走廊上。

送牛奶的人轻轻地把牛奶瓶子排在房间的门外。"列巴圈"就挂在门把手上。

萧红的房门半开着，门里和门外一样的朦胧寂静。

房间里，萧红站在门边，看着走廊上的牛奶和面包，她咬咬牙，终于伸出手把门关上。

［画外音］

萧红： 我们没有钱，什么吃的都没有，却还要闻着面包的香味，我没有变成一个贼真是奇迹。

63. 日外　街上

萧红和萧军在散步。

两人在一个卖包子的小摊前停下脚步。

萧军拿起一个包子，又放下。

萧军：我就摸摸还热不热。

说完就拉着萧红走。

萧红：（对摊主）买 10 个。

萧军愣了。

萧红捧着包子送到萧军的面前，热包子太诱人了，萧军一口一个吃了起来，快吃完了，才发现萧红一直没吃，就往萧红嘴里放了一个，剩下的都吃了。

萧红慢慢吃着包子，在萧军都吃完了之后，又把手里的半个塞进萧军的嘴里。

萧军：我吃的太多了，怎么转眼就都吃了，太好吃了。

萧红看着萧军满足的样子，也高兴地笑了。

萧军：你哪来的钱？

萧红：我给我以前的美术老师写了信，想托他介绍一份工作，他说他没有办法，但给了这一元钱。

萧军：肚子吃饱了，觉得天比刚才都蓝了，是不是？

萧红：是啊，觉得你都比刚才胖了。

两人笑着走了。

64. 日内　旅馆

萧军开门进来，手里抱着一个包裹。

萧军：乃莹，起来。

萧红哇地哭了。

萧红：三郎，我已经饿得起不来了。

萧军：你看我带回来什么？

包袱里是两件旧衣服。

萧红：你哪里来的？

萧军：我找到工作了，做家教，每月 20 元，教武术和国文，还可以到他家去住。我们有钱了。

萧红高兴地转起圈来，两人在狭小的空间里跳舞。

萧军：走，吃饭去，下馆子。

65. 日外　冯家

萧军在给一个 11 岁的男孩上武术课。

两人都扎着马步，小男孩跟着萧军的口令做着各种动作。

小男孩的姐姐站在门廊下看着热闹，笑着。

66. 日内　冯家

小屋里，萧红坐在窗前写作。

在她的身后，是一个简陋而整洁的小家。墙上贴着她的画和萧军的书法，书架上摆着简单的锅碗瓢盆和柴米油盐。

一张不大的双人床铺得平平展展。

萧红抬起头，往院子里看。

她可以透过不大的窗玻璃，看到院子里的情景。她尤其注意到，姐姐的笑脸。

萧红写下题目：《王阿嫂的死》

[画外音]

萧红：这是我写的第一篇小说。我知道从此便不会停止创作，萧军把我领进了东北作家群，让我认识了一个朝气蓬勃的进步群体，他也很勤奋，他写作之余还做许多其他的事情，接触的人也比我多。我很快就发现，萧军很讨女人喜欢，他也很喜欢女人。

67. 日内　冯家

萧红在门口的小炉子上煮饭。

没有菜板，她在书桌上铺张纸切菜，没有锅盖，用一张硬纸板代替，没有盆，用废纸盒代替。一切都因陋就简。

她不时看着门口，等着萧军。

门响了，萧红抬头。

进来的不是萧军，是学生的姐姐穿得漂漂亮亮从外面回来。

姐姐：又在等三郎？

萧红笑笑：做饭总得有人回来吃啊。

姐姐走到萧红身边，掀开“锅盖”。

姐姐：让我来看看大作家的文章写得怎么样？

萧红门里门外忙着。

姐姐：做饭和写文章，哪个更难？

萧红：巧妇难为无米之炊，写文章也是这个道理。

姐姐：我就“无米”，憋半天也写不出一句。所以我觉得你们两个都很了不起，能把名字印在报纸上。听说你们还参加了画展。

萧红：是一些朋友为赈灾搞的义卖。

姐姐：自己饭都没得吃，还赈灾。听说你们还在排戏？

萧红：排了一半，被解散了，说我们激进。

姐姐：操他个满洲国。听说你们要出一本书，里面都是你和他写的文章。

萧红：大家在为我们凑钱，我正忙着抄稿子。

姐姐：那本书叫什么名字？

萧红：你什么都知道，还来问我？

姐姐：是不是叫《悄吟与三郎》？

萧红：叫《跋涉》。

68. 夜内　牵牛房

画家冯咏秋的住宅。

一栋比较宽敞的住宅。客厅仿佛是年轻人的沙龙，窗户上挂着厚厚的窗帘，房间里点着蜡烛。

桌子的中央摆着两摞新印好的《跋涉》。

大家围坐在一起，有酒和一些简单的零食。

舒群：这本书，是一段传奇爱情的纪念，也是我们这一段斗争和努力的见证，它就像我们大家的孩子，为《跋涉》干杯！

大家一起干杯！萧军大杯喝酒，略带醉意。他在吃零食。

萧红也在吃零食。

金剑啸：山河破碎，民不聊生，我们的手中，只有一支笔。

舒群：这本书里没有风花雪月，才子佳人，全是苦难，忧伤，生命的挣扎和呐喊，我尊重它，也尊重书的两位作者。

大家鼓掌。

萧红站起来，她的一只手和坐在她身边的萧军拉在一起。

萧红：你们知道，我不善言辞，没有三郎，我可能已经不在人世了。没有你们，我不会有写作的勇气和力量，没有大家慷慨解囊，也不可能有这本书的出版，我很幸福，我长这么大，还从来没有这么幸福过。

萧军站起来，他晃了一下，抱住萧红。

大家开始唱歌，彼此挽起手臂，轻声地，热烈地。

69. 日外　大街

哈尔滨人流穿梭的大街上，萧红挽着萧军，特别引人注目：萧军脖子上系了个黑蝴蝶结，手里拿了个三角琴，边走边弹。萧红穿着花短褂，下着一条女中学生通常穿的黑裙子，脚上却穿了双尖头皮鞋。他们边走边唱，一边行走，一边谈笑，风姿飘洒，旁若无人，像流浪艺人一样。

70. 夜内　冯家

唯一的一张小木桌，唯一的凳子是萧军坐，他写作时，要正襟危坐。萧红用笔在墙上描着萧军写作时的灯影下的轮廓。

71. 夜外内　牵牛房

夜晚，透过牵牛房的窗玻璃可以看到晃晃荡荡的一些人在屋里闪动，同时传来一阵阵的欢笑声。

客厅中有许多生人。大家一起喝茶，吃瓜子，有几个在随着音乐跳舞。他们各自以不同的方式向二萧打着招呼，女人们对萧军似乎都很热情，萧军一进来，就被一个摩登女郎拉去跳舞，萧红只好在一旁静静地坐着，女主人走了过来递给萧红一杯热茶。

萧红身边的女人在议论：迷人的三郎。

[画外音]

萧红：无论如何，那是一段幸福的时光，是萧军给了我爱情，也是他鼓励我写作，无奈的是，每一道阳光的后面都有阴影，我不愿面对，但内心的深处却开始积聚忧伤。

72. 夜内　冯家

萧红在做饭，她依旧非常节省，把馒头切成片烤在炉子边上，用水炒了一小盘鸡蛋。在汤里放几滴香油。巧妇尽力经营着无米之炊。

门开了，萧军裹着冷风进来，他没有戴帽子，耳朵冻得通红。

萧红用手为他暖着冻红的耳朵。

萧红：今天怎么这么晚？

萧军：金剑啸被抓了，我去打探消息。

萧红：宪兵怎么天天抓人？

萧军：舒群马上去青岛，看来，咱们也得准备离开了。

萧红：我不走，我们好不容易有了一个家。

萧军：聪明的艄公不跟坏天气赌气。不走，下一个被捕的就可能是你我。

萧红：心在高原，身在泥沼。

萧红一边说着，一边开始挥霍自己的储备，她往锅里倒油，不再节省，不再小心翼翼。她把馒头扔到油锅里炸，把小罐子里的白糖全都倒在盘子里，让萧军蘸着炸馒头吃。

她本来只拿了半个咸鸭蛋出来吃，把另外的半个也拿了出来，又切了一个，两人每人一个。

萧军吃不下。

好不容易舍得了，做了好吃的，摆在面前，但两个人都吃不下。

73. 日外　冯家

小屋门口，冯家姐弟来送他们。

两个人的小屋子里已经空空荡荡了，能处理的东西都已经处理了，只剩两个人简单的行李。

萧军把一把长剑送给了跟他练武的男孩，男孩哭了。

萧红和姐姐拥抱。

姐姐：我可以抱一下三郎吗？

萧红笑着点了点头。

姐姐和萧军拥抱，萧红转过脸去。

姐姐：（小声对萧军）我会想你的。

萧军：（大声）我们会想你们的。希望再见。

姐姐：给我写信。

萧军对她笑，不为人知地点头。

萧红和萧军提着箱子离开了。

姐姐和弟弟站在门口看着他们走远。

74. 日外　原野

火车掠过原野，风景如画。

萧红的脸朝向窗外。

75. 日外　街头

萧军和萧红穿着东北的厚重的衣服，提着简单的行李，风尘仆仆来到上海街头。

行人和车辆制造出一种陌生和混乱。

萧军：这就是上海，鲁迅的上海，茅盾的上海，徐志摩的上海。

萧红：也是悄吟与三郎的上海。

76. 日外　上海的贫民区

萧军提了马桶到街边刷，很不习惯，萧红接过去，让他回去。

屋里，萧红把因为天气潮湿粘在一起的稿子揭开，一张一张晾在房间里。

萧军把一张上海地图贴在墙上。

[画外音]

萧红：我们先去青岛找舒群，办《青岛晨报》的副刊，后来舒群被捕，维持不下去了，决定去上海，是因为鲁迅先生在上海，想见见他，也想让他看看我们的作品。

我从来没有想到南方的气候是那么潮湿，上海话我一句也听不懂，举目无亲，所有的钱就只够买一袋大米。给鲁迅先生写了很多信，但他一直没答应见我们，他身体不好，而且，大概像我们这样的不知天高地厚的文学青年也太多了。

77. 夜内　亭子间

非常狭小的空间，非常简陋的生活条件。

门后的米袋子已经剩下不多的米了。

萧红正在做饭。

萧军：我们的小说寄出去有几天了?

萧红：一个礼拜了。

萧军：一个礼拜都没有个回话，市内当天杂志社就能收到，不能指望它了。

萧红：你一遍遍地走什么，转得我头晕。实在没事干，把你的书稿拿出来……

萧军：书稿，我真怀疑书稿有什么用，我去送稿子，看到书局门口睡着的老乞丐，出来时我就在想，就算我的书出版了，又怎么样呢？老乞丐的脚心还不依然是烂的?

萧红：把你这个心情写下来，就是文学，文学当然有意义。

萧军停在床前：我要走！你把钱全都给我，我拿它做盘缠投军去！ 我现在就去把稿子烧了，再也不写了。

萧红用沾满了面粉的手，抓紧了萧军的前襟：再等等，万一鲁迅先生回了信，问你写了什么，你拿纸灰给他看吗?

78. 日内　住处

楼梯上传来沉重杂乱的脚步声，楼梯都要震塌了似的。

萧军冲进来。

萧军：乃莹，鲁迅先生来信了，他答应见我们了！

萧红：真的？

萧军：刘先生，吟，本月三十日（星期五）午后两点钟，你们两位可以到书店来一趟吗？小说如已抄好，也就带来，我当在那里等候，那书店，坐第一路电车可到，就是坐到终点（靶子路）下车，往回走，三四十步就到了，此布，即请。俪安。迅上，十一月二十七日。

萧红：再念一遍。

萧军：刘先生，吟，本月三十日（星期五）午后两点钟，你们两位可以到书店来一趟吗？小说如已抄好，也就带来，我当在那里等候，那书店，坐第一路电车可到，就是坐到终点（靶子路）下车，往回走，三四十步就到了，此布，即请。俪安。迅上，十一月二十七日。

79. 日外　街上

伴随着念信，两人走在上海的街头。

他们旁若无人，不再理会周围异样的目光。

上海在他们的眼里也改变了暗淡的颜色。

80. 日内　咖啡馆内

高靠背的椅子使每张桌子之间都比较私密。

鲁迅在背窗的椅子上坐了下来，伸手示意他们两个也坐。

还有两个位子空着，摆好了餐巾。

鲁迅：他们来了。

萧红回头。

许广平带着海婴走了进来。

萧红：（惊喜地问鲁迅）是许先生？

鲁迅笑着点点头。

81. 日内　咖啡馆

五个人围在一起谈话，海婴在玩萧红的辫子。

萧军：如果不是为了见您一面，我们在上海简直待不下去了。

鲁迅：寄给我的作品我看过了，萧军先生的《八月的乡村》写得很好。严肃而紧张，失去的天空、土地，受难的人民，你们的文字和只会玩技巧的所谓作家的作品大两样。

萧军：（非常激动）先生，我们的心中装着家国之恨，我们自己也切身经历着饥寒交迫，颠沛流离的生活。

鲁迅：你们的创作是有意义的，也是有力量的，要坚持，要在上海扎下根去。

两人异口同声：谢谢先生。

萧军把咖啡端起来，像喝酒一样，一口喝了下去。

鲁迅：我愿意帮助你们。

萧红：（递上一部稿子）先生，这是我写的。有劳先生了。

鲁迅：我会看的，但是你不要着急。

萧红：谢谢您。

鲁迅起身，示意许广平该走了。鲁迅掏出一个信封递给萧军。

鲁迅：这是你们需要的。

萧军接过来。

82. 日外　咖啡馆的门口

鲁迅一家陪他们到车站。

萧红：先生留步，我们走回去。

鲁迅：很远的，还是坐车。

掏出零钱给萧军。

车来了，萧红和萧军上了车，挥手和鲁迅一家告别。

鲁迅一家也在向车上的两人挥手。

汽车开走了。

83. 夜内　新的住处

萧红和萧军亲热。

两个年轻人在艰苦的环境里坚持着，努力着。

萧红躺在萧军的臂弯里。

他们已经搬了家，换了房子，条件比刚来的时候好了很多。

房间的书架上，摆着萧军的新书《八月的乡村》，还有他们和上海文化人的合影。

墙上依旧贴了一张东北地图。

两人躺着聊天。

萧红扳着手指：没想到一个晚上见到这么多上海的文化人。

萧军：你不该阻止鲁迅先生抽烟。

萧红：我是为了他的健康着想。

萧军：不礼貌。

萧红：你呢？你就做得很好吗？光着脚在房间里走。

萧红翻过身去，不理他了。

萧军也翻过身，两人背对背。

萧红最终忍受不了冷战，转过身来，用指甲在萧军的背上划着。

萧军痒得动来动去。

萧红开心地笑着。

[画外音]

萧：上海很大，人很多，萧军比我更能适应新的环境，我宁愿留在家里写作。

84. 日内　住处

萧红在床边折叠洗好的衣服。

萧军从外面回来，精神抖擞的，腋下夹着报纸和杂志。

萧红听见他进来，也没有回头。

萧军：今天吃什么？

萧红：这块补丁打得很仔细。我一直想补，忙得没有时间。

萧红手上是萧军的一件衣服，她翻看着领子处的一块新补的补丁。

萧军：有空的人总是有的，而且也愿意帮忙。

萧红：你一出去一整天，也是去帮别人的忙吧？

萧军：我你是知道的，谁的忙都愿意帮。

萧红：你伤害了我，怎么还这么理直气壮？

萧军：不过是一块补丁而已，如果你给别人补衣服，我肯定不会介意。

萧红：那情诗呢？你是写给谁的？还有脸拿出去发表。

萧军：情诗可能是为一个人而写，但写出来之后就是给千万人的，“红酥手，黄滕酒，满城春色宫墙柳”肯定是写给一个人的，但现在属于全人类。

萧军听见布撕开的声音，他转过头 ，萧红正在撕他那件被人精心补过的衬衣。

萧红发泄般地撕着衣服，一件本来就不新的衣服在萧红的手里很快就成为碎片。

萧军走到她的身后，想抱住她。

萧红挣扎着，摆脱萧军的手。

萧军的力气大，还是把她抱住了。

萧红流泪。

萧军：我和她们是逢场作戏，和你才是患难夫妻。二萧是不会分开的。

萧红：（大声地）你不珍惜，早晚都会失去。

85. 日内　鲁迅家

厨房里，许广平和萧红在包饺子，一边做事一边说话。

萧红显得有些憔悴。

海婴又在萧红的身后编她的辫子。

萧红在擀饺子皮，很熟练地。

许广平在包，萧红也会停下来包几个。

包好的饺子整齐地摆着。

许：奴隶丛书卖得很好，先生也很高兴，你的《生死场》他也逐字逐句看了，他很喜欢，它将是奴隶丛书的第三本了，你们的努力有成果了。

萧红：如果不是因为您和先生，我在上海早就待不下去了。

许：你应该把自己看得重一些， 先生说《生死场》的出版，将是上海文坛的一件大事，为什么这么多重要的事情都不能让你振作，而一个萧军就让你万念俱灰?

萧：（停下手中的操作）我们俩总是这样，穷困的时候守在一起，生活稍有改善，感情就出现问题。真留恋在哈尔滨的时候，身上一分钱都没有，再破旧的衣服也觉得好看，因为他看你的眼神里，有无言的赞美。

许：也许你应该让自己走出他的目光，到更开阔的天地里去。

萧红：许先生，您和先生，还有海婴，你们的生活就是我特别渴望的，也是我永远也得不到的。

许：每个人有每个人的压力，先生的脾气，还有身体，让我一刻也不轻松。

这时，楼梯上传来脚步声，两个人的谈话也暂时停了下来。

鲁迅出现在他们面前，手里拿着几张纸。

鲁迅：《生死场》的序，我写好了。

萧红在身上擦了擦手，接了过来。

萧红：谢谢先生！

鲁迅：煮饺子给我吃吧。

说完转身上楼去了，边走边咳，两个女人忧心忡忡。

86. 夜内　家门口

萧红裹着披肩，走到自己家门口，手里拿着鲁迅的序言。

门虚掩着。

有人在里面讲话。

她正好听见一句。

萧军：让你这样的女人流泪，所有男人都有罪。

87. 日内　家里

萧红推门进屋。

背对她的萧军正在为一个坐在床上的女人擦眼泪。

女人正在哭，床上还放着一个小婴儿。

女人转过脸来，是哈尔滨的学生的姐姐。

姐姐看到萧红，就起身迎上来，两人抱在一起。

萧红搂着姐姐，眼睛瞪着萧军。

萧军佯装不觉，探身看着床上的婴儿。

姐姐：终于见到你们了。

萧红：刚到上海吗？

姐姐：是的，来找我的姑姑。

萧红：还没吃晚饭吧？我给你弄点吃的。

88. 日内　家里

萧红忙着和面，擀面条。

萧军和姐姐亲密地小声交谈着。

89. 夜内 家里

三个人围在小桌前吃饭。

姐姐拿出从哈尔滨带来的大面包给两人吃。

萧红：（把面包放在鼻子上闻）家乡的味道。（眼圈就红了。）

姐姐：家里让嫁，我就嫁了，同学都骂我，说我丈夫给日本人做事，我就是汉奸婆，他又对我不好，白天在外面受了气，晚上回家就打人，我实在受不了了。

萧军：你做得对，于大义于自己都应该离开他。

姐姐：还不知道能在姑姑家住多久，过一天算一天吧。

萧红：今天晚上就去你姑姑家吗?

姐姐：我看你们一眼就走。

萧红：这么晚了，能找到吗?

姐姐：让三郎送我吧。

萧军：没问题，那一带我熟。我送你。

萧红没有说什么。孩子哭了。

姐姐起身去抱孩子，萧红也跟了过去。

姐姐给孩子喂奶，萧红在边上看得有些出神。

她想起了自己失去的孩子。

萧红：她真小啊。

姐姐：你们俩怎么没要个孩子?

萧红：颠沛流离，想都不敢想。

姐姐：有了孩子，男人就恋家了。

萧红看了萧军一眼，若有所思。

萧红：我们搬到这里还没有多久，你怎么找到的?

姐姐：三郎有时给我写信，我也给他回，你不会介意吧?

萧红没有说话，笑了笑。

萧军：要走就早点走吧。

姐姐：（对萧红）我住下了再来看你。

萧红：需要什么就告诉我。

她看着萧军兴奋的样子，有苦说不出。

90. 夜内　家里

桌子没有收拾，两个人已经走了。

剩下落寞的萧红。

萧红拿起姐姐落在床边的一块小孩尿布，觉得自己的生活里确实少了些什么。

萧红无以排遣坏心情，拿起桌上鲁迅为她的《生死场》写的序言，自己读给自己听。

萧红：（哽咽地）“这本稿子的到了我的桌上，已是今年的春天，我早重回闸北，周围又复熙熙攘攘的时候了，但却看见了五年以前，以及更早的哈尔滨。这自然还不过是略图，叙事和写景，胜于人物的描写，然而北方人民的对于生的坚强，对于死的挣扎，却往往已经力透纸背，女性作者的细致的观察和越轨的笔致，又增加了不少明丽和新鲜。精神是健全的，”（她哭了）精神是健全的……精神是健全的……

91. 日内　香港住处

窗户上贴了防空条，白纸上是萧红的手迹。

萧红打扮得非常整齐，穿了旗袍，坐在沙发上。

闪光灯一响。

拍照的是采访她的记者。

骆宾基和小袁站在边上。

萧红站起来和记者握手。

萧红：谢谢你。

记者：（粤语）谢谢你接受我们的访问，祝您早日康复，战时还要特别注意安全。如果需要我做什么请不要客气。

小袁在边上翻译。

萧红：你们也要小心。

记者走了。

小袁：（操南方普通话）先生，真不好意思，我来催《马伯乐》的稿子了，存稿马上要发完了。

萧红：写不动了，你就在刊物上说我生病了，算载完了吧。很可惜，还没有把那忧伤的马伯乐，提出一个光明的交代。

小袁：等你好了我们继续。

萧红：我会好起来的，你看我现在不是很好吗？

小袁：再见先生，早点好起来。

92. 日内　住处

人都走了，又剩下两个人了。

骆：您看上去是好多了，我都想抽空回九龙一趟，看能不能找回我的书稿。

萧红靠在床上，没了刚才的精神。

萧红：人都走了，你也是想走了。没有人会甘心留下的。

骆：我取了稿子马上回来。那是我在桂林的桐油灯下，一个字一个字写出来的。

萧红：稿子重要还是朋友的生命重要呢？

骆：你也是作家，你比我更知道答案。

萧红：在不同的时刻，有不同的答案，比如现在，你冒着宵禁偷渡九龙，是非常不安全的，而在我看来，你的生命是最重要的，你太年轻了。你要认为我这么说是为了我自己，也可以。我已经不像过去那么骄傲了，如果是在以前，我是不会求你留下来的。

骆：好了，我们不再提了，接着给我讲你的故事吧。除了萧军用情不专，你们还有别的分歧吗？

萧：大概也是有的吧，我认为作家首先是要认真写作，拿出有分量的作品，这是作家的责任，他主张更多地参与政治活动、救亡活动，甚至拿起枪去抗日前线。我们偶尔会争论。

骆：我赞成您的意见，一部作品的影响力大大地超过一个作家本人。您的小说《手》，我印象很深，那个女学生，因为在家里染布，手是洗不掉的黑色，在课堂上举起来，从指尖到手腕都是黑的，老师因为手黑不让她参加活动，她想跟父亲要一双手套，我看得流眼泪。

萧：真可惜你不是萧军，开个玩笑。

萧红拍拍骆宾基的头。

骆宾基看着化了妆的萧红，觉得她很美。

骆：您今天真好看。

萧红：一个人不能生活得太可怜了，要让别人看得过去，不过在你面前，我还是很可怜，你是自己人，没有关系。

萧红很疲倦地没换衣服就睡过去了。

骆宾基给她轻轻盖上被子。

93. 日内　鲁迅的办公室兼卧室

萧红和鲁迅面对面坐着。

周围很安静，茶水冒着淡淡的热气。

萧红：我一度很怜悯我笔下的人物，可是现在，我觉得我比我笔下的人物还要可怜。

鲁迅：你在感情上太过投入，性格又偏倔强。

萧红：遇见萧军到底是我的幸运，还是我的不幸？喜欢他，但不能拥有他，恨他，又不能离开他。

鲁迅：你和他，就像是两个刺猬，靠近了刺得相互发痛，离远了又觉得孤单。想想看是不是这样？你们彼此，大概不在于拥有和被拥有，重要的是互相理解，互相体谅。你的抱怨是不是太多了？

萧红：受了伤害当然会觉得疼，想不介意也难。

鲁迅：等你到了我这个年纪，老之将至，死之将至，你就会觉得你现在的痛苦真算不了什么，甚至还会体会到其中的某种快乐。

萧红：我想离开一段，一个人静一静。

鲁迅：也好。

94. 日内　鲁迅家

萧红下楼。

看到萧军正在帮许广平搬蜂窝煤。

萧军：我就知道她又来告我的状。

许：你要对她好一点，要珍惜她的才华。

萧军：许先生你放心，我对她很好，女人就是多愁善感。

萧军抬头看到萧红。

萧军：你又去打扰先生，他身体本来就不好。

萧红：你讲话的声音比我还要打扰他。

许：好啦，一见面就吵，回家吵去。

两人不好意思地笑了。

萧军：我们走了。

许：洗了手再走。

萧军：不洗了，这样很好！

他用黑手往萧红的脸上抹了一道，萧红躲闪，他就追着抹，两人打打闹闹地离开了。

许广平在后面看着。

95. 日外　街上

萧军和萧红走过书店。

《生死场》的大幅海报。

萧红停下脚步看着。

有一群女学生从书店里出来，手里拿着新买的《生死场》，边走边议论着。

萧红赶紧离开了。

萧军却和女学生搭讪，指着萧红的背影。

萧军：刚买的？

女学生：是啊，萧红的新书。

萧军：看到吗？那就是萧红。

女学生：真的？那您应该是——

萧军：萧军。

女学生：真的？

萧军和女学生一一握手，然后挥手告别。

女学生发现他的手是黑的，然后发现自己的手被他握黑了。

96. 日外　林荫路

萧军：非走不可吗？

萧红：如果我回来，我们还可以在一起生活，我就为你生个孩子。

萧军：好啊。

萧红：我不在，你要照顾好自己。

萧军：你不用担心我。

萧红：我走，并不是想离开你。

萧军：我知道，是我让你不开心，我不是故意的。她丈夫来上海接她回去了。

两人走远。

[**画外音**]

萧红：去日本，本来是去看我的弟弟秀珂，但他已经回国了，我一个人，除了写作，就是和阿虚谈论萧军，就像我们现在一样，阿虚的丈夫是我们的朋友，我在日本和她住在一起。

97. 日外　海边

萧红和阿虚坐在沙滩上，望着阳光下变幻莫测的海水，聊着女人心事。

萧红：萧军永远不会说别生气了，他总是说不许生气。萧军永远不会说对不起，我错了，他总是说忘记别人的不好。萧军永远不会说别离开我，他总是说，没有我你会难过的。

阿虚的手里，拿着一张萧军的照片，看着他阳光的笑容。

萧红：他像一场大雨，很快就可以淋湿你，但是云彩飘走了，他淋湿的就是别人。

阿虚：这个比喻不恰当，你们俩是一对飞翔的海燕，别人只是在看风景。

萧红：我就像他划过的一根火柴，灿烂一时，转眼就成为灰烬，然后他当着你的面，去划另一根火柴。

阿虚：你对爱情的比喻是那么强烈，又是那么悲观。平静如水，源远流长的爱情也是有的啊。

萧红：或许有，可我没有找到。

阿虚：你想和他分手?

萧红：和他在一起的时候就想离开他，和他分开的时候，就想见到他。

阿虚：你们这些文人，自己跟自己过不去。我回国以后，你要照顾好自己。

98. 日外　街上

萧红买报纸，上面有鲁迅逝世的消息。

她不懂日文，但看到鲁迅的照片。

她拿着报纸在街上奔跑。

[画外音]

萧红：阿虚走后，我一边学日文，一边写东西，直到鲁迅先生逝世的消息传来。

99. 日外　轮渡口

轮船进了上海港，萧红在船上向下张望。

码头上，萧军带着一群人，拿着鲜花在接她。

萧红和萧军拥抱。

又和舒群拥抱。

萧红：舒群你来上海了，太好了！

一个人出现在萧红的面前，她愣了一下，抱住对方，是她的弟弟张秀珂。

萧红：秀珂，你怎么会在这里？我专门到日本去看你，你却来了上海。

弟弟：姐姐，我们太久没有见面了。

萧红从弟弟的肩上看到站在最外面的阿虚。

阿虚对她笑着。

两人拥抱。

萧红：阿虚，你好吗？

阿虚非常热情地对萧红笑着，显得有些虚假。

端木蕻良把带来的鲜花献给萧红。这是一个和萧军反差很大的年轻人，留着长发，穿着也很前卫，戴着很薄的皮手套，个子瘦高。

端木：我是清华大学的端木蕻良，非常喜欢您的作品，见到您非常高兴。

萧红：谢谢，太客气了。一下能见到这么多朋友，我太高兴了，这回我们东北作家群在上海集合了。

大家一起往码头外走。

[画外音]

萧红：鲁迅先生去世我没有在上海，心里非常难过，被自己最崇拜的人认可和肯定，对于我来说是最大的满足和幸福，和先生在一起我常常想起我的祖父。

100. 日内 鲁迅家

萧红在看鲁迅葬礼的照片：守灵，葬礼，抬棺，民众送葬，大标语等。

许广平坐在她的对面。

101. 日内 家里

萧红在打扫卫生，或者说她是在一边打扫一边清理东西，她把一些女人用的东西，但又不是她的，都翻出来，放在一起，萧军坐在一边看着。

萧红：我以为我们会像你信中写的那样，重新开始。

萧军：我和她已经分手了，我告诉她，你要回来了，而我是要继续和你生活在一起的。

萧红：我走了那么远的路，为什么回来一切都是老样子？

萧军：我也不知道为什么，我遇见的女人都那么孤单，那么需要爱，而我的个性，是不愿意让别人失望。

萧红：我是不是不该回来？

萧军：你要走可以，你回来也可以。我对你可以永远妥协。

萧红：你还爱我吗？

萧军：你要给我机会。

萧军把萧红抱在怀里。

萧红流泪。她感到非常疲惫。

102. 日内 家里

萧红在家里写稿子。

有人敲门。

萧红：请进来。

进来的人是端木蕻良，高高瘦瘦的，举止斯文，穿着时髦。

萧红露出了笑容。

端木：先生，我来给您送请柬，是个关于创作的座谈会，知名作家都要出席。

萧红：谢谢，坐吧。

端木：先生的眼睛怎么了？

萧红的一只眼睛有些发青。

萧红：没事，不小心碰到硬物了。

端木：先生在写东西？我不打扰吗？

萧红：你知道我为什么写东西？因为没有快乐的事情做。

端木：先生开玩笑，我非常喜欢您的《生死场》，写得太好了，王婆去卖老马的那一段，看到那里就会落泪。书中的那些人物，他们的命运，他们对生活的渴望，让我觉得应该为他们做点什么，应该为这个国家做点什么。

萧红：也许，不是每个人都有能力拯救世界，不是每个人都有条件创造未来，但是，为苦难的世界担当情感痛苦却应该是一个作家的精神底线。我写苦难，就是希望苦难的现实可以改变，虽然我还没有找到改变的道路，但是我有非常强烈的渴望。

端木：您说得真好，我崇拜您。

谈话间萧红的手里正在拆一封信。

103. 日外　街上

萧红在匆匆地走着。

她的情绪非常激动，从行人中穿行。

104. 日内　医院

萧红在医院的走廊上很快地行走。

105. 日内　医院

萧红推开单间病房的门。

阿虚躺在病床上。

阳光照在她苍白的脸上。

萧红拿起床头的卡片，上面写着：人工流产。

萧红：你和萧军的孩子？

阿虚：他为了你逼我做掉了。

萧红：你，你们。

她看到阿虚流泪，就不说下去了。

她走到窗前，看着外面。

萧红：明明是你对不起我，为什么我反倒觉得自己对不起你呢？

阿虚：回到上海之后，特别想见见你说的三郎，他说，他也很孤独。

萧红：可你是我朋友。

阿虚：我很舍不得这个孩子，我想对你说，我已经受到惩罚了。

萧红：（萧红把脸转过来）为什么我们的世界里只有一个萧军？为什么永远走不出这个世界？真不知道失去你和失去他哪个更让我难过。

阿虚正要说什么，病房的门打开了，萧军提着大包小包的吃的，满头大汗地闯进来。

两个女人都面无表情地看着他。

萧军：你怎么来了？

阿虚：是我写信给萧红的。

萧军：为什么？

阿虚：我想只有她可以理解那根火柴的痛苦和绝望。

萧军：什么火柴？我们不是已经谈好了吗？你又何必节外生枝？

阿虚：（阿虚哭了）我没有人可以说，我想求得萧红的原谅，我们对爱情有同样的向往，爱着同一个男人。（阿虚哭了）

萧军：（打断）好了，不要说了。

萧红：萧军，你不能这么对待她。

三个人僵在那里。

萧红：我们真像在演戏。

萧红转身走了。

106. 日外　街上

萧红在街上无目的地闲逛。

她站在百货公司的橱窗前，看着里面非常漂亮的童装、儿童玩具。

她没有眼泪，没有表情。

107. 夜内　酒馆

萧红在喝酒，陪她的人是端木蕻良。

她喝得很多，端木什么也不说，就陪她喝。

108. 日外　街上

萧红走在街上，心如死灰。

一个报童从她身边经过，她一把拉住报童。

用一张很大面值的钱买了一张报纸。

报童：（上海话）找不开的。

萧红：（也用上海话）不用找了，给你的。

报童：谢谢太太。

萧红打开报纸，大标题：“1937 年 7 月 7 日，卢沟桥事变”。

爆炸声，声音非常大。

109. 香港　住处

病床上的萧红再次在轰炸声中惊醒。

炮声越来越近了。

字幕：1941 年冬 香港

骆宾基在收拾东西。

萧红：我梦见飞机在扔炸弹，很多炸弹。

骆：不是梦，轰炸越来越近了，我们得准备离开，于毅夫说王时福负责我们转移，从湛江到桂林去。

萧红：我浑身都在疼，很疼。

骆宾基放下手边的事情，过来摸萧红的头，很烫。

骆：您发烧了。

萧红：我可能走不了了。

骆：别着急，我去找人找车，送您到医院去。

萧：楼里的人都走了，你到哪里去找人啊?

骆宾基握住萧红的手。

骆：我一个人，也要把您送到医院去，我就是背，也要把您背到医院去。

萧红：为什么对我这么好?

骆：我可能也爱上了一个女作家。

萧红看着骆宾基，摸了摸他的脸。

萧红：别开玩笑，我比你大 6 岁，而且，病得没个人样。

骆：你看我像在开玩笑吗?

萧红：让我怎么谢你?

110. 日内　住处

随身的东西收拾好了。

骆宾基给萧红穿袜子，他一边穿一边给萧红揉脚。

身后忽然有人轻声咳嗽。

骆宾基转过身，端木蕻良站在楼梯口，一只手提着他的小箱子，一只手里拿着一个苹果。

骆：端木先生，您终于回来了。

端木蕻良表情有些尴尬。

萧红看到端木蕻良，冲他用力笑了笑，挥了挥手。

端木蕻良走到床前，俯下身，萧红伸出瘦弱的胳膊抱住他的肩。

萧红：你一走好多天，去哪了？

端木：我到外面想办法，弄钱，找船票，买药，各种事情。再说，这里不是有小骆吗？

萧红：我以为你又先走了，和去重庆时一样。

端木：（刮萧红的鼻子）你在记仇。茅盾、以群、邹韬奋他们都走了，陆续还在撤。

他们的对话被骆宾基打断，他不知道从哪里找到一张躺椅，搬到床前。

骆：先生在发高烧，我们送她去医院吧。

端木蕻良摸了一下萧红的头。

端木：这么烫，我们走。

骆宾基在抽屉里找钱，又往椅子上铺着毯子。

111. 日外　街上

有飞机轰炸的痕迹，废墟，满地的砖头瓦块，人们撤退后留下的家具物品，垃圾纸屑，废弃的汽车等。

偶有行人，也行色匆匆。

端木蕻良和骆宾基抬着萧红，走在空荡荡的街道上。

个别的商家还在做着小生意。有冒着热气的摊档。

圣诞树垃圾一样被扔在路边。

112. 日内　医院里

萧红躺在病床上，医生在给她输液。

医生和护士用粤语交谈。

113. 日内 走廊上

两个人累得衣衫不整。

端木蕻良和骆宾基各自站着，他们甚至没有交谈，他们俩的关系似乎有些微妙。

端木蕻良走到骆宾基的面前，递给他一支烟，骆宾基接过。

有护士从他们身边走过，重重敲了敲墙上的禁烟标志。

两人就把烟都拿在手里。

114. 日外　露台

露台上，可以抽烟了，两个男人在一起对火。

端木：想说什么你就说，没关系。

骆：（鼓足勇气）萧红……她好像……很寂寞。

端木：她的寂寞，也不是一天两天了。谢谢你帮我这么多。

骆：您也帮我很多，如果不是您撤下《时代文学》上自己的《大时代》让我连载《人与土地》，我在香港连饭都吃不上。

端木：我帮你的时候可没想到会遇到现在的局面，看来人还是要多做善事。

骆：你不问问我她的情况？

端木：她我都看见了。

骆：她现在这个样子，您要给她温暖和信心，让她坚持下去。

端木：我这样做过，现在轮到你了。

骆：您什么意思？

端木：只有她爱的人可以给她温暖和信心。（停顿）我和萧红，不像你想象的那样，我们并不是老在一起，在重庆的时候就不在一起，来到香港也是各忙各的。

骆：您什么意思？

端木：你放心，我不走了，咱们一起照顾她，我遇见的所有人都在问我，萧红呢？她怎么样了？我明白他们的潜台词是你为什么没有在萧红的身边？我没办法解释我在外面所做的事情和努力，我就回来了。

骆：你还……爱不爱……萧红?

端木：你真年轻。

骆：她是为了你离开萧军的。如果不是你，她现在还会和萧军在一起，还有他们的孩子。

端木：她跟你这么说的?

骆：（摇头）是我这么想。

115. 日外　山西

山区，颠簸的道路。

群山叠嶂。

[画外音]

萧红：七七事变后，日本人长驱直入，八一三打到上海，我、萧军、端木和大家一起撤往武汉，又一起辗转到了山西，我怀上了萧军的孩子。

116. 日外　宿营地

一座院子，类似大车店的样子，大家在休整，洗刷，吃东西，也有人好奇着北方的风土人情。

117. 日内　屋里

屋里是通铺，散乱地摆着一些女人的行李物品。

萧红病了，一个人靠在被子上，写着什么。

端木蕻良走进来，给她送来一碗热粥。

端木：我走了五户人家才弄到这一碗粥。

萧红：那不成了乞丐了。

端木：我付钱了，北方的小米真香，家乡的味道，趁热吃吧。

萧红：让你这个公子哥来照顾我，真过意不去。

端木：（小声地）爱情会让一个人发生巨变不是吗?我来喂你吧。

萧红：不用了，一会她们回来看见，影响不好。

正说着，萧军进来了，手上也端着一碗粥。

情形一下子尴尬起来。

端木有些怕萧军。

端木：我先走了，你们坐。

萧红把粥放下。

萧红：我有了，你自己吃吧。

萧军：好不容易搞到的，留着你下顿吃。

萧红：没想到兴冲冲而来，学校又要转移，该死的日本鬼子。

萧军：你好些吗？下一步怎么打算？

萧红：端木要回南方，我想和他一起去。

萧军：我是肯定要北上的，去延安。

萧红：我知道，你当兵的决心没有变。

萧军：跟我去延安吧，我照顾你，你把孩子生下来，如果你还想离开，可以把孩子留给我。我们两个人是应该有个孩子。

萧红把头扭向窗外，不知为什么，她不再想看着眼前的萧军了。

萧红：我可能不再爱你了。

萧军：你对我有误解，我并不像你想得那么无情无义。

萧红：是我爱上了别人。

萧军：（生气，大声地）他哪比我好？

萧红：他比你爱我。

萧军：（打断）没有人比我更爱你。

萧红：他给我我想要的，疼爱，理解，注视，专一，轻声讲话，我要的并不多。

萧军：是，是，是，我是个粗人，很少为你着想，可我从来没有想过离开你。

萧红：是我一直想离开你，但是离不开，走了又回来，走了又回来，就好像有什么东西永远都撕扯不断，不走，我又受不了。

萧军：也好，打仗不是女人的事情，你身体又不好，去找一个安静的地方好好写作吧，你写什么我都觉得好。

萧红：大家都四散了，秀珂参加八路军，丁玲、舒群去延安，茅盾回乌镇，胡风去南京，我们和罗烽、白朗回武汉，不知道什么时候能再聚。

萧军：总有再见的一天。

萧军走到萧红身边，抱住她。

这次难过的是萧军。

两人抱在一起，但没有了亲吻。

炕沿上的两碗粥，都已经凉了。

118. 夜外　火车站

火车站上人很多，大多是青年，也有难民，也有军人。

火车要开了，萧红、端木蕻良和其他几个人在车上，萧军和几个人在车下送行。

萧红看着萧军，什么也说不出来。

萧军看上去是平静的，心里其实很不是滋味。

转眼萧军不见了。

萧红探出头去张望。

萧军朝她跑过来。

萧红仿佛看到在哈尔滨的大水中，涉水朝她跑来的萧军。

萧红的眼泪夺眶而出。

萧军来到车窗下，手里举着两个大梨。

萧军把梨隔着窗户递给萧红。

萧红紧紧抓在手里，泪流满面。

火车哐的一声动起来了。

车下的人向车上的人挥手，萧红看着萧军挥手。

萧军的身影被车站的雾气遮挡。

萧红：（喊）三郎，再见了。

火车的烟散了，站台上，是一个泪流满面的萧军。

萧军的身影越来越模糊。

119. 日外　武汉

字幕：1938 年 5 月，武汉。

武汉的街景。

120. 日内　大同酒家

婚礼。

一个包间，两桌客人。

文化界的朋友，还有端木蕻良的亲戚。

包间的门打开，穿得很漂亮的萧红和端木蕻良出现在大家的面前。

萧红的肚子被宽松的衣服遮盖起来。

大家鼓掌,其中有一个人是萧军的朋友,并不鼓掌,只是很无奈地看着他们。

121. 日内　大同酒家

萧红和端木蕻良给大家敬酒。

端木蕻良搂着萧红。

走到刚才不鼓掌的男士面前，这个男士和萧红碰了杯，不跟端木蕻良碰杯。

萧红：我们还是朋友吗?

男士：是。

萧红：如果你是我的朋友，就要对他好。

男士：我也是萧军的朋友，你不该离开萧军，你迟早会发现你做错了。

萧红：你不该来的。

男士：好的，我告辞。

男士离席而去。

萧红换上笑容继续给大家敬酒。

122. 日内　大同酒家

萧红对大家说：我和端木没有什么罗曼蒂克式的爱情历史，我对他没有什么过高的希求，只是想过正常老百姓的夫妻生活，没有争吵，没有打闹，没有不忠，没有讥笑，有的只是谅解，爱护，体贴，我深深感到，像我眼前这种状态的人，还要什么名分，可端木却做了牺牲，就这一点我就感到十分满足了。

大家为她的幸福感到高兴。

端木蕻良深情地抱住她。

两人在大家的祝福中亲吻对方。

123. 夜内　住处

收拾得很漂亮的小房子，端木蕻良的生活情趣显然要奢华一些。

漂亮的桌布、床幔，桌子上的康乃馨。

两人疲惫地坐在床上。

萧红：端木，我今天特别开心，谢谢你。

端木：我说了要给你一个婚礼，我做到了。

萧红：我和两个男人同居，为两个男人怀孕，但今晚是我有生以来第一次当新娘。

端木：你是我的。

萧红：我想找个地方把孩子打掉。

端木吓了一跳。

端木：不要！

萧红：这对你不公平，而且我们也养不活他。

端木：不要！孩子是无辜的，我可以接受现在的你，就可以接受萧军的孩子，我一直把萧军当好朋友，刚到上海的时候，他给过我很多帮助，我不能再做对不起他的事情了。

萧红：端木，你是一个好人。

124. 日内　香港病房外

端木蕻良和骆宾基在吃着便当。

端木：她真是这样跟你说的？

骆：是的。

端木：幸好我回来了。我一直认为萧红跟我走肯定后悔了，否则，她不会遭遇武汉的撤退，孩子也不会在重庆夭折，更不会病倒在炮火连天的香港。

骆：难以想象的是，她在这样的环境下还完成了《呼兰河传》《马伯乐》，这些年她写了多少东西啊，真是太了不起了。里面也有你的功劳。

端木：我们得让她尽快好起来，到时候我们三个一起走。

骆：她说她想回东北老家，让我们送她到上海许广平先生那里。

125. 日内　病房里

萧红病得更重了，她的脸色非常不好，呼吸也很急促，发着高烧。

骆宾基握着她的手。

骆：我回九龙一趟，看看我的手稿还能不能找到，很快就回来。

萧红抓着骆宾基的手不放。

骆：最晚明天，我就回来。

萧红的另一只手在枕头周围摸索，摸出一个小包，从里面拿出 100 港币递给骆宾基。

萧红：注意安全，早去早回。

骆：您也保重，好好休息，快点好起来。

萧红：我会想你的。

骆：我也是。

萧红微笑着点头。

126. 日内　病房

端木蕻良抱起萧红，护士更换床单。

萧红紧紧地搂着端木蕻良。

端木蕻良也紧紧地抱着她。

两个护士麻利地换床单。

护士：好了。

端木蕻良还是不放下萧红，就那么抱着她。

萧红也紧紧地抱住端木蕻良。

护士等在一边，忽然掩面而泣。

她转身朝向窗外的香港，已经飘着日本旗。

127. 夜内　病房

萧红：小骆呢？

端木：他回九龙了，你忘了？

萧红：医院里的人都走光了吧？

端木：病人不多了，还有医生值班。

萧红：小骆不在，正好有几句话要对你说。

端木蕻良抓住萧红的手。

萧红：不要让人随意删改我的作品，版权都由你负责。

端木蕻良点头。

萧红：你日后如果回哈尔滨，帮我寻找一下我的女儿，医院里有收养记录。

端木蕻良点头。

萧红：我们把《呼兰河传》的版权送给小骆吧，生死关头，难得他不离不弃。

端木蕻良点头。

萧红：送一点我的骨灰到鲁迅先生墓前，我想陪着他。

端木蕻良点头。

萧红：就这些。

端木：你会好起来的，我们一起回东北，回老家去。

萧红：我想回家。

128. 日外　冬天

山川河流，房屋树木，道路行人都被白色的雪雾所遮挡，覆盖，晕染。迷茫的一片，宛如淡淡的水墨。

景物在快速地后退，爬犁在快速地前行。

萧红清晰的脸，她包裹着头巾，两颊和鼻子冻得通红。

她的身下是一副飞驰的爬犁。拉爬犁的骡子身材高大，嘴里吐着热气，赶爬犁的人不时挥动着手里的鞭子。

爬犁在雪野上飞奔。

[**画外音**]

萧红：我将与蓝天碧水永处，半生尽遭白眼冷遇，身先死，不甘……

歌声：一封书信，何日方能到，山高水远路几千，一别已经年……

129. 日外　墓地

端木蕻良和骆宾基站在萧红简陋的墓前。两个男人久久注视着，装着萧红一部分骨灰的小罐子放在旁边。

端木：落花无语对萧红。

骆宾基哭了。

端木：为什么所有走近她的男人都会爱上她？哪怕她贫病交加，身怀六甲，生命垂危？

骆：她是一种很强大的真实，她裸露着，不是身体而是灵魂，她用全部的力气去爱，她的爱让她爱的男人变得强大起来，骄傲起来，随心所欲起来。然后她第一个被伤害，她的强大让男人下手很重，其实她是很疼的，所以她不停地写作，寂寞和抚慰都来自写作。在梦中长大的孩子都是极端孤单的，她在写作中寻找她的故乡、亲人，寻找穷人、妇女和儿童，她在书写中静静地呼吸，燃烧起来，记忆之火如此温暖。她一生追求爱与自由，在这个充满暴力、奴役与欺侮的社会中，从异乡到异乡……

130. 日外　老家院子里

白色的帷幔、白色的对联、孝服、蜡烛、纸钱充满院落。

彩色的扎彩颜色鲜艳，扎眼，造型拙朴：院落、瓦房、家具、厨师、骡马、管家、丫鬟……大大小小，摆在院子的一处。

很多人在忙碌，做饭，炸面饼。

烟雾腾腾的。

一场充满地方特色的盛大的葬礼。

萧红走进院子。穿过白色和穿白衣的人们。

[画外音]

小萧红大声地背诗：去年今日此门中，人面桃花相映红，人面不知何处去，桃花依旧笑春风。

爷爷：没有你这样念诗的，你这不叫念诗，叫喊诗。

小萧红依旧大声地：重重叠叠上瑶台，几度呼童扫不开，刚被太阳收拾去，又叫明月送将来。

萧红穿过院子，朝灵堂走去，提在手上的箱子扔在了地上。

爷爷：快点长，长大就好了。

131. 日外　雪原

雪原，萧红魂归故乡。

字幕：萧红，原名张乃莹，1911 年出生于黑龙江省呼兰县，1942 年病逝于香港，年仅 31 岁，1957 年迁葬广州银河公墓。她 22 岁发表第一篇小说，在不到十年的岁月里，她写下了近百万字的作品，是一位才华横溢的多产作家。她的《生死场》《呼兰河传》成为一个时代民族精神的经典文本。

屏幕上出现各个时期各种版本的萧红著作。

—— 完 ——

冰雪11天

Bingxue11tian

1．日外　广州

字幕： 2008 年 1 月 25 日 腊月十八

春节将至，广州多雨。

城市的空镜，可以看到广州的标志性建筑，和带有广州特点的盘根错节的高架路，路上的汽车川流不息。视线所及，总是可以看到各式迎奥运的标语牌，2008，真的来了。

2．日外　街上

市区的街道，车水马龙，春节的气氛已经很浓，由于离广州火车站不远，街上忽然多出很多拿着行李准备回家和刚刚归来的人，他们的脸上流露出和平时不一样的焦灼兴奋，路边的商家也在热情地做着生意，因为所有人好像都要把一年里挣到的钱在节前花出去似的。

3．日外　街上

方之林迎面走来，他 40 岁出头，高矮胖瘦适中，多年在南国的烈日下工作，肤色较黑，眉眼清晰端正，虽然穿着简单的便装，但仍透出一股英气，这种气质在很多警察的身上自然地流露。他是分局局长，广州火车站，便是他的辖区，春运这个已为中国人民熟知多年的词语，对他而言还有着另外的很多含义。

4．日外　小巷

骑着警用摩托车的阿波，也着便服，特警队长，30多岁，帅帅的，他就是广州人。阿波穿过小巷，这里是广州市民更加日常的生活，有些门口贴了鲜红的对联。

5. 日外　车站附近

旅客川流不息，都急匆匆的。

老马开着车站派出所的警车，两排座，后面有一个很小的可以拉东西的车斗。车开得很慢，停在路边等红灯的时候，就有旅客过来问路，老马一边给她指路，一边示意她注意安全。老马是站前派出所的所长，三个人中年龄最大的，有50出头了，脸上显老，身体透着强健。

6. 日内　木棉酒家

三只茶杯碰在一起，这是一张在角落里的桌子，刚才我们看到的三个人坐在一起，饭菜已经上来了。

在他们的身后，是熙熙攘攘的客人，很多客人都带着行李，还有两桌客人每人都戴着顶一样的新帽子。

酒家不算大，但也明亮整洁，湘粤菜系的图片和招牌把店内装饰得挺花哨，晚饭时间，生意渐好，服务员穿梭忙碌。墙上的电视播着粤港流行的拜年歌曲。

老马：不喝酒吃什么饭。

方：奥运年，紧急会议好几次了，我可不想让他闻到酒气。

老马：你还能进步。什么事，说吧。

方之林看了阿波一眼，示意他说。

阿波：手续办了，我搬回我妈那里，别人不说，跟你们两个还是要说一声。

老马指着阿波刚要说什么，方之林示意他别说了，又端起茶杯三个人碰。

老马还是忍不住。

老马：好歹过了年啊。

阿波：过了今年还有明年。

方：吃饭吧。

7. 日内　木棉酒家

厨房里，老板冯建设和两个大师傅一起忙着掌勺炒菜。老板娘万玉在帮着配菜，人手紧，大家就一起忙。

冯建设一边忙着炒菜，一边和万玉说话。

建设：总说关了店一起走，过年的生意能不做？

万玉：你哪里知道路上我一个人带孩子的难处。

建设：我初四一定关门，初五到家。

万玉：一年辛苦到头，就想高高兴兴一起走。

小耿探进半个身子。

小耿：冯哥，方局几个来了。在 10 台。

建设：知道了，（对老婆）10 台单子拿给我。

8. 日内　餐厅内

男服务员小耿忙着给新帽子一桌上面条，新帽子们说着湖南方言，有人抱怨来得太早了，要在车站等两天；有人说还是住旅馆；有人说住旅馆要花钱，还是直接到火车站去等；有人抱怨老板关厂太早，害他们这么早到广州来；有人担心过了年不知还能不能开工，如果老板不做了他们还要麻烦，重新找工作，也不知做什么好。

小耿：（湖南方言）边吃边聊，边吃边聊。

一新帽子：（问小耿）湖南哪里的？

小耿：永州。

另一新帽子：准备哪天回去？

小耿：四年没回家过年了，走不开。

新帽子：四年？是亲爹亲妈不是？

9. 日内　餐馆

方：（端茶杯）以茶代酒，这几年春运你们两个都陪着我辛苦，过意不去，可没有你们，我又不踏实。

老马：这么讲见外了。 你是领导，你要怎样就怎样啊。

方：怎样你也是我师父。主要是咱们三个搭档，流畅。是吧阿波？

阿波：别的不敢吹，广州站的百度，（用拇指指自己）在这里。

方：奥运年啊，要求安保万无一失，预案整个重新做了，一本杂志那么厚。

老马：春运安保是广州公安的一个坎，每年把珠三角这两百万人平平安安送回家不是件小事情。做得好没有人夸，做得不好上下都会骂，其中艰难只有我们自己知道。

方：有你们知道我就很知足了。

阿波：（喊）服务员。

女服务员满红应着过来。她不到 20 岁，健康干练。

阿波：买单。

方：我买，老规矩。

阿波：我买，这顿饭是我要吃的。

方：（起身争）说好了的，不能说变就变。

阿波：没有什么事是不能变的。

两人边说边争执，在中国常见的抢着买单的场面。

阿波到底抢了单子去结账了。

方之林和老马对视，面对家庭变故，朋友总是感到有些无能为力。

两人朝餐馆外面走去，路过那些埋头吃面的新帽子。

老板冯建设从后面赶出来送。

建设：阿 sir 下了夜班过来宵夜。

10. 日外　站台

字幕：2008 年 1 月 26 日 腊月十九

列车晚点，流花地区滞留旅客 10 万人。

站台上旅客很多，大包小包地往车上装，难以想象一列火车可以承载如此多的旅客。

所有要上车的人都在跑，也不知道为什么跑。只有两个人在拥抱接吻，一个是路爽的男友，70 后的文化人，衣着整齐；一个是路爽，二十八九岁，清纯文静，戴个眼镜，广州市电台编辑，编采合一，她很喜欢自己的工作。

男友：我最后求你一次，跟我上车吧。

路爽：我真不是不想去，可今年对我来说太关键了，春运、奥运两件大事，我都是主力，机会难得。

男友：你是女人，实在没必要对工作这么起劲。再说我已经跟父母说了要带你回去，你不去，他们会有想法。

路爽：五一，五一长假去你家，三个月，很快，也是七天长假。

男友：春节和五一不一样，你看问题太简单了。

开车的铃声响了。

路爽：车要开了，你快上去，我们到窗口说话。

男友看了看路，没再说什么，就上车了。

路爽在车下等待男友走到自己的车厢然后打开窗户和她告别，她在车下寻找男友，来回找着，但是，男友一直没有在窗口出现，她有点发愣，站台上也已经空了，就在她的犹疑中，火车咣地开了，路爽看着火车开出，心里有些沉重。男友真的生气了。

11. 日外　车站

路爽把电话攥在手里往外走，旅客迎着她往站里跑，拖儿带女，拎着、背着、抗着各种各样的行李，他们回家的心情非常迫切，表情急切，兴奋，焦虑。

他们的行李都很沉重。

12. 日外　车站广场

广场上人很多，路爽掏出手机想拍几张照片，还没站稳就被匆匆赶路的旅客的行李撞了一个趔趄，这就是刚才在餐馆里吃面，来自东莞的那一队戴着新帽子的工人。也不知道他们为什么跑。

一只手扶住了她。路爽回身一看，是个正在接电话的警察，是阿波。

阿波在接他前妻小兰的电话，表情有点烦躁。

13. 日内　小兰家

从房间的整齐和妥帖可以看出女主人的能干，从一些局部也可以看出有小孩。小兰正在给阿波打电话。

小兰：怎么拆台的事情总少不了你啊？黄萍的票又是你给她买的吧？

阿波：人家带豆豆那么辛苦，一年就求我这一次，能说我们离婚了今年不管了？

小兰：你也不问问我同意她走吗？

阿波：你不同意人家就不过年了？

小兰：幼儿园放假了，我一个人怎么办？

阿波：把你爸你妈接来广州过年。

小兰：他们问起你我怎么说？过年还是添堵？我找到下家再告诉他们。

阿波：那我接豆豆走，我妈愿意管。

小兰：我不愿意。

阿波：（想发火，强忍住）我有事，先挂了。

小兰失神地看着手里的电话，一筹莫展。

14. 日外　广场上

阿波挂断电话，手机壁纸是 4 岁的豆豆灿烂的笑容，阿波用手擦着壁纸，就像抚摸儿子的脸。

这时，阿波身上的步话机里传来方之林的声音。

方：新上岗的同志尽快到位，三个区域有些界限不清，阿波。

阿波：收到。

方：地铁口混乱，地铁口。

阿波：收到，（对着步话机）马上去。

阿波步话机里面方之林的声音还在继续。

方：西广场秩序不好，相关注意了。

有人答：收到。

15. 日内　监控中心

这是广州站附近的监控中心，一面墙都是显示屏，可以看到车站广场的各个角落，以及周边的道路情况，这里也将是电影的主要场景。

几个民警坐在操作台前，操作着手里的控制器，不断切换着显示屏上的画面，几乎所有的屏幕上都充满着旅客。

方之林站在操作民警的身后，看着大屏幕。

方：还是西边，把出站口清理出来，不要让旅客发生碰撞，保证出站的顺畅。

步话机里：收到。

操作民警 1：今天人有些多。

操作民警 2：我这边出站的人倒有些少呢。

操作民警 1：进站的速度也太慢了，这个红头发我一早来她就站在这里，怎么现在还站在这里？

显示屏上，特写，一个红色头发的女孩，排在队伍里，东张西望。

方：经济不好，工厂老板提前放假了，民工又没有地方去，都聚在这里，广州站太小了，周转不开。

女警官：下雨、下雪，公路、机场不通畅，我们这里成了整个珠三角的唯一出口了。

说话的女警官走进来，她也是春运指挥部的领导，她走到值班台前，抽出了方之林的名字，换上了她的名字，然后站到方之林的身边，看着车站的情况，同时掏出自己的步话机调着频率。

方：地铁口和西边有些乱。

女警官：有数了，你走吧。

方：随时联系。

女警官已经在指挥了。

显示屏上：两个人撕扯。

女警官：出租车落车有人打架，谁在附近？过去看看。

步话机：收到，我马上过去。

16. 日外　广场

方之林和老马站在邮局门前的台阶上，对火抽烟，看着眼前的川流不息的旅客。

老马：一整天没多少人出来，铁路那边怎么说？

方：气候不好，冻雨。

老马：好像没有这么简单。

方：我再去问一下。

老马：阿波的事情我们是不是还要管管？

方：忙过这几天好好喝顿酒吧。

老马：真想替豆豆打他一顿。

17. 日内　木棉酒家

两顿饭之间，生意比较清淡的时候。

服务员满红打扮得漂漂亮亮拉着一个崭新的拉杆箱，背着一个大包，一路响着来到门口。冯建设正在前台。

满红：冯哥我走了，给你拜个早年。

建设：这会儿不忙，让小耿送你一下。

满红：谢谢冯哥。

冯建设从身后的冷柜里拿了一瓶可乐给满红。

建设：带了吃的没有？

满红：带了 。不像早几年，现在有经验了。

小耿的三轮车停在门口，他过来拎起满红的箱子。

建设：路上小心，回去给你父母问好。

满红：有老乡一起。放心吧。

18. 日内　小兰家

黄萍就是满红的老乡。

黄萍的箱子也是新的，和满红的一模一样，放在客厅里。

她做错了事似的，手忙脚乱地收拾东西，想把所有的活都干完再回家，她把所有垃圾都装在一个大塑料袋里，放在门口，准备下楼的时候带出去，然后又冲进厨房刷碗。

小兰拿了一件衣服出来。

小兰：别忙了，我自己弄吧。

黄萍：恨不得把所有事情都做完，我要是有分身术就好了。

小兰：你父母都不在了，为什么非要回去？

黄萍：得回去上坟啊。

小兰：谁说过年上坟，有清明节啊。

黄萍：我们那里过年要上，别人父母过年，我们父母也得过年啊，姐姐你别不高兴，我在老家住不惯，说不定我几天就回来。

小兰：我没不高兴，这件衣服也给你。

黄萍：谢谢姐姐。（黄擦了擦手，把衣服放在自己身上比着，满脸高兴。一边照镜子一边说。）你说我要是不回家，你送我的好衣服我穿给谁看啊。

小兰：放在手边，夜里冷了就穿上。

黄萍：姐姐那我走了，豆豆呢？

小兰：（挥挥手）你走你的，哭了还得我哄，早去早回。

黄萍：给你拜年，也给大哥和大妈拜年。

黄萍拉起箱子走了。拿了衣服，提了垃圾，手忙脚乱地下楼去了。有点像胜利逃亡。

小兰到房间里找豆豆。

豆豆扒在窗户上往外看，身上套着一个鲜艳的，充好了气的救生圈。

小兰和豆豆一起看着楼下黄萍匆匆忙忙一路小跑的回家的背影。

在我们的影片里，所有回家的人，都情不自禁地在跑。

19. 夜外　广州站广场

夜幕降临，“广州站”三个红色的大字分外耀眼，两边是“统一祖国，振兴中华”的标语。大量的旅客从四面八方朝这里涌来，但又不能很快上车，导致车站的人越积越多，广场上已经是黑压压的一片。

20. 夜内　监控室

方推门进来。

女警官：你怎么又回来了？

方：没敢走，人太多了。今晚不走了，陪你在这里。

这时，步话机里传来老马的声音。

老马：指挥部回话。

女警官：讲。

老马：西广场最南侧围栏损坏，赶紧让维修队来几个人，尽可能多来几个。

方之林示意把监控头调到老马说的地方。

有一段栏杆被人流挤得七扭八歪。

女警官：收到，马上安排。

21. 夜外　广场

广场上下起了小雨。

老马正用步话机和方联络。他的周围全是人。

老马：客流增加很快，你恐怕得调点人来。

方：正在调。

老马：挤在一起很麻烦，要早些疏散。

方：收到。

老马：（自语）衰广场，还没有个烟缸大。（对同事）都去把雨衣穿上，今天晚上恐怕要加岗了，换班的人来了你们先不要走。

不时有旅客过来问，民警一边回答，一边让他们注意安全。由于人多，大家都有些懵，在哪里候车民警说了旅客也听不太清楚。只见民警比比画画，旅客一脸茫然。

22. 日内　车站办公室

阿波推开一扇门，是个办公室，有很多电脑，网页上显示着铁路方面的相关信息，办公室里有人值班，有人在打电话，看到阿波进来都抬头打招呼，很熟的样子。一个人放下工作过来招呼他。

对方：T323 车的乘警给你带的东西，放在我这里好几天了。

对方把一个不大的纸包递给阿波，阿波顺手塞进上衣衣兜里。

阿波：怎么回事？京广线不对头。

对方：上面在下雨，冻雨。

阿波：那也误不了这么多车，还要多久恢复？

对方：那要看天气情况，你问下气象部门看。

阿波：我刚才从售票厅过来，怎么还在卖票，站里站外就这么大地方。人太多了会出事的。

对方：票的事情要听上面的，卖不卖我们怎么能做主？

阿波：（敲敲桌子打断对方与己无关的态度，有点发火）你要跟上面说啊。

对方：说了说了，别着急，有消息我马上通知你。

23. 夜外　广场

发出站车次显示牌下。

大家议论纷纷，有的说见过延误的，没见过这么延误的，在车站待了一天一夜了。有的说刚从机场赶过来，天气影响飞机也就罢了，怎么火车也不走了？也有人说年年春节都是这样，好像是要考验大家回家的决心大不大。

满红和黄萍也在其中，两个人都打扮得很漂亮，在人群里挺显眼，拉杆箱也一模一样。她们和大家一起看着屏幕，眉头皱着，嘴张着。

满红：到哪里等啊？

黄萍：早知道误点我就不用这么着急了，急死我了，都没跟豆豆再见。

黄萍的后背被人拍了一下，她一回头，喜出望外。是阿波。

黄萍：（叫）大哥，大哥。你怎么在这里？

阿波：找到老乡了？

黄萍：这就是我老乡，她叫满红。

满红：您还到我们店里吃过饭。

阿波没心思跟她们闲聊。

阿波：早点去排队，川贵方向，西侧3号棚。

黄萍：火车都没来，怎么办啊？

阿波：只有等啦，多穿衣服，东西带好。

黄萍：大哥你也不回去看看豆豆，他可想你了。

阿波：我忙着，走了。

阿波转眼就消失在人群中了。

满红：哪壶不开提哪壶。

黄萍：我不说他怎么知道。

满红：你不说他也知道。

24. 日外　广场

天快黑了，广场上的人有增无减，几乎没有空地了。

雨伞和雨伞组成了一片五颜六色的图案。

阿波的步话机响了。

方：各段各片的负责人，立即到指挥中心开会，跑步。

阿波穿过人群，朝指挥中心跑去。

25. 夜内　监控室

老马跑上楼梯，一路跑进监控室。

26. 夜内　监控室

监控室的气氛有点紧张，不同位置的摄像头在传达着同一个信息，情况异常。

老马、阿波和其他几个负责的警察都聚在显示屏前面看。

显示屏不断切换着位置，每个位置都有很多人。

老马看着监控里的情况，摇了摇头。

老马：怎么会这样?

方：刚接到通知，京广线电路出了问题，道路中断。

老马：只进不出很麻烦。

阿波：广州站 10 万人的容量，正常一趟车 1500 人，现在 3500 都不止，一小时里五趟车的人走不了，照这个速度增加，麻烦大了。

方：我要去市局开紧急会议，先商量个应急的办法。

女警官：把咱们的人都调过来。（马上去打电话了）

老马：进站口要先清出来，都挤在里面不行。

方：把人疏导到东西马路，高架桥下面，把中广场和进站口空出来，减轻站内的压力。

阿波：过街天桥改单向，上面人一挤很危险。

方：对，人员要安排够。

老马：就像是约好了来出难题的。

方：东西中三面向外推进，片长、段长负责。注意方式方法，不要引发旅客情绪，打不还手，骂不还口。

方之林看了一下手表。

方：给你们一个半小时。

27. 夜外　广场

广场上的大钟，时间在流逝。

大量的民警从四面八方会聚到车站广场的中央，开始从三个方向，面向外，劝广场上聚集的旅客离开广场。

阿波：（举着电喇叭）请大家配合一下，我们要采取措施保证大家的安全。请大家配合我们的工作，不要拥挤。退到高架桥下面等候。

旅客都非常不愿意走，躲闪着不肯走。

有的和警察身体接触。

旅客 1：为什么要走？我有票，来火车站上车的，让我进去。

旅客 2：我们等了一天了，饭都没有吃一口，我们哪里都不去，我们要回家。

旅客 3：你不让我们进站，车开了怎么办？火车票作废了谁负责？

有人附和：对，我们要回家。我们要回家。

阿波：大家的心情我们理解，现在车站过度聚集，很容易出危险，我们首先要保证大家的生命财产安全，请大家暂时到相对宽阔的地带等候我们的通知。大家要想清楚，是回家重要还是生命重要？

旅客：（起哄般）回家重要！

28. 夜外　广场

雨棚里，黄萍和满红看着广场上的情形觉得自己非常幸运。

满红：幸亏我们听了你家大哥的话，来排队了，差一步就被轰走了。

黄萍：运气不要太好。要是刚才去买点肯德基就更好了。

29. 夜外　广场

大钟滴滴答答地走着。

另一侧的老马也在努力清场，警察在旅客后退之后架起铁马。旅客顶着铁马往前挤，双方隔着铁马几乎要脸贴脸了，和老马面对面的就是那群新帽子。

老马：配合一下，配合一下，后退是为了更快地前进。

新帽子：（焦急地七嘴八舌）我们早就来了，我们前天就来了，我们的东西都在里面，我们就出去找便宜地方吃了个饭，让我们进去，老乡在里面看着东西。我们不进去不行。

老马：先往后退，车站秩序不恢复谁也进不去，我们是执行命令，请大家一定理解。

旅客4：那么多人都在里面，为什么不让我们进去，我们的票也是今天的。

老马：路断了，进去也走不了，不如先找个地方休息一下。

旅客5：20%的退票费谁出啊？我们不走。

旅客们起哄：不走，不走，不走。

新帽子们焦急的神情。

有矿泉水瓶子从后面飞出来，砸到向前推进的民警，民警坚决地向前。

30. 夜外　广场

车站的大钟。

民警的坚决。

旅客的抵触。

车站的大钟。

民警的坚决。

旅客的抵触。

31. 夜外　广场上

一队队刚上岗的民警赶来了，他们穿着雨衣雨靴，抓起步话机，调整频率，民警迅速到达需要的位置。

32. 日内　监控室

显示屏上，广场中央基本上空出来了，民警正在架设铁马，布置警力把守，铁马外是黑压压的人流，他们虽然让出了广场但是不愿意离去，都聚集在四周。

女警官的脸上全是汗。

女警官：大家要坚守岗位，多做解释工作，稳定旅客的情绪。先稳定下来，新到岗的同志立即到各段长那里报到。

操作 1：（突然）看，散会了。

显示屏上：一辆警车闪着警灯，朝这边开来。在警车的后面，是一串闪亮的黑色公务车。

女警官：惊动上面了。

33. 夜外　车站外围

旅客聚集在周围不肯离去。

路爽正在采访被疏散出来的旅客，做现场连线。旅客的情绪比较激动。

路爽：您对广州春运工作满意吗？

旅客 1：不满意，非常不满意，换了你你会满意吗？组织混乱，态度生硬，我们是来上火车的，不是来被驱赶的。

路爽：您家在哪里？

旅客 2：我告诉你我家在哪里有什么用？你能送我回家吗？

路爽又拦住了旅客。

路爽：请问您等多长时间了？

旅客 3：五百年。

34. 夜内　监控中心

监控室里人一下子多了起来，其中有广州市的市长、副市长，广州市公安局的局长、副局长，以及春运指挥部各方面的负责人。狭小的空间几乎站满了人。

方之林让操作的民警将广场的情况调给领导看。

显示屏：空出的广场和周边聚集的人群。

各位领导神情凝重。

局长：春运安保指挥部即刻前移，我们一起守这里。

局长从方之林的手中接过步话机。

局长：广场所有在岗民警注意，我是高原，大面积冻雨，导致京广线中断，北上列车全部停驶，珠三角客流不断涌来，情况严峻。目前，三级应急预案已经启动，全市民警正在集结，希望在岗同志克服困难，坚守岗位，切实保证旅客的生命安全。

局长说完，对众领导做了个手势。

局长：请大家到隔壁会议室。

局长把步话机放到方之林的手里，这个动作没有什么特殊，但方之林却感受到实实在在的分量，他把步话机紧紧攥在手中。

35. 夜外　广场

车站广场的广播车内，女广播员的声音响起。

广播员：旅客同志们，受雨雪天气的影响，京广铁路出现电力故障，目前正在抢修当中，受事故影响，大部分列车的发车延误，给您的旅途带来很大的困难，我们深感抱歉，为了全体旅客的安全，请您耐心等待，在民警的指导下进站。

在女播音员的声音中：

一张张旅客的脸，

一张张民警的脸。

人群。

防线。

36. 夜内　监控中心

走廊上，老马和方之林在对火抽烟。

老马：比你要求的时间多花了 40 分钟，这些年练兵没有白练，什么事情电话里不能说？

方：出了个状况。

老马看着方。

老马：比车站的事情还大？

方：我刚才到局里开会，发现我的证件不见了。

老马：找了吗？

方：（拍拍胸口）多少年都在这里，丢了。

老马：会不会在家里？

方：打电话问过。（摇头）

老马：可能丢在哪里？

方：不能肯定，有可能是上次我们三个人吃饭，我和阿波抢着买单。

老马：那就好办了，我去找，你先不要汇报，搞不好影响进步。

方：他在这里，我半步都不能离开。

老马： 这事交给我和阿波。

方：要求第一时间上报。

老马：你听我的。抢一点时间出来，尚未确定遗失。

方：找到马上告诉我。

老马：有数，我走了。

37. 夜外　广场

老马一边往回跑，一边打电话。

老马：给我查一下木棉酒家的电话。

38. 夜外　广场

老马的地段还是不稳定，后面的旅客越聚越多，不断在向前涌。

铁马被挤得七扭八歪，民警们正拼尽全力在顶。

不断有跑来上岗的民警。还有女警。

老马装起电话，冲到自己的队伍里，用身体顶住铁马。

老马：（对身边的女警察）小孩子刚满月，你怎么也来了？

女警：（指身边的一个小伙子）你先说他，都到机场了，又回来了，国际航班呢。

小伙子：市局的命令，不是闹着玩的。

老马：（把自己的雨衣脱下来给了女警察）怎么连雨衣都没穿？我专门通知过。

女警：没来得及。

老马：（对旅客，有些发作）不要挤了，留着力气多站一会好不好？

旅客：不是我们在挤，是后面在挤，我都要被挤死了。什么时候放人啊？

老马：我不想放吗？谁愿意跟你们挤在这里？总需要一点时间，耐心等一等。

老马接手机。

老马：喂，是木棉酒家吗？

妻子：是我，我也在往车站赶呢。

老马：你个法医来车站干什么？

妻子：除了值班的，市局的人都在赶来。

老马：你注意安全。

新帽子们看没有希望进站，就返身往外挤，鱼贯而出。

39. 夜内　木棉酒家

夜已经深了，小耿在值班。

餐厅里只有路爽一个人在电脑前工作，她在查资料，电脑上显示着国际国内因人群聚集造成的群死群伤事件。

1896年，末代沙皇尼古拉二世加冕典礼，4000多人被踩死，伤者数万。

1990年一条通往麦加的地下通道使1426名朝圣者死亡。

2005年印度一次宗教集会造成300人踩踏死亡，上千人受伤。场面残酷。

小耿一路关灯，只留下路爽头顶的光线。

有旅客在敲餐馆的门，小耿对外面说：关门了，关门了，明天欢迎光临。

路爽：我马上就走，还有一点。

小耿：没关系，我可以伴你到黎明，还可以给你炒粉。

路爽：（边看电脑边问）过年回家吗？

小耿：不回，要做生意。

路爽：你爸妈不想你？

小耿：他们让我别回去。

路爽：为什么？

小耿：家里亲戚多，孩子多，回去过年，就想多给他们一些，我一年也就白干了，我妈说这样永远也讨不到老婆。

路爽：你想家吗？一个人在广州过年寂寞吗？

小耿：职业病。

路爽：什么病？

小耿：一个问题接一个问题。

桌子上的手机亮了，路抓起来看信息，一下子愣住了。

男友的信息："我去看孩子，她说她后悔了，想和我复婚，老人的态度你是知道的，你不在，我压力山大。"

路爽马上拨通男友的电话。

路爽：你什么意思？是告诉我你们复合了，还是通知我要和我分手？

男友：我不想瞒着你，也想和你商量。

路爽：因为我没去你家，所以才出现这样的情况，我没理解错吧？

男友：你要是来了，既成事实，至少老人不会逼我回去。

路爽：你离婚已经三年了，我们也认识快一年了，我以为，算了不说了，其实也不错啊，你女儿会很高兴。好好过年吧。

男友：你也好好过年。

路爽挂了电话，坐在那里发愣，眼泪就在眼圈里转。

小耿：放首歌给你听吧，想听什么？

路爽：陈小春的《算你狠》。

路爽说完站起身收拾东西走了。

小耿关了最后一盏灯，锁门走了。

收银台上的电话响了。

40. 夜外　广场

打电话的是老马，他等了半天，没有人接，又拨，还是没有人接，看看车站的大钟，夜已经深了。

41. 夜内　木棉酒家

收银台上的电话响。

42. 夜外　广场

老马打电话给阿波。

老马：你那里怎么样?

阿波：不好。调了大巴疏散，都不肯走。

老马：有件事情。

阿波：讲。

43. 夜外　广场上

雨棚内。

人满为患，每个人和每个人都挨在了一起，没有转身的空间，也几乎无法移动，人和东西仿佛都黏在了一起。

人们聚集在车站广场上，但不知何时才能进站，想出去，已经没有可能。这一块人群，基本静止了。

满红和黄萍被卡在人群中间。

黄萍：还不如听我家姐姐的，不回家过年呢。

满红：我得回，我得把我给我爸我妈我爷我奶我弟买的东西给他们拿回去。

黄萍：我要是不回家，这会正搂着豆豆睡觉呢。

满红：我必须看见他们拿到东西高兴的样子，要不我在这边累的时候坚持不住。

黄萍：我真受不了了。

满红：你就是平时太享福了，娇气。我们俩换一下，你趴我肩上睡一会。

在她俩的边上，一对夫妻在吵架，妻子怪丈夫不舍得坐飞机，让自己在这里受罪，丈夫说坐飞机也走不了，火箭又没有票卖。

44. 日内　小兰家

字幕：2008年1月28日　阴历腊月二十一

车站广场滞留19.4万人，安保启动一级应急预案。

早上，小兰一边做早饭，一边看电视。

电视新闻上，京广线令人不可思议的冻雨，高压线倒塌，树枝上沉重的冰凌。

停在铁轨上一动不动的火车，火车上焦急的旅客。

公路上没有尽头的堵车。

飞机场上冰冻着的飞机。

冒着风雪指挥交通的民警，抢修线路的工人。

然后是广州站黑压压的滞留旅客和维持秩序的干警。

小兰愣住了，她看着电视里的画面，忘记了煤气灶上煮着的牛奶，牛奶外溢，外溢。

豆豆拉了拉妈妈的衣服。

豆豆：妈妈，牛奶。

小兰冲向厨房。

45. 日内　小兰家

小兰拨黄萍的电话。

小兰：黄萍，你在哪呢？上车了吗？

（对切广场）

黄萍：（哭腔）姐姐，我在车站，站了一天两夜了，还没进去。

小兰：铁路断了，火车走不了了，你们别等了，回来吧。

黄萍：好不容易进来了，别人还都在外面呢，我再坚持坚持。

小兰：你小心点，不行就回来。

黄萍：谢谢姐姐。我手机电不多了，我挂了。

小兰看着手中的电话，有些心神不定。

46. 日外　木棉酒家

酒家里人满为患，很多没地方去的旅客都在这里吃饭休息，生意比任何时候都好。

门口。

冯建设把女儿芳芳放到三轮车上，芳芳搂着他的脖子和他告别。

老婆万玉已经坐在三轮车上了，送站的还是小耿。

建设：车站人多，把孩子带好。

万玉：生意忙，雇人不要舍不得。

建设：知道了，（比画打电话）有事随时联系。

小耿蹬车走了，冯建设看着老婆孩子渐远。

身后有人喊：老板，您的电话。

47. 日内　酒家

冯建设接电话。

建设：是我，马所有事吗？我问问看，马上就问，有消息马上打过来，一定一定，马上。

冯建设挂断电话，问收钱的女孩。

建设：前两天有人捡到公安的证件吗？

女孩：没有。

建设：去问，每个人都问到，不在的打电话。现在就去。

女孩：好的。

48. 日外　广场上

雨一直下着。

新帽子们绕到了车站的另一侧，这里人相对少一些，警力也少一些，一段隔拦是塑料水马。新帽子推了推，纹丝不动，水马很重，他们研究了一下，就明白了，里面装的是水。有人从包里摸出一个手钻，新帽子头蹲下，在水马的底部钻了一个小指粗的眼，有细细的水流出来，因为天在下雨，这股细细的水流不会引起任何人的注意。

新帽子头：到天黑就差不多了，记住是第几个，天黑了咱们就从这进去。

一个年轻的新帽子伸出手指点着水马一个一个在数，一直数到有小孔的一个。

年轻新帽子：第9个，蓝色。

新帽子头：走吧。

49. 日内　监控室

方之林和几个人看显示屏。

其中一个显示屏上，新帽子们正好走过。他有点走神，在想自己到底在哪里丢了工作证，局长站在他身后都没有发现。

局长：疏散力度还要加强，车站及周边20万人也不止，老这么淋着也不行。

方之林没有反应。

局长：（拍他一下）困了就去睡会。

方之林一激灵，回头看到局长，有些无端的紧张。

方：不，不困，我一点也不困，我在看。

局长：看出什么了？

方：危险。这么多人挤在这里，太危险了。

局长：铁路那边刚通知了，今天发 20 趟车，可以走 7 万人，给你想 20 分钟，一会开会，告诉我怎么把这 7 万人放进去。

方：（自语般地）放人更危险。

50. 日外　广场

老马的防线。

阿波匆匆跑过来。

阿波：找到没有？

老马：没有，店里都问了，没有。

阿波：他还去过哪里？

老马：摇头。

阿波：怎么这么倒霉？报告了吗？

老马：我没有让他报，我们争取一点时间，你也不要再让第三个人知道。

阿波：知道了，我去想办法。

老马：找到就没事了。

阿波：车站在催我们放人，凶多吉少。

老马：只能先把雨棚里的放进去，再把外面的放进来。

阿波：再不放坚持不住了，他们已经是最能坚持的了，也得有个限度。

这时，车站对面的一座大楼上垂下一幅很大的标语："留在广州过年吧，您的平安是给家人最好的祝福。"

老马：是福不是祸，是祸躲不过。

51. 日外　车站附近

快到车站了，小耿的三轮车被警察拦住了，前面交通管制，任何车辆不得通行，没有火车票的人也不得进入了。

小耿：阿 sir，有孩子，我送进去就出来。

民警：不行，管制了。

小耿：我老板娘，让我送进去吧。

民警：不行。

万玉：你回去吧，东西不多，芳芳能走。

芳芳：小耿叔叔再见，警察叔叔再见。

万玉领着芳芳进去了，芳芳自己背着自己的包。

小耿看着母女俩很快就被人群吞没了，很不放心的样子。

52. 日外　街上

万玉领着芳芳往里走，通往车站的路已经不通了，民警指示他们到指定地点候车，大家就按着警察的指引匆忙地走。

芳芳把妈妈拉到边上，停下来。

芳芳：妈妈。

万玉：怎么了？刚走这么一会就走不动了？

芳芳：有件事。

芳芳打开自己的书包，一只小狗，很小的小狗。

万玉：你怎么把它带来了？不是说放同学家的吗？

芳芳：同学家长不同意，说小白没有打针。

万玉：那你也不能带到这里来啊，火车不可以。

芳芳：它这么小，又乖，现在保护动物了。

53. 日内　监控中心

会议室

一张车站的示意图挂在墙上。

局长高原、方之林等在研究放人的方案。

方：雨棚里的好办些，是按方向排队的，能走的先放进去，车站要多少我们就放多少，空出地方把外面的人放进来，但不可能再分方向了。

方之林的手机响了，是老马，他没接挂断了。

局长：（指图）东西两个口交替放人，警力一定要充足，口子打开，局面随时都会失控。

女警官：这些年积累了一些放人的经验。

局长：现在车站的警力很多没有春运经验，旅客等待的时间也太长了，这些都和以往不同。

方：我把我的人放到最要紧的地方。

局长：分割开，一块一块地放。公交站场，环市西路，站前路，人民北路，都管控。

老马的电话又打进来。

方之林看了一眼，走到会议室外面接。

54. 日内 监控中心

走廊上。

方：找到了？

老马：还没有。

方：（失望加烦躁，转身要回去）在开会，过会儿再说。

老马：我就一句， 换班的警力什么时候能到？我们段已经 27 个小时没有换班，12 个小时没人送饭，都坚持不住了。

方：不能撤。

老马：撤三分之一，轮流休息一下？

方：不行。

老马：你们里面知不知道外面的困难？有没有统筹的安排？

方：现在不讨论，一个人也不准撤。

方之林挂断。

55. 日外 广场

老马挂断电话。

看着自己的同事已经非常疲惫，老马也很心疼，但是又不能撤。

他点了一支烟。

步话机里传来命令，进站口准备放人，各段片做好安抚工作，防止旅客情绪骚动。

老马把没来得及抽完的烟灭掉。

56. 日内 监控

监控室，大家都站在显示屏前，看着放人的情况。

进站口放人，旅客潮水般涌入。

拼命地奔跑。

广场入口在放人。

旅客潮水般涌入。

大家紧盯着紧张的局面。心都提到嗓子眼儿。

局长：这样放不行，会出事的。

方：（对着步话机，他的声音已经嘶哑）要控制进站速度。为什么控制不住？ 都不要放了，先关起来。

57. 日外　广场

东入口，阿波和民警们奋力关闭入口，大量的旅客挤在一起，很多人都感到窒息，表情痛苦无助。

阿波和民警们完全是在用身体抵抗着所有的冲击。

双方就这样僵持着。

阿波：（嗓子哑了）跑什么？能不能慢一点？一个倒了都会倒，谁也回不去！还有老人和孩子、妇女，大家互相关照一下，安全第一！

旅客看着阿波，没有表情。

58. 日外　广场

一有放人的迹象，旅客们又开始骚动，开始往前挤，老马这边西侧的民警和旅客的距离又缩短了，又面对面站着了。

天在下雨，旅客们大都没有雨衣，就淋着，有旅客抬起头用嘴接雨水喝，人群里有孩子的哭声和女人的哭声。

警察在向旅客发一次性雨衣，旅客拿着雨衣都没有空间穿，都抓在手上。

民警们也都非常疲惫，大家都在坚持。

老马帮女民警把警靴的鞋带系紧。

有人喊：让我们进去，为什么放别人不放我们，受不了了。大家都受不了了。

警察们站在一起，无言坚持。

旅客中有人喊：这里有人晕倒了。有人晕倒了。

警察想进去根本没有可能。

两个警察把老马扛起来，老马就可以看到旅客的情况。

一个女性旅客被大家架着。

老马：我们挤不过去大家帮忙传一下，把人救出来。

晕倒的女人被大家从头顶上传了出来，传到了民警的手中。

民警们把晕倒的旅客放到担架上，抬向救护站。

年轻的女警察把自己的雨衣脱下来，递给一个抱孩子的母亲。

哺乳期的女警察的胸前全是湿的。

女警察眼里含着泪水。

警察馋着老人，背着行李，送老人优先进去。

清洁工在尽快清理地上的垃圾。

59. 日外　广场

大量旅客拥入雨棚，雨棚里更加拥挤。

黄萍和满红挤在里面，动弹不得。

黄萍：为什么不让我们进去？再不放我真的要死了。

满红：这么久都坚持下来了， 你再忍一忍， 要不前面的苦都白受了。

黄萍：我也想坚持，可是我实在坚持不住了。

满红：你趴在我身上，进去的时候我背着你。

黄萍：你背不动我。你怎么能背得动我呢？

黄萍说着说着就哭了。

边上一个女孩看着黄萍，她手上抱着一塑料袋蜡烛。

60. 日内　小兰家

敲门声。

屋里的两个人异口同声。

小兰：小黄阿姨。

豆豆：爸爸。

门打开是阿波的妈妈，豆豆的奶奶，小兰的婆婆。

豆豆：（高兴地）奶奶，你怎么来了？

奶奶放下手里提的大包小包，搂住豆豆亲了又亲。

豆豆蹲下身去翻袋子，奶奶和小兰有点尴尬地对视。

小兰：路这么远，还提这么重的东西。

奶奶：阿波接不了豆豆，小黄又走了，我想来想去，还是得来看看你有没有要帮忙的。

小兰：您想豆豆就来，不用说帮我，您这么大岁数，我可不敢当。

奶奶：我没帮过你吗？豆豆长这么大气吹的吗？

小兰：孙子不是您自己的？我还觉得我是帮您呢。

奶奶：我是来干活的，不是来和你拌嘴的，你就当我是黄萍的替身吧。

小兰：豆豆，在家跟奶奶玩，妈妈出去一下。

豆豆：去吧去吧，省得吵架。

奶奶：没吵，没吵。

61. 日内　木棉酒家

天快黑了，店里客人很多，人手不足，大家都在忙。

柜台里，冯建设在给万玉打电话。

打不通。再打，还是不通。

冯：车站怎么没信号？

收款的女孩：我上午打满红电话也没信号，就她还没有问。

女孩在说证件的事，但冯建设已经把这事忘记了，所以女孩的话也没引起他的注意。

冯：也不知道她们怎么样了？

店里客人多，这个喊那个叫，冯建设只好又去忙了。

小耿也忙得晕头转向。

冯建设很担心，心神不定。

62. 日外　广场

警察站成两排，指示着队伍朝指定的候车区域移动。

民警的喇叭声：沿着天桥到马路对面，那边会有大巴把乘客接到指定地点候车，有发车消息再将乘客接回车站，请大家按指定线路跟随警察引导。

万玉和芳芳走不动了，她们坐在路边，看着很多人从她们的面前走过。

万玉：怎么越走离车站越远？

芳芳：我们就在这里等吧。

万玉：你把小狗放了吧，带不上火车的。

芳芳：你是不是想把我和小狗都扔了？

芳芳的书包背到了前面，从书包的小缝里，她可以看到乖乖的小白。

芳芳：我还没有见过这么多人，除了在动画片里。

63. 日外　广场边高架桥上

小兰开车从高架桥经过，看到车站广场人山人海，她同时牵挂着两个人。

小兰试图靠近车站，民警已经封锁了附近的所有道路。

小兰堵在路上，一筹莫展。

天渐渐黑了下来。

64. 夜外　广场

水马围栏处，外面也堵了不少旅客，里面的警力相对薄弱，因为这里离入口较远。

新帽子们开始行动了，他们轻松地移开了放空水的水马，一个一米多宽的缺口出现了，他们全都顺利地溜了进去，其他旅客发现了这个入口，呼啦一下朝这里拥来，冲进去的人越来越多。

里面的民警赶紧上去阻拦，无奈人少势单，完全没有办法拦住。民警用步话机报告指挥部。

65. 夜内　指挥部

方之林正在指挥放人。

方：高架桥向外分流效果不错，尽量从后面疏散，减轻前面的拥挤程度，以时间换空间，只要后面有人走，前面压力就会逐步减轻。

步话机里：怎么回事？东北角怎么回事？

方之林让监视器调过去，看到了那个正在往里拥人的豁口。

方：东北角出现问题，相邻管片立刻增援，带铁马。

步话机里：我们警力不足，无法支援。

方：必须支援，东北角立刻收缩。

操作1：武警，武警到位了。

武警跑步从警察控制的通道进入广场。

方：请增援武警迅速到广场东北角，东北角。

步话机：武警收到。

监视器中，很多武警拥向缺口，用身体和铁马将豁口挡住，旅客和武警对峙，你进我退，非常危险。栏杆倒在那里，有的旅客被绊倒，警察冲上去，用身体护住旅客，又有警察冲上去把倒了的人拉起来。

总算将豁口拦住，所有武警都堵在那里，一步都不敢离开。

局长不知什么时候出现在方之林的身后。

局长：倒回去。

操作监视器的民警把录像倒回去，快倒，夜景渐渐变成了白天，看到了新帽子们聚集在水马边，看到新帽子头蹲在那里，看到年轻的新帽子在用手指点着数数。

局长：把这伙人给我抓起来。

局长手中的步话机在桌子上摔得粉碎。

66. 夜内　木棉酒家

很晚了，餐馆已经关门了，只有冯建设和小耿还在为万玉和芳芳担心。

冯建设不断地拨打万玉的电话，怎么都打不通了。

冯建设急得将座机听筒都摔坏了。

建设：早知今年这个状况，就不应该让她们走。我也听到说人多，想想哪年都是如此，早晚都可以走的啊，早知道让她们等我一起走。

小耿：人家就是想和你一起走，辛苦一年，就这一个愿望你都不满足，换了我，什么也没有陪着老婆孩子重要。

建设：（冲小耿吼）你少在这里站着说话不腰疼，等你有了家你就明白了，所有事情都比陪着老婆孩子重要！家里没钱，你想陪她都不会让你陪，挣不到钱，到家门口你都不好意思进去，你还没资格教训我。

小耿：咱们两个明天去车站那边找找吧。

建设：那么多人，怎么找？

小耿：总比在这里着急好一些。

建设：不干了！算账！关店！回家过年！

67. 夜内　小兰家

小兰回到家里，很累的样子。

客厅里坐着黄萍，她披着毯子，披头散发，浑身发抖，和走的时候光鲜亮丽的样子判若两人。

奶奶和豆豆在看着她，不知所措。

看到小兰进来，黄萍开始哭。

三个人就看着她哭，她哭得非常厉害，把心中的恐惧和委屈全都发泄出来。

豆豆受不了了，拿个自己的吃的去给黄萍，黄萍抱着豆豆接着哭。

小兰问婆婆：她怎么出来的？

婆婆：晕倒了，自己都不知道怎么被警察弄出来的，醒来已经在救护站了。

小兰：我转了好几圈，根本就不让靠近。从来没有见过那么多人，这哪里是回家，简直都疯了。太可怕了。

奶奶：阿波不知道怎么样了，电话也打不通。

小兰：辛苦是一定的，危险是一定的。

小兰忽然难过，转过身去。

奶奶也抹起眼睛。

虽然只有黄萍的哭声，三个女人其实都很忧伤。

黄萍：（边哭边说）我再也不回家过年了，再也不坐火车了。

68. 日外　车站

字幕：2008 年 1 月 30 日　腊月二十三

局面相对稳定，发车的数量也在增加。

离车站不远的一个邮局的二楼，屋顶平台上架满了摄像机，聚集着很多国内外的记者。

路爽也在其中，她正在用话筒做现场报道。

路爽：今天早上情况有所好转，虽然还有大量旅客滞留，但已经划分出不同的候车区域。车站周边的 6 个安置点安置了 3 万旅客候车，退票人数也很可观。随着发车数量的增加，滞留旅客有望加速离开，或许，最严峻的时刻已经过去了。广州火车站经受了一次严峻的考验，当然，也暴露出一些有待解决的问题。

69. 日内　监控中心

会议室里，睡着换班的民警，他们和衣而卧，或靠或坐，都非常疲惫，睡得很香。

只有方之林睁着眼躺在那里。

他掏出手机，打给老马。

方：我跟后勤人员讲了，不管用什么方式，花多少钱，也要保证一线干警吃上饭。

老马：你那里也是一线，压力不要太大。

方：证件有下落了吗？

老马：（为了减轻方的压力，撒了个谎）有下落了，阿波去了。

方：真的？你怎么不告诉我？

老马：正要告诉你。

方：谢天谢地，几天没有睡。

老马：别累垮了，睡会吧。

方：拿到让他马上给我送来。

老马：有数。

方之林长长出了一口气。

70. 日外　街上

阿波骑着摩托赶往木棉酒家。

71. 日外　车站外

小耿来送冯建设回家，到了管制的区域。

建设：没有票进不去怎么办？

小耿：你等着我去说说。

小耿朝执勤的警察走去，跟执勤的警察交谈了几句，然后就招手让冯建设过去，冯建设将信将疑地走过去，两个人顺利地进入了管制区。

建设：没看出来啊？你怎么说的？

小耿：我说票在马所那里，我还认识方局和阿波。

建设：对啊，前几天来吃过饭的，我怎么没想到。也不知道方局的证件找到没有。

小耿：证件？他们来找了？

建设：打了无数次电话，我每个人都问了。

小耿：证件在我这里。满红捡到的，她忙着回家忙忘了，到车站才想起来。

建设：我就说嘛，只要在咱们店里就丢不了。找得鸡飞狗跳。你尽快送过去。

小耿：知道了。

冯建设又打万玉的电话，还是打不通。

小耿：咱们分头找找吧。（比画了一下打电话）有消息联络。

建设：你要是帮我找到她们，过了年你就到后厨学徒。

小耿笑笑，消失在人群中。

72. 日外　木棉酒家门外

阿波把摩托车停在门前，看到的是过节关门休息的通知贴在门上，门已经上了锁。

阿波打电话给老马。

老马：你在哪里?

阿波：在木棉酒家门外，关门放假了。老板的手机号?

老马：没有。

阿波：有没有搞错?

老马：我马上让所里的人去查。

阿波又接手机。

73. 日内　监控中心

方：阿波，怎么 call 不到你?

阿波：办点事情，就在附近。

方：给你个任务。

在方之林面前的监视器上，那群新帽子，兴高采烈地排进了雨棚。

阿波：我马上过来。

方：抽空把证给我送过来。

阿波没说话。

方：听见吗?

阿波：收到。

74. 日外　站外集散地

志愿者向旅客发放食品和衣物。

万玉和芳芳也领到了雨衣，穿在身上，芳芳透过雨衣看着自己的小狗。

有旅客把准备带回家的吃的打开大家分享，芳芳拿到的糖分一半给小狗。

万玉借民警的手机打店里的电话。

万玉：大白天的店里怎么没有人?

芳芳：爸爸一定找咱们来了。

万玉：他才不会。

芳芳：会。打他的手机。

万玉：妈妈手机没有电了，号码又背不出来。

芳芳：背出了爸爸的手机号。

万玉打，无法接通。

75. 日外　广场

新帽子们都排在雨棚里， 他们多少还有点得意和兴奋，盘算着还要多久进去。

要放人了，民警让妇女儿童到前面来。

新帽子们也有希望了。

阿波来到入口，站在高处。可以看到那群新帽子挤在一起。

阿波：后面，戴新帽子的，对，就是你们，到前面来。大家让一让。

新帽子们举着手开始往前挤，示意自己在这边。

其他旅客抱怨凭什么他们先进去?这种时候还有走后门的?

新帽子们鱼贯挤了过来。

老马：都在了吗?

新帽子头：都在了，都在了。

老马：进去吧。

新帽子们从打开的小口进入，等都进去之后，入口马上关了。

阿波把他们带到车站西面的出站口，他们稀里糊涂被带到站外去了。

76. 日外　站外

新帽子们被阿波带到老马的面前，可怜巴巴地站在一起。大包小包的。

新帽子头：为什么让我们出来?我们来车站好几天了，好不容易排上队了。

老马：你以为你们做了什么我们不知道？

新帽子们表情紧张。

新帽子：我们什么也没做。

新帽子头：就算我们错了，也没犯法吧？

阿波：没犯法是你运气好，你们搞的那个口子，冲进来多少人你知道吗？要是发生踩踏，会死多少人你知道吗？你还没犯法，真要出了事，让你偿命都来不及。

新帽子头似乎也意识到问题的严重性，大家面面相觑，不说话了。

有年轻的新帽子开始哭了。

新帽子：回不去了，过不了年了。

有新帽子小声嘀咕：不会罚钱吧？

阿波看着这群农民工，心情也比较复杂。

老马：你们自己说怎么办？

新帽子：我们不对。我们不该溜进来。

新帽子头：我们不该放那里面的水。

有新帽子：水不是我们放的。我们没放。

老马：谁放的？谁的主意？

新帽子头：我，都是我不对，你要抓就抓我，让他们走吧，我留下。（对老乡）东西和钱你们帮我带给我老婆。

别的新帽子七嘴八舌：我们也不对，不是他一个人的错，他也是为我们好，要抓一起抓，要走一起走。

阿波凑到老马耳朵边说了两句。

老马：现在明白为什么让你们出来了？如果所有人都像你们一样，都来破坏车站秩序，会有怎样的后果？会出多大的乱子？让你们出来就是让你们认识错误的严重性，也让你们知道，任何破坏行为，都逃不过民警的眼睛。

新帽子们都心服口服地看着他们，也不知道该说什么。

阿波：都走吧，到后面重新排队去。

新帽子们没想到并没有处罚他们，有些庆幸，大家脸上的表情更加复杂起来。当确信已经可以走了，便赶紧拿起东西去找进站的人群。

新帽子头走在最后。他回头看了一眼老马和阿波，深深地鞠了一个躬。

阿波和老马也有些难过。

77. 日外　广场边

阿波和老马两人头凑在一起抽烟。

阿波：餐馆老板的手机查到了吗?

老马：人都在广场上呢。

阿波：（掏出电话）我找工商的人查。

老马：找到老板没有用，我让他把店里所有的员工都问了。

阿波：（突然）是个女孩。那天给咱们点菜的。对了，还是豆豆阿姨的老乡。

阿波打电话回家。

78. 日内　小兰家

一听是阿波，小兰很高兴。

小兰：你怎么样？我们都很担心你。

阿波：告诉我黄萍的电话。

小兰：找她什么事?

阿波：公事。

小兰：她能有什么公事?

阿波：我赶时间，拜托。

小兰：她回来了，黄萍，找你的。

黄萍接电话。

阿波：和你在一起的那个女孩呢?

黄萍：大哥你找她干什么?

阿波：少啰唆，她在哪里？告诉我她的手机。

黄萍：她可能已经上车了，她的手机没有电了。

阿波：她叫什么名字?

黄萍：叫满红，满足的满，红色的红。

没等黄萍说完，阿波就挂断了电话。

黄萍和小兰还没有回过神来。

79. 日内　车站里面

满红已经进站了，她独自坐在一个角落里，身边只有一个箱子。忽然，她听见车站内的广播：请前往都江堰的满红尽快和广场民警联系，有急事。请前往都江堰的满红尽快和广场民警联系，有急事。

满红站起身来，茫然四顾。

80. 日内　监控室

监视器上，人还是很多，但逐渐有序了一些。

阿波和方之林在看。

方：昨天发了 68 列，走了二十多万。

阿波：走了二十多万，又来二十多万，真不知道还有多少人？到底有多少人？

方：去问你铁路上的朋友啊？他们卖了多少票，就有多少人。

阿波：出去抽支烟。

81. 走廊上

方：我的证呢？

阿波：没在我身上。暂时。

方：老马说找到了。

阿波：有下落了，包在我身上。

方：（生气）你们俩合起来蒙我。

阿波：你要的人都找到了，一个不少。

方：打算怎么处理？

阿波：处理完了，教育释放了。

方：放了？

阿波：不放怎样？

方：留滞几个小时，罚款，要让他们记住。

阿波：一群农民工，无非是想回家，多大事情？

方：对，他们是农民工，回家心情可以理解，你是谁？你是干什么的？

阿波：我也是人，我也有感情，看他们这么艰难，我也很难受。你不在现场，你体会不到我的感受。

方：你说的是单个人的感受，我要的是所有人的安全，感情用事谁不会？可有些行为不能姑息。他为这事摔了 call 机你知道不知道？

阿波：我怎么会知道。

这时有人出来叫方：方局，紧急会议，马上。

方之林顾不上再说什么，转身就走。

82. 日内　车站内

一女民警把自己的电话递给满红。

满红：我是满红。

老马：你有没有捡到一个公安的证件？上次我们三个在你们店里吃饭。

满红：记得啊，捡到了啊。

老马：（以拳击掌）太好了，马上交给你身边的警察。

满红：不在我这里，我来车站那天，让店里的小耿给你们送回去了。

老马：小耿在哪？他的手机号？

满红：我手机没电了，电话号码在手机里。

老马：你把手机给她。

满红把手机还给女警。

老马：（对女警）想办法给她找个地方充电，把我的电话告诉她，让她打给我。

女警察：知道了。（对满红）走，我带你充电去。

满红：（哭腔）充不了电，我的充电器在箱子里，箱子进站的时候挤没了。

女警察：（指指箱子）这是什么？

满红：这是我老乡的。

女警察：箱子什么样？我带你去找，你坐在这里箱子会自己回来？

满红：和这个一样。

83. 日外　广场外

小耿东张西望间，他看到了匆忙工作的路爽，脖子上挂着记者证。

小耿：欸，你好，没去南京？

路爽：你不是不回家吗？来干吗？

小耿：找人，老板娘和孩子。

路爽：车站周边都管制了，你怎么想来就来，想走就走，看来他们工作漏洞还是蛮多的，你告诉我你怎么进来的？

小耿想了想，掏出警官证让路爽看了一眼。

路爽一下子张大了嘴。她重新打量着小耿。

路爽：（恍然）我明白了，怪不得你不回家过年，你是在木棉酒家卧底的对吧?

小耿笑了笑，挺得意的样子。

路爽：那你现在也是在办案了对吧?

小耿：我在找人，老板娘和孩子。

路爽：好，好，不问了。不过我们认识了啊，留个电话，万一有事情求到你。

小耿：我手机没电了。有空到木棉酒家找我，老板回家了，我看店。

路爽：保密啊？好吧。

这时，一辆警车闪着警灯从他们身边开过，后面跟着一辆面包车。

路爽：有情况，大领导来了。我先走了。

84. 夜内　小兰家

晚上，黄萍在厨房收拾刷碗，豆豆在客厅里看动画片。

小兰：豆豆我们看看新闻。

豆豆：不行。

小兰：说不定能看到爸爸。

豆豆：噢。

小兰把电视调到新闻。

电视上，众领导在车站视察。

领导焦虑的表情。

领导和旅客握手。

主持人：铁路方面表示，一定尽最大努力加快抢修，保证大家回家过年。目前线路基本恢复，大量列车发出广州站，大家可以在年三十前到家。

电视上，火车开出，旅客们挥手的画面。

铁道部发言人：京广铁路运输秩序基本恢复，运输能力大幅度提高，铁路机构正全力运送旅客返回家园。

小兰一回头，黄萍揸着湿手站在她的身后，眼睛盯着电视。

黄萍：姐姐，奶奶明天还来吗?

85. 日内　小兰家

字幕：2012年1月31日　阴历腊月二十四

返乡热情再度燃起，滞留旅客猛增到40万。

黄萍又准备走了，背了一包吃的和水。

小兰：和满红联系上了吗?

黄萍：联系上了，她在站里等我。我们俩是不会分开的。

小兰：人太多就回来，别再被抬出来。

黄萍：知道，姐你别怪我，我给家里人买的礼物还有你送我的好衣服都在箱子里，我想来想去，还是得回去，家里人没钥匙，满红帮我带回去也打不开。

小兰放了几百块钱在黄萍手里。

86. 日外　车站

黄萍重返车站。

她一边走一边给满红打电话：满红，我来了，火车通了，可以回家了，你千万等着我，我给你带好多好吃的。你一定等我，我在排队了，很快就会进去，咱们俩一起走，坐一趟车，你等着我啊。

在黄萍激动的声音中，我们看到，大量的旅客在朝车站聚集。

87. 日内　监控中心

四面八方的人在朝广场聚集，洪水般的，很多段和片又重新告急。新的一轮考验来势凶猛。步话机里告急声此起彼伏，都在要人。

方之林看着监视器，神情紧张。

车站周边成了人的海洋。

宽阔的道路没有一辆车，全是人。

高架路下面拥满了人，看不到任何空地。

局长和市长又来到监控室。

显示屏上切换着不同的画面。

方：各段长片长注意，广场及周边地区情况异常，迅速增加警力，应对紧急状况。

步话机里传来现场的报告：警力不足，防线告急，车站人数增长过快。

局长：如果一切不可避免，那就让它来吧。

市长：我请求军区支援。

88. 日外　车站外

人流涌来，本来已经安静下来的等待的人群被激励起来，又开始向前挤，芳芳没有准备被妈妈拉起来，随着人流向前挤，芳芳一边挤着一边哭喊。

芳芳：我的小白，我的小白。

但她的声音太小，没有人能注意到她，只有妈妈死死拉着她的手，她想挣脱出手来关照小狗，但是她的手被妈妈死死拉住，顺着人流向前挤去。

雨衣下的书包已经被小白挤出一个缝隙，小白不知去向。

队伍的前面，公安和武警组成了厚厚的 8 层人墙，阻止人流的前行，于是人群的密度又迅速地增大了。冯建设挤在人群中。

阿波和民警们死死顶住入口，用人墙阻挡涌动的人群。在他们的身后，是武警，是军人。军人的肩章闪烁。新帽子们挤在人群中。

车站外的马路上，黄萍和很多人等在离车站很远的地方。

自此开始，小白会偶尔出现在某个警察的手中，在另外一个场景，又会传到另外一个警察的手中，这个传递不确定，但也不中断，直到最后。不再专门表述，成为一个点缀。

可能从一个民警手中传到一个武警手中。

可能从武警的怀里又转移到一个军人的手中。

有人在给它吃东西。

也可以消失。也可以再出现。

89. 日内　监控中心

一个不大的会议室里，局长召集开会，研究对策。

墙上挂着车站示意图。

局长：堵住所有通向车站的路口，将旅客分流到疏散点安置。车站周边的人，切块。外堵内疏，特警穿插。

阿波和另外两个人：明白。

局长：入口要把住，要打得开关得住，要保证警力充足。

老马和方等几个人：明白。

局长：联络要畅通，控制速度，怎么控制，根据具体情况各自想办法。

方之林等：是。

局长：同志们，粗略计算，目前滞留旅客已经超过了40万人，而且春节一天天近了，旅客回家的心情更加迫切，越往后压力越大，我们一旦控制不住局势，出现大范围骚乱，后果不堪设想，无可挽回，我们就有可能成为千古罪人。大家要坚定信心，团结一致，用我们4万个血肉之躯，确保40万旅客的生命安全。

所有人短促有力地答：是。

局长：散会。

大家站起来，老马坐的椅子上沾着血。

阿波：怎么回事?

老马把椅子推到桌子下面。

老马：没事，痔疮犯了。

阿波：这怎么行？去处理一下。

老马：（穿上雨衣）处理完了。

老马边说边往外走了。

老马：这个时候，我是不会走的。

90. 夜内　派出所内

夜晚来临了，所有准备工作都已经做好，真正的战役就要打响了。

阿波的特警队穿上特警的制服，战士们系好鞋带，戴好手套，全副武装，神情严肃。

站成一排。

阿波：不要分开，单打独斗什么也做不了，必须在一起，像一个人一样。要进得去还要出得来，打不还手，骂不还口。

阿波把帽檐转到后面。

所有的特警都把帽檐转到后面。

阿波：出发。

91. 日外　车站

广播车开始播送：告全市人民书。

伴随着广播声。

解放军官兵整装待命。

公安干警跑步上岗。

武警手挽手组成人墙。

志愿者的队伍也在集结。

社区在组织捐衣物。

出租司机在往车站运物资。

工人在搭建临时厕所。

交警在疏导拥堵的道路。

大巴在运送旅客。

疏散点，志愿者在照顾老人、女人、孩子。

茫茫人海中，一个声音从人们的头顶滚过。

92. 夜外　广场上

特警队插入人群，将人群分割。在军队和武警的配合下，公安干警分别控制人群。新帽子们再次出现在进站的队伍中。

广场外，等待的群众也被分割成块，由民警带领着向指定的位置转移。队伍曲折地行进，目的就是减速。大队中，冯建设和黄萍也在其中。

入口，民警把老人、妇女和孩子先接进来，万玉和芳芳优先进站了。

芳芳一边走一边哭：我的小白，我的小白。

93. 夜外　广场附近的邮局楼上

路爽在进行现场播报：除了局部的涌动造成紧张，人群表现出极大的克制，民警也在尽最大的努力维持秩序，天气很冷，下着雨，旅客在雨里已经站了很久，可能还要站很久，为了回家他们什么苦都能吃，可对于他们来说，今年的回乡路尤其艰辛和漫长。

说到这里，路爽含泪。

94. 夜内　监控室

显示屏上到处都是人。

监视器里，被切成块的旅客分批被放行。

一些新的切块正在形成。

方之林在步话机里指挥着放人。

老马的电话。

老马：证件找到了。

方：（打断）回头再说。

老马：真的找到了。

方：回头再说。我现在只在乎一件事，就是我们能不能控制住眼前的局面。我们不会总这么命好。

老马：放心吧，我们会拼到最后。

95. 夜外

火车站人山人海，灯火通明。

一组由资料组成的画面。

无数瞬间令人感动。

阿波带领的特警队依然在穿插，有些旅客在为他们让路，两组特警的手联在一起，合围就完成了。

阿波正在努力朝前，但是人手不够，无法和对面的警察封口，这时，排在队伍里的新帽子头出现了，他拉住了阿波的手，接着，一个一个新帽子都拉起手来，接上了不够长的警察队伍，顺利将合围完成了。

警察和旅客终于在这场危机中达成了彼此的理解和一致。

96. 夜外　站外

老马穿着雨衣，带着一队公安，排成横列，走在旅客的前面，他们压着步子，拉着手，防止踩踏事件的发生。

冯建设正好走在老马的后边。

建设：马所，马所。

老马回头。

建设：是我啊，木棉酒家的冯建设。我们通过电话。

老马：找你时找不到，不找你了你又出现了。

建设：小耿把证件送去了吧?

老马：你那个小耿到底在哪里?

建设：他应该也在广场，帮我找老婆孩子呢。她们在哪里也不知道，两天没联系了，我都要急死了。 也忘了给你打电话。

老马：你老婆叫什么名字？穿什么衣服？我帮你问问看。

建设：我老婆叫万玉，张万玉，穿红色李宁棉服。

老马：（拿步话机）各段各片，寻找一位叫张曼玉的妇女，穿红色李宁棉服，寻找一位叫张曼玉的妇女，穿红色李宁棉服。完毕。

建设：带一个 8 岁女孩。

老马：带一个 8 岁女孩。完毕。

建设：叫芳芳。

老马：叫芳芳。完毕。

97. 夜外　广场

某片警察：有叫张曼玉的吗？

旅客：这里没有张曼玉，我叫刘德华。

大家哄笑。

98. 夜内　妇女儿童候车室

一些和妈妈分开的孩子在哭，女警察们在忙着照顾孩子们。

女警察：（举着步话机走来）有叫张曼玉的吗？

候车的妇女：张曼玉怎么会跟我们一起挤火车？

另一：也说不定，飞机都不飞了，你没见电视里机场都是人。

万玉：（迟疑）是不是找我啊？

女警察：你自己叫什么你不知道？你叫张曼玉吗？

万玉：我是一万、两万的万。

女警察：你女儿几岁？叫什么？

万玉：8 岁，叫芳芳。

女警察：那就是找你了。（对步话机）张万玉在妇女儿童候车室，完毕。

99. 夜外　车站外

老马：找到了，你老婆孩子在妇女儿童候车室。

建设：真的？真的是她们？ 谢谢，太谢谢了。（递上自己的手机）小耿。

100. 夜内 妇女儿童候车室

女警察：你丈夫让你们待在这里不要走，他来找你们。

万玉：（高兴得眼泪都要下来了）谢谢。太谢谢了。

芳芳：阿姨，能帮我找一下小狗吗？它叫小白。

万玉：你别捣乱了，没看见阿姨在忙。我们进来了，还有好多人没有进来。

101. 日外　街上

字幕：2008 年 2 月 2 日　阴历腊月二十六

随着运力的恢复和加强，危机得到缓解，广州和旅客共渡难关。

越来越多的广州市民在为旅客送水送饭。

很多场馆免费开放，为民工提供场地。

公园不收门票，随便进出。

志愿者发放传单。

102. 日内　老马家

老马打开家门。

女儿正和一群同学在家里狂欢，电视的声音开得很大，茶几上，沙发上扔着各种零食、快餐盒，还有扑克。

一群孩子又唱又叫玩得正嗨，大声唱着 2008 年最流行的歌曲。

看见老马突然进来，孩子们就像被拔了插销一样安静下来，接着就飞快地闪了，只有女儿一个人站在纷乱的家里，有些不安，但又不愿意认错，老马没有说什么，进了卧室换衣服，

女儿在外面飞速收拾。

老马出来把换下的衣服放进卫生间。

老马：你妈这两天没回来过吗?

女儿：回来过一次。

老马：你一直这么玩?

女儿：没有，就今天。

老马顺手从桌子上捡孩子们的零食吃起来，又掏出两百块钱放在茶几上。

老马：我走了，抓紧时间复习吧。

女儿：知道了。我知道。

老马关门走了。

女儿去卫生间拿垃圾袋，发现了堆在地上的老马的脏衣服，她觉得有味道，想放进洗衣机，拿起来发现有血迹，里外三层都被血浸透了，女儿受到了很大的冲击，她冲到阳台上，看到父亲打出租车的背影。

103. 日外　车站附近

小兰坐在车里打电话，车停在管制线外。

小兰：你在哪？

黄萍：在排队，走一会停一会，还可以。

小兰：你老乡呢？

黄萍：我打通电话了，她在等我。

小兰：别着急，你们一定能回家。

黄萍：一定能回，姐姐你们好好过年，最好和大哥一起过年。

小兰的身边有一个包，上面写着“请转交特警队阿波”。

104. 日内　监控中心

方之林在指挥放人，监视器里，放人渐渐有序起来。

局长走进来，看情况。

局长：怎么还是你？换班的人呢？

方：我回去也睡不着，吃安定都睡不着，惊吓过度了。

局长：放人的办法越来越多了，好的办法要尽快推广。

方：正在总结，钟摆式，箭形，s形，少量多批次，分流引导法，好多条了。

局长：今年这一仗，赢了都是经验，我给你们请功，败了全是教训，你我负责。

显示屏上人流涌动。

方：局长，你怕吗？

局长：怕。勇敢不是不怕，是带着恐惧前行。

方：不知道他们能不能理解我们。

局长：他们已经帮我们很多了，没有他们的忍耐，坚持，体力，决心，我们本事再大也控制不住。

显示屏上，旅客们一动不动。

方： 如果不是回家，如果不是一年只能回这一次，没人能坚持这么久。

局长：无论如何，我们要和他们一起坚持。

105. 日内　妇女儿童候车室

冯建设终于找到了万玉和芳芳，三个人终于团聚了，其实一直都没有分开很远，走过这一小段路却如此艰难。

芳芳：爸，小白丢了。

建设：别担心，捡到它的人都会对它好的。

芳芳：是我不该带它。

建设：（对老婆）以后要回一起回。

万玉：是你跟人家说我叫张曼玉的？

建设：要不干脆改了，又好听又有名气。

万玉：我以为活着见不到你了呢？

建设：大过年的，怎么说话，给家里打电话了吗？

万玉：打了。

广播里说往湖南长沙的火车可以上车了。

106. 日外　站台上

开往四川的火车马上要发车了。

满红在站台上抓着手机等黄萍，身边的箱子又成了两个。

黄萍朝满红跑来，她又妆容凌乱了。

两个人在站台上紧紧抱在一起。

在她们的身后，是回家的火车。

车窗里，是一张张充满了感情的脸。

107. 日外　广场

方之林丢的证件终于回到了老马的手上。

小耿戴着志愿者的标志，背个送盒饭的箱子，站在老马面前。

老马：你小子怎么现在才送来，找了你好几天。

小耿：对不起，阿 sir。

老马：真想替你爹揍你。

小耿：我早就想送过来，可我又舍不得还。

老马：这东西有多重要你知道吗？警察的证件，是执法依据，仅次于佩枪。

小耿：我真的不知道，就是羡慕，揣着这个工作证，就跟当了警察似的。我从小就想当警察。

看着又辛苦又疲劳的小耿，老马也不忍再说他了。

老马：行了，你忙去吧。

小耿：老板回家了，准备过年的肉菜都要放坏了，我找了两个人做盒饭，生意很不错呢。

老马：老板回来准发奖金给你。

小耿：他说过了年让我学厨师了，当不上警察，厨师也不错。

小耿背起盒饭箱子走了。

老马看着手里的证件，小耿的话让他忽然有些伤感。

108. 日内　监控中心

字幕：2008 年 2 月 4 日　阴历腊月二十九

　　　广场上的人越来越少了，生活和故事还在继续。

阿波在睡觉，他太累了，和他的战友们都以特别随意的姿势睡着。

从他们的衣服和鞋上，可以看出他们经历了怎样的惨烈。

很多人的鞋都踢坏了，衣服撕破了，肩章挤没了，扣子挤掉了。

有个人把一个包裹放到阿波的身边，没有叫醒他，包上面是小兰写的“请转交特警队阿波”。

109. 日内　医院

路爽的主任等一行人匆匆赶到医院。有人还抱着花，一边走一边向护士打听。

110. 日内　观察室里

路爽正在打吊瓶。

主任：怎么样？要紧吗？要不是“南周”小张告诉我，我们还不知道。

路爽：没事，就是感冒，发烧。

主任：这次广场这边全靠你了，你是最靠得住的。

路爽：我为了这次春运男朋友都吹了。

主任：这么拖后腿的男朋友，吹就吹了，我们再帮你找。

路爽：再相亲，得找离异无子女的，有孩子的不定哪天就后悔了，说回去就回去了。

无巧不成书，小耿提个点滴瓶子走了进来。

看到路爽在里面，走也不是，留也不是，有些尴尬。

路爽：（指指身边的空椅子）你怎么也来了？这里坐。

小耿只好坐了下来。

主任：你有伴了，我们回去值班，你打完了回家休息。

路爽挥手和主任再见。

路爽：真巧，你也发烧了？

小耿：没有，我吃剩饭，拉肚子。

路爽工作狂的特点又显现出来。

路爽：正好我给你做个采访，我还没有采访过便衣卧底。

小耿：不行。

路爽：为什么？

小耿：因为我不是警察，我就是木棉酒家的服务员，刚把捡的警官证给送回去了。

路爽一时不知该说什么，她看着小耿，仿佛还在分辨他哪句是真哪句是假。对自己的判断力也产生了怀疑。

路爽：其实，你还挺像警察的。

小耿：那天跟你开个玩笑。我从小就想当警察，只是我这辈子没机会了。

路爽：这些天，你看到车站警察这么辛苦，这么危险，这么委屈，你还想当警察吗？

小耿：想。

111. 日内　监控中心

字幕：2008 年 2 月 5 日　腊月三十

过年了。

宁静的早晨。

操作民警：快看。

显示屏上，空的。

换另一个显示屏，空的。

又换一个，不多的旅客排着队井然有序地进站。

不知什么时候，大家都聚在了显示屏前，看着眼前的广场恍然如梦。

局长、方之林、老马、阿波、女警官，一张张我们熟悉的面孔。

112. 日外　广场

车站广场上，人海消失了，刚来的旅客排队进站。

清洁工在认真地打扫，拦人用的铁马堆了一大片。

车站在播放《回家》

113. 日内　监控室

所有人都没有说话。

局长的眼睛第一次有些湿润。

局长：不跑就没有危险，没有危险就没有限制，大家都不跑，排着队，文明地，有秩序地，平和地进站，多好啊。

没人说话，都在想。

局长：我们合个影吧。

114. 日外　广场

一辆警车里，坐着方之林、老马和阿波。

老马把警官证掏出来给方之林。

方之林打开看，合上，再打开。

方：我为它一个星期没有睡着觉。谢谢你们两个。

老马：那顿饭和今天中间隔了一辈子那么长。

方：当警察，需要一次这样的经历。

阿波：他们给我们制造了麻烦，他们也帮我们战胜了麻烦。

方：他们现在应该都到家了。在外面打工的人，说不定就靠这个年撑着，靠回家撑着。

阿波看着脚上的鞋，这是小兰给他送来的。

方：阿波，先去看看豆豆。

阿波：知道。

他又在抚摸手机上豆豆的笑脸。

老马：回家再难，也不能不回，日子再烦，也不能不过。

阿波：知道。

115. 日内　小兰家

阿波进来，豆豆套着救生圈跑出来。

豆豆：爸爸你回来了，我有一点想你。这是你给我买的救生圈，你还说要带我去冲浪。

阿波从大衣兜里掏出小狗，就是小白，递给儿子。他太想儿子了。

豆豆：（尖叫，扔了救生圈）小狗，小狗，妈妈，小狗，奶奶，小狗！

阿波听到“奶奶”两个字一愣，他没有想到豆豆奶奶也在。

两个女人从厨房里出来，都揸着正在做饭的手，都看着他。

阿波浑身上下摸了半天，从上衣胸前的口袋里摸出一个纸包，影片开始不久铁路上的人交给他的。

阿波：那次吵架把你镯子摔坏了，我又托人给你买了一个。

小兰接过纸包，打开。

里面是一只玉镯，但又在广场上挤碎了，断成了两半。

小兰：（叹了口气）心领了。

母亲：“碎碎”平安。你知足吧，还没有我的呢。

阿波：（赶紧）我再去买，买两只。

豆豆站在一边，抱着小狗，目不转睛地看着阿波。

阿波走过去，抱起孩子，紧紧抱着。

小兰在接黄萍的电话，她到家了。

116. 日外　广州的花市

老马和妻子买了一盆桂花回家。老马抱着。

妻子：这回你出名了，全广州局的人都知道你有痔疮。

老马：这算什么？车站没有出大事，让我拿命换我都换。

妻子：我当时觉得拿命都换不来的。

老马：我们以后别逼小小了，那天回家看见她和同学开心的样子，我觉得很对不起她。

妻子：非常时期，不开心是暂时的，考上大学就会开心了。

老马：我怎么觉得不是这么个道理啊。

妻子：你听我的没错。

117. 日内　老马家

两人开门进来。

屋子收拾得很干净，爸爸妈妈换下的脏衣服洗了晾了。

女儿的门开着，她在看书。墙上贴了高考倒计时。

老马放下刚买的桂花，屋子里生机盎然，香气四溢。

女儿伸着懒腰出来。

女儿：爸你买错了，应该买菊花。

老马：为什么？

女儿：种菊嘛，范进中举。

妻子：真的啊，我现在就去买。

老马：明天种一样的，你还不累啊。

妻子：不行，必须今天去。

妻子转身又出去了。

118. 日内　方之林的家

字幕：2008 年 2 月 6 日　大年初一

方之林在睡觉，他睡得很香，卧室外的客厅里一大家子人在打麻将，聊天，也不能吵醒他。

客厅里，一家人正在过年，小朋友和老人看电视，大一点的打游戏。大人们在打麻将。还有一个半大的孩子在念《南方周末》2008 新年献词，嘈杂中，这个声音非常平静坚定："2008 年已经开始，中国闪亮登场，你在期间，独一无二，不可或缺。无论你是何种角色，都不要被历史的大潮淹没，或者冲刷去你的独立存在，至少你要在大时代中做个坚强的小人物，在狂欢夜中做个自由的舞者。"

有大人问：你在念什么？

孩子回答：《南方周末》的新年献词。

大人：写得不错。

方之林的手机响了。

有人拿起来看，就显示一个“他”字：“他”是谁？

有人接话：管是谁，不要叫，让他睡。

方太：那可不行，“他”是老方的领导，我们老方还要进步呢。

119. 日内　方家　卧室

方太把手机送到方之林的手中。

局长：局里临时决定，你担任今晚烟花晚会安保总指挥。

方之林一下坐起来。

方：是。

方之林拨电话。

阿波的手机响了。

他和小兰正在接吻。

老马的手机响了。

老马的妻子正在为他往肚子上贴药膏。

两人抓起手机。

手机铃声被烟花的轰鸣所替代。

烟花绽放的夜空，警察在守护着广州人民的安宁。

—— 完 ——

图书在版编目（CIP）数据

字里行间的电影：全2册／苏小卫著．-- 北京：中国广播影视出版社，2019.12（2020.9重印）
ISBN 978-7-5043-8354-9

Ⅰ．①字… Ⅱ．①苏… Ⅲ．①电影文学剧本－作品集－中国－现代 Ⅳ．①I235.1

中国版本图书馆CIP数据核字(2019)第243297号

字里行间的电影（全2册）
苏小卫　著

责任编辑　黄月蛟
封面设计　马　娴　霍　亮
内文设计　智达设计

出版发行　中国广播影视出版社
电　　话　010-86093580　010-86093583
社　　址　北京市西城区真武庙二条9号
邮　　编　100045
网　　址　www.crtp.com.cn
微　　博　http://weibo.com/crtp
电子信箱　crtp8@sina.com

经　　销　全国各地新华书店
印　　刷　北京鲁汇荣彩印刷有限公司

开　　本　787毫米×1092毫米　1/16
字　　数　1000（千）字
印　　张　64.25
版　　次　2019年12月第1版　2020年9月第2次印刷

书　　号　ISBN 978-7-5043-8354-9
定　　价　168.00元（全2册）